JIM DODGE

DIE KUNST DES VERSCHWINDENS

Roman

Mit einem Vorwort von Thomas Pynchon

Deutsch von Olaf Mathias Roth

Rowohlt Taschenbuch Verlag

Die Originalausgabe erschien 1990
unter dem Titel «Stone Junction»
bei «The Atlantic Monthly Press», USA

Die Übersetzung wurde gefördert
mit einem Arbeitsstipendium
des Landes Nordrhein-Westfalen

Redaktion Marcus Gärtner

2. Auflage September 2003

Veröffentlicht im Rowohlt Taschenbuch Verlag
GmbH, Reinbek bei Hamburg, April 2002
Dieser Titel erschien erstmalig in deutscher Sprache
im Oktober 2000 in der Reihe rowohlt paperback

Umschlaggestaltung any.way, Cathrin Günther
(Foto: photonica / Erik Rank)
Gesamtherstellung Clausen & Bosse, Leck
Printed in Germany
ISBN 3 499 23160 3

Die Schreibweise entspricht den Regeln
der neuen Rechtschreibung.

Für meinen Bruder Bob, dessen Mut und Humor mir eine ständige Inspiration sind, obwohl er Fische so fängt wie Karten.

Folgenden Personen sei für ihre Hilfe, Ermunterung und Nachsicht aufrichtig gedankt:

Victoria Stockley (ihr vor allen und allem andern), Patricia Sinclair, Leonard Charles, Lynn Millman, Richard Cortez Day, Jeremiah Gorsline, Gary Snyder, Freeman House, Jacoba, Jack Hitt, Melanie Jackson, Robert Funt, Jack Gilbert, T. J. Mullen, Jenny Berry, Morris Graves, Gary Fisketjon und Anne Rumsey (Ton und Musik).

VORWORT

Wenn wir davon ausgehen, dass es falsch ist, Macht gegen Machtlose einzusetzen, ergibt sich daraus eine ganze Reihe eindeutiger Folgerungen. Wir sind dann nämlich in der Lage, genau wie die Einwohner eines beliebigen Landes (nicht notwendigerweise ihre Herrscher) zu unterscheiden zwischen Outlaws und Übeltätern, zwischen Gesetzlosigkeit und Sünde. Es bedarf dazu keiner großartigen Analyse, denn wir verstehen es ja intuitiv in seiner todernsten Unmittelbarkeit. «Aber das sind doch alles Banditen», heulen die Herrschenden, «Habgier ist ihr einziges Motiv!» Natürlich. Nur wissen wir leider schon lange, dass Diebstahl nicht mit Wiedergutmachung zu verwechseln ist, und begreifen, dass Outlaws, als Anwälte der Armen, als Meister in der Kunst des karmischen Ausgleichs, im Hinblick auf die mittellose Kundschaft höchstens eine Art Vermittlungsgebühr einstreichen dürfen, wo sie doch zugleich hohe Risiken auf sich nehmen, und am Ende sind uns diese Leute unweigerlich ans Herz gewachsen, wir schwärmen für John Dillinger, Rob Roy oder Jesse James mit einer Leidenschaft, wie sie sonst nur bei sportlichen Veranstaltungen zutage tritt.

Die Kunst des Verschwindens ist ein Epos über Outlaws, geschrieben für unsere eigene jüngste Vergangenheit der korrumpierten Romantik und gestörten Ehrauffassung, mit ihrem Fundus schäbiger Usurpatoren und restaurativer Beharrlichkeit – obwohl der Leser, der hier eine nostalgische Achtziger-Jahre-Schau oder, Gott bewahre, gar eine noch früher angesiedelte Drugs-, Sex- und Rock-'n'-Roll-Gaudi erwartet, gewarnt sei, dass darin als Wahrer der dunkleren Interessen jenes Konsensus, der stets, allem Fun zum Trotz, unterschwellig präsent ist und sich selbst gern als «Realität» bezeichnet, hier auch ein paar ziemlich üble Vertreter des Bösen lauern, die einige unappetitliche Mordpläne ersinnen. Einer der mannigfaltigen Reize des Buches ist die Entscheidung seines Autors, sich niemals wehmütigem Spintisieren hinzugeben, sondern vielmehr aus Überzeugung auf dem Boden der irdischen Tatsachen zu bleiben, wo, wie Pam Tillis uns in einem etwas anderen Zusammenhang in Erinnerung ruft, das Schicksal von einem Cent abhängt.

Neulich hörte ich in der Stadt einen Polizisten in seinem Polizeiauto, der über Lautsprecher den Fahrer eines ihm den Weg versperrenden Wagens aufforderte, zur Seite zu fahren und ihn vorbeizulassen – und zwar *namentlich*. Das erstaunte mich sehr, obwohl die Leute, mit denen ich mein Empfinden teilen wollte, nur die Achseln zuckten und meinten, dass der Name des Fahrers (nebst Größe, Gewicht und Geburtsdatum) natürlich via Satellit bei der Zulassungsstelle in Erfahrung gebracht worden sei, nachdem der Polizist das Kennzeichen des Anstoß erregenden Wagens eingetippt hatte – na und?

Die Kunst des Verschwindens erschien erstmals 1989, gegen Ende einer auf ihre Weise noch unschuldigen Ära, als das explosionsartige Hereinbrechen der Cyberworld unmittelbar bevorstand. Selbstverständlich gab es auch damals schon zahlreiche Computer, doch sie waren noch nicht im gleichen Maße miteinander vernetzt, wie sie es bald darauf sein sollten. Daten, auf die heutzutage jedermann Zugriff hat, waren damals nur «Befugten» zugänglich, und die wussten oft nicht so recht, was sie da vor sich hatten oder was damit zu tun sei. Noch war genügend Platz für alle – das Web war unbebautes Land, lediglich von ein paar raubeinigen, halbverrückten Pionieren bevölkert, die ihr Gebiet bis in die entferntesten Schlupfwinkel kannten. Ehre zählte noch etwas, Gesetze waren allesamt ungeschrieben, Outlaws, einstweilen noch gar nicht genau zu bestimmen, gab es nur wenige. Erst ansatzweise tauchte die Frage auf, wie man die Bedrohung – andere meinten: die Verheißung – totaler Kontrolle bekämpfen, wo nicht gar gänzlich vermeiden könne, die jenseits der rosigen Zukunftsperspektiven lauerte, welche die Computer-Cracks sich damals ausmalten – eine bis heute ungelöste Frage. Wo kann man auf den unaufhörlich rollenden Zug aufspringen – he, ihr da draußen, wer nimmt uns auf? Wenn wir bleiben, wo wir sind: was ist dann noch für uns übrig, das nicht in irgendeiner Weise von den Kontrollmächten verfälscht, bestimmt oder kolonisiert wurde? Kennt irgendjemand den Weg zu William Gibsons «Republik der Wünsche»? Würden Sie ihn verraten, wenn Sie ihn wüssten? Und so weiter.

In der *Kunst des Verschwindens* wird man nicht nur eine Gabe für Prophetisches bemerken, sondern auch eine beständige Verherrlichung jener Lebensbereiche, wo noch bar bezahlt wird und die sich daher zumeist dem digitalen Zugriff widersetzen. Dies ist wohl so ziemlich das einzige Beispiel für einen *bewusst* analogen Roman. Die Schriftsteller mussten seither zwangsläufig die allgegenwärtigen Cyberwelten anerkennen und sich mit ihnen auseinander setzen, zumal diese immer mehr – und zwar äußerst sprunghaft – unsere Lebensbedingungen diktieren, ganz zu schweigen davon, dass sie nun sogar Traditionen wie den einzelnen Autor und einen sich schrittweise entwickelnden Plot in Frage stellen – eine Situation, die Jim Dodge wohl bereits damals im Sauseschritt herannahen sah, denn sein Roman, allzeit widerspenstig, setzt auf das Fortbestehen zumindest eines Nischendaseins – wer weiß, vielleicht steckt sogar ein zutiefst menschliches Bedürfnis dahinter? – von Lebensentwürfen, die deshalb so wichtig sind, weil sie die andere Richtung eingeschlagen, sich dem digitalen Sturm widersetzt haben; es ist daher umso wahrscheinlicher, dass sie auch ehrenwertere Ziele als sonst üblich einschließen.

Eine populäre Methode, Widerstand zu leisten, war immer die, einfach weiterzumachen, weiterzusuchen, und zwar keinen sicheren, unbeweglichen Ort, um sich zu verstecken, sondern einen Zustand dynamischer Unbestimmtheit des Ortes, an dem man sich zu einem gegebenen Moment befinden könnte, im Sinne von Heisenbergs Unschärfeprinzip. Modernen digitalen Geräten gelang es jedoch nur allzu rasch, das verschwommene Hyperellipsoid menschlicher Freiheit innerhalb der Grenzen von Plancks Konstanter zu fixieren.

Als ein ebenso schwieriges Problem für diejenigen, die ihr Leben anonym und ohne Spuren zu hinterlassen führen möchten, hat sich der Siegeszug des Plastikgelds über die einst Zuflucht bietende Bargeld-Wirtschaft erwiesen. Vor gar nicht langer Zeit konnte man eine x-beliebige Avenue in Amerika entlangschlendern und anonym Schecks einsammeln, um dann von irgendeinem Postamt aus Summen in der Größenordnung von erklecklich bis gigantisch zu versenden, sogar nach Übersee – kein Problem. Jetzt liegt die Obergrenze bei 750 Dollar, Tendenz fallend. Alles natürlich nur, um diese bösen Drogenhändler zu schnappen, das hat absolut nichts mit der simplen Gier nach mehr Information, mehr Kontrolle zu tun, die bei Machtausübung zumeist im Spiel ist, egal, ob eine Regierung oder ein Konzern dahinter steht (sofern man darin überhaupt einen Unterschied sehen möchte).

Betrachtet man den Bildschirm, auf dem gerade Windows 95 aufblüht, denkt man sich: Zauberei! Doch für diejenigen, die das System bis in kleinste molekulare Details hinein begreifen, hat das nichts Magisches an sich – alles lässt sich auf simple, eintönige Schufterei zurückführen, in der wir beinahe eine Verschwendung kostbarer Arbeitskapazitäten sähen, wäre es der Technologie nicht gelungen, sich das Prinzip Geschwindigkeit zunutze zu machen, das auch in den kleinsten Zusammenhängen noch Gültigkeit hat – *Nnnnjjjjung!* braust man den Datenhighway hinab –, und die aberwitzig zahlreichen hirnlosen und unwichtigen Aufgaben neuerdings ganz rasch sich selbst zu überlassen.

Die Kunst des Verschwindens hält jedoch einer anderen Art von Zauberei die Treue, und zwar der einzig wahren, mühsam erlernten, faktenfeindlichen MAGIE (in Großbuchstaben), nicht als zufälligem Spektakel, sondern als ernsthaftem Unterfangen in dieser Welt, in der wir nun einmal gefangen sind und die beständig – analoge – Signale sendet, dass sie unterwegs und im Gange ist, irgendwo da draußen.

Ein Romanschriftsteller, der in Kauf nimmt, dass in seinen Büchern Zauberei – oft notwendigerweise – im Spiel ist, gerät nur allzu leicht in Versuchung, Schwierigkeiten, die sich bei der Handlung, den Figuren und – häufiger, als man meinen sollte – in Fragen des Geschmacks ergeben, durch die bequeme Einführung eines Requisits zu lösen, eines Ad-hoc-Amuletts oder einer Droge, die das Problem beseitigen, sobald es auftaucht. Zu unserem Glück lässt sich Jim Dodge, dem es mit seiner Berufung ernst ist, nicht auf derartige Luxusspielereien ein. Magie ist nämlich harte, ehrbare Arbeit und kann nicht nach Belieben eingesetzt werden – und bleibt auch niemals ohne Folgen. Ein Gutteil seiner charakterlichen Entwicklung verdankt Daniel Pearse stetem Üben und einem Prozess des Sich-die-Sporen-Verdienens – wodurch *Die Kunst des Verschwindens* zu einer Art Bildungsroman eines Zauberers wird –, in dessen Verlauf Daniel nacheinander mit verschiedenen Lehrern und ihren mehr oder weniger unorthodoxen Lehrmethoden und ganz spezifischen Fähigkeiten konfrontiert wird; sie alle gehören einer Organisation namens AMO an, der Allianz von Magiern und Outlaws, einer Art Proto-Web, das eher durch Telefonzellen, Geheimnachrichten und außersinnliche Wahrnehmung zusammengehalten wird denn durch vernetzte Terminals, mit dem geheimnisvollen, wenn auch nicht allmächtigen Volta an der Spitze.

Durch all dies zieht sich ein zweiter Handlungsfaden – ein

Krimi, in dem Daniel der kompromisslos irdischen Fragestellung nachgeht, wer seine Mutter, Annalee Pearse, in einer Seitenstraße in Livermore, Kalifornien, ermordet hat, als er vierzehn war. Hier findet sich alles: zahlreiche Verdächtige, falsche Spuren, die Enttarnung des Täters erst auf den letzten Seiten. Während sie den Gang von Daniels Erziehungsprozess nachzeichnet, berührt die Story auf ihrem Weg etliche moralische Grundfragen, zeigt sie sich so trittsicher wie Chandler und bietet so überraschende Wendungen wie Agatha Christie.

Wild Bill Weber unterrichtet Meditation, Angeln, Warten. Mott Stocker unterrichtet Dope, dessen Herstellung und Genuss. Panzerknacker-Ass Willie Clinton (sic!) bringt dem Jungen bei, wie man alle Arten von Schlössern und Alarmanlagen überwindet, und verhilft ihm somit bereits zu einer Semipermeabilität für einige abgesicherte Bereiche der Welt, weist ihm den Weg zu totaler Dematerialisierung. Eine Weile lang zieht Daniel mit dem genialen Poker-Profi Bad Bobby Sloane durch die Gegend, bereist Amerika per Highway, auf der Suche nach Gelegenheiten, um Kapital auf nicht offiziell zu kontrollierende Weise zu riskieren. Die Episode gipfelt in einer legendären Lo-Ball-Runde mit dem liebenswürdigen Schwindler Guido Caramba, in einer literarischen Poker-Passage, die ebenso klassisch wie witzig ist in ihrer verständnisvollen Hingabe an dieses Spiel mit seinem hohen moralischen Einsatz und die den vergleichbaren Textstellen in Kawabatas *The Master of Go* nicht nachsteht.

Der Verwandlungskünstler Jean Bluer lehrt Daniel, sich zu verkleiden – eine weitere unerlaubte Fähigkeit, wenn man bedenkt, dass es bereits verboten ist, sich als Polizist, Arzt, Anwalt, Finanzexperte und weiß Gott was sonst noch zu kostümieren, als wären eines Tages alle Arten der Verkleidung – bis hin zur Verkörperung eines normalen Bürgers – ein Gesetzesbruch. Zum Schluss kommt Daniel auf seiner Bahn wieder zu Volta zurück, in dem er mittlerweile einen der Hauptverdächtigen im Mord an seiner Mutter sieht und der ihn das letzte Geheimnis lehrt, die Kunst des Verschwindens. Hier gibt es keine profanen Tricks à la Wells, keinen Brechungsindex und keine Blutpigmentierung, sondern vielmehr die altehrwürdige Kunst, wie man aufhört, Materie zu sein.

Endlich ist Daniel gerüstet, sich auf die metaphysische Glückssuche zu machen, auf die ihn all diese Lehrer vorbereitet haben und die sich nun plötzlich als ausgefeilte Techno-Kapriole entpuppt und einen geheimnisvollen, nicht von dieser Welt stammenden, drei Kilo schweren Diamanten zum Ziel hat. Da es damals noch zu früh war für Tastatur-Tragödien, Emergency-Downloads und Cyber-Fugen zu unerbittlichen Countdowns in der Bildschirmecke, ist die Technologie, mit der es Daniel aufzunehmen hat, zumeist von der analogen Sorte – optische Überwachungseinrichtungen, druckempfindliche Sensorengitter und thermostatische Alarmsysteme –, und seine nichtdigitalen Antworten darauf beinhalten Nervengas, Sprengstoff und das Unsichtbarwerden.

Er bemächtigt sich des Diamanten, und dann bemächtigt sich der Diamant seiner. Denn es erweist sich, dass der Diamant den Zugang zu einer anderen Welt und Daniels Lebensgeschichte den Bericht über die Menschwerdung eines Gottes darstellt, keiner von der üblichen Sorte, der am Ende irdischen Mächten Trost und Hilfe bringt, sondern jener Liebling der Schriftsteller, der unbestechliche Naseweis, Anthropologen als Schwindler, praktizierenden Alchimisten als Hermes, Kartenspielern weltweit als Joker bekannt. Dies erfahren wir erst am Schluss der Geschichte, und an diesem Punkt ist uns Daniel bereits so sehr vertraut, dass wir uns frei entscheiden können, ob wir das Geschehen wörtlich, als tatsächliche Verwandlung, verstehen wollen oder als Metapher für spirituelle Erleuchtung oder gar als eine Beschreibung von Daniels ungewöhnlich exaltiertem Geisteszustand an der Schwelle zum endgültigen Übergang vom Unten zum Oben. An diesem Punkt also sind alle genannten Möglichkeiten in gleichem Maße real geworden, denn wir waren mit von der Partie auf einer jener unverzichtbaren literarischen Reisen, und diese hier hat uns fast so weit gebracht wie Daniel – obwohl es freilich ihm vorbehalten bleibt, die letzte Grenze zu überschreiten, hinein in das, von dem Wittgenstein annahm, man könne nicht darüber sprechen, und bei dem wir, wie Eliphaz Levi uns geraten hat – nach «Wissen, Wollen, Wagen» als letzter und größter Regel der Zauberkunst – in Schweigen verharren.

THOMAS PYNCHON, 1997

Dieses Buch ist reine Fiktion.

FIKTION.

Wer etwas anderes glaubt, tut dies auf eigene Gefahr.

EINS: LUFT

Unam est vas.

MARIA PROPHETISSA

Daniel Pearse wurde in den regnerischen Morgenstunden des 15. März 1966 geboren. Einen zweiten Vornamen bekam er nicht, weil seiner Mutter, Annalee Faro Pearse, ein Vor- und ein Nachname schon genügend Kopfzerbrechen bereiteten, vor allem der Nachname. Soweit sie sich erinnern konnte, kamen sieben verschiedene Männer als Daniels Vater in Frage. Annalee entschied sich für Daniel, weil das nach Stärke klang, und Stärke würde er brauchen.

Bei Daniels Geburt war Annalee sechzehn Jahre alt und Insassin des Mädchenheims Greenfield, einer Jugendstrafanstalt in Iowa, die von den Schwestern der Gesegneten Jungfrau geleitet wurde. Sie war im Zuge eines gerichtlichen Beschlusses hierher gebracht worden, nachdem sie versucht hatte, einen dreißig Gramm schweren Silberbarren aus der Auslage eines Juweliergeschäfts zu stehlen. Zu dem Polizisten, der sie festnahm, sagte sie, sie sei eine Mondwaise, und zum Richter, sie lasse sich von seinem Gericht keine Vorschriften machen, wie sie ihr Leben zu führen habe. Abgesehen davon, dass sie ihren Namen angab, war sie zu keinerlei Kooperation bereit. Der Richter verurteilte sie dazu, bis zu ihrem achtzehnten Lebensjahr in Greenfield zu bleiben.

Während ihres zweiten Monats in Greenfield erzählte Annalee einer ihrer Zimmergenossinnen, sie befürchte, schwanger zu sein. Am nächsten Tag wurde sie zu Schwester Bernadette bestellt, einer kleinen, strengen Frau von fünfzig Jahren, deren Arbeitszimmer genauso aufgeräumt und leer war wie ihr Herz, wenngleich bei weitem nicht so finster.

«Setz dich», sagte Schwester Bernadette. Es war ein Befehl, keine höfliche Aufforderung.

Annalee setzte sich auf den Holzstuhl mit der steilen Lehne, der vor dem Schreibtisch stand. Schwester Bernadette starrte Annalee eine halbe Minute ins Gesicht, dann senkte sie den Blick auf Annalees Bauch. Ein Muskel zuckte in ihrer schlaffen Wange. «Wie ich höre, bist du schwanger», sagte sie ausdruckslos.

Annalee rutschte auf dem harten Stuhl hin und her. «Ich glaube schon.»

«Du wurdest vergewaltigt», sagte Schwester Bernadette mit fast tonloser Stimme. «Das Kind wird zur Adoption freigegeben.»

Annalee schüttelte den Kopf. «Ich bin nicht vergewaltigt worden. Ich bin von einem Mann gebumst worden, den ich geliebt habe. Es hat mir Spaß gemacht. Ich will das Baby.»

«Und *wer* ist dieser *liebende* Vater?»

«Ich weiß es nicht.»

«Du weißt es nicht.» Schwester Bernadette blinzelte langsam und faltete ihre Hände auf dem Schreibtisch ineinander. «Weil du seinen Namen nie erfahren hast oder weil du dich nicht an all die Namen erinnern kannst?»

Annalee zögerte einen Moment, dann sagte sie klar und deutlich: «Beides.»

«Aha», Schwester Bernadette nickte kurz, «dann bist du also nicht nur eine Diebin, sondern auch eine Hure!»

Annalees blaue Augen blitzten, und sie stand auf.

«Setz dich hin, du Hure!», schrie Schwester Bernadette, sprang auf und schlug dabei mit den Handflächen auf die Tischplatte. «Ich habe gesagt, du sollst dich *hinsetzen!*»

Annalee, die knapp eins achtzig groß war und etwas über fünfundsechzig Kilo wog, brach Schwester Bernadettes Kiefer gleich mit dem ersten Hieb, einem klassischen Rundschlag, den sie keine Sekunde bereute.

Drei Monate verbrachte Annalee allein in dem, was die Mädchen «die Blocks» nannten – eine Reihe rußiger Schuppen, die früher zum Räuchern benutzt wurden, als Greenfield noch eine Schweinefarm war. Außer von den Lüftungsschlitzen dicht unterm Dach drang kein Tageslicht in Annalees Zelle. Und besonders gut ausgestattet war ihre Unterkunft auch nicht gerade: Es gab lediglich eine durchgelegene Matratze und eine häufig verstopfte Toilette. Zweimal am Tag bekam sie etwas zu essen, es gab immer dünne Suppe, steinhartes Brot und einen runzligen Apfel. Einmal pro Woche durfte sie duschen und einmal pro Monat zu Greenfields Arzt gehen, einem pensionierten Tattergreis, dessen Diagnosetechnik hauptsächlich darin bestand, seine Patienten im Sprechzimmer wie Hampelmänner nackt auf und ab hüpfen zu lassen.

Zum ersten Mal in ihrem Leben absolvierte Annalee ein Fitnessprogramm, das allerdings keine Hampelmannhüpfer für den senilen Doktor einschloss. Die täglichen Übungen halfen ihr, der Trägheit während der Haft entgegenzuwirken, sie waren eine Reaktion auf ihre dumpfe mütterliche Ahnung, dass sie für die bevorstehende Geburt Kraft brauchte.

Annalees Programm nahm täglich zwei Stunden in Anspruch. Den Rest der Zeit träumte sie vor sich hin, in langen spiralförmigen Traumwindungen. Nach einer Woche spürte sie zum ersten Mal, wie sich das Baby in ihrem Bauch bewegte, und ab da verlagerte sich ihre ganze Aufmerksamkeit immer mehr auf ihr Inneres. Mit dem Löffel, den sie zu den Mahlzeiten bekam, ritzte sie in den wenigen Minuten zwischen dem Essen und der Rücknahme des Tabletts ihre neue Lebensmaxime in die Wand des Schuppens: «Das Leben geht weiter.»

Bei der Rückkehr in ihren Schlafsaal wurde sie wie eine Heldin begrüßt. Schwester Bernadette nahm noch immer die Nahrung durch einen Strohhalm zu sich, und man hörte gerüchteweise, sie würde versetzt werden. Schwester Bernadettes Schicksal ließ Annalee ziemlich kalt. Sie machte sich Sorgen um ihr eigenes und das von ihrem Baby. Von der neuen Äbtissin, Schwester Christine – die Mädchen fanden sie «cool» –, erfuhr sie, dass Schwester Bernadette keine Anzeige wegen Körperverletzung erstatten werde.

«Warum nicht?», wollte Annalee wissen.

Überrascht von Annalees aggressivem Tonfall, setzte sich Schwester Christine hinter ihrem Schreibtisch kerzengerade hin. «Vielleicht fühlt Schwester Bernadette in ihrem Herzen so etwas wie Mitleid.»

«Da könnte man auch in einem Senfkorn nach Mitleid suchen. Und viel würde man da eh nicht finden.»

Leise sagte Schwester Christine: «Es stimmt mich traurig, dass du so etwas sagst. Ich habe Christus mein Leben geweiht, weil ich an seine Göttlichkeit und seine Weisheit glaube. Von zentraler Bedeutung für beides ist die Macht des Verzeihens, ganz tief in unserem Herzen drin.»

Vorsichtig, weil ihr Bauch sich schon wölbte, beugte sich Annalee nach vorn. Genauso leise erwiderte sie: «Schwester, ich habe mein halbes Leben dem Kampf ums Überleben gewidmet, weil ich feststellen musste, dass das Leben gemein ist. Vergebung ist geistige Verschwendung, denn es gibt nichts, was man vergeben könnte. Ich glaube an die Weisheit dessen, was ist, und an die Macht des Hier und Jetzt. Ich bin schwanger. Das Baby möchte ich behalten. Es ist mein Leben, und die einzige Macht, die ich habe, ist, dass ich die Verantwortung dafür übernehme. Wenn Sie mir das nehmen, dann gibt's Krieg, und zwar hoffentlich auf den Titelseiten und in den Abendnachrichten. ‹Schwangere Obdachlose verklagt katholische Haftanstalt!› ‹Junges Mädchen, durch Mord / Selbstmord der Eltern Waise, betet jeden Abend: Bitte, lieber Gott, lass nicht zu, dass sie mir das Baby wegnehmen, es ist alles, was ich habe!› Verzeihen Sie, Schwester, aber so ist es nun mal.»

Schwester Christine, in deren Augen Tränen schimmerten,

streckte die Hände aus und drückte Annalee sanft an den Schultern. «Oh, ich wünschte, sie wären alle so wie du. Es gibt viele, die Gott suchen müssen, doch nur wenige, die Gott finden muss. Ich werde tun, was ich kann, aber außerhalb von Greenfield ist mein Einfluss minimal. Und ich halte es für das Beste, das Baby zur Adoption freizugeben, denn wie willst du es ernähren, wenn du erst einmal da draußen bist – vorausgesetzt, du darfst es überhaupt hier drin behalten? Du hast keine Ausbildung, kein Zuhause, keine Familie. Wenn du glaubst, das Leben habe dich schlecht behandelt, dann versuche es zur Abwechslung mit einem Kind. Du wirst als dreißigjährige Kellnerin mit Hämorrhoiden und dem dritten Ehemann enden, dermaßen deprimiert, dass auch Drogen nicht mehr helfen, und mit einem Kind, das dich nicht ausstehen kann.»

«Woher wollen Sie das wissen?», fragte Annalee in schneidendem Tonfall.

«Weil ich das schon so oft miterlebt habe, dass es mir nicht einmal mehr das Herz bricht – oder nur dann, wenn ich jemandem wie dir begegne, so stark, so aufrichtig.»

Annalee legte ihre Hände auf die von Schwester Christine. «Lassen Sie mich ein ganz persönliches Gelübde ablegen: Wenn Sie mir nicht den Hals brechen, dann werd ich Ihnen auch nicht das Herz brechen.»

Mit Beginn des siebten Monats strahlte Annalee eine kraftvolle, lebenspralle Ruhe aus. Die anderen Mädchen auf ihrem Zimmer bewunderten sie. Sie begegneten ihr nun mit großem Respekt und behandelten sie auch vorsichtiger. Sie sorgten dafür, dass sie ein Extrakissen bekam und was immer sie zu essen wünschte. Sie wollten unbedingt wissen, wie es sich anfühlte. Annalee sagte ihnen, es fühle sich so an, als würde sie jemand anders werden, und dass es absolut unvergleichlich sei.

Die Geburt verlief ohne Komplikationen. Neunzehn Stunden

später, nachdem die Krankenschwester Daniel das dritte Mal zum Stillen hereingebracht hatte, schwang sie sich aus dem Bett, zog sich rasch an und verließ das Krankenhaus mit Daniel auf dem Arm.

Draußen nieselte es, und es war kalt, aber nicht eisig. Annalee wandte sich nach links und ging die Straße entlang, auf der Suche nach Autoschlüsseln, die im Zündschloss steckten. Das Nieseln nahm zu. Sie wickelte das Baby fester in die Decke. «Okay, Kleiner», sagte sie, «jetzt geht's los.»

Sanft schaukelte das Baby beim Fahren an Annalees Brust. Annalee sang zusammen mit Smiling Jack Ebbetts, dem ‹Singenden Trucker›, während sie im Führerhaus seines 49er Kenworth die I-80 West entlangdonnerten. Annalee hatte fünf Blocks vom Krankenhaus entfernt ein Auto gestohlen; da sie aber nicht zu lange damit herumfahren wollte, ließ sie es schließlich in der Nähe der Autobahn stehen und streckte stattdessen den Daumen heraus. Weniger als eine Minute später hielt Smiling Jack an, und als der Motor des gestohlenen Ford abgekühlt war, hatten sie schon fünfzig Meilen zurückgelegt.

Smiling Jack Ebbetts transportierte gar nichts. Er verdiente seinen Lebensunterhalt damit, an den Fernfahrertreffs und in Bars im ganzen Land zu singen; er trat auf, wenn er Lust dazu hatte oder Geld brauchte. Er lebte in dem langen Anhänger hinten an seinem Kenworth. In dem Anhänger waren eine kleine Küche, ein gemütliches Wohnzimmer, eine äußerst enge Dusche und Toilette sowie ganz am Ende zwei winzige Schlafkabinen. Dieser Tross, erklärte Smiling Jack, stellte einen Kompromiss zwischen seinem heimatverbundenen Herzen und seiner vagabundierenden Seele dar.

Smiling Jack war Ende dreißig und so freundlich, wie sein Name es versprach. Am Hutband seines Stetson steckte ein verblasster Gewerkschafts-Button, und seine Gürtelschnalle zierten zwei Würfel.

Annalee mochte ihn auf Anhieb. Als er sie fragte, weshalb sie denn mit so einem kleinen Baby unterwegs sei – «der Kleine sieht ja noch ganz feucht aus» –, erzählte sie ihm ihre Geschichte. Als sie berichtete, wie sie Schwester Bernadette den Kiefer gebrochen hatte, drückte er zweimal lange auf die Hupe.

«Na bitte!», rief er voller Bewunderung, als sie zu Ende erzählt hatte. «Das hast du ganz richtig gemacht, wenn du mich fragst.» Er streckte den Arm aus und klopfte ihr auf die Schulter. «Du schaffst das schon. Du hast Gefühle, du hast Grips, und du hast es drauf, beides immer schön zusammenzuhalten.» Er wandte seine Aufmerksamkeit wieder der Straße zu. «Habt ihr 'ne Idee, wo ihr hinwollt, du und der Kleine da?»

«Wahrscheinlich nach Kalifornien. Ich will es warm haben.»

«Kennt ihr da wen?»

«Nein.»

«Hast du 'n bisschen Geld?»

«Nein.»

«Ich bin im Moment selber ziemlich knapp bei Kasse», sagte Smiling Jack, «aber wenn wir nach Lincoln kommen, möcht ich unserem kleinen Daniel hier 'n bisschen was zum Geburtstag spendieren. Hemd und Jeans und so weiter. Und ein paar Windeln.»

«Das ist sehr nett», sagte Annalee zu ihm, «aber gib bitte nicht mehr aus, als du dir leisten kannst.»

Smiling Jack lächelte. «Wenn ich's nicht ausgebe, wie soll ich dann rausfinden, was ich mir leisten kann?»

Smiling Jack brachte ihr ein paar von den Liedern seines unerschöpflichen Repertoires bei, und sie übten zusammen, während sie Wyoming durchquerten, an Evans und Salt Lake City vorbeifuhren. Sie übten Harmonien, und derweil rollte der große Diesel durch die Salzwüste nach Nevada. Daniel schlief zwischen ihnen auf dem Sitz, wenn er nicht gerade gestillt wurde.

Annalee und Smiling Jack traten an drei Abenden in einer Bar in

Winnemucca auf; daran schloss sich ein Wochenend-Gig in einem kleinen Club in Reno an. Jack gab Annalee vierzig Prozent der Gage und übernahm alle Kosten. Als sie am Donner-Pass die Grenze zu Kalifornien erreichten, hatte Annalee eine gebrauchte Korbwiege, einen alten Sportwagen mit defektem Radlager sowie fünfundsiebzig Dollar in der Hosentasche ihrer Jeans von der Heilsarmee.

An diesem Nachmittag machten sie östlich von Sacramento Halt; Annalee brachte Daniels Windeln in den Waschsalon, während Smiling Jack einen Ölwechsel vornahm. Als sie weiterfuhren, sagte Smiling Jack: «Wie ich da so unter dem Truck liege und zusehe, wie das Öl in die Wanne tropft, da ist mir was für dich und den Jungen eingefallen. Weißt du, mir gehört 'ne Ranch, ziemlich blöde gelegen, wo sich Fuchs und Hase gute Nacht sagen, außerhalb von Spring Ridge, Luftlinie ungefähr hundertfünfzig Meilen nördlich von Frisco, 'n paar Meilen von der Küste entfernt. Hat mein Onkel beim Kartenspiel gewonnen, vier Zweien gegen ein Full House mit drei Assen, und zwar schon in den dreißiger Jahren. Nicht gerade das Gelbe vom Ei, aber wie Onkel Dave meinte, gut genug, um das Ganze mal mitzunehmen. Und als Onkel Dave vor fünf Jahren den Löffel abgegeben hat, da hat er sie mir vererbt. Sind so etwa zweihundert Morgen, 'n großes altes Blockhaus aus Redwoodholz, klare Luft, gutes Quellwasser. Das nächste Haus ist sieben Meilen entfernt und nur über 'nen Feldweg zu erreichen; mit viel Geselligkeit ist da also nichts, aber vielleicht ist das ja genau das Richtige für dich, und du kannst dort abwarten, bis der böse Zauber vorbei ist und der Wind wieder gedreht hat, wenn du weißt, was ich meine. Ich find die Ranch furchtbar, weil die immer am selben Ort ist und ich nicht einseh, warum ich dafür Steuern zahlen muss. Wenn du also Interesse hast – ich bin grade in Stimmung, um mit mir handeln zu lassen. Anstatt Miete zahlst du mir einfach die Steuern und hältst Haus und Grundstück in Schuss; du kannst bleiben, solange du willst. Die Steuern, das sind pro Jahr 297 Dollar, und bis nächsten Januar sind sie schon gezahlt. Wenn du's mal ausprobieren möchtest – Kinder finden das Landleben super. Und solltest du immer noch da sein, wenn ich das nächste Mal vorbeischaue, dann hätte ich vielleicht einen kleinen Nebenverdienst für dich. Bis dahin müsstest du für dich selbst sorgen. Was sagst du dazu?»

«Danke.»

Smiling Jack lachte. «Menschenskinder, du hast es verdient, Kleines. Du bist mir überhaupt nichts schuldig.»

Smiling Jacks Kenworth war zu groß und schwer für die schmale, holperige Zufahrtsstraße zur Ranch, deshalb legten sie die letzte Meile zu Fuß zurück; Daniel trugen sie abwechselnd. An die Hüttentür waren vier aufgefächerte Zweien genagelt worden; die Sonne hatte die Spielkarten so sehr ausgebleicht, dass sie fast weiß wirkten. Spinnweben zierten den Innenraum, und überall hatten sich Waldratten verewigt, aber das konnte mit Besen und Schrubber beseitigt werden. Das Dach des Schuppens hatte unter dem Gewicht eines Astes nachgegeben, den ein Sturm von einem Apfelbaum herübergeweht hatte, doch in dem Schuppen selbst waren drei Klafter abgelagertes Eichenholz. Smiling Jack zeigte ihr, wo das Petroleum war und wie sie die Lampen füllen und die Dochte beschneiden musste, er erklärte ihr, wie der Ofen und der Propangas-Kühlschrank funktionierten, zog aus einer alten Seemannstruhe Bettzeug hervor und gab ihr allgemeine Anweisungen. Draußen auf der hinteren Veranda, im warmen Sonnenschein, teilten sie sich das Sauerteigbrot und den Käse, den sie am Abend zuvor in San Francisco gekauft hatten. Nach dem Essen verabschiedete sich Smiling Jack und machte sich auf den Weg zu seinem Truck.

Daniel fing zu weinen an. Annalee knöpfte die Bluse auf und hielt ihm die Brust hin. Daniel stieß sie beiseite und weinte noch lauter. Annalee war sechzehn Jahre alt, Daniel keine zwei Wochen. Es war der erste April, und sie befand sich irgendwo in Kalifornien, in einem zugigen Blockhaus mit einem undichten Dach, das 1911 irgendein Schäfer erbaut hatte, und es gab hier nichts zu essen außer ein wenig Brot, Käse und ein paar verrosteten Dosen Schweinefleisch mit Bohnen im Schrank. In ihrer Hosentasche hatte sie siebenundsechzig Dollar. «Du hast Recht!», fuhr sie den schreienden Daniel an und begann ebenfalls zu heulen. Dann machte sie sich an die Arbeit.

Sie dichtete das Blockhaus ab, scheuerte es blitzblank und sorgte für Wasser. Zehn Tage später fuhr sie mit Daniel auf dem Arm per Anhalter nach San Francisco. Sie wechselten zweimal den Fahrer und brauchten zwölf Stunden. Die Nacht verbrachten sie in einer billigen Absteige an der Haight Street, wo ihr eine Frau Anfang zwanzig, die sich als Isis Parker vorstellte, einen Joint und die Benutzung der American-Express-Card ihres Vaters anbot.

Am nächsten Morgen durchforstete Annalee die Kleinanzeigen im *Chronicle* nach Babysittern, führte ein paar Telefongespräche, entschied sich dann für eine Frau mit einer netten Stimme, nahm den Bus und lieferte Daniel bei ihr ab. Dann fuhr sie ins Zentrum, um die Kreditkarte von Isis' Vater ein wenig zu missbrauchen. Daniel kaufte sie eine ganze Sporttasche voller Sachen zum Anziehen, sich selbst ein schickes Tweedkostüm, eine dazu passende Handtasche und ebensolche Schuhe, drei Paar Strumpfhosen und eine graue Seidenbluse.

An diesem Nachmittag wurde ein Broker mittleren Alters, der gerade aus der Tür von Bullock & Jones trat, von einer großen, hübschen Frau – eigentlich eher einem Mädchen – angesprochen, die ein perfekt geschnittenes Kostüm trug. Ganz offensichtlich war die junge Frau den Tränen nahe. «Bi-bitte entschuldigen Sie», stammelte sie, «a-aber meine Tasche ist gestohlen worden, und ich …», sie stockte, errötete und fuhr dann tapfer fort, «… ich brauche unbedingt Monatsbinden.»

Peng. Einhundert Dollar an einem Nachmittag. Für gewöhnlich

arbeitete sie im Financial District. Sie hielt sich vorzugsweise an gut angezogene Männer in den Fünfzigern, denn die überspielten ihre Verlegenheit meistens mit Großzügigkeit. Ein paar weigerten sich; sie gingen dann in der Regel wortlos weiter. Einer fiel in Ohnmacht. Nie versuchte sie ihr Glück bei Frauen. Die waren zu clever.

Alles in allem war es die perfekte Methode, so perfekt, dass sogar noch der offenkundigste Fehlschlag ihre Wirksamkeit bewies. An einem klaren Oktobernachmittag ging sie auf einen hoch gewachsenen gepflegten Mann mit grau meliertem Haar zu, der soeben das Clift Hotel verließ. Aufmerksam hörte er der Schilderung ihrer Notlage zu, griff sofort nach seiner Brieftasche und gab ihr eine Hundert-Dollar-Note. Annalee hatte noch nie eine gesehen. Zweimal zählte sie die Nullen nach. «Ich bringe Ihnen das Wechselgeld gleich zurück», brachte sie gerade noch heraus, und das hatte sie auch tatsächlich vor.

«Unsinn.» Der Mann grinste. «Behalten Sie mal das, was Ihnen nach dem Einkauf übrig bleibt, das dürften ja exakt hundert Dollar sein. Ihr Trick ist ganz ausgezeichnet. Talent ist heutzutage rar und sollte gefördert werden. Außerdem habe ich gerade acht Riesen beim Poker gewonnen, und ich bringe mein Geld gerne wieder in Umlauf.»

«Tja, Cowboy, denn mal los», lachte Annalee. Als sie Daniel abholte, lachte sie noch immer.

Normalerweise arbeitete sie einmal pro Monat in der Stadt; am Anfang nur einen Nachmittag, doch als Daniel entwöhnt war, ließ sie ihn zwei oder drei Tage hintereinander bei der Babysitterin, während sie sich zur Montgomery Street aufmachte und die Abende und die Nächte mit den jungen Künstlern und Revoluzzern in Haight Ashbury verbrachte. Zusammen rauchten sie Gras und tranken Wein. Annalee fühlte sich von Dichtern und Saxophonspielern angezogen, aber beschränkte ihren Umgang nicht auf sie. Allerdings nahm sie niemals jemanden mit nach Hause.

Das Monatsende verbrachten Annalee und Daniel immer zusammen auf der Ranch. Von ihrem Verdienst hatte sie eine einladige .22er gekauft; manchmal schoss sie ein Wildschwein oder ein anderes Stück Wild und stopfte dann einen Teil in das winzige Tiefkühlfach des Kühlschranks, trocknete den Rest oder legte ihn ein. Es gab einen großen Garten und ein Dutzend Hühner und Enten. Die alten Obstbäume trugen noch Früchte, und im nahe gelegenen Cray Creek fanden sich das ganze Jahr über kleine Forellen, hinzu kamen im Herbst Lachse. Sie arbeitete zwar hart, aber es ging ihnen gut, und die paar Dinge, die das Land nicht selbst hervorbrachte, kauften sie eben.

Abends las Annalee für gewöhnlich Bücher aus der Bibliothek, die ihr die Dichterfreunde empfohlen hatten, oder sie spielte auf der alten Gitarre, die sie unter dem Bett gefunden hatte, und erfand zu Daniels Belustigung einige Songs. *Song* war in der Tat Daniels erstes Wort. Doch er sprach schon gut genug, um aufgeregt hereinzulaufen und «Mom, da kommt jemand!» zu rufen, als Smiling Jack mit drei Jahren Verspätung endlich wieder vorbeischaute.

Jubelnd fielen sich Annalee und Jack auf der vorderen Veranda um den Hals. Smiling Jack hatte sich kaum verändert – seine Haare waren eine Spur grauer, die Lachfältchen um seine Augen vielleicht ein bisschen tiefer geworden. Aber Annalee hatte sich unglaublich verändert: Mit ihren neunzehn Jahren wirkte sie stark, robust und wild. Ihre Bewegungen hatten Leichtigkeit und Anmut, und sie sah einem direkt in die Augen. Smiling Jack war beeindruckt. Er hielt sie auf Armeslänge von sich und sagte feierlich: «Gütiger Himmel, Mädchen, wenn du mal nich neunhundertsiebenundvierzig Prozent besser aussiehst als beim letzten Mal! Das Landleben scheint dir zu bekommen.»

Annalee lachte und warf die Haare zurück. Dann sagte sie zu Daniel, der in der Tür stand: «Das ist Smiling Jack Ebbetts, der Mann, der uns hier wohnen lässt.»

«Hi», sagte Daniel.

«Sehr erfreut.» Smiling Jack hielt Daniel die Hand hin, welche dieser zögernd beäugte, bevor er sie schüttelte. «Bin mir nich sicher, ob du dich noch an mich alten Trucker erinnern kannst, weil du nich mal einen Monat auf dem Buckel hattest, als ich deine Mom und dich hinter Des Moines an der I-80 einfach so stehen sah und euch einpackte, um euch hierher zu bringen, damit ihr mir auf die Four-Deuces-Ranch aufpasst. Aber ich erinnere mich noch ganz genau an dich und unsere lange, schöne Fahrt in Richtung Küste!»

«Ich kann mich nicht an dich erinnern», sagte Daniel.

«Gibt nich so viele Leute, die sich an was erinnern können, als sie noch Babys waren.»

«Klar», stimmte Annalee zu, «aber es gibt auch nicht so viele Leute, die sagen, sie kommen in ein paar Monaten wieder, und tauchen dann erst mit drei Jahren Verspätung auf.»

«Musste doch erst sehen, ob's dir ernst war, als du gesagt hast, du willst es mal hier versuchen.»

Annalee verschränkte die Arme über der Brust. «Wir sind immer noch da.»

«Nee, nee», Smiling Jack machte eine abwehrende Handbewegung, «das war doch Spaß – hab ich nie ernsthaft dran gezweifelt. Es war nur so, dass ich unten in Florida in einen Haufen Familiengeschichten verwickelt worden bin, und dann auf dem Weg hierher, da bin ich in Waco auf so 'n Wahnsinns-Three-Card-Monte-Spiel gestoßen. Hab meinen Truck siebenmal verloren.»

Annalee nickte. «Und wie oft hast du ihn wieder zurückgewonnen?»

«Acht- oder neunmal», sagte Jack mit einem breiten Grinsen, «und dazu noch Geld wie Heu.»

«Komm doch rein», sagte Annalee und zeigte auf die Tür. «Ich helf dir beim Zählen.»

Smiling Jack brachte einen neuen Vorschlag zur Sprache, als sie mit dem Essen fertig waren. «Ein paar Freunde und ich könnten uns vorstellen, dieses Grundstück hier als Unterschlupf zu benutzen, und ...»

«Was heißt das, als Unterschlupf?»

«Na ja, wenn jemand mal untertauchen muss.»

«Weil ihm die Polizei auf den Fersen ist?»

«Im Allgemeinen ja.» Jack nickte. «Allerdings nicht immer. Manchmal auch einfach nur, weil er ein bisschen ausspannen will.»

«Und was wäre dein Vorschlag?»

«Ich möchte, dass du den Laden schmeißt. Dass du dich um die Leute kümmerst.»

«Hast du wirklich acht oder neun Trucks?», warf Daniel ein und zupfte dabei an Jacks Ärmel.

«Nein, Partner, nur einen, 'nen 49er Kenworth Diesel.»

«Ich würde gern mal mitfahren.»

«Abgemacht, aber du wirst dich ein bisschen gedulden müssen. Im Augenblick müssen deine Mom und ich was Geschäftliches besprechen.»

«Okay», sagte Daniel. Er ging nach draußen.

Smiling Jack wandte sich wieder Annalee zu. «Für dich wären tausend Dollar pro Monat drin plus mietfreies Wohnen, egal, ob jemand hierher kommt oder nicht – und meistens wird keiner hier sein.»

«Mit was für Leuten werde ich es denn zu tun haben?»

«Mit unseren allerbesten.» Seine Stimme versprach es.

«Was passiert, wenn jemand die Leute hier findet, nach denen gefahndet wird? Ich möchte nicht, dass Daniel in Gefahr gerät.»

«Das kann ich nicht garantieren. Ich kann dir aber versichern, dass sie erst hierher kommen, wenn die Situation nicht mehr so brenzlig ist. Das ist dann so eine Art vorletzter Schritt, eine Pause, bis der letzte Schritt fällig ist.»

«Wie viel darf ich über diese Leute wissen?»

Smiling Jack zuckte die Achseln. «Was sie dir halt so von sich erzählen.»

«Und was genau bedeutet, ich soll mich um sie kümmern?»

«Einkaufen, kochen, ihnen Gesellschaft leisten, wenn dir danach ist.»

«Hauptsächlich Männer?»

«Weiß ich nicht.»

«Sind auch Kinder dabei?»

«Schon möglich. Ich weiß es wirklich nicht.»

«Lange könnte ich das nicht machen. Daniel wird in ein paar Jahren zur Schule gehen.»

Smiling Jack hörte auf zu lächeln. «Du wirst ihn doch wohl nicht auf eine Schule schicken wollen? Da lernt er doch nichts, außer wie man unter völlig idiotischen Bedingungen mit anderen Kindern auskommt. Da draußen vor der Tür, da kriegt er die beste Erziehung auf der ganzen Welt. Aber lass mal: Du tust, was du für richtig hältst – hör nicht auf mich. Was das angeht, bin ich konservativ bis auf die Knochen. Wenn ich das Sagen hätte, dürfte kein Kind ein abstraktes Wort lernen, bevor es zehn ist. Dann hätten sie nich so viel Scheiße im Hirn.»

«Ich überleg mir das mit der Schule, aber ich kann dir nicht versprechen, dass wir hier bleiben. Ich mach das für 'nen Tausender im Monat, zwei Jahre bestimmt – aber danach dürfen wir gehen, wenn wir wollen.»

Smiling Jacks Lächeln kehrte zurück. «Oder bleiben. Über die Details können wir uns später unterhalten. Wollte nur wissen, ob du Interesse hast. Hab ich zwar nicht mit gerechnet, aber trotzdem 'ne Fuhre Bauholz mitgebracht, um ein kleines Gästehaus da unten am Abhang zu zimmern. Zu dritt wird's hier drin doch 'n bisschen eng.»

«Und wenn ich nein gesagt hätte?»

«Hätt ich dich in Ruhe gelassen und nach was anderem Ausschau gehalten.»

«Und woher willst du wissen, dass ich diese Leute nicht kaltblütig für zweitausend Mäuse ans Messer liefere?»

«Wenn ich der Meinung wäre, du würdest sie für zwei *Millionen* verkaufen, würde ich nicht mit dir reden.»

«Jack, wenn deine kriminellen Freunde auch nur halb so nett sind wie du, geb ich dir den Tausender pro Monat zurück, und wir sind quitt.»

«*Outlaws*», sagte Smiling Jack. «Es sind *Outlaws*, keine Kriminellen. Mein Freund Volta sagt immer, das is 'n wichtiger Unterschied. Outlaws tun nur dann was Unrechtes, wenn sie das Gefühl haben, es ist besser so; Kriminelle fühlen sich nur dann besser, wenn sie was Unrechtes tun.»

In dieser Nacht, nachdem Jack sich in seinem Truck schlafen gelegt hatte, fragte Daniel Annalee: «Können wir hier wohnen bleiben?»

«Sicher, solange wir wollen. Aber wir werden manchmal Gesellschaft bekommen, Freunde von Jack, die hier vorbeischauen.»

«Er hat gesagt, die würden sich verstecken.»

«Na ja, eigentlich ruhen sie sich aus, warten ein bisschen und ziehen dann weiter.»

«Warum verstecken die sich?»

«Weil es Outlaws sind.»

«Sind wir Outlaws?»

Annalee dachte einen Moment darüber nach. «Ich wahrscheinlich schon. Und was dich betrifft, so musst du das selbst entscheiden, wenn die Zeit reif ist.»

«Wann ist die Zeit reif?»

Annalee schlang ihren sonnengebräunten Arm um Daniels schmale Schultern und drückte ihn gegen ihre Hüfte. «Du bist ein braves Kind, Daniel, aber du darfst mich nicht immer mit Fragen löchern, die ich nicht einmal für mich selbst beantworten kann, geschweige denn für dich. Es gibt nun mal alle möglichen Dinge, die du dir selber irgendwie zusammenreimen musst. Das sind schon fünfzig Prozent von dem, was das Leben lebenswert macht.»

«Und was sind die anderen fünfzig Prozent?»

«Seine Meinung ändern.»

«Macht das genauso viel Spaß wie in Smiling Jacks Truck zu fahren?»

«Hey», sagte Annalee und umschlang ihn noch fester, «Spaß ist eben Spaß.»

Vier Monate nach ihrer Fertigstellung war die Gästehütte noch immer unbenutzt. Wie versprochen bekam Annalee jeweils am Monatsanfang einen Scheck über tausend Dollar, ausgestellt vom Orr Associates Trust Fund in Nashville. Sie löste die Schecks in San Francisco ein und blieb jedes Mal ein paar Tage dort, um sich auszutoben. Sie dürfte die Ranch vorübergehend verlassen, hatte Smiling Jack ihr versichert, vorausgesetzt, sie hinterließ eine Telefonnummer, unter der sie zu einer bestimmten Zeit erreicht werden konnte. Smiling Jack gab ihr die Nummer einer ‹Zentrale›, die sie anrufen sollte, wenn sie vorhatte, ein paar Tage wegzufahren, und einen Bestätigungscode für ihre Anrufe.

Annalee benutzte das Telefon in der Küche eines durchgehend geöffneten Coffee-Shops auf der Grant Street; sie zahlte den Köchen dort zwanzig Dollar pro Monat für den Gefallen. Zufällig war sie gerade dort, aß Doughnuts und debattierte mit Japhy Ryder, einem jungen Dichter von beträchtlichem Charme, über japanische Teezeremonien, als Louie den Kopf zur Küchentür hinausstreckte und sie ans Telefon rief.

«Hallo», meldete sie sich.

«Mrs. Ethelred?»

Sie erkannte Smiling Jacks Stimme. Die Anrede als verheiratete

Frau leitete den Bestätigungscode ein. «Ja, hier ist Mrs. Ethelred. Und Daniel.»

«Wo haben wir die Windeln gekauft?»

«Lincoln.»

«Habe ich mir viel Zeit gelassen, bis ich mich wieder gemeldet habe?»

«Zweiunddreißig Monate.»

«Das ist eigentlich ziemlich rasch für meine Verhältnisse. Jedenfalls hoffe ich, dass *Sie* tausendmal schneller nach Hause kommen. Auf dem Teich ist eine Ente. Sorry, dass ich Ihnen das beim ersten Mal antue, aber es fing auch noch an einer anderen Stelle zu brennen an, und da mussten wir uns was einfallen lassen. Ihr Besuch wartet vielleicht schon auf Sie – oder ist schon wieder weg.»

Annalee hatte mittlerweile ein Auto, einen Öl verschlingenden 50er Ford Flatbed, und sie holte Daniel sofort bei der Babysitterin ab und fuhr zurück zu den Four Deuces; die letzten zwei Meilen rumpelte sie über die schlechte Zufahrtsstraße zum Blockhaus. Das Haus war dunkel, als sie eintraten.

«Warum bleibt ihr nicht einfach stehen und entspannt euch.» Die Stimme der Frau war leise, aber die unmissverständliche Autorität eines Menschen, der eine Waffe hält, schwang deutlich mit.

Annalee und Daniel blieben stehen.

«Wen haben wir denn da?», fragte die Stimme. Annalee konnte die Silhouette einer Frau an der gegenüberliegenden Wand erkennen. Sie hielt tatsächlich eine Waffe, eine Art kurzes Gewehr.

«Annalee Pearse und mein Sohn, Daniel.» Sie spürte, wie Daniel sich von hinten an ihre Beine drückte.

«Na schön, Mädel», sagte die Frau mit einem leichten Dröhnen in der Stimme. «Wollte euch nich erschrecken, aber ich hab 'nen Scheißtag hinter mir und 'ne Scheißnacht, und irgendwie dachte ich, ihr seid entweder Plünderer oder die Bullen. Mach mal 'n Licht an, damit wir uns genauer anschauen können.»

Annalee zündete die zwei Lampen auf dem Kaminsims an. Als sie aufflackerten, ließ die Frau das abgesägte Gewehr sinken. «Ich heiße Dolly Varden.» Die Frau sah ganz bleich aus im Lampenschein, aber ihre klaren blauen Augen, ihre Stimme und ihr kräftiger, gedrungener Körper ließen keinen Gedanken an Zerbrechlichkeit aufkommen. Sie trug ein graues Baumwollsackkleid und schmutzige Tennisschuhe.

«Man hat mir ausgerichtet, dass du hier sein könntest, Dolly», sagte Annalee, «aber ich bin trotzdem erschrocken.»

«Kann ich dir nich verdenken», grunzte Dolly. Sie schaute zu Daniel hinunter, der sich noch immer an die Beine seiner Mutter drückte. «Und du heißt Daniel, stimmt's?»

Daniel nickte rasch, ein einziges Mal.

«Hab ich dich auch erschreckt?»

Daniel antwortete mit einem weiteren, noch rascheren Nicken.

Dolly Varden ging in die Hocke und lächelte ihn an. «Ich muss zugeben, als ihr zwei da grade die Auffahrt hochkamt, da hab ich mich so erschreckt, dass ich beinahe Blei geschwitzt und mich durch den Kamin verdünnisiert hätte.»

Daniel verbarg den Kopf hinter dem Rücken seiner Mutter, die sich hinunterbeugte und ihn auf den Arm nahm.

Dolly stand auf. «So, nachdem wir uns also alle tüchtig erschreckt haben, möchte ich gleich noch eins draufsetzen.» Sie drehte sich um. Die untere Hälfte ihres Unterrocks hatte sich mit Blut vollgesogen. «Bist du gut in erster Hilfe, Honey?», fragte sie über ihre Schulter hinweg.

«Eigentlich nicht», sagte Annalee, der bei dem Anblick ein Schauder über den Rücken lief.

Das spürte Daniel, den sie noch auf dem Arm trug, und er wandte ihr den Kopf zu, um sie anzuschauen. «Das ist Blut», sagte er, als müsse er es bestätigen.

«Steht da nicht rum und glotzt Löcher in die Luft, ihr zwei. Setzt

Wasser auf und holt was zum Verbinden. Ich glaub nicht, dass es schlimm ist, hab's mir aber noch nicht genauer angesehen, weil mich der verdammte Bastard ja am Arsch erwischt hat. *Shit*, mein Arsch hat schon 'nen Haufen abgekriegt. Männer, Motorräder, Schläge – und jetzt auch noch Schrot. Die Scheiß-Wachposten benutzen kein Steinsalz wie die Farmer früher, als ich noch 'n sommersprossiges Fohlen war und mich an den Kürbissen vergriffen hab.»

Annalee setzte Daniel ab und stellte den Wasserkessel aufs Feuer. Dolly drehte Daniel den Rücken zu und zog das Sackkleid über den Kopf. Daniel starrte sie an. Dollys Rücken und Schenkel waren mit Tattoos übersät, ihr Schlüpfer war zerrissen und voller Blut.

«Meine Mom hat auch eins», sagte Daniel.

«Ein was?»

«Ein Tattoo. Ein kleines.»

Annalee, die die Unterhaltung vom Herd aus mitverfolgte, sagte: «Ich hab's selber gemacht. Ist nicht besonders gut geworden.»

«Da muss es dir ganz schön dreckig gegangen sein, wenn du's selber gemacht hast.»

«Stimmt», sagte Annalee.

«Was für eins ist es denn? Der Name von einem Lover, eine Blume, ein Tier?»

«Ein Kreuz.»

«Hätte ich jetzt nicht erwartet», sagte Dolly. Sie klang leicht enttäuscht.

«Nein, nein – das hat nichts mit Religion zu tun. Es ist ein in sich verdrehtes Kreuz. Sie wollten, dass ich klein beigebe.»

«Bei mir war's auch so, Honey», sagte Dolly voll Mitgefühl. «Und jetzt haben sie mir in den Arsch geschossen. Wie weit ist das Wasser?»

«Ist gleich so weit.»

«Tut es weh?», fragte Daniel.

Dolly drehte sich um und sah ihn an. Ihre großen Brüste schwangen bei der Bewegung herum. «Schon, ist aber nicht schlimm. So 'ne Art unterschwelliger Schmerz.»

«Ich hab mich einmal mit der Axt verletzt. Nicht mit der scharfen Seite, sondern mit der anderen. Das hat vielleicht wehgetan.»

«Kann ich mir vorstellen.»

«Ich hab geheult und geheult.»

«Hätte ich auch.»

«Jetzt weinst du aber gar nicht.»

«Werd ich aber bestimmt in ein paar Minuten», sagte Dolly.

«Das solltest du nämlich», erklärte Daniel feierlich. «Dann vergeht der Schmerz schneller.»

Als das Wasser heiß war, zog Dolly mit schmerzverzerrtem Gesicht ihren Schlüpfer aus und legte sich mit dem Bauch nach unten aufs Bett. Ein schmaler gezackter Striemen zog sich über ihre linke Gesäßhälfte.

Annalee untersuchte die Wunde. «Sieht nicht so schlimm aus. Allerdings hast du ein Tattoo eingebüßt, glaube ich.»

«Meine Kirsche», ächzte Dolly.

Annalee kicherte. «Das ist nicht wahr!»

«Mein erstes und mein liebstes dazu. Ich hab mich jung und sexy gefühlt damit, wenn du verstehst, was ich meine.»

Dollys Hinterbacken zogen sich zusammen, als Annalee die Wunde mit dem feuchten sauberen Handtuch reinigte. Fasziniert sah Daniel zu.

«Woher hast du das?», fragte Annalee, in der Hoffnung, sie abzulenken.

«Als ich über die Mauer geklettert bin», presste Dolly hervor. «War aber gar kein Wachposten auf dem Turm, sondern eine von den verdammten Schlampen auf dem Hof.»

«Nein, ich meine das Tattoo.»

«Oh! Das hab ich mir machen lassen, als ich ungefähr in deinem Alter war. In Oklahoma.»

«Und dort bist du auch aufgewachsen?»

«Genau. In der Nähe von Carver, unten in der Südwestecke. In den Dreißigern war das immer noch 'ne Gegend für Outlaws. Ich werde nie meinen ersten Schultag vergessen, als der Lehrer zu uns sagte: ‹Wenn ihr angelaufen kommt und mir von jemandem erzählt, der was Unrechtes getan hat, dann werd ich dem mit dem Rohrstock eins überbraten, wie sich das gehört, aber euch, euch hau ich windelweich, bis mir der Arm wehtut, denn wenn ich eins nicht leiden kann, dann sind das Petzen!› Es war ein Ort, an dem –» sie biss die Zähne aufeinander und brach ab, als Annalee wieder die Wunde mit dem Handtuch berührte.

«Na ja, du hast immer noch den Stängel und zwei grüne Blätter», sagte Annalee nachdenklich, während sie das Blut abtupfte.

«Ich hatte 'ne Freundin im Knast, Doris Kincaid, die hat immer gesagt, wenn sie deine Kirsche kriegen, ist es nicht so schlimm, solange es nur nicht der Kern ist.»

«Was hast du da unten in Carver gemacht?»

«Meistens Banken ausgeraubt. Ich war Mitglied der ersten Motorradgang des Landes, der Zinnober-Banditen. Wir hatten Klasse, das muss man sagen. Wie eine Familie waren wir. War damals ganz anders als heute. Heute sind die Motorrad-Jungs doch herzlos. Nehmen Drogen, schlagen Wehrlose zusammen, ziehen sich schlampig an und benehmen sich wie Idioten – die meisten von ihnen sind gestört. Schau dir an, wie sie ihre Frauen behandeln! Wenn du auch nur einen Funken Klasse hast, behandelst du *niemand* so wie die.»

«Was ist Zinnober?», fragte Daniel.

«Ein leuchtendes Rot», antwortete Annalee.

Dolly hob den Kopf und drehte sich zu Daniel um. «Wir haben

lange zinnoberfarbene Halstücher getragen», erläuterte sie. «Sah gut aus.»

«Habt ihr Leute umgebracht?»

Annalee unterbrach Daniel, indem sie zu Dolly sagte: «Ich reibe das jetzt mit einer antibiotischen Salbe ein – das ist alles, was wir haben – und klebe dann ein Gazepflaster drauf. Was hältst du davon?»

«Du bist der Doc», sagte Dolly.

«Habt ihr Leute umgebracht?», wiederholte Daniel ungeduldig.

«Verdammt nochmal, Daniel!», fauchte Annalee. «Nerv nicht ständig, während ich Dolly verarzte!»

«Nein, das ist eine gute Frage», sagte Dolly. Sie klang eher resigniert als verärgert. «Wir waren Bankräuber, Daniel, keine Killer. Wir hatten Gewehre, aber die waren nie geladen. Klar mussten wir ein paar Leuten wehtun, aber gern haben wir das nicht getan – für uns war es Ehrensache, niemandem Schmerz zuzufügen, wenn es sich vermeiden ließ. Auf die Idee mit den Gewehren, die nie geladen waren, kam mein Freund.»

«Wo ist dein Freund jetzt?»

«Er ist tot. Hat sein Motorrad auf einer vereisten Straße zu Schrott gefahren.»

Daniel sagte nichts.

Annalee riss zwei Streifen Klebeband ab und befestigte das Gazepflaster. «Das wär's», sagte sie zu Dolly. «Ich bin zwar kein Arzt, aber ich würde mal sagen, du kommst durch.»

«Hoffen wir's», sagte Dolly; ihre Stimme wurde von dem Kissen gedämpft.

«Mal sehen, vielleicht finde ich einen Schlüpfer für dich, damit der Verband besser hält.» Annalee versetzte Dollys unversehrter Hinterbacke einen Klaps, stand auf und machte sich auf die Suche.

Daniel trat näher ans Bett heran, legte seine kleine Hand auf Dollys Rücken und rieb ihn ganz sanft.

Dolly hob den Kopf, drehte sich um und lächelte ihn an; Tränen schimmerten in ihren Augen. «Und da soll man nicht schwach werden», sagte sie und fing lautlos zu weinen an.

Als sie sich am nächsten Morgen an den Frühstückstisch setzten, brummte ein kleines blaues Flugzeug über das Haus.

«Das ist für uns», sagte Dolly. «Bei der nächsten Schleife wird er etwas abwerfen.»

Annalee ging nach draußen und Daniel lief vor ihr her. Sie schirmten die Augen mit den Händen gegen die niedrig stehende Sonne ab und beobachteten das Flugzeug, das sich langsam in eine Linkskurve legte, dann wieder zu seiner alten Bahn zurückkehrte und dabei einen kleinen silbernen Behälter fallen ließ, der ein paar Sprünge auf der Straße machte und schließlich hinter dem Ford Flatbed liegen blieb.

«Treffer!», rief Daniel voller Begeisterung.

Annalee hob den Behälter auf und reichte ihn Daniel. «Trag das rein zu Dolly.»

Sie lasen die Nachricht zusammen am Küchentisch: ‹H1M1142400. Strand. Fuß. øF.›

«Hoffentlich weißt du, was das bedeutet», sagte Annalee, «ich hab nämlich keinen blassen Schimmer.»

«Highway 1, Meilenstein 114, um 24.00 Uhr, also um Mitternacht», übersetzte Dolly. «Das Treffen findet am Strand statt. Ich soll zu Fuß herüberkommen. ‹øF› bedeutet ohne Fahrzeug. Wie weit ist das von hier aus?»

«Vielleicht zwei Meilen – allerhöchstens eine Stunde. Es gibt einen alten Trampelpfad, aber der führt nur zum Highway. Ich weiß nicht, wo der Meilenstein ist.»

«Bestimmt ist 114 in der Nähe von dem Pfad. Wahrscheinlich sollte ich so gegen zehn hier losgehen. Habt ihr ’ne Taschenlampe, die ihr entbehren könnt?»

«Ich bring dich hin», sagte Annalee. «Wir fahren die ganze Zeit per Anhalter zum Fischen und Muschelsammeln dorthin.»

Dolly warf einen Blick auf Daniel.

«Ich werde ihn tragen. In einem von diesen Tragegestellen, die aussehen wie ein Rucksack.»

«Macht Spaß!», sagte Daniel.

«Das ist nicht das Problem. Aber was ist, wenn mich jemand in letzter Minute schnappt?»

«Ich sag's keinem!», ereiferte sich Daniel. «Niemals! Ganz bestimmt nicht!»

Dolly unterdrückte ein Lachen und zauste spielerisch sein Haar. «Darüber hab ich mir auch keine Gedanken gemacht. Du hast so viel Schneid, den kann dir keiner abkaufen. Aber ich möchte nicht, dass sie euch als Geiseln nehmen.»

«Was sind Geiseln?»

«Wenn sie dich gegen mich tauschen.»

«Ich würde einfach nicht tauschen», erklärte Daniel.

«Aber ich», klärte Dolly ihn auf. «Und deshalb bleibst du mit deiner Mom hier.»

Dolly brach ein paar Minuten vor zehn Uhr auf. Annalee und Daniel gingen mit ihr durch den Obstgarten zum Trampelpfad. Annalee gab ihr einen alten Rucksack, in den sie ein Sandwich, das letzte von den großen Gazepflastern, Ersatzbatterien und eine Ersatzbirne für die Taschenlampe gepackt hatte. Dolly hob Daniel hoch, drückte ihn fest an sich und wirbelte einmal mit ihm um die eigene Achse, dann setzte sie ihn wieder ab. Sie und Annalee umarmten sich kurz.

«Danke für die Hilfe und die Gastfreundschaft», sagte Dolly. «Ihr seid große Klasse, Leute.» Sie sog die klare Luft der Oktobernacht tief ein. «Verdammt», seufzte sie, «es tut so *gut*, wenn man frei ist.»

«Dann sieh zu, dass du's bleibst!», sagte Annalee.

Hand in Hand standen Daniel und Annalee da und sahen Dolly nach, die sich leicht hinkend auf den Weg zur Küste machte.

Kurz nach Daniels fünftem Geburtstag setzte sich Annalee mit Daniel zusammen und erklärte ihm ganz behutsam, was es für Vor- und Nachteile mit sich brachte, eine Schule zu besuchen. Die Entscheidung überließ sie Daniel. Er brauchte nur einen Moment. «Nö», sagte er, «Schule klingt irgendwie Scheiße.»

Daniel bekam zwar keine Schulbildung, aber ungebildet blieb er deswegen nicht. Annalee – vor dem Tod ihrer Eltern übrigens eine ausgezeichnete Schülerin – hatte ihm zu dem Zeitpunkt, als er sich gegen das Lernen an einer offiziellen Institution entschied, bereits das Lesen beigebracht. Auf ihren Hamstertouren in die Stadt brachten sie die Hälfte der Zeit in der Bibliothek zu, wo Daniel seinen Lesestoff bis zum nächsten Trip auswählte – und er wollte immer ganz genau von Annalee wissen, wann der stattfinden würde. Er las so ziemlich alles, entwickelte mit der Zeit aber ein besonderes Interesse für Tiere und Astrologie. Als er neun Jahre war, bestellte er ein Farbposter vom Pferdekopfnebel. Tagelang schwärmte er davon; er hielt Annalee ganze Vorträge über das Wesen und die Geheimnisse des schäumenden Wirbels aus Gas und Staub. Annalee hatte ihn noch nie so hingerissen erlebt.

«Ich wette, ich weiß, warum dir der Spiralnebel so gefällt», sagte sie.

«Worum wetten wir?», fragte Daniel. Auf solche Wetten ließ sie sich nur ein, wenn sie wissen wollte, was er dachte. Er mochte solche Spiele.

«Um den Abwasch vom Abendessen.»

«Okay», stimmte Daniel zu. «Warum gefällt er mir so?»

«Weil er wunderschön ist.»

«Nee.»

«Tja ... warum dann?»

«Er gefällt mir», sagte Daniel, «weil ich mir nichts Größeres vorstellen kann.»

«Genau das meinte ich mit ‹wunderschön›!», protestierte Annalee.

«Falsch», verkündete Daniel. «Jetzt musst du auch noch die Teller vom Frühstück abwaschen, weil du versucht hast zu bescheißen.»

Wie die meisten Lehrer lernte Annalee durch ihren Schüler etwas dazu. Immer am Silvesterabend wählten sie ein Fachgebiet aus, mit dem sie sich beide das kommende Jahr über beschäftigten. Einmal waren es Steine. Ein andermal Raubvögel. Das Jahr, das der Meteorologie gewidmet war, machte am meisten Spaß. Jeden Abend steckten sie ihre Wettervorhersagen für den nächsten Tag in einen Umschlag und legten diesen dann in einen Topf. Tags darauf öffneten sie die Umschläge nach dem Abendessen, als wären es chinesische Glückskekse. Ihre Trefferquote und die Wetterdaten des betreffenden Tages zeichneten sie in eine Tabelle an der Wand ein, die sich zur Wintersonnenwende in ein richtiges Wandgemälde verwandelt hatte. Am Silvesterabend, ein paar Minuten vor Mitternacht, rollten sie feierlich das Wandgemälde zusammen, banden eine himmelblaue Schleife darum und bewahrten es wie eine kostbare Schriftrolle in einem Angelköcher auf.

Das schwierigste Gebiet war für beide Pflanzenkunde. Sie strengten sich sehr an, doch das Thema war einfach zu umfangreich. Auf dem Tisch im Wohnzimmer lagen immer die verschiedensten Pflanzenproben und abgegriffene Bestimmungsbücher. Wildblumen und Bäume waren nicht allzu schwierig, aber die Pilze bereiteten Kopfzerbrechen – und die Gräser erwiesen sich als unüberschaubar.

Das permanente Schuleschwänzen führte paradoxerweise dazu, dass Daniel eine stattliche Anzahl verschiedener Lehrer bekam. Nicht alle Gäste im geheimen Unterschlupf interessierten sich für

Daniels Erziehung, doch die meisten fanden seinen Lerneifer und seine Begabung unwiderstehlich.

Er lernte Schönschreiben bei Annie Crashaw, einer renommierten Fälscherin. Sandra XY, eine revolutionäre Hexe, unterwies ihn in den delikaten Künsten der Subversion und der Sabotage; sie betonte immer, wie wichtig es sei, ganze Systeme auf Schwachstellen hin zu analysieren und dabei nicht nur die einzelnen Teile zu sehen, sondern auch, wie sie miteinander verbunden waren. Das Feingefühl in Sandra XYs Kunst rührte von ihrem Engagement für Gewaltlosigkeit, einer Überzeugung, die bei Daniel irgendwie vergeudet war. Die einzigen Beispiele für Gewalt hatte er in freier Wildbahn gesehen, und er fühlte sich davon weder angezogen noch abgestoßen. Gewalt war etwas ganz Natürliches. Als er Sandra XY darauf ansprach, sagte sie: «Einverstanden. Vorausgesetzt, du isst auch, was du umbringst.»

Er bekam detaillierten Unterricht in Statik, von Bobby «Bum-Bum» Funtman, dessen Fachkenntnisse das notwendige Nebenprodukt seiner Leidenschaft für präzise und wirksame Explosionen darstellten. Bum-Bum wusste, wovon er sprach, denn es wurde allgemein behauptet, er könne mit einer einzigen Stange Dynamit mehr Schaden anrichten als eine ganze Schwadron von B-52-Bombern. «Nicht der Umfang einer Ladung ist wichtig», predigte Bum-Bum immer wieder, «sondern ihre Platzierung.»

Ein junger Dichter namens Andy Hawkins, ein Wehrdienstverweigerer, der untergetaucht war, lieferte die Ergänzung zu Bum-Bums Unterricht, als er Daniel in die japanische Verskunst einführte und ihm insbesondere die flüchtige Intensität des Haiku nahe brachte. Daniels Beschäftigung mit fernöstlicher Dichtung wurde oft von der Abwesenheit seines Lehrers erschwert, wenn er mit seiner Mutter im Bett lag. Etwa drei Minuten nachdem er zur Tür hereingekommen war, hatte Annalee den kleinen Andy verführt. Sie hatte vorher nie mit einem Gast geschlafen. Als Annalee

«Gute Nacht, mein Schatz, ich geh runter zur Gästehütte und schlafe mit Andy» sagte, empfand Daniel eine Mischung aus Schock, Eifersucht, Furcht, Verwirrung, Einsamkeit – und unbändige Freude darüber, dass seine Mutter so glücklich war.

Daniels Lieblingslehrer von den etwa vierzig, die ihn vorübergehend unterrichtet hatten, war Johnny Seven Moons. Wenn Daniel jemals so etwas wie einen Vater hatte, dann war es Johnny Seven Moons. Er war auch der einzige Gast, der einfach nur als Freund wiederkam; einige der unverbesserlichen Straftäter kehrten zwar ebenfalls zurück, aber geschäftlich, wenn es ihnen nämlich wieder einmal ein wenig zu heiß geworden war.

Johnny Seven Moons war ein alter Pomo-Indianer, der den unerschütterlichen Glauben vertrat, eine der größten geistigen Vergnügungen sei dem Menschen das Sprengen von Staudämmen. Irgendwann Anfang März, kurz vor seinem siebten Geburtstag, ging Daniel nach draußen, um die Hühner zu füttern, und da saß Johnny Seven Moons auf der Veranda, ganz lässig und zufrieden, als wäre er zusammen mit dem Sonnenaufgang hier aufgetaucht. Bei beiden war es Liebe auf den ersten Blick.

Zweifellos traf die alte Weisheit, dass große Lehrer kein bestimmtes Fach unterrichten, auf Johnny Seven Moons zu. Auch ein weiterer pädagogischer Grundsatz – «Große Lehrer lehren nicht» – ließ sich auf ihn anwenden. Seven Moons unternahm einfach Dinge mit Daniel – sie bastelten Pfeil und Bogen oder einen Käscher für Fische, sie strichen die Gästehütte an, sammelten Pilze, kochten, putzten –, was der Tag bot und Daniels unersättliche Neugier anregte, das wurde getan. Wie Annalee behandelte Johnny Seven Moons Daniel eher als Gefährten denn als Schützling. Zu Daniels anfänglicher Enttäuschung gab Seven Moons kaum indianische Weisheiten von sich. Wie er Daniel erklärte, wusste er da gar nicht so viel, denn er hatte Missionsschulen besucht. Bei der Army war ihm nur die Kunst, Dinge zu zerstören, beigebracht worden.

Nach seiner Entlassung saß er geraume Zeit im Gefängnis, weil er seine militärischen Kenntnisse auf von Menschenhand errichtete Barrieren gegen natürliche Fließbewegungen angewandt hatte – also Staudämme, Bewässerungskanäle und Aquädukte. «Aber mach dir keine Sorgen», sagte er zu Daniel, «ich weiß schon was von dem Indianerzeugs. Weißt du, mit den Einzelheiten kenn ich mich nicht aus, aber ich denke wie ein Indianer.»

Wenn die Sonne schien, unternahmen Daniel und Seven Moons draußen etwas. Regentage waren Schach-Marathons gewidmet; das kleine Set hatte Seven Moons aus Elchhorn geschnitzt: Die weißen Figuren sahen aus wie Cowboys, die rotbraunen wie Indianer. Allerdings eröffnete Seven Moons zufolge beim Indianerschach immer Rotbraun, und die dunklen Figuren konnten auch nur von einem Indianer gespielt werden – obwohl er bei Daniel großzügigerweise eine Ausnahme machte. Seven Moons spielte überlegt und ohne Gnade; er nutzte jeden Patzer Daniels aus und freute sich diebisch darüber.

Die beeindruckendste Lektion sowohl für Daniel als auch für Annalee ereignete sich an einem warmen Mainachmittag. Alle drei machten gerade die Speisekammer sauber, Aufgabe Nummer neun auf Annalees Frühlingsputz-Liste, als plötzlich dicke Wolken den Himmel verfinsterten. Wenige Minuten später fing es an zu regnen. Johnny Seven Moons trat an die offene Tür, atmete tief ein und begann, seine Kleider abzustreifen. Daniel und Annalee tauschten einen beunruhigten Blick aus. «Gehst du schwimmen?», witzelte Daniel.

«Nein», sagte Seven Moons, schlüpfte rasch aus seiner Unterhose und ließ sie achtlos fallen. «Ich gehe in dem warmen Frühlingsregen spazieren. Kommt doch auch, wenn ihr Lust habt. Nackt im warmen Frühlingsregen herumzulaufen ist eine der höchsten spirituellen Freuden, die dem Menschen vergönnt sind.»

Annalee schälte sich schon aus ihrer Jeans, aber Daniel hatte eine

Frage: «Ist das ein größeres Vergnügen, als Dämme in die Luft zu jagen?»

Seven Moons schloss die Augen und öffnete sie gleich darauf wieder. «Das ist'n harter Brocken! Na, ich glaube, sie sind ungefähr gleich groß. Weißt du, wenn ich nicht Dämme in die Luft jagen und Flüsse wieder in ihr eigenes Bett zurückführen würde, dann gäbe es bald keinen warmen Frühlingsregen mehr, in dem man herumspazieren könnte.»

Es war großartig. Hand in Hand – Daniel in der Mitte – gingen sie nackt über die Wiese zu der eichenbestandenen Anhöhe hinüber, wo sie, herrlich durchnässt, «Old Man River» sangen, während der Himmel allmählich aufklarte. Minuten darauf kam die sengende Sonne wieder hervor. Durch Nebelschwaden, die vom feuchten Gras aufstiegen, gingen sie zurück zum Haus, und da war mit Ausnahme der Haare und Füße schon alles an ihnen trocken.

Annalee und Daniel redeten noch oft von dem Regenspaziergang mit Seven Moons, aber was sie damals wirklich bewegt hatte, behielten sie für sich. Das Gefühl des Regens auf ihrer Haut hatte Annalee so überwältigt, dass sie fürchtete, gleich zu kommen oder im feuchten Gras umzukippen. Etwas quälte sie. Es fiel ihr schwer, nicht mehr auf den eigenen Körper zu achten und die Aufmerksamkeit den beiden zuzuwenden, obwohl auch sie ihr Freude machten.

Daniel musste an einen Moment denken, als sie gerade die Anhöhe hinaufschritten: Er sah seine Mutter an, die so wunderschön war und deren Haar vom Regen glänzte, und dann schaute er zu Seven Moons hinüber, der stark, weise und unerschrocken war. Er spürte ihre großen Hände in seinen und fühlte, wie ihm der Regen auf die Schultern tropfte. Einen Augenblick lang hatte er den Eindruck, die Welt sei vollkommen.

Obwohl sie es nie erwähnten, erinnerten sie sich beide noch an das, was Johnny Seven Moons gesagt hatte, als sie oben auf der Anhöhe angekommen waren: «Oh, Dämme in die Luft zu jagen ist eine *ungeheure* Aufgabe, eine *bedeutende* Aufgabe, eine *schwerwiegende* Aufgabe ...» Und dann lachte er wie ein Verrückter; sein Lachen echote in der Ferne über die Wiese und verlor sich im Flüstern des Regens. Er drückte Daniels Hand und grinste Annalee an. «Nur in Momenten wie diesem bin ich froh, dass wir alle mal sterben müssen.»

Beim ersten Mal blieb Seven Moons sieben Monate, und danach kam er pro Jahr etwa viermal, jeweils eine oder zwei Wochen lang. Nachdem acht Monate seit seinem letzten Besuch verstrichen waren, begann Daniel sich Sorgen zu machen.

Als Smiling Jack mit einem Monat Verspätung vorbeikam, um Weihnachten zu feiern, fragte Daniel ihn, ob Seven Moons wieder im Gefängnis sei. Smiling Jack wusste es nicht, versprach aber, sich nach Seven Moons' Verbleib zu erkundigen, sobald sich ihm die Gelegenheit dazu bot. Es könne allerdings eine Weile dauern, denn Seven Moons reiste nach Lust und Laune in der Weltgeschichte herum, ohne Telefon, ohne ständige Adresse. Da Smiling Jacks übergroßer Hang zum Zuspätkommen von einer ähnlichen Veranlagung herrührte, rechnete Daniel nicht mit einer prompten Antwort. Eine Woche nachdem Smiling Jack abgefahren war, fanden sie einen Brief im Postfach, als sie in der Stadt ihre Einkäufe erledigten. Smiling Jack schrieb, Seven Moons sei zurzeit in der Nähe von Gaulala und kümmere sich um seine Mutter, die sehr krank gewesen sei, der es nun aber wieder besser gehe. Allerdings werde er wohl bis zum Herbst dort bleiben. Ohne ersichtlichen Grund war Daniel überzeugt davon, er werde Seven Moons nie mehr wieder sehen. Annalee machte sich Sorgen, da er plötzlich so traurig war – ein für ihn ungewöhnlicher Zustand –, und als sie ihm endlich seine geheime Überzeugung entlockt hatte, schlug sie vor, er solle Seven Moons im Frühjahr besuchen.

Annalee half Daniel gerne bei den Vorbereitungen für diesen

Besuch, der, so hoffte sie, bis in den Sommer hinein dauern würde. Wenn es sich machen ließ, wollte sie Smiling Jack um einen dreimonatigen Urlaub bitten. Sie brauchte ein wenig Zeit für sich, ohne irgendwelche Verpflichtungen. Den Unterschlupf zu leiten war zwar nie unangenehm, wurde jedoch immer langweiliger. Daniel beeindruckte sie durch seine Wissbegier und seinen Tatendrang, aber sie fand ihn auch anstrengend. Und das unvorhersehbare Auftauchen von Gästen machte es für sie noch schwieriger, einen eigenen psychischen Rhythmus, eine ungestörte Beziehung zu sich selbst zu finden und auszuleben. Vor allem verwirrte Annalee, dass sie sich seit kurzem von ihrem Sohn sexuell angezogen fühlte. Sie war nicht sicher, ob dieses Gefühl lediglich ein nahe liegender Katalysator für die verstärkte erotische Spannung war, die mit dem Spaziergang im Regen begonnen hatte, oder ob es etwas war, das nur sie beide betraf – oder vielleicht alle Mütter mit Söhnen in Daniels Alter, dem Schwebezustand auf dem Weg vom Jungen zum Mann. Dass er blaue Augen hatte und groß, schlank und feinfühlig war, erleichterte das Ganze auch nicht gerade. In letzter Zeit verwirrte sie der Anblick seines nackten Körpers. Allerdings hätte sie diesem Gefühl niemals nachgegeben. Es war also nicht die Furcht, der Versuchung zu erliegen, die sie so sehr beunruhigte, als vielmehr die ärgerliche Tatsache, dass sie damit fertig werden musste – und deshalb war sie so sehr darauf erpicht, Daniel den Sommer über zu Seven Moons zu schicken, dass sie sogar Smiling Jack per Telefon ausrichten ließ, er möge sich so schnell wie möglich mit ihr in Verbindung setzen.

Das wäre gar nicht nötig gewesen. Als sie und Daniel an dem Abend aus San Francisco zurückkehrten und das Blockhaus betraten, lächelte ihnen Smiling Jack vom Küchentisch aus zu. Bei ihm war ein neuer Gast, der erste, den Jack persönlich hergebracht hatte, ein blendend aussehender Mann Mitte dreißig namens Shamus Malloy. Und von da an änderte sich alles.

Shamus Malloy war ein professioneller Schmuggler, ein alchimistischer Metallkundler, ein revolutionärer Dieb und – zu schön, um wahr zu sein – ein begnadeter Dichter. Mit seinen knapp eins neunzig war er etwas größer als Annalee, dazu zehn Jahre älter als die nunmehr Sechsundzwanzigjährige. Er hatte zerzauste, sandsteinfarbene Haare, eindringliche blaue Augen, die nichts verbargen, und eine Baritonstimme, die zärtlich auf den langen Vokalen verweilte und das R leicht rollte. Ungewöhnlich an seiner stattlichen Erscheinung war der schwarze Handschuh, den er an der linken Hand trug.

Annalee war hingerissen.

Auch Daniel war beeindruckt von Shamus' magnetischer Anziehungskraft, zugleich aber auch ein wenig eingeschüchtert; dennoch wollte er unbedingt erfahren, was es mit dem schwarzen Handschuh auf sich hatte. Wenn du etwas wissen willst, dann frag einfach, hatte Annalee ihm immer eingeschärft, doch an der Art, wie sie sich benahm – nämlich komisch –, sah Daniel, dass sie bestimmt böse würde, wenn er Shamus wegen des Handschuhs löcherte. Er musste es geschickt anstellen. Also wartete er, bis Smiling Jack sich verabschiedet hatte und Annalee, die sich die ganze Zeit die Haare aus den Augen strich, in die Küche gegangen war, um Tee zu machen – den sie sonst nie trank. Er fragte Shamus beiläufig: «Gehst du oft auf Falkenjagd?»

Es tat ihm auf der Stelle Leid. Shamus blickte ihn mit seinen durchdringenden blauen Augen an. Der Teekessel in der Küche stieß ein unheimliches Pfeifen aus, das zu einem gellenden Ton anschwoll, bis Annalee ihn vom Herd nahm.

In die plötzliche Stille hinein sagte Shamus: «Daniel, wovon reden wir gerade?» Das klang freundlich, hatte allerdings einen verärgerten und auch herausfordernden Unterton.

Daniel spürte, dass seine Mutter zuhörte. «Von Falken», sagte er. «Mom und ich haben uns ein ganzes Jahr mit Greifvögeln beschäftigt, mit Raubvögeln, wie diese Klasse auch genannt wird. Greifvögel. Tolles Wort, was?»

Es funktionierte nicht. «Stimmt – ein tolles Wort. Greif, greifen, angreifen; vieles kann einen ergreifen. Ich werde von Freude ergriffen. Grauen ergreift mich. Aber sag mal, Daniel, inwiefern ist diese etymologische Erkundung von Bedeutung für deine Frage, ob ich oft auf Falkenjagd gehe?»

In dem Moment kam Annalee mit dem Tee aus der Küche. Die Tassen standen ordentlich auf Untertassen. Er war aufgeschmissen. «Na ja», fing er an und bemühte sich um einen Tonfall verwirrter Unschuld, «das da ist doch ein Falknerhandschuh, oder nicht?»

«Nein, Daniel, das ist er nicht», sagte Shamus mit einer Stimme, so kalt und ebenmäßig wie ein zugefrorener See. «Den trage ich, weil meine Hand durch Brandmale verunstaltet ist.»

«Wie ist das passiert?»

«Ich habe aus Versehen ein Gefäß mit geschmolzenem Silber verschüttet.»

«Trägst du immer einen Handschuh?»

«Ja, sonst würde das eine makabre Neugier hervorrufen, oder Entsetzen – und ein Mitleid, das ich weitaus unschöner finde als meine Hand.»

«Nimmst du ihn ab, wenn du ...»

«Daniel!», rief Annalee. «Das reicht. Du bist von einer taktlosen Frage zu unverschämtem Benehmen übergegangen!»

Er setzte wieder seine verwirrte Unschuldsmiene auf und wandte sich mit einer Mischung aus Bestürzung und einer Spur Reue an Shamus: «War ich unverschämt?»

«Ja, das warst du», sagte Shamus und fügte dann hinzu: «Aber der Grund dafür liegt wohl eher in deiner Wissbegier als in purer Gedankenlosigkeit.»

«Daniel muss immer alles wissen», erklärte Annalee in – wie Daniel erleichtert feststellte – warmem, versöhnlichem Tonfall.

«Bitte entschuldige», sagte Daniel zu Shamus. «Seven Moons hat mir einmal gesagt, es ist schwierig zu entscheiden, wann man seine eigenen Bedürfnisse hintanstellen muss.»

Shamus lächelte, und seine blauen Augen glitzerten im Lampenschein. «Wie könnte man eine derart elegante und liebenswürdige Entschuldigung nicht annehmen?» Er beugte sich vor, öffnete die behandschuhte Faust und hielt Daniel die flache Hand hin. «Ich möchte, dass du das hier verstehst, Daniel. Meine Hand ist grässlich verunstaltet. Der schwarze Handschuh wirkt geheimnisvoll. Lieber erwecke ich heimliche Neugier im Auge, im Herzen und der Seele des Betrachters als blankes Entsetzen. Das ist meine Entscheidung. Wenn du sie nicht respektierst, bist du kein Freund.»

«Aber vielleicht wäre es besser, wenn man sie tatsächlich sehen würde, anstatt sich vorzustellen, wie sie aussehen *könnte.*»

«Wer weiß? Ich bin eindeutig nicht dieser Ansicht, da ich mich anders entschieden habe.»

«Ist gut», sagte Daniel und ließ keinen Zweifel daran, dass er das auch wirklich so meinte.

An diesem ersten Abend blieben sie lange auf und hörten gebannt Shamus zu, der vom Abbau, den Farben und der Beschaffenheit kostbarer Metalle erzählte, von ihren Eigenheiten wie Formbarkeit und Schmelzpunkt, von der Rolle, die sie bei der geistigen Entwicklung der Menschheit gespielt hatten, von ihrer klaren, essentiellen Reinheit – die im wahrsten Sinn des Wortes elementar war. Daniel und Annalee waren hingerissen von seiner Begeisterung und seiner Beredsamkeit, zeigten sich einerseits beeindruckt, andererseits leicht beunruhigt von seiner völligen Hingabe, die zwischen Ehrfurcht und Besessenheit zu schwanken schien.

Nachdem Shamus zum Gästehaus hinuntergegangen war, sagte Daniel zu Annalee, die gerade ihre Zähne putzte: «Du magst ihn, stimmt's?»

Annalee spülte den Mund aus und spuckte ins Becken. «Ja», sagte sie, «ich finde ihn äußerst anziehend.»

«Hab ich mir gedacht.»

«Und wieso hast du dir das gedacht?»

«Wegen dem schwarzen Handschuh.»

Annalee lachte. «Wohl eher wegen den blauen Augen.»

«Ja, aber auch wegen dem schwarzen Handschuh.»

«Gut aussehend, lebhaft, intelligent, fähig, seine Gefühle zu zeigen, umgeben von einer Aura aus Geheimnis und Gefahr – ja, ich finde ihn wirklich anziehend.»

Daniel dachte einen Moment lang nach. «Hm, aber werd nicht allzu komisch, sonst mag er dich auf einmal nicht mehr.»

«Das merkt man, was?»

«*Ich* merke es», sagte Daniel, «aber ich weiß eben, wie du wirklich bist.»

Annalee wurde plötzlich ganz ernst und sagte: «Wenn ich nur wüsste, wie ich wirklich bin. Das ist etwas, das ich wirklich wissen möchte. In dem ganzen letzten Jahr habe ich mich danach gesehnt, das herauszufinden. Ich habe mich nach Geheimnis und Gefahr gesehnt, nach dunklen, gut aussehenden Fremden. Verstehst du, was ich da zusammenfasle?»

«Bin ich mir nicht sicher. Aber macht ja nichts, es ist deine Entscheidung.»

Annalee umarmte ihn. «Daniel», beteuerte sie feierlich, «du bist eine Freude für meine Seele.»

Shamus habe sie ins Gästehaus eingeladen, sagte sie am nächsten Abend zu Daniel, um mit ihr über die alchimistischen Eigenschaften von Silber und Gold zu diskutieren. Bestimmt würde sie erst spät wieder zurück sein. Und damit tänzelte sie zur Tür hinaus. Daniel kochte gerade Haferbrei, als sie am nächsten Morgen wieder hereinschwebte.

«O nein!», rief sie aus und schlug sich mit der Hand gegen die

Stirn, «was für eine Rabenmutter – lässt ihr einsames Kind hungern, während sie die Nacht durchfeiert!»

«Mann», sagte Daniel, «du siehst echt glücklich aus. Du scheinst ja wirklich anständig gefeiert zu haben!»

«Ja, das stimmt. Wir haben einen Palast erbaut und ihn dann niedergebrannt.»

«Heißt das, ihr seid miteinander ins Bett gegangen?»

«Ja, wir hatten Sex, und ob! Zärtlichen und wilden. Sanften und heftigen. Auge in Auge, Mund an Mund.»

Daniel nickte, und obwohl er nicht ganz sicher war, was sie meinte, wusste er doch, dass es ihr gefallen hatte. Als eine Pause eintrat, sagte er hastig: «Kann ich dich was fragen?»

«Klar», sagte Annalee, aber sie klang nervös dabei.

«Hat er seinen Handschuh ausgezogen?»

«Nö.»

Daniel nickte gedankenverloren. «Hab ich mir gedacht. Kann ich dich noch was fragen, das vielleicht unverschämt ist?»

«Schieß los», sagte Annalee, nun eher resigniert als nervös.

«Hast du ihm gesagt, er soll seinen Handschuh ausziehen?»

«Nein.»

«Du magst ihn sehr, stimmt's?»

«Von Tag zu Tag mehr», grinste Annalee.

Von Nacht zu Nacht auch. Shamus und sie brachen auf, sobald das Abendbrotgeschirr abgewaschen war, und kamen erst am Vormittag des nächsten Tages wieder ins Blockhaus. Daniel machte es nichts aus, dass sie ihre Aufmerksamkeit von ihm abgewandt hatte – es freute ihn ganz aufrichtig, dass sie so glücklich war. Obwohl er Shamus und seinen schwarzen Handschuh noch immer ein wenig unheimlich fand und nicht sicher war, ob sein Respekt auf Bewunderung oder Furcht gründete, mochte er Shamus, und dies umso mehr, als Annalee eine spielerische Ausgelassenheit an den Tag legte, die er bei ihr nicht vermutet hätte. Annalee hingegen befürchtete, Daniel könne sich vernachlässigt fühlen, und nach der fünften Nacht voll sexueller Raserei schlug sie Shamus vor, gemeinsam einen Abend mit Daniel zu verbringen.

«Wäre nicht schlecht», entgegnete Shamus und schmiegte sich an ihre Schulter, «sonst überlebe ich das hier nicht, was doch eigentlich als Besinnungsaufenthalt geplant war.»

Am nächsten Abend, nach dem Essen, nahm Shamus am zeitweilig aufgegebenen Unterricht teil. Jahresthema war amerikanische Geschichte und Kultur im weitesten Sinne oder, wie Daniel es ausdrückte, «wie's damals bei den alten Amerikanern war». Sie hatten sich *Die Abenteuer des Huckleberry Finn* vorgenommen, waren aber noch nicht weit gekommen. Abwechselnd lasen sie laut vor, und nach jeder Passage hielten sie inne, um Fragen zu stellen oder Kommentare abzugeben. Shamus machte sich sogar Notizen in einem kleinen roten Notizbuch, das er aus seiner Aktentasche holte. Wie sein schwarzer Handschuh war auch seine Aktentasche immer bei ihm.

Als Shamus seinen Abschnitt zu Ende gelesen hatte, fragte er, ob es denn wohl mal eine Pause gäbe, weil er sonst mit seinen Notizen gar nicht mehr nachkäme.

«Gute Idee», sagte Annalee. «Ich habe Hunger. Möchtet ihr vielleicht Popcorn, Jungs?»

«Zwei Portionen», sagte Daniel. «Ich tu schon mal die Butter in die Pfanne.»

«Also los!», sagte Annalee und drückte Shamus' Bein, als sie von der Couch aufstand.

«Ich muss erst noch pinkeln!», sagte Daniel.

«Dann geh», erwiderte Annalee. «Dem Ruf der Natur soll man immer gleich Folge leisten. Sonst werden die Organe zu sehr beansprucht.»

«Deine Mutter ist eine weise Frau», sagte Shamus zu Daniel und sah Annalee dabei an.

Kaum war Daniel draußen, kam er wieder. «He, da ist ein Helikopter im Anflug!»

«Fuck!», zischte Shamus. Er stopfte das Notizbuch in die Aktentasche und zog, wie durch einen magischen Trick, stattdessen einen 9-mm-Automatik-Colt hervor. «Los, gehen wir», sagte er ruhig. «Jetzt sofort, oder wir sind tot.»

Daniel riss seinen Mantel vom Haken. Bei dem hastigen Versuch, ihn anzuziehen, fegte er mit einem Ärmel die Petroleumlampe vom Tisch. Die Lampe zerbrach, und sofort schossen Flammen hoch.

«Jetzt sofort!», befahl Shamus und stieß ihn auf die Tür zu. Annalee packte Daniel, und sie rannten über die Wiese vorm Haus, Shamus ganz dicht hinter ihnen. Der Helikopter klang plötzlich viel lauter, weil er hinter dem Hügel aufgetaucht war. Am Rand der Wiese liefen sie in eine schmale Schlucht hinein; der Bach darin war zwar flach, aber so kalt, dass es wehtat. Sie hörten, wie der Helikopter direkt über ihnen schwirrte, sein pulsierendes mechanisches Schrappen klang wie der Herzschlag einer rasenden Heuschrecke. Annalee an der Spitze, Daniel zwischen ihr und Shamus, liefen sie bergab auf die Mündung des Bachs zu und kämpften sich durch Farn, Stachelbeeren und Redwoodwurzeln hindurch.

An der Mündung hielten sie einen Augenblick an. «Küste?», keuchte Shamus. Annalee nickte, sie nahmen Daniel an der Hand und durchwateten die kleine Bucht mit ihrem niedrigen, rasch fließenden Wasser und den schlüpfrigen Felsen. Kurz darauf kletterten sie schon atemlos den steilen östlichen Hang des Seaview Ridge hinauf. Daniel hatte das Gefühl, gleichzeitig zu verbrennen und zu erfrieren. Ohne zu denken, ohne zu atmen, fiel er hin, stand wieder auf und stolperte zur Spitze der Hügelkette.

Oben am Kamm ließen sie sich erschöpft fallen, kauerten sich am Stamm eines alten Kalifornischen Lorbeerbaums nieder und rangen nach Atem. Auf der anderen Seite des Canyons verschwanden die Sterne im Flammenschein des Blockhauses. Am Rand der Flammen konnten sie sechs oder sieben Fahrzeuge ausmachen, mit blinkenden roten Lichtern. Annalee stieß einen unterdrückten Schluchzer aus und fing an zu weinen. Shamus legte ihr den Arm um die Schultern und zog sie zu sich heran. «Ist doch egal. Soll es doch in Asche aufgehen. Du hättest eh nicht mehr dorthin zurückgehen können.»

Annalee versuchte, ihn zu schlagen, ihre ganze Furcht und Wut waren in dem Hieb gebündelt. Sie konnte nicht richtig ausholen, und Shamus, der spürte, wie sie ihr Gewicht verlagerte, wehrte ihre Faust mit dem Unterarm ab. Er packte ihr Handgelenk und hielt es eine Sekunde lang fest, dann zog er es an seine Brust und brachte so Annalees Gesicht dicht an seines. «Es tut mir Leid, Annalee. Obwohl es die Wahrheit ist, war es eine dumme Bemerkung. Ich habe nicht bedacht, dass das ja dein Leben war. Es soll nie wieder vorkommen. Dein Leben – und das von Daniel – bedeuten mir etwas.»

Annalee seufzte erschöpft und wischte sich dann übers Gesicht. «Habe ich Zeit zu weinen?»

«Der Überlebenstrieb sagt nein, die Liebe sagt ja, für immer.»

«Mom», fragte Daniel, «glaubst du, man kann jemanden noch lieben, wenn man schon tot ist?»

Annalee war nicht sicher, ob das eine unschuldige Frage war oder nicht. «Keine Ahnung.»

«Wie kommen wir zur nächsten Kneipe oder zum nächsten Motel?», wollte Shamus wissen. «Ohne dass wir gesehen werden.»

«Drei Meilen südlich», sagte Annalee. «Eine haarige Strecke.»

Shamus wandte sich an Daniel: «Schaffst du noch drei Meilen?»

«Ich glaub schon.»

«Dann lasst uns von hier verschwinden.»

Sie folgten dem Kamm etwa eine Meile lang, dann bogen sie ab und stiegen den Abhang hinab, bis sie das gelegentliche Aufblitzen von Scheinwerfern auf dem Highway sahen. Eine weitere Meile hielten sie sich parallel zur Straße, im Schutz der Bäume, dann stiegen sie steil zum Parkplatz beim Shell Cove Inn hinab. Shamus knackte einen 59er Impala, und mit voll aufgedrehter Heizung fuhren sie in Richtung San Francisco los.

An einer Tankstelle in Santa Rosa hielt Shamus an und telefonierte von einem Münzfernsprecher aus, dann fuhr er sie in südliche Richtung zu einem Schrottplatz, außerhalb von San Rafael. Dort stellte er ihnen José und Maria Concepción vor. Maria ließ sie in ihren alten Chevy-Lieferwagen einsteigen, und José fuhr den Wagen in den Hof, um ihn irgendwann nachts rasch zu zerlegen. Maria brachte sie flugs über die Golden Gate Bridge in ihre warme Wohnung im Mission District, tauschte ihre nassen Kleider gegen luxuriöse Frotteebademäntel aus dem Hotel, in dem sie halbtags als Zimmermädchen arbeitete, und füllte ihre Bäuche mit einem scharfen *menudo*.

Als sie am nächsten Morgen erwachten, stand José da, mit einem Koffer voller Kleider für jeden von ihnen. Nachdem sie sich angezogen hatten, fuhr er sie zu einer Start- und Landebahn in der Nähe von Sacramento und überließ sie der Obhut eines Piloten, der sie in seiner ramponierten alten Beechcraft nach Salt Lake City flog und Daniel dabei mit Geschichten über Luftkämpfe während des Zweiten Weltkriegs in den Wolken über Frankreich unterhielt.

An der Landebahn in Salt Lake City erwartete sie ein dünner Mann mit einem Habichtsgesicht und übergab ihnen neue Führerscheine für Shamus und Annalee (nunmehr James und Maybelline Wyatt), Kreditkarten, die auf dieselben Namen lauteten, Bargeld in Höhe von viertausend Dollar und einen 71er Buick, dessen Eigentümerin Mrs. Wyatt war. Er wies sie an, nach Dubuque, Iowa, zu fahren und dort eine Nummer anzurufen, die er ihnen noch geben würde. Erst als die drei allein in dem Buick saßen und in Richtung Osten fuhren, kamen sie allmählich wieder zu sich. Shamus versuchte zu erklären, was seiner Meinung nach vor sich ging.

Nach achtzehn Monaten sorgfältigster Planung hatte Shamus vor drei Wochen versucht, Uran 235 aus einer Aufbereitungsanlage in Tennessee zu stehlen. Als Shamus durch das Loch schlüpfte, das er in den Schutzzaun geschnitten hatte, versuchte ihn ein Wachposten aufzuhalten, den er dort nicht vermutet hätte, doch Shamus schlug ihn mit seiner Taschenlampe nieder, gerade als der Mann seine Waffe zog. Das Ganze ging harmlos aus, aber der Schuss löste einen Alarm aus. Ein Suchscheinwerfer nagelte ihn am Boden fest. Er stieß die Waffe des Wachpostens beiseite und zog seine eigene, als sie zu schießen begannen. Blindlings feuerte er auf den Suchscheinwerfer los, verfehlte sein Ziel, begriff auf der Stelle, dass er bei einer Schießerei keine Chance hatte, rollte in dem Moment nach links ab, als ein automatisch ausgelöstes Gewehrfeuer Staub hinter ihm aufwirbelte, rollte weiter und rappelte sich wieder auf. Im Schutz der Staubwolke rannte er auf das nächste Gebäude zu.

Und dann war ihm das Glück gleich zweimal hold. Das erste Mal in Form einer Kugel, die seine Unterlippe so haarscharf streifte, dass sich eine Blase bildete. Das zweite Mal in Gestalt eines alten Mannes mit wirrem Haar, der auf den Parkplatz zuging, ohne etwas von den Suchscheinwerfern und Gewehrschüssen mitzubekommen. So gedankenverloren war er, dass er, als Shamus ihm den Pistolenlauf an den Hinterkopf drückte und «Steig ein und ab die Post!» sagte, sich nur verwirrt umdrehte und «Ich hab Post?» fragte.

Dass er eine Geisel gefunden hatte – wie begriffsstutzig sie auch sein mochte –, war aber noch nicht das Ende von Shamus' Glückssträhne, denn der alte Mann, der ihn mit einer Waffe am Kopf durch das Eingangstor chauffierte, war Gerhard von Trakl, ein Vater der Kernspaltung und wichtigster Atomwissenschaftler Amerikas. Shamus wollte von Trakl ursprünglich nur so lange behalten, bis er sein Fluchtauto erreicht und den ersten von drei geplanten Wagenwechseln hinter sich hatte.

Doch zu Shamus' großer Überraschung bettelte von Trakl darum, mitgenommen zu werden. Er sei buchstäblich ein Gefangener der US-Regierung, erzählte er Shamus, und habe kein Interesse mehr an der Arbeit, die diese von ihm verlangte. Er wolle nämlich die andere Seite der Gleichung ausloten, die Umwandlung von Energie in Masse, und damit vermutlich die Aufhebung dieser Gegensätze. In seiner Karriere habe er einen fundamentalen wissenschaftlichen Fehler begangen, vertraute er Shamus an, da er das Universum als Maschine und nicht als Gedankengebilde angesehen habe.

Während Shamus erfreut zur Kenntnis nahm, dass der brillanteste Physiker des Landes im Grunde seines Herzens ein Alchimisten-Kollege war, wurde ihm zugleich klar, dass von Trakls Arbeitgeber die Suche nach ihm nicht aufgeben würden, bis der alte Mann wieder zurück war. Aber von Trakl weigerte sich, freigelassen zu werden, und dies aus Gründen, die Shamus respektierte.

Shamus ließ sich auf einen Kompromiss ein. Er behielt von Trakl auch nach dem ersten Wagenwechsel noch bei sich, doch eine Meile vor dem zweiten fuhr er an den Rand der leeren Landstraße und zwang von Trakl auszusteigen. Er versprach, das Auto in einer Meile Entfernung stehen zu lassen, wünschte ihm viel Glück bei seinem neuen Forschungsvorhaben, dankte ihm für seine Gesellschaft und fuhr mit quietschenden Reifen los, bevor von Trakl zu einer Erwiderung ansetzen konnte.

Eine Meile weiter tauschte er das Auto gegen das Geländemotorrad aus, das er tags zuvor dort deponiert hatte. Er preschte den Hügel hoch. Auf dem Kamm ging er in den Leerlauf und rollte langsam den Hang ins Coon Creek Valley hinab. Er ließ das Motorrad vor einem Dickicht aus Hickorybäumen stehen, deckte es mit der Plane ab, die er von dem verbeulten Gimmy-Pickup herunterzog, den er ein paar Tage zuvor an dieser Stelle versteckt hatte. Als er aber die Hand ausstreckte, um die Autotür zu öffnen, hörte er eine lakonische Stimme hinter sich sagen: «Geht mich ja nix an, Kumpel, aber wenn mein Radargerät nich völlig im Arsch is, stell'n die da am Ende von dem Tal 'ne Straßensperre auf, bevor du den ersten Takt von ‹Dixie› furzen kannst. Was hältste davon, wenn dich der gute alte Silas Goldean mitnimmt, weil ich doch mit den meisten von den Polizeijungs hier aufgewachsen bin und die wissen, dass ich nun mal gern so spät zum Reservoir drüben fahr, um den Welsen 'nen hübschen Köder ins Becken zu hängen? Hab auch 'n hübsches Plätzchen für dich zum Mitfahr'n.»

Und so passierte Shamus die Straßensperre in einem voll gepfropften Fach unter dem Rücksitz von Silas' staubigem Packard Sedan, während Silas mit dem Hilfssheriff über eine Truthahnjagd Anfang kommenden Monats debattierte, deren Erlös für die örtliche Bauernvereinigung bestimmt war. Silas' Cousin zweiten Grades wartete in einem morschen Kahn, um ihn zu einem anderen Cousin zu rudern, der ihn in einem Camper einschloss und die ganze Nacht hindurch bis zu einer Startbahn südlich von Nashville fuhr. Der Flug quer übers Land wurde von schätzungsweise zwanzig Stopps zum Auftanken unterbrochen und endete schließlich in Cummins Flat, der Ebene zwei Meilen unterhalb des Hügelkamms bei den *Four Deuces,* wo Smiling Jack ihn aufgelesen hatte.

Wenn Shamus es auch kaum glauben konnte, so war es Gerhard von Trakl tatsächlich gelungen zu fliehen, was Shamus ungemein freute, obwohl sich dadurch für ihn selbst etliche Probleme ergaben. Unglücklicherweise nahmen die Jungs vom FBI an, dass der alte Mann immer noch sein Gefangener war, und hatten die Suche mächtig intensiviert – zumindest soweit das möglich war, ohne unnötiges Aufsehen in den Medien zu erregen. Eigentlich wollten sie ja *gar keines* erregen, denn bislang hatte es in der Presse oder im Fernsehen noch nicht einmal einen Hinweis darauf gegeben, dass der berühmteste Atomphysiker des Landes in der landesweit größten Produktionsstätte für spaltbare Materialien gekidnappt wurde –

ein verständliches Schweigen, da eine derartige Information nicht gerade das Vertrauen der Bürger und Bürgerinnen steigern oder politischen Karrieren in irgendeiner Weise förderlich sein würde.

«Aber», sagte Shamus, der nun fast am Ende seiner Geschichte angekommen war, «irgendjemand hat nicht dichtgehalten. Irgendjemand musste ihnen unbedingt erzählen, wo sie mich finden würden, denn das taten sie. Wenn sie Dampf machen, dann beginnt jemand zu brennen, und dann fängt auf einmal alles an zu brennen und stürzt ein, wenn die Flammen keine Nahrung mehr finden. Ich kann euch nicht sagen, wie Leid es mir tut, dass ihr alles verloren habt – persönlichen Besitz, euer Heim, die Arbeit und die Liebe, die ihr hineingesteckt habt.»

«Es ist nicht das erste Mal», beruhigte Annalee ihn. «So sind wir nämlich zu den *Four Deuces* gekommen, obwohl Daniel sich vielleicht nicht mehr daran erinnern wird.» Da sie am Steuer saß, warf sie ihm nur einen kurzen Blick über die Schulter zu. «Nicht, dass du dich erinnern *solltest.*»

Aber Daniel, der aufmerksam vom Rücksitz aus zuhörte, wollte nicht über etwas sprechen, an das er sich nicht erinnerte. «Wie viele Leute wussten, dass du bei uns gewohnt hast?»

Shamus antwortete ohne zu zögern; er schien selbst darüber nachgedacht zu haben. «Du, deine Mutter, Smiling Jack und der Pilot, ein junger Schwarzer namens Everly Cleveland, kurz Bro genannt. Das sind die Einzigen, von denen ich es mit Sicherheit weiß; wahrscheinlich hat es da noch andere gegeben.»

«Der Pilot hat dich verraten», sagte Daniel.

«Na, das klingt ja sehr entschieden», bemerkte Shamus. «Irgendwelche Beweise?»

«Mom und ich würden es nicht tun, und Smiling Jack auch nicht. Außerdem hat der Pilot mehr als zweitausend Meilen mit einem Haufen Zwischenstopps zurückgelegt, da musste das Flugzeug ja beinahe zwangsläufig bemerkt werden. Weißt du, das wäre clever – wenn man die kleinen Start- und Landebahnen kontrollieren würde.»

«Hm ja», seufzte Shamus, «das ist am wahrscheinlichsten, doch wer weiß? Wenn es der Pilot war, dann hat er mich hoffentlich aus freien Stücken ans Messer geliefert, von der erstbesten Telefonzelle aus angerufen und mich verpfiffen.»

«Warum?», fragte Daniel verwirrt.

Shamus, der sich zu Daniel umgedreht hatte, blickte an Daniel vorbei durchs Rückfenster und folgte der weißen Linie bis zum Horizont. Daniel dachte schon, Shamus würde gar nicht antworten, als der ihm plötzlich wieder seine Aufmerksamkeit zuwandte und, den bohrenden Blick auf Daniels Augen gerichtet, sagte: «Weil sie, wenn er mich nicht aus freien Stücken verpfiffen hat, die Wahrheit aus ihm herausgeprügelt haben – und dann habe ich Blut an meinen Händen.»

An einer Hand und einem Handschuh, dachte Daniel. Er sagte es nicht, weil ihm irgendetwas in Shamus' Blick Angst machte, etwas Fieberhaftes und Schwaches, das sich aus dem eigenen Verfall nährte, aus Selbsthass und Leid, und Daniel wollte sich von Shamus tief empfundener Schuld so weit wie möglich fern halten. Er leitete seine nächste Frage mit einer Art Bestätigung ein. «Aber du hast doch auch Freunde. Außer Mom und mir, meine ich. Jemand hilft dir. Hilft *uns*, um genau zu sein. Wer ist das?»

Shamus warf Annalee einen Blick zu und schaute dann wieder Daniel an. «Du bist clever, Daniel. Du hast das, was einer meiner Lehrer als ‹ein gutes Gespür für das, was unterhalb der Oberfläche abgeht› bezeichnet.»

Daniel zuckte unbeeindruckt mit den Schultern. «Es ist doch ziemlich offensichtlich, dass uns irgendjemand herumfliegt und Autos und Geld gibt. Und Anweisungen.»

«AMO», sagte Shamus.

Daniel begriff nicht. «Was meinst du damit? Armee?»

«Nein, obwohl du damit gar nicht so falsch liegst. *Amo* wie im Lateinischen ‹ich liebe›.» Shamus streckte seinen Arm zur Seite aus und berührte Annalee ganz sanft im Nacken.

Annalee wäre am liebsten an den Straßenrand gefahren, um ihn in ihren Armen zu halten und sich überall, wo er wollte, so berühren zu lassen, um die Wärme seiner Fingerspitzen am Halsansatz zu spüren, das weiche Leder, das über ihre Schenkel, ihren Bauch, ihre Brustwarzen und ihre Kehle strich.

Zerstreut hörte sie zu, wie er weitererzählte. «AMO ist die Abkürzung für ‹Allianz der Magier und Outlaws› – oder, wie einige Mitglieder behaupten, ‹Alchimisten, Magier und Outlaws›, was ihrer Meinung nach der ursprüngliche Name war. Wieder eine andere Gruppe, klein, aber einflussreich, beharrt darauf, dass AMO schon immer für ‹Alleskönner, Mythensänger und Obdachlose› stand. Wie ihr seht, hat es seit jeher Streit um die Ursprünge und die Entwicklung der AMO gegeben, und er dauert an, eine Situation, die noch dadurch verschärft wird, dass die Allianz keinerlei interne Aufzeichnungen bewahrt: Sämtliche Dokumente müssen veröffentlicht werden. Da die AMO direkte Hinweise auf ihre Prinzipien und Praktiken fast vollständig untersagt, sind öffentlich einsehbare Zeugnisse – und das bedeutet vor allem Bücher und Musikaufnahmen – verschlüsselt, in Bildern und Metaphern versteckt.

Egal, woher der Name letztendlich stammt: Die AMO ist ein Geheimbund – wenn auch eher von der Art eines offenen Geheimnisses. Im Grunde ist die AMO eine historische Verbindung von Leuten, die geringfügige Verbrechen begehen, von Außenseitern, Anarchisten, Schamanen, Erdmystikern, Zigeunern, Magiern, verrückten Wissenschaftlern, Träumern und anderen Menschen in gesellschaftlichen Randpositionen. Soweit ich weiß (ich bin kein Experte auf dem Gebiet), ist sie ursprünglich ins Leben gerufen worden, um die verderblichen Einflüsse des Monotheismus zu bekämpfen, des Christentums vor allem, das die Alchimie als heidnisch anprangerte und in den Untergrund verbannte. Ich glaube, die AMO hat als *äußerst* lockeres internationales Bündnis von selbst ernannten moralischen Outlaws und Freigeistern überlebt. Und obwohl das Bündnis so locker ist, dass man es kaum greifen kann, ist das Zentrum ganz dicht.»

«Was meinst du damit?», fragte Daniel.

«In jedem Land oder jeder Region gibt es einen siebenköpfigen Rat, der *The Star* genannt wird. Die Mitglieder können dem Rat bis zu vierzig Jahren angehören, aber auch jederzeit kündigen. Sie nominieren potenzielle Nachfolger, mit denen die anderen *Star*-Mitglieder einverstanden sein müssen. Ich war mir nie ganz sicher, was für Aufgaben so ein Ratsmitglied neben der Verwaltung und speziellen Projekten eigentlich hat. Jede Rätin verfügt über einen kleinen Stab von Assistenten – und ich sage bewusst ‹Rätin›, weil vier von den sieben Star-Mitgliedern traditionsgemäß Frauen sein müssen.»

«Sehr klug», sagte Annalee mit einem Nicken und sah Shamus lange genug an, um ihm ein Lächeln zuzuwerfen.

«Dürfen es auch *mehr* als vier Frauen sein?», wollte Daniel wissen.

«Ja – aber nicht weniger. Ergibt das einen Sinn?»

«Ich denke schon», sagte Daniel, der durchaus überzeugt war, sich aber nicht weiter dazu äußern wollte.

Ohne den Blick von der Straße abzuwenden, sagte Annalee: «Könnte es sein, dass wir den Unterschlupf im Blockhaus für die AMO geführt haben? Dass sie es war, für die wir gearbeitet haben?»

«Smiling Jack gehört zum Assistentenstab von Volta, einem der *Star*-Mitglieder, damit dürftest du also richtig liegen. Aber der Ausdruck ‹für jemanden arbeiten› gefällt ihnen nicht. Lieber stellen sie sich das als eine natürliche Angleichung gegenseitiger Interessen vor und daher als eine Erweiterung des Bündnisses.»

«Ja Scheiße, Mann», sagte Annalee, «warum sagen sie uns das nicht? Oder fragen uns, ob wir Mitglied werden wollen?»

Shamus hob in gespielter Abwehr die Hände. «Frag mich nicht, warum sie tun, was sie tun. Die einzige Regel bei der Anwerbung neuer Mitglieder, die ich kenne, ist, dass man sich erst dann an die Leute wenden soll, wenn sie so weit sind, und ihnen dann die Wahrheit erzählt. Ich nehme an, dass es in deinem Fall ein paar rechtliche Vorbehalte wegen Daniel gibt; wenn man dir nämlich deine Mitgliedschaft nachweisen kann, wirst du möglicherweise wegen Verschwörung eingebuchtet, und das ist dann umso grausamer. Außerdem müssen Mitglieder fünf Prozent ihres Nettoeinkommens der Organisation spenden, und vielleicht wollten sie die Brieftasche einer allein stehenden Frau nicht belasten. Im Übrigen hast du lange genug auf der Straße gelebt, um zu begreifen, wie klug es ist, wenn man nicht mehr weiß als unbedingt nötig.»

Bevor Annalee etwas erwidern konnte, beugte Daniel sich gespannt nach vorn und fragte: «Du sagst immer *sie*. Bist du denn kein Mitglied?»

«War ich», antwortete Shamus. «Ich bin ausgestiegen.»

«Aber sie helfen dir noch.»

Shamus seufzte. «Das ist kompliziert. Ich hab als Schmuggler angefangen. Zuerst Zigaretten und Uhren, dann Gold. Gold war das erste Ding, das ich berührt habe und das mich umgekehrt auch berührte. Als ich zum ersten Mal einen Barren sah, war das, als würde die Sonne in meinem Blut aufgehen. Damals hab ich in Florida gearbeitet, war jung, ehrgeizig, voller Ideen und hatte ein Talent dafür, Schmuggelware sicher von A nach B zu bringen. Ich war vertrauenswürdig, diskret, verdiente einen Haufen Kohle. Und im Gegensatz zu den meisten Schmugglern hab ich die nicht für Drogen zum Fenster hinausgeworfen, oder für Rennboote und Frauen. Ich hatte Spaß, aber der war nie so riesig wie mein Einkommen, denn egal, wie gut du bist, du kannst immer in der Scheiße landen.

Irgendwann war es dann so weit, dass ich irrsinnig viel Geld und ebenso viele Zweifel hatte, ob meine Glückssträhne anhalten würde. Ich spielte also mit dem Gedanken auszusteigen, als mich eines Tages Red Lubbuck besuchte. Red war der Hauptschmuggler drüben am Golf, deshalb nahm ich gleich an, er würde mit mir über Geschäftliches reden wollen. Zu meiner Überraschung erzählte er mir jedoch von der AMO. Es war ganz wie Red: offen und ehrlich. Zum Ausgleich für meinen Jahresbeitrag, fünf Prozent meines Nettoeinkommens, durfte ich von den Vorteilen des Bündnisses profitieren. Die Zahlung des Beitrags war Ehrensache, niemand trieb das Geld ein oder prüfte die Bücher, keiner stellte Fragen. Die Vorteile der Mitgliedschaft – er ging auf Einzelheiten ein, aber die lasse ich jetzt weg – umfassten Unterstützung in technischen und rechtlichen Fragen, ein Netzwerk von versierten und verlässlichen Leuten, die Benutzung diverser Einrichtungen, von geheimen Zufluchtsorten bis hin zu Spezialwerkstätten, Zugang zu Nachrichtendiensten, die Red – zu Recht – als außergewöhnlich bezeichnete, und die Möglichkeit zur Weiterbildung, um die eigenen Talente auszubauen.

Red warb, ohne Druck auszuüben, aber ich war bei der Arbeit bislang immer auf mich selbst gestellt und dachte sowieso bereits ans Aufhören; es hatte also keinen Sinn, wenn ich aufgrund vager Versprechungen von ungewöhnlichen Möglichkeiten und kollektiver Stärke einer Organisation von Fremden beitrat. Ich sagte Red, ich fühlte mich geschmeichelt, meine Antwort sei aber ein freundliches ‹Nein danke›.

Mit meinem Bostoner Irisch kann ich Reds näselnden Ami-Slang nicht nachmachen, aber seine Antwort weiß ich noch Wort für Wort: ‹Verdammt nochmal, Junge, deine Schmuggelkünste sind uns schnuppe. Das is nur ’ne Beschäftigung, bei der du sowieso jeden Augenblick hopsgehen kannst. Was wir möchten, ist, dass du Edelmetalle bei Jacob Hind studierst, von dem du wahrscheinlich noch nie was gehört hast, weil du jung und mit anderen Dingen beschäftigt bist, aber wir halten ihn für einen teuflisch guten Lehrer, 'nen echten *Meister* – der hat schon mehr Scheiß über Edelmetalle vergessen, als du jemals lernen wirst. Aber Jacob Hind steuert auf die neunzig zu. Du wärst sein letzter Schüler.›

Das gab den Ausschlag. Wie bereits erwähnt, fand ich Edelmetalle immer aufregender und das Schmuggeln immer nervenaufreibender. Schmuggeln ist schließlich nur ein Job, und egal wie hoch der Einsatz ist: Jeder Job wird mal langweilig. Und so trat ich der AMO bei. Drei Monate später war ich auf einer Insel im Puget Sound Jacob Hinds einsamer, verwirrter Schüler.»

«War das so wie auf einer normalen Schule?», wollte Daniel wissen.

«Nicht so wie heute. Wenn überhaupt, dann war es eher das altmodische Meister-Lehrling-Verhältnis.»

Daniel stieß Annalee mit dem Finger in die Schulter. «Darüber haben wir erst vor einem Monat was gelesen, stimmt's?»

«Richtig!», sagte Annalee. «Aber lass Shamus seine Geschichte zu Ende erzählen.»

«War Jacob Hind ein guter Lehrer?», fragte Daniel Shamus. Annalee war nicht sicher, ob er sie mit der Frage provozieren oder Shamus zum Weitererzählen auffordern wollte.

«Ein *guter* Lehrer?», wiederholte Shamus nachdenklich. «Das ist eine *gute* Frage, obwohl ich sie nicht beantworten kann. Zuerst hielt ich ihn für vollkommen verrückt, diesen halb englischen, halb holländischen Trottel, der die Kontrolle über seine Blase verlor, wenn er aufgeregt war – was oft vorkam. Häufig brabbelte er auf Lateinisch, und wenn er mal englisch redete, dann meistens nur in Bildern. ‹Der kostbarste Stein ist der Fluss in Flammen.› ‹Einer, der von Mann und Frau beflügelt, trifft den Kern der Sache.› Wahrscheinlich war sein Latein ebenfalls metaphorisch. Na ja, ich hatte jedenfalls Schwierigkeiten, irgendetwas zu begreifen.

Allerdings hatte er ein großartiges metallurgisches Labor und eine noch bessere Bibliothek – obwohl auch hier wieder die Hälfte auf Latein oder Griechisch war. Gerade hatte ich begonnen, seine Methoden zu verstehen und damit einen Teil von dem, was er meinte, als er plötzlich an einem Herzschlag starb.»

Shamus machte eine Pause und holte tief Luft. «Damals habe ich mir die Hand verbrannt. Als Jacobs Herz versagte, torkelte er gegen den Labortisch. Wir waren mitten in einem Experiment, das mit der Umwandlung von Silber zu tun hatte, und als er mit den Armen fuchtelte, um wieder Halt zu finden, stieß er den Schmelztiegel mit geschmolzenem Silber um, das sich über meine Hand ergoss. In dem Augenblick des Schocks, bevor der Schmerz mich rasend machte, packte Jacob mich bei den Schultern, und mit einer unglaublichen Kraft, die schon beinahe wieder mühelos erschien, zog er mich in einer heftigen Umarmung an sich, japste zitternd nach Luft und flüsterte mir ins Ohr: ‹Führe sie wieder auf zweiundneunzig zurück.›»

«Was hat er damit gemeint?», fragte Annalee. «‹Führe sie wieder auf zweiundneunzig zurück›?» Daniel war froh, dass sie danach gefragt hatte.

«Ich bin nicht sicher, was er meinte», antwortete Shamus. «Im Periodensystem hat Uran, ein Edelmetall, die Nummer 92, es ist das letzte natürliche Element – das letzte heißt in diesem Fall das schwerste im Hinblick auf das Atomgewicht – vor den fünfzehn vom Menschen erschaffenen. Wenn ich ihn während unserer kurzen gemeinsamen Zeit richtig verstanden habe, verachtete er die vom Menschen geschaffenen Elemente, weil sie gefährlich, zerstörerisch, verwirrend und unnötig waren.»

«Aber wie kann man die auf zweiundneunzig zurückführen?», fragte Annalee.

«Wenn ich das wüsste. Das frage ich mich jeden Tag.»

Daniel sagte: «Jetzt verstehe ich.»

«Was?»

«Warum du ausgestiegen bist und warum sie dir immer noch helfen: die sind dir das schuldig, weil deine Hand verbrannt ist.»

«Aber zu dem Zeitpunkt bin ich gar nicht ausgestiegen. Als die Wunde nämlich verheilt war, habe ich Jacobs Labor übernommen und weitergeforscht. Die AMO war nicht nur damit einverstanden, sondern stellte mir auch einen Lateinlehrer zur Verfügung. Sechs Monate büffelte ich wie ein Besessener, dann konnte ich die meisten der alten Texte verstehen. Im Zusammenhang mit meinen Studien fand ich die radioaktiven Elemente immer faszinierender, ganz besonders natürlich Uran. Das gute alte Zweiundneunziger, für Jacob der letzte Grenzposten, das Ende der natürlichen Reihe vor den von Menschen gemachten Mutanten aus den linearen Beschleunigern und Kernreaktoren. Ich hatte zwar Uran-Proben, aber es war Uran 235, das spaltbare Isotop, das mich interessierte. Da das 235er aber für Atombomben verwendet wird, ist es vollständig im Besitz der Regierung. Und so unklar meine Forschungen auch sonst sein mochten, eines wurde mir dabei klar: Wir können elementare Vorgänge und Prozesse nicht begreifen ohne direkte Umwandlung.

Ich beschloss also, etwas Uran 235 zu stehlen, und bat die AMO um Hilfe. Sie schickten ein Mitglied des Rats zu mir, einen Mann namens Volta, der mir nicht nur meine Bitte abschlug, sondern mich sogar zu überreden versuchte, es nicht auf eigene Faust zu versuchen. Er hätte Verständnis, meinte er, aber – ich zitiere wörtlich – ‹Persönliche Faszination reicht nicht aus, um die AMO zu einem Vorhaben zu bewegen, dessen erfolgreicher Ausgang gefährlicher wäre als sein Scheitern.› Mit dieser eleganten Formulierung wollte Volta mir zu verstehen geben, dass der Diebstahl von Atommaterial eine derart heiße Angelegenheit darstellte, dass dadurch andere Projekte und viele Leute in Gefahr geraten könnten.

Ich war sauer und sagte deshalb etwas wie: ‹Da ich das Uran sowieso klauen werde, und zwar aus purem Egoismus, ist das einzig Anständige, was ich tun kann, aus der AMO auszusteigen.› Und Volta sagte: ‹Wie du willst. Glaub nicht, dass das einen großen Unterschied macht – die Überwachung wird trotzdem streng und unerbittlich sein. Und glaub auch nicht, dass deine ehrbare Geste umsonst wäre: Das ist Ehre niemals. Tu auf alle Fälle, was du willst.› Und das tat ich» – Shamus lächelte reumütig – «und es ging daneben. Und die Sache wurde richtig heiß. Und jetzt sind wir hier.» Das Lächeln war verschwunden.

Annalee streckte die rechte Hand aus und drückte sein Bein. «Ich kann mir schlimmere Orte vorstellen.»

«Und wie geht es jetzt weiter?», fragte Daniel. Annalee hätte ihn erwürgen können. Die Zukunft würde schnell genug kommen.

«Wer weiß?», entgegnete Shamus. «Wahrscheinlich werden sie uns in Dubuque trennen und mich außer Landes bringen.»

«Nehmen wir mal an, wir wollen uns gar nicht trennen ...», sagte Annalee.

Shamus beugte sich zu ihr und sagte leise: «Das werden wir aber. Ich habe es geschafft, dass euer Hab und Gut verbrannt ist und ihr auf der Flucht seid. Ich würde liebend gern bei euch bleiben, aber das wäre ein Luxus, den ich nicht verdiene, und ein Risiko, das ich im Augenblick nicht eingehen werde.»

Annalee wollte darauf antworten, überlegte es sich dann aber anders. Sie beugte sich vor und schaltete das Radio ein, auf der Suche nach Rock-'n'-Roll-Musik, die sie ganz laut aufdrehen konnte. Ihr Verstand sagte ihr, dass eine Trennung das Vernünftigste war, aber ihr Herz erinnerte sie daran, dass sie nicht damit einverstanden sein musste.

Transkription:
Denis Joyner, AMO Mobile Radio

Wwwwaaaaoooow! Gerade mal nicht hingekuckt, und schon habt ihr mich, den guten alten DJ höchstpersönlich, den Duke of Juice, li-la-live hier auf KUUUUL Mo-beil-Räi-di-jo, ihr kriegt mich, ihr kriegt mich nicht, aber auf der Skala nachkucken hat keinen Sinn, Baby, denn da sind wa nich drauf. Wir sind On top, On line und O Sweet Jesus, ist denn das die Möglichkeit? Es ist – hihi – es ist taaatsächlich der Blue Man im Silber-Van, der euch süße Träume bringt und eurem Äffchen Zucker gibt.

Worüber wir hier reden, ist HIGH *culture*. Spitzenmäßige Hochkultur! Un-vor-stellbar! Großartige Geistesblitze, ins Nichts hinausgefunkelt! Ein Gehirn-Gewitter! Astraler Festkörper-Sex! Ja, ganz richtig! Willkommen im Traumtänzer-Kultur-Club!

Also, Kids, mal so ganz unter uns, zwischen euch, mir und den Höhlenwänden, heute Abend haben wir 'ne phantastische Show. Wenn euch das nicht vom Hocker reißt, hat euch irgendjemand festgebunden.

Ihr glaubt, ich flunker mir da was zusammen? Ihr werdet schon sehn, Brothers and Sisters! Wir hörn Karl Marxxx mit seiner Number One Single «Unverteilter Mehrwert und was das heißt für arme Schlucker wie dich und mich», mit Peter Kropotkin am Dobro und Leo Trotzkij an der Geige. Dann haben wir Jean-Paul Sartre aus dieser neuen Essays-auf-Cassette-Serie, und zwar heute seine in Vergessenheit geratene Abhandlung über postindustrielle Ängste mit dem Titel ‹Aufkommende Erregung und Untergangsvisionen›. So weit alles klar? Noch mehr? Also, zum Mitschreiben: Ausschnitte aus einem ganz raren Walt-Disney-Interview, in dem er sich – immer wieder ein Opiumpfeifchen schmauchend – eingehend zu Elektromythologie und dem Tinkerbell-Fimmel äußert (Hey, Jungs, hattet ihr nicht auch immer den geheimen Wunsch, dass die gute alte Tinkerbell aus ‹Peter Pan› ungefähr einen Meter fünfzig größer wär?).

Und das war aber noch nicht alles! Mann, das war's noch lange nicht! Wir haben hier nämlich auch – und zwar *live*, hier drin und jetzt gleich – den ge-sam-ten Mormon Tabernacle Choir, der uns die nicht ganz jugendfreie Version von ‹Staggerlee› darbietet. Fuck, das kann sich sehen lassen, was?

Und dann noch – *mercy, Mama!* – die kürzlich entdeckten Violin-Partiten von Bach, interpretiert von den Tap City Strutters unter der Leitung von Demerol Jones. Und wenn ihr den Schnabel immer noch nicht voll genug habt, dann könnt ihr euch ja zu unseren regulären Features dazuschalten: Da gäb's zum Beispiel das Horoskop mit Carl Jung, unsere Consumer-Hotline mit Attila, dem Hunnen, Corliss Limes ultragemeine Buch-Verrisse, und dann wär da natürlich auch noch ich, der Duke of Juice, an den Drums. Also, einschalten und dranbleiben!

Als sie ein paar Stunden später in Dubuque ankamen, hielten sie an einer Conoco-Tankstelle. Shamus telefonierte von einem Münzfernsprecher aus. Es war ein kurzes Gespräch, und als er wieder zurück zum Auto kam, sah er ganz nachdenklich aus.

Annalee studierte seinen Gesichtsausdruck. «So, und wohin jetzt?»

«Zur *City of Baton Rouge*.»

«Baton Rouge in Louisiana?», fragte Daniel vom Rücksitz aus. «Das ergibt keinen Sinn.»

Shamus lächelte. «Die *City of Baton Rouge* ist ein Boot, ein echter alter Mississippi-Raddampfer, der gleich außerhalb der Stadt vor Anker liegt.»

«Klar», Annalee nickte geistesabwesend. «Der Mississippi. Den mächtigen Fluss hinab zum Golf von New Orleans. Und von dort wahrscheinlich per U-Boot nach Kuba.»

Shamus kraulte ihr das Haar. «Genau! Von Kuba nach Brasilien, im Segelflieger. In der Nacht. Bei Neumond.»

«Nur das Licht der Sterne auf dem Wasser und das Rauschen der Flügel.»

«So ist es», sagte Shamus.

Annalee ließ den Wagen an. «Zuerst müssen wir mal dieses Boot am Fluss finden.»

«Im Dschungel finden die uns nie!», rief Daniel voll aufgeregter Überzeugung.

Annalee sagte zu Shamus: «Mal ehrlich, weißt du, wohin wir fahren, oder hast du nur geflunkert?»

«Fahr an der letzten Ausfahrt vor der Brücke raus und dann Richtung Norden am Fluss entlang. Elmo Cutter, einer aus Voltas Stab, wird uns dort treffen. Abgesehen von unserer nächsten Station, der *City of Baton Rouge*, habe ich keine Ahnung, wo sie uns hinschicken. Aber ich nehme an, Elmo weiß Genaueres.»

Elmo Cutter hatte dunkel getönte Haut und war klein und fett. Eine dicke schwarze Zigarre – die er nie anzündete – wippte unter dem schmutzigen Schirm seiner Chicago-Cubs-Kappe. Er grüßte sie auf dem Dock mit einer Reihe mürrischer einsilbiger Laute, dann führte er sie an Bord.

Die *City of Baton Rouge* war die Letzte ihrer Art, ein wendiger, majestätischer Schaufelraddampfer. Vor der Jahrhundertwende hatte sie eine elegante Gesellschaft von Geschäftsleuten, Spielern und aufgetakelten Damen befördert, und obwohl sie 1950 außer Dienst genommen und demontiert worden war, umwehte sie auch jetzt noch eine Aura von grünem Filz, leiser Konversation, einem Walzer, der aus dem Tanzsaal drang. Man konnte die intensive Mischung aus Sourmash-Whiskey, Farmerschinken und frischen Magnolien im Haar der jungen Serviererinnen noch riechen, glaubte, das leise Klappern der Jetons zu hören, wenn ein Einsatz im Spielsalon zusammengerecht wurde. Aber nicht einmal die blühendste Phantasie konnte den Eindruck verwitterten, leeren Verfalls auslöschen.

Elmo führte sie in den Speisesaal. Einstmals hatten zweihundert Leute hier an langen Tischen Platz gefunden, die über und über beladen waren mit gebratenen Hähnchenteilen, Schinken, Kartoffelbrei, Krautsalat, warmen Brötchen, Mais mit zerlassener Butter, gebackenen Wachteln, frischem Gemüse, Bratensoße und dicken Scheiben Kürbiskuchen. Jetzt standen nur ein ramponierter Kartentisch und vier Klappstühle darin.

Elmo kam direkt zur Sache: «Ihr trennt euch hier.»

Annalee zuckte zusammen.

«Shamus, heute Abend bist du weg. Es kann sich noch was im Detail ändern, aber im Großen und Ganzen ist alles klar.» Er wandte sich Annalee zu. «Sie und der Junge können wählen. Wahrscheinlich wissen Sie es schon, aber Sie haben einen geheimen Unterschlupf für die AMO geleitet – als assoziiertes Mitglied sozusagen. Ein paar von den Leuten, die bei Ihnen wohnten, waren nicht einmal Mitglieder der AMO. Dolly zum Beispiel haben wir deshalb rausgeholt, weil wir sie nur ungern im Gefängnis sehen. Jetzt ist sie beigetreten. Und wenn Sie Lust haben, können Sie das auch tun.»

Genauso direkt erwiderte Annalee: «Warum hat man uns nicht gleich gefragt? Oder zumindest informiert?»

Elmo zuckte mit den Achseln. «Weiß ich leider auch nicht, Miss Pearse. Ich war nicht dabei. Aber ich nehme mal an, es wäre gar nicht nötig gewesen, weil Sie ja irgendwie schon so eine Art Mitglied waren, nur eben nicht offiziell. Wir geben nicht viel auf Formalitäten.»

«Was ist, wenn wir nicht beitreten wollen? Vielleicht wissen wir ja zu viel.»

Elmo machte ein Geräusch, das halb nach einem Grunzen, halb nach einem Kichern klang. «Keine Bange, Ma'am. Sie wissen nicht zu viel. Sie können uns vielleicht 'n paar Unannehmlichkeiten bereiten, aber anhaben können Sie uns nichts. Die AMO ist wie Quecksilber. So haben wir jahrhundertelang überlebt. Wenn Sie also nicht beitreten wollen, bekommen Sie das Auto, die vier Riesen und unsere besten Wünsche mit auf den Weg. Und wahrscheinlich versuchen wir, Ihnen zu helfen, wenn Sie allzu sehr ins Schleudern geraten – aber das ist kein Versprechen, auch wenn wir das in der Regel so handhaben.»

«Und wenn wir beitreten?»

«Interessante Arbeit, wenn's welche gibt, gerechte Bezahlung, klasse Leute, eine Menge Möglichkeiten – und natürlich genießen Sie alle Vorteile einer derartigen Verbindung.»

«Gibt's da auch eine Schule?», fragte Daniel mit derart brennendem Interesse, dass Annalee und Shamus ihm einen Blick zuwarfen. Er bemerkte es nicht, seine Aufmerksamkeit war ganz auf Elmo gerichtet.

«Schulen gibt's keine», erklärte Elmo. «Aber Lehrer, die dich unterrichten werden, wenn du's ernst meinst mit dem Lernen. Und wir haben auch eine Art loses medizinisches Netzwerk – einige von unseren Ärzten sind, zumindest vom Standpunkt der Schulmedizin betrachtet, ziemlich primitiv, aber das bedeutet nicht, dass sich ihre Heilmethoden nicht bewährt hätten. Ich finde also, man kann schon sagen, dass eine gewisse Grundversorgung in Sachen Bildung und Medizin vorhanden ist. Und auch in Rechtsfragen, wenn ich's recht bedenke – wir haben ein paar ganz ausgefuchste Rechtsanwälte. So, das wär's von meiner Seite aus. Ich will Sie nicht drängeln, aber am besten überlegen Sie sich's gleich.»

«Was meinst du, Shamus?», fragte Annalee. Da sie Daniel nicht das Gefühl geben wollte, über seinen Kopf hinweg zu entscheiden, fügte sie rasch hinzu: «Daniel und ich wüssten gern, was du davon hältst, weil wir beide uns ja entscheiden müssen.»

«Ich hab euch meine Geschichte erzählt», sagte Shamus. «Es sind gute Freunde und faire Gegner.»

«Wir sollten mitmachen», sagte Daniel. «Das ist das Praktischste. Und eines Tages brauche ich sowieso einen Lehrer.»

Annalee machte die Augen zu und öffnete sie fast gleich darauf wieder. «Schreiben Sie uns ein», sagte sie zu Elmo.

«Gebongt», nickte er. «Sicher möchten Sie sich jetzt ein bisschen auf dem Boot umsehen. Ich habe in der Zwischenzeit ein paar Dinge mit Mr. Malloy zu besprechen. Sie werden verstehen, dass Nichtwissen oft der beste Schutz ist.»

«Aber eigentlich doch eher Wissen, oder?», sagte Daniel.

«Gehupft wie gesprungen», brummte Elmo und setzte dann hinzu: «Unsere Lehrer werden von dir begeistert sein.»

Ganz glücklich über Elmos Kompliment, drehte Daniel sich um und folgte seiner Mutter aufs Hauptdeck hinaus.

Als die beiden draußen waren, sagte Elmo zu Shamus: «Heute Nacht per Zug nach Detroit, dann mit einem Bus über die Grenze, Tauchstation in Montreal. Wir haben da ganz schön die Kacke am Dampfen. Der durchgeknallte Wissenschaftler, den du als Geisel genommen hast, ist noch immer nicht aufgetaucht. Das Auto, das du ihm überlassen wolltest, steht noch immer da. Was weiß ich, vielleicht liegt er mausetot in irgendeinem Straßengraben oder spaziert durch die Pampa und redet mit den Steinen, und dabei bilden wir uns doch ein, dass wir solche Sachen immer ganz genau wissen.»

«Ja, das tut ihr», sagte Shamus.

«Wenn sie ihn finden, tot oder lebendig, würde die Sache deutlich abkühlen.»

«Ist mir klar. Ich habe ihn genau an der Stelle aussteigen lassen, die ich euch beschrieben habe.»

Elmo kaute auf seiner Zigarre herum. «Keine Idee, wo's ihn hinverschlagen haben könnte?»

«Nach oben. Ganz in Gedanken verloren.»

«Jaja.» Elmo spuckte ein bisschen Tabak aus. «Na schön, wir haben's hier mit einem verdammten Ufo zu tun. Hat sich vermutlich als Astronaut beworben.»

Shamus legte die Hände auf dem Kartentisch ineinander, die bloße Hand über die mit dem Handschuh. «Und, wie sieht's aus?»

«Volta wüsste gern, wie viel Zeit und Geld noch investiert werden müssen, um dir zu helfen.»

«Geld habe ich. Ich zahle euch alles gern zurück, mit Zinsen, sobald ich da rankomme.»

«Das wäre wohl das Beste, aber es hat keine Eile. Was Volta möchte, ist deine Kooperation. Er sagte, du sollst dir das als eine Art mehrjährige freundschaftliche Überwachung vorstellen. Das bedeutet wohl, er will dein Ehrenwort, dass du mal eine Zeit lang nicht Amok läufst. Andernfalls lassen wir dich auf der Stelle in Ruhe – ein Auto und zwei Riesen, genau das, was wir dem Mädchen auch angeboten haben.»

«Ihr habt ihr vier angeboten», korrigierte Shamus ihn.

«Sie hat ein Kind.»

«Punkt für dich», sagte Shamus. «Freunde kommen einen vermutlich nicht billig, was?»

«Nö – vor allem nicht, wenn man sie in den Schlamassel mit reinzieht.»

«Wenn ich mir nicht ganz sicher wäre, dass der Wachposten, der da in seiner Pause einen Joint geraucht hat, Zufall gewesen ist, würde ich direkt glauben, Volta hat einen Weg gefunden, meine Pläne zu vereiteln.»

«Das kann ich nicht beurteilen. Jedenfalls hast du dir die Tour selbst vermasselt. Und damit müssen wir jetzt klarkommen.»

«Gut, dann nehmt mich an Bord, und irgendwann mal mache ich das Ganze wieder gut!»

«Noch etwas», sagte Elmo und benutzte seinen Zigarrenstummel als Zeigestab. «Der Handschuh muss weg.»

«Der geht nicht runter. Wie wär's mit einem Gips?»

«Von mir aus.»

Shamus hielt die Hand mit dem Handschuh hoch. «Wir könnten den Arm am Ellbogen abschneiden.»

«Von mir aus.»

«Wo wir gerade vom Vermasseln reden», sagte Shamus, «weiß man, wie sie das mit der Ranch rausgekriegt haben?»

«Klar.»

«Der Pilot?»

«Erraten. Die haben deinen Arsch am Flughafen in Nashville nur ganz knapp verfehlt. Haben sich das Kennzeichen der Maschine gemerkt, und dann hat dich jemand beim Umsteigen in Denver gesehen. Dauerte zwar ein paar Tage, aber schließlich haben sie den Piloten in Portland geschnappt. Und die Wahrheit aus ihm rausgeprügelt.»

«Das tut mir wahnsinnig Leid», sagte Shamus.

«Nicht so sehr wie ihm. Er ist für sein Leben gern geflogen, aber zu Fuß gehen hat ihm auch Spaß gemacht.»

Shamus schlug mit der Handschuh-Hand auf den Tisch.

«Verdammt nochmal, jetzt auf mir rumzuhacken bringt auch nichts. Wenn euch meine Meinung nicht passt, warum habt ihr mich dann überhaupt angeworben? Warum habt ihr mich zu Jacob Hind geschickt? Warum habt ihr mich dazu ermutigt, mich mit Radioaktivität auseinander zu setzen?»

«Hey», Elmo breitete die Arme aus, «warum zum Teufel helfen wir dir? Hm? Ich sag's dir: Weil wir alle mal 'nen Fehler machen.»

«Der Versuch, das Uran zu stehlen, *war* kein Fehler. Es ging einfach nur schief.»

«Shamus, du bist bei mir an der falschen Adresse – sehe ich etwa aus wie ein Debattierclub? Mein Job ist es, dich da rauszuholen. Wenn du erst mal in Montreal bist, hast du haufenweise Zeit, klar Schiff zu machen. Im Augenblick ist Schnelligkeit angesagt.»

«Gut», sagte Shamus, «dann mal los.»

Sie trafen auf Annalee und Daniel, die gerade das hölzerne Steuerrad bestaunten.

«Fertig?», fragte Annalee. Shamus sah nicht sehr fröhlich aus.

«Fertig», sagte Elmo.

«Und, wohin?»

«Sie und Daniel bleiben hier.»

«In Dubuque?»

«Hier», sagte Elmo und deutete auf das Deck. «Wir möchten, dass Sie der *Baton Rouge* wieder zu ihrem alten Glanz verhelfen. Das mit dem Trockendock und so ist bereits erledigt; nur der letzte Schliff fehlt noch. Benutzen Sie fürs Erste die vier Riesen. Wenn Sie kein Geld mehr haben, rufen Sie Dave Jaspars an und erinnern ihn an das Konto für historische Renovierung – er steht im Telefonbuch. Er ist Ihr Kontaktmann hier vor Ort. Wenn's irgendwo brennt, sagen Sie ihm Bescheid.»

«Wow», sagte Annalee und legte den Kopf auf die Seite. «Wie hätten Sie's denn gern? Shit, wie sollen wir das hinkriegen? Wir haben Nägel eingeschlagen und Bretter gesägt, aber das war nur für eine Ranch – mit etwas anderem haben wir gar keine Erfahrung. Und was ist mit den Farben und so? Ich meine ...»

Elmo schnitt ihr das Wort ab. «Hören Sie, das ist *Ihre* Sache. Wir nehmen keine Idioten in die AMO auf.»

«Dürfen wir auf dem Boot wohnen?» Die Vorstellung entzückte Daniel.

«Hab irgendwie angenommen, dass ihr das tut, muss aber nicht sein. So, und jetzt müssen wir beide mal los.»

Zum Abschied küssten sich Annalee und Shamus zärtlich. «Gold rostet nicht», flüsterte er ihr ins Ohr. «Ich seh dich wieder.»

«Versprechungen, nichts als Versprechungen ...», murmelte Annalee, doch dann klammerte sie sich an ihn, und sie kämpfte mit den Tränen.

Shamus schüttelte Daniel die Hand und ging zusammen mit

Elmo über die Rampe von Bord. Annalee sah ihnen nach, bis sie hinter der Anlegestelle verschwunden waren. Als sie sich endlich nach Daniel umwandte, lehnte er an der Reling hinter ihr und schaute zu, wie der graue Mississippi an ihnen vorbeiglitt. Sie stellte sich neben ihn ans Geländer und legte den Arm um seine Schulter. «Und», seufzte sie, «was meinst du?»

Daniel starrte unverwandt auf den Fluss und sagte: «Es ist genau so, wie Mark Twain es beschrieben hat. Wunderschön und hässlich zugleich.»

Annalee und Daniel brauchten fast zwei Jahre und 52 000 Dollar, um die *City of Baton Rouge* vollständig zu renovieren. Für Daniel verging die Zeit sehr schnell. Wenn er nicht gerade die Stufen aus Walnussholz abschmirgelte oder den Anstrich in einer der vierzig Luxuskabinen erneuerte, steckte er die Nase ganz tief in jedes Buch, das er zum Thema ‹Raddampfer› finden konnte – vor allem interessierten ihn Bauweise, Inneneinrichtung und Geschichte. Die Schiffe auf den alten grobkörnigen Fotografien, die *Natchez*, die *Grand Republic*, die *Robert E. Lee* und die *Mary Powell*, beeindruckten ihn durch ihre Kraft und Anmut. Er las über die großen Rennen, über schreckliche Havarien und andere Flusslegenden, über mutige Kapitäne, professionelle Spieler und schlitzohrige, betrunkene Hilfsmatrosen. Am späten Abend, wenn er am Dock nachschaute, ob ein Wels an seiner Angel hing, stellte er sich die Hörner und Glocken von Geisterbooten vor, die im Dunst des Flusses langsam vorbeidrifteten. Alles, was er an Neuem erfuhr, jedes damit verbundene Gefühl verstärkte den leidenschaftlichen Respekt, den er bei seiner täglichen Arbeit an der *City of Baton Rouge* empfand.

Für Annalee dagegen floss die Zeit so träge dahin wie der Mississippi selbst. Daniels Begeisterung darüber, eine Sache der Vollendung nahe zu bringen, teilte sie nur in Maßen. Die Arbeit war interessant, lohnenswert und eine Herausforderung, aber sie fand sie nicht unbedingt elektrisierend – nicht so sehr wie die Flucht von der Ranch oder wie wenn Shamus sie mit dem Handschuh am Rücken berührt hatte.

Immer wenn sie Geld für Material oder Werkzeug brauchten, rief sie Dave Jaspars an. Beim ersten Anruf hatte er ihr erzählt, dass es bei der First National Bank ein Konto auf den fiktiven Namen Maybelline Wyatt gebe. Sie war jetzt die verwitwete Tochter von J. S. Allsop, einem Zuckerrohr-Tycoon aus Louisiana, dem ursprünglichen Besitzer der *City of Baton Rouge,* des zugehörigen Landestegs und von zwanzig Hektar des angrenzenden Geländes an der Uferfront. All dies hatte sie kürzlich geerbt, da er plötzlich und unerwartet in einem Bordell in New Orleans verstorben war. Mit etwas femininer Stimme erklärte Dave Jaspars, dass der Dampfer als Zentralstelle für Nachrichtendienste genutzt würde, gelegentlich auch für Meetings in großem Rahmen. Zu Daniels großer Enttäuschung sollte die ursprüngliche Dampfmaschine jedoch nicht erneuert werden, wie auch sonst keinerlei Dampfantrieb vorgesehen war. Die *City of Baton Rouge* würde vor Anker liegen bleiben.

Die Arbeiten gingen voran, ohne dass jemals Einwände in fachlicher oder finanzieller Hinsicht erhoben worden wären. Jeder Anruf mit der Bitte um Geld wurde mit einer umgehenden Überweisung auf ihr Konto beantwortet, und Fragen des Geschmacks oder der Methode wurden gar nicht erörtert. Dave Jaspars bekamen sie nie zu Gesicht. Niemand von der AMO schaute vorbei, um ihr Werk zu begutachten. Die einzigen Besucher waren Riverboat-Fans (die Daniel immer zum Dinner einlud, damit sie ihm ihr Fachwissen preisgaben) und die Handwerker für Spezialaufgaben. Daniel, der am liebsten mit Holz geheizt und die originalen Kronleuchter mit den Öllampen aufgehängt hätte, fand die Stromkabel und das Notstromaggregat einfach schrecklich.

Annalee hatte gehofft, sie wären vor Daniels zwölftem Geburtstag mit den Arbeiten fertig, aber sie fingen gerade erst an, den Speisesaal zu streichen, als es März wurde. Annalee hatte ihm sein Hauptgeburtstagsgeschenk – ein ausgezeichnetes Fernrohr – am Morgen überreicht, nach dem Abendessen brachten sie das Fernrohr aufs oberste Deck und studierten den Winterhimmel. Der eiskalte, böige Wind vertrieb sie schon bald wieder nach drinnen, ins Speisezimmer des Kapitäns, das sie zu ihrem eigenen gemacht hatten. Daniel nahm am Kopfende des Tisches Platz, während Annalee in die Kombüse huschte und gleich darauf mit seiner Geburtstagstorte wiederkam, auf der zwölf Kerzen brannten. Sie setzte sie vor ihm ab, während sie «Happy Birthday» sang. Daniels Augen glänzten im Kerzenlicht.

«Vergiss nicht, dir etwas zu wünschen, bevor du sie ausbläst», sagte sie.

Daniel dachte einen Moment nach, holte tief Luft und blies alle Kerzen bis auf die eine in der Mitte aus. Annalee drückte sie hastig mit den Fingern aus.

«Hm, wahrscheinlich geht mein Wunsch nicht in Erfüllung», sagte Daniel. Selbstmitleid hörte Annalee selten in seiner Stimme. Sie wusste nicht, wie sie auf diesen plötzlichen Stimmungswechsel reagieren sollte. «Weißt du, was ich mir gewünscht habe?», fragte Daniel und redete dann weiter, bevor sie etwas sagen konnte. «Dass ich weiß, wer mein Vater ist.»

Sie begriff den Zusammenhang mit seinem Geburtstag, aber sie war trotzdem wie vor den Kopf gestoßen. Sie setzte sich ihm gegenüber hin und fühlte sich auf einmal alt und hilflos. «Das habe ich dir doch schon gesagt, Daniel – ich weiß es nicht. Ich war jung, verrückt und orientierungslos. Ich habe mit jedem geschlafen, der mich die Nacht über im Bett warm hielt. Es hätte eine ganze Reihe von Männern sein können. Ich wünschte, ich könnte es dir sagen.»

«Sag es mir!», schrie Daniel. «Sag's mir! Du *musst* es einfach wissen!»

«Nein, Daniel. Ich weiß es wirklich nicht!»

«Du lügst!» Wie eine Rakete fuhr Daniel von seinem Sitz hoch. *«Sag es mir!»* Er holte mit dem rechten Arm aus und hieb mit der Faust auf die Torte ein.

Annalee gab ihm eine dermaßen heftige Ohrfeige, dass ihr die Hand wehtat. Daniel geriet ins Torkeln und bekam mit Mühe die Stuhllehne zu fassen. Er rieb sich mit der tortengussverschmierten Hand die Wange und versuchte, die Tränen hastig wegzublinzeln.

«Verdammt nochmal, du kleines Biest!», brüllte Annalee. «Das tut *weh*! Glaubst du, mir tut das nicht weh?»

Daniel, der jetzt weinte, nickte mechanisch.

«Woher kommt das bloß? Warum tust du das?»

Daniel nickte noch immer.

«Rede mit mir, Daniel. Du kannst mich nicht so behandeln und dich dann abschotten. Was hast du?»

Daniel schluchzte. «Ich will einfach nur einen Anhaltspunkt, irgendwas, das ich mir vorstellen kann.»

Annalee verstand jetzt, was er meinte. Sie setzte sich hin, plötzlich ganz ruhig. «Ich habe deinen Vater zum ersten Mal gesehen», fing sie an, «als ich mich an der Küste in Anchor Bay versteckt hielt, ungefähr fünfzig Meilen südlich von der Ranch. Seit fast zwei Jahren herrschte dort eine schlimme Dürre, es gab kaum jemanden, der genügend Wasser hatte. An einem Sommermorgen wachte ich auf und sah aus dem Fenster. Draußen waberte dünner Nebel, der im ersten Tageslicht ganz milchig wirkte. Ich erblickte einen Mann auf der Weide, einen großen, bärtigen Mann, der einen Zylinder und einen weiten schwarzen Umhang trug. Er suchte mit einer Wünschelrute nach einer Wasserader. Ich spürte, dass er mich aus den Augenwinkeln beobachtete, ging nach draußen und blieb vor ihm stehen. Er breitete seinen Umhang auf dem Boden aus. Ohne ein Wort liebten wir uns. Als wir fertig waren, legte er mir den Umhang über die Schultern. Bevor er ging, deutete er auf das Feld und sagte noch: ‹Ungefähr in der Mitte ist eine tiefe Quelle, aber es lohnt sich nicht, danach zu graben. Es regnet sowieso bald.› Und als ich am nächsten Morgen aufwachte, regnete es sanft und gleichmäßig.»

Daniel nickte feierlich.

«Dein Vater», sagte Annalee, «war Kapitän eines Raddampfers. Sein Schiff war die *Delta Queen.* Ich arbeitete dort als Kellnerin, ein junges Cajun-Mädchen aus dem Bayou. Ich weiß noch, wie kräftig seine Arme waren, das Steuerrad war nämlich ganz schön schwer. Du wurdest auf dem Boden des Steuerraums gezeugt, während das Steuerrad sich langsam drehte und das Schiff frei dahintrieb. In der Nacht darauf gab es ein Erdbeben. Auf dem Wasser spürte man zunächst gar nichts, aber ich hörte die Leute am Ufer schreien und sah, wie die Baumwipfel im Mondlicht hin und her schwankten. Der Fluss schien über alles hinwegzurollen, man hörte die Planken des Schiffs so laut knacken, als wären es Gewehrschüsse, und im Salon splitterte Glas. Ich war gerade mit einer Flasche Brandy auf dem Weg zum Steuerhaus und wurde auf der Treppe zurückgeschleudert. Menschen schrien und sprangen über Bord. Plötzlich war dein Vater da, hob mich hoch und trug mich nach unten zum Hauptdeck. Am Bug war ein kleines Dingi vertäut. Er schnitt die Leine mit seinem Messer durch und setzte mich hinein. Er küsste mich, sagte ‹Ich liebe dich› und ließ das Boot ins Wasser. Dann ging er hinein, um den anderen zu helfen. Ich hielt noch immer die Brandyflasche, und während ich davontrieb, sah ich ihn in den Salon rennen, kurz bevor dieser in Flammen aufging.»

Daniel schloss die Augen und berührte geistesabwesend seine Wange an der Stelle, wo Annalee ihn geschlagen hatte.

«Dein Vater war ein Bandit», fuhr sie fort. «Ich kellnerte in einer schrecklichen Cocktailbar in Chicago. Der Laden war schon zu, und der Barkeeper und ich wuschen gerade die letzten paar Gläser ab, als er mit einer Pistole in der Hand aus der Toilette kam. Er fesselte den Barkeeper und schloss ihn im Lagerraum ein, dann leerte er die Kasse. Mir hatte er gesagt, ich solle mich hinsetzen und nicht von der Stelle rühren. Dann ließ er eine Rolle Zehncentstücke über den Tresen auf mich zurollen. ‹Schmeiß mal die Jukebox an›, sagte er. Ich fragte ihn, ob er einen bestimmten Wunsch hätte. ‹Egal, Hauptsache, es macht dich scharf›, sagte er und lachte. Nie mehr habe ich ein derart süßes und befreites Lachen gehört. Schließlich hatte er mich so weit, dass ich ihn mit einem Fluchtauto zu seiner Wohnung fuhr. Nein. Warte. Das stimmt nicht.»

Daniel sah sie scharf an.

«Wir sind nicht zu ihm gefahren. Wir haben es an Ort und Stelle getrieben, da auf der Mahagonitheke.»

«Mom!» Daniel wurde rot. «Menschenskinder!»

«Du willst wissen, wer dein Vater ist, und ich weiß nicht, wer es ist. Deshalb erzähle ich dir alles, was mir an den Männern aufgefallen ist, die ich kennen gelernt habe, was ich an ihnen bewundert und geliebt, wovon ich geträumt, wonach ich mich bei ihnen gesehnt habe. Und wenn ich damit fertig bin, wirst du noch immer keinen Vater haben, wirst noch immer nicht wissen, wer dein Vater ist, aber du weißt dann viel besser, wer *ich* bin und dass du mein Sohn bist und dass ich dich lieb habe.

Dein Vater war ein Bergsteiger, der auf dem Gipfel verschwunden ist. Ich habe ihn in einem Café in Katmandu kennen gelernt, gerade als er den Aufstieg beginnen wollte. Ich weiß noch, wie …»

Ohne dass sie die zermatschte Torte vor ihnen angerührt hätten, redete Annalee fast zwei Stunden lang weiter und erzählte von jedem Mann aus Fleisch und Blut oder aus ihren Träumen, von jedem, an den sie sich erinnern konnte oder der ihr einfiel, von Helden, Dichtern, Outlaws und Verrückten. Daniel hörte aufmerksam zu, und als sie geendet hatte, tat er etwas, das sie zu Tränen rührte: Er nahm ein Stück der misshandelten Torte und bot es ihr an.

Dass das Schiff ausgerechnet am ersten April fertig wurde, fanden sie beide lustig. Sie fanden auch, dass sie hervorragende Arbeit geleistet hatten. Die abgetakelte Königin war in ihrer ehemaligen Pracht wieder auferstanden – von den belgischen Teppichen bis zu den Kronleuchtern bezauberte sie durch vornehme Eleganz und würdevollen Glanz.

An jenem Abend rief Annalee Dave Jaspars an und berichtete ihm, dass sie die Arbeit vollendet hätten.

«Phantastisch!» Er schien sich aufrichtig zu freuen. «Fahren Sie ein paar Wochen weg oder bleiben Sie auf dem Schiff und genießen Sie die Früchte Ihrer Arbeit. Elmo wird wohl Ende des Monats vorbeischauen und Ihnen dann sagen, was als Nächstes ansteht.»

«Sie haben vermutlich keine Ahnung, was das sein wird ...», versuchte Annalee ihn aus der Reserve zu kitzeln. Dave liebte Klatsch und ließ immer wieder durchblicken, dass er mehr wusste, als er sagen durfte.

«Na ja», fing er vorsichtig an. «Sie wissen ja, dass ich Ihnen das nicht sagen sollte ... aber Sie werden nach Indianapolis gehen, ins Kloster der Schwestern der Gesegneten Barmherzigkeit, und Daniel wird nach Paraguay geschickt, um bei einem Yatati-Schamanen halluzinogene Medizin zu erlernen.»

Analee war wie vom Donner gerührt. Sie hörte, wie sie einen seltsam winselnden Nasallaut von sich gab, doch erst als sie ein «Nein!» ausstieß, wurde ihr bewusst, dass sie zu sprechen versucht hatte.

«April, April!» Dave Jaspars japste vor Vergnügen. «Hab ich Sie drangekriegt!»

«Sie erbärmliches Würstchen», sagte Annalee in eisigem Tonfall, «Sie können von Glück reden, dass ich nicht weiß, wie Sie aussehen, sonst würde ich mich Ihnen an die Fersen heften und Ihnen mal zeigen, wie *ich* Sie drankriege.»

«Um Himmels willen, Mrs. Wyatt», sagte er, «ich hatte keine Ahnung, dass Sie so von mir denken. Wussten Sie nicht, dass der erste April der einzige religiöse Feiertag ist, den wir hier begehen?»

«Nein», erwiderte Annalee mit einem Lächeln, «aber ich kann's mir vorstellen.»

Als Elmo Cutter in den großen Salon eintrat, nahm er die Zigarre aus dem Mund und stieß einen leisen Pfiff aus. «Heilige Scheiße.»

Daniel hielt den richtigen Moment für gekommen, um seinen Wunsch nach vollständiger Rekonstruktion vorzutragen. «Sie würde sich wirklich toll machen auf dem Fluss, aber dazu müsste man die Dampfmaschine wieder herrichten oder vielleicht eine neue einbauen.»

«Nee, Daniel, daraus wird nix. Das wird eine fest verankerte Anlaufstelle für Nachrichtendienste. Auf dem Wasser würde sie viel zu viel Aufsehen erregen.»

Mit einer wütenden Geste deutete Daniel auf den Salon. «Wozu dann der ganze Aufwand? Wäre es da nicht besser gewesen, das alles auf eine billige, praktische und funktionale Art herzurichten?»

«Nein, das wäre nicht richtig gewesen», sagte Elmo. Seine Stimme klang unerbittlich.

«Und eine Sache nur halb zu machen, das ist wohl richtig?»

«In diesem Fall, ja. Mensch, Junge, wir mussten hier eh schon vorne und hinten sparen, und durch 'ne Dampfmaschine wären die Kosten aufs Doppelte gestiegen und unsere ganzen Pläne sinnlos geworden.»

Daniel murmelte: «Und so ist einfach unsere ganze Arbeit sinnlos geworden.»

Elmo ließ eine fleischige Hand auf Daniels Schulter fallen. «Also, *das* hängt vollkommen von dir ab, ob das sinnlos ist oder nicht. Wie ich die Sache sehe, habt ihr wirklich großartige Arbeit geleistet, und bevor du jetzt weiter auf mir rumhackst, von wegen Dampfmaschine und so, und mir 'n schlechtes Gewissen machst, lass mich lieber erst mal danke sagen, okay? Und jetzt kannste weitermosern, wenn du willst; oder wir setzen uns an diesen schönen

Tisch hier und reden miteinander.» Er nahm die Hand von Daniels Schulter und berührte die polierte Tischplatte. «Was für 'n Holz is'n das überhaupt?»

«Walnuss», sagte Daniel.

Elmo streichelte mit seinen dicken Fingern darüber. «Das is wirklich verdammt schön.»

«Ist ein ganz schöner Unterschied im Vergleich zu dem verkratzten alten Kartentisch, was?», sagte Annalee.

«Da liegen Welten dazwischen.» Er warf Daniel einen Blick zu. «Na, immer noch miesepetrig?»

«Falls das eine Rolle spielt», meinte Annalee, «ich finde, Daniel hat Recht.»

«Es spielt eine Rolle, aber es ändert nix.»

Annalee setzte sich. «Dann reden wir über was anderes, zum Beispiel die Welten zwischen hier und da und dort, wo wir als Nächstes hinkommen.»

«Das hängt von euch ab», entgegnete Elmo und nahm ihr gegenüber Platz. «Nächsten Monat wird das Boot hier zu 'ner Radiostation umgerüstet. Eine Crew mit ungefähr einem Dutzend Leuten wird permanent an Bord sein, und ab und zu ist die Bude dann mal voll mit Gästen. Ihr könnt gern bleiben und ein bisschen was über Nachrichtentechnik lernen, das kann man heutzutage immer gut brauchen, aber es gibt auch 'ne neue Sprachschule in Waco, da könnt ihr Spanisch lernen, während ihr nebenbei dafür sorgt, dass bestimmte Waren und Personen über die Grenze kommen. Dann hätten wir ein Lachsfangschiff in Washington, das immer ein paar Mann extra gebrauchen kann, das hat übrigens auch 'nen richtigen Motor, zumindest die meiste Zeit, und eine Crew mit Leuten, die vor hundert Jahren wohl als Piraten durchgegangen wären. Oder vielleicht wollt ihr ja auch die hohe Kunst des Druckens und Fotografierens erlernen, da macht demnächst eine neue Druckerei auf...»

«Eine Druckerei?», unterbrach Daniel.

«Dokumente. Formulare. So was in der Art.»

«Fälschungen.» Daniel nickte.

Elmo zuckte mit den Schultern. «Na ja, wir haben 'ne Menge offizielle Stempel; uns fehlt bloß bei den meisten die behördliche Genehmigung, sie auch zu benutzen ...»

«Wo ist diese Druckerei?», fragte Annalee.

«Berkeley. In Kalifornien.»

«Berkeley, Kalifornien», wiederholte Annalee mit träumerischer Begeisterung. «Personalausweise, Zeugnisse ... perfekt. Das nehmen wir.» Sie sah Daniel an. «Vorausgesetzt, du bist damit einverstanden.»

«Ich würde gern in einer Stadt leben», sagte Daniel.

«Für wie lange wäre das?», wollte sie von Elmo wissen.

«Bis ihr keine Lust mehr habt oder die ganze Sache sozusagen in Flammen aufgeht – und das tut die Art von Druckereien meistens. Aber je besser die Papiere sind, desto geringer ist die Gefahr.»

Annalee nickte. «Wann?»

«Sofort, wenn ihr wollt. Es wird noch einen Monat dauern, bis die ganzen Werkzeuge und das Material geliefert werden, aber das Haus steht bereit.»

«Es braucht keinen Motor, oder?», sagte Daniel, aber er lächelte dabei.

Elmo grinste zurück. «Weißt du, was ein Rabe ist, der weiß, wann er aufhören muss, auf jemand einzuhacken?»

Daniel schüttelte den Kopf.

«Clever.»

«Wissen Sie, was ein Schiff ohne Motor ist?», fragte Daniel.

Elmo seufzte. «Lass mich raten. Doof?»

«Nein. Eine Zentralstelle für Nachrichtendienste.»

«Weißt du, in Zukunft trag ich immer einen Löffel mit mir herum.»

Daniel schaute ihn verständnislos an.

Elmo erklärte: «Bei der ganzen Scheiße, die ich in dem Job hier fressen muss, könnte ich einen gebrauchen.»

«Wo wir gerade dabei sind, Fragen zu stellen», warf Annalee ein, «und da Sie uns zutrauen, eine Druckerei zu führen, da wär noch was, das ich gern wüsste. Wo ist denn Shamus Malloy zurzeit?»

«Draußen auf See mit einer Crew von Schatzjägern. Der bekloppte Wissenschaftler ist noch immer nicht aufgetaucht.»

«Um was für einen Schatz geht es?», fragte Daniel.

«Silber und Gold.»

Annalee lächelte. «Dann ist er bestimmt glücklich.»

«Herrje», sagte Elmo, «das hoffe ich jedenfalls!»

Das Haus in Berkeley war in der McKinley Street, nicht weit von der High School entfernt. Als die Leute von der Helmsbro-Umzugsfirma («Wenn wir's nicht packen, kannst du abkacken» hieß es auf ihrer typisch berkeleyschen Visitenkarte) einen Monat später Möbel zur Tarnung ablieferten, entdeckten Annalee und Daniel haufenweise unbeschriebene Geburtsurkunden, Führerscheine aus allen Staaten der USA, Ausweise für Wehrpflichtige, Pässe und diverse Stempel von den verschiedensten Bundesstaaten und Bundesbehörden. Die kleine Dunkelkammer im Badezimmer in der zweiten Etage war vor ihrem Einzug fertig gestellt worden, und die Multi-Litho- und die Walzenpresse hatten, zusammen mit einer ganzen Batterie von Schreibmaschinen, in dem angrenzenden Raum Platz gefunden. Nach der Einarbeitung durch ihren angeblichen Wohnungsmakler, den freundlichen Jason Wisk, konnten sie innerhalb eines halben Tages alle für eine neue Identität erforderlichen Dokumente herstellen. Da Annalee die Arbeit mit der Kamera und das Prägen Spaß machten, während Daniel das Drucken besonders zusagte, folgte die Aufgabenteilung ganz automatisch den natürlichen Vorlieben. Jason koordinierte die Aufträge, die regelmäßig eintrafen, ohne jedoch zur Last zu werden. Kunden kamen keine ins Haus; wurden Fotos benötigt, nahm Annalee entweder Negative als Vorlage, die anderswo aufgenommen worden waren, oder sie machte die Fotos selbst, und zwar in Jasons Immobilienbüro.

Da Daniel oft gefragt wurde, warum er nicht zur Schule ging, verließ er das Haus an Werktagen selten vor drei Uhr nachmittags. Normalerweise druckte er bis zum Mittag und las nach dem Essen mindestens ein paar Stunden, bevor er die Erkundung von Berkeleys Straßenleben in Angriff nahm.

Sie hatten ausgemacht, dass die Nächte Annalee gehörten. Besonders gefiel ihr Dr. Jamm's Get-Down Club draußen in Shattuck. Rasch freundete sie sich mit den Musikern und Künstlern an, die dort ein und aus gingen. Und es dauerte nicht lange, da war sie Sängerin und Lead-Kazoo-Spielerin in einer sich ständig neu formierenden Gruppe namens Random Canyon Raiders. Ihr Repertoire umfasste beliebte, wenn auch etwas schräge Traditionals, aber auch wilde polemische Improvisationen pornographischen und soziopolitischen Inhalts. Die Random Canyon Raiders verstanden es zu feiern und ließen dabei die Kunst nicht zu kurz kommen. Annalee führte auf einmal wieder ein normales Sozialleben. Ein Neuanfang war in Sicht.

Aber einige Gewohnheiten widersetzen sich dem Wandel. Ein Jahr später, Anfang Mai, suchte sie in der Berkeley Public Library nach einem Buch mit Gedichten, das ihr einer der Freunde von den Random Canyon Raiders empfohlen hatte, und da sah sie Shamus Malloy vor den Regalen mit Chemiebüchern stehen. Er hatte schwarze Haare, war glatt rasiert und er hatte, dem hochgesteckten Ärmel seines Jacketts nach zu urteilen, einen Arm verloren. Aber sie war so sicher, dass es Shamus war, dass sie auf ihn zuging und ihn an dem leeren Ärmel zupfte.

Shamus schloss das Buch, in dem er gerade geblättert hatte, und stellte es zurück ins Regal, ohne sie anzusehen. «Ich liebe dich und habe dich während der letzten zwei Jahre jede Minute vermisst», flüsterte er und starrte auf die Buchreihen, «und ich habe Angst, dich anzuschauen, habe Angst, dass du es vielleicht nicht bist, dass es irgendeine verzweifelte Halluzination ist, ein hungriger Traum.»

«Ist es okay, wenn ich dich hier drin umarme?», fragte Annalee, die Hand flach auf sein Kreuz gelegt.

«Wahrscheinlich nicht», grinste Shamus, «aber bitte, bitte tu's trotzdem.» Als er sich zu ihr umdrehte, schimmerten Tränen in seinen Augen.

Sie fühlte seinen Arm unter dem Jackett, als sie sich umarmten.

«Was tun wir denn hier drin an so einem herrlichen Frühlingstag?», murmelte Annalee. «Komm, wir gehen ein bisschen nach draußen, wenn das erlaubt ist.»

«Alles ist erlaubt», sagte Shamus, «solange wir vorsichtig sind.»

Er schaute ihr in die Augen, dann blickte er über ihre Schulter hinweg. «Nach Euch, Mylady.»

Sie gingen zwei Blocks weiter zu Swensen's Burger Palace, bestellten Kaffee und setzten sich an einen Tisch ziemlich weit hinten.

«Also», sagte Annalee, «wie stehen die Aktien? Das Einzige, was ich von dir gehört habe, ist, dass du auf Schatzsuche warst.»

«Stimmt. Ich habe mich verkrochen, indem ich auf und davon gesegelt bin. Wir haben vor der kolumbianischen Küste nach Wracks getaucht. War zwar nur ein Job, hatte aber auch was für sich. Ist mit Sicherheit einer der erhabensten Momente im ganzen Universum, wenn du da so an Deck stehst und einen Goldbarren tropfnass in der Hand hältst. Dich zu halten ist natürlich viel schöner, aber man nimmt eben, was man bekommen kann.»

«Ach ja, sprich weiter», sagte Annalee. «Daniel fragte mich neulich, warum ich Dichter so sehr mag; weil es so großartig ist, ihnen zuzuhören, habe ich ihm geantwortet.»

«Wie geht's Daniel?»

«Ist mitten in der Pubertät und damit beschäftigt, sich abzunabeln.»

«Das dürfte nicht allzu schwierig sein – als besitzergreifend kann man dich ja schlecht bezeichnen.»

«Du hast mir keine Gelegenheit dazu gegeben.»

«Wenn's im Augenblick keine anderen Männer in deinem Leben gibt, hol ich's vielleicht nach.»

«Nur Daniel, und es ist nicht ganz klar, ob er ein junger Mann oder ein alter Junge ist. Aber was ist mit dir? Darfst du zum Spielen raus?» Gedankenverloren strich sie mit dem Finger über den Rand ihrer Kaffeetasse.

«Mein Deal mit Volta war, dass ich zwei Jahre lang ein braver Junge bleibe. *Kooperativ sein,* wie er sich ausdrückte. Wahrscheinlich hast du nicht mitbekommen, dass Gerhard von Trakl letzte Woche wieder zur Arbeit getrottet kam und irgendwas von sequenziellen Zentren und dem unentwirrbaren Tanz von Teilchen und Welle faselte. Er behauptete, in der Wüste gewesen zu sein und dort über alles nachgedacht zu haben. Stimmt vermutlich, meint die AMO – er sah völlig zerlumpt aus, mit wilder Mähne und zotteligem Bart. Wie die Befragung nach seiner Rückkehr verlaufen ist, ist nicht klar, er scheint aber genau das erzählt zu haben, was in Wirklichkeit passiert ist, dass ich ihn rausgelassen habe und in der Dunkelheit verschwunden bin. Schwer zu glauben, dass sie seine Abwesenheit so lange kaschieren konnten, aber der Tattergreis hat keine Familie, und offiziell hieß es, er sei für Forschungsaufgaben freigestellt.»

«Dann sind sie jetzt nicht mehr hinter dir her?»

«Na ja, schon noch ein bisschen. Sie suchen mich noch immer, aber es ist nicht mehr so dringend.»

Annalee deutete ein Lächeln an. «Dann bist du also wieder bereit, einen Versuch mit dem Uran zu starten?», seufzte sie.

«Nein», sagte Shamus. «Plutonium – die dunkle, dekadente Königin höchstselbst. Und diesmal gegen Lösegeld: die Demontage *aller* atomaren Einrichtungen landesweit. Ganz zu schweigen von der politischen Peinlichkeit, dass es gestohlen wurde, dem Eingeständnis der Verletzlichkeit.» Er beugte sich über den Tisch zu ihr. «Atomwaffen sind Wahnsinn. Das muss aufhören. Das Wissen und die Technologie sind immer zuerst da, bevor wir die Konsequenzen begreifen. Lineare Akzeleratoren, Brutreaktoren – was tun die denn, außer alles so sehr zu beschleunigen, dass keiner mehr mitkommt, während sie tödliche Materialien von einer Qualität und einer Quantität anhäufen, wie die Natur das niemals vorgesehen hat? Eine Geld- und Machtgier ist das, wie das Anhäufen von Gold, und so viel Macht in den Händen einiger weniger verdirbt die Menschen. Wir müssen damit aufhören, aufhören und ernsthaft über die Konsequenzen nachdenken, die der Besitz von so viel Energie bedeutet – nachdenken, was passieren könnte, wenn man sie freisetzt. Ich sagte, wenn ich das Plutonium nicht rausrücke, dann bringt das die Zerstörung aller nuklearen Einrichtungen, aber das stimmt so nicht. Es bringt Zeit. Zeit, um nachzudenken, zu evaluieren, zu urteilen. Zeit ist das Herz der Tragödie. Auf dem Schiff habe ich mal wieder Sophokles gelesen: ‹Alle verstanden zu spät.› Verständnis braucht Zeit, und Stolz, Ignoranz und Furcht beschleunigen den Untergang. Die Zeit wird allmählich knapp. Es ist beinahe schon zu spät. Und deshalb sagt mir die Stimme in meinem Inneren: Wir müssen Zeit kaufen. Und die einzige Währung, die mir einfällt, ist Plutonium.»

«Gold rostet nicht», gab Annalee zu bedenken, «aber Plutonium zerfällt.»

«Genau. Und dieser Zerfall ist tödlich. Plutonium ist von Menschenhand gemacht, die erste transuranische Schöpfung. Das ist die wahre Braut Frankensteins: magisch, mitreißend, mächtig – aber ohne Seele. Wir brauchen Plutonium nicht. Ich glaube, das ist es, was Jacob Hind bei seinem letzten Atemzug meinte: ‹Führe sie wieder auf zweiundneunzig zurück.› Wer das Feuer stiehlt, verbrennt sich.»

«Aber genau das hast du doch vor, oder?»

«Ja, aber mit einem gewaltigen Unterschied. Ich werde es von den *Menschen* stehlen und den *Göttern* zurückgeben. Oder werde zumindest verlangen, dass wir unsere atomare Feuerkraft aufsparen, bis wir klug genug sind, sie nicht einzusetzen.»

Annalee lächelte ihn schelmisch an. «Ich würde liebend gern mit dir über die philosophischen Implikationen von Atomwaffen diskutieren, aber erst, nachdem wir zusammen geschlafen haben.»

Sie glaubte schon, sie hätte etwas Falsches gesagt, hätte das weibliche Sakrileg begangen, einen Mann und seine Macht nicht ernst zu nehmen und seine heldenhaften Passionen in Frage zu stellen, doch das ärgerliche Funkeln in seinen Augen verschwand sofort wieder, und sie spürte unterm Tisch seinen Handschuh auf ihrem Bein.

«Ich habe dich auch vermisst», sagte er. «Ich habe eine Wohnung in Richmond … und deine Druckerei scheint recht gut zu laufen, nicht?»

«Ich habe mich schon gefragt, warum ich die ganze Zeit das Gefühl hatte, dass unsere Begegnung in der Bibliothek doch nicht so zufällig war. Wie hast du mich gefunden?»

«Ich habe auch so meine Quellen. Und in der AMO gibt es passenderweise einen Haufen Romantiker, die junge Leute gern zusammenbringen möchten, auch wenn es nicht gut für die allgemeine Sicherheit ist.»

«Elmo war es bestimmt nicht!»

«Elmo würde mir nicht mal was sagen, wenn ich einen Pfeil im Rücken stecken hätte!»

Als sie aufstanden, fragte Annalee: «Glaubst du, die AMO wird versuchen, dich aufzuhalten?»

«Ich glaube, die werden tun, was sie für richtig halten, und bei mir ist es genauso. Aber zuerst müssen sie herausfinden, was ich im Sinn habe, und das ist unwahrscheinlich, wenn auch nicht unmöglich. Die AMO hat es raus, wie man an wichtige Informationen rankommt, das ist ihre eigentliche Stärke.»

«Das gilt auch für mich», sagte Annalee, legte ihm den Arm um die Taille und steckte den Daumen in eine Gürtelschlaufe, «Auge in Auge, Mund an Mund.»

Erst am späten Abend kehrte Annalee in die McKinley Street zurück. Daniel und Jason Wisk saßen am Küchentisch und spielten Schach.

«Hi, Mom», grüßte Daniel sie, aber seine Aufmerksamkeit blieb auf das Brett gerichtet.

«Eigentlich dachte ich immer, ich wäre ganz gut in diesem Spiel hier», sagte Jason, «aber Daniel öffnet mir gerade die Augen.»

Daniel zog einen Turm hinter seine Dame.

Finsteren Blickes verfolgte Jason den Zug. «Noch drei Züge, und nur noch Gottes Eingreifen kann mich retten. Ich geb auf.» Mit einer eleganten Geste kippte er seinen König zur Seite. Er nickte Daniel zu. «Du spielst gut.»

Annalee, die hinter Daniel stand, fuhr mit der Hand durch seine langen braunen Haare und sagte dabei zu Jason: «Wenn ich mit ihm spiele, muss er mir einen Turm, zwei Bauern und drei Extrazüge geben, und er schlägt mich trotzdem noch um Längen!»

«Extrazüge!», sagte Daniel verächtlich. «Sie meint, das seien die Mädchenregeln. Spielen Mädchen wirklich nach anderen Regeln?»

«Scheint so», seufzte Jason.

«Stehen die irgendwo geschrieben?»

Annalee drückte Daniels Kopf sanft in Richtung Spielbrett und antwortete ihm: «Nein, nirgends. Das ist Regel Nummer eins.»

Jason lachte. Er war klug, nett, rücksichtsvoll, gut aussehend und zurückhaltend, ohne deswegen waschlappig zu wirken. Daniel behandelte er wie eine richtige Persönlichkeit, nicht wie ein Kind. Sie mochte ihn, hatte sich anfangs zu ihm hingezogen gefühlt, doch die Tatsache, dass er eine gute Ehe führte und Vater von drei Kindern war, hatte die Dinge auf einer angenehm unkomplizierten Ebene belassen. Aber es war ungewöhnlich für ihn, noch so spät unterwegs zu sein, und deshalb fragte sie: «Hat Millie dich jetzt endlich hinausgeworfen, oder steht ein dringender Auftrag an?»

Jason räusperte sich. «Weder – noch. Millie und die Kinder sind bei Millies Verwandten in Santa Monica, und daher habe ich die Erlaubnis, mich nach Einbruch der Dunkelheit noch auf den Straßen herumzutreiben, und außer den Reisedokumenten für Mr. Elwood steht nichts an, und die sind nicht eilig. Ich hab nur vorbeigeschaut, damit Daniel mir mal wieder den Kopf ein wenig geraderückt und um eine Information weiterzugeben, die vielleicht für dich von Interesse ist – ob das so ist, weiß ich nicht, da ich persönlich nichts damit anfangen kann. Sie lautet: Der verrückte Wissenschaftler ist wieder aufgetaucht, und es könnte sein, dass du Besuch von einem alten Bekannten namens Malloy bekommst. Hier habe ich eine Nummer, die du anrufen kannst, wenn du mehr wissen möchtest. Oder etwas mitzuteilen hast.» Er griff in die Jackentasche und reichte ihr ein zusammengefaltetes Stück Papier. «‹Bin beim Angeln› lautet das Passwort.»

Daniel rollte mit den Augen. «Wie witzig.»

«Aber diskret», sagte Annalee. Sie steckte den Zettel in ihre Geldbörse, ohne ihn sich anzusehen.

Sobald sich die Tür hinter Jason geschlossen hatte, drehte Daniel sich zu Annalee um und sagte: «Ich wette um hundertmal Abwaschen gegen das alte Stück Sellerie im Kühlschrank, dass du heute mit Shamus zusammen warst.»

«Du solltest nicht versuchen, deine Mutter auszunutzen, wenn sie nicht ganz auf dem Damm ist. Wetten is nich. Aber ich muss sagen, du bist entweder ein ausgezeichneter Beobachter, oder ich bin leicht zu durchschauen.»

«Na ja, für mich war das nicht schwer, denn du hast genau den Blick wie an dem Morgen nach der ersten Nacht mit ihm.»

«Was für ein Blick ist das? Glühend? Hingerissen? Oder einfach nur beschränkt?»

«Ja, so in etwa. Nur würde ich sagen, er war eher leuchtend und glücklich – und ein bisschen besorgt. Nein, nicht besorgt: traurig.»

«Das trifft es ganz gut», sagte Annalee. Shamus hatte sie gebeten, Daniel nichts von dem geplanten Plutoniumdiebstahl zu erzählen, doch er kannte Daniel nicht so gut wie sie. Zum Schein war sie auf Shamus' Wunsch eingegangen. Aber sie hatte mehr Vertrauen zu Daniel, als sie jemals zu Shamus haben würde. Die mächtige Kombination aus Mädchenregeln und Mutterregeln führte zu einer Ausnahme. Sie erzählte Daniel alles, mit Ausnahme des Einsatzortes. Als sie geendet hatte, bombardierte er sie wie üblich mit Fragen. Gleich bei der ersten zog sich ihr Herz zusammen.

«Glaubst du, er schafft es?»

«Aaahh», machte sie. «Das einzige Problem mit euch Männern ist, dass ihr Männer seid! Ist das denn so entscheidend, ob er es schafft oder nicht? Wenn er es nicht schafft, ist er tot oder wird für zehntausend Jahre ins Kittchen gesteckt, und wenn er's schafft, dann jagen sie ihn, bis sie ihn haben. Da gibt es keinen Unterschied, kapierst du denn nicht? Wenn ich mit Shamus zusammen bin, dann ist etwas zwischen uns, das ich brauche. Es ist nicht Shamus, und ich bin es auch nicht; es ist das, was wir zusammen sind. Eine Verbindung. Ein Kreislauf. Und wenn wir nicht zusammen sind, gibt's keine Verbindung, und der Kreislauf ist unterbrochen, und es gibt keinen Austausch. Und ob er nun das Plutonium stiehlt oder nicht: Wir werden nie zusammen sein.»

«Liebst du ihn?»

«Das würde ich gern erst mal herausfinden.»

Daniel dachte einen Moment lang nach. «Vielleicht solltest du doch besser die Nummer anrufen, die Jason dir gegeben hat, um mehr Informationen zu bekommen.»

«Das kann ich nicht. Es wäre Verrat. Die würden versuchen, ihn aufzuhalten.»

«Nein, ich meine Informationen von wegen Liebe und so. Du brauchst das Plutonium ja nicht zu erwähnen.»

«Doch, Daniel, das müsste ich. Außerdem weiß ich mehr als genug von wegen Liebe und so.»

«Na ja, vielleicht kannst du Shamus das Ganze ja ausreden.»

«Vielleicht kann ich einem Vogel ja das Fliegen ausreden.»

Daniel fing an, die Schachfiguren einzusammeln. «Ich seh da kein glückliches Ende.»

«Ich auch nicht.»

«Was wirst du tun?»

«Es genießen, solange ich kann, und weinen, wenn es vorbei ist.»

Daniel sah sie erstaunt an, sagte aber nichts. Er faltete das Schachbrett zusammen und legte es in die Schachtel zurück. «Ich wüsste schon ein glückliches Ende.»

«Sag's mir.»

«Wenn Shamus das Plutonium stiehlt und die dazu bringt, dass sie alle Atomeinrichtungen schließen müssen, dann wird er vielleicht ein Held. Vielleicht geben sie ihm eine Medaille, anstatt ihn ins Gefängnis zu stecken, und ihr könnt heiraten.»

«Möchtest du darauf hundertmal Abwaschen wetten?»

«Nein.»

«Wie wär's mit einem Abwasch für dich gegen tausend für mich?»

«Na klar! Ich wette immer gern, dass alles Mögliche passieren könnte. Ich *liebe* wilde Spekulationen!»

«Ach ja? Na ja, ich jedenfalls liebe *dich.*» Sie legte den Arm um seine Schulter und drückte ihn seitlich an sich. «Danke für die moralische Unterstützung.» Sie kicherte. «*Moralische* Unterstützung. Wie kann man jemandem wie mir *moralische* Unterstützung geben: einer ledigen Mutter, die eine Fälscherwerkstatt betreibt und bis über beide Ohren in einen verrückten Dichter verknallt ist, der einen Plutoniumdiebstahl plant? Herrje, Daniel, ich weiß überhaupt nicht, was ich da tue!»

Daniel umarmte sie flüchtig, sagte aber nichts.

Während des ersten Monats sah Annalee Shamus einmal pro Woche; sie kontrollierten gegenseitig, ob ihnen jemand folgte. Allmählich fühlten sie sich sicherer und trafen sich häufiger, aber immer in seiner Wohnung am Rande von Richmond. Daniel begleitete Annalee manchmal, dann aber trafen sie Shamus an einem vorher vereinbarten Ort und gingen ins Kino oder zu einem Baseballspiel der A-Liga, oder sie fuhren in Annalees altem Toyota die Küste hoch. Daniel kam nicht oft mit. Er spürte, dass er eine Art Strömung zwischen den beiden behinderte. Und Shamus wirkte verkrampft in seinem Bemühen, ihn zu beeindrucken. Außerdem beunruhigte es ihn, dass Shamus niemals den geplanten Plutoniumraub erwähnte.

Als Shamus und Annalee fast ein halbes Jahr wieder zusammen waren, fragte er sie, ob sie bei dem Diebstahl mitmachen würde.

Annalee setzte sich im Bett auf; eine ungewöhnlich warme Oktoberbrise drang durchs offene Fenster und fing sich in ihrem Haar. «Was soll *ich* denn dabei tun?»

«Das möchte ich dir eigentlich erst dann sagen, wenn alles organisiert ist. Eine Vorsichtsmaßnahme zu deinem Schutz, verstehst du? Übrigens bin ich der Einzige, der weiß, dass du mitmachst. Aber die Aufgabe selbst ist einfach und nicht gefährlich, und ich brauche jemanden dafür, dem ich absolut vertrauen kann.»

Sanft sagte Annalee: «Ich will nicht, dass du es tust, weißt du. Das heißt aber nicht, dass ich mich nicht mit allem, was ich habe, für dich einsetzen würde.»

«Sweetie, ich werde einen Versuch starten, egal, ob du mir hilfst oder nicht. Und ich liebe dich, egal, ob ich es schaffe oder nicht. Aber ich kann dich nicht lieben, wenn uns eine Atombombe ins Jenseits befördert. Es gibt Dinge, die wichtiger sind als wir.»

«Na, dann geh doch hin und schließe sie in die Arme.» Annalee warf ihre Haare zurück. «Geh doch und schließ die ganze Welt in deine Arme!»

Shamus berührte ihre bloße Schulter mit seinem schwarzen Handschuh, dann ließ er ihn ihre Wirbelsäule hinabgleiten. «Das werde ich», sagte er.

Zitternd rutschte Annalee neben ihn und legte die Hand auf seine Brust. «Ich mache mit.»

Als Weihnachten näher rückte, wurde Shamus immer launischer und war kaum noch ansprechbar. Er hatte gehofft, das Plutonium am Heiligen Abend zu stehlen, erklärte er Annalee, doch das schien nicht zu klappen. Einige der Leute, die er brauchte, standen erst wieder Ende Januar zur Verfügung. Da hörte sie zum ersten Mal, dass auch noch andere Leute in die Sache verwickelt waren. Sie wusste, dass es keinen Sinn hatte zu fragen, wer das war oder wie viele noch mitmachten, aber besonders glücklich machte sie der Gedanke nicht, dass es Komplizen gab – je mehr Leute etwas wussten, desto größer wurde das Risiko. Shamus versicherte ihr, dass sie einander nicht kannten und sich, mit zwei Ausnahmen, auch nie begegnen würden – und das Treffen dieser beiden würde weniger als zehn Minuten dauern und ohnehin erst nach dem Raub stattfinden. Noch immer klärte er Annalee nicht über ihre Rolle bei dem Diebstahl auf. Als sie einwandte, dass sie sich gerne darauf einstellen wolle, versprach er ihr, sie weit vor der Zeit aufzuklären.

Zu Weihnachten schenkte Shamus Daniel eine wunderschön gerahmte Tafel mit dem Periodensystem der Elemente; das, was er «die transuranischen Abscheulichkeiten» nannte, hatte er sorgsam herausgeschnitten. Annalee schenkte er eine wunderhübsche Halskette aus Gold, bei der jedes einzelne Glied auf eine andere Weise mit dem nächsten verschlungen war. Als sie die Kette später vor dem Schlafzimmerspiegel noch einmal genau betrachtete, kam ihr plötzlich schockhaft zu Bewusstsein, dass sie, Annalee, alles war, was ihn noch mit der Wirklichkeit verband. Sie verspürte einen heftigen Impuls, die Kette entzweizureißen, warf sich stattdessen aber aufs Bett und weinte. Sie wünschte, es würde passieren, vorbei sein, enden – obwohl sie sich immer noch kein glückliches Ende vorstellen konnte. Wenigstens symbolisierte ihr und Daniels Geschenk für Shamus das Vertrauen auf ein Happy End. Als er ihr Päckchen öffnete, fand er siebzehn verschiedene Identitäten, aus denen er wählen konnte. Er lachte über das Harvard-Diplom, das ihm einen Doktortitel in Chemie bescheinigte – das einzige Mal, dass er an diesem Tag lachte.

Im Januar wurde es noch schlimmer. Er redete unablässig von Plutonium, seiner mythologischen Verbindung mit der Unterwelt, dass sein Name von Pluto herrührte, dem Gott der Toten, und der nach diesem benannte Planet auf den alten astronomischen Darstellungen fehlte – weil, mutmaßte er, Pluto unbekannt bleiben sollte, verbotenes Wissen, der gefährliche Grenzbereich. Es war ihm auch nicht entgangen, dass das System der amerikanischen Politik, trotz seiner demokratischen Fassade, eindeutig eine Plutokratie war, eine Regierung, basierend auf Reichtum, entweder dem reicher Einzelbürger oder dem der großen Unternehmen. Aus all diesen Zeichen, wiederholte er bei jeder Gelegenheit, gehe überdeutlich hervor, dass das menschliche Bewusstsein auf eine plutonische Apokalypse zuraste, eine Herrschaft des Schattens. Die einzige Hoffnung, dem Einhalt zu gebieten, bestand in einer sprunghaften Zunahme des Wissens, doch Wissen brauchte Zeit. Er würde den Tod kidnappen und als Lösegeld Zeit verlangen.

Annalee fragte sich, wie lange sie das wohl noch aushalten würde, als sie am Abend des 3. Februar an die Tür zu seiner Wohnung klopfte. Sobald er Plutonium oder die griechische Mythologie erwähnte, würde sie auf dem Absatz kehrtmachen und gehen. Das hatte sie sich vorgenommen. Stattdessen fand sie eine Flasche Mumm auf Eis vor, Sektgläser, die auf dem mit Kerzen beleuchteten Tisch bereitstanden, und einen glücklichen, entspannten Shamus. «Der Termin ist der 15., abends», begrüßte er sie. «Das Livermore-Laboratorium. Ich möchte, dass du ein kleines Ablenkungsmanöver durchführst, nämlich eine kleine Bombe in einer Straße im Industriegebiet wirfst. Sie verläuft zwischen zwei Lagerhäusern, und es dürfte kein Mensch in der Nähe sein – noch nicht einmal ein Wachmann. Wenn du die Bombe gelegt hast, möchte ich, dass du mich von einer Telefonzelle aus anrufst. Die Nummer und den genauen Standort teile ich dir am Morgen davor mit. Und bis dahin wollen wir nicht darüber sprechen, daran denken oder uns deshalb Sorgen machen. Nur du und ich im Hier und Jetzt, jede Nacht bis zum Tag X.»

«Schenk den Sekt ein», sagte Annalee.

Annalee kam erst am nächsten Tag um zwölf Uhr mittags nach Hause. An der Art, wie Daniel sie anschaute, sah sie: Er wusste, dass etwas im Busch war. Während sie in der Dunkelkammer arbeitete, versuchte sie sich über ihre widersprüchlichen Emotionen klar zu werden; sie war unfähig zu entscheiden, ob sie es ihm sagen sollte oder nicht. Doch nach dem Abendessen sagte er ganz unvermittelt: «Du hättest mir von Anfang an nichts von dem Plutoniumdiebstahl erzählen dürfen. Also kannst du jetzt auch mit dem Rest herausrücken.»

Das tat sie und bereute es sofort.

«Ich will dich begleiten», sagte er. «Ich will dir helfen.»

«Nein. Ein absolutes, endgültiges, unabänderliches *Nein.* Nein, du kannst nicht mit, basta. Du wirst nicht mit einer Bombe auf dem Rücksitz durch die Gegend fahren.»

«Du tust es doch auch. Und du hast gesagt, Shamus meinte, es sei ungefährlich.»

«Ich werde dein Leben nicht aufs Spiel setzen. Nein. Ende der Debatte.»

«Ich will aber nicht, dass *du* dein Leben aufs Spiel setzt. Angenommen, es kommt zufällig jemand vorbei und sieht dich in der Zeit, während du aus dem Auto steigst, in die Straße reingehst und dann wieder zurückkommst? Du brauchst jemanden im Auto, der Schmiere steht und dich warnt, wenn ein Bulle oder sonst jemand auftaucht – das ist der Augenblick, wo du am verletzlichsten bist. Außerdem eigne ich mich hervorragend zur Ablenkung: Es würde wohl niemand eine Bombe bei einer Frau mit einem Kind im Auto vermuten.»

«Ganz genau. Keine einzige Mutter auf diesem Planeten wäre so bescheuert. Und ich auch nicht.»

«Algerische Mütter haben ihre Kinder mitgenommen, wenn sie Bomben gelegt haben.»

«Ach ja, und woher weißt du das?»

«Ich lese Bücher.»

«Nein. *Nein.* Vergiss es!»

«Lass mich Shamus fragen.»

«Verdammt, Daniel, du *kannst* Shamus nicht fragen: Offiziell weißt du doch von nichts, kapiert?»

«Aber ich weiß es.»

«Was soll das denn heißen?», fragte Annalee in eisigem Tonfall. «Dass du mich verrätst, aus purem kindischem Trotz?»

«Nein. Das soll heißen, dass ich zwar mit einbezogen wurde, jetzt aber die Verantwortung nicht mittragen darf. Das ist auch

Verrat. Mom, wir teilen sehr viel – nicht alles, aber eine Menge. Das Risiko, eine Bombe zu legen, will ich deshalb mit dir teilen, weil ich davon erfahren habe, und das ist auch ein Risiko. Du musst aufhören, dich für mich verantwortlich zu fühlen. Ich bin fast vierzehn und muss endlich selbst die Verantwortung für mich übernehmen.»

«Mir gefällt das nicht.» Annalee schüttelte den Kopf. «Ich habe kein gutes Gefühl dabei.»

«Außerdem brauchst du moralische Unterstützung. Und jemand, der Schmiere steht und der keinen Verdacht aufkommen lässt. Ich *muss* mit. Bitte lass mich mitgehen.»

Annalee ließ den Kopf auf die Tischplatte sinken. Als sie wieder aufsah, sagte sie mit müder Resignation: «In Ordnung. Du kannst mitkommen. Nicht, weil du mein Sohn bist – das lassen meine mütterlichen Instinkte nicht zu –, sondern weil du nun einmal *du* bist.»

Am nächsten Abend erzählte sie Shamus, sie sei sicher, dass Daniel Lunte gerochen habe.

«Scheiße!», platzte Shamus heraus, sprang aus dem Bett und lief nackt im Zimmer auf und ab.

Erschrocken über seine heftige Reaktion, schwieg Annalee.

«Okay», sagte Shamus, nun wieder etwas gefasster. «Was weiß er oder glaubt er zu wissen? Und woher weiß er das?»

«*Woher?* Mein Gott, Shamus, der Junge ist mein eigen Fleisch und Blut! Er spürt es, verstehst du? Und genau das *weiß* er vermutlich: nichts Bestimmtes, nur irgendetwas, das in der Luft liegt, eine Spannung, eine Gereiztheit.»

«Hat er etwas Bestimmtes *gesagt*?»

«Ein paar Mal hat er mich gefragt, ob ich okay wäre. Gestern wollte er wissen, ob da irgendwas im Busch wäre, über das er Bescheid wissen sollte.»

«Was hast du geantwortet?»

«Ich habe ihm gesagt, in unserer Beziehung gäbe es Spannungen.»

«Glaubst du, er hat mit jemand anderem geredet?»

«Auf keinen Fall.»

Shamus lief wieder einen Moment ruhelos auf und ab, dann setzte er sich zu ihr auf die Bettkante. «Daniel ist intelligent, mitfühlend und treu, aber er ist ein Kind. Mit Kindern kenne ich mich nicht aus. Du schon, und ihn kennst du natürlich ganz genau. Irgendwelche Vorschläge, wie wir damit umgehen sollen? Oder hast du das Thema deshalb angeschnitten?»

«Wenn du absolut sicher bist, dass es ungefährlich ist, die Bombe zu transportieren, dann sollte er mitkommen, finde ich.»

Shamus starrte sie an. «Annalee, wenn diese Bombe gefährlich wäre, würdest *du* sie nicht transportieren. Begreifst du das?»

«Ja. Und ich weiß, ich kann Daniel genauso sehr vertrauen wie dir.»

«Fein. Mach du das mit ihm aus. Aber erzähl ihm unter keinen Umständen, *wann* oder *wo* das Ganze stattfindet, bevor ihr nicht im Auto sitzt. Und sag ihm nicht, worum es geht. Sag ihm nur, dass wir seine Hilfe brauchen.»

«Shamus, er war sein Leben lang ein Outlaw. Jeden Tag fälscht er Papiere. Er weiß, wie das ist. Wenn der Raub in den Nachrichten auftaucht – meinst du, er kann sich dann nicht denken, wer das getan hat, was da los war? Und dann fühlt er sich verletzt und ist sauer, weil man ihm nicht genügend Vertrauen entgegengebracht und ihn eingeweiht hat – vor allem, wenn er möglicherweise unter den Konsequenzen zu leiden hat. Glaubst du nicht, dass es danach erst so richtig brenzlig wird?»

«Offensichtlich. Aber vergiss nicht, das Plutonium schützt uns. Deshalb *muss* ich das Ganze unbedingt durchziehen. Denn ohne Plutonium habe ich keinen Hebel. Die sind feige, Annalee, aber blöd sind die nicht. Wenn die wissen, dass wir zurückschießen können, werden sie nicht das Feuer eröffnen. Und die ganze Welt wird ihnen zusehen, denn ich werde dafür sorgen, dass auf jeder Titelseite und in jeder Fernsehsendung rund um den Globus davon die Rede ist, und die erste Forderung wird die nach Amnestie für alle Beteiligten sein.»

«Und wenn sie es drauf ankommen lassen? Und auf keine Verhandlungen eingehen?»

«Dann bin ich der Verlierer. Ich ergebe mich und sie kriegen das Plutonium unter der Bedingung, dass alle Mitwisser straffrei ausgehen, die ich unter Vorspiegelung falscher Tatsachen überredet oder gezwungen habe, ihre kleine, unschuldige und zusammenhanglose Aufgabe zu erfüllen. Aber selbst wenn es so weit kommen sollte, wird es ein Erfolg, denn ich habe ihrem Wahnsinn einen Spiegel vorgehalten, habe ihnen die Maske heruntergerissen.»

«Und zum Dank buchten sie dich für immer ein oder verurteilen dich sogar zum Tod, als warnendes Beispiel – und ich seh dich nie wieder.»

«Annalee», sagte Shamus in flehentlichem Tonfall, «das liegt nicht in unserer Macht. Und wäre es nicht zum Heulen, wenn wir die Sache sein ließen?»

«Heulen werde ich danach sowieso», erwiderte Annalee.

Shamus nahm sie in den Arm, drückte sie an sich und wiegte sie sanft: «Glaubst du etwa, ich nicht?»

Als Annalee am Vierzehnten abends zu Shamus' Wohnung aufbrach, umarmte sie Daniel und sagte: «Zum Frühstück bringe ich dir 'ne Bombe mit.»

«Bist du nervös?», fragte Daniel.

«Ich platze gleich. Und du?»

«Ich auch. Aber es ist auch aufregend.»

«Stimmt. Und deshalb solltest du früh ins Bett gehen und dich richtig ausschlafen. Und vergiss nicht abzuschließen.»

«Mach ich.»

Er vergaß es.

Daniel hatte sich ausgezogen und lag im Bett, als ihm die Hintertür wieder einfiel. Er hatte sie bereits abgeschlossen, doch dann war er nochmals nach draußen gegangen, weil er in der Garage das Zelt und das Campingzubehör holen wollte, und nun wusste er nicht mehr, ob er wieder zugesperrt hatte. Gerade streckte er die Hand nach dem Schalter der Nachttischlampe aus, als eine Frauenstimme von der Tür her sagte: «Ich suche dich im Schatten ...»

Vorsichtig tastete Daniel nach seiner Hose, die neben dem Bett lag, nahm das Taschenmesser heraus, klappte es auf und versteckte es unter der Bettdecke. Als er die Hose wieder zu Boden gleiten ließ, klimperten ein paar Münzen in der Hosentasche.

«Silber klingt und dein Atem geht im Dunkeln, wo ich dich suche.»

Er hörte, wie ihre Hand die Wand abtastete, bis sie den Lichtschalter gefunden hatte. Die Frau, die da im Licht der Deckenlampe stand, war jung, hübsch und, wie Daniel sofort an ihren Augen feststellte, sehr stoned.

Sie musterte ihn eingehend. «Ha! Gefunden!» Sie lächelte ihn an. «Aber wen haben wir denn da eigentlich?»

«Ich heiße Daniel», sagte er verdattert.

Sie kicherte. «Dann muss das hier die Löwengrube sein.» Sie kam ins Zimmer.

«Eigentlich nicht. Das ist mein Zimmer. Und wer bist du?»

Aber sie starrte auf das Poster von dem Spiralnebel über seinem Bett. «Was ist das?»

«Der Pferdekopfnebel. Man nennt ihn einen dunklen Nebel, weil er keine hellen Sterne enthält. Die dunklen *nebulae* blockieren das Licht der Sterne über ihnen, deshalb sehen sie von hier wie dunkle Flecken am Himmel aus. Sozusagen interstellare Staubwolken. Irgendwann fallen sie in sich zusammen, meinen manche Astronomen, und bilden neue Sterne.»

Sie starrte eine halbe Minute darauf. «Das ist wunderschön», sagte sie und fing an zu weinen.

«Mir geht es ab und zu genauso», sagte Daniel.

Schniefend setzte sie sich auf die Bettkante und sah ihn fragend an, den Kopf zur Seite geneigt. Obwohl es eine kalte Nacht war, trug sie nur eine dünne Bluse, Jeans und Sandalen. «Nebula, nebulae; nebula, nebulae», sagte sie in singendem Tonfall. «Du bist zu jung, um Wissenschaftler zu sein, oder nicht?»

«Bist du zu jung, um eine Einbrecherin zu sein?»

«He», sagte sie scharf, «ich bin keine Einbrecherin.»

«Warum bist du dann mitten in der Nacht hier in unserem Haus, ohne angeklopft zu haben?»

«Ich kann die Party nicht mehr finden», sagte sie. «Wenn du die Party nicht mehr finden kannst, musst du dir was anderes suchen. Du musst nach einer offenen Tür Ausschau halten.»

«Hast du was genommen, auf der Party?»

Sie schniefte und schüttelte den Kopf. «Ich weiß nicht.»

«Wie heißt du?»

«Heute Nacht heiße ich Brigit Bardo. Wie diese alte französische Schauspielerin da.»

«Bist du Schauspielerin?»

Sie beugte sich vor und sah ihn scharf an. «Ich bin gar nichts.»

«Brauchst du Hilfe?»

«Nein», lachte sie plötzlich, «keine Sorge.»

Daniel wollte gerade etwas erwidern, doch sie streckte die Hand aus und legte ihm einen Finger auf die Lippen. «Erst mal keine Fragen mehr.» Sie drückte fester auf Daniels Lippen. «Okay?»

Daniel nickte kaum merklich.

Sie strich ihm mit dem Finger über Kinn, Hals und Brust, bis sie zur Bettdecke kam.

«Was machst du denn da?», fragte Daniel beunruhigt.

«Etwas, das du nie vergessen wirst.» Langsam schob sie die Decke nach unten. Als sie das Messer sah, griff sie danach und klappte es zusammen. Sie beugte sich zu ihm herab, knabberte kurz an seinem Bauch und schlug die Laken zurück. Als sie seinen Schwanz in den Mund nahm, überlief Daniel ein Schauder, und er schloss die Augen.

Ihr Mund war unerträglich warm, unendlich langsam. Als Daniel durch den Spiralnebel wirbelte, erfuhr er, dass es Dinge gibt, die jenseits der Vorstellungskraft liegen und doch existieren.

Als Annalee am Nachmittag nach Hause kam, wartete Daniel bereits an der Tür auf sie. Sie schauten einander an, fragten «Bist du okay?» und lachten dann.

«Du siehst nicht besonders ausgeschlafen aus», stellte Annalee fest.

«Und du siehst nervös und erschöpft aus», sagte Daniel.

«Du wärst auch nervös, wenn du mit einer Bombe durch die Gegend fahren würdest.» Sie bemerkte das Campingzubehör, das sich auf dem Fußboden im Wohnzimmer türmte, und deutete darauf. «Was ist das? Machen wir einen Ausflug in die Berge?»

«Das ist nur zur Tarnung. Wir sagen, wir würden zum Campen in den Yosemite-Park fahren.»

«Da ist nur ein kleiner Haken an der Sache, nicht? Zum Beispiel, dass wir erst Februar haben.»

Daniel streckte die Hand aus und zog zwei Paar Schneeschuhe aus dem Haufen. «Wir fahren zum *Schnee*campen. Die habe ich heute Morgen geliehen. Auf dem Parkplatz von dem Laden hat mich ein kleiner bärtiger Mann gefragt, wo ich denn hinwollte …»

Zerstreut hörte Annalee der verwickelten Geschichte zu, die sich Daniel als Alibi ausgedacht hatte, für den Fall, dass sie mit der Bombe im Auto angehalten wurden. Der bärtige Mann hätte ihm ein Päckchen für seine Schwester in Livermore gegeben, das irgendein illegales mexikanisches Medikament gegen Krebs enthielt. Die Geschichte war geschickt zusammengestrickt, doch das half wenig, wenn sie unterwegs in eine Polizeikontrolle gerieten. Das wusste Daniel sicher auch, dachte sie und schüttelte den Kopf, als sie endlich begriff, worauf die Sache hinauslief.

«Daniel, das ist echt lieb von dir, aber es gibt keine Möglichkeit, mich in Schutz zu nehmen, wenn wir auffliegen.»

«Ich bin noch nicht strafmündig. Mich können sie nicht ins Gefängnis stecken.»

«Du bist ein Schatz. Und ich würde im Kittchen landen, weil ich dich bei deiner Straftat unterstützt habe, ganz abgesehen davon, dass ich im Besitz von explosivem Material bin.»

«Wir könnten es versuchen.»

Annalee wollte nicht mit ihm diskutieren. «Natürlich», sagte sie, «aber hoffen wir, dass es nicht so weit kommt.»

Daniel deutete nach oben. «Noch etwas. Die Dokumente oben in der Druckerei. Ich habe die Blankoformulare und die Stempel in den Safe gelegt, aber wenn irgendwas passiert und hier alles durchsucht wird, dann finden sie die auch.»

«Hm, tja, damit wird die AMO klarkommen müssen.»

«Ich habe mir gedacht, wir könnten vielleicht das belastende Material bei Jason lagern. Wir sagen ihm einfach, wir wollten zelten fahren und hätten es nicht gern, wenn das Zeug so offen herumliegt.»

«Aber wir sind früher auch weggefahren, ohne die Sachen wegzubringen. Er wird sich denken, dass da was nicht stimmt.»

Daniel dachte einen Moment darüber nach, dann zuckte er mit den Schultern. «Weißt du, wohin wir fahren?»

«Zur Las Postas Avenue in Livermore. Eine kleine Straße zwischen einer Werkstatt, die gerade dichtgemacht hat, und einer leeren Lagerhalle.»

«Ich kann aber nicht beide Zufahrten zu einer Straße kontrollieren.»

«Brauchst du auch nicht – es ist eine Sackgasse. Nur für Lieferungen und Müllabfuhr.»

«Wie sieht die Bombe aus?»

«Ein versiegelter schwarzer Metallwürfel, jede Seite etwa dreißig Zentimeter lang. Sie ist in einer Einkaufstüte aus Papier.»

«Was für eine Art von Bombe ist es?»

«Danach hab ich mich nicht erkundigt.»

«Ich meine, ist da eine Schaltuhr eingebaut? Eine Sicherung? Ein ferngesteuerter Zünder?»

«Ich weiß es nicht. Ist mir auch ziemlich egal. Macht das einen Unterschied?»

«Ich habe mich nur gefragt, ob sie entsichert ist.»

«Nein. Das muss ich in der Zufahrtsstraße machen. Da gibt es einen Knopf, den muss ich drücken. Dann sollte ein rotes Licht aufleuchten. Egal, ob es aufleuchtet oder nicht, wir fahren auf der Stelle wieder los und rufen eine halbe Meile weiter von einer Telefonzelle eine bestimmte Nummer an.»

«Wahrscheinlich mit Schaltuhr», sagte Daniel zu sich selbst.

«Du hast vermutlich Recht. Shamus erzählte, innen drin sei eine Mickymaus-Uhr. Er sagte, der Typ, der sie gebaut hat, gehöre der Bombenleger-Avantgarde an.»

«Wie geht's Shamus?»

«Total abwesend. Angespannt bis zum Zerreißen. Diese Scheißbombe war die ganze Nacht unterm Bett, kannst du dir das vorstellen?»

«Tja», sagte Daniel offenbar desinteressiert. «Wie viel Zeit haben wir noch?»

«Zu viel und doch nicht genügend.» Sie spürte, wie ihr Tränen in die Augen stiegen, und wandte sich in Richtung Badezimmer.

Daniel griff nach ihrem Handgelenk, als sie an ihm vorbeiging, und hielt sie auf Armeslänge von sich. «Geht's dir auch wirklich gut? Wir müssen uns konzentrieren.»

«Wenn ich mich noch mehr konzentriere, dann löse ich mich gleich in Luft auf!» Sie holte tief Luft, um sich zu sammeln, und stieß sie dann resigniert wieder aus. «Die ganze Sache ist blöd, unmöglich und sinnlos.»

«Wir haben Ausreden», sagte Daniel freundlich. «Ruf die Nummer an, die Shamus dir gegeben hat, und sag, das Auto sei stehen geblieben. Ich kann ein bisschen Zucker in den Tank schütten.»

Annalee umarmte ihn stürmisch. «Ich weiß, ich weiß.» Sie vergrub ihr Gesicht an seiner Schulter und drückte ihn nochmals. Nach einer kleinen Weile gab sie sich einen Ruck und versuchte zu lächeln. «Es geht mir gut. Eine Sekunde lang bin ich ins Schwanken geraten, aber ich schaff das schon.»

«Komm, dann gehen wir.» Daniel lächelte zurück. «Du machst das schon. Wie immer.»

Ein leichter Regen fiel, als sie in Berkeley losfuhren. Wie von Shamus geplant, schafften Daniel und Annalee es gerade noch, vor dem dichten Verkehr zur Rush-Hour auf der 580 durch Castro Valley zu fahren. Es war beinahe dunkel, als sie Dublin Canyon hinter sich ließen. Annalee warf einen Blick auf ihre Armbanduhr, als sie die Ausfahrt bei Las Postas sahen.

«Wie liegen wir in der Zeit?», fragte Daniel. Er hatte auf der ganzen Fahrt kaum gesprochen, aber es war ein freundliches, beruhigendes Schweigen.

«Ganz gut», sagte Annalee.

Als sie an einer Texaco-Tankstelle vorbeikamen, deutete sie durch die vom Regen verschleierte Scheibe und sagte: «Das ist unsere Telefonzelle, es muss also ganz in der Nähe sein. Halt nach der 4800 Ausschau.»

Wenig später hatte Daniel die Nummer entdeckt, und sie bog

rechts ein und fuhr um den Block herum. Auf den nassen Straßen waren nur wenige Autos und noch weniger Fußgänger unterwegs.

«Was für ein Glück, dass es regnet», sagte Daniel. «Es ist schwierig, durch die Scheiben etwas zu sehen, da konzentrieren sich die Leute auf die Straße.»

Gedankenverloren entgegnete Annalee: «Ein bescheidenes Glück ...»

An der Mündung der Sackgasse blieb sie stehen. Als sie die Hand auf den Zündschlüssel legte, hielt sie inne. Sie kicherte. «Hilfe! Soll ich den Motor ausschalten oder nicht?»

«Mach ihn aus», sagte Daniel. «Und die Scheinwerfer auch. Und zieh dir die Kapuze über.»

«Danke.» Sie lächelte ihn an, als sie den Motor ausschaltete. Hastig schaute sie in den Rückspiegel und dann auf die Straße vor sich.

«Sieht gut aus», sagte Daniel.

«Also», sagte sie, drehte sich nach hinten um und nahm die Einkaufstasche vom Rücksitz, «dann wollen wir mal.»

«Ich hupe zweimal kurz, wenn mir irgendetwas komisch vorkommt.»

Annalee öffnete die Wagentür und war bereits halb ausgestiegen, als sie innehielt und zu ihm sagte: «Du bist wirklich etwas Besonderes, Daniel.» Sie stieß mit dem Knie die Tür zu, rückte die Einkaufstasche an ihrem Arm zurecht und ging dann voller Entschlossenheit die Straße entlang.

Durch die regenverschleierte Scheibe konnte Daniel sie kaum sehen, daher kurbelte er das Fenster zur Hälfte herunter. Er bemerkte das Aufblitzen von zwei Autoscheinwerfern im Rückspiegel und drehte sich um, als ein Wagen vorbeizischte. Er wandte sich wieder der Straße zu, als Annalee gerade links um die Ecke bog. Rasch vergewisserte er sich, ob Fußgänger zu sehen waren. Keine Menschenseele. Gerade drehte er sich in die andere Richtung um, als er Annalee «Daniel! Lauf!» schreien hörte. Und da explodierte die Bombe auch schon und schleuderte das Auto fünf Meter weit zur Seite. Ein Metallsplitter drang in seine rechte Schläfe. Er stolperte aus dem Wagen, torkelte, brach auf dem nassen Asphalt zusammen. Er schüttelte den Kopf, stieß sich vom Boden ab, kroch ein Stück die Straße entlang und brach erneut zusammen. Reglos lag er da, Blut und Regen mischten sich in seinen Augen. Er versuchte zu blinzeln, um wieder klar zu sehen, doch seine Lider blieben geschlossen.

Weit unten sah er einen winzigen Lichtpunkt. Er begann darauf zuzuschlittern, bewegte sich hilflos vorwärts. Als er stürzte, wuchs das Licht ganz langsam und leuchtete so kräftig, dass es ihn blendete. Daniel fiel in die Sonne. Gerade als er verschlungen zu werden drohte, bemerkte er, dass das Licht von einem Spiegel reflektiert wurde. Er versuchte, die Hände zum Schutz vor die Augen zu halten, doch seine Hände rührten sich nicht.

In dem Augenblick, als sie ihn in den Krankenwagen hoben, blieb sein Herz stehen. Die beiden Sanitäter legten den Defibrillator auf seine Brust, und bei jedem Stromstoß schoss ein dünner Blutstrom aus Daniels Schläfe und spritzte ihre weißen Kittel voll. Daniels Herz flatterte kurz, verstummte und begann dann ganz schwach wieder zu schlagen.

Daniel lag im Koma, als Annalee fünf Tage später beerdigt wurde. Nur ein paar sprachlose Freunde von den Random Canyon Raiders waren bei der Zeremonie anwesend. Beim Verlassen des Friedhofs wurden sie von einem unauffälligen Auto aus fotografiert.

Weinend grub Shamus in der Nacht tief in der noch lockeren Erde des Grabs. Er ließ seinen schwarzen Handschuh zurück, in den er einen Goldbarren gelegt hatte, der im Mondlicht schimmerte. Dann schüttete er alles wieder zu.

Jessal Voltano war ein Wunderkind der Lüfte. Mit vierzehn wurde er von Kritikern als Meister der Luftakrobatik und womöglich bester Trapezkünstler aller Zeiten gefeiert. In den nächsten fünf Jahren begeisterte er staunende Menschenmengen von Paris bis Budapest. Er weigerte sich, mit Netz zu trainieren oder aufzutreten. Einem Reporter gegenüber erklärte er einmal: «Netze beeinträchtigen die Konzentration.»

Aber zwei Wochen vor seinem zwanzigsten Geburtstag, während eines Auftritts in Prag, ließ ihn die leere Konzentration, die so wichtig für präzises Timing ist, einen Moment lang im Stich. Niemals würde er den schwerelosen Augenblick vergessen, als sich sein Körper nach dem wirbelnden Sturz der Purzelbäume öffnete und die Stange ganz sanft seine Fingerspitzen streifte, während er immer weiter fiel.

Einer von den Clowns kam als Erster auf ihn zugerannt. Jessal war noch bei Bewusstsein. «Ich kann mein Skelett fühlen», flüsterte er überrascht. «Ich kann es *fühlen.*»

Zweifellos. Mit Ausnahme der Hände hatte er so gut wie alle Knochen seines Körpers gebrochen. Während seiner langwierigen Genesung führte ihn Chester Kane, ein amerikanischer Assistenzarzt, in die Taschenspielerkunst ein. Jessal übte die Tricks mit dem gleichen Fleiß, den er seinerzeit für das Trapez aufgebracht hatte; er machte sich die Nuancen jedes einzelnen Griffs, jeder Schleif-, Gleit- und Drehbewegung zu Eigen. Seine Therapie wurde zu seiner Passion, und als er die Klinik neun Monate später verließ, war Dr. Kane derjenige, der von ihm lernte.

Jessal kehrte aufs Trapez zurück, aber es war nicht mehr wie früher. Verkümmerte Nerven und steife Knochen standen der brillanten Anmut von ehedem im Weg. Er kehrte dem Zirkus den Rücken, und zwar endgültig.

Er nahm den Namen Der Große Volta an und durchwanderte Europa, Afrika und Indonesien. Tagsüber marschierte er, und wenn es dunkel wurde, legte er sich schlafen, wo er gerade war. Wo immer sich eine Hand voll Zuschauer versammelte, führte er seine Zauberkünste vor. Er lebte von den Münzen, die in seinen Hut geworfen wurden. Sooft sich die Gelegenheit dazu bot, sah er anderen Zauberern bei der Arbeit zu, tauschte Erfahrungen mit ihnen aus, lehrte und lernte; in jeder Stadt durchforstete er die Bibliothek nach nützlichen Texten. Nach vier Jahren intensiven Studiums hatte er sich in der Kunst der Taschenspielerei vervollkommnet. Dennoch spürte er eine wachsende Unzufriedenheit, als wären sein Handwerk und sein Wissen zu einer Falle geworden.

Eines Nachmittags in Athen, als er eine Vorstellung für ein paar Rentner und Straßenkinder gab, verdarb er einen simplen Kartentrick, da er statt eines Asses die Herzkönigin aufdeckte. Als die Zuschauer ihn wegen seines Patzers ausbuhten, wurde Volta bewusst, dass sein Zauber hohl war, auf Ablenkung und mechanischer Täuschung beruhte, eine Manipulation des schönen Scheins war, der niemals an das heranreichen würde, was ihm vorschwebte. Volta wirbelte das Kartenspiel in die Luft und lachte zusammen mit der Menge, als die Karten herabsegelten. Diesen Augenblick betrachtete er später als die erste Etappe seiner Befreiung.

Die zweite folgte einen Monat später, zur Sommersonnenwende 1955. Er war auf einem griechischen Frachter unterwegs nach Amerika und betrachtete vom Oberdeck aus, wie der Mond aufging. Plötzlich explodierte ein lecker Öltank und schleuderte ihn in die See. Die Beobachtung des aufgehenden Mondes hatte ihm das Leben gerettet, denn eine Minute darauf explodierte ein zweiter Tank, und das Schiff stand in hellen Flammen, während Schreie durch die Luft hallten. Volta sah, wie ein Rettungsboot ins Wasser gelassen wurde, und schwamm darauf zu.

Nur ein weiterer Überlebender fand sich, und er hatte schwere Brandwunden. Nachdem er ihn verarztet hatte, so gut dies mit der kümmerlichen Erste-Hilfe-Ausrüstung ging, lehnte er ihn an den

Bug. Er überprüfte die Vorratsrationen an Bord: Konservendosen für eine Woche, fünf Gallonen Wasser, ein Kompass, eine Leuchtpistole und ein Signalspiegel aus Stahl. Er nahm Kurs auf Westen und begann zu rudern.

Fünf Tage später erlag der Mann seinen Verbrennungen; Volta hielt den Sterbenden, der im Delirium nach seiner Mutter rief, im Arm. Er hatte kaum mehr die Kraft, ihn über Bord zu werfen. Einen Tag darauf war er nicht mehr in der Lage zu rudern. Ein Gefangener der sengenden Sonne und des eisigen Monds, ließ er sich in dem Boot treiben.

Als Erstes wurden die Lebensmittel knapp. In der folgenden Nacht – seine Kehle schmerzte noch von dem letzten Schluck Wasser – schoss Volta in rascher Folge die drei Signalfeuer in die Luft; sie tauchten das Meer in blutroten Schein. Er warf den Kompass über Bord, das Erste-Hilfe-Köfferchen, schließlich die Leuchtpistole. Als er aber den Signalspiegel in die Hand nahm, sah er jemanden im Spiegel. Das war nicht er selbst. Dieses Gesicht war geschwollen, die Haut schälte sich. In seinem Delirium glaubte er, um sein wirkliches Gesicht sehen zu können, müsse er sich in den Spiegel hineinversetzen und sich selbst durch diese verglühten Augen anblicken. Mit dem letzten Funken Konzentration schlüpfte er in den Spiegel, lieferte er sich vollends aus. Als er die Augen wieder aufschlug, saß niemand im Boot. Er sah in den Spiegel. Er war leer. Als er zu fallen begann, hörte er, in der Ferne, einen Schrei des Entsetzens, der sich seiner Kehle entrang. Gerade als er in seinen Körper zurückkehrte, warf Volta den Spiegel ins Meer. Er blickte noch immer seinem Lichtstrahl nach, als er eine Frau singen hörte. Er lauschte, dann öffnete er die Augen.

Sie hieß Ravana Dremier und war die sechsundzwanzigjährige Tochter eines französischen Schmugglers und einer jamaikanischen Schamanin. Sie war anerkanntermaßen die begabteste Heilkundige der AMO. Wie sie Volta erklärte, hätten sie ihn vor vier Tagen bewusstlos im Boot gefunden. Sie selbst waren auf der *Pinga del Rey*, einem der wenigen Schiffe in der karibischen Flotte der AMO. Als er sie fragte, ob sie da gesungen habe, sagte sie: «Nur, wenn es dein Lied war.»

Während ihrer vier Jahre als Reisegefährten und Liebende führte ihn Ravana immer tiefer in die Geheimnisse der magischen Künste ein. Ravanas Mutter war, wie Volta, «in den Spiegel eingetreten», eine Praktik, die sie, Ravana zufolge, auf der Stelle wieder aufgab, da es sich um einen gefährlichen, einsamen Zauber handele, eine sensationelle Macht, die das Risiko nicht wert sei. «In den Spiegel hineinzugehen», so sagte sie zu Ravana, «erfordert eine einzigartige Kombination aus Talent und glücklichen Umständen. Darin einzutauchen ist jedoch harmlos im Vergleich zum Verlassen des Spiegels. Um wieder herauszukommen, musst du den steinernen Fluss entlangschwimmen oder in die Sonne fliegen.»

«Ja», sagte Volta. Auf hoher See, dem Tode nahe, hatte er seine Magie gefunden: die Kunst des Verschwindens.

Noch bevor die *Pinga del Rey* Haiti erreichte, hatte Volta sich der AMO angeschlossen – Ravana hatte ein Auge für Talent und wusste zu überzeugen –, und er bediente sich der Ressourcen der Organisation, insbesondere der BUS, der Bibliothek Ungesammelter Sammlungen, ein ziemlich wirres, dezentralisiertes Netzwerk privater Bibliotheken. Ein Telefonanruf und ein Zugangscode genügten, und am nächsten Tag traf das Buch per Post ein. Noch besser war es, wie Volta herausfand, das Buch persönlich abzuholen, denn die Bibliothekare waren oft wahre Koryphäen auf ihrem Gebiet, eine wandelnde Fundgrube für Spezialwissen. Mussten sie einmal eine Antwort schuldig bleiben, wussten sie, wo man am besten nachsah. Sie halfen Volta, Zeit zu sparen, weil sie seinen Blick aufs Ziel gerichtet hielten. Und Volta brachte die notwendige Geduld und Begeisterung mit. Knapp zwei Jahre später verschwand er zum ersten Mal durch Zauberei.

Insgesamt siebzehnmal machte Volta sich unsichtbar, rief er jenes dramatische Erstaunen hervor, das jeder wahren Zauberei innewohnt. Stets sorgte er damit für großes Aufsehen, seine letzte Vorführung aber wurde zur Legende. Sie fand in St. Louis statt, auf einer mitten auf dem Mississippi vertäuten Barkasse. Volta, nur mit einem engen Trikot bekleidet, wurde in eine Zwangsjacke gesteckt und dann mit dicken Ketten gefesselt. Assistenten halfen ihm in einen engen Stahlsarkophag, der an den Seiten mit kleinen Löchern versehen war. Nachdem der Deckel draufgeschraubt war, hievte ein Dieselkran den schimmernden Sarg über die Brüstung und ließ ihn in den Fluss fallen. Die Zuschauer drängten an die Reling. Fünfzehn Minuten später, als ihr aufgeregtes Gebrabbel zu einem betäubten Schweigen verebbt war, trat Volta in einem Smoking und mit trockenem Haar aus seiner behelfsmäßigen Garderobe an Deck. «Bitte verzeihen Sie meine Verspätung», sagte er und rückte die Rose an seinem Revers zurecht, «aber in diesem Aufzug fühle ich mich doch bedeutend wohler.»

Die Menge geriet aus dem Häuschen.

Und Volta ebenfalls.

Alle Versuche, Voltas Verschwinden rational zu erklären, scheiterten. Dabei war sein Geheimnis ganz simpel: Er entmaterialisierte seinen Körper, ließ ihn zerfallen, löste sich in Luft auf. Der stählerne Sarg war leer, bevor er noch die Wasseroberfläche berührte. Doch dann setzte genau das ein, wovor Ravanas Mutter gewarnt hatte: Jedes Mal wurde das Wiederauftauchen schwieriger. Beim letzten Mal hatte er es beinahe nicht geschafft, war es ihm fast nicht gelungen, dem Verschwinden zu entgehen. Mit elementarer Gewissheit, die ihn erschreckte und seine Entscheidung erzwang, erkannte Volta, dass er niemals wieder zurückkehren würde, sollte er noch einmal in den Spiegel hineinschlüpfen. Tags darauf gab er seinen Rückzug ins Privatleben bekannt.

Sein Körper war wieder zu Fleisch und Blut geworden, doch sein

Geist verharrte auf der Schwelle – Volta war körperlich unversehrt und schien doch seltsam abwesend, reagierte nicht auf sinnliche Reize, zeigte keinerlei Gefühlsregung. Keine fassbare Substanz war stark genug, um den Sirenenklang hinter dem Spiegel verstummen zu lassen, seine Versprechungen ekstatischen Vergessens und völliger Hingabe. Weder fand er den Sinn des Seins in Ravanas leuchtendem Blick, noch spürte er ihn im Wind, er sah ihn nicht im Schimmer der Lachse, die im Mondlicht stromaufwärts zogen, und konnte ihn nicht in Blütenblättern oder Fleisch berühren. Ravana setzte ihre Heilkünste ein, doch er blieb unerreichbar. Als seine Verzweiflung zur Depression ausuferte, wurde Volta bewusst, dass er sie nicht mehr so lieben konnte, wie sie es brauchte und verdiente; aus Respekt vor Ravana zwang er sich, einen Schlussstrich zu ziehen.

Die AMO stattete ihn mit einer neuen Identität und einem kleinen Apartment in New York aus und stellte ihn als einen ihrer *sensori* an, wie in der Allianz die selbständigen Ermittler genannt wurden, die nützliche Informationen aufspürten und beurteilten. Die einzige Information, die Volta interessierte, war, wie er seinen Geist aus dem Spiegel befreien konnte. Fündig wurde er in einem New Yorker Museum, in dem die Treyton-Sammlung wertvoller Steine ausgestellt wurde. Was er suchte, sah er in dem funkelnden Zentrum, dem unglaublich dichten Kern des Faith-Diamanten, der der viertgrößte der Erde war. Er musste ihn unbedingt anfassen, in der Hand halten, seine Klarheit spüren. Er zertrümmerte die Vitrine mit dem Ellbogen und hob gerade den Diamanten vorsichtig in seinen zur Schale geformten Händen heraus, als ihn von hinten der Knüppel eines Wachmanns traf.

Nach seiner Entlassung aus dem Krankenhaus drei Tage später wurde Volta auf der Stelle ins Gefängnis gebracht und wegen Raubes eingebuchtet. Ein fetter Sergeant mit Mopsgesicht und rosiger Kinderhaut nahm Volta vor einer offen stehenden Zelle die Handschellen ab, gab ihm einen Hieb in die Nierengegend und schubste ihn hinein. Volta musste sich an dem rostigen Waschbecken abstützen, damit er nicht hinfiel. Als er aufsah, erblickte er sich selbst in dem Stahlspiegel, der über dem Becken angeschraubt war, und sofort schaute er zur Seite, um dem hungerblitzenden Blick in den gespiegelten Augen zu entgehen. Er nahm einen Waschlappen und verhängte damit den Spiegel.

Volta träumte gerade von sinnlich ineinander verschlungenen Diamantenspiralen, als er von einem lang gezogenen tremolierenden Geheul aus dem Schlaf gerissen wurde: «Neeeeeeiiiiin!» Als zwei Wachen den sich heftig wehrenden neuen Gefangenen an Voltas Zelle vorbeischleiften, erhaschte er einen Blick auf einen mageren, pickeligen Jungen, der nicht älter als achtzehn war und den Kopf wie ein Kojote nach hinten warf und wieder «Neeeeeeiiiiin!» heulte – ein Schrei, der Verweigerung und Flehen zugleich ausdrückte.

Eine Stunde nachdem man ihn eingesperrt hatte und die Wachen wieder gegangen waren, ließ der Junge immer noch diesen lang gezogenen Klagelaut ertönen, alle zehn Sekunden, ein einzelnes, angsterfülltes «Neeeeeeiiiiin!», ohne sich um die Flüche der anderen Gefangenen zu kümmern.

Die doppelten Metalltüren am Ende des Zellentrakts flogen auf und prallten gegen die Wand, als der Sergeant mit dem Mopsgesicht, dessen Rosa sich in Zornesrot verwandelt hatte, den Korridor entlangstürmte. An seinem fetten Schenkel baumelte ein Totschläger. Im Zellentrakt wurde es auf der Stelle mucksmäuschenstill, und dann rief der Junge, als habe er begriffen, was bevorstand: «Neeeeeeiiiiin!»

Als er die Zelle des Jungen aufschloss, sagte der Sergeant gelangweilt: «Weißte, was dir fehlt, Kleiner? Dein kleines Maulfötzchen will mal wieder gestopft werden. Na los, knie dich hin!»

«Neeeiin», heulte der Junge, aber seine Stimme hatte ihren trotzigen Unterton verloren. Jetzt war es nur noch ein Flehen.

Volta schrie «Neeeeiiiiin!» Er hörte zwei kurze Schläge, die von dem Totschläger stammten, und dann erstarb der gellende Schrei des Jungen zu einem Wimmern.

Der Sergeant keuchte: «Auf die Knie, hab ich gesagt, du Arschgesicht!»

Als Volta den Jungen würgen hörte, riss er den Lappen vom Spiegel. Wenn er verschwand und rasch in der Zelle des Jungen auftauchte, wäre er vielleicht in der Lage, das Ganze zu stoppen – aber nur, wenn er es schaffte, wieder sichtbar zu werden. Die Augen, die ihn da anblickten – wild, auffordernd –, drängten ihn, es zu versuchen. Volta sah durch sie hindurch in den Spiegel. «Nein», sagte er. Und er stand da und sah sich selbst zu, wie er weinte, bis die erstickten Schluchzer des Jungen und das leise, schnelle Keuchen des Sergeants endlich aufhörten.

Stand da und sah sich an, als der Sergeant vor sich hin summend wieder aus der Zelle stolzierte. Der Junge lag auf dem Zellenboden und übergab sich.

Stand da und starrte sein eigenes verhärmtes und verbittertes Gesicht an, seine Tränen, die Speichelfäden an seinem Kinn. Stand da und lauschte in die lange, trostlose Stille, die plötzlich von drei kurzen Geräuschen unterbrochen wurde: dem schwachen Quietschen der Bettfedern, als der Junge vom oberen Stockbett aus heruntersprang, einem erstickten Keuchen, als sich der zu einer Schlinge verknotete Gürtel zusammenzog, dem sanften, feuchten Knacken, mit dem das Genick brach.

Volta schloss die Augen, lehnte sich zurück, und indem er den letzten Funken Energie aus Nerven, Fleisch und Knochen sog, heulte er: «*Neeeeeeiiiiin!*» Als er wieder in den Spiegel sah, erblickte er einen großen kugelförmigen Diamanten – formvollendet, strahlend, echt. Er suchte gerade nach dem Licht in der Mitte des Diamanten, als der Sergeant brüllte: «Wer von euch Arschlöchern war das?»

Volta wandte sich von dem Spiegel ab und ging langsam auf die Gittertür der Zelle zu. Er konnte hören, wie der Totschläger im Takt leise gegen den Schenkel des Sergeants klopfte.

Die Stimme des Sergeants gerann zu einem drohenden, kalten Gemurmel: «Zum letzten Mal, ihr Arschficker: Wer hat da geschrien?!»

«Ich», sagte Volta.

«Mach dich auf was gefasst, du Stück Dreck, du bist nämlich als Nächster dran.»

«Nein. Du bist als Nächster dran», versicherte Volta. «Der Junge hat sich gerade erhängt.»

«Gut», sagte der Sergeant. «Die Schwachen soll man schlachten.» Über die Schulter hinweg rief er den anderen Wachen zu: «Holt mal 'nen Mopp!» Dann drehte er sich wieder Volta zu. «*Ein verdammter Mucks* ... und du bist erledigt: ‹bei Fluchtversuch erschossen›.»

«Ich habe mich wohl nicht deutlich genug ausgedrückt», sagte Volta und fing an zu lachen, «ich bin bereits geflohen.»

«Logo, sieht man ja, du durchgeknallter Scheißer.»

Volta holte tief Luft und sagte: «Der Schein trügt.» Dann verschwand er ein letztes Mal und gab sich der komischen Schönheit des Augenblicks hin: Ausgerechnet im Gefängnis fand er Freiheit. Gerne hätte er seine Freude mit dem Diamanten im Spiegel geteilt, doch der war verschwunden.

Stunden später wurde Volta gegen Kaution freigelassen; die AMO hatte nicht nur das Geld bereitgestellt, sondern auch sehr fähige Rechtsanwälte der hauseigenen «Firma» – Sachs, Pilledge und Berne –, und die Anklage wurde stillschweigend fallen gelassen, unter der Auflage, dass Volta sich in psychologische Behandlung begab. Sein Psychiater war *Star*-Mitglied Dr. Isaac Langmann, der mit seinem Patienten darin übereinstimmte, dass die beste Behandlungsmethode Diebeskunst für Fortgeschrittene sei.

Kurz nachdem Volta sein Training beendet hatte, bot Dr. Langmann ihm einen Job als Außendienst-Informant an der Pazifikküste an.

Volta liebte diesen Job. Da ein Außendienst-Informant als Nerv für den *Star* fungierte – er hatte Mittler, Bote, Bereichsleiter, Schlichter und umherstreifender Störungsermittler zu sein –, brachte jeder Tag neue Leute, Orte und Probleme. Die Leute, mit denen er zusammenarbeitete, waren beeindruckt von seiner scharfen Auffassungsgabe und seinem Urteilsvermögen. Als Isaac Langmann 1963 seinen Abschied vom *Star* nahm, nominierte er Volta als Nachfolger. Da er die wichtigste Bedingung erfüllte – die geeignete Mischung aus Talent und Tüchtigkeit –, wurde Volta im ersten Durchgang einstimmig gewählt. Zur Zeit der Explosion in Livermore diente Volta der Organisation seit siebzehn Jahren zu deren vollster Zufriedenheit.

Volta stand am Fußende von Daniels Bett, als dieser, nach neun Wochen im Koma, die Augen wieder öffnete. Benommen sah Daniel sich im Krankenzimmer um, dann blinzelte er und sah Volta.

Volta deutete ein Nicken an. «Herzlich willkommen, Daniel.»

Daniel zitterte, als er zu sprechen versuchte. Volta wartete. Als ein erneuter Versuch Daniels fehlschlug, sagte Volta leise: «Deine Mutter ist tot.»

Daniel hob die Hände, als wolle er sein Gesicht bedecken, doch sanken sie ihm kraftlos auf die Brust. Er schloss die Augen ganz fest, konnte die Tränen aber nicht zurückhalten.

«Ich teile deinen Schmerz», sagte Volta. «Mir ist klar, wie kümmerlich eine Beileidsbekundung bei solch schwerem Verlust wirkt, aber ich möchte dir trotzdem mein Mitgefühl aussprechen.»

Daniel stöhnte und hob den Kopf, als versuche er, sich aufzusetzen.

Volta sagte: «Ich weiß, dass ich dich mit deinem Schmerz allein lassen sollte und ganz eindeutig deine Privatsphäre verletzt habe, aber leider muss ich das tun.»

Daniel nickte abwesend, führte die Hände zum Gesicht und drückte die Fingerspitzen auf die geschlossenen Augen.

«Mein Name ist Volta. Du hast zwei meiner verlässlichsten Freunde kennen gelernt, Smiling Jack und Elmo Cutter. Ich fungiere bei der AMO als Mitglied des *Star*, des Aufsichtsrats der Organisation. Ich bin hier, um dir unser herzliches Beileid auszusprechen und, wenn du möchtest, unsere Hilfe anzubieten, die von ganzem Herzen kommt.

Dein Zustand ist heikel, Daniel. Du wurdest bei der Explosion verletzt; ein Metallsplitter von dem Zeiger der Schaltuhr hat deine Schläfe durchbohrt und ist in einem Winkel von etwa vierzig Grad am Rand deiner rechten Gehirnhälfte vorbeigesaust und schließlich in deinem Schädel stecken geblieben. Obwohl das EEG und andere Tests dir eine ‹normale› Gehirnfunktion bescheinigen – was auch immer das heißen mag –, warst du neun Wochen im Koma. Vielleicht ist da ein Schaden, der bei den Tests nicht deutlich wurde, aber abgesehen von dem Koma sind die Befunde ausgezeichnet.

Du stehst nominell unter polizeilicher Überwachung, Besuche sind verboten, aber da die Wachposten vor einem Monat abgezogen wurden, sind diese Restriktionen nur noch formaler Art. Wenn sie herausfinden, dass du das Bewusstsein wiedererlangt hast, dürftest du vermutlich festgenommen werden. Wenn das der Fall ist, kannst du dich darauf einstellen, von Leuten verhört zu werden, die sich auskennen. Mein Ratschlag: Sag, dass du dich an nichts erinnerst, ab etwa einem Monat vor der Explosion; temporäre Amnesie ist eine häufige Nebenerscheinung bei Traumata. Selektive Erinnerung ebenfalls. Es wäre vermutlich das Beste, wenn du keine Ahnung hattest, dass deine Mutter eine Bombe legen wollte. Alles, was sie dir gesagt hat, war, dass sie etwas für einen Freund abgeben musste – oder noch besser: für einen Fremden.»

Daniel nahm die Hände von den Augen, starrte eine Weile an die Decke und sah dann wieder zu Volta hinüber. Er befeuchtete seine

Lippen. «Woher wusstest du es? Das mit der Bombe? Dass sie noch nicht da war?»

Geduldig erklärte Volta: «Ich weiß es, weil Shamus angerufen und mir alles erzählt hat. Er war vollkommen verstört. Alles sei seine Schuld, sagt er.»

«Sie waren ein Liebespaar!», schluchzte Daniel. Verzweifelt schüttelte er den Kopf. «O Mom, Mom, Mom!»

«Ja», sagte Volta. «Ich weiß, dass sie ein Liebespaar waren. Ich weiß, dass es wehtut.»

«Sag mir, wer sie umgebracht hat!», sagte Daniel und warf sich hin und her.

«Niemand», erwiderte Volta ruhig. «Allem Anschein nach war die Bombe defekt.»

«*Niemand*? Warum waren dann ihre letzten Worte ‹Daniel! Lauf!›?»

Volta sah ihn scharf an. «Sie hat dir etwas zugerufen?»

«Sie hat *geschrien*!», schluchzte Daniel.

«Und dann?»

Daniel rang nach Fassung. «Ich konnte mich nicht einmal mehr umdrehen, da ist die Bombe schon explodiert. Als hätte ihr Schrei sie ausgelöst. So schnell.»

Volta dachte darüber nach.

«Sie wollte mich *warnen*», sagte Daniel.

«Eindeutig. Aber wovor? Sind dir irgendwelche Leute oder Aktivitäten vor ihrem Schrei aufgefallen?»

«Nein. Und ich habe Ausschau gehalten.»

Halb zu sich selbst, halb zu Daniel gewandt, murmelte Volta: «Vielleicht hat sie gespürt, dass etwas mit der Bombe schief gehen würde ...»

Daniel gab keine Antwort.

Volta fragte: «Hat sie die Bombe scharfgemacht, bevor sie in die Straße hineingegangen ist?»

«Nein.»

«Hatte sie Zeit, es zu tun, bevor die Bombe explodierte?»

«Mit Sicherheit, denn das Ding ist ja in die Luft geflogen.»

«Der Asphalt war nass. Vielleicht ist sie ausgerutscht und hat die Bombe fallen lassen. Oder sie hat ein Kabel zischen hören.»

«Ich weiß nicht», sagte Daniel mit schwacher Stimme, «ich weiß es wirklich nicht. Sie hat geschrien, und das Ding ist explodiert.»

«Wenn du möchtest, gehen wir der Sache nach. Es wird eine Weile dauern, kein Zweifel, aber vielleicht etwas weniger, falls du uns sagen kannst, wer die Bombe gebaut hat.»

«Keine Ahnung. Shamus müsste es wissen – frag ihn doch.»

«Das würde ich gern tun. Allerdings versuche ich seit über einem Monat, ihn ausfindig zu machen, weil ich deine Situation mit ihm besprechen möchte, aber er ist wie vom Erdboden verschluckt. Hast du eine Idee, wo er stecken könnte?»

«Nein. Aber ich möchte alles erfahren, was du über meine Mutter herausfindest. Ich will wissen, was schief gegangen ist.»

«Natürlich. Du wirst auf dem Laufenden gehalten – darauf gebe ich dir mein Wort. Was mich zu anderen Themen bringt, über die wir reden sollten. Deine Zukunft, zum Beispiel, und wie wir dir helfen können.»

«Helfen? Wobei denn?»

«Zunächst einmal dabei, die ungefähr dreizehn Strafanzeigen abzuwehren, die gegen dich erstattet wurden. Es wird lediglich vermutet, dass die Bombe mit einem Plutoniumdiebstahl zusammenhängen könnte, überlege also genau, was du sagst.»

«Die haben meine Mutter aber nicht mit Shamus in Verbindung gebracht, oder?»

Volta senkte den Blick, sah dann wieder auf und schaute Daniel ins Gesicht. «Deine Mutter hat keine Fingerabdrücke hinterlassen, Daniel. Alles, was sie wissen, beruht auf schriftlichen Informationen. Sie glauben, sie war Mrs. Wyatt. Wir haben die Spuren beseitigt, die zur *City of Baton Rouge* führen könnten, das Bankkonto und die Eintragungen im Grundbuch, und wir wären dankbar, wenn du Dubuque vollständig vergessen könntest.» Volta redete weiter, um Daniels Vorstellung von dem Gedanken abzulenken, wie die Explosion seine Mutter zugerichtet haben musste. «Wegen der Quittung für die geliehenen Schneeschuhe in deiner Tasche – auf dem selbst gebastelten Führerschein in deiner Brieftasche stand ein falscher Name, aber die Adresse stimmte – haben sie leider eine Razzia in dem Haus in der McKinley Street durchgeführt, bevor wir das Ganze verschleiern konnten. Dir wird nun also auch Fälschung und unrechtmäßiger Besitz zur Last gelegt. Du wärst gut beraten, dir einen ausgezeichneten Anwalt zu nehmen, und wir würden uns freuen, dir auf unsere Kosten einen zur Verfügung zu stellen, wenn du das möchtest.»

«Das wäre mir sehr recht», sagte Daniel.

«Du bist vierzehn, wirst also als Minderjähriger behandelt – wenn alles glatt geht, läuft die Sache vielleicht sogar auf eine Anhörung hinaus, nicht auf einen Prozess. Und damit alles glatt geht, wäre es förderlich, wenn dein Gedächtnisverlust sich als unumkehrbar erwiese. Befolge einfach die Ratschläge deines Rechtsanwalts. Wir bemühen uns, dass alle Verfahren eingestellt werden und du in die Obhut deiner Tante gegeben wirst.»

«Ich habe keine Tante.»

Volta legte den Kopf zur Seite. «Tante Matilda und Onkel Owen? Die Wyatt-Ranch in Mendocino County?»

«Ach so», sagte Daniel.

Volta überkreuzte die Arme. «Und nun zu deiner Zukunft. Viele Leute haben sich äußerst wohlwollend über dich geäußert, Leute, deren Urteil ich sehr schätze – Smiling Jack etwa; Dolly Varden, Johnny Seven Moons, Elmo und noch andere. Ihrer Meinung nach besitzt du besondere Talente, die entwickelt und verfeinert werden sollten. Die AMO verfügt über ein paar höchst qualifizierte Lehrer, die dir dabei helfen können, Anlagen in Fähigkeiten umzuwandeln.»

«Kann ich den rechtlichen Beistand annehmen und auf die Lehrer verzichten?»

«Du brauchst nicht zu verhandeln. Diese Angebote sind an keinerlei Bedingungen geknüpft. Bitte mache davon ganz nach Lust und Laune Gebrauch.»

«Ich will den Rechtsanwalt. Über das andere muss ich erst nachdenken.»

Volta sagte: «Ich werde einen Rechtsanwalt kontaktieren, sobald ich abreise, und das wird bald sein. Zuvor möchte ich dir aber sagen, dass ich deine Rückkehr aus dem Koma erleichtert habe, indem ich mich einfacher, aber vergessener Techniken bediente, die mir eine Frau namens Ravana Dremier beigebracht hat. Im Grunde habe ich nichts anderes getan, als mich deinem Geist durch Einfühlung zu nähern, und dann habe ich dir das Leben in Erinnerung gerufen. Ich versichere dir, dass ich dir keine Gedanken eingepflanzt oder dich sonst wie beeinflusst habe; ich habe lediglich deine Aufmerksamkeit auf mich gelenkt. Das erzähle ich dir, weil du dich vielleicht daran erinnern wirst, wie meine Stimme dich gerufen hat – wenn du es nicht gleich tust, so kann es doch in Zukunft passieren, ganz besonders in Traum- oder Wachtraumzuständen. Es war deine Entscheidung zurückzukehren. Es tut mir Leid wegen Annalee, Daniel. Werde bald wieder gesund!»

Volta war schon an der Tür, als Daniel «Danke!» rief.

Volta drehte sich um und sagte: «Ach so, ja. Bitte schön.» Dann schloss er die Tür hinter sich.

Zwei : ERDE

Die Erde, stets begierig zu gebären, bringt unablässig Neues hervor; alsbald meint man, Vögel, Säugetiere oder Reptilien im Glas zu sehen.

Philalethes

Transkription:

Funkgespräch zwischen Volta und Wild Bill Weber

VOLTA: Bill, hier Volta. Ich muss wissen, was mit Daniel geschehen soll.

BILL: Bist du *sicher,* dass er nie auf einer Schule war?

VOLTA: So sicher wie bei unserem letzten Gespräch.

BILL: Hm, und was ist mit *organischen* Hirnverletzungen. Hat sich da was getan?

VOLTA: Sie haben jeden nur denkbaren Test mit ihm gemacht. Keine Anzeichen für irgendeine Beeinträchtigung.

BILL: Und weshalb war er dann neun Wochen im Koma?

VOLTA: Der *Corpus Hermeticum* spricht in diesem Zusammenhang von ‹sich auf der Schwelle verbergen›.

BILL: Immer noch der alte Bücherwurm, was?

VOLTA: Immer noch neugierig.

BILL: Immer noch wunderlich, wohl eher. Also, ich hab's ja mehr so mit Western.

VOLTA: Wenn du nicht aufhörst, mich zu piesacken, werde ich öffentlich bekannt machen, dass du, als wir uns kennen lernten, noch Jesuitenpriester warst – *und* ein ziemlich viel versprechender Latinist.

BILL: Beweist doch bloß, dass Bücher nichts wie Unglück bringen.

VOLTA: Das ist so, als würdest du deinen Beinen die Schuld geben, weil sie dich ins Bordell tragen.

BILL (lacht): ‹Schweigen ist Gold.›

VOLTA: Wie wahr. Und hier ist guter Rat teuer. Deshalb möchte ich von dir wissen, was mit Daniel geschehen soll. Ich weiß, du hast eigene Pläne, hast keine Lust mehr zu unterrichten, bist nun alt und griesgrämig, und deine Zähne sind stumpf geworden, aber Daniel könnte der Schüler sein, auf den du immer gewartet hast.

BILL: Wusste ich gar nicht, dass ich gewartet habe. Na schön, du hast ihn gefunden. Und, was hast du für ein Gefühl?

VOLTA: Er ist unglaublich scharfsinnig und dabei für sein Alter ziemlich feinfühlig. Er geht Dinge vorsichtig an, aber er ist natürlich impulsiv – wieder seine Jugend – und doch bemerkenswert selbstbeherrscht. Er hat einiges einstecken müssen und dabei viel Fassung bewiesen, und ich glaube …

BILL (schneidet ihm das Wort ab): *Gefühl.* Was für ein *Gefühl* du bei ihm hast.

VOLTA (nach einer langen Pause): Mächtig angezogen; mächtig abgestoßen.

BILL: Ach so, deshalb bist du hellhörig geworden.

VOLTA: Wenn ich es mir so überlege, habe ich mit dir die denkbar schlechteste Wahl getroffen.

BILL: Spielst du jetzt auf meinen Stolz oder auf meine Verschrobenheit an?

VOLTA: War mir nicht bewusst, dass du da einen Unterschied machst.

BILL (lacht): Gebongt. Ich nehme ihn. Aber nicht länger als achtzehn Monate, und danach darf ich unbehelligt in die Wüste ziehen. Außerdem schuldest du mir einen großen Gefallen.

VOLTA: Wie viel sind es jetzt? Ungefähr dreihundertundsieben?

BILL: Mindestens.

Volta: Die Wyatt Ranch? In zwei Wochen?

Bill: Ich werde da sein.

Eine Stunde nachdem er offiziell das Bewusstsein wiedererlangt hatte, wurde Daniel verhaftet. Alexander Kreef, ein auf Jugendstrafrecht spezialisierter Anwalt, traf ein paar Minuten später mit einer Hand voll Erlassen und Verfügungen ein. Begleitet wurde er von Daniels Arzt, der vor Wut schäumte, dass Daniel ohne seine Zustimmung gestört worden war.

Der missgelaunte Lieutenant, der Daniel verhören wollte, zeigte sich unbeeindruckt. «Das ist mir scheißegal», sagte er mit einer leichten Verbeugung zu Dr. Tobin, dann wandte er sich Alexander Kreef zu und sagte mit hämischer Freude: «Der Kleine hier konnte sich doch noch gar keinen Anwalt nehmen – der ist erst gerade zu sich gekommen.»

Alexander Kreef setzte ein Lächeln auf. «Ich wurde von Mr. und Mrs. Wyatt beauftragt, seiner Tante und seinem Onkel, und stehe in meiner Funktion als offizieller Rechtsbeistand vor Ihnen.» Er reichte ihm ein acht Pfund schweres Bündel Papiere, die der Lieutenant kurz ansah und dann auf den Boden fallen ließ.

Alexander Kreef lächelte noch immer: «Wenn Sie meinem Mandanten noch eine einzige Frage stellen, reiße ich Ihnen den Arsch so weit auf, dass Ihnen die Scheiße bis zu den Ohren spritzt. Ach nein, wenn ich mir's recht überlege: Fragen Sie ruhig. Wir bekommen häufiger einen Freispruch wegen Verfahrensfehlern als wegen eines wasserdichten Alibis.»

«*Fuck you.*» Der Lieutenant funkelte Alexander Kreef an, dann Daniel, steckte aber trotzdem sein kleines Aufnahmegerät ein.

«Mhm», nickte Alexander vorwurfsvoll und deutete mit dem Kinn auf den Recorder. «Ohne Zustimmung der gegnerischen Partei nicht zulässig.»

«Wow. Nee echt, Mann? Nicht dass es einen Unterschied macht,

Herr Rechtsanwalt – sein Gedächtnis scheint eh so löchrig wie ein Sieb. Ist ja auch verdammt schwer, sich an so was Unauffälliges wie eine Explosion zu erinnern, bei der die eigene Mama in die Luft fliegt und in tausend Einzelteile zerlegt wird.»

«Sie eiskalter Drecksack», zischte Alexander, doch das ging in Dr. Tobins wütendem Gebrüll unter: «Mein Gott, Lieutenant! Dieser junge Mann hat ein schweres Hirntrauma erlitten und neun Wochen im Koma gelegen – und da erwarten Sie, dass er Ihre Fragen beantwortet? Können Sie sich vorstellen, dass der Junge hier vielleicht an einer Form von Amnesie leidet, wie sie bei schwerwiegenden Kopfverletzungen die Regel ist?»

«Ich bin kein Arzt», sagte Alexander, «aber totale Amnesie scheint in diesem Fall sehr wahrscheinlich.»

«Ja klar. Wahrscheinlich weiß er nicht einmal mehr, dass er der Sohn der angeblichen Mrs. Wyatt war oder wer sein angeblicher Vater sein könnte. Denn mit so 'ner Druckerei kann man schon mal durcheinander kommen, bei so vielen verschiedenen Dokumenten. Ganz schön schwer, sich da an irgendetwas zu erinnern.» Der Lieutenant sah Daniel an. «Hab ich nicht Recht, Junge?»

«Ich kann mich nicht an Sie erinnern», sagte Daniel, dann schloss er die Augen.

Daniels Anhörung fand am 7. Dezember statt. Die schwerwiegenden Anklagepunkte wurden fallen gelassen, nachdem er die anderen widerspruchslos akzeptiert hatte. Er wurde in die Vormundschaft seiner Tante und seines Onkels gegeben, bis er siebzehn war: Falls er sich bis dahin nichts zuschulden kommen ließ, wären seine Vorstrafen verjährt. Ein Makel blieb zwar, doch Alexander Kreef putzte diesen blank wie eine Christbaumkugel, und am 21. Dezember wurde Daniel freigelassen. Am Nachmittag brach er mit Matilda und Owen Wyatt zu einer Viehfarm im Hügelland an der Küste auf, etwa fünfzig Meilen nördlich von den Four Deuces.

Die Wyatts waren Mitte fünfzig, ein glückliches, energiegeladenes Paar, dem das Leben auf der Ranch großen Spaß machte. Sie nannten 1400 Morgen Land ihr Eigen, hatten aber stets weniger Vieh gehalten, als möglich gewesen wäre. Anfangs wurden sie deshalb nicht ernst genommen, doch nun galt das als Modell für ökologische Voraussicht.

Während er mit den Wyatts in Richtung Norden fuhr, fühlte Daniel sich eingeschüchtert und leicht benommen, obwohl die beiden sehr nett waren. Er erfuhr, dass sie Volta seit fünfzehn Jahren kannten, seit der Zeit, als er ihnen bei der Aufdeckung schlimmer Viehdiebstähle geholfen hatte.

«Dann revanchieren Sie sich jetzt also», meinte Daniel, der sich fragte, was sie mit der ganzen Sache zu tun hatten.

«Gott bewahre», sagte Owen zu ihm, «wir sind Mitglieder der Allianz.»

Das wollte Daniel nicht einleuchten. «Dann ist die Viehzucht nur ein Alibi?»

«Daniel», erklärte Tilly, «man muss keine Straftaten begehen, um ein Outlaw zu sein.»

«Aber Sie haben vor Gericht ausgesagt, ich wäre ein Verwandter – Meineid ist strafbar.»

«Die Cops hatten keine Beweise für das Gegenteil», sagte Tilly, «woher willst *du* also wissen, dass wir nicht doch Blutsverwandte sind? Wir haben auf beiden Seiten eine große Verwandtschaft, und beide teilen wir das Motto: Eine Hand wäscht die andere. Außerdem haben wir es satt, immer so *anständig* zu sein.»

Als sie kurz nach Einbruch der Dunkelheit auf der Ranch ankamen, deutete Owen nach links. «Du wirst in der Hütte dort drüben, hinter der Scheune, wohnen. Siehst du, dort, wo das Licht an ist?»

«Ich sehe zwei Lichter», sagte Daniel.

«Die kleine Hütte ist die von Wild Bill, deinem Lehrer – er ist vor ein paar Tagen angekommen. Tilly und ich machen's erst mal schön warm im Haus und sorgen für was zu futtern, und du kannst solange nach drüben gehen und guten Tag sagen.»

«Wenn du möchtest», fügte Tilly hinzu.

«Da siehst du, wer hier die Hosen anhat», grummelte Owen, doch es war offensichtlich, dass er damit vollauf zufrieden war.

Auf Daniels Klopfen antwortete niemand. Er klopfte lauter, und als noch immer keine Antwort kam, öffnete er die Tür und rief: «Hallo?»

Als eine Stimme «Was?» krächzte, trat er ein. Wild Bill Weber saß nackt und im Schneidersitz auf dem Boden. Er hieb langsam und systematisch mit einem großen Gummihammer auf die Stelle zwischen seinen Augen ein. «Schön, dich kennen zu lernen, Daniel», sagte Wild Bill und hieb weiter im Takt auf seine Stirn ein. «Ich bin Bill Weber. Wir werden zusammen arbeiten.»

«Du bist mein Lehrer?», fragte Daniel, weniger ungläubig als vielmehr beunruhigt.

Wild Bill warf den Gummihammer in Daniels Richtung.

Daniel duckte sich und hörte, wie der Gummihammer an seinem Ohr vorbeisauste, bis er mit einem dumpfen «Tock» an der Wand auftraf. Der hölzerne Griff klapperte, als er vom Boden abprallte.

Daniel wollte ihn aufheben und zurückschleudern, drehte sich dann aber zu Wild Bill um und fragte: «*Warum* hast du das getan? Was soll das?»

Wild Bill beobachtete ihn aufmerksam. Nach einer kleinen Weile sagte er: «Daniel, damit das von Anfang an klar ist: Der Lehrer, das bin ich. *Ich* denke mir hier die Fragen aus, *du* sorgst für die Antworten. Und deshalb sagst *du* mir jetzt, warum ich dir meinen Gedankenschärfer an den Kopf geworfen habe.»

«Ich weiß es nicht», sagte Daniel. «Keine Ahnung.»

«Gut», nickte Wild Bill. «Das ist die richtige Antwort. Aber von jetzt an gibt es keine richtigen oder falschen Antworten mehr.»

«Ich begreife das alles überhaupt nicht», gestand Daniel.

«So wird es dir vermutlich ein ganzes Jahr lang gehen, also entspann dich und tu, was ich dir sage, dann überstehen wir das hier vielleicht beide ohne größeren Schaden.»

Das Jahr ging für Daniel rasch vorbei; Routine ließ die Zeit verstreichen. Er stand um vier Uhr auf und machte seine Morgen-Meditation, um fünf nahm er mit Tilly, Owen und Wild Bill im Haupthaus das Frühstück ein und arbeitete dann bis vier Uhr nachmittags. Dann kam die Abend-Meditation, gefolgt vom Abendessen um sechs; wenn er an der Reihe war, erledigte er anschließend den Abwasch und hatte dann bis Viertel vor neun frei; von Viertel vor neun bis zehn vor neun erteilte Wild Bill ihm Unterricht, es folgte die Traum-Meditation, und um halb elf lag er im Bett. Die Vielseitigkeit dieser Routine bewahrte Daniel vor Langeweile.

Die tägliche Arbeit bestand aus allem Möglichen vom Brandmarken des Viehs bis zum Schrubben des Küchenbodens. Daniel reparierte Zäune, fütterte die Tiere und sägte Holz. Sie pflanzten, machten Heu oder führten bestimmte Projekte aus, etwa den Bau einer Räucherkammer. Normalerweise arbeitete er mit Owen oder Tilly zusammen, denn Wild Bill verweigerte kategorisch jeden direkten Kontakt mit den Tieren, die er als «verkorkste Viecher und eine Beleidigung für jeden Freigeist» bezeichnete. Tilly und Owen waren da anderer Ansicht – durchaus zu Recht, wie Daniel fand –, und das Thema führte zu gewissen Spannungen. Einmal in einer Winternacht hatten jedoch ein paar vom Blitz erschreckte Jungbullen den Zaun niedergetrampelt. Wild Bill schwang sich in den Sattel und ritt mit den anderen im Sturm aus, um die Herde wieder nach Hause zu treiben; die letzten verirrten Tiere konnten erst spät am Morgen eingefangen werden.

Owen grinste von einem Ohr zum anderen, als Wild Bill wieder auf die Farm zuritt; der Anblick von Bill, wie er sich um das Vieh kümmerte, freute ihn ebenso wie die Rückkehr der Jungbullen. «Na bestens», begrüßte er ihn, «denn mal rein mit die Viecher.»

Wild Bill zog heftig die Zügel an und knurrte: «Nun komm bloß nicht auf blöde Gedanken. Ich bin vielleicht ein Fanatiker, aber ein Purist bin ich bestimmt nicht. Solange ich hier wohne, gehe ich dir zur Hand, wenn's wirklich mal brenzlig wird. Heißt aber nicht, dass ich jetzt gleich den hauseigenen Cowboy spiele!»

Daniels drei tägliche Meditationen hatten nur formale Gemeinsamkeiten. Wild Bills Anweisungen lauteten lediglich: «Die Morgen-Meditation dient dazu, deinen Geist zu füllen, die Abend-Meditation, um nachzusehen, *womit* er gefüllt ist, und die Traum-Meditation, um ihn wieder zu leeren. Du hast wahrscheinlich gleich kapiert, dass Füllen, Nachsehen und Leeren ein und dasselbe sind, aber denk daran, dass sie nicht ein und dasselbe sein könnten, wenn sie nicht verschieden wären. Es geht also nicht so sehr darum, sich *auf* einen Zweck zu konzentrieren, als vielmehr *durch* den Zweck *hindurch* zu denken. In der ersten Woche werden wir gemeinsam hier sitzen, und ich zeige dir Körperhaltung, Atmung und so weiter, aber danach wirst du allein in deiner Hütte meditieren. Ich komme zur Kontrolle vorbei, wann immer mir der Sinn danach steht. Wenn ich dich dabei erwische, dass du etwas anderes tust als meditieren, bin ich die längste Zeit dein Lehrer gewesen. Solltest du also jemals aufhören wollen und hast nicht den Mut, es mir zu sagen, brauchst du nur dafür zu sorgen, dass ich dich dabei erwische, wie du irgendeinen Scheiß machst, anstatt in Positur dazusitzen.»

Nachdem er Daniel die korrekte Körperhaltung und Atmung für jede Meditation gezeigt hatte, erklärte er: «Das Wichtigste ist jetzt, deinen Geist auf das oberste *Stille Zentrum* zu fokussieren, so tief wie möglich abzutauchen und deinen Nullpunkt zu fixieren. Ich zeig dir, wie *ich* das schaffe.»

Wild Bill ging zum Schrank und erklärte über seine Schulter hinweg: «Jetzt geht's zu meiner audiovisuellen Abteilung. Ohne audiovisuelle Geschichten darf man sich heutzutage ja kaum noch Lehrer nennen.» Er griff in den Schrank und zog zu Daniels Erstaunen ein menschliches Skelett hervor.

Daniel zuckte zusammen, sagte aber kein Wort.

«Okay», sagte Wild Bill, während er das Skelett am Rückgrat gepackt hielt, «vor jeder Meditation machst du diese kleine Übung hier, die ich ‹Knochenzählen› nenne. Vermutlich der älteste Hokuspokus der Welt, lässt sich, soweit ich weiß, bis zu den Schamanen der Altsteinzeit zurückverfolgen. Was du tun musst, ist ganz einfach: Du stellst dir dein Skelett vor, und dann fängst du bei den Zehen an und zählst deine Knochen. Und ich meine nicht diesen ‹Eins, zwei …›-Krampf – du stellst dir lediglich jeden einzelnen Knochen im Geist vor und machst dann weiter. Du bewegst dich *aufwärts,* von den Zehen an, gehst an beiden Beinen gleichzeitig hoch, fügst sie am Becken zusammen, schießt die Wirbelsäule hinauf, gleitest an den Rippen vorbei, wanderst rasch die Arme entlang, gleitest wieder zurück zu den Schultern und über den Nacken hoch zum Schädel und dann genau ins Zentrum deines Gehirns.»

«Das Gehirn ist aber kein Knochen», sagte Daniel.

«Dein Schwanz auch nicht», erklärte Wild Bill.

Bereits diese Erläuterungen verwirrten Daniel, doch noch mehr brachte ihn das tägliche fünfminütige Unterrichtssegment durcheinander. Wild Bill stellte eine Frage, und Daniel hatte fünf Minuten Zeit zu antworten. Wild Bill machte niemals eine Andeutung, ob die Antwort richtig oder falsch war, teilweise richtig, genial, schwach, provozierend oder einfallslos. Und nachgucken konnte man die Antworten auf solche Fragen auch nirgends.

«Wo hast du deine Gabel abgelegt, als du heute Morgen mit den Waffeln fertig warst?»

«Der Vogel, den wir bei den Obstbäumen gesehen haben – welche Farbe hatte seine Kehle?»

«Was hat Tilly über das Maisbrot gesagt, dessen Rezept Owen angeblich von seiner Großmutter bekommen hat?»

«Als der Wind heute über Fern Creek gedreht hat, in welche Richtung hat er da geweht?»

Während seiner Traum-Meditation, die doch dazu dienen sollte, das Hirn leer zu räumen, dachte Daniel über die Fragen und die zweifelhaften Antworten nach. Allmählich wurde er sich seiner selbst in der Welt bewusst: Er sah, was er sah, tat, was er tat – wenn er etwa den Spaten neben das frisch ausgehobene Loch für den Zaunpfahl legte und die geschwungene schwarze Kopffeder der Schopfwachtel betrachtete, die auf dem Pfahl saß, oder wenn er die Formen der Wolken und die Mondphasen studierte.

Sosehr er sich jedoch auf den physischen Augenblick konzentrierte oder seine Gedanken durch Meditation sammelte – er hörte ständig seine Mutter «Daniel! Lauf!» rufen. Und als seine Betäubung dem Schmerz wich und der Schmerz der verschütteten Wut der Depression, da interessierte ihn nur die Antwort auf die Frage, was wirklich in der verlassenen Straße passiert war.

Er sagte zu Wild Bill: «Volta meinte, er würde Nachforschungen anstellen, weshalb meine Mutter umgekommen ist, und mir mitteilen, was er herausbekommen hätte – das hat er mir versprochen. Aber in zehn Monaten habe ich nur ein einziges Mal von ihm gehört, nämlich als er mir sagte, er hätte nichts rausgekriegt. Vielleicht sollte ich die Sache selbst in die Hand nehmen, was bedeuten würde, dass ich die Ranch verlasse und zurück nach Berkeley ziehe. Nimm es nicht persönlich. Ich meine, es hat nichts mit dir und mir zu tun, sondern mit Volta.»

«Dann musst du das mit ihm ausmachen.» Wild Bill zuckte mit den Schultern. «Aber eins möchte ich dir trotzdem sagen: Wenn Volta dir etwas versprochen hat, dann kannst du Gift auf zwei

Dinge nehmen: dass er daran arbeitet und dass er dir Bescheid geben wird. Volta ist vermutlich der anständigste Mensch, den ich je getroffen habe. Er übertreibt es vielleicht sogar ein wenig. Abgesehen davon hat die AMO einen ausgezeichneten Nachrichtendienst. Allein kommst du auch nicht besser klar. Und du weißt ja, dass Tilly und Owen womöglich Probleme bekommen, wenn du einfach abhaust. Ich schlage vor, du redest erst mal mit Volta. Ruf ihn morgen früh an. Und schlaf aus, wenn du magst, denn mit dem Unterricht dürfte es ja jetzt aus sein.»

«Lass mich zuerst mit Volta sprechen», sagte Daniel. «Ich hätte es schon längst getan, wusste aber nicht, unter welcher Nummer er zu erreichen ist.»

«Na, ich hab ungefähr zwanzig», sagte Wild Bill.

Doch Daniel brauchte sie gar nicht. Volta tauchte am folgenden Morgen mit einem Brief von Shamus auf. Sie gingen in Daniels Hütte.

«Bevor du ihn liest», sagte Volta, «möchte ich dir ein paar Zusammenhänge schildern. Shamus hält sich versteckt. Die Explosion der Bombe hat den Plutonium-Raub vereitelt – es gab also keine offen liegende Verbindung. Allerdings wurden gewisse Vermutungen laut ...»

«Ich weiß», unterbrach ihn Daniel. «Sie haben mich beim Verhör direkt auf ihn angesprochen. Ich konnte mich an nichts erinnern.»

«Die verdammten Computer sind schuld. Wahrscheinlich haben sie's auf gut Glück versucht und sind auf ihn gestoßen, wie er mit einer Frau und einem Kind die Four Deuces fluchtartig verlassen hat – jeder Idiot hätte da einen Zusammenhang gesehen. Wir müssen mehr Leute mit Computerfachwissen anheuern, damit wir entweder Informationen löschen können, nach denen die Polizei sucht, oder ihr diejenigen zuspielen, die sie von uns aus ruhig haben darf.»

«Aber es weiß wirklich *niemand*, wo Shamus ist, stimmt's? Weder die Cops noch du?», hakte Daniel nach.

«Das ist korrekt.» Volta lächelte. «Verzeih den Exkurs über die Fähigkeiten, die der Allianz abgehen. Zwar wussten wir nicht, wo er war, aber wir haben ihm zumindest mitteilen lassen, dass wir gerne mit ihm über die Leute sprechen würden, die in den Plutonium-Deal verwickelt waren.»

«Wie habt ihr das getan? Ihm etwas mitteilen?»

«Wir haben so intensiv nach den anderen gesucht, dass die Dringlichkeit offensichtlich wurde. Und hier nun der Brief. Er wurde in Topeka, Kansas, abgeschickt, falls das von Bedeutung ist.»

Sorgfältig las Daniel den Brief.

Volta –

drei Leute waren in die Sache verwickelt, außer mir selbst, Annalee und Daniel (der auf Annalees Wunsch mitmachen durfte, gegen meinen Rat). Von diesen drei anderen wussten zwei nicht Bescheid über die als Ablenkungsmanöver geplante Bombe oder wer sie legen würde. Die dritte Person, die die Bombe gebaut hat, wusste nicht, wofür sie gedacht war, wann sie eingesetzt würde und wer sie legen sollte. Es war eindeutig ein Blindgänger, obwohl der Bombenbauer darauf besteht, dass in Anbetracht des verwendeten Sprengkörpers eine versehentliche Detonation so gut wie auszuschließen war.

Vergessen wir das. Ich nehme die Schuld auf mich. Ich gebe dir mein Wort, dass ich nie mehr einen Versuch wagen werde. Lass es gut sein.

S. M.

Daniel las ihn noch einmal. Es sah nach Shamus' Handschrift aus, aber er war sich nicht sicher.

Volta sagte: «Ich möchte gern mit deiner Erlaubnis allgemein bekannt machen, dass deine Mutter dich aufgefordert hat wegzurennen, bevor die Bombe explodiert ist. Vielleicht können wir Shamus doch aus der Reserve locken – wir brauchen mehr Information über die Leute, die in die Sache verwickelt waren.»

«Natürlich», stimmte Daniel zu und merkte dann sichtlich verärgert an: «Ich dachte, das wäre bereits geschehen. Shamus hat doch ein Recht darauf, es zu erfahren, oder? Er fühlt sich ja schuldig.»

«Das sollte er auch», sagte Volta.

«Was meinst du damit? Glaubst du, er hat an der Bombe herumgefummelt?»

«Nein. Ich habe keinerlei Beweise dafür, dass er sich an der Bombe zu schaffen gemacht hätte, absolut keine. Ich wollte damit nur sagen, dass er in dieser Angelegenheit die treibende Kraft war. Er hat um ihre Hilfe bei einer offenkundig gefährlichen Aktion gebeten.»

«Sie war es ja, die ihm helfen wollte.»

«Und du?»

«Ja, ich auch.»

«Warum?»

Daniel machte eine Pause, bevor er antwortete. «Das ist ziemlich kompliziert. Ich wollte meiner Mom helfen, da sie sowieso mit der Sache zu tun hatte. Und ich wollte Shamus helfen, weil ich dachte, er hätte den Eindruck, ich wäre eifersüchtig, weil Mom ihn mochte. Dabei war ich das gar nicht. Ich wollte nur, dass sie glücklich ist. Und er hat sie glücklich gemacht, glaube ich. Außerdem habe ich an das geglaubt, was Shamus da vorhatte, und vermutlich fand ich das auch sehr aufregend. Wie gesagt, es ist ziemlich kompliziert.»

«Das *Ganze* ist ziemlich kompliziert, Daniel. Deshalb dauert es eine Weile, bis wir Klarheit haben.»

«Und warum hast du ihm dann nicht gesagt, dass es kein Unfall war?»

Volta antwortete: «Zunächst einmal, weil wir gar nicht wissen, ob es nicht doch ein Unfall war. Zweitens, weil Shamus vielleicht schon weiß, dass es keiner war.»

«Wie das?»

«Vielleicht hatte Shamus nicht die Absicht, irgendwelche kompromittierenden Zeugen zurückzulassen.» Volta legte den Kopf ein wenig zur Seite. «Verstehst du, was ich meine?»

«Das glaube ich nicht», sagte Daniel ohne zu zögern.

«Möchtest du auf der Basis von Glauben fortfahren, Daniel, oder sollen wir lieber nach konkreten Informationen suchen?»

«Die Suche fortzusetzen genügt schon. Was Shamus angeht, täuschst du dich jedenfalls – aber das musst du wohl allein herausfinden.»

«Das habe ich vor. Und eigentlich hatte ich auch vor, bis morgen früh hier zu bleiben und den Abend in netter Gesellschaft auf der Ranch zu verbringen, aber jetzt muss ich ganz dringend nach L. A. Doch vorher möchte ich wissen, wie du mit Wild Bill und seiner seltsamen Pädagogik zurechtkommst.»

«Da musst du ihn schon selbst fragen. Ich habe keine Ahnung.»

Volta deutete ein Lächeln an. «Nun, vergiss nie, dass bei Wild Bill ein ‹Vielleicht› bereits großes Lob bedeutet.»

Nachdem Volta abgefahren war, kam Wild Bill zu Daniels Hütte herüber und tat überrascht, als er Daniel auf der Veranda sitzen sah. «Immer noch hier bei uns?»

«Immer noch hier», sagte Daniel abwesend.

«Was ist denn jetzt los?»

«Ich weiß nicht. Volta … irgendwie habe ich immer Zweifel an dem, was er sagt.»

«Er hält große Stücke auf dich, soweit ich das beurteilen kann. Er hat was Unverbindliches an sich, aber das kommt daher, dass er keine voreiligen Schlüsse ziehen will. Er möchte immer erst wissen, was Sache ist, und sich ein Bild machen, bevor er die Ärmel hochkrempelt und sich an die Arbeit macht.»

Daniel fragte: «Hast du ihn deshalb gestern Abend angerufen?»

«Falsch», kicherte Wild Bill.

«Also reiner Zufall, dass er heute Morgen hier aufgetaucht ist?»

«Ist dir noch nie aufgefallen, dass Zufälle das Normalste auf der Welt sind? ‹Wie oben, so unten.› Ich mach mir nur dann Gedanken über Zufälle, wenn sie *ausbleiben.* Das ist nämlich genau der Moment, in dem man dummes Zeug anstellt. Aber warum hievst du jetzt nicht deinen kleinen Arsch hoch und holst die Gewehre und ein paar Schachteln mit Patronen – ich hab Tilly gesagt, wir würden ein wenig am Bach durch die Gegend streifen und mal sehen, ob wir nicht ein paar Wachteln zum Abendessen finden.»

«Was ist mit dem Mittagessen? Soll ich uns ein paar Sandwiches einpacken?»

«Wahrscheinlich reiner Zufall, aber das hab ich schon getan, während du mit Volta gequasselt hast.»

Auch im April verlief das Leben in seinen gewohnten Bahnen. Daniel war unruhig und wurde zunehmend ungeduldiger mit Wild Bill. Das herrliche Frühlingswetter konnte daran auch nichts ändern. Doch dann, am letzten Aprilabend, während des Schulunterrichts, überraschte Wild Bill Daniel mit einer Frage, auf die es eine Antwort gab, auch wenn Daniel diese nur ungern aussprach.

«Erinnerst du dich an das Skelett, das ich dir in meiner audiovisuellen Abteilung gezeigt habe, damit du dir vorstellen kannst, wie man die Knochen zählt?»

«Ja.»

«Wie nennst du das? Ich meine, die Geheimbezeichnung.»

«Na ja», wich Daniel aus, «das ist ein bisschen lächerlich …»

«Das lass mich mal beurteilen. Ich bin Experte.»

«Ich nenne es ‹Dreckwedel›.»

Wild Bill konnte sich vor Lachen nicht mehr halten und quietschte immer wieder vergnügt: «*Dreckwedel! Dreck … wedel!*»

«Schön, dass du mich so witzig findest», sagte Daniel.

Wild Bill ließ sich auf die Knie fallen und japste: «Finde ich auch!»

Daniel drehte sich um und marschierte zur Tür hinaus.

Am nächsten Tag ignorierte Daniel Wild Bill. Er meditierte und erledigte gewissenhaft seine Arbeit, gab sich dabei aber gelangweilt und betont unnahbar. Abends überraschte Wild Bill ihn ein zweites Mal.

«Drei heilige Männer gingen zusammen auf Reisen. Der eine war ein indischer Yogi, der zweite ein Sufi-Derwisch, der dritte ein Zen-Mönch. Unterwegs kamen sie zu einem kleinen Fluss. Die Brücke, die ursprünglich darüber führte, war vom Schmelzwasser weggespült worden. ‹Ich zeige euch, wie man einen Fluss überquert›, sagte der Yogi – und ging doch tatsächlich hinüber, und zwar direkt auf der Wasseroberfläche! ‹Nein, nein, so macht man das nicht›, sagte der Derwisch. ‹Passt gut auf, Freunde.› Er fing an, sich im Kreis zu drehen, schneller und schneller, bis er nur noch ein verwaschener Fleck aus konzentrierter Energie war, und ganz plötzlich – *peng!* – sprang er ans andere Ufer. Der Zen-Mönch stand da und schüttelte den Kopf. ‹Ihr Dummköpfe›, sagte er, ‹ich zeige euch, wie man einen Fluss überquert.› Und damit hob er sein Gewand an und watete vorsichtig durch den Fluss.»

Daniel wartete.

«Die Frage des heutigen Abends ist nun: Was ist das Entscheidende an der Geschichte?»

Ohne zu zögern sagte Daniel: «Der Fluss.»

Damit schien Wild Bill nicht gerechnet zu haben. «Vielleicht», sagte er, überlegte dann einen Moment und wiederholte: «Vielleicht.»

Daniel sagte: «Volta behauptet, das sei ein großes Lob aus deinem Munde.»

«Ach ja?», sagte Wild Bill abwesend. «Weißt du, ich sollte dich öfter auf die Palme bringen.» Er lächelte. «Dreckwedel. Mir blieb gar nichts anderes übrig, sonst hätte ich den ganzen Tag vor Lachen gewiehert.»

Daniel lächelte mit ihm.

Am nächsten Morgen überraschte Wild Bill Daniel ein weiteres Mal, indem er verkündete: «So, und nun mache *ich* mal zur Abwechslung die Fliege. Na ja, ich mache eine Weile Ferien, und das heißt, dass du auch Ferien hast – du kannst tun, wonach dir der Sinn steht, solange du die Arbeit auf der Ranch nicht schleifen lässt.»

«Entweder war ich gestern Abend unheimlich gut oder wahnsinnig schlecht», bemerkte Daniel, dem diese plötzlichen Veränderungen unheimlich waren.

«Nee, nee, du musst die Fühler auch mal ein bisschen in eine andere Richtung ausstrecken, und wir sind beide müde und brauchen mal ein wenig Abstand. Wie heißt es noch im Buch? ‹Achte darauf, von Zeit zu Zeit Abstand zu nehmen und deinem Geist geeignete Erholung von seiner ernsten Beschäftigung zu verschaffen, sonst werden deine Gedanken schwer und du verlierst womöglich die Lust, mit deiner Arbeit fortzufahren.›»

«Aus welchem Buch ist das?»

«*Die Grundelemente der Alchimie.*»

Im Scherz sagte Daniel: «Ich wusste gar nicht, dass du lesen kannst.»

«Früher hab ich die ganze Zeit nichts anderes gemacht, aber dann habe ich die Lust so sehr verloren, dass ich mich bei der ‹geeigneten Erholung› beinahe selbst zerstört hätte.»

«Wirst du Volta treffen?»

«Hoffe nicht», sagte Wild Bill. «Sondern lieber Jenny Sue.»

Eine Stunde später stapfte Wild Bill den Feldweg hinab, einen voll gepfropften Rucksack auf dem Rücken, und summte aus gegebenem Anlass ein Marschlied, dessen Worte durch tief empfundene Gefühle wettmachten, was ihnen an metrischer Genauigkeit fehlte:

Jenny Sue, ooooooo Jenny Sue,
Gibt nichts auf dieser ganzen glorreichen, süßen und schönen Welt,
das mir mit dir kleinem Ding nicht gefällt!

Wie die meisten Schüler ließ sich Daniel während Wild Bills Abwesenheit gehen. Er wandelte die Morgen- und die Traum-Meditation in Schlaf um, und die Abend-Meditation wurde zur Angelstunde umfunktioniert. In seiner Freizeit bastelte er Köder zum Forellenfangen, las wahllos, was er in der Hausbibliothek so fand, oder spielte Cribbage mit Owen. Es wurde wärmer, und aus Mai wurde Juni, der Juni ging klammheimlich in Juli über, und Wild Bill ließ noch immer nichts von sich hören. Dann, am vierten August, kehrte der Schatten des früheren Bill zurück.

Daniel erschrak, als er die Hüttentür öffnete und Wild Bill sah, der sich gegen den Türrahmen lehnte. Er hatte zwei blaue Augen, sein linkes Ohr war scheußlich geschwollen, ein Schneidezahn war abgebrochen, und über sein linkes Auge zog sich eine Reihe sauberer Stiche.

«Heilige Scheiße», platzte Daniel heraus, «was ist denn passiert?»

«Ach», brummte Wild Bill, «ein paar Jungs haben versucht, mich windelweich zu prügeln.»

«Warum?»

«Weil ich das Gleiche mit ihnen versucht hab.»

«Was ist mit Jenny Sue oder wie sie noch hieß – deiner Freundin?»

«Das letzte Mal, als ich zu ihr hingeschaut habe, hat sie den anderen geholfen.»

«Soll ich dich ins Krankenhaus bringen?»

Wild Bill berührte die Naht an seiner Stirn. «Da komm ich grade her.»

«Möchtest du reinkommen und dich hinlegen? Du siehst aus, als könntest du ein bisschen Ruhe vertragen.»

«Junge, noch mehr Ruhe, und ich geb mir die Kugel. Pack zusammen, was du deiner Meinung nach bis zum nächsten Frühjahr brauchst. Wir gehen in die Berge.» Mit einer schorfbedeckten Hand griff er in die Brusttasche seines Hemds. «Hier ist eine Liste mit Dingen, die du wahrscheinlich brauchst. Und noch was: Wir werden nicht zu Besuch hierher kommen; von Volta oder sonst wem wirst du also nichts hören. Du kannst Volta morgen anrufen und ihn fragen, ob er was Neues weiß. Aber das ist rausgeschmissenes Geld, denn wenn was passiert wäre, hättest du das schon mitbekommen. Wenn du nicht mitwillst, gehe ich ohne dich, und das war's dann mit dem Unterricht. Wenn du mitwillst, halt dich morgen bereit.»

«Was ist mit Owen und Tilly? Die brauchen doch jemanden, der ihnen hilft.»

«Es werden ein paar Leute kommen, die sich darum kümmern.»

«Warum in die Berge? Müssen wir uns verstecken?»

Wild Bill fuhr ihn an: «Nein. Jetzt wird es ernst.»

Seine heftige Reaktion erschreckte Daniel. Er antwortete nichts.

«Willst du Voltas Nummer oder nicht?»

«Nein», sagte Daniel. «Ist schon in Ordnung.»

«Dann schwing die Hufe. Verdammt, ich will endlich weg von hier!»

«Erst wenn du mir erzählst, was passiert ist. Weshalb du in die Schlägerei geraten bist.»

«Kein Geheimnis. Ich habe behauptet, da wär noch was in der Flasche gewesen. Der Barmann und seine Kumpels haben das Gegenteil behauptet.»

«Und hatten wahrscheinlich Recht?»

«Logo», sagte Wild Bill. «Ich lass nie was umkommen.»

Tilly fuhr sie am nächsten Morgen in Richtung Norden, zum Huta Point am Rande der Yolla Bolly Wilderness. Auf dem Weg dorthin besprachen sie und Wild Bill die Organisation des Proviantnachschubs; sie einigten sich auf einmal pro Monat, das Essen und die Ausrüstung sollten in zwei Kisten in der Nähe der alten Furt durch den Balm of Gilead Creek auf sie warten. Tilly umarmte sie kurz zum Abschied. Sie war das letzte menschliche Wesen, das Wild Bill und Daniel während der nächsten sechs Monate zu Gesicht bekommen sollten, außer einander natürlich.

Daniel folgte Wild Bill über dunkle Hänge, die mit Douglasfichten bewachsen waren, hinab und dann hinauf. Er verkniff sich die Frage, wohin sie gingen. Wild Bill hatte kein Ziel angegeben. Er blieb ungewöhnlich still und verwandte seine Atemenergie auf den Weg, um ein gleichmäßiges Tempo einzuhalten.

Die Nacht verbrachten sie am mittleren Arm des Eel River. Jeder hatte sein eigenes Zelt mitgebracht. Wild Bill hatte nämlich verkündet: «Ich hab mich für den Job gemeldet, weil ich dich unterrichten will, nicht um mit dir zu pennen. Und außerdem weiß man ja, dass ich spätnachts oft noch meditiere, und da stört mich dein Geschnarche nur.»

Sie wurden im letzten Tageslicht damit fertig, ihre Zelte aufzuschlagen. Daniel hatte einen Riesenhunger und konnte das Abendessen kaum erwarten, doch Wild Bill sagte ihm, sie hätten ihre Sonnenuntergangs-Meditation noch nicht gemacht, die jetzt zu den drei anderen dazukam. Ihr Zweck bestand lediglich darin, dazusitzen und den Fluss vorbeiziehen zu lassen. Da er gerade schon beim Thema war, teilte er Daniel mit, dass Meditationen aufgrund einer alten Überlieferung in den Bergen doppelt so lange dauerten.

«Das sind ja sechs Stunden pro Tag!»

«Acht für mich. Ich mache normalerweise eine halbe Stunde um Mitternacht und noch eine um zwei Uhr. Wahrscheinlich solltest du auch acht Stunden machen, aber ich nehm's da nicht so genau.»

«Wird die Fragezeit auf zehn Minuten verdoppelt?»

Wild Bill ignorierte den Sarkasmus. «Nein. Fünf Minuten sind bereits zu viel Arbeit.»

Daniel hatte die Frage schon befürchtet, doch dass sie so persönlich würde, hatte er nicht erwartet. Wild Bill stocherte im Feuer und sagte: «Warum hast du nicht gefragt, wo wir hingehen?»

«Weil es keinen Unterschied macht», antwortete Daniel.

Wild Bill rollte mit den Augen. «Ach, Bullshit. Wann hat dich das jemals abgehalten? Ich halte das für postpubertäres, perverses Verhalten. In den Bergen ist das fehl am Platz. Sei einfach du selbst, mehr braucht es nicht. Und da du nicht gefragt hast, wo wir hingehen, werde ich es dir sagen.»

Ihr Ziel war eine geomorphologische Anomalität, ein Becken namens Blacktail Basin. Im Zentrum dieses Beckens lag ein zwanzig Morgen großer See. Wild Bill behauptete, er hätte diesen See noch nie auf einer Landkarte gesehen, und gab damit der Indianerlegende Recht, der zufolge ein Schamane der Nomlaki den See nach seiner ersten Begegnung mit einem Weißen verzaubert und unsichtbar gemacht hatte. Da der See von einer Quelle gespeist wurde – «von innen gefüllt», wie es der Nomlaki beschrieb –, galt er als magischer Ort, der geschützt werden musste. Obwohl Wild Bill ihn vor gut fünfzehn Jahren auf eigene Faust entdeckt hatte, nahm er jedes Mal, wenn er dorthin gehen wollte, Kontakt mit den Nomlaki-Ältesten auf. Nie verweigerten sie ihre Erlaubnis. Ihrer Ansicht nach hatte er durch den Zauber «hindurchgesehen», was nur bedeuten konnte, dass der Ort beschlossen hatte, sich ihm zu offenbaren. Wie konnten sie sich da erlauben, jemandem eine Genehmigung zu erteilen, wo dies schon so offensichtlich erfolgt war?

Da der See mit dem Zauber der Unsichtbarkeit belegt war und

demnach nicht existierte, konnte er auch keinen Namen haben – ein referenzielles Problem, das die Nomlaki ganz sauber gelöst hatten, indem sie ihn den ‹Namenlosen See› nannten.

Wild Bill sprach voller Hochachtung von der Nomlaki-Kultur. «Die Nomlaki waren bis hin zur Küste und bis hinauf zum Klamath für ihre okkulten Fähigkeiten, vor allem Heilkunst und Zauberei, berühmt, welche beide zu den anstrengenderen Künsten zählen. Und man muss eine Kultur einfach mögen, in der das höchste Gut, das man besitzen oder verkaufen kann, das Versteck eines Schwarzbären ist, in dem man sich begraben lässt.»

Sie erreichten den unteren Rand des Blacktail Basin am folgenden Nachmittag und steuerten auf das zu, was Wild Bills Versicherung nach der See war, obwohl er unsichtbar blieb. Daniel hatte sich das Becken ganz dramatisch vorgestellt, aber es war ziemlich flach, vom unteren südlichen Rand des Beckens bis zur Mitte fiel es nicht einmal hundertfünfzig Meter ab. An seinen oberen Hängen war das Becken dicht bewaldet. Sie bahnten sich ihren Weg nach unten, die Bäume standen nun immer weniger dicht, und das Dickicht aus Farn und Stachelbeersträuchern wurde allmählich durchlässiger. Obwohl sie nicht mehr so dicht waren, schienen die Pflanzen so zu stehen, dass man das Gefühl hatte, in einem lichten Wald zu sein und dabei doch nicht weiter als drei Meter sehen zu können. Daniel stolperte fast in den See, bevor er ihn sah.

Er folgte Wild Bill um den See herum zu einer terrassenähnlichen Wiese. Vom nördlichen Beckenrand geschützt und zur Sonne hin ausgerichtet, bot die Wiese einen herrlichen Blick auf den See und war ein ideales Campinggelände.

Wild Bill ließ sein Gepäck auf den Boden plumpsen. «Lieber Gott, ist das eine Wohltat, dieses Zeug hier endlich nicht mehr schleppen zu müssen!»

«Ist das weit oben hier?»

«Da geht's noch viel weiter rauf, wenn du möchtest.»

«Ich meinte, auf welcher Höhe wir sind.»

«Auf knapp tausend Meter», sagte Wild Bill.

«Dann schneit es hier vermutlich auch, was?»

«Gerade genug, damit sich die Aussicht von Zeit zu Zeit mal ein bisschen verändert.»

Daniel streckte die Glieder und sah sich um. «Jetzt verstehe ich, warum die Indianer glauben, dass der See verzaubert ist: Die Bäume bilden einen natürlichen Schutzwall.»

«Was du nicht siehst», erklärte ihm Wild Bill, «ist, dass der Schamane die Bäume so angeordnet hat.»

In scherzhaftem Tonfall, der eine gewisse Respektlosigkeit sowohl gestattete als auch verbarg, sagte Daniel: «Wenn du das sagst, muss es ja stimmen, Pauker.»

«Aha, du scheinst was dazuzulernen. Und ich sage dir also, dass wir uns jetzt häuslich einrichten und dann unsere Aufgaben erledigen.»

Als das Zeltlager aufgeschlagen war, verkündete Wild Bill: «Schön, da hätten wir also unser Zuhause. Nun zu den Aufgaben. Es sind nur zwei: Angeln fürs Abendessen und Feuerholz sammeln. Wofür entscheidest du dich?»

Daniel sagte: «Fürs Angeln.»

«Ich mich auch», meinte Wild Bill.

«Dann muss ich mich also geschlagen geben?»

«Na ja ... in Anbetracht meiner Erfahrung und so weiter sollte *ich* eigentlich angeln – Fische fangen hat's mir nun mal angetan –, aber komm bloß nicht auf den Gedanken zu behaupten, Wild Bill hätte dich niedergemacht, indem er seine natürliche Autorität auf alle wichtigen Bereiche ausgedehnt hat. Weißt du was? Ich angle ein Stündchen, während du Holz sammelst, und dann angelst du eine Stunde, während ich dasitze und mir einen Ast lache. Wer die meisten Fische fängt, wird für einen Monat offizieller Camp-Angler – der Verlierer kann üben, wenn die Rute nicht gerade vom

Champion für lebensnotwendige Proteinbeschaffung gebraucht wird.»

«Okay, du bist dran», sagte Daniel.

Wild Bill zwinkerte. «Genau das sage ich den Fischen auch, wenn ich den Haken ins Wasser lasse.»

Wild Bill fing zwei.

Daniel fing gar nichts. Er konnte es nicht begreifen: Er angelte von dem gleichen überhängenden Felsen aus, und er sah, wie die Fische unter der Oberfläche herumwimmelten. Er war so sehr konzentriert, dass er aufschrak, als er Wild Bill neben seiner Schulter hörte: «Zähl deinen Fang, die Zeit ist abgelaufen.»

«Okay», seufzte Daniel, «worin liegt das Geheimnis?»

«Gib mir die Rute, und ich zeige dir, wie's gemacht wird.»

Zögernd übergab ihm Daniel die Angel.

«Und jetzt pass gut auf.»

Als Daniel sich ein wenig zu ihm umdrehte, legte ihm Wild Bill die Hand auf die Brust und stieß ihn rücklings von dem Felsvorsprung in den See. Geschockt von dem kalten Wasser, kam Daniel nach Luft schnappend wieder an die Oberfläche.

Wild Bill hielt den Finger aufs Wasser gerichtet. «Siehst du die Felsen da, im Seichten? Und jetzt die schwarzen Punkte? Das sind die Gehäuse aus Stöckchen und Steinen, in denen die Larven der Köcherfliege leben, und davon ernähren sich Fische heutzutage.»

Zähneklappernd watete Daniel ans Ufer. Er war stinksauer, aber er musste es wissen. «Okay, was für eine Fliegenart hast du benutzt, die so ähnlich aussieht?»

«Ach Mann», sagte Wild Bill und legte seinen Arm um Daniels nasse Schultern, «ich hab mein Taschenmesser genommen und dieses blödsinnige Federbüschel vom Haken geschnitten und dafür ein paar echte Köcherfliegenlarven draufgesteckt. Das fressen Fische nämlich – keine Federbüschel und sonstiges Talmizeugs.»

Daniel zitterte. «Das ist Beschiss!»

«Du musst sie *ganz langsam* fischen», erklärte Wild Bill, «und sie quasi sanft vom Boden hochwirbeln. Glaub mir, da brauchst du eine Eselsgeduld und eine gesunde Portion Humor, damit das klappt!»

Der Tagesablauf war fast wie auf der Ranch: Meditation, tagsüber wurde gearbeitet, abends wurden Fragen gestellt. Die einzige größere Änderung war zusätzlicher «Unterricht», der sich darauf beschränkte, dass Daniel Wild Bill zuhörte, der ihm am Lagerfeuer Geschichten erzählte.

«Mein Dad hat mal was am mittleren Arm des Eel River gesehen, was vermutlich keiner von uns je zu Gesicht bekommen wird: zwei voll ausgewachsene Bären, die um eine Bärin kämpften. *Das* ist ja nicht so ungewöhnlich, aber das Besondere daran war, dass der eine ein Schwarzbär und der andere ein Grizzly war – ein ganz schönes Gerangel!»

«Wer hat denn gewonnen?»

«Tja, Daddy sagte immer» – Wild Bill machte eine effektvolle Pause und spuckte ins Feuer –, «wenn du 'n Bär werden willst, achte drauf, dass du 'n Grizzly wirst.»

«Was für ein Bär war das Weibchen?», fragte Daniel.

«Weißt du was, Daniel? Mit deinen Fragen wärst du in der Lage, eine Stahlkugel zu durchlöchern!»

«Was soll das heißen?», rief Daniel aufgebracht.

«Ich meine, es ist nicht gerade leicht, eine Stahlkugel zu durchlöchern.»

Obwohl der Programmablauf im Großen und Ganzen derselbe war, hob sich dennoch ein Tag vom anderen ab. Die beiden lebten recht einfach. Neben den Nahrungsmitteln, die sie eingepackt hatten – haufenweise Reis und Bohnen –, gab es Fisch, essbare Pflanzen und Pilze je nach Saison, dazu Vögel, Kleinwild und das eine oder andere Reh, das sie mit der .222er/.410er erlegten, die sie mitgebracht hatten. Um Munition zu sparen, luden sie nur eine Kammer, wenn sie auf die Jagd gingen, eine Vorgehensweise, wie Daniel bald feststellte, die seine Treffsicherheit bedeutend erhöhte. Im Durchschnitt nahm alles, was mit Nahrungssuche zu tun hatte, nicht mehr als eine Stunde in Anspruch.

Daniel nutzte seine Freizeit, um das Becken zu erkunden, zu träumen oder sich diversen Plänen zu widmen, die jedoch meistens scheiterten. Mit dem selbst geschnitzten Pfeil-und-Bogen-Set traf er gerade mal den Hang über ihnen. Seine selbst gebastelte Lockpfeife schlug die Stockenten in die Flucht. Seine Fischkäscher taten dies jedoch nicht.

Wild Bill war keine Hilfe und ein Trost schon gar nicht. «Wenn einem etwas misslingt, lässt sich dies normalerweise auf einen Fehler beim technischen Entwurf oder in der praktischen Durchführung zurückführen. Ich hab das dumpfe Gefühl, bei dir hapert's an beidem.»

Jeweils am Monatsende wanderten sie wieder zur Furt durch den Balm of Gilead Creek und holten sich ihre Verpflegungsration aus den beiden versteckten Kisten. Wenn etwas Wichtiges zu berichten war, hinterließen Tilly oder Owen eine Nachricht. Volta hatte sich einmal gemeldet, um mitzuteilen, dass es nichts Neues gab. Hinwärts, mit leeren Rucksäcken, brauchten sie zehn, zurück anstrengende sechzehn Stunden. Zweimal während des Winters mussten sie den vom Regen angeschwollenen Eel River mit Seilen überqueren. Anfangs hasste Daniel diese Wanderungen über Nacht, aber als es Winter wurde, fand er allmählich Gefallen an den endlosen Gewaltmärschen zurück zum See; die pure physische Erschöpfung schien ihn von der Schlacke in seinem Innern zu reinigen, die er spürte, ohne sie genau orten zu können.

Der Januar war ein schrecklicher Monat für Daniel. Es regnete oder schneite fast täglich. Sooft es ging, blieb er in seinem Zelt. Wie viele andere vor ihm stellte er fest, dass man in den Bergen sich selbst ausgeliefert ist. Es wurden ihm einige unangenehme Dinge bewusst. Die erste Erkenntnis war, dass er den Tod seiner Mutter noch nicht verkraftet hatte. Der heftige, quälende Schmerz, ehedem so deutlich spürbar, war einer drückenden Leere gewichen.

Daniels zweite Erkenntnis war, dass er seit der Bombenexplosion nicht mehr geträumt hatte. Er befürchtete, dies könne Zeichen einer Hirnstörung sein, und wurde sich seiner Traumlosigkeit derart bewusst, dass er kaum noch Schlaf fand. Ausgelaugt und mit geröteten Augen wachte er auf, als wäre er ein Pilot, der die ganze Nacht den Ozean nach einem Rettungsboot oder Wrackteilen abgesucht hatte. Wild Bill gegenüber erwähnte er seine Traumlosigkeit nicht. Wenn es bedeutete, dass etwas mit ihm nicht stimmte, wollte er nicht zurück ins Krankenhaus, und wenn es nichts anderes bedeutete, als dass er nicht träumte oder sich nicht daran erinnern konnte, dann spielte es keine Rolle.

Seine dritte Erkenntnis war, dass zwanghaftes sexuelles Verlangen und beinahe tägliches Masturbieren immer noch besser waren als düsteres Brüten über seinem Schmerz und seiner Traumlosigkeit. Hundertmal am Tag sah er Brigit Bardos Gesicht vor sich, tausendmal ihren Mund, und jedes Mal spürte er den körperlichen Drang, sich Erleichterung zu verschaffen. Das zeitige Frühjahr goss noch zusätzlich Öl ins Feuer. Er konnte keine fünf Minuten meditieren, ohne dass das Bild von Brüsten oder eines straffen Hinterns oder von Seidenstrümpfen seine Konzentration aufwühlte wie ein Stein, der spritzend in einen Tümpel fällt.

Wild Bill bemerkte es. Eines klaren und warmen Morgens Mitte Februar, mitten in ihrer Meditation, sprang er auf, durchbohrte Daniel mit seinem Blick und donnerte: «Himmeldonnerwetternocheins, was für eine Laus ist *dir* denn über die Leber gelaufen!?»

Daniel wollte sich in sein Zelt flüchten. «Ich weiß nicht, ob ich das weiß», stammelte er, «es ist nur so, dass ich keine Träume mehr habe, seit dem Unfall.»

«Scheiße nochmal, über deine Träume kannst du dir Gedanken machen, wenn du schläfst. Übers Nasswerden kannst du dir Gedanken machen, wenn's regnet. Aber wenn du meditierst, dann meditierst du. Bleib still sitzen. Hampel nicht herum.» Wild Bill wollte gerade wieder seine Sitzposition einnehmen, als er es sich plötzlich anders überlegte. «Weißt du was? Ich hab's satt, immer gegen deine Hormone anzukämpfen, damit du mir zuhörst. Und ich hab deine Visage satt. Geh!»

«Was?», fragte Daniel, am Boden zerstört, gleichzeitig aber auch seltsam erleichtert.

Wild Bill deutete nach Norden. «*Geh.* Siehst du dort den alten Kiefernstumpf? Von dort aus gehst du direkt bergauf, und ungefähr hundert Meter vom Hügelkamm entfernt findest du eine kleine Quelle. Wenn du der bis zu dem riesigen Felsblock folgst, stößt du auf eine Höhle. Du kannst in der Höhle bleiben oder umherstreifen – mir ist es egal. Aber wenn du dich verirrst und ich dich suchen muss, dann wird es dir lieber sein, du hättest dich für immer verirrt!»

«Ist das persönlich gemeint oder gehört das zum Unterricht?»

«Beides.»

«Was soll ich dann tun?»

«Zuerst», sagte Wild Bill mit übertriebener Geduld, «gehst du mal. Dann sieh zu, dass du Träume und Visionen hast. Wenn du nicht träumen kannst, dann versuch's mit Visionen. Finde heraus, was die Visionen wert sind. Überleg, was du selbst wert bist. Versuche herauszubekommen, was einen Wert hat und was nicht. In siebzehn Tagen kannst du zurückkommen.»

«Na schön», sagte Daniel leicht pikiert, «aber ich nehme die Hälfte von unseren Sachen mit. Da du am See bleibst, ist es am sinnvollsten, wenn ich das Gewehr mitnehme und dir die Angel dalasse.»

«Denkste», sagte Wild Bill voller Entschiedenheit. «Ich bin über sechzig, und du bist noch keine sechzehn. Du nimmst ein Messer und deinen Schlafsack, ich behalte den Rest.»

Daniel brüllte: «Vergiss es! Das ist nicht fair!»

«Wiedersehen.» Wild Bill winkte mit den Fingern.

«Leck mich», murmelte Daniel.

«Also, dieser Hormonüberschuss bei dir, das macht mir echt Sorgen.»

«Sieh lieber zu, dass du nicht vermöbelt wirst!» Dass er das gesagt hatte, tat ihm auf der Stelle Leid.

Aber Wild Bill lachte nur und winkte erneut. «Adios.»

Daniel marschierte zu seinem Zelt, stopfte den Schlafsack in seinen Rucksack und zog ohne ein weiteres Wort ab.

Die erste Woche verbrachte er bei der Höhle; er ernährte sich von den spärlichen Frühlingspflanzen. Wenn er nicht nach Nahrung suchte, schlief oder meditierte – das tat er weiterhin, allerdings ohne rechte Überzeugung –, hing Daniel erotischen Phantasien nach, die dermaßen ins Detail gingen und so unerschöpflich schienen, dass er auf seinem Schlafsack lag und masturbierte, bis ihm der Arm wehtat.

Um dem Ansturm sexueller Gelüste zu widerstehen, beschloss er, nach Norden, zum Ursprung des Cottonwood Creek zu wandern. Das Wetter war klar, aber kalt. Er aß, was sich ihm anbot, vorwiegend wilde Zwiebeln und ein paar Blätter frühzeitigen wilden Salat, zusätzlich ab und an Froschschenkel. Die Nahrung hielt seine Körperfunktionen aufrecht, reichte aber nicht aus, um seinen normalen Energiebedarf zu stillen. Er wurde rasch müde und hatte Schwierigkeiten, sich länger als ein paar Minuten zu konzentrieren. Dafür empfand er eine Leichtigkeit, die sich nicht auf seinen Kopf beschränkte, eine Reinigung des Stoffwechsels, und mit ihr kam ein tiefer Sinn für Objektivität – unbeeinträchtigt von Meinungen oder brennenden Sehnsüchten. Er hörte zu meditieren und zu masturbieren auf. Er hatte weder Träume noch Visionen.

Nachdem er acht Tage in einer großen Schleife gelaufen war, kam er nur wenige Stunden vor einem Sturm wieder bei der Höhle an.

Der Sturm erwies sich als das letzte Aufbäumen des Winters, doch das Sterben fiel dem Winter in diesem Jahr schwer: grelle, blendende Blitze, Donner, so laut, dass der Staub auf dem Höhlenboden aufwirbelte; der Wind so heftig, dass schweres totes Holz aus den Kiefern fiel, die sich im Sturm bogen, dass Äste splitternd barsten und schließlich ein sintflutartiger Regen herabstürzte. Während er gemütlich in der Höhle saß, vor sich ein schönes Feuer und dazu einen ordentlichen Stapel trockener Scheite an der Wand, und dem Wind zusah, der die zerzauste Rauchfahne aus der Höhlenöffnung saugte, beschloss Daniel, während der letzten drei Tage zu fasten und zu meditieren. Er wollte Träume und Visionen.

Wie Wild Bill später behauptete, hatte Daniel zwei Beinahe-Visionen und eine richtige, aber Wild Bill war ein vorschneller Richter.

Eine der Beinahe-Visionen begann knallrosa. Zunächst hatte Daniel das Gefühl, dies sei die Ouvertüre zu einer erotischen Phantasie, doch während er zusah, zog sich die Farbe langsam zu dem schreckensroten Auge einer Ratte in einem Versuchslabor zusammen. Und dann befand er sich auf einmal in der Ratte, irrte in einem Labyrinth umher, wandte sich nach links, nach rechts, wieder nach rechts, bis er seinen eigenen Angstschweiß roch, der noch in der Luft hing, und feststellte, dass er an dieser Stelle schon einmal vorbeigekommen war. Daniel verließ den Körper der Ratte wie Nebel, der von einem Feld aufsteigt. Er sah das Labyrinth unter sich, ein perfektes Quadrat, unendlich verschlungen, ohne Eingang, ohne Ausweg. Das Labyrinth explodierte, als er schrie.

Die andere Beinahe-Vision begann damit, dass er unter der Oberfläche des Namenlosen Sees dahintrieb. Er war nicht tot, hatte aber kaum noch Kraft, um seine linke Hand aus dem Wasser zu heben. Er wusste, dass ihn keiner sehen konnte, aber etwas anderes blieb ihm nicht übrig. Er trieb dahin und sammelte alle Energie und allen Willen, um seine Hand erneut zu heben. Als er es tat, griff eine Hand nach seiner, kraftvoll und sicher. Als sie ihn aus dem Wasser zog, sah er eine hoch gewachsene, hübsche Frau, die er nicht kannte. Sie lächelte ihn an, und er wollte, dass sie ihn in den Arm nahm und fest hielt, doch während sie ihn aus dem See herauszog, schleuderte sie ihn mit derselben Bewegung in den Himmel. Er fiel durch die Galaxie, hatte die Hand noch immer ausgestreckt, doch es half nichts – er würde bis in alle Ewigkeit fallen. Ebenso gut hätte er zum Abschied winken können. Als er lachte, peitschte der Wind den Regen an der Höhle vorbei.

Die richtige Vision stellte sich in der letzten Nacht ein. Der Sturm war vorübergezogen und hatte dünnen Nebel zurückgelassen. Daniel, der sich schwach und desorientiert fühlte, saß an der Höhlenöffnung und sah den im Mondlicht tanzenden Nebelfetzen zu, als er auf einmal seine Mutter in der Ferne deutlich «Lauf, lauf, bald bist du frei!» rufen hörte, genau so, wie sie das viele Male abends getan hatte, wenn sie auf der Ranch Verstecken spielten. «Lauf, lauf, bald bist du frei!», rief sie wieder, diesmal weiter weg, und dann rief sie es noch einmal, kaum hörbar. Sie rief kein weiteres Mal. Daniel hatte die Arme um sich selbst geschlungen, er wiegte sich vor und zurück und weinte.

Während er sich langsam seinen Weg den Hang hinab zum Camp bahnte, fühlte sich Daniel gelassen und aufgewühlt zugleich.

Wild Bill briet gerade Pfannkuchen, als Daniel ins Camp kam.

«Die riechen herrlich», begrüßte Daniel ihn. «Wenn noch Teig übrig ist, mach mir doch auch einen. Ich habe fast eine Woche lang gefastet.»

«Ach ja?» Wild Bill versuchte, den Pfannkuchen zu wenden, musste ihn dann aber mit der Kelle auseinander falten. «Weshalb hast du denn gefastet?»

«Wegen Träumen und Visionen, laut Anweisung.»

«Kann mich an keine Anweisungen von wegen Fasten erinnern. Fasten ist kompliziert. Es kann die Dinge in falschem Licht erscheinen lassen.»

«Es hat funktioniert. Ich hatte Visionen.»

«Sekunde mal.» Wild Bill ließ den zerknitterten Pfannkuchen auf einen Blechteller gleiten und reichte ihn Daniel. «So. Was hast du denn gesehen?»

«Ich habe ...», fing Daniel an und unterbrach sich. «Na ja, *gesehen* habe ich eigentlich nichts.»

Wild Bill grunzte. «Fängt ja gut an.»

Daniel wusste nicht, ob dieses Grunzen spielerisch oder sarkastisch gemeint war, oder beides. Er fühlte die Wärme des Pfannkuchens durch den Teller hindurch auf seiner Handfläche. «Hörst du mir zu oder nicht?»

Wild Bill sah auf. «Ist das wichtig für dich?»

«Ich habe *geweint*», sagte Daniel und kam sich vor, als würde er es gleich wieder tun.

Wild Bill sagte leise: «Dann hör ich gerne zu.» Er rührte rasch den Teig um und goss ihn zischend in die Pfanne.

«Es war etwas, das ich *gehört* habe», erklärte Daniel. «Ich hörte meine Mutter ‹Lauf, lauf, bald bist du frei!› rufen. Das hat sie immer beim Versteckspielen gerufen, am Ende, wenn sie die Suche aufgegeben hat. Ich wusste dann, dass ...»

«Ich kann's mir vorstellen. Wann hast du sie gehört?»

«Gestern Nacht.»

Wild Bill sah den dicken Blasen zu, die auf der Oberfläche des Pfannkuchens platzten, dann schob er die Kelle unter den gebräunten Boden, hob ihn kurz an, wendete ihn. Der Pfannkuchen drehte sich zweieinhalbmal um sich selbst und vollführte eine perfekte Landung. Aber Wild Bill blickte verdrießlich. «Verdammt, Daniel, ich will dir deinen Spaß nicht vermiesen, aber du hast ein

Anrecht auf die Wahrheit. Das war nicht deine Mom, die du da letzte Nacht gehört hast. Das war ich. Beim Jodeln.»

Daniel blieb der Pfannkuchen auf halbem Weg zum Mund stehen. «Beim Jodeln?»

«Beim Jodeln», bestätigte Wild Bill. Er hob den Pfannkuchen an und ließ ihn auf Daniels Teller gleiten. «Iss. Du hast bestimmt wahnsinnigen Hunger.»

«Du hast nicht gejodelt», sagte Daniel.

Wild Bill wandte sich feierlich um und schaute auf den See. Er legte den Kopf in den Nacken, atmete langsam aus, machte einen tiefen und bedächtigen Atemzug, dann noch einen, und dann versetzte er Daniel in Erstaunen. Mit einer Kraft und einer glockenähnlichen Klarheit, die so ganz anders als sein übliches Gemurre und Geknurre war, ließ Wild Bill lange offene Vokale und gleitende Konsonanten zu einem wogenden Gesang verschmelzen, der zwischen Jubel und Totenklage schwankte, zwischen Freude und Trauer. Daniel hörte es ganz deutlich am Ende: «Au – Au – A – i – u – Ei.» Wild Bill wiederholte die Phrase und wirbelte sie dann in dichten Variationen durcheinander, verdrehte sie, sang sie plötzlich eine Oktave höher und ließ sie schließlich im letzten schwermütigen Ton verklingen.

Wild Bill stand da und lauschte der Stimme, die über das Becken echote und dann von der Luft verschluckt wurde. Er drehte sich zu Daniel um. «Jodeln. Das habe ich von meinem Lehrer Lao Ling Chi gelernt, als ich mich mit Atem und Atemtechnik beschäftigt habe.»

Daniel sagte: «Das war schön, ganz ähnlich, aber es war nicht *deine* Stimme, die ich gehört habe – es war die von meiner Mutter.»

«Wie du meinst.» Wild Bill zuckte mit den Schultern. «Du hast es gehört, dann kannst du es auch beurteilen. Ich für meinen Teil gehe jetzt Pilze suchen, für den Kanincheneintopf heute Abend. Falls du dich nützlich machen willst: Da liegt ’n Haufen junger Kiefernstämme rum, die ich ausgedünnt habe, die müssten zerkleinert und ins Camp gebracht werden. Ich hab sie unten bei dem großen Ahornbaum gestapelt, auf der Westseite. Nimm die Handaxt.»

«Okay», nickte Daniel und schlang einen Pfannkuchen hinunter. «Bis dann.» Er fragte sich, was Wild Bill mit den Kiefernstämmen vorhatte, wollte ihm aber nicht den Gefallen tun, danach zu fragen.

Den furchtbar unförmigen Korb hin und her schwingend, den er aus abgebrochenem Schilfrohr und Gräsern geflochten hatte, machte sich Wild Bill auf den Weg um den See und dann den Südhang hinauf zum Rand des Beckens. Oben angelangt, blieb er stehen und ließ ein kurzes Jodeln erklingen, das im Becken widerhallte.

«Blödmann», murmelte Daniel. Wild Bill – immer suchte er nach Fehlern, um dann voller Schadenfreude den Finger auf die Wunde zu legen. Was für ein Lehrer war denn das? In Daniel keimte der Verdacht auf, Wild Bills exzentrisches Verhalten sollte lediglich seine Inkompetenz verbergen, und mit grimmiger Zufriedenheit stellte er fest, wie sehr er die siebzehn Tage allein genossen hatte – keine prüfenden Blicke, kein Gestichel, kein herablassendes Gehabe.

Daniel erledigte den Abwasch, nahm dann die Handaxt und lief um den See herum. Die Stämme lagerten auf einer schmalen Bank, die hundert Meter oberhalb des Seeufers stand. Als Daniel den ersten Stamm aus dem Stapel zog, sah er aus dem Augenwinkel einen roten Streifen, und im ersten Moment dachte er *Schlange*, doch dann stellte er entsetzt fest, dass es ein Draht war.

Eine Stimme schrie vom Himmel: «Daniel! Lauf!»

Er hieb mit der Axt auf den Draht ein, doch es war schon zu spät. Die Explosion erschütterte seinen Körper, und er taumelte ein paar Schritte nach rückwärts, die Hände schützend an die Schläfen gelegt, den leeren Blick auf das Konfetti aus feuchtem Laub gerichtet, das langsam herabrieselte. Er betrachtete seine Hände: kein Blut. Er nahm die Axt und drehte sich hastig um. Als er eine dünne Rauchfahne aus dem kleinen Krater fünfzehn Meter oberhalb aufsteigen sah, ließ er die Axt neben sich fallen und sah sich den Draht genauer an.

Mit dem durchdringenden Ruf eines Fischadlers sprang Wild Bill von dem überhängenden Zweig einer alten Kiefer auf ihn herab, sodass Daniel hinfiel. Wild Bill griff nach der Axt und schleuderte sie fort, während Daniel zur Seite rollte und sich wieder aufrappelte. Er hieb Wild Bill eine gerade Rechte in die Brust und streifte ihn mit der Linken an der Wange. Wild Bill rollte seine massigen Schultern nach vorn und hielt die Fäuste zur Deckung vors Gesicht; die Ellbogen winkelte er an, um den Solarplexus zu schützen. Daniel drosch ihm mit der Rechten direkt in den Bauch. Wild Bill ächzte, ließ aber die Hände vorm Gesicht.

«*Wehr dich!*», schrie Daniel und hieb ihm nochmals die Rechte in den Bauch. Wild Bill ließ die Hände einen Augenblick lang sinken, und im selben Moment schlug Daniel auf seinen Kopf ein. Wild Bill japste und torkelte zur Seite, fand aber gleich wieder die Balance. Er schüttelte seinen Kopf, damit er wieder klar denken konnte, blinzelte gegen das aus einem Schnitt über seinem Auge rinnende Blut an.

«*Wehr dich*, du Scheißkerl!», schrie Daniel wieder.

«Sie ist tot, Daniel. Tot.»

Daniel vollführte einen linken Haken, der direkt auf Wild Bills Ellbogen auftraf. Ein heftiger Schmerz durchfuhr Daniels Arm, bis zur Schulter hinauf.

«Na los», sagte Wild Bill matt, «mach mich fertig.»

Daniel versetzte ihm einen rechten Haken oberhalb des Ohres, doch Wild Bill wich im richtigen Augenblick zurück. Daniel ließ eine Linke folgen, doch in dem Arm hatte er keine Kraft, daher versuchte er es mit einer Rechten, die Wild Bill jedoch mit der Schulter abwehrte. Daniel boxte ihn nochmals und nochmals, und nochmals – und dann hatte er nichts mehr übrig, die ganze Wut, Furcht und Ratlosigkeit lösten sich auf, und er fiel Wild Bill in die Arme.

Zurück im Zeltlager, drückte Wild Bill eine behelfsmäßige Kompresse auf die Platzwunde an seinem Auge, und Daniel hielt seine geschwollenen Hände ins kalte Wasser. Lange Zeit redete keiner ein Wort. Daniel war erschöpft, und Wild Bill hatte nichts zu sagen. Endlich stand Daniel mit wackeligen Beinen auf und bewegte seine Finger. «Wann brechen wir auf?»

«Ich mache mich morgen früh auf den Weg», sagte Wild Bill. «Du kannst gerne mit mir kommen oder hier bleiben, wenn du möchtest. Owen wird bei Einbruch der Dunkelheit da sein, falls du mitfahren möchtest.»

«Und dann?»

«Fahre ich nach Arizona und tauche von Kopf bis Fuß in die Wüste ein. Dieses üppige Grün hier macht einen irgendwie ganz depressiv. Lässt das Auge träge werden.»

«Was ist mit mir?»

«Du machst mit deinem Training weiter. Es hängt von dir ab.»

«Meinem *Training*? Ich wusste gar nicht, dass ich für irgendwas trainiert wurde. Wozu denn?»

«Kommt drauf an, was du lernst.»

«Ach ja, richtig. Na, eins habe ich zumindest gelernt: Erwarte nie eine eindeutige Antwort.»

«Mir ist es ernst mit dem Unterrichten, Daniel. Ich würde dir nichts sagen, was ich nicht weiß.»

«Dann sag mir, was du weißt.»

«Die Verbindung zur AMO läuft im Großen und Ganzen auf drei verschiedenen Ebenen ab. Die erste, das sind Freunde und Seelenverwandte. Diese Art der Verbindung ist ein lockeres System aus gegenseitiger Hilfe und moralischer Unterstützung. Hier muss man keine Mitgliedsbeiträge zahlen. Die zweite Ebene, das sind die richtigen AMO-Mitglieder, die ihre jährlichen fünf Prozent entrichten und einerseits von den Leistungen der Allianz profitieren, andererseits diese Leistungen ermöglichen. Und dann gibt es noch die Adepten, Leute mit besonderen Gaben, die für den Erhalt und die Ausweitung der traditionellen Künste und Praktiken in der Allianz sorgen.»

«Ist es das, was du mir nicht sagen willst, dass ich als Adept trainiert werde?»

«Niemand wird als Adept trainiert. Ein Adept ist jemand, der eine bestimmte Kunst gemeistert hat, der ein gewisses Verständnis errungen hat. Meisterschaft lässt sich nicht lehren. Wohl lassen sich aber bestimmte Fähigkeiten der Wahrnehmung lehren, die ihrerseits zur Anerkennung von Möglichkeiten und Gelegenheiten für weitere Entwicklung führen – inklusive der damit verbundenen Gefahren. Was darüber hinausgeht, muss man selbst erkunden. Aber wie Synesios bereits im vierten Jahrhundert festgestellt hat: ‹Es stehen immer Helfer bereit, wenn man selbst bereit ist.›»

Daniel dachte einen Augenblick darüber nach, während er seine Finger durchdrückte. «Glaubst du, ich habe das Zeug zu einem Adepten?»

«Ich verteile keine Zensuren, Daniel. Doch, du hast eindeutig Potenzial. Fast jeder hat das. Aber verstehst du, es ist so: Das Gehirn verarbeitet Information, und Information kann ein endloses Rätsel sein. Kommt das Herz hinzu, wird ein Teil der Information zu Wissen. Der Geist oder die Seele verwandelt es dann in Einsicht. Und genau das ist das Problem mit Abstraktion – sie führt durch Separation in die Irre.»

«Was für eine Art von Potenzial habe ich denn? Ich meine, was für eine Richtung sollte ich einschlagen? Ich bitte dich nicht darum, eine Entscheidung für mich zu treffen, verstehst du – es ist nur so, dass mir an deiner Meinung gelegen ist.»

«Ich weiß nicht. Aber ich habe ganz stark das Gefühl, dass aus dir ein verflixt guter Dieb werden könnte. Vielleicht sogar das, was die AMO einen Raben nennt, und das geht weit über das Stehlen hinaus. ‹Agenten für Austausch und Rückgabe›, wie Volta sie nennt. Raben sind die einzigen Adepten, denen die AMO gestattet, andere Menschen zu töten, aber sie dürfen nur ihre Vorstellungskraft als Waffe benutzen.»

«Du meinst, indem sie sich vorstellen, ihr Opfer sei tot? Oder indem sie in einem Heißluftballon an dessen Fenster vorbeischweben und einen Schuss abgeben?»

«Ich meine, indem sie ihnen eine Nachricht zukommen lassen: ‹Heute Nacht bringe ich dich um.› Und am nächsten Tag eine: ‹Mir ist was dazwischengekommen, also heute Nacht.› Am nächsten Tag: ‹Halte dich bereit›, und das macht man ein paar Wochen lang jeden Tag so. Dann passt man ihn ab, wenn er schläft, und feuert eine Kugel direkt über seinem Kopf ab, und wenn er schreiend aufwacht, sagt man: ‹Hoppla, Scheiße, daneben! Ach na ja, morgen ist auch noch ein Tag!› Und zehn Tage später fährt der Typ mit seinem Sportwagen gegen einen Betonpfeiler.»

«Mein Gott, was hatte der denn verbrochen?!»

«Daniel», wies Wild Bill ihn zurecht, «Schweigen ist Gold.»

«Es ist aber trotzdem Mord, irgendwie, stimmt's?»

«Der Einsatz von Gewalt war immer ein heißes Diskussionsthema in der AMO, und über die Jahrhunderte hat es an die hundert verschiedene ‹offizielle› Linien dazu gegeben – ich berufe mich hier auf Voltas Forschungen. Die gegenwärtige Vereinbarung ist das, was Volta als ‹Persönliche Urteilsfällung› bezeichnet. Das bedeutet, dass man keinerlei tödliche Gewalt einsetzen sollte, außer im Extremfall – zum Beispiel zur Selbstverteidigung; es bedeutet aber auch, dass Leute aus Angst, Unwissenheit oder Wut Fehler begehen. Und es gibt nun mal eine Gemeinheit auf der Welt, mit der man sich auseinander setzen muss.»

«Wie geht's deinem Auge?»

Wild Bill lachte leise. «Wird schon heilen, wenn du nicht ständig draufhaust.»

«Das mit der Explosion war ganz schön gefährlich. Du konntest dir doch nicht sicher sein, wie ich reagieren würde.»

«Nö, das nicht, aber das Leben steckt voller Zufälle. Obwohl es so laut gerumst hat, war die Ladung lächerlich, und dann war es ja fast fünfzig Meter weit weg, in der Erde, und ich hatte den Schalter in der Hand. Logo, dass ich ein bisschen schlapp war, weil ich ja mit dem Arsch voran den Hügel runterklettern musste, um in den Baum da zu gelangen, und dann hast du den Draht gesehen.»

«Während ich also draußen in der Wildnis war, kaum was zu essen, dafür aber Visionen hatte, hast du mich hier nach Strich und Faden verarscht.»

«Nee, nee. Die ersten vierzehn Tage oder so war ich im sonnigen Florida, zu Besuch bei meiner Schwester, um dann wieder hierher zu hetzen. Ich musste alles vor zwei Tagen nachts hierher schleifen, als es so stürmte. Mann, den Eel zu durchqueren war nicht gerade ein Kinderspiel! Ich hab mich an dem Seil entlanggehangelt, das wir da gespannt haben, aber das Wasser trieb mich in die Horizontale! Hab, glaube ich, kein einziges Mal den Boden mit den Füßen berührt. Geschafft hab ich's nur deshalb, weil ich mir immer wieder vorgesagt hab, Volta kann mir so viel Honig um den Bart schmieren, wie er will, wenn ich da drüben bin, war ich die längste Zeit meines Lebens Lehrer, aus und vorbei, dann schau ich mir nur noch Sonnenuntergänge in der Wüste an und jodle mit den Eidechsen.»

«Das wollte ich dich sowieso fragen», sagte Daniel, «ich muss es wirklich wissen. Hast du denn tatsächlich gestern Abend gejodelt?»

«Ja. Aber bei der Akustik hier im Becken ist es unwahrscheinlich, dass du mich hören konntest. Wie auch immer, du hast etwas gehört, ganz für dich. Ich wollte dir nur dabei helfen, es zu begreifen, das ist alles.»

«Warum hast du das nicht gleich gesagt, heute Morgen?»

«Weil ich dich nachdenklich machen wollte. Nur so konnte ich dich erschrecken.»

«Ich hatte noch zwei andere Visionen, falls du sie hören möchtest.»

«Visionen find ich immer spannend. Aber lass uns das beim Mittagessen besprechen, denn ich habe den wütenden Fluss nicht nur mit Sprengstoff im Rucksack bezwungen, sondern auch mit vier dicken Filets Mignon von Tilly und Owen, außerdem Salat, Broccoli, Sauerteigbrot und einer hübsch teuren Flasche Cabernet. Und dann ist da noch ein kleines Geschenk für dich, aber das gibt's erst, wenn der richtige Moment gekommen ist.»

Sie schmausten und redeten bis zum späten Nachmittag. Daniel schilderte seine Visionen, lauschte Wild Bills Erklärungen, warum es keine hundertprozentigen Visionen waren, und dann hörte er zu, wie Wild Bill ein wenig aus der Geschichte der AMO zum Besten gab – *seine* Version, wie er betonte, denn bestimmtes Wissen wurde in der Allianz nur mündlich überliefert, was zu Korrekturen, Erfindungen und Schönungen einlud. Wild Bill war entspannt, direkt und äußerte sich so eindeutig wie nie zuvor – aber ob es an dem Wein lag, dass er seine Maske fallen ließ, an den Ereignissen am Morgen oder daran, dass dies sein letzter Tag als Lehrer war, vermochte Daniel nicht zu beurteilen, und es kümmerte ihn auch nicht.

Als die Sonne dicht über dem Rand des Beckens stand, erhob sich Bill ein wenig unsicher und verkündete: «Also schön, Daniel, es ist so weit. Komm mit.»

Sie gingen ans Seeufer und blickten in die untergehende Sonne. Nach langem Schweigen holte Wild Bill etwas aus seiner Tasche und wandte sich Daniel zu. «Ich möchte dir ein Geschenk geben.

Jeder meiner Schüler bekommt eins – kein bescheuertes Zeugnis oder eine Teilnahmebestätigung oder so, nein, ein kleines Dankeschön für das, was ich von ihnen lernen durfte bei dem Versuch, ihnen etwas beizubringen.» Sanft legte er eine handgearbeitete Schildkröte aus massivem Gold in der Größe eines Vierteldollars in Daniels Handfläche. Die Augen der Schildkröte waren winzige funkelnde Diamanten.

«Wunderschön», murmelte Daniel, ganz hingerissen von ihrem Gewicht, dem schimmernden Glanz, den kristallenen Augen.

«Die meisten meiner Schüler halten die Schildkröte für ein Symbol des Ausgleichs zwischen der Weisheit der Erde und der Weisheit des Wassers, doch worauf ich anspiele, ist das langsame Lernen.»

Daniel umschloss die Schildkröte mit der Hand und sah Wild Bill an. «Weißt du, was ich nicht verstehe?»

«Nein», sagte Wild Bill, «aber die Auswahl ist da ziemlich groß.»

Daniel ignorierte den leisen Sarkasmus. «Ich verstehe nicht, warum du dich so sehr vor deiner Zärtlichkeit fürchtest.»

«Das ist ein weiterer Grund, warum ich eine Schildkröte genommen habe», sagte Wild Bill. «Was meinst du, weshalb die einen Panzer haben?»

Daniel lachte. Er schlang seinen Zeigefinger um die Schildkröte, winkelte sein schmerzendes Handgelenk an und warf sie so weit wie möglich auf die Mitte des Sees zu.

Die Schildkröte glitt mit einem stillen Plitschen ins Wasser; konzentrisch breiteten sich die feinen Wellen von dem Punkt des Auftreffens aus.

Völlig überrascht von Daniels Tat, betrachtete Wild Bill die Wellenkreise, versuchte, ihr ruhiges, unausweichliches Sichauflösen in sich selbst zu spüren. Dann sah er zu Daniel hinüber, nickte und sagte: «Gut. *Sehr* gut. Wirklich, Daniel, das war *ausgezeichnet*.»

«Ich hatte einen ausgezeichneten Lehrer.»

Sie standen da und schauten zu, wie die Sonne hinter dem Rand des Beckens verschwand. Einen Augenblick lang, als würde die Schildkröte in seinen Tiefen ihr Licht der Sonne schenken, färbte sich der ganze See golden.

Transkription:
Aufzeichnung eines Telefongesprächs zwischen
Volta und Wild Bill Weber

BILL: *Lapidem esse aquam fontis vivi.*

VOLTA: In der Tat. Und wie geht es dir, Bill?

BILL: Ich freu mich auf die Wüste.

VOLTA: Du kannst wählen, Bill: Ich gebe dir eine Million Dollar oder ich werfe mich nackt vor dir auf die Knie und flehe dich an, nochmal fünf Jahre zu unterrichten.

BILL: Mir reicht's. Bye.

VOLTA (lacht): Schön, schön, die Schule ist aus. Wie war dein letzter Zögling?

BILL: Er passt gut auf.

VOLTA: Zweifellos. Was hältst du von ihm?

BILL: Verdammt viel. Er bremst sich selber mit seinen Fragen, aber ein paar davon sind die richtigen. Und nicht nur das: Ich glaube, er ist fähig, ein paar von den Antworten zu begreifen.

VOLTA: Wie hat er auf die Explosion reagiert?

BILL: Wie erwartet.

VOLTA: Übrigens: Ich fühlte mich geehrt, dass du mich um Rat gefragt hast. Oder hast du lediglich versucht, die Verantwortung abzuwälzen, falls etwas schief gehen sollte?

BILL: Selbst ein tapferer Recke wird manchmal nervös.

VOLTA: Stimmt. Aber solange sie nicht *zu* tapfer sind, werden sie auch weiser.

BILL: Er wusste, dass er loslassen *musste.* Er hatte sogar eine intensive Vorahnung in der Nacht zuvor. Er hörte seine Mutter *Lauf, lauf, bald bist du frei!* rufen.

VOLTA: Ich sagte dir doch, er könnte der Schüler sein, den du immer gesucht hast.

BILL: Du weißt nicht zufällig, wer sein Vater ist, was? Daniel sagte, das wüsste nicht einmal seine Mutter, aber da du alles weißt, hab ich mir gedacht, ich könnt ja mal fragen.

VOLTA: Deine Schmeicheleien machen meine Schande erträglich – ich habe keine Ahnung. Seine Mutter Annalee war, wie ich wohl erwähnt habe, eine äußerst stolze und unglaublich mutige Frau. Ganz offensichtlich ähnelt ihr Daniel in vielem.

BILL: Unbedingt, aber wir wollen es nicht gleich übertreiben. Er ist jung. Und die Jugend begeht einige unschöne Fehler.

VOLTA: Das soll sie auch.

BILL: Außerdem gibt es da möglicherweise ein Problem. Er hat seit dem Unfall nicht mehr geträumt, oder zumindest erinnert er sich nicht an seine Träume.

VOLTA: Das ist gefährlich.

BILL: Genau wie die Erinnerung daran.

VOLTA: Lass uns das nicht weiter vertiefen, Bill. Zu Ehren unserer Freundschaft wollen wir lieber die unterschiedlichen Ansichten des anderen respektieren. Und ihr zu Ehren könntest du mir ja erzählen, worin das Problem wirklich besteht, denn du würdest im Ausbleiben von Träumen nur einen Segen sehen.

BILL: Daniel liebt die Gefahr. Der Gedächtnisschwund hat ihm ein bisschen zu sehr den Verstand geblendet.

VOLTA: Heranwachsende neigen zu Fehlern aus Übermut.

BILL: Ein bisschen *zu* sehr. Aber das ist nur so ein Gefühl, das ich habe, nichts weiter.

VOLTA: Kann es sein, dass deine eigenen Befürchtungen oder Sehnsüchte deine Wahrnehmung der seinen beeinflussen?

BILL: Natürlich.

VOLTA: Ich will dich nicht herausfordern. Ich spüre bei Daniel dasselbe. Weißt du, Bill, wir reiten so oft auf derselben Welle –

wenn du nicht bei deinen versponnenen Ideen so unbelehrbar wärst, würden wir uns über gar nichts mehr streiten.

BILL: Gott sei Dank hat jeder so seine Macken.

VOLTA: Das ist ein bisschen so, als würdest du der Zeit danken, dass es ein Morgen gibt.

BILL: Wo wir gerade von morgen reden: Daniel möchte wissen, was als Nächstes kommt.

VOLTA: Ich möchte das nicht entscheiden, ohne dich zu Rate zu ziehen. Du warst jetzt achtzehn Monate mit ihm zusammen.

BILL: Und die letzten drei davon hat er im eigenen Saft geschmort.

VOLTA: Ach, die Hormone. Die gehen voll aufs Hirn. Irgendwelche spezifischen Empfehlungen?

BILL: Sex, Drugs & Rock'n'Roll. Daniel verfügt jetzt über eine gesunde Dosis der alchimistischen Salze; eine Infusion mit Outlaw-Geist scheint an der Zeit zu sein – obwohl es weise wäre, ein dämpfendes Gegenmittel zur Hand zu haben.

VOLTA: Operation Stocker. Mott und Auntie Charmaine.

BILL: Bingo.

Alexander Kreef vollführte wieder ein paar juristische Zaubertricks, und schon wurde Daniel aus der Vormundschaft entlassen und durfte, nachdem er ein dem High-School-Abschluss gleichwertiges Examen abgelegt hatte, sich eine lohnende Anstellung suchen. Alexander Kreef hatte gehört, dass die Ariba Farm & Ranch Company jemanden suchte, und rein zufällig hatte er auch ihre Visitenkarte dabei. Per Telefon bekam Daniel die Stelle; er solle bei der Rocking-On Experimental Range Station vorstellig werden, einer Dreitausend-Morgen-Ranch im südlichen Oregon. Mott Stocker, der Vorarbeiter, erwarte ihn dort.

Als sie sich eine Woche später im Pferdestall trafen, war Daniel gleich erleichtert, dass er angemeldet war und Mott von seinem Besuch nicht überrascht wurde. Mott war zwei Meter groß und wog beeindruckende 130 Kilo. Seine mächtige Erscheinung wurde noch unterstrichen durch die gezackte Narbe auf seiner Stirn, lange, verfilzte schwarze Haare, Bart und durch das, was sein normaler Aufzug zu sein schien: ein australischer Buschhut mit einer auf dünnem, goldenem Draht aufgereihten Kette aus Haifischzähnen, eine lange Weste aus Rehleder, voller Fettflecken, darüber ein .45er Automatik-Colt in einem Halfter mit Druckknopf, dazu ein Schulterpatronengurt mit Ersatzmunition, ein Jockstrap (Hosen aus Rehleder bei Trips in die Stadt) und ein Paar Motorradstiefel. Das einzig Zerbrechliche an Mott Stocker war das blasse Blau seiner Augen, eine Farbe, die beinahe zu zart schien, um zu existieren, und sich fast in pures Licht auflöste.

Daniel mochte Motts Augen und fand den Rest beunruhigend. Als sie aufsattelten, fragte sich Daniel, wie Motts Maultier, Pissgums, seinen Reiter überleben würde, ganz zu schweigen von den voll gepfropften Satteltaschen und dem doppelten Gewehrfutteral; in dem einen steckte eine abgesägte Zwölfkaliberflinte, in dem anderen eine M-16 aus Marinebeständen.

Um die Situation ein wenig aufzulockern, wies Daniel mit dem Kopf auf das Arsenal und sagte: «Steht irgendwie Ärger ins Haus?»

Mit tiefer, nachdenklich klingender Stimme antwortete Mott: «Besser, wir haben das Zeug dabei und brauchen es nicht, als umgekehrt.»

«Was ist in den Satteltaschen drin?»

«Granaten, ein kleiner Minenwerfer, Ersatzladung und extra Ladestreifen und sonst noch so dies und das.»

«Na, dabei hast du das Zeug jedenfalls, so viel ist sicher.»

«*Yeah.* Aber was ich wirklich möchte, ist eine Bazooka, eins von diesen Dingern, wie sie's im Zweiten Weltkrieg gegeben hat.»

Leicht beunruhigt fragte Daniel: «Wo genau reiten wir eigentlich hin?»

«Zur Grouse Prairie. Dort treffen wir Lucille.»

«Wer ist das?»

«Dan, mir wurde gesagt, du kommst hierher, um ein bisschen was dazuzulernen. Einiges davon kann uns zusammenbringen, anderes kann uns aber auch den Kragen kosten. Im Business gilt vor allem eins: Stell nie mehr Fragen, als du tatsächlich Antworten brauchst.»

«Ich dachte, dies hier ist eine Viehfarm.»

«Muuuh», brummte Mott.

Gleich nach Sonnenaufgang kamen sie zur Holzbrücke über den Crawdad Creek. Mitten auf der Brücke zog Mott heftig an den Zügeln seines Maultiers und grölte: «Brrr, Pissgums, du Drecksstück!» Daniel brachte sein Pferd ebenfalls zum Stehen. Mott stieg ab, griff unter die Holzschwellen und förderte eine kleine Flasche mit einer klaren Flüssigkeit zutage.

Er schraubte den Deckel ab und hob die Flasche. «Frühstück», sagte er und trank ein Drittel aus. «Aaaaah!», stöhnte er und hielt Daniel die Flasche hin.

Daniel nahm sie, roch daran, und die Tränen schossen ihm in die Augen. «Was ist das?»

«Ein wenig Wärme in einer kalten Welt», knurrte Mott. «Whiskey. Hausgemacht.»

Daniel nahm einen vorsichtigen Schluck. «Püh», sagte er mit heiserer Stimme, «brennt ja fürchterlich.»

«Keine falsche Bescheidenheit. Am besten genehmigst du dir noch 'nen ordentlichen Schluck – wir haben noch viel vor.»

Daniel nahm einen noch winzigeren Schluck und reichte Mott die Flasche zurück, der sie dem Maultier hinhielt. Pissgums schnupperte an der Flasche, schnaubte, scheute leicht und leckte dann über den Rand. Mott flößte ihm langsam Whiskey ein, bis Pissgums seinen Kopf zurückwarf und zurückwich.

«Scheiße, du wirst immer wählerischer», sagte Mott zu seinem Maultier und drehte sich dann um. «Er kann's nicht haben, wenn der Whiskey nicht mindestens einen Monat alt ist», erklärte Mott.

«*Hi-i-ja-ja-ja*», wieherte Pissgums und schoss plötzlich über die Brücke.

Mott zog seinen .45er und zielte auf das fliehende Maultier.

«He! Nicht schießen!», schrie Daniel.

Mott gab Feuer, und die Kugel wirbelte ungefähr zwanzig Meter vor dem Maultier den Staub auf. Pissgums blieb wie angewurzelt stehen und begann friedlich zu grasen.

Mott schaute Daniel an. «Keine Sorge, Dan. Ich gebe immer erst einen Warnschuss ab, bevor ich Ernst mache.»

«Vielleicht solltest du ihm keinen Whiskey geben», sagte Daniel.

«Ach was. Der Whiskey tut ihm *gut.* Da wird er ein bisschen munterer. Du darfst ihm aber *auf keinen Fall* Dope geben. Das wirft ihn völlig aus der Bahn. Er kriegt dann Zustände, und zwar von der *üblen* Sorte.»

«Keine Sorge», versprach Daniel.

Eine halbe Stunde später stiegen sie in einem Wäldchen mit Weißeichen ab. «Kaffeepause», sagte Mott und holte eine Thermoskanne aus einer Satteltasche hervor. «Hoffe, du magst ihn stark.» Er goss eine schmutzig graue Brühe von der Konsistenz heißen Asphalts in einen der Becher. «Ich mische ihn immer halb Kaffee, halb Haschisch. Das Dope macht ihn dickflüssiger.»

Zögernd nahm Daniel den dampfenden Becher in Empfang. «Ich dachte immer, Haschisch wird *geraucht.*»

«Da machst du dir deine Lungen kaputt», erklärte Mott und schenkte sich selbst einen Becher voll.

«Nimmst du eine Menge Drogen?»

Mott schüttete seinen Becher hinunter und wischte sich den Schnurrbart am Ärmel ab. «Klar. Und du?»

«Ich hab mal in Berkeley ein bisschen was ausprobiert.»

«Und jetzt? Haste das aufgegeben oder was?»

«Nicht direkt, aber irgendwie ändern sich die Dinge eben.»

«Weißte», sagte Mott langsam, «das ist genau der Grund, warum ich sie *nehme*. Drogen ändern sich nie, aber du änderst dich, und auf die Art hast du was, woran du deine Veränderungen messen kannst – so wie man an 'nem Felsblock im Fluss den Wasserstand ablesen kann.»

«Ich bin mir nicht sicher, ob ich das verstanden habe ...», sagte Daniel und nippte an dem harzigen Gebräu.

Geduldig erwiderte Mott: «Sieh die Sache doch mal so, Dan: Woher willst du wissen, dass du dich veränderst, wenn es nicht irgendetwas anderes auch tut?»

«Dann dürfte sich wahrscheinlich alles gleichzeitig verändern, was?», entgegnete Daniel.

«Dann würdest du Dope brauchen, damit du den Faden nicht verlierst.»

«Oder sonst etwas», sagte Daniel. Er hatte Schwierigkeiten, den Faden dieser Konversation hier nicht zu verlieren.

«Außerdem», grinste Mott, «außerdem mag ich es, wenn die Farben ineinander laufen.»

Vor dem Mittagessen gab es noch drei weitere Päuschen: an einem vom Blitz ausgehöhlten Kiefernstumpf, in dem ein Behälter mit Lachgas lagerte, von dem Daniel höflicherweise probierte und Mott einen halben Liter hinunterschüttete, ein vergrabenes Päckchen schwarzes Opium, das sich wie ein Karamellbonbon anfühlte – Daniel lehnte dankend ab, Mott biss ein walnussgroßes Stück ab –, und, in der Gabelung eines jungen Ahornbaums, eine wasserfeste Dose mit kleinen LSD-Dots, von denen Daniel einen zu sich nahm, Mott mehrere.

In der Hütte an der Palmer Ridge Line aßen sie zu Mittag. Die Schränke waren mit Chili in großen Gläsern gefüllt, und im Propangas-Kühlschrank stapelten sich Bierdosen. Mott kippte den Inhalt mehrerer Gläser in einen großen schmiedeeisernen Kessel. «Da wir uns heute gerade kennen gelernt haben», sagte Mott, während er den Herd anzündete, «werde ich dir mein sechsgängiges Mott-Stocker-Mountain-Man-Western-Spezialmenü kochen: eine Schüssel von den scharfen Dingern und 'n Sixpack. Am Ende von jedem Monat mach ich immer 'ne ganze Badewanne voll Chili und verteil das dann, wo ich grade so am Arbeiten bin. Lass mich dich schon mal warnen, Dan: Es ist ganz schön verdammt lecker!»

Nach dem ersten Bissen hatte Daniel das Gefühl, sein Gaumen würde sich zersetzen. Er sog Luft ein, um ihn abzukühlen.

«Scharf, was?», sagte Mott und schaufelte sich einen Löffel in den Mund.

«Jaaa», japste Daniel.

«Kannste laut sagen. Das A und O ist der Chili. Züchte ich selber, seit zehn Jahren perfektionier ich das jetzt schon. Haste zufällig das kleine Gewächshaus dort hinter der Scheune bemerkt? Das ist alles Chili. Ich geh da immer rein, wenn ich Zeit hab, und beleidige die Dinger. Nenn sie Arschkraut, Dreckszeug, absolut wertloses Gestrüppsel. Kneif sie, pisse drauf, reiß hier und da 'nen Zweig ab. Geb ihnen grade mal so viel Wasser, dass sie mir nicht vollständig abnippeln. Kein Wasser – und die Dinger werden scharf, aber die schlechte Behandlung: Das macht sie dann wirklich *gemein.*»

Daniel kippte schon seine zweite Dose Bier, er konnte noch immer nicht sprechen, nickte aber verstehend.

Mott schaufelte noch mehr Chili in sich hinein, er hatte Schweißperlen auf der Stirn. «Das hier ist Chili mit Wild. Wo is das Rinderhack?, wirst du fragen. Hey, fuck das Rindhack. Und fuck die ganzen überkandidelten preisgekrönten Chili-Rezepte. Hier drin ist nichts außer Hirschfleisch, Chili, Quellwasser, bisschen Wildschweinblut und drei Teelöffel Schießpulver. Manchmal schmeiß ich auch noch 'ne Hand voll psychedelische Pilze rein, wenn ich welche zur Hand hab, obwohl die meiner Meinung nach den Geschmack abschwächen.»

«Schwefelsäure würde das Gleiche bewirken», murmelte Daniel mit tauben Lippen. Bei der Erwähnung der chemischen Substanz stellte er fest, dass die Wände der Hütte zu verschwimmen schienen.

«Mach voran», drängte Mott. «Lucille wird in einer Stunde da sein, und wir haben noch 'nen weiten Weg vor uns.»

«Nichts gegen deine Gastfreundschaft, aber der Chili ist mir ein bisschen zu scharf. Davon kriege ich Ohrenschmerzen.»

«Sollst du ja auch. 'ne anständige Schüssel Mountain-Chili treibt dir die Hundepisse aus den Poren, und dein Schwanz wächst gleich ein, zwei Zentimeter. Aber keine Sorge, du kommst schon noch auf den Geschmack. Ich wäre nur dann beleidigt, wennde 'n Sandwich eingepackt hättest, mit Sojasprossen oder so Zeugs.»

«Ich wasche die Schüsseln ab», bot Daniel an.

Mott zischte noch ein Bierchen. «Ich dreh uns noch 'n paar Joints für unterwegs.»

«Was soll ich mit den Essensresten machen?»

«Hau's wieder in den Kessel, für Pissgums. Er hat's verdient. Hat schon seit letztem Dienstag nicht mehr versucht, mir in die Eier zu treten.»

Fasziniert sah Daniel zu, wie das Maultier den Chili aus dem Topf schlabberte; zwischen jedem Bissen fraß es ein Büschel feuchtes Moos von dem Stamm des Baums, an dem es festgebunden war. Daniel probierte auch eine Hand voll. Es half.

«Du bist wirklich ganz schön clever», sagte er anerkennend und tätschelte dem Maultier den Hals.

Pissgums legte den Kopf schräg und biss Daniel heftig genau unterhalb des Brustkorbs.

Daniels Jaulen holte Mott an die Hüttentür, seine .45er in der einen Hand und ein großes Messer in der anderen.

«Nein! Nein!», schrie Daniel und fuchtelte mit den Armen. «Es war nur Pissgums. Das Drecksvieh hat versucht, mich zu beißen.» Daniel schob sein Hemd hoch und zeigte Mott die ovale Bissstelle.

«Bist du ihm dumm gekommen oder hat er sich danebenbenommen?»

Daniel war nicht sicher, ob Mott ihn oder das Maultier gefragt hatte, und antwortete vorsichtshalber: «Ich hab nichts getan, außer das Scheißvieh zu füttern und ihm freundschaftlich den Hals zu tätscheln.»

«Shit. Das darfst du *niemals* tun. Pissgums hasst Zuneigung.» Mott steckte die Pistole ins Holster und schob das Messer wieder in seinen Stiefel.

«Hör mal», sagte Daniel, während er sich die wunde Stelle rieb, «ich habe lange in den Hügeln an der Küste gelebt. Ich kenne das Hügelland. Dort fühle ich mich sicher. Als ich heute Morgen aufwachte, dachte ich, wir würden einen schönen Tag beim Viehtreiben verbringen, und jetzt, sechs Stunden später, ist mir ganz schwindelig vor lauter Drogen, tun mir die Ohren weh vom Mittagessen, und ein Whiskey trinkendes sadomasochistisches Maultier hat fast meinen Brustkorb aufgefressen, während wir zu einer geheimnisvollen Frau aus einem noch geheimnisvolleren Grund unterwegs sind – du hattest Recht: Ich will tatsächlich nichts mehr wissen und glaube, dass hier einiges im Argen liegt!»

«Ist immer so», sagte Mott zustimmend. «Aber man muss es eben nehmen, wie es kommt.»

«Okay», sagte Daniel. «Damit habe ich keine Probleme.»

«Wir werden prächtig miteinander auskommen, Dan», grinste Mott mit einem wilden Zwinkern seiner blassblauen Augen. «Alle Mann an Bord!» Er gab Pissgums einen heftigen Klaps auf die Nase und schwang sich in den Sattel. «Also los, gleich kommt Lucille.»

Daniel und Mott hörten sie kommen. Sie hatten unter den Bäumen am Rand des Kamms Halt gemacht und warteten seit ein paar Minuten, als Daniel das Geräusch hörte. Erschrocken schaute er zu Mott hinüber: «Was ist das?»

Mott, der den Lungenzug aus seinem zigarrendicken Joint zurückhielt, sagte mit einem erstickten Schnaufen: «Lucille.»

«Nein», sagte Daniel, der angestrengt lauschte. «Nein, das ist eine Maschine – hörst du das?» Er machte das Geräusch nach: «Tschopp-tschopp-tschopp-tschopp ...» Als sein drogenumnebelter Verstand endlich kapiert hatte, dass er das Geräusch kannte, fuhr er Mott an: «Fuck! Das ist ein Helikopter!»

«Jaaaaa», stieß Mott hervor. «Darauf warten wir ja.» Hinter der dichten Rauchwolke wirkte seine Stimme körperlos.

Daniel wurde wütend. «Mensch, ich habe keine guten Erfahrungen mit Helikoptern – die machen mich ganz zappelig!»

«Wie Terpentin auf einem wund gescheuerten Arschloch, würde ich sagen», meinte Mott.

«Weshalb kommt Lucille denn per Helikopter?»

«Tut sie gar nicht. Lucille *ist* der Helikopter.»

«Aha. Das erklärt natürlich absolut alles ... sie bringt dir wohl deine tägliche Drogenration.»

«Fast richtig, Dan. Aber es ist die *wöchentliche* Drogenration und Verpflegung. Der Pilot heißt Low-Riding Eddie. Ganz nett für einen vom Flachland, aber halt dich zurück mit dummen Kommentaren über Lucille, sonst hast du womöglich auf einmal ein Messer am Hals.»

Der Helikopter dröhnte dicht über den Bäumen heran, legte sich scharf in die Kurve, kreiste einmal und setzte dann auf; der Wind der Rotorblätter bügelte das Gras platt. Es war ein alter Sikorsky, aus Koreakrieg-Beständen, aber sein Aussehen hatte sich drastisch verändert. Das Gehäuse war schnittig umgebaut und mit Rillen versehen worden, alle sichtbaren Metallteile waren verchromt, und der Rumpf glitzerte in mehreren handpolierten Schichten von mitternachtsblauem Lack. *Lucille* stand in goldverzierten Lettern auf dem Heck. Ein großes Paar rosa Schaumstoffwürfel baumelte von einem Überrollbügel im Cockpit.

«Das ist Low-Riding Eddie, unser Tiefflieger», sagte Mott und nahm die Satteltasche herunter. «Die Viecher lassen wir hier, wollen ihm mal hallo sagen.»

Als sie auf den Hubschrauber zugingen, kletterte Low-Riding Eddie aus dem Cockpit und rannte geduckt unter dem Rotor hervor, einen zerbeulten Koffer in der einen Hand, die andere schützend über dem Kopf.

In dieser hoch gelegenen Prärielandschaft in Oregon erlebte Daniel ein Schauspiel, das nur wenigen Sterblichen zu sehen vergönnt ist: Ein halb nackter Mountain-Man kauft dreißig Pfund Afghani-Haschisch von einem dünnen, blassgesichtigen Jüngling, gekleidet nach der allercoolsten Mode der späten Fünfziger: abgewetzte weiße Stiefel, schwarze Chinos, von einem schmalen Gürtel zusammengehalten, der so pink war, dass er wahrscheinlich in der Dunkelheit leuchtete, und ein scharlachrotes Seidenhemd, dessen Kragen sich hinten zum Entenschwanz der pomadentriefenden Frisur hinaufwölbte.

Mott und Daniel trafen ihn am Waldrand.

«Na, Nachwuchs?», fragte Eddie Mott und wies mit einem beinahe unmerklichen düsteren Blick aus seinen braunen Augen auf Daniel.

«Das hier ist Daniel, der fickrige Cockerspaniel, ein Schürzenjäger vor dem Herrn. Sie haben ihn zu mir geschickt, damit er was Nützliches lernt und was von meinem Chili isst, um seinen abgenutzten Lötkolben zu regenerieren.»

Eddie nickte und musterte Daniel.

«Sehr erfreut, dich kennen zu lernen», sagte Daniel. «Und es ist eine echte Freude, diese wunderschöne Maschine anzusehen, die du fliegst. Ein wahres Kunstwerk!»

«Hab sie ein bisschen aufgemöbelt», erwiderte Eddie mit gespielter Gleichgültigkeit. «Jetzt fliegt sie so schnell, dass sie die Polente mühelos abhängt, das garantier ich dir.»

«Das muss sehr beruhigend sein», sagte Daniel.

«Scheißbullen», brummelte Eddie. «Müssen einem aber auch immer wieder auf den Sack gehen.»

«Low-Rider, Scheiße nochmal, red nicht so schweinisch daher», sagte Mott. «Ich bin so rattendoll, dass ich alles durchficken könnte, was mir in die Finger kommt!»

Eddie sagte: «Mir egal, solange du Lucille nicht anrührst!»

«Nönö», beruhigte Mott ihn, «die einzigen Maschinen, die ich mag, sind Gewehre.»

«Mann, du musst *wirklich* etwas kürzer treten mit deinem Drogenkonsum – deine Augen sehen aus wie ... wie nennt man die Scheißdinger noch gleich?»

«Feuerräder?», schlug Daniel vor.

Eddie schnippte mit den Fingern. «Exakt! Wenn man dir in die Augen schaut, wird einem ganz schwindelig!»

«Ich weiß», seufzte Mott. «Aber solange ich Dan nicht voll einspannen kann, bleibt die ganze Warenprobe an mir hängen. Eine furchtbare Verantwortung, aber ich bin für den *Endverbrauch* geschaffen, wenn du weißt, was ich meine. Ich hab gerade 'nen Joint in der Tasche, von einer selbst gezüchteten Pflanze, hochgradige Ware. Kreuzung zwischen Trinity Trainwreck und Humboldt Polio. Wirste so high von, dassde Nasenbluten kriegst.»

«Danke, Mann, aber ich kann nicht zwei Maschinen zur selben Zeit fliegen, und außerdem habe ich gar keine Zeit. Ich muss neuerdings auch Cave Junction ansteuern. Also, jetzt zum Geschäftlichen. Ich will gleich weiter.»

«Na, was haben wir denn so?»

Eddie hob den Koffer ein wenig in die Höhe. «Schwarzen 'Ghani, goldbedruckte Barren aus dem Hindukusch. Letzte große Ladung vor Einmarsch der Russen. Zehn Kilo.»

«Sag mir, was das in Geld ist.» Mott griff in sein Hemd. Daniel musste an das Messer denken, das er aus dem Stiefel gezogen hatte, und wurde nervös.

«Sechzehn Riesen.»

Daniel war erleichtert, als Mott einen großen Beutel aus Elchleder hervorzog.

«Sechzehn?», wiederholte Mott mit einem zweifelnden Unterton. «Das kommt mir aber unheimlich günstig vor.»

«Mann, lass mich damit in Frieden, ich mach nur meinen Job.»

Mott fischte eine dicke Rolle mit Hundertdollarnoten aus dem Beutel und fing an zu zählen. «Ich könnte sie für zwölf pro halbes Kilo rollen, dann stehen die Leute vor meiner Tür Schlange.»

«War ein guter Kauf, und du kennst ja die Regel: Wir können nicht mehr als hundert draufschlagen, wenn die Allianz dahinter steht.»

Mott grunzte und zählte weiter.

«Warum diese Regel?», wollte Daniel von Low-Riding Eddie wissen.

«Dämpft die Habgier.»

Mott hatte aufgehört, die Scheine abzuzählen, und reichte Eddie einen Packen. «Das sind vier Riesen. Damit sind auch die Peyotl-Buttons von letzter Woche beglichen.»

Eddie zog einen einzelnen Schein heraus und stopfte den Rest in seine Gesäßtasche. «Bist du auf deine Kosten gekommen?»

«Klar doch.»

«Wie läuft das Geschäft?»

«Ruhig und gleichmäßig. Bei dir irgendwelche Turbulenzen?»

«Alles im Griff.» Eddie holte sein Zippo heraus und hielt es unter die Hundert-Dollar-Note. «Fertig?»

«Na sicher», sagte Mott. «Feuer frei!»

Indem er ihn mit der Hand gegen die leichte Brise abschirmte, zündete Eddie eine Ecke des Geldscheins an.

Daniel, soeben auf dem Höhepunkt seines Acid-Trips, war zu erstaunt, um etwas sagen zu können. Fasziniert sah er zu, wie die Flammen an dem Schein entlangkrochen und ihn in einen Aschenregen verwandelten. Als sie das auf dem Schein eingravierte Oval mit Benjamin Franklin erreichten, gluckste Mott: «O Fuck, aber ich seh den alten Benny Franklin wirklich gern brutzeln. Ich habe den alten Wichser gehasst, seit sie damals in der Ersten versucht haben, mich davon zu überzeugen, was für ein großer Denker und Staatsbürger er war – das war, bevor ich selbständig zu denken angefangen hab. Ich wette einen Nerzmantel gegen ein Cornflake, dass Benny Franklin nur ein einziges Mal einer abging, nämlich als der Blitz in seinen blöden Drachen einschlug!»

Gespannt sah Daniel zu, wie sich die Flammen auf Eddies Finger zubewegten. Eddie ließ nicht los. Stattdessen ließ er die Banknote in seine linke Handfläche fallen und schlug beinahe gleichzeitig mit der rechten Hand darauf, dann krümelte er die Asche zusammen, die auf den Boden flatterte.

Mit einem Glitzern in den blassblauen Augen schlug Mott vor: «Komm, wir verbrennen noch eine!»

«Nix gibt's», murmelte Eddie. «Die regen sich schon wegen ei*nem* auf. Wollen wissen, warum's nicht auch mit einem Zwanziger getan wäre.»

«Wir können keinen Scheißzwanziger nehmen», brauste Mott auf, «weil Ben Franklin auf dem *Hunderter* ist!» Er atmete tief durch. «Und da kannst du sehen, wie der puritanische Spielverderber und angepasste Arsch Ben Franklin den amerikanischen Geist infiziert hat.» Er schraubte seine Stimme zu einem schneidenden Falsett hoch: «‹Wer den Penny nicht ehrt, ist des Dollars nicht wert› oder so ähnlich.» Dann brüllte er: «So eine Scheiße. Wer den Penny vergeudt' macht sich *'ne Freud.*»

«Das sind Spießer, da kannst du nichts machen», sagte Eddie. «Na ja, Volta ist ziemlich cool, er schnallt die Sache irgendwie. Er hat als Einziger dafür gestimmt, mehr anzuzünden. Hat mir gesagt, er würde mal hier hochkommen, und dann könnten wir einen Tausender von seinem eigenen Gehalt verbrennen.»

«Ach, scheiß auf die», sagte Mott mit plötzlicher Resignation in der Stimme. Er nahm den Koffer und stopfte ihn in seine Satteltasche. «Abmarsch!»

«Bis später», sagte Eddie und winkte.

Als sie wieder unter den Bäumen angelangt waren, sagte Daniel: «Magst du nicht den Kofferinhalt kontrollieren? Vielleicht ist gar kein Haschisch drin?»

«Hätte Eddie nicht das Geld nachzählen sollen?»

«Das heißt, du vertraust ihm, oder?»

«Wir vertrauen uns gegenseitig. Das ist das Rückgrat des Handels und das Herzstück der Allianz.»

«Worum ging es bei dem Anzünden von dem Geldschein?»

«Um Jux und Tollerei.»

«Ich verstehe ja, dass dir das Spaß macht, weil du Benjamin Franklin hasst, aber was ist mit Eddie?»

«Ich hab so das Gefühl, das törnt ihn an. Lockt ihn so ein bisschen aus der Reserve. Ich meine, schau dir an, wie der sich anzieht. Und jedes Mal, wenn ich erwähne, dass ich geil bin, kuckt er ganz nervös zu Lucille hinüber. Ich weiß, manchmal schlage ich etwas über die Stränge, aber Mann, 'nen Helikopter ficke ich bestimmt nicht!»

Daniel sagte: «Mir kam es so vor wie eine spirituelle Reinigungszeremonie.»

«Vorsicht ist besser als Nachsicht», erwiderte Mott. Er blieb wie angewurzelt stehen und brummelte: «Hat das nicht Benny Franklin gesagt?»

«Glaube schon», sagte Daniel ernst. Eigentlich wusste er es gar nicht genau, aber er hatte Mott noch nie mit erschrockenem Gesicht gesehen.

Mott hatte das Messer in der Hand, bevor Daniel eine Bewegung wahrnahm. Er warf es in die Luft, griff nach der stumpfen Seite der Klinge und reichte es Daniel, mit dem Griff voran. Daniel nahm es; das Messer blinkte im Sonnenlicht.

Mott fiel vor Daniel auf die Knie. «Schneid mir die Zunge ab!» Er schloss die Augen und streckte die Zunge heraus. Seine unterwürfige, verletzliche Haltung erschreckte Daniel plötzlich. «Du follf mir die verdammte Funge herauffneiden!», verlangte Mott und streckte die Zunge noch weiter heraus.

In dem Moment wurde Daniel klar, dass Mott genauso stoned war wie er. Da half nur noch Logik. «Dann wirst du nie mehr dein Chili schmecken!», gab er zu bedenken.

Nachdenklich öffnete Mott erst das eine Auge, dann das andere. «Und süße Fötzchen auch nicht mehr, was? Hm, vielleicht sollte ich es mir doch nochmal überlegen.» Er stand wieder auf. «Na ja, selbst so 'n Arschloch wie Ben Franklin kriegt von Zeit zu Zeit mal was auf die Reihe, denke ich.»

Daniel gab Mott das Messer zurück.

«Du bist ein schlaues Kerlchen, Dan. Gefällt mir. Wir werden uns wunderbar ergänzen. Ich sorg fürs Dope und du für die Logik.»

Sie kamen kurz nach Einbruch der Dunkelheit wieder beim Pferdestall an, diesmal aber auf einer anderen Route: Kokain, Wodka, Demerol und, auf den letzten Meilen, ein paar Dexamyl-Kapseln.

Der Alltag auf der Rocking-On-Ranch ähnelte in bemerkenswerter Weise dem auf der Four-Deuces- und der Wyatt-Ranch, abgesehen davon, dass die Arbeit hier aus der Produktion und dem Absatz von Drogen bestand. Mott teilte Daniel sieben Marihuanafelder zu, die er bepflanzen und pflegen musste – jedes hatte dreißig Pflanzlöcher –, und eine vollständige Runde erforderte einen langen Tagesritt. Später im Sommer genügte es, zweimal pro Woche zu kontrollieren, dass die Bewässerungsanlage nicht verstopft war und die Zäune keine Löcher hatten. Für gewöhnlich lieferte Low-Riding Eddie einmal wöchentlich für den Verkauf bestimmten Stoff, und dann gab es noch allgemeine Aufgaben. Motts Arbeitsplan sah ähnlich aus, daher waren er und Daniel nur selten gemeinsam unterwegs, etwa zu den Treffen mit Lucille. Mott bestand auf einer Sieben-Tage-Woche und sagte zur Begründung, Drogen müsse man experimentell erforschen und man brauche sich von ihnen nicht zu erholen. Nach jenem fürchterlichen ersten Ausflug mit Mott beschränkte Daniel seinen Drogenkonsum auf ein Minimum. Er lehnte so oft ab, dass Mott schließlich resigniert sagte: «Gib mir Bescheid, wenn du was haben willst», und ihm nichts mehr anbot.

Das Haupthaus der Ranch und die zahlreichen übrigen Gebäude nahmen eine dreißig Morgen große Ebene im Schwemmland oberhalb von Dooley Creek ein. Viele der Nebengebäude hatte Mott selbst gebaut, als er nämlich feststellte, dass die amerikanische Zimmermannskunst nie eine surrealistische Periode durchgemacht hatte. Mit gigantischen Anstrengungen hatte Mott versucht, Abhilfe zu schaffen. Daniels «Hütte» zum Beispiel sah aus wie der Frontalzusammenstoß zwischen einem indianischen Schwitzzelt und einem Schweizer Chalet, während das Gäste-Cottage der uneheliche Ableger einer mongolischen Jurte und eines Texarkana-Motels hätte sein können. Die einzigen Gebäude, die von Motts surrealistischer Periode verschont blieben, waren das originale Haupthaus der Ranch und der kleine Bunker mit der Eisentür, früher Räucherkammer, heute Aunt Charmaines Labor.

Aunt Charmaine war eine mittelgroße Frau Anfang vierzig, schlank, mit haselnussbraunen Augen. Daniel liebte es, ihr einfach zuzusehen, wie sie sich bewegte: Sie machte sparsame, präzise Gesten, die von einer eleganten Sicherheit durchdrungen waren. Sie war weder Motts Tante, wie Daniel zunächst angenommen hatte, noch die von sonst jemandem, soweit er das beurteilen konnte. Oft war sie gar nicht auf der Ranch, manchmal sogar wochenlang, aber wenn sie da war, verbrachte sie die meiste Zeit in ihrem Labor. Daniel fragte sich, was sie da drin wohl tat, aber alles, was sie verriet, war, dass sie chemische Experimente durchführte. Höflich wehrte sie weitere Erkundigungen ab, bis er begriff, dass ihre Experimente eben kein Gesprächsthema darstellten. Sie war freundlich, aber distanziert. Daniel fand sie faszinierend, nicht zuletzt deshalb, weil Mott sie mit beinahe ängstlichem Respekt behandelte und sie tatsächlich «Ma'am» nannte.

Als Daniel ihn darauf ansprach, sagte Mott: «Ich weiß so gut wie gar nix über sie, und sie ist seit drei Jahren hier. Hab nicht den blassesten Schimmer, an was sie da in ihrem Labor arbeitet. Ich hab noch nie hineingedurft, und dir ist bestimmt aufgefallen, dass sie nicht gerade eine Klatschbase ist. Ehrlich gesagt, find ich die Frau ein bisschen gruselig. Die gibt einem das Gefühl, sie weiß genau, was Sache ist und was getan werden muss, wenn irgendwas ansteht. Da hatten wir zum Beispiel mal dieses kleine Erntefest hier im Haupthaus, und sie schaute vorbei, um anstandshalber ein Glas Wein mitzutrinken, bevor sie sich wieder in ihrem Labor verkroch. Als sie da war, plumpste eine dicke Fliege in eine Flasche Wein. Alles zerbricht sich den Kopf, wie man den Brummer da wieder rauskriegt. Charmaine holt in aller Seelenruhe ein Essstäbchen aus einer Schublade, stupst es in die Flasche, die weinbeduselte Fliege hopst drauf, und Charmaine bringt sie nach draußen, wo sie träge davonsurrt. Alle ganz ehrfürchtig: ‹Wow, das war clever›, aber sie schaut nur ein bisschen verwirrt und meint: ‹Niemand will gern sterben.› Und da beschlich mich dieses *eigenartige* Gefühl, dass ihr die Fliege gesagt hatte, was sie tun soll. Es ist deine Sache, Dan, aber ich spür's in meinen Knochen, dass sie einem, wenn's mal Streit gibt, das Leben schwer oder vielleicht sogar zur Hölle machen kann, wenn du verstehst, was ich meine.»

Daniel meditierte nach wie vor morgens und abends, ließ die Traummeditation mittlerweile jedoch weg, da er dachte, sie könne an seiner andauernden Traumlosigkeit schuld sein. Er jagte und angelte, gelegentlich zusammen mit Mott, meistens aber allein. Er war ein besessener Leser und deckte sich auf den monatlichen Trips in die Stadt mit Büchern ein. An manchen Abenden rauchte er Dope mit Mott und lauschte Motts Anlage, die Häuser zum Einstürzen gebracht hätte und von Solarzellen betrieben wurde, neben denen die Leinwand eines gewöhnlichen Autokinos geradezu mickrig wirkte. Daniel lernte kochen, gezwungenermaßen. Er hackte Holz. Er ging schwimmen. Und wenn Mott nicht in der Nähe war, schlich er ins Gewächshaus und flüsterte den Chilischoten freundliche Worte zu.

Der wöchentliche Besuch von Mommy's Commies brachte zusätzliche Abwechslung in den üblichen Programmablauf. Mommy's Commies waren eine Gemeinschaft von zweiunddreißig jungen Frauen und einer alten Frau, die auf der Godfrey Ranch siebzig Meilen östlich lebten. Die alte Frau praktizierte White-Fury-Zauber und war eine brillante Lehrmeisterin auf ihrem Gebiet. Waren die Frauen auf der Ranch, erwartete Mommy, wie sie genannt wurde, dass sie den Unterrichtsstunden ungeteilte Aufmerksamkeit widmeten. Waren sie wieder fort, sollten sie spielerisch – und mit der gebotenen Vorsicht – ihre besonderen sexuellen Energien erkunden. Obwohl sie keine offiziellen Beziehungen zur AMO hatten, waren Mommy's Commies der Allianz seit fünfzehn Jahren beim Transport der Schmuggelware behilflich. Mommy fand, eine Prise Gefahr und eine Gelegenheit, nicht ganz so anständig zu sein, waren unabdingbar für Nachwuchszauberinnen, und Geld sprang auch noch dabei heraus.

Also kamen an jedem Donnerstagabend acht Frauen vorbei, um

die Ware abzuholen und am nächsten Morgen in vier verschiedene Städte auszuschwärmen. Daniel bekam nie eine Chance. Mott wollte keine.

Nachdem Mott sie begrüßt hatte – er nahm alle acht zugleich in den Arm und grölte irgendetwas Nettes wie «Wenn Gott wirklich gewollt hätte, dass ich keine Muschis lecke, warum hat er sie dann wie Tacos aussehen lassen!?» –, fanden sie sich unter der so genannten «Kuppel des Vergnügens», einer Art Zelt in Form eines schmelzenden Iglus, für eine kurze geschäftliche Besprechung und eine lange Party ein. Die Kuppelwände waren gepolstert, auf dem Boden lag ein dicker Teppich, Motts trommelfellfeindliche Anlage war da und auch eine Bar mit selbst gebranntem Whiskey und Absinth, dazu sämtliche Drogen, die man sich vorstellen konnte. Die synergetischen Effekte multipler Drogeneinnahme führten ab und an zu dem, was damals in hippen Kreisen als «volle Dröhnung», unter jungen Zauberinnen aber als Lernprozess bezeichnet wurde. Doch trotz eines gelegentlichen Zusammenbruchs herrschte für gewöhnlich die Partystimmung vor.

Nach dem rituellen Austausch von Drogen und Geld wurde der Stoff in vier Portionen aufgeteilt; die Frauen nahmen sich alle einen kleinen Anteil, von dem dann das meiste während der Party an Mott weitergegeben wurde, gewissermaßen als Tribut an den Stammeshäuptling, damit er den Abend über auf ihren Anteil aufpasste. Motts Idealvorstellung von einer Party bestand darin, alle verfügbaren Drogen und Spirituosen zu nehmen, ein bisschen ohrenbetäubende Musik zu hören, sich auszuziehen, sich auf die anderen draufzuwerfen und bis zur Bewusstlosigkeit herumzuvögeln. Dazu kam es zwar nie, aber im Verlauf der Nacht gelang es Mott in der Regel, eine oder zwei der Damen in sein Reich zu locken. Daniel, schüchtern wie er war, fragte meistens eine der Übriggebliebenen, ob sie mit in seine Hütte käme, um sich ein wenig zu unterhalten. Nach einer Stunde nervösen Geplauders versuchte er dann, sie zu verführen. Seine hohe Erfolgsrate war aber eher auf ihr Verständnis als auf sein Geschick zurückzuführen.

Von den Frauen wurden sie Kleiner Dichter und Grizzlybär genannt. Ein dunkelblondes Mädchen, ein wenig in Daniel verliebt, erfasste den entscheidenden Unterschied: «Mott liebt uns als Gruppe, alle gleichzeitig. Daniel liebt uns als Individuum, eine nach der anderen.»

Leider jedoch immer nur ein einziges Mal, denn wie Daniel bald herausfand, kam er mit einer Frau immer nur einmal zum Orgasmus und war danach impotent, wenn er es nochmals mit ihr probierte. Sosehr er und sie sich bemühten – und das war oft –, bei keiner bekam er mehr als einmal einen hoch. Die Frauen waren verwirrt und voller Verständnis, Daniel war nur verwirrt. Gegen Ende des Sommers war er deprimiert, und bei der Ernte, als alle Commies beim Pflücken, Trocknen, Zurückschneiden des magischen Krautes halfen, knisterte es in den diversen Schuppen dermaßen vor weiblicher – menschlicher wie pflanzlicher – Erotik, dass Daniel es kaum aushielt. Obwohl er befürchtete, Mott könnte ihn auslachen oder verspotten, bat Daniel ihn um Rat.

Mott hörte sich Daniels zögerliche Beschreibung seines Problems an und nickte nur. «Fand ich auch, dass du in letzter Zeit 'n bisschen bedröppelt aus der Wäsche geguckt hast. Ich hab mich schon gewundert, was los ist.»

«Das wüsste ich ja gern», sagte Daniel verdrießlich.

Mott sagte: «Das hier erfordert 'nen Haufen Kopfarbeit, und das bedeutet, wir müssen auf die speziellen Reserven zurückgreifen.»

Sie waren im großen trapezförmigen Zimmer in Motts Haus, in dem Tierschädel an dünnen Silberdrähten von der Decke hingen. Mott zerrte an dem Schädel eines Vielfraßes, und Daniel hörte, wie hinter ihm ein Riegel aufschnappte. Gespannt sah er zu, wie Mott ein großes Brett aus der Wand hob und den Blick auf einen Vorratsraum freigab, auf dessen Regalen Gewehre, Munition, Granaten und vier Fünf-Liter-Flaschen mit einer grünlichen Flüssigkeit lagerten. Mott nahm eine der Flaschen herunter, kramte in einem Karton, bis er einen großen Kolben aus durchsichtigem Plastik mit einem hellroten Gummiballon fand, den er dann vor Daniel auf den Tisch legte.

«Was ist das?»

Mott schraubte den Deckel ab und beugte sich darüber, um das Aroma einzuatmen. «Etwas Besonderes, das Charmaine in ihrer Freizeit für mich gebraut hat. Nenn es einfach ‹Vielfraß mit Schuss›.»

«Ist das so wie dein Chili?»

«Noch besser.» Mott stippte den Kolben in die Flasche und füllte ihn mit der Flüssigkeit. «Das ist ein Extrakt aus Blättern des Kokastrauchs, Peyotl-Buttons und Mohnblüten, die werden dann zentrifugiert oder so 'n Scheiß, damit nur die Essenz übrig bleibt, und danach macht sie eine zehnprozentige Lösung daraus.» Mott hielt den Kopf schräg, steckte sich die Spitze des Kolbens ins Nasenloch und drückte auf den Gummiballon. «Hiyyyaah!», heulte er und schwankte dabei leicht. Er wischte sich die Tränen ab und reichte Daniel den Kolben. Vorsichtig füllte Daniel ihn zur Hälfte. Der Effekt von Vielfraß mit Schuss auf die Nebenhöhlen war in etwa derselbe wie der von Motts Chili auf den Gaumen.

Derart gestärkt, wandte sich Mott Daniels Problem zu. «Was du hast», erklärte er, «ist eine komische Form von Schrumpfschniedel. Niemand weiß, woher das kommt. Ein paar Docs glauben, das hat körperliche Ursachen, andere halten es für was Psychisches. In deinem Fall, da du einen Bombensplitter abbekommen hast, halte ich es für was Psychisches. Spielt keine Rolle, ob es nur ein winziger Metall*splitter* war, denn selbst wenn du ein winziges Stück Fliegendreck in eine Schüssel Wackelpudding feuerst, hat das *irgendeinen* Effekt, stimmt's? Und ich nehme mal an, du willst mit den Mädels rumfummeln und leidest nicht an so ’ner unnatürlichen Muschi-Phobie.»

«Nein, sicher nicht», sagte Daniel.

«Dann wird die Message also vom Herz zum Gehirn geleitet, schafft es aber nicht vom Gehirn bis runter in deinen Schwanz – das ist hier das Problem.»

«Doch, *einmal* schafft sie es schon.»

«Vielleicht hat der Schalter einen Wackelkontakt?»

«Vielleicht.»

«Was ich dir empfehle, Dan, ist, das Ganze *wissenschaftlich* anzugehen. Du machst am besten ein Fickexperiment: Schnapp dir drei oder vier von den Commies, lass dir die Augen verbinden, damit du nicht weißt, wer wer ist, und dann lässt du dir eine nach der anderen unterjubeln.»

Betrübt schüttelte Daniel den Kopf. «Das habe ich vor zwei Wochen mit Helen, Jade und Annie versucht. Einmal bei jeder.»

«Ach ja? Ist Jade die mit den Titten, bei denen man einen Herzinfarkt kriegt?»

«Glaub schon.»

«Vielleicht hättest du dir nicht die Augen verbinden lassen sollen.»

«Vielleicht nicht.»

Um Daniels düsterem Tonfall etwas entgegenzusetzen, sagte Mott mit plötzlicher Heiterkeit: «Mensch, was zum Teufel machst du dir Sorgen? Frauen sind nun mal *unglaublich schwer zu* befriedigen! Immer muss man aufpassen, in was für einer Laune sie grade sind, und dann wollen sie, dass du ihnen Beachtung schenkst, immer schön lieb zu ihnen bist und ihnen deine Kreditkarten gibst. Einmal reicht vielleicht vollauf. Könnte sich sogar als Segen entpuppen.»

«Im Augenblick kommt es mir eher wie ein Fluch vor.»

«Na ja, da wir dir hier keinen Gehirnchirurgen bieten können, wirst du wohl damit leben müssen, und da du schon verdammt verrückt sein müsstest, wenn du jemand an deinem Gehirn rumschnipseln lässt, bleibt dir auch gar nichts anderes übrig, als damit zu leben – und du fängst am besten auf der Stelle damit an. Also, Partner, was meinst du: Sollen wir im Mondschein zum Bleeker Ridge reiten? Pissgums hasst nichts mehr auf der Welt als einen nächtlichen Ausritt.»

«Lieber nicht, Mott, aber danke, dass du gefragt hast.»

«Denk drüber nach, Dan. Wir könnten auf dem Bleeker Ridge sitzen und zuschauen, wie's im Mondschein schneit.»

Verwirrt sagte Daniel: «Es schneit doch gar nicht.»

Diese Information schien Mott in Erstaunen zu versetzen. Dann lächelte er. «Na ja, vielleicht fängt es ja an.»

«Danke trotzdem, Mott», sagte Daniel und stand vom Tisch auf, «aber ich glaube, ich werd's mir vom Fluss aus ansehen. Ich wünsche dir und Pissgums viel Spaß!»

Niedergeschlagen saß Daniel am Fluss. Eines hatte er nämlich verschwiegen: die Befürchtung, er wäre in seinem Zustand womöglich unfähig zur Liebe. Mit Mott hatte er nicht darüber sprechen wollen. Mott war freundlich, das stimmte, ließ aber niemals diese Freundlichkeit in Vertrautheit münden. Wild Bill war auch so. Und Aunt Charmaine. Diese ganzen AMO-Leute mit ihrer zurückhaltenden, freundlichen Offenheit. Volta war nicht einmal besonders freundlich.

Er erhaschte einen Lichtschein weiter unten am Fluss und hörte dann deutlich das Brummen von Charmaines Chevrolet-Lieferwagen, der in einem niedrigeren Gang über die Brücke fuhr. Seine Mutter hatte immer behauptet, alte Frauen wüssten alle wichtigen Dinge. Er fragte sich, ob er mit seiner Mutter über sein Problem hätte reden können; es freute ihn, dass er die Frage für sich bejahen konnte. Er beschloss, Charmaine um Rat zu fragen. Als ältere Frau wusste sie vielleicht in diesen Dingen Bescheid. Und als Chemikerin war sie womöglich in der Lage, ihm ein Heilmittel zu brauen. Als er aufstand, wurde ihm ein wenig übel. Es dauerte einen Moment, bis er es mit Meskalin in Verbindung brachte, und als ihm dämmerte, dass Motts «Vielfraß mit Schuss» Peyotl enthielt, wurde ihm klar, dass er schon voll drauf war.

Charmaine war in der Küche, las Zeitung und aß gerade einen Toast. Daniels Koka-Meska-Opium-Kombi trug dazu bei, dass ihn die Art ermutigte, wie sie ihren Toast hielt.

«Daniel», sagte sie erfreut und ließ die Zeitung sinken. «Wie geht's dir?»

«Ich habe ein Problem.»

«Ach ja?» In ihrer Stimme schwangen weder Besorgnis noch übermäßiges Interesse mit, nur die übliche unvoreingenommene Neutralität.

«Es hat mit Sex zu tun. Ich habe mit Mott darüber gesprochen, aber ich wollte auch wissen, was du davon hältst.»

«Du bist völlig high», sagte Charmaine und sah ihn aufmerksam an, den Toast noch immer in der Hand.

«High sein und sich mit Mott unterhalten ist ein und dasselbe. Er wollte mit Pissgums in den Schnee hinausreiten.» Daniel machte eine Pause, weil er den Faden verloren hatte. Dann fügte er unbeholfen hinzu: «Aber ich möchte mit dir reden, egal, ob ich high bin oder nicht.»

Sie machte eine einladende Geste mit ihrem Toast. «Setz dich. Ich höre dir zu.»

Daniel setzte sich an den Tisch, und während er zu erklären anfing, drehte er gedankenverloren ein Marmeladenglas in seinen Händen. Charmaine streckte die Hand aus und nahm ihm das Glas aus der Hand. Peinlich berührt, geriet Daniel ins Stocken. Sie hörte ihm mit einer zielgerichteten Ruhe zu, die ihn verunsicherte.

Als er zu Ende erzählt hatte, sagte Charmaine: «Es ist also nicht das Problem, dass du nur einen Orgasmus pro Nacht hast, sondern dass du nur einen pro Partnerin hast, sei es in einer Nacht oder einen Monat später?»

«Ja, Ma'am, ganz genau.»

«Kannst du zweimal masturbieren?»

Daniel nickte erstaunt. Auf den Gedanken war er gar nicht gekommen.

«Wenn du zweimal bei dir selbst kommst, nicht aber bei einer Partnerin, dann bezweifle ich, dass dein Problem körperliche Ursachen hat.» Sie stand auf, wischte vorsichtig Toastkrümel von den Fingern und ging auf die Hintertür zu.

Daniel sah ihr nach, als würde sie stürzen, ob von ihm weg oder auf ihn zu, vermochte er nicht zu sagen. «Ich möchte mit dir schlafen», stieß er hervor, «ich glaube, bei dir käme ich zweimal!»

Charmaine blieb stehen, drehte sich um, eine Spur von Wärme in ihrem Lächeln. «Ich fühle mich absolut geschmeichelt, Daniel, bin aber ebenso absolut nicht interessiert. Erstens stecke ich mitten in einem äußerst anstrengenden Arbeitsvorgang, und, was noch viel wichtiger ist: Ich bin nicht die Lösung für dein Problem.»

«Tja, da ich mich nun schon mal lächerlich gemacht habe, kann ich dich ja auch gleich noch was fragen, das mich schon lange beschäftigt. Wessen Tante bist du eigentlich?»

Charmaine antwortete ganz unbekümmert. «Die von niemandem, um genau zu sein. Das ist nur ein Name, den mir Mommy's Commies vor Jahren gegeben haben. Nicht viele wissen es – und ich hoffe, du sorgst dafür, dass das so bleibt –, aber ich bin Polly McClouds Tochter.»

«Mommy von Mommy's Commies ist deine *Mutter*?!»

«Ja. Obwohl ich deshalb offensichtlich auch nicht zur Tante von den Girls werde.»

«Warum besuchst du deine Mutter denn nie?»

«Tu ich doch.»

«Oh», sagte Daniel. Sie benahm sich, als hätte er das wissen müssen, aber wie sollte er, wo ihm doch nie einer was sagte und alle auswichen, wenn er etwas wissen wollte?

Bevor Daniel irgendeine Antwort einfiel, sagte Charmaine resolut: «Ich habe noch zu tun, und du bekommst Besuch. Gute Nacht.»

Da er halb erwartete, Volta in seiner Hütte vorzufinden, war er etwas verwirrt, als er eine untersetzte Frau mit schlohweißem Haar an seiner Tür antraf. Eine Sekunde lang glaubte er, Polly McCloud vor sich zu haben, doch dann erkannte er sie – und erschrak genauso wie beim ersten Mal, als er sie sah.

«Verdammt nochmal, wehe, du kannst dich nicht erinnern!», drohte sie.

«Dolly Varden!»

«Soll ich dir wieder die Schrotkugeln in meinem Hintern zeigen, damit du mir glaubst? Und steh da nicht dumm rum, sondern komm rüber und begrüß mich altes Mädel erst mal anständig – je oller, je doller, weißt du!»

Als er sie an sich drückte, wurde ihm bewusst, dass er zum ersten Mal seit dem Tod seiner Mutter jemanden traf, der sie noch gekannt hatte. «Du, meine Mutter ist tot», sagte er so ruhig wie möglich.

«Ja, ich weiß. Das hat mich wirklich traurig gemacht. Und das ist auch der Grund, weshalb ich hier bin. Ich komme nämlich als Vermittlerin.»

«Für wen?»

«AMO und Shamus Malloy.»

Daniel schüttelte den Kopf. «Ich bin etwas begriffsstutzig heute Abend. Das musst du mir erklären.»

«Volta hat die Nachricht in Umlauf gebracht, dass deiner Ansicht nach der Tod deiner Mutter kein Unfall war, dass sie ‹Lauf, Daniel!› gerufen hat, bevor die Bombe explodierte, und dass du die Namen von Shamus' Komplizen haben wolltest, da sie möglicherweise dafür verantwortlich sind. Als Shamus endlich davon hörte, rief er Volta an und sagte ihm, er würde ihm die Namen erst verraten, wenn er wirklich überzeugt sei, dass deine Mutter dich gewarnt hat. Shamus hielt das Ganze offensichtlich für einen Trick Voltas, der sich auf diese Weise Insider-Informationen verschaffen oder Shamus weiterhin ein schlechtes Gewissen machen wollte. Volta schlug vor, einen Vermittler einzuschalten. Ihre Wahl fiel auf mich.»

Daniel sagte: «Du kannst Shamus ausrichten, dass es wahr ist und dass wir wirklich gerne wüssten, wer sonst noch in die Sache verwickelt war.»

«Du glaubst also nicht, dass es ein Unfall war.»

«Es kann schon sein. Ich weiß es nicht. Sie hat geschrien, und dann ist die Bombe hochgegangen – in derselben Sekunde. Tief in meinem Innern habe ich das Gefühl, dass jemand sie umgebracht hat.»

«Irgendwelche Vermutungen?»

«Nein. Deshalb wollen Volta und ich ja die Namen der anderen wissen.»

«Das werde ich Shamus persönlich ausrichten.»

«Wo ist er?»

«Daniel», sagte Dolly vorwurfsvoll, «das ist vertraulich.»

«Na ja, dann eben: Wie geht's ihm?»

«Vollkommen fertig mit der Welt – er hat Annalee wirklich geliebt.»

Zitternd sagte Daniel: «Ich auch. Sag ihm, wenn ich's nicht getan habe und er's nicht getan hat, dann sollten wir mit den drei anderen sprechen, die damit zu tun hatten, vor allem demjenigen, der die Bombe gebaut hat.»

«Shamus hat mich gebeten, dich zu warnen. Volta ist ein sehr starker und schlauer Mensch und er war gegen den Plutoniumdiebstahl.»

«Glaubst *du* denn, Volta hatte etwas damit zu tun?»

«Ich persönlich? Nein, aber er ist ein mächtiger, scharfsinniger Mann.»

Daniel rieb sich die Augen. «Dolly, macht es dir was aus, wenn ich dich nach deiner Meinung in einer ganz anderen Angelegenheit frage?»

«Nein gar nicht. Schieß los, Mann!»

Dolly hörte ihm zu. Als er sein Problem dargelegt hatte, sagte sie: «Du kannst also nur ein einziges Mal mit ein und derselben Frau schlafen – seh ich das richtig?»

«Genau.»

«Hm, dann sieh zu, dass du's anständig machst.»

Dolly reiste am nächsten Morgen zusammen mit Charmaine ab, nachdem sie Daniel versichert hatte, Volta würde ihn benachrichtigen, falls Shamus die Namen preisgab.

Ungefähr zur selben Zeit warteten siebzig Meilen flussaufwärts Jade Lavelle und Annie Sawyer darauf, dass Mommy wieder aus dem Rouge stieg. Schließlich fanden sie Mommy, deren kurzes silbernes Haar noch nass vom Schwimmen war. Sie ließ ihre klaren haselnussbraunen Augen von einer Sprecherin zur andern gleiten, während sie den beiden zuhörte, wie sie ihr Daniels Problem erläuterten.

Ihre Antwort war knapp und eindeutig. «Lasst euch nicht mit ihm ein. Er wird eine andere Richtung einschlagen.»

Annie und Jade waren äußerst überrascht. Mommy redete selten so direkt und entschlossen.

Als sie ihr dankten und sich zum Gehen wandten, sagte Mommy noch, in viel weicherem Tonfall: «Ich weiß, oh, ich weiß es nur zu gut – sie *sind* aber auch anziehend!»

Den folgenden Monat über, als die Ernte getrocknet, verarbeitet und verschickt wurde, versuchte Daniel, Dollys Rat zu befolgen.

Nach wie vor kam er jedoch, aus welchem Grund blieb weiterhin unklar, mit jeder Frau nur einmal zum Orgasmus. Sämtliche Commies hatten von Mommys Kommentar erfahren, und diejenigen, die noch nicht mit ihm geschlafen hatten, holten dies eilends nach. Um Thanksgiving herum hatte er so ziemlich alle durch.

Beim Lachseangeln fiel Daniel eines Tages fast in den Fluss, als Volta hinter ihm auftauchte und fragte: «Na, beißen sie an?»

«Ganz und gar nicht», sagte Daniel.

«Hm, dann tröstet dich ja vielleicht das hier: Wir glauben so gut wie sicher zu wissen, wer deine Mutter getötet hat. Der Mann, der die Bombe gebaut hat, Gideon Nobel.»

«Warum?», war alles, was Daniel herausbrachte.

«Er war in sie verliebt, seit Jahren.»

«Das klingt nicht besonders überzeugend», sagte Daniel. «Zum einen hat sie ihn, soweit ich weiß, nie erwähnt.» Er begann, die Leine einzuholen.

«Das passt ins Bild – seine Gefühle wurden nicht erwidert.»

Daniel wollte gerade etwas sagen, doch Volta machte eine abwehrende Geste. «Verzeih mir den billigen Auftritt – eine alte Gewohnheit aus Showbusiness-Zeiten. Komm, wir gehen ins Haus, und dann fange ich ganz von vorne an. Es sei denn, du möchtest weiterangeln.»

Sie gingen zurück zum Haupthaus und setzten sich in den Wohnraum. Volta begann: «Dolly hat Kontakt zu Shamus aufgenommen und ihm übermittelt, dass deine Mutter, wie du sagtest, ganz sicher eine Warnung ausgestoßen hat, bevor die Bombe explodierte. Shamus hat ein paar Wochen darüber nachgedacht und mir dann die Namen der Komplizen zugeschickt.» Er reichte Daniel ein Blatt Papier. Daniel erkannte Shamus' Gekritzel.

Carl Fuller – Fahrer

Olaf Ekblad – innen

Gideon Nobel – Bombe

«Was bedeutet *innen?*», fragte Daniel.

«Mit Shamus nach innen gehen, für den eigentlichen Diebstahl. Sobald ich die Namen erhielt – ich war zuvor in Mexiko –, habe ich einige unserer besten Leute auf sie angesetzt, und sie haben in Anbetracht der kurzen Zeit so einiges herausgefunden.

Carl ‹Bleifuß› Fuller ist ein alter Hase, ein echter Autoprofi. Wir haben ihn ohne Schwierigkeiten in Minneapolis ausfindig gemacht. Er behauptet, von den ganzen Plänen nur über das Ende Bescheid gewusst zu haben – er hat die Autos beschafft und den Wechsel der Fluchtautos ausgetüftelt und arrangiert. Von einer Bombe als Ablenkungsmanöver wusste er nichts, und außer mit Shamus traf er mit niemandem zusammen.

In etwa das Gleiche gilt für Olaf Ekblad – absolut vertrauenswürdig, durch nichts aus der Ruhe zu bringen, so clever, dass er die Bedienungsanleitung zu den meisten Alarmsystemen hätte schreiben können. Die AMO hat in der Vergangenheit auch tatsächlich von seinen Fähigkeiten Gebrauch gemacht, und wir konnten uns hundertprozentig auf ihn verlassen. Er wusste, dass ein Ablenkungsmanöver geplant war, aber nicht, was es war oder wer damit zu tun hatte.»

«Aber dieser Gideon Nobel, der wusste es?», unterbrach Daniel ihn.

«Hör mir doch erst zu. Gideon Nobel lernte deine Mutter kennen, als sie sechzehn oder siebzehn war – in San Francisco, während eines ihrer Besuche dort.»

«Da war ich noch zu klein», sagte Daniel enttäuscht, «ich kann mich nicht erinnern.»

«Sie lernten sich in North Beach kennen, und er verliebte sich in sie: Mehr als ein Jahr waren sie ein gelegentliches Liebespaar – viel zu gelegentlich für Gideon. Deine Mutter, so scheint es, hatte sich einen gewissen legendären Ruf erworben; sie kreuzte für ein paar Tage pro Monat in der Stadt auf und verschwand dann wieder. Jedenfalls können sich noch einige an diese Affäre erinnern. Gideon war offenbar Feuer und Flamme, deine Mutter weniger. Sie traf sich auch mit anderen Männern, und es gab da ein paar Szenen in der Öffentlichkeit, die seine Eifersucht und seine Wut bezeugen.

Gideon war damals ein hoch angesehener Bildhauer, zumindest in Avantgarde-Kreisen. Sein denkwürdigstes Werk ist eine Serie von vierundzwanzig verschiedenen Mickymaus-Darstellungen. Es heißt *Amerika in den Zeiten der Mickymaus,* Teile davon existieren noch.

Während man geteilter Meinung bezüglich des ästhetischen Werts seiner Skulpturen sein kann, besteht kein Zweifel an seiner Meisterschaft im Bombenbauen. Das Werk eines Experten. Seine Bezugsquelle für Sprengstoff: stets unauffindbar. Die einzelnen Bauteile: von höchster Qualität. Sicherheitsvorkehrungen: exzellent. Und soweit man gehört hat, *niemals* eine Fehlzündung. Gideon betrieb auch die Kunst des Zerstörens mit einem gewissen Extra: Er benutzte stets einen Mickymaus-Wecker – das war sozusagen seine Signatur, obwohl er den Schaltuhren-Mechanismus natürlich durch wesentlich ausgereiftere Vorrichtungen ersetzte.

Nun zu etwas Wichtigem: Gideon wohnte, ohne dass Shamus es wusste, keine vier Blocks von Shamus entfernt in Richmond. Man kann sich gut vorstellen, dass er deine Mutter und Shamus zusammen sah oder dass Shamus ihm vielleicht von ihr erzählt hatte – obwohl Shamus leugnet, dass irgendjemand außer ihm und dir von der Komplizenschaft deiner Mutter wusste. Möglicherweise kam Gideon zu dem Schluss, dass deine Mutter die Bombe legen würde. Er wusste, dass dies lediglich ein Ablenkungsmanöver war, was bedeutete, dass das Risiko für denjenigen, der sie legte, denkbar gering war, und zugleich, dass nur jemand absolut Vertrauenswürdiges dafür in Frage kam – kurz, die ideale Aufgabe für Shamus' Freundin.

Und jetzt wird's etwas komplizierter. Shamus schwört, Gideon habe nicht gewusst, dass die Bombe von einem Plutoniumdiebstahl ablenken sollte. Gideon wusste jedoch ein wenig über Shamus' Geschichte Bescheid, und so dürfte ihm Shamus' Besessenheit in puncto spaltbarer Materialien nicht entgangen sein – Gideon war durchaus scharfsinnig, und Besessenheit lässt sich nur schwer kaschieren. Daher ist es ziemlich wahrscheinlich, dass Gideon herausfand, was Shamus im Schilde führte. Ganz offensichtlich wollte er nichts mit dem Plutoniumraub zu tun haben, wie er ein paar Tage vor dem festgesetzten Termin einigen Freunden gegenüber andeutete. Er erwähnte, er sei in eine Sache verstrickt, bei der ihm unwohl sei, und er fürchte, dadurch das Augenmerk der Behörden auf sich zu ziehen. Außerdem scheint Gideon eine besondere Abneigung gegen Kernkraft zu haben, da er sie als nicht vom menschlichen Verstand kontrollierbar ansah. Durchaus mit Shamus' Einstellung zu vergleichen, allerdings mit einem gewichtigen Unterschied: Gideon glaubte, sie sei derart schädlich für die menschliche Seele, dass jeglicher Umgang damit zwangsläufig zu Verseuchung führt.

Schön. Gideon, einerseits auf Rache sinnend, andererseits zunehmend besorgt wegen seiner Mitwirkung am Diebstahl nuklearer Materialien, beschloss, die Bombe ein wenig zu verändern – vielleicht so, dass sie Augenblicke nachdem sie scharfgemacht wurde, detonierte, oder vielleicht mittels einer Fernbedienung.» Daniel wollte etwas fragen, doch Volta kam ihm zuvor. «Warum aber wusste deine Mutter, dass etwas nicht stimmte, und konnte dir noch eine Warnung zurufen? Ich bin nicht sicher, aber vielleicht spürte sie ja etwas, als sie die Bombe scharfmachte, oder – das sollte man meiner Ansicht nach durchaus in Betracht ziehen – ihr fiel Gideons Mickymaus-Tick wieder ein; wahrscheinlich wusste sie, dass er Bomben fabrizierte, wusste überdies, dass in diejenige, die sie gerade trug, ein Mickymaus-Wecker eingebaut worden war, und diese ganzen Zweifel und Ängste brachten sie dazu, dich zu warnen.»

Daniel schüttelte den Kopf.

«Ich weiß», sagte Volta, «Letzteres ist lediglich eine Vermutung.»

«Ja, das stimmt, aber abgesehen davon: Es war die *Art*, wie sie mir ‹Daniel! Lauf!› nachgeschrien hat. Es klang nicht so, als *könnte* etwas passieren, sondern viel unmittelbarer, dringender.»

Volta seufzte. «Ich weiß. Aber du hast selbst berichtet, wie nervös sie war, sodass ein vager Zusammenhang leicht zur unbedingten Gewissheit werden konnte.»

«Was sagt Gideon zu all diesen Spekulationen?»

«Nichts. Er kann auch gar nichts sagen – weniger als ein Jahr darauf starb er bei einem Autounfall. Sein Wagen hatte sich überschlagen, nachdem er von einem betrunkenen Fahrer gerammt worden war, der derzeit eine achtjährige Haftstrafe wegen Totschlags absitzt.»

«Umstände, Vermutungen, ein plötzlicher Todesfall … alles andere als konkrete Ergebnisse!»

«Da muss ich dir Recht geben. Würdest du vielleicht selbst gern Erkundungen einziehen? Sich als Detektiv zu betätigen ist eine ausgezeichnete Schulung. Außerdem solltest du endlich hinter deinen Hügeln hervorkriechen, um mal wieder für längere Zeit die Lichter der Großstadt zu sehen – nur wenn du willst, natürlich.»

«Das fände ich nicht schlecht», sagte Daniel. «Ich möchte endlich Informationen aus erster Hand.»

«Gebongt! Ich werde dafür sorgen, dass du in der Stadt eine Anlaufstelle bekommst, wo du dir Geld für deine Untersuchungen abholen kannst. Du kümmerst dich um den Rest – Unterbringung, Essen und so weiter. Du wirst auf dich gestellt leben, aber ich gebe dir eine Nummer, unter der du mich erreichen kannst, wenn du willst. Möglicherweise bin ich in der Lage, Informationen und Spuren zu koordinieren, und kann dir vielleicht Anweisungen, sagen wir lieber Tipps geben.»

«Warum gibst du sie mir nicht gleich?»

Volta deutete ein Lächeln an. «Weil ich nicht sicher bin, wie sie aussehen werden. Vieles hat sich in jüngster Zeit beträchtlich gewandelt.»

«Das habe ich gemerkt», sagte Daniel. Beinahe hätte er Volta nach seiner Meinung zu seinem Sexualproblem gefragt, da hörte er Mott unten in der Scheune mit Pissgums schimpfen.

«In weniger als einer Stunde muss ich weg», sagte Volta und stand auf, «und vorher muss ich noch mit Mott und Charmaine sprechen.»

«Worüber denn?»

Volta zog eine Augenbraue hoch. «Business. Sie braucht Nachschub und neues Gerät für ihr Labor.»

«Was macht sie da eigentlich in ihrem Labor?»

«Das erzählt sie mir nicht immer, und ich frage sie niemals.»

«Du beschaffst ihr das Material und die Ausrüstung eben auf Vertrauensbasis, stimmt's?»

«Ganz genau. Auf der gleichen Basis, auf der wir für deine Ausbildung sorgen. Bitte ruf mich an und gib Bescheid, wenn du in die Stadt ziehst.»

Daniel verließ die Rocking-On-Ranch eine Woche später, mit drei Töpfen Chili und einem Viertelpfund Trainwreck-Gras im Gepäck, Abschiedsgeschenken von Mott. Charmaine war den Monat über nicht da, deshalb schrieb er ihr nur ein kleines Briefchen und bedankte sich für ihre Hilfe. Er versprach Mott, ihn anzurufen, falls ihm eine neue Droge in die Finger käme oder er von einer wertvollen Bazooka hörte, die zum Verkauf stand.

Transkription:

Telefongespräch zwischen Volta und Daniel

DANIEL: Hi, hier ist Daniel. Ich war gerade bei der Anlaufstelle, und da waren nur hundert Dollar für mich.

VOLTA: Wir sind keine *reiche* Organisation, Daniel.

DANIEL: Hundert Dollar, davon kann ich noch nicht einmal meine Miete bezahlen! Das hier ist *San Francisco*!

VOLTA: Ich weiß. Es ist ein Jammer. Aber um ganz ehrlich zu sein: Die Finanzen der AMO sind derzeit ein einziges Chaos. Unsere Buchhalterin hat sich in ihren Sekretär verliebt. Alle weniger wichtigen Outlaws müssen sich mit hundert Dollar begnügen.

DANIEL: Die Ursachen für den Tod meiner Mutter herauszufinden ist also weniger wichtig.

VOLTA: Da dies bis zu einem gewissen Grad bereits getan wurde – und die Betreffenden haben *acht*hundert Dollar erhalten –, ist es finanziell nur schwer zu rechtfertigen. Außerdem habe nicht ich allein darüber zu entscheiden.

DANIEL: Soll ich im Park schlafen, oder was?

VOLTA: Das schadet manchmal nicht.

DANIEL: Verstehe – das ist Teil meiner Ausbildung.

VOLTA: Nein, eigentlich nicht. Allerdings gehen wir natürlich davon aus, dass jeder unserer Schüler in der Lage ist, sich in der heutigen Überflussgesellschaft durchzuschlagen.

DANIEL: Was ist, wenn ich jemanden bestechen muss, um an Informationen zu gelangen?

VOLTA: Bestechung ist das Scheitern der Überredungskunst. Und dir wird selbstverständlich nicht beigebracht, Informationen einzuholen, die man einfach kaufen kann.

DANIEL: In Ordnung. Hundert pro Woche reichen mir auch.

VOLTA: Pro *Monat.*

DANIEL: Du machst wohl Witze. Ich würde mich lieber darum kümmern, die Hintergründe für den Tod meiner Mutter zu klären, als herauszufinden, in welchen Mülltonnen in welcher Straße man das beste Essen findet.

VOLTA: Vielleicht wird deine Aufmerksamkeit ja durch die äußere Not geschärft.

DANIEL: Ich dachte, ich sollte zwanzig Prozent vom Profit der Gemüsefarm bekommen.

VOLTA: Tust du doch. Vierzehn Monate lang einhundert Dollar pro Monat, das macht vierzehnhundert Dollar.

DANIEL: *Vierzehnhundert!* Es sollten wohl eher vierzehn*tausend* sein!

VOLTA: Daniel, du verwechselst Brutto mit Netto. Brutto ist die Summe aller Einnahmen. Netto ist Brutto minus Betriebsausgaben, also abzüglich aller Abgaben und Steuern – und immerhin handelt es sich hier um dreitausend Morgen, wie du weißt – bis hin zum Petroleum für die Lampen. Darin eingeschlossen sind auch zeremonielle Ausgaben, etwa das Verbrennen von Hundert-Dollar-Noten, und Honorare für Lehrbeauftragte – das von Wild Bill, zum Beispiel. Hinzu kommen natürlich noch die fünf Prozent, die du als AMO-Mitglied zahlen musst. Wir zählen auf deine Ehrbarkeit, ziehen den Betrag also gleich ab, um den langwierigen und – da du das Geld wieder zurücksenden müsstest – ohnehin überflüssigen Überweisungsprozess einzusparen. Das macht unserer Buchhaltung das Leben leichter.

DANIEL: Vielleicht wäre es besser, wenn sie mehr Arbeit hätten, dann fehlte ihnen die Zeit, sich in ihre Sekretäre zu verlieben.

VOLTA: Solltest du, in dem Glauben, den formalen Bedingungen Genüge tun zu müssen, darauf bestehen, dass wir dir die fünf Prozent überweisen, die wir einbehalten haben, werde ich sie dir morgen schicken. Es sind, soviel ich weiß, etwa einundneunzig Dollar.

DANIEL (nach einer Weile): Nein, behalte es. Kauf deiner Buchhalterin und ihrem Freund ein Hochzeitsgeschenk.

VOLTA: Sehr aufmerksam. Wild Bill wäre stolz auf dich. Und Daniel, lass mich wissen, wenn du auf etwas Interessantes stößt.

Das erste interessante Ding, auf das Daniel stieß, war eine lebhafte Blondine namens Epiphany Chantrelle. Er lernte sie im City Lights Books kennen, an seinem zweiten Tag in der Stadt. Sie nahm ihn mit zu sich nach Hause, in eine Kommune in der Treat Street in einem zweistöckigen viktorianischen Haus. Die Zahl der Bewohner variierte täglich zwischen zwei und zwanzig, je nachdem, wer gerade in der Stadt war, oder im Knast, oder freigelassen, wer sich auf einem Trip nach Nepal befand oder wieder zurück aus Chile war. Keiner stellte viele Fragen, und es herrschte ein Gemeinschaftssinn, den man geradezu als überfeinert hätte bezeichnen können. In der Küche gab es immer eine warme Mahlzeit, und der Abwasch wurde auch erledigt. Auf einem Schild über der Spüle stand in ordentlichen Lettern: «Wir sind alle Gäste hier.» Darunter hatte jemand Wild Bills Lieblingssatz gekritzelt: «Eine Hand wäscht die andere.»

Er schlief gleich am ersten Abend mit Epiphany, nachdem er ihr so direkt wie möglich erklärt hatte, dass er danach wahrscheinlich keinen Sex mehr mit ihr haben konnte. Und so war es auch, obwohl er es etliche Male versuchte, bevor sie sich schließlich mit einem Drummer von Rabid Lassie nach Detroit absetzte. Er schlief – je ein einziges Mal – mit sechs weiteren Frauen, doch als er feststellte, dass es auch mit ihnen kein zweites Mal klappte, beschloss er, es eine Weile mit Enthaltsamkeit zu probieren. Vielleicht löste sich das Problem ja von selbst.

Jedem, der danach fragte, erklärte Daniel, er habe, seit er zwölf war, als Aushilfe auf einer Ranch gearbeitet, habe etwas Geld gespart und sei nun nach San Francisco gekommen, um herauszufinden, wie es ist, wenn so viele Leute so eng beieinander leben.

Informationen über Gideon Nobel zu sammeln erwies sich als frustrierend und langwierig. Die Leute, die Gideon gekannt hatten, wollten nicht einmal zugeben, davon gewusst zu haben, dass Gideon Bomben baute. Es gelang ihm, Einsicht in den Unfallbericht der Highway Patrol zu erhalten. Der Fahrer des Chevy, der Gideons

Volkswagen bei dem fatalen Unfall umgekippt hatte, ein betrunkener Klempner namens Harlan Maldowny, dessen Frau ihn einen Monat zuvor verlassen hatte, saß noch immer in Vacaville wegen Totschlags ein. Daniel überlegte, ob er Harlan besuchen solle, kam dann aber zu dem Schluss, es würde vermutlich eine deprimierende Zeitverschwendung sein. Ein ziemlicher Misserfolg also.

Er überprüfte die Liste von Gideons Freunden aus North Beach, die Volta ihm gegeben hatte, zumindest derjenigen, die noch da waren. Sie konnten sich an seine heiße Leidenschaft für Annalee erinnern und auch an einige der Szenen, die er nach seiner Zurückweisung gemacht hatte, aber niemand hielt ihn für die Art von Mensch, der lange einer Liebe nachhing oder Groll hegte.

Daniels Detektivarbeit beanspruchte fünf fleißige Monate, zwei Paar Schuhe und viel zu viele Busfahrten. Und alles schien mehr oder weniger so zu sein, wie Volta geschildert hatte – bis er Charlie Miller traf.

Auf Charlie Miller stieß er durch Quentin Lime, einen Kunstkritiker, der einfach nicht glauben wollte, dass Daniel Volontär bei einer Zeitschrift war und einen Artikel über Gideon Nobel schreiben wollte.

«Erstens war Gideon Nobel, wenn nicht ein ausgemachter Scharlatan, so zumindest der schlechteste Bildhauer westlich von New York. Zweitens bist du viel zu jung, um Reporter zu sein, selbst für ein derartig widerliches Magazin wie dieses *Teen Arts.*»

«Ich habe ein paar Klassen übersprungen», erklärte Daniel.

«Egal. Es spielt keine Rolle. Ich weigere mich, über Gideon Nobels angebliches Œuvre zu diskutieren.»

«Eigentlich interessiert mich sein Werk gar nicht so sehr wie sein Leben, und da vor allem seine Zeit als Bohemien. Wissen Sie, der Artikel konzentriert sich auf unterschiedliche Lebensstile von Künstlern.»

«Na, das zu erhellen dürfte ein Leichtes sein: Er hat immer sehr öffentlich und gerne gelitten. Bestimmt könnten dich Hunderte von Leuten allein in North Beach mit ekligen Details versorgen.»

«Was ist mit der Serie seiner Mickymaus-Skulpturen?»

«Schrott», sagte Quentin Lime und rümpfte die Nase, «ein einziger dümmlicher, kitschiger Schrott.»

«Die haben aber ein paar gute Kritiken bekommen.»

«Die meisten Kritiken sind das, was Trottel über andere Trottel schreiben. Selbstbezogene Empfindsamkeit ist heutzutage Trumpf in der amerikanischen Kultur.»

«Haben Sie ihn persönlich kennen gelernt?»

«Niemals», sagte Quentin Lime eisig. «Wir pflegten unterschiedliche gesellschaftliche Kreise zu frequentieren. Gideon hielt sich für einen Beatnik. Er und Charles Miller schrieben ein hundsmiserables Stück, Werbung in eigener Sache sozusagen, es hieß: *Das Manifest der drei M's*, im Wesentlichen das ach so wichtige kulturelle Konzept des ‹Mickymaus-Moments›, das sie, mit kindlicher Unlogik und verunglückter Rhetorik, als einen Zustand der Glückseligkeit propagierten.»

«Ich dachte, das *Manifest der drei M's* wäre anonym erschienen?»

«Ich versichere dir, dass meine Quellen, die ich dir leider nicht verraten darf, absolut vertrauenswürdig sind.»

«Dieser Charles Miller – wer ist das? Den Namen höre ich zum ersten Mal.»

«Das ist niemand anders als High Life, von dem du sicher schon gehört hast. Klingelt's? Miller High Life. Bohemiens sind ja sooo geistreich.»

«High Life, stimmt, von dem habe ich schon gehört – aber der ist in Spanien, nicht?»

«Leider ist er vor zwei Tagen zurückgekehrt, und das bedeutet, dass er sich in etwa einer halben Stunde an einen Tisch im rückwärtigen Teil des Café Trieste hocken wird, um vor einem imaginären Publikum Hof zu halten. Wie man mir hinterbracht hat, behauptet er jetzt, er sei der ‹Letzte Beatnik›. Hoffentlich, *hoffentlich* hat er Recht.»

«Setz dich, Mann, ey», sagte ein gestikulierender High Life, noch bevor Daniel sich vorstellen konnte. «Weißte, wasn *echtes* Kunstwerk is, Mann? Das Leben. Nich nur das menschliche Leben, nö, *alles* Leben.» Er lehnte sich vertraulich vor, während Daniel sich auf einen Stuhl setzte. «Früher war ich Maler. Jetzt bin ich die Farbe. Verstehste das?»

Behutsam sagte Daniel: «Ich glaube, ich weiß, was du meinst.»

«Aber kapierste, was daran so *tragisch* is?»

«Ich dachte, es klingt ganz positiv.»

«Nein, Mann. Und weißte weshalb? Es gibt keine Leinwand. Die draußen verwandeln sich alle in verdammte Roboter. Stromschlucker. Die Frauen kaufen sich alle elektrische Vibratoren und ficken sich damit selber, Mann. Persönlicher Bedarf – das isn ganz neues Marktsegment. Weißte, Mann, Marx hatte ja Recht, für seine Zeit, aber hey, wer hätte sich so was wie *Werbung* vorstellen können! Eine *ganze Industrie*, nur zur Erzeugung von Bedürfnissen! Als hätten wir nich schon genug davon, was?»

«Das weiß ich wirklich nicht», sagte Daniel. «Ich habe die meiste Zeit in den Bergen gelebt.»

«Geh wieder zurück. Ist das Beste, wasde dir antun kannst.»

«Das werde ich höchstwahrscheinlich, aber im Augenblick versuche ich, etwas über einen Bildhauer namens Gideon Nobel herauszufinden.»

High Life starrte ausdruckslos auf eine Stelle an der Wand direkt über Daniels Kopf.

«Ich bin kein Cop», sagte Daniel besänftigend.

«Mann, jeder isn Cop oder 'n Reporter. Jeder, der die Cops *ruft*, ist selber 'n Cop. Jeder, der versucht, durchs Schreiben in die Hall of Fame zu kommen, isn Reporter. Verstehst du, was ich meine? Ich meine, jemand, der die Cops ruft, ist jemand, der keine Freunde hat. Die Action hab ich nich nötig, weißte, weil ich Freunde hab. Vielleicht war sogar dieser Gideon da 'n Freund. Warum willst 'n das wissen?»

In Anbetracht von High Lifes deutlicher Abneigung gegenüber Reportern versuchte Daniel diesmal eine andere Taktik. «Ich schreibe gerade meine Examensarbeit über sein Leben und Werk.»

High Life legte den Kopf schräg. «Ach ja? Wo studierst'n?»

«Cal.»

«Wer leitet'n da im Moment das Department für Kunstgeschichte?»

«Polansky.»

«Du liest die richtigen Kataloge, Mann, aber Polansky hat vor drei Monaten 'nen Schlaganfall gehabt.» High Life machte Anstalten, aufzustehen. «Bis dann, Kumpel.»

«Eigentlich», sagte Daniel, «wollte ich etwas über Gideon erfahren, weil ich glaube, dass er meine Mutter umgebracht hat.»

High Life setzte sich wieder hin. «Hey, das ist *too much*. Wie hieß die nochmal?»

«Annalee Pearse.»

High Life sah Daniel scharf an, dann schüttelte er den Kopf. «Lass uns mal in meiner Bude vorbeischauen, Mann. Dann rauchen wir erst mal was Anständiges und schauen, ob wir das hier nicht wieder auf die Reihe kriegen.»

Charles «High Life» Miller war im Melting Pot nicht richtig umgerührt worden. Er hatte General Custers wallende blonde Haare und Sitting Bulls schmutzig braune Augen. Sein Apartment in der Columbus Avenue war möbliert mit einer Matratze, drei Orangenkisten als Regalen, in einer Ecke zusammengeschobenen Weinflaschen und einem Kühlschrank, der beständig und geräuschvoll lief. High Life setzte sich auf die Matratze und rollte einen Joint. Er zündete ihn an, inhalierte kurz und reichte ihn an Daniel weiter. Beim Ausatmen sagte er: «Das Zeug hab ich aus Spanien mitgebracht. Den Shit hier bauen die Basken oben in den Bergen an. Bestgehütetes Dope der Welt. Da geht dir voll einer ab, Mann!»

Daniel nahm ein paar Züge, und als er ihn zurückgab, stellte er sich vor, wie Mott vor Lachen gewiehert hätte, angesichts der «Größe» des Joints. Die von Mott, normalerweise «à la Rastafari» in Zeitungspapier gerollt, musste man mit beiden Händen halten.

Unvermittelt fragte High Life: «Deine Mom, is das diese Annalee, auf die Gideon so scharf war, so in den späten Sechzigern?»

«Scheint so, ja.»

«Wie issie denn gestorben?»

«Bei einer Bombenexplosion.»

High Life nickte, starrte den Joint in seiner Hand an. «Tja, Mann, du weißt ja, wie es is: *Shit happens.*»

«Das war kein Unfall.»

«Habse beide gekannt. Deine Mom war damals kaum mehr wie sechzehn, siebzehn. Klasse Mädchen. *Mysterioso.* Tauchte fürn paar Tage auf und war – puff! – verschwunden, bis zum nächsten Mal. Gideon, was war der? Anfang dreißig? Ziemlich hip, wusste immer ganz genau, was angesagt war. Mann, war der hinter ihr her! Er hielt sie für 'ne Mondgöttin, Tatsache. Gideon glaubte doch allen Ernstes an Götter und Göttinnen, die menschliche Gestalt annehmen, damit sie uns besser verstehen können. Also, ich war an dem Abend auch im Vesuvio's, als Gideon Johnny Gilbert 'ne Knarre vors Gesicht hielt und drohte, ihn abzuknallen, wenner nich aufhörte, deiner Mom nachzusteigen – das war jetzt nich sehr einfühlsam von mir, was? Aber genau das hat er zu Johnny Gilbert gesagt, und der war 'n Dichter. Sie hat immer irgendwelche Dichter angebaggert. Aber ich sag dir was, Gideon – dem wars echt ernst mit seiner Liebe zu ihr. Er hätte vielleicht jemand *ihretwegen* umgelegt, aber niemals sie selbst.»

«Sie war in jemand anderen verliebt.»

«Von welchem Jahr reden wir jetzt?»

«Frühe Achtziger.»

«Ausgeschlossen. Ich und Gideon, wir waren bis in die späten Siebziger ganz eng, so –» High Life hielt Daumen und Zeigefinger aneinander gepresst in die Höhe, um zu illustrieren, wie eng sie befreundet gewesen waren. «Zu dem Zeitpunkt war er schon über deine Mom hinweg. Er war 'n Künstler, und Künstler sin nun mal leidenschaftlich. Er war nich *glücklich*, solange er nich von was besessen war, vonner göttlichen Vision, 'ner monstermäßigen Wahrheit, und wenner drin war, dann war er *drin*, aber voll und ganz. Und wenn er wieder auftauchte, wars vorbei. Zum Beispiel, als er deine Mom kennen lernte, da hatte er diese Obsession von wegen dem Mondschein. Ging immer nachts aufs Dach rauf, um im Mondschein zu *baden*! Nannte deine Mom Diana – hat das volle Kanne geglaubt, dass sie die Göttin des Mondes ist. Hat nur noch über sie geredet, und über den Mond. Ungefähr zwei Jahre hat das gedauert. Dann kam die Marx-Phase.»

«Karl Marx?»

«Frag mich nich, wie er *dazu* gekommen is, aber er hat jedes Wort von und über Karl Marx gelesen, ungefähr zwei Jahre lang. Dann kamen Wolken an die Reihe.»

Daniel fragte: «Was ist mit Mickymaus? War das auch eine von seinen Obsessionen? Er hat doch eine Reihe von Skulpturen geschaffen, nicht?»

«Oh, klar, auf Micky ist er voll abgefahren. Er hat mir die zweite Skulptur geschenkt, die er gemacht hat. Jede stellte eine Stunde des Tags dar, verstehste, und meine war Mitternacht. 'ne kleine Bronzefigur von Micky mit Stinkefinger. Ich fand meine immer die Beste von der ganzen Serie. Musstese aber verkaufen, als schwere Zeiten auf mich zukamen. Weißte, in gewisser Weise war Micky sein letzter Knaller. Danach hat er sich ganz stark für, ähm ... *Schall-*

skulpturen interessiert, wennde verstehst, was ich meine, *laute* Geräusche. Ich meine, nach Mickymaus, was kann da noch groß kommen?»

«Wann hat er diese Mickymaus-Skulpturen gemacht?»

«Öhm, mal nachdenken ... Muss so um siemsiebzig, sechsundsiebzig rum gewesen sein. Ja, sechsundsiebzig, als die Zweihundertjahrfeier war, da hat er nämlich jedem von uns zu Weihnachten 'ne Mickymaus-Uhr ohne Zeiger geschenkt ...»

High Life verstieg sich in eine lange Tirade gegen kulturelle Verdummung, doch Daniel hörte ihm gar nicht mehr zu. Ende 1976 hatten sie noch auf der Four-Deuces-Ranch gelebt, aber Annalee hatte ihre monatlichen Trips in die Stadt längst aufgegeben. Höchst unwahrscheinlich, dass sie Gideon mit der Bombe in Verbindung brachte. Und dann beschloss Daniel zu seiner eigenen Überraschung, Volta nichts davon zu erzählen, zumindest nicht bevor er selbst diese neue Information verarbeitet hatte.

Es war nicht angenehm, sie zu verarbeiten. Er lag auf seiner Matratze im Erdgeschoss des Hauses in der Treat Street, ging die Fakten nochmals durch, zog Motive in Betracht, erwog das Unwahrscheinliche, versuchte, das Offensichtliche zu begreifen, und machte sich Gedanken über jede einzelne Person, angefangen bei sich selbst.

Er wusste, dass er seine Mutter nicht verraten hatte, aber es war immerhin *möglich*, dass das Mädchen, das in der Nacht vor dem geplanten Diebstahl ins Haus gekommen war und ihm so phantastisch einen geblasen hatte, eine Schnüfflerin war, die sie wegen der falschen Dokumente aus ihrer Werkstatt ausspionierte. Vielleicht hatte sie etwas im Haus gefunden, eine Notiz oder irgendetwas, das seine Mutter hatte herumliegen lassen. Das Dumme daran war nur, dass seine Mutter, soweit er wusste, erst am nächsten Morgen erfuhr, wo die Bombe hochgehen sollte.

Shamus schloss er hauptsächlich aus Instinkt aus. Was er in Erfahrung gebracht hatte, widersprach seiner inneren Überzeugung nicht, dass Shamus von allen Beteiligten am meisten zu verlieren hatte. Voltas Überlegung, Shamus habe vielleicht die Bombe manipuliert, um Annalee zu töten, schien ihm allzu weit hergeholt; Daniel hätte das vielleicht in Erwägung gezogen, wenn Shamus den Diebstahl weiter verfolgt hätte, aber das war nicht der Fall gewesen, und er hatte auch nicht versucht, die anderen Mitwisser auszuschalten.

Gideon war problematischer. Ein Blindgänger war denkbar, aber vor dem Hintergrund der Informationen, die er von High Life bekommen hatte, musste Daniel anzweifeln, dass Gideon tatsächlich eine zu frühe Zündung geplant hatte. High Life zufolge hatte Gideon nie viele Worte über Atomenergie verloren, außer dass sie so ein fürchterliches Karma hatte, dass man am besten noch nicht einmal darüber nachdachte. Was das bedeutete, war Daniel nicht ganz klar, denn es konnte als unbekümmertes Sich-aus-der-Affäre-Ziehen oder auch als eine an ein Tabu grenzende Abneigung gewertet werden.

Vorübergehend klammerte er Carl Fuller, den Fahrer, und Olaf Ekblad, den Alarmspezialisten, aus. Shamus hatte gesagt, dass alle Beteiligten nur mit ihm zu tun hatten und nur ihre eigenen Anweisungen kannten, und das war offensichtlich der Fall.

Blieb noch seine Mutter. Sie, so dachte er wehmütig, hätte alles darangesetzt, um weiterhin mit Shamus zusammenzuleben, und ob der Diebstahl nun erfolgreich war oder nicht – sie hätte auf jeden Fall dabei verloren. Denn nur wenn es ihr gelungen wäre, Shamus davon abzuhalten, hätte die Beziehung eine Zukunft gehabt. Daniel wusste, dass sie durchaus opferwillig sein konnte, doch den Gedanken, sie hätte sich selbst getötet, um die Beziehung zu retten, fand er abstoßend. Verrückt war sie nicht gewesen. Und selbst wenn sie *sich* in Gefahr gebracht hätte, wäre sie für *ihn*, Daniel, kein

Risiko eingegangen. Was ihn schlussendlich davon überzeugte, dass es nicht seine Mutter gewesen sein konnte, war die Erinnerung an ihren Schrei: ein Schrei des blanken Entsetzens. Was da auch passiert war, sie hatte nicht damit gerechnet.

Daniel, der Shamus' Ratschlag, sich vor Volta in Acht zu nehmen, beherzigte, zog auch Volta in Betracht. Es gab einfach zu viele Unbekannte in dieser Gleichung. Zunächst einmal hätte Volta wissen müssen, was sie planten – wo und wann –, was bedeutete, dass es ihm jemand gesagt haben musste. Nur Shamus und, für wenige Stunden, er und seine Mutter wussten, wo die Bombe hochgehen sollte. Volta war natürlich absolut gegen den Plutonium-Diebstahl und hätte sie beschatten lassen können. Trotzdem wäre es nicht einfach gewesen, *vor* Shamus an die Bombe zu gelangen. Und dann war das Ganze einfach nicht Voltas Stil. Aber er wusste genau, was Shamus meinte. Selbst wenn er übers Wetter redete, gab Volta einem das Gefühl, immer etwas weniger preiszugeben, als er wirklich wusste.

Nach einem zehnstündigen Gedanken-Marathon resignierte Daniel. Es gab zu viele Unbekannte, und die Fakten wiesen alle auf das Offensichtliche hin: Es war ein Blindgänger, vermutlich eine Fehlfunktion des Timers.

Transkription:
Telefongespräch zwischen Volta und Daniel
DANIEL: Hallo, Volta? Hier ist Daniel.
VOLTA: Na, wie geht es dir, Daniel?
DANIEL: Ich bin pleite und so schlau wie am Anfang.
VOLTA (kichert): Dann machst du ja doch Fortschritte.
DANIEL: Das musst du mir erklären.
VOLTA: Beim letzten Anruf warst du nur fast pleite.
DANIEL (düster): Da hast du Recht.
VOLTA: Hast du dich umgeschaut?

DANIEL: Ja, aber ich habe keine Aufsehen erregenden Entdeckungen gemacht.

VOLTA: Bist du nun davon überzeugt, dass Gideon deine Mutter umgebracht hat?

DANIEL: Nicht hundertprozentig.

VOLTA: Ich bin überhaupt nicht davon überzeugt. Je mehr ich darüber nachdenke, desto unwahrscheinlicher kommt es mir vor, dass deine Mutter die Bombe mit Gideon in Verbindung gebracht hat, wenige Augenblicke bevor das Ding explodierte. Wie ich bereits erwähnt habe, scheint es mir wesentlich glaubhafter, dass sie etwas in diesem Pappkarton gehört hat – ein Geräusch, das Klicken des Timers –, und das hat sie davon überzeugt, dass die Bombe gleich hochgehen würde.

DANIEL: Zu dieser vorsichtigen Schlussfolgerung bin ich auch gekommen.

VOLTA: Hast du Nachforschungen angestellt? Für den Fall, dass es sich um eine schadhafte Bombe gehandelt hat?

DANIEL: Nein.

VOLTA: Aber ich. Habe mich mit vier Bombenexperten unterhalten, die übereinstimmend sagten, ein Warngeräusch sei faktisch auszuschließen, obwohl es natürlich auf den Bombentyp ankommt. Einer der Experten, «Blooey» Martien, meinte, wenn deine Mutter überdurchschnittlich feinfühlig war, könnte sie ihren bevorstehenden Tod «gespürt» haben – er führte das als eine – wenn auch äußerst unwahrscheinliche – Möglichkeit an. Wie dem auch sei, als ich versuchte, den Polizeibericht über die Bombe zu bekommen, war er verschwunden. Kein Bericht. Fort. Solltest du also tatsächlich so schlau wie am Anfang sein, tröste dich: Du bist nicht allein.

DANIEL: Was soll das heißen, der Polizeibericht ist verschwunden?

VOLTA: Ich bin nicht sicher, ob ich das genauer erklären kann. Der Bericht über die Bombe liegt nicht bei den Akten. Nach jeder Bombenexplosion wird eine Laboranalyse der Spuren durchgeführt, um die Zusammensetzung der Bombe bestimmen zu können, den Typ des Sprengstoffs und so weiter. Entweder wurde der Bericht nie in die Akten aufgenommen – höchst ungewöhnlich –, oder er wurde entfernt. Oder, höchstwahrscheinlich, er verschwand in dem Aktendurcheinander. Du kannst gerne mal nachsehen, wenn du möchtest. Allerdings muss ich sagen, dass wir eine außergewöhnlich versierte Kontaktperson in der Abteilung haben, und sie hat nichts erreicht. Außerdem wird deine Nachfrage ohne Zweifel Neugierde, ja Misstrauen wecken – vielleicht ziehst du dir auch ihren Zorn zu.

DANIEL: Wer sagt mir, dass du dir das nicht alles aus den Fingern saugst?

VOLTA: Niemand. Aber bitte, du kannst diese Information gerne überprüfen. Wir werden zu diesem Zweck sogar deine monatliche Rate auf 120 Dollar erhöhen. Eine reichlich seltsame Übereinkunft, nicht wahr, dich dafür zu bezahlen, damit du herausfindest, ob wir die Wahrheit sagen, aber die AMO hat nun mal eine Schwäche für Seltsamkeiten.

DANIEL: Das glaube ich dir aufs Wort. Jedenfalls danke für die Erhöhung. Jetzt kann ich mir zweimal pro Woche ein Mittagessen leisten.

VOLTA: Also wirklich, Daniel. Wie bei den meisten Menschen wirkt Gejammer auch bei dir peinlich.

DANIEL (rasch, um Volta zu überrumpeln): Wusstest du, dass sich meine Mutter regelmäßig mit Shamus in Berkeley getroffen hat?

VOLTA: Nein. Ich hatte es jedoch vermutet, da ich sie bat, mich anzurufen, sollte er auftauchen.

DANIEL: Was hat dich veranlasst zu glauben, er würde auftauchen?

VOLTA: Seine Augen, wenn er über Annalee sprach.

DANIEL: Hast du Shamus überwachen lassen? Oder uns?

VOLTA (geduldig, aber nicht ohne eine scharfen Unterton): Nein, Daniel. Bitte versteh doch: Ich wollte zwar nicht, dass Shamus radioaktive Materialien stiehlt, und hätte versucht, ihm die Sache auszureden, aber ich hätte keine physische Gewalt angewendet, und schon gar nicht, indem ich deine Mutter getötet hätte. Wenn du etwas anderes glaubst, verschwenden wir hier gegenseitig unsere Zeit und unseren Verstand.

DANIEL: Tut mir Leid, wenn ich dich beleidigt habe. Ich habe in den vergangenen Monaten immer nur Fragen gestellt, und jetzt hätte ich gerne zur Abwechslung mal ein paar Antworten.

VOLTA: Ich kann dir nur mein Wort geben, dass ich von dem Plutonium-Diebstahl erst an dem Tag erfahren habe, an dem deine Mutter bei der Explosion ums Leben kam.

DANIEL: Einer der Gründe, weshalb ich gefragt habe, ist, dass Shamus meinte, man könne dir nicht trauen. Traust du *ihm* denn?

VOLTA: In letzter Zeit weniger als früher. Er hat ziemliche Probleme, trinkt zu viel und nimmt Drogen – irgendein Schmerzmittel, Percodan oder Dilaudid.

DANIEL: Das sieht ihm gar nicht ähnlich. Trägt er noch immer seinen schwarzen Handschuh?

VOLTA: Ja, aber er hat die Fingerspitzen abgeschnitten. Das weiß ich übrigens alles von Dolly.

DANIEL: Das mit Shamus macht mich ziemlich fertig.

VOLTA: In der Alchimie wird man immer wieder vor der Faszination des Untergangs gewarnt. Außerdem gilt ein Mann, dessen Hand von Silber verbrannt wurde, als vom Mond gezeichnet.

DANIEL (abrupt, aber ohne Vorwurf): Ich habe es satt, über all das nachzudenken. Ich weiß überhaupt nicht, welche Richtung ich einschlagen soll. Apropos: Was steht eigentlich als Nächstes an, sofern überhaupt etwas ansteht?

VOLTA: Drei Wochen Ferien. Der Mann, mit dem ich dich zusammenbringen will, kommt erst gegen Ende des Monats zurück. Ruf mich so um den Dreh an, dann arrangiere ich etwas. Er heißt William Clinton.

DANIEL: Und was lerne ich bei ihm?

VOLTA: Konzentration.

DANIEL: Ich dachte, das hätte ich schon bei Wild Bill studiert.

VOLTA: Ganz recht. Nun müsstest du bestens gewappnet sein.

William Rebis Clinton war *das* Panzerknacker-Ass westlich der Rockies. Willie the Click, wie er unter seinesgleichen genannt wurde, konnte jedes beliebige Schloss aufbohren oder in die Luft jagen. Wie er allerdings immer wieder betonte, war des Panzerknackers höchste Lust das Öffnen von Kombinationsschlössern, durch bloße Berührung, durch die Verwandlung in eines der Zahnrädchen, der Zylinder und Stifte, indem man durch die Fingerspitzen zu purem Feingefühl wurde. An seinem vierzigsten Geburtstag hatte Willie beschlossen, zum Öffnen eines Safes nie mehr etwas anderes als seine Hände zu benutzen. Und daran hatte er sich seither gehalten, worauf er sehr stolz war. Bohrer und Sprengstoff bewirkten, was Willies Meinung nach alle Technologien bewirkten: Sie töteten die Fähigkeit zu fühlen. Sie brachten Zeit und Entfernung zur Strecke, unter dem Deckmantel, sie zu sparen, und entfremdeten die Leute voneinander, wo doch, Willie und anderen zufolge, in der Berührung das größte Glück lag. Wenn er eine seiner verschrobenen moralischen Anwandlungen hatte, behauptete

Willie, die Industrialisierung sei ein christlicher Plan zur Zerstörung des zwischen Empfindung und Emotion pendelnden heidnischen Reflexes gewesen.

Willie war ein kleiner, drahtiger Mann mit durchdringenden braunen Augen. Sein auffallendster Zug war die Neigung, plötzlich nur noch Sprichwörter von sich zu geben, obskure Zitate, Metaphern, spekulative Beobachtungen und gewagte Gedankenspielereien. Bei Daniels Ankunft in Willies Apartment im Mission District nahm Willie Daniels Hand, die dieser ihm hingestreckt hatte, und studierte sie eingehend, bevor er Daniel anwies, sich zu setzen und die Hände mit der Handfläche nach oben auf den Tisch zu legen. Neugierig kam Daniel der Aufforderung nach, doch dann wurde ihm plötzlich mulmig zumute, denn Willie setzte sich ihm gegenüber und öffnete ein Köfferchen mit fünf Silbernadeln, dermaßen schlanke Nadeln, dass sie förmlich mit der Unsichtbarkeit flirteten.

«Was machst du denn mit denen?»

«Das Dunkle erhellt noch Dunkleres, Daniel, das Unbekannte noch Rätselhafteres. Wir messen jetzt deine Sensibilität. Dein synaptisches Urteilsvermögen. Deine nervliche Wahrnehmungskraft. Es tut nicht weh. Obwohl jemand, Carlyle glaube ich, geschrieben hat: ‹Die Tragödie des Lebens ist nicht so sehr, was Menschen erleiden, sondern vielmehr, was sie versäumen.› Willie hielt eine Nadel gegen das Licht. «Mach jetzt bitte deine Augen zu und sag mir, wenn du irgendetwas spürst – den leichtesten Druck oder eine sonstige Wahrnehmung.»

Daniel schloss die Augen und konzentrierte sich auf seine Hände, die mit der Handfläche nach oben auf dem Tisch lagen. Er fühlte ein Kitzeln im linken Zeigefinger und sagte es Willie.

«Ja», brummte Willie, «mach weiter.»

Daniel spürte ein Brennen an seinem rechten Ringfinger. Dann juckte sein linker Daumen, dann kitzelte ihn sein linker Mittelfinger. Willie sagte: «Pah! Armseliges Ergebnis. A plus B, aber kein C.

Verstopfte Kanäle. Du kannst die Augen wieder aufmachen.» Willie sah ihn durchdringend an. «Taktile Wahrnehmung gleich null. Da hat ja eine Schildkröte mehr Gefühl in ihrem Panzer. Nun ja. Wie heißt es in Jugoslawien: ‹Sage die Wahrheit und suche das Weite.› Ich fürchte, wir müssen ganz von vorn anfangen. Du weißt doch wohl, dass das Öffnen von Schlössern eine Kunst ist, die die Verfeinerung der beteiligten Organe erfordert?»

«Nein», sagte Daniel zögernd, nicht ohne eine Spur von Verstocktheit, «ich bin nicht sicher, ob ich das verstehe.»

«Trüber Geist, unruhiges Gewässer. Na schön. Denk an das, was Sickert gepredigt hat: ‹Kunst ist nichts anderes als eine endlose Serie von Enthüllungen.› Und sie enthüllt sich nur demjenigen, dessen Geist das ist, was Horaz als ‹vakant› bezeichnet – obwohl er sich damit eigentlich auf Frauen bezog, deren Herz noch nicht vergeben ist. Du musst dich selbst überwinden, Daniel. Um Schlösser zu knacken, muss man sich selbst öffnen. Verschwinde durch deine Fingerspitzen.»

«Und was ist, wenn ich nicht zurückkomme?»

«Eine Tür lässt sich immer öffnen.»

Daniel wollte etwas erwidern, doch Willie schnitt ihm das Wort ab. «Nein. Keine weiteren Abstraktionen bei dir. Du gehörst zu denen, die darin schwimmen können, aber du solltest im Wasser baden, das aus Stein gepresst wurde. Würdest du nun bitte deine Augen schließen und deine Hände wieder mit den Handflächen nach oben auf den Tisch legen.»

Sofort spürte Daniel, wie sich etwas Leichtes und Papierähnliches in jede Handfläche legte.

Willie befahl: «Okay, mach sie wieder auf.»

In seiner rechten Hand sah Daniel eine Hundert-Dollar-Note. In der linken einen Zettel mit ein paar Ziffern.

«Die Telefonnummer ist die von Oriana Cœur», erklärte Willie. «Und mit dem Geld bezahlst du sie.»

«Wofür?», wollte Daniel wissen.

«Für ihre unerschöpflichen sinnlichen Dimensionen. Du wirst sie jeden Donnerstagabend besuchen, bis du deinen Tastsinn verfeinert hast. Von sieben Uhr abends bis drei Uhr morgens wirst du dich an den anderen Abenden der Woche hier zum Unterricht bei mir einfinden. Wir werden mit Alarmanlagen beginnen. Schlösser kommen erst nach deinen Übungen bei Oriana. Wie heißt doch noch dieses estländische Sprichwort: ‹Von einem Stummen kann man keinen Gesang erwarten.›»

«Was meintest du mit Orianas ‹sinnlichen Dimensionen›?»

«Aha! Siehst du, Aufmerksamkeit beginnt dort, wo die Vorstellungskraft geweckt wird. Oriana ist ein Geschöpf der Nacht und verfügt über eine beachtliche taktile Empfindsamkeit. Normalerweise verlangt sie fünfhundert Dollar pro Abend, aber da wir die Übung zusammen entwickelt haben, gewährt sie einen überaus großzügigen Preisnachlass.»

«Und was genau werden sie und ich zusammen tun?»

«Oriana wird dir die *genauen* Anweisungen geben, aber es geht im Großen und Ganzen darum, sie – mit unterschiedlichem Druck und verschiedenen Bewegungen – dort zu berühren, wo sie es befiehlt. Du wirst so lange üben, bis Oriana befriedigt ist. *Sie* wohlgemerkt, nicht du. Du behältst deine Kleider an. Der Sinn und Zweck ist für dich nicht nur, sie zufrieden zu stellen, sondern sie buchstäblich ihr Leben in deine Hände legen zu lassen. *Buchstäblich.* Wenn ihr Vergnügen die Antwort ist, dann sollte deine Aufgabe sein, wie Krause es darstellt, ‹das Rätsel zu liefern›.»

An dem bewussten Abend lag Oriana, deren rotgoldenes Haar über das Kissen wallte, mit ausgebreiteten Armen da und machte weitaus detailliertere Angaben, wo und wie sie berührt zu werden wünschte – überall und auf alle Arten, die ihr in den Sinn kamen. Auf dem Höhepunkt ihres Vergnügens kam es Daniel so vor, als berühre sie ihn, und für einen langen, schwindelnden Augenblick konnte er nicht mehr zwischen seiner und ihrer Haut unterscheiden. Danach fühlten sich seine Hände wie Kugeln aus Licht an. Doch als Oriana, noch immer hochrot im Gesicht, ihn fragte, was *ihm* denn Vergnügen bereite, sagte er, er wolle lieber noch ein wenig warten.

Zärtlich biss Oriana in seinen Mittelfinger. «Willie hat dir also gesagt, du sollst die Hosen anbehalten, hm? Mein Gott, was für ein Purist!»

«Darum geht es eigentlich nicht. Bislang konnte ich immer nur ein einziges Mal mit einer Frau zusammen sein.»

«Was meinst du damit – *zusammen sein*? Dass du nur einmal pro Nacht kommen konntest?»

«Überhaupt nur einmal.»

Das interessierte Oriana. «Und danach hast du nie mehr einen bei dieser Frau hochgekriegt?»

Daniel nickte.

«Nicht einmal so ein leises Ziehen gespürt?»

«Nichts.»

«Lag es womöglich an den Damen?»

«Sie waren äußerst begehrenswert und hatten eine Engelsgeduld.»

«Was, glaubst du, ist der Grund dafür?»

«Ich weiß es nicht. Vielleicht kommt es von einer Verletzung. Vor ein paar Jahren hat sich ein Metallsplitter hier vorne in meinen Schädel gebohrt.»

«Um Himmels willen! Wie ist das passiert?»

«Das ist kompliziert, Oriana. Meine Mutter kam bei einem Unfall ums Leben, und ich beinahe auch.»

«Oh, Honey», sagte Oriana. Sie nahm Daniels Hände und presste sie an ihr Gesicht.

Daniel spürte eine Träne auf seiner Handfläche. «Hör doch auf zu weinen», sagte er. «Bitte.»

Oriana stieß seine Hände von ihrem Gesicht weg, setzte sich auf dem Bett auf und sah ihn direkt an. «Fuck you», fauchte sie. «Ich weine, wann's mir passt!»

Daniel verliebte sich. «Ich möchte erst mal noch nicht mit dir schlafen», sagte er zu ihr, «weil ich lieber eine Zukunft habe als eine Vergangenheit.»

Zur Antwort schlang sie die bloßen Arme um seinen Hals. «Wann immer du willst.»

Jeden Donnerstagabend war Daniel ein phantastischer Schüler, doch den Rest der Woche versagte seine Konzentration. Seine Gedanken wanderten zu Orianas üppigem und erstaunlich empfänglichem Körper. Willies Verstand war ebenso interessant wie Orianas Körper, allerdings nicht halb so stimulierend.

Dennoch lernte Daniel während der nächsten drei Monate, wie man fünfzig verschiedene Alarmanlagen außer Gefecht setzte und so ziemlich jedes Schloss knackte, das mit einem Schlüssel zu öffnen war. Zu Beginn des vierten Monats führte ihn Willie an Schlösser mit Zahlenkombination heran. Während der Sitzung der ersten Woche ließ Willie ihn zwei Stunden lang mit verbundenen Augen und zugestöpselten Ohren sowie dicken Handschuhen dasitzen, bevor er ihm erlaubte, sich an dem einfachsten Kombinationsschloss für 3,95 Dollar zu versuchen. Während Daniel die Zahlen zu ertasten versuchte, gab Willie Hinweise. «Fühle durch deine Finger hindurch in das Schloss hinein. Als wären es Wurzelenden, die nach Wasser suchen. Spüre den leisesten Zug, die Reibung zwischen Molekülen. Vertraue deinen Fingerspitzen. Die sind näher dran als dein Verstand, viel weniger beschäftigt und weitaus unkomplizierter. Es muss dir ein absolutes Bedürfnis sein, dieses Schloss zu knacken, damit du dich selbst erkennst, und wie Edgar Davis Dodds gesagt hat: ‹Freiheit besteht darin, seinen Bedürfnissen ebenbürtig zu sein.› Aber zuerst musst du den Unterschied zwischen Notwendigkeit und Bedürfnis begreifen.»

Daniel fragte sich, ob er nur ein Bedürfnis nach Oriana hatte oder ob sie eine Notwendigkeit für ihn war.

«Daniel», ermahnte ihn Willie, «ist der Sonnenaufgang auf dem Jupiter schön, den du da gerade anstarrst?»

Daniel wandte sich wieder seiner Arbeit an dem Schloss zu.

An jenem Abend bekam Daniel eine Hausaufgabe – ein billiges Fahrradschloss. Es war abgeschlossen. Als er es bis zum nächsten Abend geknackt hatte, gab Willie ihm zwei Schlösser mit nach Hause. Willie versprach ihm, sie würden mit der Arbeit vor Ort beginnen, sobald er über Nacht zwanzig Schlösser schaffte.

Bei den ersten paar Aufgaben stand Willie Schmiere und leistete Daniel Hilfestellung, vom Ausschalten der Alarmanlage bis zum Auffinden und Öffnen des Safes. Bald beinhaltete Daniels Verantwortung auch das Schmierestehen und die Planung. Sie machten etwa eine Exkursion pro Woche, oder ungefähr so oft, wie Daniel Oriana besuchte. Daniel hatte Willie schon ziemlich am Anfang gesagt, die doppelte Anzahl von Besuchen bei Oriana müsste auch wohl die doppelte Wirkung haben, aber Willie erwiderte, das sei bestimmt so, doch könne er sich das nicht leisten. Auf Daniels Frage, ob sie sich häufiger sehen könnten, hatte Oriana entgegnet, das Lustzentrum in ihrem Gehirn würde durchschmoren, wenn sie ihn mehr als einmal pro Woche sähe.

Unter Willies Führung öffnete Daniel während seiner Ausbildung dreiundzwanzig Safes. Daniel war ausgesprochen traurig, dass sie nie etwas mitgehen ließen. Die Regel, nichts zu stehlen, war ein für alle Mal bei seiner ersten Aufgabe festgesetzt worden, dem Wandsafe eines Zahnarztes in Tiburon.

«Tu das wieder rein», zischte Willie.

Daniel hielt es für Spaß und stopfte weiter das Bündel Geldscheine und das Tütchen mit dem Kokain in sein Jackett.

«Daniel», brüllte Willie, «hast du mich akustisch oder inhaltlich nicht verstanden?! *Tu das wieder rein.* Wir üben nur.»

«Mal im Ernst», bat Daniel. «Wenn wir hochgehen, sagen wir dann zu den Bullen genau das? Schon okay, Officer, wir üben nur.»

«Wir erzählen den Bullen überhaupt nichts – niemals. Und wir klauen nichts, außer es ist notwendig. Und wir halten uns an Salinius' Beobachtung, dass ‹die größten Feinde der Ehre Habgier und Bequemlichkeit› sind.»

Daniel legte die Drogen und das Geld zurück in den Safe. «Was soll das Ganze dann?», spöttelte er. «Kunst zum Selbstzweck?»

«Mach dir nichts vor. Das ist nichts als Technik. Wenn du die Technik einmal sehr gut beherrschst, dann wird vielleicht Kunst daraus.»

«Hey! Ich bin fast ein Jahr lang mit hundert Dollar pro Monat ausgekommen!», fuhr Daniel ihn an.

«Das genügt vollauf», sagte Willie. «Außerdem bist du mit *fünfhundert* pro Monat ausgekommen – einhundert für Kost und Logis, vierhundert für Oriana.»

«Ich hab verstanden», sagte Daniel ausdruckslos. «Wahrscheinlich bekomme ich die sogar von meinem Konto abgezogen. Ihr Brüder kennt wirklich keine Gnade.»

«Ach, eigentlich sind wir doch auf eine nette Weise fair.»

«Auf eine nette Weise *fair*?», wiederholte Daniel. «So kann man das natürlich auch sehen.» Er machte Anstalten, die Safetür wieder zu schließen.

«Halt», sagte Willie. «Warte. Wir stehlen nicht nur nichts, sondern wir hinterlassen ihnen *immer* etwas zum Ausgleich für den Ärger.» Er reichte Daniel eine kleine, elegant bedruckte Karte. Darauf stand ein Zitat von Rilke:

Denn da ist keine Stelle,
die dich nicht sieht.
Du musst dein Leben ändern.

Daniel lächelte, als er die Karte auf das Tütchen mit dem Kokain legte, den Safe abschloss und dem Rädchen daran einen gedankenverlorenen Schubs gab.

Am aufschlussreichsten beim Safeknacken fand Daniel die Dinge, welche die Leute darin verbargen. Geld und Drogen waren die gebräuchlichsten Gegenstände, gefolgt von Juwelen, Dokumenten und Waffen, doch danach stand Seltsames auf der Hitliste:

Ein Gefäß mit Glasaugen

Eine flach gepresste Schreibmaschine

Ein Paar schwarze Damenunterhosen, um ein Paar Rollerskates geschlungen (Oriana hatte aufgeschrien, als Daniel es ihr erzählt hatte)

Der Fötus eines Baumfaultiers, der in einem Glas mit Formalin trieb

Ein kleines Jo-Jo aus 24-karätigem Gold an einem Silberkettchen, das Daniel so gerne gehabt hätte, dass ihm förmlich das Wasser im Mund zusammenlief

Eine alte Kaffeekanne

Ein Stück Kreide

Ein steinhartes Baguette

Und Daniels Favorit, ein Zettel mit der säuberlichen Aufschrift: «Leck mich, George. Habe alles mitgenommen und bin jetzt auf dem Weg nach Paris, zusammen mit dem Pool-Boy.»

Transkription (Ausschnitt):
Telefongespräch zwischen Volta und Willie Clinton

VOLTA: Eine große Bibliothek in der Hauptstadt ist in den Besitz einiger alter Dokumente gekommen, die rechtmäßig uns gehören.

WILLIE: Bin schon so gut wie unterwegs.

VOLTA: Was ist mit Daniel?

WILLIE: Du weißt doch, dass ich solche Aufgaben immer allein erledige. Um ein populäres südkalifornisches Sprichwort zu zitieren: «Nur weil alles anders ist, heißt das noch lange nicht, dass sich irgendetwas geändert hat.»

VOLTA: Schön. Ich hatte nur gedacht, das wäre eine hübsche Examensaufgabe.

WILLIE: Der braucht kein Examen. Er hat was drauf, aber ein großer Panzerknacker wird nie aus ihm. Zugegeben, er hat Gespür für die Sache, aber er ist nicht mit ganzem Herzen dabei. Ich habe den Eindruck – und vielleicht täusche ich mich –, Daniel möchte nicht *hinein*, er möchte *hinaus*. Und es war, glaube ich, Schiller, der gesagt hat: «Gesegnet seien diejenigen, deren Bedürfnisse die ihnen gemäße Kunst finden.» Meiner Ansicht nach ist das Öffnen von Tresoren nicht die geeignete Kunst für Daniel. Dass er von einer hübschen jungen Frau abgelenkt wurde, hat das Ganze noch zusätzlich erschwert.

VOLTA: Ich war nie ein Feind süßer Verirrungen. Schließlich kann man erst dann entscheiden, worin die Lektion besteht, wenn man sie absolviert hat.

WILLIE: Du bist unverschämt! Das hast du von Sophokles gestohlen!

VOLTA: William, wie T. S. Eliot sagte: «Ein guter Dichter nimmt Anleihen, ein großer Dichter stiehlt.»

WILLIE: Ich hab keine Zeit, dir zuzuhören, wie du den lieben langen Tag lang Zitate entstellst. Wann muss ich aufbrechen?

VOLTA: In zwanzig Stunden. Bruce auf der Castro ist für die Vorbereitungen zuständig. Was machen wir mit Daniel? Irgendwelche Vorschläge?

WILLIE: Gib ihm ein paar Tage frei – und ein bisschen Geld. Hundert pro Monat sind wirklich verdammt wenig. Sonst wird San Francisco womöglich demnächst von einer Serie von Bombenanschlägen torpediert.

VOLTA: Tja, wie heißt es so schön? «Man kann ein Pferd zur Tränke bringen, aber man kann es nicht zwingen, auf dem Rücken zu schwimmen oder aus einer Steckrübe Blut zu saugen.»

Als Daniel am Freitagabend zu Willies Wohnung kam, stand er vor verschlossener Tür. Am Türrahmen hing ein Zettel: «Daniel – komm herein.» Noch ganz in Gedanken an die letzte Nacht mit Oriana, brauchte Daniel eine Weile, bis er die Nachricht begriffen hatte.

Er knackte das Schloss und trat ein.

Auf dem Tisch stand ein kleiner Safe mit einem Sentry-Kombinationsschloss – ein Kinderspiel. Darin lagen ein Stapel Kärtchen mit dem Rilke-Zitat, ein handgefertigtes Set Vanadium-Nadeln und noch eine Nachricht von Willie:

Leider kann ich mich nicht persönlich von dir verabschieden. Dringende Geschäfte beanspruchen meine Aufmerksamkeit. Die Nadeln sind ein Abschiedsgeschenk. Mit dir zu arbeiten war eine Auszeichnung. Ich könnte fortfahren, aber wie Auden schon vorwurfsvoll anmerkte, ist «Sentimentalität das Scheitern von Emotion».

Volta bittet dich, ihn baldmöglichst über das Fernmeldeamt in Six Rivers anzurufen.

Mögen sich dir Türen öffnen zu dem, dessen du bedarfst. Alles Gute,

Willie

Als Daniel die Nachricht zu Ende gelesen hatte, war sein erster Gedanke: *Jetzt kann ich mit Oriana bumsen.* Das Erste, was er tat, war jedoch, Voltas Bitte zu erfüllen und ihn anzurufen. Volta klang beschäftigt und teilte Daniel mit, dass ein Scheck über fünftausend

Dollar bei der Hibernia Bank für ihn bereitliege und dass er in zwei Wochen Robert Sloane im Zimmer 377 des Bathsheba Hotels in Tucson treffen würde.

Daniel löste den Scheck am nächsten Morgen ein und nahm ein Taxi zurück zur Treat Street. Er bat den Taxifahrer zu warten und packte rasch seine wenigen Habseligkeiten zusammen. Auf dem Weg nach draußen blieb er in der Küche stehen und zählte tausend Dollar in Zwanzigern ab, die er auf dem Küchentisch liegen ließ. Er fuhr per Taxi zum Clift Hotel, gab dem Fahrer hundert Dollar Trinkgeld, dem Portier zwanzig fürs Gepäcktragen, mietete eine Suite für zehn Tage und bezahlte die gesamte Summe, 1500 Dollar, im Voraus. Die Suite war elegant und bequem zugleich. Er setzte sich an den Schreibtisch aus Kirschbaum und wählte Orianas Nummer. Eine Computerstimme teilte ihm mit, unter dieser Nummer bestehe kein Anschluss mehr.

Während der nächsten drei quälenden Tage fragte er sich ununterbrochen, ob sie wohl Willie gefolgt war und warum sie sich nicht verabschiedet hatte. Immer wieder versuchte er sie zu erreichen, und dieselbe scheußliche Stimme übermittelte ihm dieselbe schlechte Nachricht. Hatte sie vielleicht Schwierigkeiten mit der Polizei oder einem Freier bekommen? Er überlegte, ob er Volta bitten sollte, herauszufinden, was passiert war. Er dachte an Orianas langgliedrigen Körper, ihre geschwungenen Hüften, die Wärme auf der Innenseite ihrer Schenkel. Er fühlte sich verletzt.

Als er sich am vierten Tag frühmorgens nach kurzem Schlaf ruckartig im Bett aufsetzte, sah er das rote Lämpchen am Telefon blinken. Ein Brief sei für ihn abgegeben worden, teilte ihm die Rezeption mit. Wenige Minuten später brachte ihn die Empfangsdame selbst herauf.

Die Nachricht von Oriana war kurz:

Jetzt wirst du immer eine Zukunft haben.

Daniel fing an zu lachen, und mitten im Gelächter brach er plötzlich in Tränen aus. Er konnte erst aufhören, als er die Nachricht verbrannt hatte.

Sechs Tage später, in der Nacht vor seinem Abflug nach Tucson, erleichterte Daniel den Tresor des Safeway-Supermarkts in der Marina um zehntausend Dollar, die er auf den Küchentisch im Haus in der Treat Street legte, um dann zum letzten Mal im Clift Hotel zu übernachten. Wenn er sich recht erinnerte, war es Willie the Click gewesen, der vermutlich Schiller zitierte, als er sagte: «Wenn Luxus nicht Großzügigkeit hervorruft, ist der Luxus unverdient.»

Bad Bobby Sloane – groß, hager, an den Schläfen bereits grau, immer ordentlich und dezent gekleidet – glich mehr dem Vizedirektor einer Bausparkasse als einem passionierten Spieler. Wäre man ihm begegnet, als er Anfang zwanzig war und zum ersten und einzigen Mal einer Leidenschaft anheim fiel, hätte er einem vermutlich eine seiner Visitenkarten gereicht – und da stand es ja, direkt unter seinem Namen:

Robert Sloane
Professioneller Poker-Player und Glücksspieler
Ich spiele
Mit jedem Mann, egal, von welchem Stamm,
Um alles Geld dieser Welt,
Bei jedem Spiel, das ihm je gefiel,
Wo immer es sei – ich bin dabei.

Bad Bobby hatte im Alter von neun Jahren angefangen, Poker zu spielen, gleich nach dem Zweiten Weltkrieg. Seine erste Partie hatte er mit ein paar Wanderarbeitern am Lagerfeuer in einer Obstplantage in Georgia gespielt. Sein Einsatz waren die neuen Stiefel seines Vaters, für die ihm einer der Männer fünfzig Cents gegeben hatte.

Eine Woche zuvor war sein Vater bei einer Schlägerei in einer Bar umgekommen. Noch vor Sonnenaufgang hatte Bobby die fünfzig Cents in siebenundsechzig Dollar verwandelt.

Fast vier Jahrzehnte später galt Bad Bobby Sloane gemeinhin als der beste Allround-Kartenspieler in den Vereinigten Staaten, vor allem im Texas Hold-'Em und, seit Johnny «der Hengst» Coombs den Löffel abgegeben hatte, auch im Five-Card-Studpoker.

Auf Daniels Klopfen an der Tür zu Zimmer 377 öffnete ihm ein Hotelangestellter. Hinter ihm, durch dichte Rauchschwaden hindurch, sah Daniel ein Kartenspiel, das in vollem Gange war. Er sagte dem Hotelangestellten, er suche Mr. Sloane, und nach ein paar Minuten trat Bad Bobby auf den Flur. Er hatte schmale blaue Augen und große, knochige Hände. Er trug ein gut sitzendes Jackett mit Hahnentrittmuster, braune Hosen, ein Hemd in hellerem Braun und eine schwarze Krawatte mit einem goldenen Anstecker in Form eines Jokergesichts.

«Freue mich, dich kennen zu lernen», sagte Bobby in seinem schläfrigen Georgia-Bariton. Er holte einen Zimmerschlüssel aus seinem Jackett und warf ihn Daniel zu. «Geh nach unten aufs Zimmer und ruh dich ein bisschen aus. Ich komme dann nach. Wenn du was brauchst, gib dem Zimmerservice Bescheid, die sollen es einfach auf die Rechnung setzen.»

Daniel wies mit dem Kinn auf die Tür. «Bist du an dem Spiel da beteiligt?»

«O ja», seufzte Bobby, «und ich sitze in der Klemme und muss bluten. Deshalb dürfte es wohl noch ein wenig dauern.»

Bad Bobby war noch nicht da, als Daniel schlafen ging, aber er war am Morgen da, als Daniel aufwachte, und sprach ins Telefon.

«Denver? Was, gleich *vier*! Was ist passiert? Sind die Raider-Cornerbacks beim Autoklauen erwischt worden? Ist die Verteidigung an der Grenze hopsgegangen? Mannomann, ich bin ja vielleicht ein alter Köter, aber ich weiß immer noch, was ein Knochen ist. *Shit*, mach mir zwanzig Riesen auf die Raiders. Wie liegen die Overs? Na, trag mich nochmal für fünf bei den Unders ein.»

Daniel hörte, wie er auflegte und dann neu wählte. «Hier Robert Sloane von Zimmer 377. Könnten Sie bitte ein paar Eier Bénédict, zwei knusprig gebratene Schweinekoteletts und 'nen Viertelliter Orangensaft hochbringen?» Er sah, dass Daniel wach war, und sagte ins Telefon: «Sekunde mal eben», und dann zu Daniel: «Frühstück?»

«Was du da bestellt hast, klingt gut.»

Bobby bestellte dasselbe noch einmal und legte auf.

Daniel fragte: «Ist das Kartenspiel beendet?»

«Vor etwa 'ner halben Stunde haben wir aufgehört.»

«Hast du gewonnen?»

«Ich habe zwanzigtausend verloren.»

Daniel war baff, zum einen wegen der Summe, aber auch wegen Bobbys Unbekümmertheit. «Das ist ein ganz schöner Batzen, zwanzigtausend.»

«Nicht, wenn man es schnell ausspricht», grinste Bobby. «Außerdem darfst du nicht vergessen, dass man nicht um *Geld* spielt, sondern um *Chips*, und Chips helfen einem nur dabei, dass man nicht den Überblick verliert. Der Grund, weshalb Chips rund sind, ist, dass sie ins *Rollen* gebracht werden sollen. Das erinnert mich daran, dass die Sache allmählich ins Rollen kommen muss: Gleich nachdem wir den Raiders zugesehen haben, wie sie ein paar von den Bronco-Ärschen vermöbeln, brechen wir auf.»

«Wohin geht die Reise?»

«El Paso. Viel versprechendes Seven-Stud Game.»

«Werde ich mitspielen?»

«Erst mal nicht. Zuerst musst du die Regeln und Gebräuche lernen, die verschiedenen Spiele und Strategien, grundsätzliche Prinzipien und Spielzüge. Und da du mit meinem Geld spielen wirst, bis du gut genug bist, selbst welches zu gewinnen, habe ich fürs

Erste das Sagen. So läuft das, wenn ich einen Schüler annehme. Ich werde das Sagen haben, bis du mich bei einem Glücksspiel schlägst, und danach kannst du tun und lassen, was du willst. Jedes Mal, wenn du mich forderst und dann verlierst, zahlst du mir für die Anstrengung, die ich hatte, zehn Riesen. So funktioniert das Spiel, Daniel, und du hast die Wahl. Das ist zugleich deine erste Lektion, eine Spielerweisheit, an der nicht zu rütteln ist: Wenn dir ein Spiel nicht gefällt, setz dich gar nicht erst hin.»

«Angenommen, ich kann dich nicht schlagen?»

«Hm, wahrscheinlich bist du dann so arm, so frustriert und mit den Nerven am Ende, dass ich dich losbinde, wenn du mich schön bittest. Das klingt so, als wäre ich furchtbar gemein, aber ich bin eigentlich der netteste und umgänglichste Mensch auf der Welt. Bloß zwei Dinge kann ich nicht ab: Jammern und Schadenfreude. Heul nicht, wenn du verlierst, und grins nicht hämisch, wenn du gewinnst.»

«Macht es dir etwas aus, wenn ich dich nach deiner Verbindung zur AMO frage?»

«Nein. Beim Kartenspielen wären das allerdings schlechte Manieren, jemanden nach seinem Privatleben auszuhorchen.»

«Ich wollte dir nicht zu nahe treten.»

«Bist du auch nicht.» Bobby schlenderte zum Fernseher hinüber und schaltete ihn ein. «In meiner Anfangszeit als professioneller Spieler war ich ab und zu pleite – eigentlich fast die ganze Zeit –, und Volta bot mir finanziellen Rückhalt an. Die meisten Geldgeber wollen natürlich ihren Anteil von dem Kuchen, normalerweise wird das fifty-fifty gehandhabt, aber Volta wollte nur fünf Prozent pro Jahr – und zwar von meinem *Netto*einkommen – alles auf Vertrauensbasis. So ein Angebot kriegt man nicht alle Tage. Außerdem musste ich mich noch bereit erklären, ab und zu einen Schüler anzunehmen, wenn Volta jemand Vielversprechenden gefunden hatte. Du bist erst der dritte. Die beiden anderen hätten es vielleicht geschafft, aber sie sind verrückt geworden, bevor sie so weit waren.»

Daniel wollte gerade fragen, wie weit man sein musste, aber Bobby streckte den Finger aus und deutete auf das Football-Spiel. «Wir können uns noch monatelang im Auto auf der Fahrt unterhalten. Aber im Augenblick haben wir fünfundzwanzig Riesen drauf gewettet, dass die Broncos den Raiders unmöglich mehr als vier Punkte abjagen und dass sie zusammen nicht mehr als zweiundvierzig machen. Komm, jetzt frühstücken wir und schauen dabei unserem Geld zu.»

Die defensiv spielenden Raiders gewannen ganz klar, und später am Nachmittag verließ Bad Bobby die Stadt so wie immer – reicher als vorher und beileibe nicht nur an Erfahrung.

El Paso. Houston. Dallas. New Orleans. Nashville. Omaha. Cheyenne. Denver. Reno. San Francisco. Immer die besten Hotels, die vorzüglichsten Restaurants, die spannendsten Schauplätze der Stadt. Daniel sah Bad Bobby beim Spielen zu. Er liebte Bobbys Stil, eine ausgewogene Mischung aus Disziplin und Spontaneität, durchdrungen von einer Ästhetik, die genau zwischen stolzem Plantagenbesitzergehabe und volkstümlicher Südstaaten-Verschlagenheit lag. Er hörte Hunderte von Geschichten über Bad Bobby, von Spielern, aber auch von Zuschauern.

Die Story, die er am häufigsten hörte, stammte aus Bobbys Jugendzeit. Schon mit sechzehn Jahren verdiente er ganz anständig als Kartenspieler, der von Stadt zu Stadt zog, aber er war Analphabet. Bobby legte also einen Teil seiner Gewinne beiseite und stellte Privatlehrer an, die ihn auf seinen Reisen begleiteten. Er zahlte ihnen ein Gehalt und Spesen, zum Ausgleich dafür, dass sie ihm Lesen und Schreiben beibrachten, später dann auch Arithmetik, Geographie und Geschichte. Bobby brauchte neun Jahre, um so gut lesen und schreiben zu können wie ein College-Student. Gerne arbeiteten Lehrer mit ihm zusammen, die den Kitzel einer gelegentlichen Wette liebten, ob es dabei nun um das Aufdecken einer bestimmten Karte ging oder um die Anzahl der Gürteltiere, die zwischen Lubbock und Galveston tot auf der Straße gelegen hatten, und so konnte Bobby seine Schullaufbahn mit einem bescheidenen Profit beenden.

Daniel erfuhr, dass Bad Bobby seinen Spitznamen von einem gewissen Barbwire Bill Eaton bekommen hatte, als er Barbwires zwei Asse bei einer Partie Texas Hold-'Em mit einem Low Straight übertrumpfte. Der sonst so unerschütterliche Barbwire ließ seinen Kopf auf die Tischplatte krachen und murmelte: «Himmelherrgott, mich schlagen ja ein Haufen Spieler, aber du schlägst mich, wie man einen räudigen Hund schlägt. Wenn ich dich in Zukunft durch die Tür kommen seh, sag ich zu mir selbst: ‹Kneif den Arsch zusammen, Bill, hier kommt Bad Bobby.›»

Wenn das Spiel zu Ende war, fuhren sie weiter. Während sie sich am Steuer von Bobbys sorgfältig instand gesetztem 49er Cadillac abwechselten, vermittelte Bobby Daniel sein Pokerwissen und das allgemeine Verständnis für Karten, er erklärte Regeln, Einsätze, Strategien, wie man richtig mischte und austeilte, und die kleinen Nettigkeiten der Etikette, etwa Positionsspiel und Handhabung des Geldes, wann man erhöhen, ansagen oder die Karten zusammenschieben sollte, wie man rasch die Stärken und Schwächen der anderen Spieler einschätzte, wann man am besten bluffte, wie man die Summe der Einsätze ausrechnete, Absprachen, Betrüger und gezinkte Karten erkannte. Sie besprachen Bobbys jüngste Partien, und er erklärte, warum er so und so gespielt hatte und was er unter anderen Umständen getan hätte. Er konstruierte verschiedene Blätter für Daniel zum Üben und fragte ihn, was er tun würde. Seine Unterrichtsstunden illustrierte er mit zahlreichen Geschichten und Berichten, die er in vierzig Jahren als fahrender Spieler aufgeschnappt hatte.

«Glaub mir, Daniel, man kann sich *nie* auf etwas verlassen. Da hab ich mal bei einem groß aufgezogenen Five-Card-Draw in Waco mitgemacht – wir spielten mit Joker –, und ich sah ein Blatt mit fünf Assen verlieren, gegen alles, was dieser Knabe da besaß!»

«Warte mal», sagte Daniel, «fünf Asse kann man gar nicht übertrumpfen. Was hatte denn der andere Typ in der Hand?»

«Eine Smith und Wesson, 'ne Achtunddreißiger, glaube ich.»

Als sie zwei Monate später durch Las Vegas düsten, brannte Daniel darauf zu spielen. Er sei bereit, ließ er Bad Bobby wissen.

«Hab ich dir doch gesagt, Daniel, du kannst mit deinem Geld spielen, wenn du glaubst, jetzt bist du so weit. Aber mit *meinem* Geld spielst du, wenn *ich* glaube, jetzt bist du so weit.»

Daniel sagte, mehr als Herausforderung denn als Frage: «Du glaubst also nicht, dass ich schon so weit bin.»

«Erraten. Ich glaub, du würdest geschluckt werden wie eine Bisamratte in einem Teich voller Alligatoren. Tatsache ist nun mal, dass du noch zu viele Fehler bei den Übungsaufgaben machst, die ich dir so stell.»

Heftig erwiderte Daniel: «Das kommt nur davon, dass ich die Schnauze voll hab von der ganzen Theorie. Je mehr ich dir beim Spielen zusehe, umso klarer wird mir, dass jedes Blatt eine einmalige Situation ist, weil du es mit Leuten zu tun hast, mit *echten*, individuellen Mitspielern, und einer von ihnen hat gerade eine Glückssträhne, bei einem anderen gab's einen Ehekrach, und wieder ein anderer hat schon den sechsten Whiskey in zwei Stunden intus. Ich würde ja mit meinem eigenen Geld spielen, wenn ich noch welches übrig hätte, und was ich so brauche, das kann ich mir schon verschaffen, ich muss nur –»

«Du musst gar nichts», fiel Bobby ihm barsch ins Wort. «Gestohlen wird nicht, noch nicht einmal ein Aschenbecher – das ist eine eiserne Regel bei mir. Beleidigt die Pokergötter.»

«Ich glaube, ich bin so weit», sagte Daniel voller Entschlossenheit.

Bad Bobby kratzte sich an der Nase. «Na schön», sagte er ohne Überzeugung, «du kriegst fünf Riesen von mir. Aber wir machen Folgendes aus: Wenn du auch nur einen Cent verlierst, spielst du einen ganzen Monat lang nicht mehr und gehst mir auch nicht auf den Sack, von wegen du wärst so weit und so.»

«Topp! Die Wette gilt!», grinste Daniel.

«Jetzt besorgen wir uns was zu essen, und dann fahren wir in die Stadt, zu den Antlers. Die haben da ein Five-Stud-Spiel mit Hundert-Dollar-Limit am Laufen, das dürfte so in etwa deine Gewichtsklasse sein.» Bad Bobby lächelte ihm lakonisch zu. «Das stärkt den Charakter, darauf kannst du dich verlassen.»

Daniel startete mit einem Tausender und musste gleich Charakterstärke beweisen, denn seine drei Siebenen wurden nacheinander von drei Buben vereinnahmt – Runde um Runde, so hart traf es sonst keinen. Er zog seinen zweiten Tausender hervor.

Um auch den zu verspielen, brauchte er eine Stunde. In einem Pott mit sechs Spielern ging Daniel bei der vierten Karte aufs Ganze; die verhalf ihm zu einem zweiten Pärchen, das zu seinen zwei Assen passte, doch dann wurde er bei der letzten Karte sowohl von einem Low Flush als auch von einem Straight geschlagen.

Bad Bobby kicherte hinter ihm. «Tja, Daniel, denk an das, was Ol' Jake Santee immer gesagt hat: ‹Schläge einstecken tut zwar weh. Aber noch weher tut's, wenn jemand den Finger auf die Wunde legt.›»

Daniel kaufte für sein ganzes Geld, die restlichen dreitausend Dollar, schwarze Chips. Fünf Stunden später, als er bei einem Spieler namens Frog Jorgenson einen Bluff entdeckt und ein paar gute Karten erwischt hatte, häuften sich zwölftausend Dollar vor ihm auf dem Tisch. Als der Spieler zu seiner Rechten einen Rückzieher machte, bemerkte Daniel zu seiner Überraschung, wie Bad Bobby auf den freien Platz glitt und zwanzigtausend Dollar in Chips verlangte.

Daniel spielte vorsichtiger, seit Bad Bobby mit dabei war. Bobby zog sein normales Spiel durch, dem sprunghafte Ausbrüche eine gewisse Regelmäßigkeit verliehen, doch er würzte den Spielverlauf, indem er von der ersten bis zur letzten Runde um den höchsten Einsatz wettete. Eine Stunde vor Sonnenaufgang hatte Daniel ungefähr siebzehntausend Dollar, und Bobby hatte seinen Stapel verdoppelt. Die Nachricht, dass Bobby in der Stadt war, machte rasch die Runde, und so schauten viele Spieler bei den Antlers vorbei. Als die Sonne aufging, waren viermal so viel Kiebitze wie Spieler anwesend.

Bad Bobby streckte sich genüsslich, während die Karten gemischt wurden. «Gentlemen, ich halte nur noch ein paar Stündchen durch. Hat jemand was dagegen, wenn wir das Ganze hier ein bisschen anfeuern und das Limit auf tausend erhöhen?»

Alle außer Daniel erklärten sich sofort damit einverstanden.

«Also gut, tausend», verkündete ein Spieler namens Mad Moses.

«Einen Augenblick, bitte», sagte Bad Bobby sanft. Er sah zu Daniel hinüber. «Wie steht's mit dir, Daniel?»

«Herrgott», sagte Mad Moses, «der ist doch eh am Gewinnen. Wenn er den Einsatz nicht erhöhen will, na, dann soll er sich auszahlen lassen – hier stehen sich die Spieler reihenweise die Beine in den Bauch und warten drauf, einzusteigen!»

«Nein», sagte Bobby tonlos, «so geht das nicht. Er ist seit zwölf Stunden mit dabei, und wenn er nein sagt, dann ist die Sache entschieden, finde ich.»

«Eintausend als Limit geht für mich in Ordnung», murmelte Daniel. Zwanzig Minuten später wünschte er, Mott Stocker hätte ihm die Zunge herausgeschnitten.

Daniel erhielt zunächst die Herzsieben verdeckt, danach die Herzacht offen. Bad Bobby hatte den Herzkönig und durfte den

Pott eröffnen, und als der Hintermann die hundert Dollar Minimum gesetzt hatte, erhöhte Bobby um tausend. Daniel und drei weitere Spieler gingen mit. Daniel bekam die Karoacht, hatte also ein Paar offen daliegen. Mad Moses erwischte ein Ass, das zu seinem einzelnen Buben passte, die beiden anderen konnten sich nicht spürbar verbessern, und Bad Bobby erhielt die Herzzehn. Als Daniel mit Wetten an der Reihe war, erhöhte er um tausend. Nur Moses und Bobby gingen mit. Daniel zog die Kreuzsieben, die mit seiner verdeckten Karte ein Paar ergab, Moses bekam die Herzsechs und Bad Bobby die Herzdrei, was bestenfalls zu einem Paar Königen oder einem Flush-Draw gereicht hätte. Bad Bobby, jetzt hinten, überraschte Daniel, indem er das Limit wettete. Daniel erhöhte um denselben Betrag. Mad Moses passte, nach langer Überlegung. Bad Bobby erhöhte wieder um tausend Dollar. Daniel hielt erneut dagegen. Was auch Bobby tat. «Ich höre nicht auf», sagte Daniel, während er den bisherigen Einsatz und einen zusätzlichen Tausender in den Pott schob. «Erst musst du mich kriegen, und das ist mir das Risiko wert.»

«Na», sagte Bobby, «dann zählt mal schön, was ihr so habt, und schmeißt anständig was rein; ich möchte nämlich nochmals erhöhen.» Als Daniel das, was von seinen siebzehntausend noch übrig war, abgezählt und in den Pott geschoben hatte, legte Bad Bobby die gleiche Summe hinein. Mad Moses' Geld und die Wetteinsätze eingerechnet, waren nun über vierzigtausend Dollar im Pott.

«Jetzt liegt es an den Karten», sagte Bobby. «Mal sehen, ob ich dein Two Pair überrunden kann.»

Der Geber deckte den Herzbuben für Daniel auf. Bad Bobby erwischte die Herzkönigin. Er hatte das Herzass verdeckt vor sich. Herz-Flush.

«Der Pott gehört dir», sagte Daniel und bemühte sich, den Schock der Enttäuschung in seiner Stimme zu verbergen. Reumütig lächelte er Bad Bobby zu, der die Chips zusammenschaufelte.

«Das hast du dir verdient, Bobby, wenn so viel Herz ausgespielt ist und man dann die Königin erwischt, wo man die ganze Zeit erhöht hat – das ist Glück.»

«Nein, Daniel, das ist das Wissen, *wann* es so weit ist.»

«Möchtest du noch Chips, Daniel?», fragte der Floor Man an seiner Schulter.

Daniel wollte sich von seinem Stuhl erheben. «Lieber nicht.»

«Wenn keiner was dagegen hat», sagte Bobby, «leihe ich dir zehntausend.»

Niemand hatte etwas dagegen.

Bad Bobby ließ sich seinen Gewinn – dreißigtausend Dollar! – um zwölf Uhr mittags ausbezahlen. Vier Stunden später kassierte Daniel, dem die Augen von Rauch und Erschöpfung brannten, einundzwanzigtausendfünfhundert ein, fünfzehntausend davon gab er Bad Bobby zurück, der noch wach war, als Daniel zurückkam.

«Du hast's geschafft, was?»

«Ich habe sechstausendfünfhundert gewonnen.»

«Gut, aber vergiss nicht, dass du auch mal verlieren kannst.»

«Hätte ich ja auch, wenn du mir nicht mit den zehntausend unter die Arme gegriffen hättest. Danke für dein Vertrauen.»

«Verdammt, ich müsste mich ja selbst für 'nen lausigen Lehrer halten, wenn ich dir nicht zutrauen würde, in so 'nem Pipispiel deinen Mann zu stehen! Außerdem hast du Froggys Bluff ungefähr zehn Minuten nach mir entdeckt. Vielleicht verlässt du dich einen Tick zu sehr auf dein Glück, aber das ist wahrscheinlich mein Fehler. Denk dran, beim russischen Roulette ist eine Kammer von sechs geladen, ungefähr siebzehn Prozent der Zeit stirbst du also. Rein technisch hast du unsere kleine Wette übrigens verloren: Wenn ich dir nicht einen neuen Kredit gewährt hätte, würdest du jetzt mit deiner Zunge Fenster putzen. Aber jetzt hast du ja dein eigenes Geld. Wenn du mal knapp bei Kasse bist, kannst du dich jederzeit bei mir bedienen und mit meinem Geld weiterspielen.»

Doch Daniel hatte sechstausendfünfhundert Dollar Profit gemacht und spielte daher mit seinem eigenen – und zwar gar nicht schlecht. Am Ende eines Jahres hatte er fast zweihundertzwanzigtausend Dollar, davon allein achtzigtausend aus dem Pott in einem Seven-Stud-Game in Albuquerque, als er Dumpling Smiths vier Neunen mit einem Karo-Low-Straight-Flush überboten hatte. Zwischen den einzelnen Spielen, wenn sie unterwegs waren (Bad Bobby nannte das «sich den Hintern am Highway platt drücken»), analysierte Bad Bobby Daniels Spielweise. Abgesehen von dem fehlenden Schliff und einem gelegentlichen Fehlurteil, sah er nur eine einzige Untugend. Es war weniger ein ständig auftauchender Fehler als vielmehr eine Veranlagung: Daniel liebte das Risiko. Der Kitzel einer gewagten Aktion, das aufregende Gefühl zwischen Hoffen und Bangen hatten es ihm angetan.

Bad Bobby erzählte Daniel, was ein Freund von ihm, ein berühmter Stock-Car-Rennfahrer, als die größte Gefahr bei Autorennen bezeichnet hatte. «Wenn du beim Fahren immer aufs Ganze gehst, und dich überkommt der Rausch der Geschwindigkeit, dann *willst* du einfach nicht langsamer fahren. Du solltest es zwar, das weißt du. Aber etwas so Herrliches und Überwältigendes hält dich gefangen, dass du einfach keine Angst mehr hast. Es ist immer dasselbe: Je schneller du fährst, desto weniger machst du dir Gedanken darüber, ob du überhaupt noch anhalten kannst. Und das ist Scheiße, Daniel. Also halt dich davon fern.»

Doch es war schon schwierig genug, die enorme Konzentration aufzubringen, die beim Spielen erforderlich war. Abgesehen von den ständigen Reisen kam man oft nächtelang nicht zum Schlafen, von der normalen Welt war man völlig abgeschnitten, und man wandelte von einem Adrenalinschock zum nächsten. Dem unsteten Leben eines Spielers setzte Daniel eine überall praktizierbare Routine entgegen. Beim Frühstück las er Zeitung, um sich so Tag für Tag ins Gedächtnis zu rufen, dass es jenseits des Spieltischs auch noch eine andere Welt gab. Vor jedem Spiel nahm er ein langes Bad. Er trug immer eines von zehn identischen weißen Hemden. Diese Routine vermittelte ihm ein Gefühl der Stabilität, gab ihm eine tägliche Infrastruktur, die zufälligen Veränderungen standhielt. Ab und zu brauchte er Sex, und meistens bekam er ihn von einem Fünfhundert-Dollar-Callgirl. Daniel mochte Callgirls. Sie waren experimentierfreudig, zumeist ungebunden, oft wunderschön, sie waren stolz auf ihre erotische Wirkung und Erfahrung, und man hatte keine Scherereien mit ihnen.

Daniel stimmte mit Bobby überein, dass ein einfaches Leben die Grundvoraussetzung für die mörderische Konzentration beim Kartenspielen war. Bad Bobbys Lebensstil war äußerst bescheiden. Abgesehen von dem instand gesetzten 49er Caddy bestand sein weltlicher Besitz lediglich aus dem Rasiermesser seines Vaters und einer alten .38er Ruger, die «Jack-'Em Up» Jackson ihm geschenkt hatte, um Betrüger und Highway-Piraten das Fürchten zu lehren. Bad Bobby schlief und badete in Hotels, aß in Restaurants und kaufte sich etwas Neues zum Anziehen, wenn ihn seine alten Sachen langweilten. Er kaufte sich auch Bücher – er hatte ein Faible für Geschichte –, doch wenn er eines ausgelesen hatte, gab er es entweder an Daniel weiter, oder er überließ es dem nächsten Hotelgast und den Wechselfällen des Schicksals.

Nach fünfzehn Monaten beständigen Kartenspielens wurde Daniel unruhig und fühlte sich irgendwie bedrückt. Sie hatten die Hälfte ihrer Lo-Ball-Tour durchs nördliche Kalifornien hinter sich gebracht, und die vertraute Landschaft erinnerte Daniel an die Ausgewogenheit des Lebens auf der Ranch. Das Glücksspiel hatte auch eine gewisse Ausgewogenheit, aber die bestand eben im steten Wandel und im schönen Schein. Spielen langweilte ihn. Er hatte gelernt, was es für ihn zu lernen gab, doch das hinterließ bei ihm ein seltsam unbefriedigtes Gefühl. Er sagte Bad Bobby, dass er weiterziehen wollte.

Doch Bad Bobby wollte davon nichts hören. «Ich habe jetzt über achtzehn Monate mit dir gearbeitet, aber du bist noch lange nicht fertig!»

«Das weiß ich durchaus zu schätzen», sagte Daniel. «Ich habe eine Menge gelernt. Aber ich merke, dass meine Energie immer mehr nachlässt.»

«Daniel, das ist genau der Moment, in dem du begreifst, was du sonst nie gelernt hättest. Die lange, präzise Disziplin ist es nämlich, die dir später zugute kommen wird, wenn alles davonzufliegen scheint. Erst dann entwickelst du Reserven, aber du musst streng mit dir selbst sein. Du musst geduldig das üben, was dir keinen Spaß macht, wenn du ein waschechter Spieler werden willst. Wie ein Baseballer, der zwar der beste Catcher weit und breit ist, der aber trotzdem jeden Tag nach dem Training dableibt und an den Drei-Yard-Outs arbeitet, die ihm noch Probleme bereiten. Deshalb hat man nämlich Schulden eingeführt: damit man sie abarbeiten kann.»

Daniel seufzte. «Das stimmt schon, was du sagst, aber ich kann jederzeit aussteigen. Bitte zwing mich nicht dazu.»

Bad Bobby grinste. «Eigentlich kannst du gar nicht aussteigen, wann du möchtest. Du hast mir nämlich dein Ehrenwort gegeben, dass du mich erst in einem Spiel schlagen wirst, bevor du tun und lassen kannst, was du willst.»

«Na gut», sagte Daniel und zuckte mit den Achseln. «Morgen. Ein Five-Card-Stud.»

«Du hast dir dein stärkstes Spiel ausgesucht, allerdings zur falschen Zeit. Ich habe gerade einen Anruf von da unten aus Gardena bekommen, von Stan Wurlitzer. Guido Caramba und Rupert the Limey sind scheint's beide in der Stadt; könnte gut möglich sein, dass ein Hunderttausend-Dollar-Freeze-Out-Game zustande kommt, wenn es Stan gelingt, die Leute zusammenzutrommeln. Ich soll ihm heute Abend Bescheid geben.»

«Wie läuft so was ab?»

«Jeder kauft für hunderttausend, und gespielt wird so lange, bis einer alles hat. Verlierst du deinen Wetteinsatz, bist du draußen, es gibt keine Möglichkeit, wieder einzusteigen.»

«Was für ein Spiel?»

«Lo-Ball-Draw, genau das, was wir in den letzten paar Wochen immer gespielt haben. Ich persönlich glaube, Lo-Ball wird irgendwann mal dein bestes Spiel sein, weil in dem Spiel ein Haufen davon abhängt, aufs Ganze zu gehen und Power-Position zu spielen. Natürlich gibt's kein Limit, und da sollte man nicht zu viel erhöhen, damit man keine Karten ziehen muss.»

«Willst du damit andeuten, ich könnte bei so einem Spiel mitmachen?»

«Das hängt von dir ab. Also, ich bin auf jeden Fall dabei, deshalb hab ich keine Lust, mich zu verausgaben, wenn ich dich morgen in die Mangel nehmen muss. Aber ich mache dir einen Vorschlag: Wenn du das Freeze-Out gewinnst, darfst du gehen. Wenn nicht, hast du immer noch genug Geld, um mich später mal zu fordern.»

«Wie ich dich und deine Wettvorschläge kenne, sind die anderen Spieler bestimmt gut.»

«Das siehst du vollkommen richtig.»

«Also: Wenn ich gewinne, darf ich nicht nur gehen, sondern ich nehme auch noch achthunderttausend Dollar mit.»

«Wäre nett, wenn du Stan zehn Riesen oder so als Trinkgeld gibst, schließlich hält er die Bank und stellt uns seine Räumlichkeiten zur Verfügung – es sei denn, du scherst dich nicht darum, in Zukunft als niveauloses Arschloch zu gelten.» Daniel wollte sich gerade für seine Trinkgelder rechtfertigen, die zwar großzügig, im Vergleich zu Bobbys extravaganten Summen jedoch lächerlich waren –, doch Bobby ließ ihn gar nicht erst zu Wort kommen. «'türlich ist das ein ziemliches Risiko. Du musst sieben andere Spieler schlagen, also auch Guido, Rupert und mich. Ich empfehle dir, früh anzufangen und dir was zum Futtern einzupacken.»

Daniel kannte Bad Bobby lange genug, um eine Wette zu wittern. «Was versuchst du mir da zu stecken?»

«Eins zu eins, dass du nicht unter die letzten vier kommst. Acht zu eins, dass du genau der dritte Spieler wirst, der rausfliegt. Und zwanzig zu eins, dass du nicht gewinnst.»

«Du erschütterst mein Selbstvertrauen.»

«Kann mir nicht helfen. Es ist, wie es ist, und ich halt mich an das, was ich sehe. Und was ich sehe, ist, dass du 'n verdammt guter Spieler bist, aber noch nicht gut genug.»

Sie saßen in Daniels Zimmer im Eureka Inn. Daniel deutete auf das Telefon auf dem Schreibtisch. «Ruf diesen Stan an und reserviere uns zwei Plätze. Ich setze einen Riesen gegen die ersten zwei Wetten und fünf auf die mit dem zwanzig zu eins. Dann bekämst du zweihunderttausend plus Wechselgeld, und ich wäre frei.»

Bad Bobby gab dem Telefonisten eine Nummer durch. Er grinste Daniel zu. «Guido wirst du mögen. Glaub mir, von dem kannst du 'ne Menge lernen!»

Am nächsten Morgen brachen sie nach San Francisco auf. Daniel saß am Steuer, Bad Bobby analysierte die Spieler und erklärte die Strategie bei einem Lo-Ball-Freeze-Out ohne Limit. Acht Spieler würden dabei sein. Nur mit zweien hatte Bobby bislang noch nicht gespielt.

«Clay Hormel ist Filmproduzent, hat einen Haufen Kohle, Hollywood rauf und runter. Du kennst die Art von Typ aus Las Vegas – bis zum Nabel offenes Seidenhemd, sechspfündige Goldkette, Höhensonnen-Bräune. Mit Filmverträgen mag er sich ja auskennen, aber als Kartenspieler taugt er nichts. Sein Ego ist genauso groß wie sein Bankkonto, und ich nehme mal an, die werden beide ein paar Federn lassen müssen bei diesem Spiel.

Charley Li ist ein alter Chinese, mittlerweile über siebzig, glaube ich. Kennt sich irre gut aus mit Lo-Ball und kann ganz schön gefährlich werden, wenn er mal seinen hitzigen Tag hat. Ich halte ihn für ein bisschen zu konservativ bei so 'ner Angelegenheit, einen Touch zu vorhersehbar. Aber er ist grundanständig, und er ist ein wahrer Gentleman.

Zwei von den Jungs kenne ich nicht, aber Stan hat mir ein bisschen was über ihre Spielweise erzählt. Der erste ist Paul Schubert, Spitzname ‹Rainbow›. Ist wohl so was wie 'n Hippie, einer von diesen New-Age-Typen mit Pferdeschwanz und ganz in Türkis. Stan meint, der ist so um die dreißig und entweder auf höchster Ebene in Drogengeschäfte verstrickt, oder er kommt aus 'nem reichen Stall, weil er für das, was er so reinbuttert, nicht gut genug spielt. Wahrscheinlich kann's ihm gar nicht riskant genug werden, ein gutes Beispiel für das, wovor ich dich gewarnt habe. Lässt sich keinen großen Pott entgehen und macht immer schreckliche Ansagen. Was bedeutet, dass man bei dem schwer bluffen kann.

Der andere ist Johnny ‹die Harke› Russo. Ich bin ihm nie über den Weg gelaufen, hab aber eine Menge über ihn gehört. Kommt von der Ostküste. Sein erstes Geld hat er verdient, indem er als Zwölfjähriger Pfandflaschen in der Bronx aufgesammelt hat – du weißt Bescheid. Er ist nicht viel älter als du – um die einundzwanzig, würde ich mal sagen –, und ganz offensichtlich hat er den Ruf, besonders tough zu sein, nicht zu Unrecht. Er hat keine Hemmungen, Chips in den Pott zu werfen. Stan meint, er spielt ganz oft so wie ich damals in dem Alter. Das heißt, er spielt zu aggressiv, wenn er nur ein mittelmäßiges Blatt hat, blufft bei den verkehrten Gelegenheiten und achtet nicht genügend auf Position.

Rupert Mildow ist Engländer, etwas älter, ein echter Gentleman, in Tweed und mit Spazierstock. Jeder nennt ihn daher ‹Briten-Limey›, was er für vulgär hält, und genau deshalb nennen ihn alle so. Wenn er eine Schwäche hat, dann vielleicht die, dass er sich nicht auf seinen Instinkt verlässt, vor allem auf den Killerinstinkt. Aber wenn du den besiegst, dann kannst du dir was einbilden.

Aber der Beste ist wahrscheinlich Guido. Er ist zäher als ein Straßenköter, und da er von ganz unten kommt, gefällt's ihm umso mehr ganz oben. Er ist halb Mexikaner, halb Italiener. Meistens tut er so, als wollte er dich jeden Moment über den Haufen rennen – was er dann auch tut –, aber er hat auch Feuer und Finesse. Er liebt es, dich mit seinem aufgesetzten mexikanischen Bandido-Akzent voll zu sülzen, weil er dich ärgern und einen latenten Rassismus aus dir rauskitzeln will. Und er will, dass du ihn unbedingt besiegen möchtest. Eine etwas seltsame Angewohnheit, für einen Haufen Geld die Schwächen von seinem Gegenüber herauszufinden und die eigenen zu zeigen. Von allen Spielern, die ich je gesehen habe, wahrscheinlich der beste Psychologe. Achte darauf, wie er spielt, und hör nicht auf das, was er sagt.»

«Und, wie spielt er?», fragte Daniel.

«*Extrem* gut.»

«Deine Hilfsbereitschaft ist echt überwältigend.»

«Ich wär schön blöd, wenn ich mehr erzählen würde. Guido spielt mit den anderen Spielern, der Stimmung, der Spannung und dem Augenblick ebenso gut wie mit seinen Karten. Ich habe ihn ein paar Mal geschlagen, aber wenn hier in dem alten Caddy das ganze Geld wär, das ich schon beim Lo-Ball gegen ihn verloren hab, dann hätten wir schon längst einen Achsenbruch gehabt.»

«Spielt er Stud oder Hold-'Em? Schließlich bist du doch angeblich der Beste in beidem.»

«Na ja», sagte Bad Bobby, «ich hab immerhin so viel wieder zurückgewonnen, dass ich das Auto behalten konnte.» Er drückte lange auf die Hupe, die in dem kleinen Redwoodwald echote, durch den sie gerade fuhren, und lächelte zufrieden, während er auf die sich vor ihm dahinschlängelnde Straße blickte.

Die Spieler trafen sich am Freitagabend in der Lounge von Stan Wurlitzers Cardroom, um Regeln und Ablauf zu besprechen.

Außer Guido waren alle um Punkt neun Uhr versammelt. Er kam zwanzig Minuten zu spät, eine Entourage von vier hübschen jungen Chicano-Mädchen um sich, die alle ein weißes Seidenkleid mit alarmierend tiefem Dekolleté und ein Halsband mit Opalen und Perlen trugen. Der Schmuck passte hervorragend zu ihrer Haut, die wie schmelzendes Karamell schimmerte.

Daniel starrte sie an, bis ihm einfiel, dass er ja mit Guido spielte und nicht mit ihnen. Mühsam machte er seinen Blick von ihnen los.

Guido begrüßte die anderen Spieler mit Gusto. Er war groß und beleibt, wenn nicht gar korpulent. Er hatte ein breites, dunkel getöntes Gesicht, die Wangen gingen nahtlos in sein Doppelkinn über. Es hätte verkommen gewirkt, wären da nicht Guidos Augen gewesen, Augen von der Farbe und dem harten Glanz des Obsidians. Er trug Smoking und einen Seidenzylinder. Seine goldenen Manschettenknöpfe hatten die Größe von Zwanzig-Dollar-Goldmünzen. Riesige Diamanten funkelten auf seiner Armbanduhr und seinen Ringen.

Als Stan Wurlitzer ihm Daniel vorstellte, runzelte Guido die Stirn. «Mr. Wurlitzer», sagte er in scherzhaftem Tonfall, «in die Lounge iest eine kleine Junge, die seine Mama hat verloren. Sie müssen sie schnell finden, damit diese junge Mann nix passiert.»

Daniel, der glaubte, dass Guido irgendwie vom Tod seiner Mutter erfahren hatte, sagte ruhig: *«Fuck you.»*

«So *mutig!*», rief Guido aus und wich einen Schritt zurück, als hätte er sich erschreckt.

«Also *wirklich*, Guido», sagte Rupert ganz nüchtern, «heb dir das für das Spiel auf.»

«Ahhhh, ich kann nix dafür», entschuldigte sich Guido. «Ich fühle mir heute Abend so *wuunderbar*. Gerade habe ich mit alle meine Mädchen Liebe gemacht, und es macht mir so glücklich, hier mit ihnen gekommen zu sein, dass ich spät bei euch gekommen bin. Und du, kleine Daniel, ich habe nur Spaß gemacht, denn was ich so gehört habe, hast du schon Haare auf die Arsch und ganz viele *cojones.* Aber …», Guidos dröhnende Stimme wandelte sich plötzlich zu einem traurigen Murmeln, «… aber ich werde über dir hinweggehen wie Wasser über die Tiefebene.»

«Deshalb spielen wir ja», sagte Daniel und nickte, «um das herauszufinden.»

«Stanley», Rupert rollte mit den Augen, «können wir bitte weitermachen?»

Es wurde nach den Standardregeln gespielt: Eröffnung oder Ausspielen reihum, Schecks waren in der zweiten Runde möglich, aber keine Erhöhung, es musste 7-6-5-4-3 gewettet werden oder jedes beliebige niedrigere Blatt. Der Ablauf, den Stan vorschlug, fand ebenfalls die Zustimmung aller: Es wurde reihum gegeben und mit einem Fünfhundert-Dollar-Ante begonnen, das angehoben wurde, sobald ein Spieler pleite war; alle drei Stunden gab es eine halbstündige Pause, alle sechs eine einstündige; die reine Spielzeit pro Tag war auf zwölf Stunden begrenzt. Stan sammelte die Einsätze ein; jeder Spieler mit Ausnahme Guidos zog ein Geldbündel hervor und zählte hundert Riesen ab, nur Rupert reichte Stan einen Scheck.

Verächtlich sagte Guido: «Ich mache meine Hände nicht mit Bargeld schmutzig und verplempere mein Zeit nicht auf die Bank.» Er schnippte mit den Fingern: Jede seiner wunderschönen jungen Freundinnen hob das Kleid an und zog ein Bündel Scheine aus dem Strumpfband. Als er ihre weichen Schenkel sah, knirschte Guido genüsslich mit den Zähnen und verkündete: «Glaubt mir, Leute, Guido Caramba spielt nicht mit Geld, das nicht die warme Haut von eine Frau gekannt hat. So, wenn unsere Meeting jetzt zu Ende iest, nehme ich meine Freundinnen mit und mache mit meine Training weiter. *Hasta mañana.*»

«Caramba», murmelte Daniel.

Die Spieler versammelten sich kurz vor zwölf Uhr mittags in Stans Cardroom. Sie losten die Sitzordnung aus, nach sinkendem Kartenwert im Uhrzeigersinn. Daniel zog den Joker und sah darin ein verheißungsvolles Zeichen. Die endgültige Sitzordnung hätte er selbst auch nicht besser zusammenstellen können. An dem sauberen Filztisch mit dem Stapel Chips im Wert von einhunderttausend Dollar in der Mitte nahmen links von Daniel reihum Platz: Charley Li, Rupert, Johnny Russo, Clay Hormel, Paul Schubert, Guido und Bad Bobby – was bedeutete, dass Guido und Bobby, die beiden stärksten Spieler, normalerweise vor ihm ausspielten.

Ein gutes Stück von den Spielern entfernt saßen bereits fast einhundert Zuschauer. Clay Hormel hatte, vielleicht um Guido aus dem Konzept zu bringen, seine eigene Schar von jungen Starlets angeschleift. Guidos karamellfarbene Schönheiten, wieder in bräutlichem Weiß, hatten sich hinter ihn gesetzt. Guido trug über seinem Smoking nun auch ein schwarzes Cape.

Daniel flüsterte Bad Bobby zu seiner Rechten zu: «Guido sieht aus wie ein fett gewordener Dracula.»

Bad Bobby deutete ein leichtes Nicken an und sagte gedehnt: «Ja, und er spielt wie ein Werwolf.»

Dann ermittelten sie den ersten Geber. Guido sicherte sich diese Ehre mit dem Karoass. Jeder Spieler setzte einen schwarzen Fünfhundert-Dollar-Chip, Guido mischte, und «Rainbow» Schubert hob ab. Guido schloss die Augen und deklamierte dann, das Gesicht zum Himmel gerichtet, feierlich: «Gott, ich bitte dir um Gnade für ihre dem Untergang geweihten Ärsche!» Daraufhin teilte er die erste Runde aus.

Daniel bekam ein 9-8-6-5-3. Als Bad Bobby passte, eröffnete er für viertausend. Auch Charley Li, Rupert und Johnny Russo passten. «Mann, beim ersten Mal bin ich doch immer dabei», sagte Clay Hormel und hielt die Wette. «Wenn du die erste Runde nicht gewinnst, kannst du sie nicht alle gewinnen.»

«Find ich gut, deine Philosophie», sagte Rainbow Schubert und hielt ebenfalls.

Kampflustig starrte Guido seine Karten an. «Was iest das? Eine Full House? Ich spiele die falsche Spiel. Aber ich halte trotzdem, weil die Pokergötter vielleicht eine Einsehen haben.» Er schob viertausend in Goldchips auf den Pott zu. «Nachschlag?», fragte er mit säuselnder Stimme und legte die oberste Karte verdeckt unter den Stapel.

Durch ein leichtes Klopfen auf die Tischplatte gab Daniel zu verstehen, dass er keine Karten wollte.

«Naaaain!», jammerte Guido. «Bitte überleg es dir noch einmal!»

«Keine Karten», erwiderte Daniel scharf.

Guido zuckte resigniert die Achseln. «Sind Sie auch bedient, Mister Hormel?»

«Noch nicht. Wirf mal drei herüber.» Er legte ab, und Guido gab ihm drei Karten.

Rainbow Schubert zog eine.

Guido setzte den Stapel ab, legte einen Chip darauf und schaute seine Karten fast dreißig Sekunden lang an. Endlich sagte er: «Diese Mist kann ich nicht spielen. Ich habe zwei Asse, zwei Zweien und die komische kleine Mann, der auf die Hummel reitet und die Finger in seine Arsch hat.» Er lächelte Daniel zu und bat: «Bitte, was soll ich spielen?» Guido deckte seine Karten auf: zwei Asse, zwei Zweien und der Joker.

Natürlich würde er zwei Karten zu Ass, Zwei und Joker ziehen. Vorsichtig regte Daniel an: «Wirf dein Two-Pair ab und hol dir was für den Joker.»

Guido sah mit unbändiger Wut zu Daniel hinüber. «Hör zu, Kleiner. Du kanns mit Guidos Geld anstellen, was du wills, weil Guido iest eine glickliche Mann und schert sich nicht um Geld. Du kanns mit Guidos Frauen anstellen, was du wills, weil Guido iest eine großziegige Mann und würde dir nie ihre herrliche Körper vorenthalten. *Aber!*», donnerte er und machte eine theatralische Kunstpause. «Aber du kanns nicht mit Guidos *Verstand* anstellen, was du wills!!!» Er dämpfte seine Stimme zu einem nachdenklichen Gemurmel. «Du kanns nicht mit Guidos Verstand anstellen, was du wills, weil Guido gar keine Verstand hat! Der iest vor dreißig Jahren mit ihm durchgegangen, als er in Tijuana beinahe verhungert wäre!»

«Ich wollte nur behilflich sein», sagte Daniel und tat so, als wäre er beleidigt, dass man seine guten Absichten derart missverstehen konnte.

«Ich nehme *zwei* Karten», entschied Guido, legte ab und zog.

Daniel war etwas beunruhigt, nicht wegen Guidos Gequatsche, sondern wegen seiner Hand. Eine Neun war zwar relativ sicher, konnte aber von Ass-Zwei-Joker übertroffen werden. Daniel wettete nochmals viertausend, kein gewagter Einsatz, aber besser als abzuwarten, weil sie dann wüssten, dass er keine Sieben oder etwas Niedrigeres hatte.

Clay Hormel und Rainbow passten. Vorsichtig hob Guido seine neu gezogenen Karten an und blickte darunter. «Ah», strahlte er, «ein *Fremder*. Schau, ich lüge nicht.» Er legte Ass-Zwei-Joker-Vier auf den Tisch, die letzte Karte zeigte er jedoch nicht.

Sechs Karten schlagen mich, überlegte Daniel, *sieben aber nicht. Verdammt nah an einem eins zu eins.* Er beobachtete Guidos Augen, als dieser die letzte Karte aufdeckte. Sie schimmerten vor Begeisterung.

«Jaaaaaah!», schrillte er. «*Hallo,* kleine Sechs!» Er sah Daniel durchdringend an. «Ich halte deine lächerliche Wette und erhöhe um ganze Hände voll!» Guido schob sämtliche sechsundneunzigtausend Dollar, die ihm geblieben waren, in die Mitte.

Daniel warf einen Blick auf seine Karten. Sie hatten sich nicht geändert. Seine Chancen waren einen Hauch besser, aber es wäre viel zu früh gewesen, bei dieser Hand alles zu setzen. «Nimm den

Pott», sagte er zu Guido, schob seine Karten zusammen und legte sie mit der Vorderseite nach unten auf den Tisch.

Guido glühte. «Ich erzähle dir keine Schwachsinn. Ich zeige dir.» Er drehte die letzte Karte um, das Herzass. Er hatte also ein Paar Asse. «Siehst du? Zwei Asse, drei, wenn du die Joker mitzählst.» Plötzlich machte er ein betrübtes Gesicht. «*Drei Asse?* O nein, ich habe wieder vergessen!» Er gab sich einen leichten Klaps auf die Schläfe. «Guido, du alte Trottel, wach auf! Das hier ist *Lo-Ball!* Aber», fügte er rasch hinzu, «nimm doch bitte die Chips trotzdem.»

An Daniels Seite fragte Bobby leise: «Einzelne Acht oder Neun?»

«Genau.»

«Gut gemacht. Bei wackligen Karten sollte man nie zu früh was riskieren.»

«Deshalb habe ich aufgehört», sagte Daniel kurz angebunden.

«Pass auf, dass er sich nicht auf dich einschießt», warnte Bobby und schob die Karten zum Mischen zusammen.

Clay Hormel machte als erster Bankrott: Er ging bei einer Erhöhung von Rupert mit, zog aber, als Rupert keine Karten mehr wollte, zwei Karten. Rupert hakte nach, und Clay versuchte törichterweise, mit seinen restlichen zwanzigtausend ein Paar Fünfen zu bluffen. Rupert erzwang mit seinem 8-4-3-2-1 auf der Stelle ein Showdown, und Clay setzte sich wie ein begossener Pudel zu seinen Starlets.

Die nächsten paar Stunden vergingen langsam. Daniel spielte ganz konservativ, achtete vor allem auf Position. Er war schon bei sechzigtausend angelangt, als er feststellte, dass die Tausend-Dollar-Antes seinem Vorrat doch allmählich zusetzten. Er begann, für zehntausend zu eröffnen, und versuchte so, die Antes zu gewinnen. Nach Ablauf von fünf Stunden war er fast wieder auf Startniveau, wie die meisten anderen Spieler auch – mit Ausnahme von Guido und Rupert, die jeder ungefähr hundertfünfundsiebzigtausend hatten, und Charley Li, der noch fünfzigtausend besaß, weil seine vorsichtige Spielweise die Antes auffraß. Charley bemerkte es zu spät, spielte waghalsiger und machte ständig Verluste. Daniel schnappte sich Charleys letzte achttausend, da seine blanke Acht unter Charleys Neun lag.

Zehn Minuten später war auch Rainbow Schubert bankrott. Er hatte, ohne Karten aufzunehmen, Bobbys Wette erhöht, mit einem 10-9-8-2-1. Bobby hatte zunächst lediglich gehalten, dann auf weitere Karten verzichtet. Das setzte Rainbow unter Druck, und nachdem er mit seinem Armband aus Türkisen gespielt und an seinem Pferdeschwanz herumgezupft hatte, warf er endlich 10-9-8 ab und nahm drei neue, 9-4-3. Als Bobby ungewohnterweise abwartete, also eigentlich Schwäche zeigte, weil er nichts bei drei neuen Karten des Gegners riskierte, setzte Rainbow seine letzten fünfundzwanzigtausend. Indem er mit seinem 8-5 hielt, ließ Bobby die Falle zuschnappen.

Als die nächste Runde ausgegeben wurde, sagte Bobby zu Daniel: «Ich schulde dir einen Riesen.»

Verständnislos sah Daniel ihn an.

Bobby erklärte: «Du warst nicht der dritte Spieler, der rausgeflogen ist.»

«Das stimmt», sagte Daniel. Er hatte die Nebenwetten ganz vergessen.

Das Spiel wurde zunehmend spannender, da sich die verbliebenen fünf Spieler immer stärker auf die Eröffnung konzentrierten. Obwohl der Pott manchmal durchaus lohnte, gingen die Wettrunden oft ergebnislos aus. Als es auf Mitternacht und damit auf das Ende des ersten Tags zuging, hatten Daniel, Bobby, Guido und Johnny Russo jeweils etwa hundertachtzigtausend, während Rupert nur noch achtzigtausend besaß.

Ganz kurz vor Mitternacht knöpfte Daniel Rupert fünfzigtausend ab. Daniel war Geber. Rupert eröffnete für zehntausend, und alle passten. Daniel erhöhte um vierzigtausend. Rupert hielt und zog eine Karte. Daniel verzichtete auf einen Kartentausch. Als Rupert abwartete, setzte Daniel dreißigtausend, genau das, was Rupert noch hatte. Dieser überlegte einen Augenblick und schüttelte dann den Kopf. «Der Pott gehört Ihnen, Sir», sagte er mit seiner üblichen steifen Förmlichkeit. «Ich hatte eine Sechs, eine Vier und den Joker – und dann habe ich ins Leere gegriffen.» Er deckte sein Blatt auf – 10-6-4-2-Joker – und warf es dann zu den abgelegten Karten.

«Als Sie abgewartet haben, wusste ich, dass Sie keine Sieben oder etwas Niedrigeres hatten, und ich hatte alle Achten.» Er drehte seine Karten um, vier Achten und ein Ass.

Rupert nickte düster. «Gutes Blatt.»

Guido quiekte: «Es ist kaum zu glauben! Ruft eine Krankenwagen, hier geht gleich jemand vor Bewunderung in die Knie!»

Die letzte Hand vor Mitternacht war zugleich das Aus für Rupert.

Daniel und Bobby nahmen ein Late-Night-Dinner in der Lounge zu sich. Bobby ließ sich über die Footballspiele des nächsten Tages aus und fragte Daniel beiläufig, wie er das üppige Mahl fand. Daniel wollte aber über das Kartenspiel reden. «Hör doch mal mit Football auf. Wie war ich?»

«Wer hat die meisten Chips auf dem Tisch?»

«Ich», sagte Daniel. «Ich habe ungefähr zweihundertfünfzigtausend, Guido zweihundertvierzig, du um die zweihundertzehn und Russo dürfte wieder bei hunderttausend sein.»

«Na ja, wer am meisten Chips hat, muss wohl gut sein.»

Daniel ignorierte Bobbys sarkastische Beschreibung des allzu Offensichtlichen. «Ich glaube, ich mache das Rennen. Die letzte Hand heute Abend hat irgendwas in mir ausgelöst.»

«Das war gut gespielt», sagte Bobby, «aber mich würde interessieren, was du getan hättest, wenn Rupert keine Karte gezogen hätte. Abgesehen davon, dass du dir in die Hose geschissen hättest, meine ich. Aber wie ich dir schon tausendmal gesagt habe, ein gutes Spiel macht derjenige, der den Pott gewinnt. Das ist und bleibt der Maßstab.»

Daniel wollte gerade etwas antworten, als Clay Hormel an ihren Tisch trat. «Bobby, Daniel – schön, dass ihr beide noch hier seid.» Er drückte Daniels Schulter. «Junge, Junge, du hast den alten Limey ja wirklich *schwer* beeindruckt. Er hört gar nicht mehr auf, vor sich hin zu brabbeln. Aber eins sag ich dir: *Ich* hätte die Wette gehalten, da kannste Gift drauf nehmen.»

Ganz wohlerzogen entgegnete Daniel: «Bei Ihnen hätte ich das auch gar nicht versucht. Sie sind zu tough.»

«Hätte ich mal was Anständiges gekriegt, wäre ich immer noch dabei.»

Bobby nickte zustimmend. «Ja, man muss gute Karten haben.»

«Wie heißt es doch so schön», sagte Clay, «wenn die Sache heiß wird, musste zupacken, sonst läuft' s dir bald eiskalt übern Rücken. Und wo wir grade von heißen Sachen reden, ihr zwei seid in mein Haus in Malibu eingeladen, zu 'ner mordsmäßigen Party nach dem Spiel hier. Haufenweise geile Weiber und 'ne Menge anderer Sachen, an denen man seinen Spaß haben kann. Wer weiß, vielleicht sogar das eine oder andere Spielchen ...»

«Wir kommen ganz bestimmt, ist doch Ehrensache», grinste Bobby.

Etwas lauter als nötig sagte Daniel: «Kommt drauf an, wie ich mich fühle.»

«Spielt keine Rolle, wie du dich fühlst», sagte Clay und tätschelte ihm den Rücken, «nach einer meiner Partys geht's dir automatisch besser! Also, bis dann – und viel Glück euch beiden!»

Als Clay außer Hörweite war, beugte sich Daniel vor und sagte mit mühsam gebändigter Stimme: «Wenn wir nicht spielen, brauchst du nicht für mich mitzudenken, kapiert?!»

«Du hast mich noch nicht geschlagen», erwiderte Bad Bobby ganz unbekümmert. «Solange das so ist, habe ich das Sagen. Clays Spiele in Hollywood sind in der ganzen Welt berühmt dafür, dass ein Haufen Anwälte und Produzenten mitmachen, die riesige Geldmengen besitzen, noch riesigere Egos und nur ein winziges bisschen Talent für Poker. Und was mich persönlich angeht, so werd ich wohl ordentlich Kohle brauchen können, wenn ich bei diesem Freeze-Out hier verliere. Also machen wir mit. Und solange du mich noch nicht besiegt hast, tust du, was ich sage.»

«Wenn's denn so bleibt», sagte Daniel.

«Außerdem, Daniel: Ich bin dein *Lehrer*. Ich werd dafür bezahlt, für dich mitzudenken!»

Am nächsten Nachmittag, als das Spiel wieder aufgenommen wurde, lief Guido zu voller Fahrt auf. Seinen Smoking hatte er gegen ein Flanellhemd und Jeans eingetauscht, und obwohl niemand danach gefragt hatte, erklärte er: «Jetzt iest es Zeit für Arbeit.»

Er knöpfte sich Johnny Russo vor und nahm diesem die Hälfte seiner Chips ab, als er Johnnys 8-5 bei einmaligem Kartentausch mit seinem 8-4 ohne Ziehen unterbot. Er schnappte Bad Bobby einen erhöhten Pott weg, indem er Bobbys 9-8 ohne Ziehen ein 8-6 entgegensetzte. Daniel erkannte, dass Guido heiß war, und ging auf Abstand. Die Viertausend-Dollar-Antes erschöpften seinen Vorrat jedoch allmählich, und außerdem konnte er Guido nicht ständig aus dem Weg gehen.

Bad Bobby gab die nächste Runde aus. Nach dem Ziehen einer Karte hatte Daniel Ass-Zwei-Drei-Vier und setzte zwanzigtausend. Johnny Russo passte. Guido erhöhte um fünfzigtausend. Bad Bobby passte. In einem plötzlichen Impuls wollte Daniel alles verwetten, was er noch hatte, ungefähr einhundertfünfzigtausend also, und so entweder Guido zum Passen zwingen oder, falls dieser hielt, alles auf eine einzige Karte setzen. Er beschloss dann aber, nur zu halten, und schob zwei Stapel Goldchips in den Pott. Er zog eine Karte. Nach kurzer Überlegung klopfte Guido zum Zeichen, dass er keine Karte wollte. Daniel fiel sein Zögern auf, Guido sagte sonst immer sofort an. Er sah seine neue Karte an: Es war eine Acht, und nun hatte er 8-4-3-2-1. Aber er wusste nicht, was er tun sollte. Wenn er einen hohen Einsatz wagte und Guido erhöhte, wäre zu viel im Pott gewesen, um aufs Weiterwetten zu verzichten. Wenn er abwartete und Guido um einen ganzen Batzen erhöhte, würde er, Daniel, mithalten müssen. Er entschied sich, eine geringe Summe zu setzen, in der Hoffnung, Guido möge glauben, er wolle ihn zum Erhöhen verleiten. «Ich wette zehntausend», verkündete Daniel.

Guido betrachtete ihn neugierig. «Du setzt nicht sehr viel. Mags' du deine Blatt nicht?»

«Du kannst ja erhöhen, wenn dir das nicht reicht», antwortete Daniel.

Guido dachte kurz nach. «Nein, ich halte nur.»

«Ich habe eine Acht und eine Vier», sagte Daniel und legte die Karten offen auf den Tisch.

Guido schüttelte betrübt den Kopf, als er seine aufdeckte, 7-5-4-3-2. «Das kannst du dir sonst wohin stecken, Kleiner.»

«Sieben und Fünf?», sagte Daniel ungläubig. «Und da *erhöhst* du nicht? Guido, was ist los mit dir? Hast du auf einmal etwas gegen Geld? Oder dachtest du, das wäre eine Falle?»

«Naain, naain, naaiin!» Guido verneinte voller Inbrunst. «Es ist nur so: Du spiels' so miserabel, da habe ich Mitleid bekommen. Aber Mitleid ist nicht gut, weder für dir noch für mir, und deshalb ist es bald so wie mit Gott und Zwerg.»

«Wie mit Gott und dem Zwerg?», wiederholte Daniel und bereute es sofort.

Guido schlug sich mit der flachen Hand auf die Stirn und rief aus: «Was? Du kenns' die Geschichte mit Gott und die Zwerg nicht?»

«Nein», sagte Daniel, «aber ich habe das dumpfe Gefühl, gleich kenne ich sie.»

«Ja, ich erzähle dir gerne, wie es ist mit Gott und die Zwerg. Da ist diese Zwerg, und er sitzt einmal mit viele, viele andere Leute in die *cantina*, als plötzlich Gott zur Tür hereinkommt, sich umsieht und sagt: ‹Ich werde auf alle Leute hier in diese *cantina* scheißen – mit die Ausnahme von dir, kleine Zwerg.› Die Zwerg freut sich sehr, springt von seine Stuhl und ruft: ‹Ich danke dir, barmherzige Gott, dass du hast mich verschont, weil ich schon so viel habe gelitten, weil ich eine Zwerg bin.› Und Gott sagt zu ihn: ‹He, ich verschone niemand. Ich werde dich benutzen, um meine Arsch abzuwischen.›»

Guido lachte wie verrückt, während Daniel wortlos seine Karten abwarf. Guidos Gelächter beunruhigte ihn mehr als die Story. Der Mann war völlig durchgeknallt; bei ihm musste man mit allem rechnen. Solange die Situation sich nicht normalisiert hatte, beschloss Daniel ganz vorsichtig zu spielen.

Vielleicht zu vorsichtig. Bad Bobby hatte wieder gegeben, Daniel wettete zehntausend Dollar mit einem 8-7-6-5-3 ohne Ziehen. Johnny Russo, der mittlerweile nur noch etwa siebzigtausend besaß, hielt, Guido und Bobby ebenfalls. Als Daniel das Klopfzeichen gab, zogen sie beide je eine Karte. Daniels Chancen standen nicht unbedingt günstig: Mit einer blanken Neun kam man vielleicht bei einem Spieler durch, der eine Karte zog, nicht aber bei dreien. Daniel wartete ab, darauf gefasst, bei jeder Wette mitzuhalten. Johnny Russo schob seine gesamten Chips in den Pott, fast sechzigtausend. Guido fluchte über den König, den er gezogen hatte, und warf seine Karten verächtlich ab. Bad Bobby verkündete: «Ich erhöhe», und schob weitere sechzigtausend in den Pott.

«Ich habe nichts mehr», sagte Johnny und deutete auf die blanke Fläche vor sich.

«Es ist ja noch jemand mit im Spiel», gab Bad Bobby zu bedenken.

«Jetzt nicht mehr», sagte Daniel. «Bei sechzigtausend hätte ich noch gehalten, aber nicht bei hundertzwanzig.» Er warf sein Blatt ab.

«Erwischt», sagte Johnny zu Bad Bobby. «Ich habe ein Vierer-Pärchen.»

«Ich hab 'ne Königin», sagte Bad Bobby.

Johnny sagte: «Gute Wette. Hätte nicht gedacht, irgendjemand würde mit einem Bluff rechnen.» Er stützte sich vom Tisch ab und stand auf.

«Mach dir nichts draus», sagte Daniel zu ihm. «Ich hab gerade meinen Gewinn vergeigt.» Er zählte seine Chips. Er hatte noch hundertsechzigtausend Dollar, Bad Bobby dreihunderttausend und Guido ungefähr dreihundertvierzig. Um den Anschluss nicht zu verpassen, musste er ganz vorsichtig spielen, ein ordentliches Blatt ergattern und schließlich aufs Ganze gehen.

Dann legte ihn Bad Bobby mit drei Neunen aufs Kreuz. Da er jetzt ohnehin nur noch hunderttausend hatte, beschloss er, das Risiko einzugehen. Er teilte die Karten aus. Guido eröffnete für bescheidene zehntausend, Bobby passte, und Daniel – mit 9-5-Joker-2-1 – erhöhte um sechzigtausend.

«So, Zwerg», lächelte Guido, «ich wische mir die Arsch schon sehr früh. Bitte legt eure *ganzen* Chips rein, wenn ihr mitspielen möchtet.» Er hielt Daniels Wette und schob ebenfalls sechzigtausend hinein.

Daniel schaute nochmal sein Blatt an. Es war unwahrscheinlich, dass er noch eine bessere Hand bekam. «Ich halte», sagte er und legte seine restlichen Chips in den Pott. «Karten?», fragte er Guido und griff nach dem Stapel.

«Karten?», wiederholte Guido, als hätte er das Wort noch nie gehört. «Guido Caramba setzt nicht hundertzwanzigtausend Dollar und zieht dann eine Karte. Nur eine Narr würde so etwas tun!» Er klopfte heftig auf die Tischplatte. *«Keine Karten!»*

«Scheiße», murmelte Daniel. Er hatte gehofft, Guido würde ziehen; in dem Fall hätte er keine Karte genommen. Guidos gespielte Entrüstung deutete womöglich darauf hin, dass Guido ihn gar nicht zum Ziehen animieren wollte, da er höchstwahrscheinlich eine blanke Acht oder Sieben besaß. Bad Bobby hatte Daniel beigebracht, dass man nur dann ziehen sollte, wenn man dadurch mehr Geld gewinnen konnte. Da er aber alles in den Pott geworfen hatte, gab es nicht mehr zu gewinnen. Jede Acht würde ihn aber schlagen. Er musste aus dem Bauch heraus entscheiden. Er legte die Neun offen auf den Tisch und sagte zu Guido: «Muss mal eben diese hübsche Neun hier loswerden.» Er gab sich selbst eine Karte.

Guido tat überrascht: «Du bis verrückt. Jetzt muss' du die Pott zweimal gewinnen.» Er legte sein Blatt auf den Tisch: 10-9-8-7-4.

Langsam drehte Daniel die Karte um, die er gezogen hatte. Es war der Herzbube. «Du hast gewonnen», sagte er zu Guido, «nimm das Geld.» Wie betäubt erhob er sich von seinem Stuhl.

«Du bis' eine gute Spieler, Zwerg», sagte Guido mit breitem Grinsen, während er die Chips an sich raffte. «Aus dir wird nochmal was.»

Immer noch ganz benommen, sah Daniel der Fortsetzung des Spiels von einem Platz in der ersten Reihe zu, die für die ausgeschiedenen Spieler reserviert war. Eine Stunde später hatte Bad Bobby, der immer erfolgreicher wurde, Guido eingeholt, jeder von ihnen hatte nun fast vierhunderttausend Dollar. Neben ihm sagte Johnny Russo: «Sieht so aus, als würde das noch eine ganze Weile so weitergehen.»

«Das habe ich auch gerade gedacht», sagte Daniel.

Doch beim nächsten Blatt war das Spiel aus. Guido eröffnete für vierzigtausend. Bad Bobby, der Geber, erhöhte um einhundertsechzigtausend.

«Dassis eine Haufen *dinero*», murmelte Guido. «Bevor ich die

Wette halte, muss ich eine Karte in meine Hand anschauen.» Mit zusammengekniffenen Augen musterte er sein Blatt. «O mein Gott, du wirs es nicht glauben, aber es ist die Joker. Ich kann das selbs' nicht glauben. Ich muss deine Wette halten und dann um all meine Chips erhöhen, die ich noch habe. Komm, das machen wir, und dann gehen wir nach Hause.»

«Klingt vernünftig», sagte Bad Bobby freundlich und schob seine restlichen Chips in die Mitte. Er nahm den Kartenstapel und schob die oberste Karte verdeckt darunter. «Möchtest du Karten, Guido?»

«*Natürlich* nehme ich welche», sagte Guido indigniert, als käme es ihm keinesfalls in den Sinn, vierhunderttausend Dollar in den Pott zu legen, ohne eine Karte zu ziehen. «Diese Neun is nicht gut.» Er schnippte sie in den Pott. «Gib mir eine.»

Bobby schob ihm eine Karte zu und nahm dann sein eigenes Blatt auf. Da sie alles gesetzt hatten und er der Letzte war, der ausspielte, sah er sich die Karten an: 9-6-5-3-2. «Ich mach's genauso», sagte er und warf die Neun ab.

Daniel, den die Spannung auf einmal angesteckt hatte, konnte nicht glauben, dass sie beide eine Karte gezogen hatten.

Bobby legte seine neue Karte verdeckt vor sich auf den Tisch. «Ich habe ganz tief hineingegriffen», sagte er zu Guido. «Ich habe eine Sechs und eine Fünf.»

Guido deckte sein Blatt auf. «Ich habe auch eine Sechs, aber ich liebe meine Sechs sehr, sehr viel, weil ich Sechs-Vier-Drei-Joker-Ass habe.»

«Dann nimm dir alles, Guido – du hast gewonnen. Gratuliere.»

Guido grinste gönnerhaft, als die anderen stürmisch applaudierten. «Danke, Bad Bobby. Du bist eine *hombre* voll Geist und Witz, und ich bewundere deine Spiel sehr. Du hast bis zum Ende mit mir gekämpft. Wir sind gleich gut, aber ich bin eine kleine bisschen geschickter. Wir seh'n uns, *amigo*.»

Am nächsten Tag nach Malibu zu gelangen war einfach. Sie flogen in Clay Hormels Lear-Jet zum dortigen Flughafen, wo eine Limousine auf sie wartete, um sie in Windeseile nach Xanadu zu bringen. In jeder der dreißig Gästesuiten in dem «kleinen Strandhaus» des Produzenten gab es ein Jacuzzi und ein rundes, rotierendes Bett; Küchenvorräte und -personal hätten für die Besatzung eines Flugzeugträgers ausgereicht. Johnny Russo und Rainbow Schubert begleiteten sie auf dem Flug. Voller Bedauern hatte Guido die Einladung ausgeschlagen, da er schon eingewilligt hatte, mit seinem Harem an einem religiösen Zeremoniell teilzunehmen, das hauptsächlich daraus zu bestehen schien, sich nackt in einem Haufen größerer Geldscheine zu suhlen. Daniel fand das Ganze unheimlich und wollte keine weiteren gespenstischen Details hören.

Bad Bobby, der Daniels Stimmung auf dem Flug bemerkt hatte, sagte: «Nur weil sie dich kleingekriegt haben, heißt das noch nicht, dass du jetzt immer den Kopf einziehen musst. Gestern, das ist schon Geschichte. Heute ist ein neuer Tag.»

«Ich weiß nicht, warum ich mit meiner blanken Neun eine Karte gezogen habe.»

Leise sagte Bad Bobby: «Ich werd nicht hier sitzen bleiben und dir beim Jammern zuhören.» Er ging nach hinten und setzte sich neben Johnny Russo.

Auf die Party zu gelangen war auch einfach. Wegzukommen erwies sich als schwieriger. Zunächst war da seine «persönliche Gastgeberin», Linda O'Rahl, die Clay ihm als «vielleicht die neue Meryl Streep» vorgestellt hatte. Linda zeigte ihm sein Zimmer und wies ihn darauf hin, dass eine komplette Bar hinter der Filmleinwand zum Vorschein kam, wenn man diese anhob (sie demonstrierte es), dass Gras, Schnee und Quaaludes auf Anfrage zu haben waren und dass sie beim Sex auf alles abfuhr, «was dir auch Spaß macht».

Daniel spürte, wie sich eine mächtige, unerbittliche Verzweiflung im Zentrum seines Gehirns aufbaute. Es fiel ihm schwer, höflich zu antworten. «Danke, Linda, aber worauf ich im Moment wirklich abfahre, ist ein langer Spaziergang am Strand, mit keiner anderen Begleitung als einer Flasche Whiskey. Ich muss grübeln, überlegen, nachdenken, Pläne schmieden. Geh du nur und spiel mit jemandem, der auf dich eingeht. Wenn Clay irgendwas sagt, erzähl ihm, dass ich schwul bin.»

«Ich habe eine lesbische Freundin», sagte Linda beflissen, «wir könnten dich in ein Pussy-Sandwich stecken ...»

«Wenn ich in einer anderen Stimmung bin, wird mir das bestimmt großen Spaß machen. Aber jetzt brauche ich Wind, Wasser und Whiskey.»

«Du möchtest Wasser zu deinem Whiskey?»

«Nein. Ich meinte den Ozean.»

«Klingt romantisch.»

«Ist es aber nicht», versicherte er ihr.

Obwohl Daniel seinen Privatausgang benutzte und hinten um das Haus herum ging, war es ihm nicht möglich, sich ungesehen davonzuschleichen. Er musste an einer lang gestreckten Terrasse vorbeigehen, auf der sich wahre Menschenmassen drängten. Direkt unterhalb am Strand spielte eine Gruppe nackter Frauen und Männer Volleyball. Daniel blieb wie angewurzelt stehen. Im intensiven Licht des Oktobertags schien jeder dieser nackten Körper jung, gebräunt, makellos und zugleich vergänglich zu sein.

«Großer Gott», brummte Bad Bobby plötzlich neben ihm, «spielen die da splitternackt Volleyball. Kalifornien ist scheint's jedes Mal, wenn ich hier Station mache, noch verrückter als vorher.»

«Ich gehe jetzt ein wenig spazieren», sagte Daniel. «Natürlich nur, wenn du nichts dagegen hast.»

Bad Bobby schaute auf den Horizont hinaus. «Ich hab mit dem Ozean einen Deal gemacht, als ich ein magerer zwölfjähriger Bengel war – keine Familie, keine Verwandten, nirgends. Ich hatte mich irgendwie bis zum Golf durchgeschlagen, weil ich vom

Ozean gehört, ihn aber noch nie gesehen hatte, und ich wollte ihn unbedingt sehen. Da stand ich also und starrte ihn mit offenem Mund an, ringsum nichts als Wasser, und sagte ganz schnell: ‹Ozean, wir schließen einen Pakt. Wenn du mir nichts tust, dann tu ich dir auch nichts.›»

«Faire Sache», sagte Daniel. Er wandte sich zum Gehen.

«Verdammt nochmal, Daniel!», kollerte Bobby, sodass Daniel stehen blieb. «Egal, wie schlimm die Kacke um dich rum am Dampfen ist, es sind verdammt schlechte Manieren, 'ne Whiskeyflasche in der Hand zu halten und 'nem durstigen Mann nichts zu trinken anzubieten.»

Nach einem kurzen Moment der Irritation fiel Daniel wieder ein, dass er ja eine Flasche Jack Daniel's in der Hand hielt. «Sorry», murmelte er und hielt ihm die Flasche hin.

Bad Bobby schraubte den Deckel ab und hob die Flasche. «Der Herr geb dir, was er will – und mir nochmal so viel.» Er tat einen kräftigen Zug.

Daniel nickte, um den Trinkspruch zu erwidern. Er merkte, dass er es leid war, Bad Bobby anzuschauen, ihn ständig um sich zu haben, seine Stimme zu hören.

Bobby gab ihm die Flasche zurück. «Da drinnen braut sich ein mordsmäßiges Kartenspiel zusammen. Wenn du mich brauchst, dann weißt du ja, wo du mit deiner Suche anfangen musst!» Er drehte sich um und ging aufs Haus zu.

Daniel kochte vor Wut, als er zum Strand hinunterstapfte. «Immer ist *er* derjenige, der abhaut. Immer hat *er* das letzte Wort. Immer sitzt *er* am längeren Hebel.»

Während er am Strand entlanglief, musste er sich eingestehen, dass Bad Bobby eben einfach klüger war – erfahrener, aufmerksamer, entschlossener –, und Daniel sah ein, dass er, wenn er Bobby zu einer Partie Poker forderte, keine Chance haben würde. Diese Einsicht stimmte ihn auch nicht gerade heiterer.

Als er außer Sicht- und Hörweite des Partytreibens war, setzte sich Daniel in den Sand, lehnte sich an ein vom Meer glatt geschliffenes Stück Treibholz und begann langsam und beständig zu trinken. Er sah auf den Ozean hinaus; jede Welle trieb ihn tiefer in die Depression. Auch der feurige Sonnenuntergang berührte ihn kaum. Er hatte das Gefühl, in seinem eigenen Innern gefangen zu sein, eine im Labyrinth rotierende Ratte.

Schwankend stand er auf und legte seine Kleider ab, die Nachtluft streichelte seine Haut. Er watete in den flachen Wellenschaum hinaus und stürzte sich dann in die heranrollende Brandung. Als er darin hin und her gewirbelt wurde, verschwand seine Depression spurlos. Er schwamm fast bis zur völligen Erschöpfung hinaus und ließ sich dann auf dem Rücken treiben, betrachtete die Sterne, beeindruckt von ihrer fernen Gleichgültigkeit. Genau das hatte ihm gefehlt: Sterne, Felsen, Wasser, Wind. Über ein Jahr lang hatte er in geschlossenen, verrauchten Räumen gelebt, in parfümierten Suiten und dahinrauschenden Autos, entwurzelt, süchtig nach dem Pokerkitzel, an das Aufdecken einer Karte gefesselt. Zu klein, zu eng. Das war es nicht, was er wollte. Er wollte über sich hinauswachsen, seine Ketten sprengen. Er wollte glühendes Feuer sein.

In jeder klaren Nacht am Namenlosen See hatte Wild Bill mindestens eine halbe Stunde dagestanden und den Sternenhimmel betrachtet. Als Daniel ihn gefragt hatte, ob das eine Art Meditation sei, hatte Bill geantwortet, die Sterne seien in Wirklichkeit die Schmiedefeuer von Alchimisten, und er finde es äußerst beruhigend, so viele Seelen bei der Arbeit zu sehen.

In den Wellen treibend, versuchte Daniel, die Sterne mit Wild Bills Augen zu sehen, doch es klappte nicht. Er versuchte, sich vorzustellen, er wäre der erste Urmensch, der da hinaufsah und sie erblickte. Ein geheimnisvoller Gedankensprung brachte ihn zu einem warmen Herbstnachmittag, als Johnny Seven Moons ihm gezeigt hatte, wie das indianische Stöckchenspiel funktioniert. Das

Stöckchenspiel war ehrlich und einfach: Rate, in welcher Hand das Stöckchen ist. Links oder rechts; richtig oder falsch. Pure Intuition, reines Ratespiel. Daniel lächelte zum sternenübersäten Himmel hinauf. Bad Bobbys großer Vorsprung, die jahrelange Erfahrung, kam hier nicht zum Tragen. Daniel zweifelte, dass Bad Bobby bei all dieser Erfahrung jemals auch nur vom Stöckchenspiel *gehört* hatte.

Daniel schwamm langsam zurück, indem er sich von den Wellen tragen ließ, und setzte sich dann zum Trocknen auf seinen Treibholzstamm. Er fühlte sich frisch, glücklich, zuversichtlich – das Wasser hatte ihn gewandelt. Er konnte die Partylichter weiter unten am Strand sehen und beschloss, nicht zurückzugehen. Er buddelte ein Loch vor dem Stamm, rollte seine Kleider zu einem Kissen zusammen, kuschelte sich in den Sand und war wenige Augenblicke später eingeschlafen.

Er träumte zum ersten Mal seit der Explosion.

Eine Karte wurde ihm über den grünen Filztisch hinweg ausgeteilt, mit der Rückseite nach oben. Er drehte sie um. Der Herzbube, der Gangster, der liebenswerte Schuft höchstselbst. Er betrachtete das Bild eingehend. Es war Guidos Gesicht. Er drehte die Karte um hundertachtzig Grad. Jetzt war es Bobbys Gesicht. Er riss die Karte entzwei.

Sofort wurde ihm eine neue über den Filztisch hinweg zugeschnippt. Langsam drehte er sie um. Der Herzbube. Er riss sie entzwei.

Eine neue Karte. Herzbube. Er riss sie entzwei.

Noch eine, und noch eine, und noch eine, der unsichtbare Geber spielte sie ihm so rasch zu, wie Daniel die vorherige zerriss.

Die nächste Karte, die er aufdeckte, war leer. Verblüfft starrte er auf die glänzend weiße Oberfläche. Ein Vogel schrie. Er berührte die Karte. Sie verwandelte sich in ein Fenster. Angestrengt starrte er hindurch, doch es ging auf einen leeren Himmel hinaus.

Er berührte das Glas, und als er seinen Finger wegnahm, sah er einen schwarzen Stein auf sich zurasen. Als er jedoch bezaubert zusah, erkannte er, dass es gar kein Stein war, sondern ein Vogel, ein Rabe, und im Schnabel hielt er einen kleinen glänzenden Gegenstand, ein kugelförmiges glitzerndes Etwas, eine gläserne Murmel vielleicht, doch nein, es schimmerte zu hell, war zu klar. Ein Diamant, eine schlanke, spiralförmige Flamme brannte in seiner Mitte, und dann stieß der Vogel gegen das Fenster, und es gefror zu einem Spiegel, er hörte, wie seine Mutter schrie: «Lauf, Daniel, lauf!», aber er konnte nichts tun, er fiel geradewegs auf den Spiegel zu. Um sich zu schützen, rollte er sich zu einer Kugel zusammen, überlegte es sich dann anders, streckte sich wieder, breitete die Arme aus. In dem kurzen Moment bevor er auf dem Spiegel auftraf, sah er, dass dieser leer war.

Der Spiegel zerbarst zu Millionen von Diamantsplittern, und Daniel trieb auf dem Rücken im mondbeschienenen Wasser, betrachtete die Dunkelheit und die Sterne.

Spät am Morgen wachte er auf. Abgesehen davon, dass er brennenden Durst verspürte, fühlte er sich wunderbar. Er konnte wieder träumen. Sein Schicksal hatte sich gewandelt. Das musste gefeiert werden. Er hob die Whiskeyflasche hoch und fand, Seite an Seite in ihrem Abdruck im Sand, zwei vollkommen gleiche Kieselsteine, jeder ein flaches, glattes, längliches Oval, der eine schwarz, der andere weiß. Er wog sie, einen in jeder Handfläche, und schloss dann die Hand zur Faust. Mit geschlossenen Augen stand er da, die Steine wurden in seinen Händen ganz warm. Bad Bobby konnte sich auf etwas gefasst machen.

Transkription:
Denis Joyner, AMO Mobile Radio
Moment, meine Lieben, jetzt geht's hoch hinauf! Jawohl, ihr Süßen, streckt eure Lauscherchen nach mir aus, dann hiev ich

euch hoch. Ja, ihr habt Recht, da musstet ihr nich mal raten, der DJ isses, der Diabolische Jubilar, frisch ausm oberaffengeilen Piratensender auf multipler Frequenz, Mou-beil Räj-di-jo – und, o mein Gott, wo wir schon von Multiplem sprechen: Ihr könnt mich auch auf KPER, KINK, KUZZ, KLUE und KYJL (dem einzigen schwulen Sender in Malibu) empfangen. Und jetzt, wo ihr mich habt, versucht doch einfach, mich laufen zu lassen.

Probiert das mal, während ich mich einstweilen um das Musikprogramm von heute Abend kümmere. Schön ruhig bleiben jetzt, denn in den nächsten drei Stunden werdet ihr was so Altes, so richtig schön Nostalgisches hören, dass ihr euch mindestens sieben Leben lang noch daran erinnern könnt. Geschlagene drei Stunden – zähl schön mit, Jack! – nichts als Voodoo Trance Jam, live von mir mitgeschnitten, bei meinem letzten Trip nach Haiti. Fast in die Hosen gemacht hätt ich mir dabei. Und während ihr die flimmernden Bildchen unter eurer Schädeldecke genießt, wird sich's der DJ ein bisschen gemütlich machen mit was ganz Süßem, das gerade in seinem Van aufgetaucht ist, um über den Preis von Opium in Shanghai zu diskutieren. Bin dann wieder so gegen Mitternacht bei euch, mit meiner Gutenachtgeschichte und quasiphilosophischen Unterrichtsstunde, 'ne weitere Folge aus dieser Endlosserie, die, den Eindruck hat er so langsam, sein Leben zu sein scheint. Ob sich's lohnt, weiß nur der Mond. Trotzdem: Immer schön dranbleiben. Entweder jetzt hier oder später dort. Das war der DJ, der euch da ins Ohr gebrabbelt hat. Bis dann, dort und überall.

Nachdem er den Sand abgeduscht und sich umgezogen hatte, traf Daniel Bad Bobby, wie dieser es angekündigt hatte, bei einem Hold-'Em in Clays Spielsalon. Bobby hatte wahre Türme ordentlich gestapelter Chips vor sich, er schlug sich also entweder ganz hervorragend oder er hatte gerade eingekauft. Bevor Daniel etwas sagen konnte, stand Bad Bobby auf und sagte zu den Spielern gewandt: «Teilt mir mal was Schönes aus, ich komme gleich wieder», und winkte Daniel auf die Terrasse hinaus.

«Daniel, wir sind im Poker-Himmel gelandet. Hier sind Anwälte, Produzenten, Schauspieler, Regisseure, Drogendealer – und allen kommt das Geld schon zu den Ohren raus, außerdem wollen sie unbedingt beweisen, dass sie die *huevos* haben, um No-Limit-Hold-'Em zu spielen.» Bobby schaute sich um, beugte sich dann vor und senkte die Stimme. «Dabei spielt ungefähr die Hälfte von ihnen erst zum dritten Mal in ihrem gesamten Leben Hold-'Em, und bei den ersten beiden Malen scheinen sie verdammt wenig mitbekommen zu haben. Bei einem Dreier denken die an Sex, und einen Kicker halten sie für einen, der bei den Rams für die Tore sorgt. Nur wenn man Geld auf den Tod nicht ausstehen kann, sollte man an dieser Runde hier nicht teilnehmen. Wie viel hast du noch auf der hohen Kante?»

«Nur noch so um die zwanzig Riesen.»

«Komm, die musst du setzen.»

«Die spare ich für das Spiel gegen dich.»

Bad Bobby blinzelte langsam, so ziemlich das einzige Zeichen von Aufregung, das er jemals erkennen ließ. «Herrgott, Daniel, nicht jetzt.»

Daniel versuchte, jede Spur von Ironie aus seiner Stimme zu tilgen, als er ihm ins Gedächtnis rief: *«Mit jedem Mann, egal, von welchem Stamm / Bei jedem Spiel, das ihm je gefiel / Um alles Geld dieser Welt / Wann immer es sei – ich bin dabei.»*

«Du hast ziemlich gut aufgepasst», sagte Bad Bobby anerkennend und sprach auf einmal viel rascher als sonst. «Und jetzt geh schön und überleg dir, wann das sein soll, und ich will mal sehen, ob ich da Zeit habe. Aber in der *Zwischenzeit* werde ich das Loch wieder auffüllen, das Guido in meine Finanzen gerissen hat. Und da ich's dir schwarz auf weiß geben kann, dass ich keine Zeit haben werde, solange dieses Spiel nicht zu Ende ist, kannst du dich auch gleich hinsetzen und reich werden. Wenn du deine zwanzigtausend verlierst, kannst du dir gern von mir was borgen.»

«Gib mir fünfzigtausend.» Daniel versuchte sein Glück. Bislang hatte Bad Bobby fünfundzwanzigtausend als oberstes Limit festgesetzt, dies war die höchste Summe, die Daniel Bad Bobby zufolge noch nicht in den Ruin treiben konnte.

Ohne ein Wort zog Bad Bobby jedoch sein Bündel Geldscheine hervor und begann abzuzählen. Als die Banknoten nicht reichten, schüttelte er den Kopf und gab Daniel das Bündel. «Nur noch siebenundvierzig. Bin selber ’n bisschen knapp bei Kasse.»

«Danke», sagte Daniel, gerührt, dass Bobby ihm seinen letzten Penny geliehen hatte. «Ich würde ja erst meins nehmen, aber wenn ich verliere, müsste ich mir von dir was borgen, um dich zu fordern, und das fände ich nicht schön, wenn ich dich gegen dein eigenes Geld spielen lasse.»

Bad Bobby legte den Kopf ein wenig zur Seite. «Klingt alles ziemlich schleierhaft. Ist doch nur Geld, und wenn’s keins ist, dann sind’s eben Chips. Wie gesagt, das ist nur so ’ne Art Gedächtnisstütze.»

Daniel sah ihn an und sagte: «Wie schaffst du es nur, immer das letzte Wort zu haben?»

«Genauso wie ich es schaffe, immer als Letzter zu erhöhen. Warum? Wolltest du was sagen?»

«Ach nein, eigentlich nicht.»

«Na, dann komm, lass uns die Schafe scheren.»

Der Gute Hirte Bad Bobby zerstörte das Privatvermögen eines berühmten jungen Schauspielers, brachte eine prominente Hollywooder Anwaltskanzlei fast dazu, Konkurs anzumelden, und luchste Clay Hormel ein Prozent vom Budget seines nächsten Teenager-Horror-Streifens ab. Zweifelsohne eine von Bobbys eindrucksvollsten Vorstellungen.

Daniel gewann achthundertfünfzig Dollar oder, wie ein kichernder Bobby bemerkte, etwas weniger, als er seiner persönlichen Hostess an Trinkgeld gegeben hatte. Daniel hatte fast neunzigtausend Dollar Vorsprung gehabt. Er hatte ein Pärchen Zehnen verdeckt vor sich und dann nochmal eine Zehn und ein Pärchen Siebenen gezogen. Er hielt sich aber zurück und erhöhte erst gegen Ende, doch als Bad Bobby daraufhin um sage und schreibe hunderttausend erhöhte, vermutete Daniel, dass Bobby vier Siebenen hatte, und warf sein Blatt hin. Er sollte Recht behalten: Bad Bobby zeigte seine Karten, als Clay Hormel, der selbst Zehner und Bube hatte, sie als Bluff entlarven zu müssen glaubte; dadurch verlor er ein Prozent seines Gewinns von *Teenage Massaker, Teil 8.* Als Bobby sah, dass Daniel bei einem an sich guten Blatt gepasst hatte, nickte er anerkennend: «Dazu brauchte es 'ne Menge Mumm. Je mehr ich von dir so mitbekomme, Daniel, desto mehr sehe ich einen Spieler.»

Daniel erwiderte: «Warte, bis wir das Spiel meiner Wahl spielen. Und eins verspreche ich dir: Es wird nicht mit Karten gespielt, denn da bist du einfach der Größte.»

«Freue mich schon darauf, Daniel. Ehrlich.»

Als das Spiel zu Ende war, stand Daniel direkt hinter Bad Bobby, während sie sich ausbezahlen ließen. Daniel gab die fünfzigtausend zurück, die Bobby ihm geliehen hatte, und fragte: «Bist du so weit?»

Bad Bobby zuckte mit den Achseln. «Na klar. Aber doch wohl nicht jetzt – grundgütiger Gott, siehst du denn nicht, dass ich total *geladen* bin? Ich hab das Gefühl, gleich kann ich meine Ladung nicht mehr halten, so scharf bin ich.»

«Man sollte seine Ladung nicht zu früh verpulvern», sagte Daniel und zitierte damit einen von Bobbys Lehrsätzen.

«Na schön. Was für ein Spiel ist das?»

Daniel überlegte rasch. «Das Nomlaki-Steinchenspiel.»

«Hm, und die Regeln stammen von dir, nehme ich an.» Bad Bobby traute dem Ganzen offensichtlich nicht.

«Na ja …, eigentlich ist es das älteste Glücksspiel auf dem nordamerikanischen Kontinent.»

«Ich dachte, das wäre das indianische Stöckchenspiel.»

«Doch, schon», sagte Daniel und schluckte, «das ist auch richtig. Weißt du, das Steinchenspiel geht genauso wie das Stöckchenspiel, nur dass man eben Steinchen statt Stöckchen verwendet.»

«Klingt irgendwie logisch», stellte Bobby fest.

«Man benutzt einen weißen Stein und einen schwarzen Stein», fuhr Daniel fort, «und lässt sie hinter dem Rücken von einer Hand in die andere gleiten, dann streckt man dem anderen die Fäuste hin, und der muss dann erraten, in welcher Hand entweder der weiße oder der schwarze Stein ist.»

«Bisschen komplizierter als das Stöckchenspiel, aber die gleiche Grundidee. Das hast du dir wahrscheinlich deshalb ausgesucht, weil du gedacht hast, auf die Art würde meine langjährige Erfahrung im Kartenspiel neutralisiert werden. Ganz schön clever, muss ich sagen.» Brüderlich legte er Daniel den Arm um die Schultern. «Aber ich fürchte, du wirst bitter enttäuscht werden, Daniel. Ich habe Tony Big Elk eine dermaßen verheerende Niederlage im Stöckchenspiel beigebracht, dass er das Spielen aufgegeben hat, und dabei war er angeblich der Beste.»

Diese Geschichte kannte Daniel noch nicht, daher wusste er nicht, ob sie stimmte oder nur zur Einschüchterung diente. «Vielleicht sollten wir unsere Zeit nicht mit einem Glücksspiel verschwenden. Ich gebe dir einfach die zehntausend zurück, und du hast nochmals ein ganzes Jahr lang das Sagen.»

«Das wäre wahrscheinlich das Klügste», sagte Bad Bobby kichernd, «aber es würde nur halb so viel Spaß machen. Es ist jetzt an die fünfzehn Jahre her, seit ich zum letzten Mal das Stöckchenspiel gespielt habe, und irgendwie freue ich mich drauf. Möchtest du es hier spielen, oder sollen wir hineingehen?»

Daniel tat bestürzt. «*Hineingehen?* Bobby, das ist ein *Indianerspiel.*

Es wird *im Freien* gespielt. *Nackt.* Direkt hier am Strand. Wer zuerst hundert hat, hat gewonnen.»

Das missfiel Bad Bobby ganz eindeutig. Er blinzelte träge, nahm seinen Arm von Daniels Schulter und verschränkte die Arme vor der Brust. «Nehme an, du hast die Steine bereits?»

«Hier in meiner Tasche.»

Bad Bobby warf einen Blick auf die Uhr, dann auf seine persönliche Hostess, die sich im Hintergrund herumdrückte. «Es ist halb zehn. Um Mitternacht treffen wir uns hier. Ich muss mein Geld beiseite schaffen, mir den Rauch abwaschen und was Anständiges essen.»

«Mitternacht passt mir ausgezeichnet», sagte Daniel. «Das wollte ich gerade selbst vorschlagen.»

Daniel und Bad Bobby standen sich nackt am Rand des Wassers gegenüber. Der zunehmende Halbmond ergoss sein Phosphorlicht auf den nassen Sand.

«Okay», sagte Daniel, «lass uns die Wettregeln festlegen. Wenn ich gewinne, darf ich gehen, darf ich tun, was ich will; wenn ich verliere, bleibe ich, und der Spaß, mich schlagen zu lassen, kostet mich dann zehn Riesen.»

«Korrekt!»

«Ich hätte noch etwas vorzuschlagen», sagte Daniel, «eine Nebenwette.»

«Wenn du mir nicht sagst, worum's geht, werde ich es nie erfahren», erwiderte Bobby.

«Zuerst möchte ich, dass du weißt, warum ich sie vorschlage. Weißt du, alles, was ich gewinnen kann, ist die Erlaubnis, meiner Wege zu gehen, und ich bin gern mit dir zusammen, du bist ein guter Lehrer und der beste Kartenspieler, den ich in meiner kurzen Laufbahn gesehen habe – einschließlich Guido. Deshalb wette ich mit dir um weitere zehntausend, einfach so, ohne Bedingungen.

Auf die Weise kann ich, außer der Erlaubnis zu gehen, noch etwas anderes gewinnen; und wenn ich verliere, kannst du mein ganzes Geld haben.»

«Wenn du was zu verschenken hast – ich nehm es gern.» Eine Welle brach sich etwa hundert Meter weit draußen. Bobby schaute aufs Meer hinaus.

«Gut, dass du eine Abmachung mit dem Ozean hast», sagte Daniel.

«Besteht dieses Spiel nur aus Reden?»

«Nein, jetzt spielen wir.» Daniel legte die Hände hinter den Rücken und vertauschte die Steine mit raschen Bewegungen. «Du bist der Champion», sagte er zu Bobby, «deshalb fängst du an.» Er ließ die Steine so schnell in die jeweils andere Hand gleiten, bis er selbst nicht mehr wusste, was in welcher Hand war. Dann streckte er Bobby die zur Faust geballten Hände hin.

Anstatt eine Hand zu wählen, reckte Bobby seinen grau melierten Kopf zum Himmel empor und stimmte einen hohen, rhythmischen Gesang an: *«Hija-Ja-Jie-Ah Jah!»*

«He», zischte Daniel, «was zum Teufel soll das?»

Bobby hörte auf zu singen und sah Daniel ganz überrascht an. «Na, ich singe meinen Stöckchenspiel-Schlachtgesang. Das ist das Wichtigste bei dem Spiel, dein Lied. Das brauchst du, um deine Kanäle zu öffnen und die deines Gegners durcheinander zu bringen. Wahrscheinlich glaubst du nämlich, du wüsstest gar nicht mehr, welcher Stein in welcher Hand ist, aber da täuschst du dich.» Er berührte Daniels linke Hand. «Schwarz.»

Daniel machte die Hand auf. Der schwarze Stein lag darin.

«Eins zu null für den Alten», sagte Bobby mit einem Strahlen, als Daniel ihm die Steine übergab.

Es wurde ein Gemetzel. Daniel besiegte ihn einhundert zu siebenundvierzig, und das, obwohl es schon zwölf zu achtundzwanzig gestanden hatte. Bei achtzig zu vierundvierzig hatte Bobby ein

Murren von sich gegeben, was für ihn bereits den Gipfel des Bedauerns darstellte. «Du bist flinker als ein geölter Revolver, und ich bin so lahm wie ein gichtkranker Pinguin.»

Es trug nicht gerade zu Bobbys Konzentration bei, dass – wie Daniel vorausgesehen hatte – um fünf Minuten nach Mitternacht der Gezeitenwechsel einsetzte oder dass Daniel ungefähr zu dem Zeitpunkt, als die ans Ufer leckenden Wellen ihre Knöchel umspielten, eine Erektion bekam, was er gar nicht bemerkte, bis Bad Bobby schließlich sagte: «Warum packst du nicht das Dingsda weg?»

«Mann», sagte Daniel, «die Natur kann einen ganz schön verrückt machen! Vielleicht solltest du dich auf eine deiner besonderen Abmachungen berufen?»

Doch was die vernichtende Niederlage wirklich beschleunigte, war Daniels Entdeckung, dass er nur seinen Verstand zu leeren brauchte, *durch* die Steine hindurchdenken musste anstatt *an sie*, und schon spürte er den schwarzen Kiesel in Bobbys Händen. Immer den schwarzen, obwohl er oft auf die andere Hand deutete und weiß erriet, damit Bobby nicht der Gedanke kam, dass er einen Trick gefunden hatte.

Daniel wusste nicht, wieso er es wusste, aber es überraschte ihn nicht, dass es so war. Wild Bill hatte ihm eingehämmert, dass man im Leben immer wieder auf entscheidende Informationen stieß, die sich den normalen Wegen der Wissensspeicherung widersetzten. Oder wie Bad Bobby es später ausdrückte, als er hundert Hundert-Dollar-Noten abzählte und sie Daniel reichte: «Die Arithmetik kann dir sagen, wie viel du verloren hast, aber nur dein Arsch weiß, wie sehr er geschlagen wurde.»

Transkription:

Telefongespräch zwischen Volta und Bad Bobby

BOBBY: Ich bin's, Robert. Wollte dir nur sagen, dass Daniel bereit für was Neues ist. Hat mich gleich beim ersten Versuch von so einem Ratespiel mit Kieseln geschlagen, und zwar gewaltig.

VOLTA: Das ging ja schnell. Du scheinst allmählich alt zu werden, hast deinen Biss eingebüßt.

BOBBY: Du hattest Recht – er ist gut. Wenn man ihn lässt, wirft er sich wirklich ins Zeug. Natürlich fehlt ihm noch der Schliff, und außerdem hat er eine Schwäche für riskante Manöver, aber der Junge hat das Spiel durchschaut, selbst wenn er sich dessen selbst nicht bewusst ist.

VOLTA: Irgendwelche Vorschläge, wohin wir ihn als Nächstes schicken sollen?

BOBBY: Weiß ich nicht. Ich hab kein Talent für Zukunftsprognosen. Finde, es ist schon schwierig genug, sich in der Gegenwart zurechtzufinden. Und bei Daniel weiß man nie so recht, woran man ist. Er hat Spielerblut in seinen Adern, aber das Unterwegssein liegt ihm nicht – dieses Leben hat ihn fertig gemacht, nicht das Spiel, aber die zwei lassen sich nur ganz schwer trennen. Was ich nicht begreife, ist, wie man so ein rastloser Mensch sein und keinen Gefallen daran haben kann, ständig auf Achse zu sein.

VOLTA: Vielleicht hat er keinen Sinn fürs Spiel, kann es sich aber nicht eingestehen.

BOBBY (nach einer Pause): Weiß nicht. Entweder lernt er wahnsinnig schnell, oder er hat 'nen angeborenen Sinn fürs Kartenspielen, denn in den achtzehn Monaten hat er sich gegen einige von den Besten wacker geschlagen, und er hat ja von der Pike auf gelernt. Das muss er sich auch gar nicht eingestehen, das ist einfach eine nackte Tatsache. Und je höher der Einsatz, umso besser spielt er.

VOLTA: Irgendeinen Vorschlag, was ihn wohl am meisten reizen könnte?

BOBBY: Er hat mal gesagt, Spielen würde einen zu sehr einengen. Er will seinen Horizont erweitern, hat er gemeint. Vielleicht sollte man ihn wieder mal ein bisschen in die Berge schicken – die würden ihm fehlen, sagt er. Vielleicht sollte er ein paar Jährchen bei diesem Spinner mit seinen Booten, bei Slocum Wright, in die Lehre gehen.

VOLTA: Das fordert ihn nicht genügend.

BOBBY: Tja, dann weiß ich auch nicht. Ach, übrigens, bevor es mein seniles Gehirn vergisst, er hat gesagt, ich soll dir ausrichten, dass er wieder geträumt hat und mit dir darüber reden will.

VOLTA: Sag ihm, das besprechen wir später, es sei denn, es ist etwas Wichtiges, das mit seiner Mutter zu tun hat.

BOBBY: Okay, aber wo soll er denn jetzt hin? Ich glaube, er will es unbedingt wissen.

VOLTA: Wahrscheinlich, weil er überlegt, ob er aufhören soll.

BOBBY (kichert): Haben wir das nicht alle schon mal?

VOLTA: Wie wahr. Na gut, gib ihm folgende Anweisungen: Er soll morgen in zwei Wochen nach New York fliegen, am Siebenundzwanzigsten. In der Silver Wings Bar soll er auf einen Mann namens Jean Bluer warten. Wenn Bluer bis 18 Uhr nicht da ist, soll er ein Taxi zum Wildwood Hotel nehmen und als David Hull einchecken. Wenn er nach drei Tagen immer noch nichts von Jean Bluer gehört hat, soll er mich unter der Six-Rivers-Nummer anrufen.

BOBBY: Wer ist dieser Jean Bluer? Klingt wie ’n Froschfresser.

VOLTA: Genau, ein Franzose. Einer meiner Neuzugänge. Erst vor wenigen Sekunden habe ich beschlossen, dass er derjenige sein könnte, der Daniel eine neue Dimension eröffnet. Allerdings könnte es ein paar Tage dauern, bis ich ihn ausfindig gemacht habe: Daher die verzwickten und verworrenen Anweisungen.

BOBBY: Hast du jemand Neues für mich?

VOLTA: Nein.

BOBBY: Da gibt's diesen Jungen namens Johnny Russo, aus dem scheint mir was zu werden. Macht's dir was aus, wenn ich mich mal 'n paar Monate um ihn kümmere?

VOLTA: Absolut nicht. Aber ich bin etwas überrascht. Ich dachte, du würdest dir deinen Hintern lieber allein auf dem Glücksspiel-Highway platt drücken.

BOBBY: Wenn man nicht mehr so viel Biss hat, fühlt man sich halt doch ab und zu ein bisschen einsam. Mann, diese Woche habe ich nur 'ne halbe Million gewonnen!

VOLTA: Das ist ja gar nichts. Ich habe von einem Typen namens Guido Caramba gehört, der in zwei Tagen siebenhunderttausend gemacht haben soll.

BOBBY: Ja, ja, mich kannst du ruhig durch den Kakao ziehen, immer noch besser, als die Kleinen zu malträtieren. Weißt du, Volta, wenn du mal glaubst, du wüsstest irgendwas Neues übers Kartenspielen, dann sag mir bitte Bescheid und zeig's mir.

VOLTA: Du weißt doch, dass ich nicht um Geld spiele.

BOBBY: Stimmt. Und der Papst ist ja auch kein bisschen katholisch.

Daniel saß in der Silver Wings Bar am Kennedy International Airport, trank Whiskey und wartete auf Jean Bluer. Zwölf Tage zuvor hatte er sich von Bad Bobby in San Francisco verabschiedet und war dann bis zu seinem Abflug nach New York zum Wandern und Angeln in die Sierras gefahren. Er hatte gerade noch Zeit gehabt, vor dem Abflug in Oakland eine der Duschen für die Flughafenmitarbeiter zu benutzen und seine vom Lagerfeuer verräucherten Kleider gegen frische einzutauschen. Jetzt, sieben Stunden später auf der anderen Seite des Kontinents, war er in Gedanken noch immer oben in den Bergen, wo doch New York schon zu seinen Füßen lag, und er kam sich haltlos und verwirrt vor.

In den Bergen hatte er überlegt, ob er die Ausbildung abbrechen sollte. Er hatte das Gefühl, auf der Stelle zu treten. Jeder Lehrer hatte uneingeschränkte Aufmerksamkeit und schärfste Konzentration gefordert, aber ohne ein wirkliches Ziel dahinter, zumindest keines, das ihm selbst vorschwebte. Das, so entschied er für sich, während er noch einen Whiskey bestellte, war das Problem: Er wusste nicht, was er wollte. Er hatte keine Familie, keine Partnerin, keine engen Freunde. Seine beruflichen Fähigkeiten, im Grunde einsame Beschäftigungen, waren in den meisten Staaten illegal. Dope züchten, Safes knacken und Poker spielen: davon ließ sich gut leben, und zumindest das Risiko machte ihm nichts aus. Die zehn Tage in den Sierras hatten nicht die Erholung gebracht, die er sich erhofft hatte. Während er wartete, kam er zu folgendem Entschluss: Sollte Jean Bluer nicht seinen Erwartungen entsprechen oder sollte es sich nur um mehr Arbeit des gewohnten Typs in anderer Verpackung handeln, würde er Volta um einen zweijährigen Urlaub bitten. Und wenn Volta ihm dies abschlug oder etwas dagegen hatte, würde er der AMO den Rücken kehren. Nein. Er würde Volta nicht bitten, sondern einfach *sagen*, dass er ein paar Jahre Pause machte, um auf eigene Faust zu lernen. Er war noch immer gekränkt, weil Volta kein Interesse an seinem Traum gezeigt hatte.

Um sechs war Jean Bluer immer noch nicht gekommen. Verärgert schüttete Daniel den Whiskey hinunter und bahnte sich seinen Weg durch das überlaufene Terminal, während aus den Lautsprechern verzerrte Durchsagen von landenden und startenden Maschinen drangen.

«Ich fliege wieder ab», murmelte Daniel, der ziemlich einen über den Durst getrunken hatte, als er den Pfeilen in Richtung öffentlicher Nahverkehr folgte. Als er aber in eine nasskalte Abenddämmerung hinaustrat, sah er weder Busse noch Taxis. Ein Gepäckträger eilte vorbei.

«Taxi?», rief Daniel.

«Seh ich etwa aus wie 'n Scheißtaxi?», fauchte der Gepäckträger und spurtete weiter.

Daniel hatte Mühe, von der Waldeinsamkeit auf die arrogante Geschäftigkeit New Yorks umzuschalten, und erwiderte nichts. Da schnurrte eine viel lieblichere Stimme hinter ihm: «Wollen Sie in die Stadt?»

Daniel drehte sich um. Die Stimme gehörte zu einer atemberaubenden jungen Frau mit langem, glänzendem schwarzem Haar. Sie war fast so groß wie Daniel, knapp eins achtzig, trug einen terrakottafarbenen Rock und eine weite Seidenbluse. Die Farben passten gut zu ihrem dunklen Teint, und der Schnitt unterstrich ihre eher wohlgeformten denn schlanken Körperformen.

«Ich suche ein Taxi oder einen Bus oder so was in der Art», sagte Daniel. Der Whiskey und ein kurzes Aufblitzen körperlicher Begierde lähmten seine Zunge ein wenig.

«Das dachte ich mir. Die Gepäckträger hier werden auch immer flegelhafter; ihr dreistes Benehmen wird nur noch von ihrem Hang zu Obszönitäten übertroffen.»

«Tja», sagte Daniel. Er betrachtete sie genauer und versuchte herauszufinden, welcher Nationalität sie war. Sie war stark geschminkt.

«Ob Sie in die Stadt wollen, haben Sie mir zwar immer noch nicht gesagt, aber wenn es so ist, können Sie gerne mit mir fahren.»

«Das ist sehr freundlich von Ihnen», sagte Daniel und versuchte sich an einem ebenso höflichen Tonfall. «Ich nehme Ihr Angebot mit Freuden an.»

«Wohin müssen Sie denn?»

«Ins Wildwood.»

Gequält verdrehte sie ihre großen braunen Augen. «Es gibt aber *wirklich* bessere Hotels in New York!»

«Das kann schon sein», sagte Daniel, «ich war noch nie hier. Ich treffe mich hier mit einem alten Freund.»

«Geschäftlich?»

«Indirekt. Wir sind beide Spieler.» Einer Inspiration folgend, fügte er hinzu: «Deshalb treffen wir uns auch im Wildwood – es soll dort eine ziemlich viel versprechende Pokerrunde geben. Ich bin nämlich Pokerspieler von Beruf.»

«Tatsächlich?! Wie faszinierend. Das müssen Sie mir genauer erzählen.»

Daniel wollte ihrem Wunsch nachkommen, als eine schwarze Limousine lautlos neben ihnen zum Stehen kam. Ein Chauffeur hielt ihr die Wagentür auf und fragte: «Angenehme Reise gehabt, Miss Haruh?»

«Arbeit, wie üblich.» Dann deutete sie auf Daniel: «Dieser junge Mann hier wird mit uns in die Stadt fahren, Phillips. Bitte setzen Sie ihn am Wildwood Hotel ab.»

«Sehr gern, Miss Haruh.»

Die Limousine war üppigst ausgestattet. «Sie verstehen es offenbar zu reisen», sagte Daniel, als sie losfuhren.

«Wenn Sie so viel reisen wie ich, wird Luxus zur Notwendigkeit.»

«Das verstehe ich, obwohl es in meinem Beruf eher notwendig ist, auf den Komfort zu verzichten, vor allem, wenn man schlecht spielt. Mein Name ist übrigens Daniel Pearse.»

«Und ich bin Imera Haruh», sagte sie und deutete ein Nicken an.

Sie hatte etwas an sich, das Daniel plötzlich misstrauisch machte. Ihre Sprechweise und ihre Gesten schienen ihm eine Spur zu durchdacht und formell – als wären sie einstudiert.

«Haruh?», sagte er. «Ist das Pakistani?»

«Fast. Indisch.»

«Ihr Englisch ist ausgezeichnet.»

Sie lächelte. «Kein Wunder. Ich wurde in Madison, Wisconsin, geboren und bin dort auch aufgewachsen. Meine Eltern waren Brahmanen, denen Gandhi ebenso unsympathisch war wie die Briten.»

«Und weshalb müssen Sie auf diese Reisen gehen, die Luxus zur Notwendigkeit machen?»

«Ich bin Model für die Sebring Agency. Gerade war ich bei einem Shooting für *Elle* mit Raoul Villela – es kommt mir so vor, als wäre ich vor einer Stunde noch in Madrid gewesen –, und nächsten Monat bin ich auf dem Cover der *Vogue*. Achten Sie mal darauf, ich bin auf asiatisch geschminkt und habe einen Bambushut und ein Pyjama-Oberteil mit Nackenträgern an. Das wird wohl der Vietnam-Erinnerungs-Look sein oder etwas ähnlich Geschmackloses.» Verächtlich verzog sie den Mund. «Redakteure, Auftraggeber, ja sogar die Fotografen: sie haben alle keine Seele.»

Daniel sagte: «Es zwingt Sie niemand zu dieser Arbeit.»

«Mr. Pearse», sagte Imera mit scharfem Unterton, «die Welt schenkt einer Frau nichts, außer Schönheit, und die nimmt sie ihr auch wieder. Ich möchte – wie sagt ihr Spieler noch? - *einkassieren*, solange ich kann.»

Deshalb hat sie diese empfindliche, einstudierte Art an sich, dachte Daniel. *Ein Model, eine Brahmanin und eine ordentliche Dosis weiblicher Verbitterung.* «Miss Haruh», sagte er sanft, «bitte verstehen Sie mich nicht falsch, aber darf ich Sie nach meiner Besprechung mit meinem Freund im Wildwood zum Dinner einladen? Und nicht nur, um mich dafür zu revanchieren, dass Sie mich großzügigerweise mitgenommen haben, sondern auch um das Vergnügen Ihrer Gesellschaft noch ein wenig länger auszukosten.» *Das war gut*, dachte Daniel voller Stolz.

Imeras Lächeln wirkte entspannter. «Sofern es kein Ort ist, an dem ich den speichelleckenden Fleischbeschauern dieser Stadt in die Arme laufen könnte.»

«Den Ort bestimmen Sie.»

Sie neigte den Kopf ein wenig, eine Geste, die affektiert gewirkt hätte, wäre da nicht die Entschiedenheit in ihrer Stimme gewesen. «Und bitte, Mr. Pearse, verstehen auch *Sie* mich nicht falsch.»

«Bestimmt nicht», versicherte Daniel und dachte dabei: *Ich habe wieder geträumt. Jetzt kann ich vielleicht zweimal mit ein und derselben Frau schlafen.*

Sie aßen in einem kleinen griechischen Restaurant und nahmen dann – Phillips hatten sie schon vorher nach Hause geschickt – ein Taxi zu ihrem Apartment auf der Upper East Side. Er wartete gar nicht ab, bis sie Licht gemacht hatte. Vom plötzlichen Schwindel des Begehrens erfasst, schlang er die Arme um sie.

«Daniel», warnte sie und machte sich los. «Bitte nicht. Ich fürchte, du wirst enttäuscht sein.»

«Das sollte wohl eher *ich* zu dir sagen.»

«Ganz sicher nicht», erwiderte sie und knipste das Licht an.

Daniel, der die ganze Zeit nur auf sie geachtet hatte, stellte überrascht fest, dass ihre Wohnung eher einem kleinen Lagerraum ähnelte, in der Hauptsache standen Schminktische und Kleiderständer herum. Er sah sie an und eine dumpfe Ahnung, getäuscht worden zu sein, beschlich ihn. Doch bevor er sich noch Gedanken machen konnte, was für ein Geheimnis sie ihm wohl gleich enthüllen würde, riss sich Imera die Perücke vom Kopf und hängte sie auf einen Ständer neben sich. Sie hatte eine Glatze.

Und als sie redete, klang ihre Stimme auf einmal neununddreißig Oktaven tiefer. «Wenn du gestattest, Daniel, möchte ich mich erst einmal richtig vorstellen. Ich bin Jean Bluer, Meister der Verkleidung.» Er grinste von einem Ohr zum anderen über seinen kleinen Scherz.

«Ich werde dich grün und blau schlagen!», versprach Daniel und legte den Mantel ab.

«So weit dürfte es kaum kommen. Ich bin nicht nur Meister der

Verkleidung, sondern auch Meister im Tao Do Chaung, der beinahe vergessenen Kunst des Ninja-Fußkampfes, und ich werde mich sehr wohl verteidigen.»

«Ich glaube eher, du bist der Meister schlechter Scherze und der Verarschung!» Daniel stürzte sich auf ihn.

Jean Bluer sprang zur Seite und hieb seinen rechten Fuß mit unglaublicher Kraft und Präzision in Daniels Oberschenkel. Mit einem Aufschrei ging Daniel zu Boden.

Jean Bluer sah zu, wie er sich vor Schmerzen krümmte. «Daniel», sagte er etwas betrübt «du musst unbedingt ein tieferes Verständnis dafür entwickeln, dass Identität immer auch Spiel ist.»

Da Jean Bluer niemals ganz er selbst war, erwies sich jede Beschreibung als vorläufig. Seine Augen waren meistens blau, doch dank des geschickten Einsatzes von Kontaktlinsen und der Anwendung spezieller Augentropfen, die er selbst herstellte, konnten sie zwanzig verschiedene Schattierungen von Haselnussbraun bis Grau annehmen. Seine Haarfarbe und Frisur wandelten sich in Abhängigkeit von der Perücke, die er an dem jeweiligen Tag ausgewählt hatte, und auch Nase und Ohren veränderten sich dank Knetmasse und Make-up ständig. Er schnürte und gürtete sich, um seinen Körper umzuformen, stopfte ihn aus, wechselte die Haltung und kleidete sich in die unzähligen Kostüme aus seiner Lagerhalle, die er selbst genäht oder zumindest selbst zusammengestellt hatte. Smiling Jack hatte Volta mit der Behauptung auf Jean Bluer aufmerksam gemacht, Jean könne, sofern man ihm ausreichend Zeit zur Vorbereitung gebe, die Identität eines beliebigen Erwachsenen aus neunundzwanzig verschiedenen Kulturen annehmen – und Jack neigte nicht gerade zu Übertreibungen.

Daniels Unterricht fand täglich in dem Lagerraum statt, in dem Jean mit seinen mannigfachen Verkleidungen lebte. Jean war ein leidenschaftlicher und fordernder Lehrer. Der Unterricht begann um sieben Uhr morgens und dauerte bis abends um neun. Da Daniel darauf bestand, kam Unterweisung in Tao Do Chaung hinzu, die um fünf Uhr morgens anfing. Nach dem verräucherten Lotterleben als Pokerspieler stürzte sich Daniel nun in die kräftezehrenden, derwischhaften Übungen des Tao Do Chaung.

Wild Bill hatte Daniel verehrt, ja sogar geliebt. Mott Stocker war ihm wegen der Maßlosigkeit seiner Exzesse ans Herz gewachsen. Er hatte den scharfen Verstand und die kalte Höflichkeit von Aunt Charmaine gehasst und zugleich bewundert. Bad Bobbys Fähigkeiten, Stil und unbestechlichen Raubtierblick hatte er respektiert. Jean Bluer aber entzückte ihn geradezu. Der Lagerraum war, wie Jeans Psyche, ein Spiegelkabinett, und während Jean wie sein Schüler jedes Spiegelbild auf seine Stimmigkeit hin überprüfte, waren Lehrer und Schüler gezwungen, in sich selbst hineinzublicken und nach dem zu fahnden, was sie später sein wollten.

Jean Bluer unterschied vier Stufen der Verkleidung: die Fotografie, den Tanz, das Gedicht und die Person. Die Fotografie konzentrierte sich, wie aus der Bezeichnung hervorging, auf visuelle Glaubwürdigkeit. Unter Jeans gestrenger Anleitung erlernte Daniel die Verwendung von Hauttönungen, künstlichen Bärten, Knetmasse, Schwämmchen, falschen Wimpern, Kontaktlinsen, Zahnprothesen, diverser Warzen und Schönheitspflästerchen sowie aus Latex geformter Masken, die, über Nacht getragen, den Gesichtszügen die gewünschte Form gaben.

Anfangs dienten ihnen Fotografien als Vorlage. Wenn Daniel mit seinem Make-up fertig war, inspizierte Jean Bluer das Ergebnis und nahm kein Blatt vor den Mund, wenn er sich dazu äußerte.

«Der Übergang zwischen der Knetmasse an der Nase und der Oberlippe ist falsch – nimm etwas mehr Leim und mische ein bisschen Max Factor Nine drunter.» – «Der Bart passt nicht zu dem Ganzen, er ist unterm Kinn viel zu dünn. Der Puder auf den Wangenknochen ist zu dunkel, er unterstreicht die Höhlung viel zu sehr; im Sonnenlicht würdest du wie ein Zombie aussehen. Und verreibe den glänzenden Lippenstift besser, man wird ja fast blind. Sparsam und sorgfältig auftragen – so muss es sein. Nur andeuten, nicht überdeutlich werden. Es geht um die harmonische Integration von Details.»

Nachdem sie einen Monat mit Fotos gearbeitet hatten, gingen sie jeden Morgen eine Stunde auf die Straße. Jean Bluer entschied sich für ein Modell, das Daniel dann im Lagerraum nachbilden musste. Jean kommentierte, was Daniel, in den halbrunden Spiegel auf dem Schminktisch blinzelnd, aus dem Gedächtnis zu rekonstruieren versuchte. Wie Daniel bald herausfand, bot jedes Gesicht, das Jean als Modell ausgewählt hatte, ganz andere Probleme.

«*Nein!* Niemals! Die Augen sind viel zu weit auseinander. Da erkennt dich ja ein Blinder», tadelte Jean Bluer dann und nahm den Eyeliner zur Hand. «*So,* siehst du? Eine dickere Linie, und die Brauen etwas mehr geschwungen. Und die Wimpern, die dürfen nicht so aneinander kleben. Merkst du, wie dadurch die Augen hervorgehoben werden und die Stirn hervortritt? Das ergibt ein viel harmonischeres Bild.»

Oder an einem anderen Tag: «Ürks! Die Narbe ist schrecklich. *Grau-en-haft.* Wie die Narben, die sich kleine Kinder ins Gesicht malen, wenn sie Piraten spielen. Völlig eindimensional.» (Eindimensionalität war in Jean Bluers Augen ein unverzeihlicher Fehler.) «Wisch das schnell weg, bevor dieser plumpe Unfug uns beide lähmt. Versuch doch mal Folgendes: einen weißlich grauen Untergrund, einen Hauch Silber, einen schmalen Streifen Blau als Schlaglicht. Und jetzt die kleine Flasche da neben dem Max Factor Flexible Collodion, die du benutzt hast, um Perücken zu befestigen und Knetmasse zu versiegeln – nein, daneben, ja, die kleine Flasche, auf der *Non-Flexible* steht. So, das pinselst du jetzt über die Narbe. Siehst du? Die Haut schrumpft und zieht sich zusammen. Fällt dir auf, wie das untere Augenlid eine *kleine Idee* nach unten gezogen wird? Ja, ja – ausgezeichnet. Also, die Kolorierung ist dir vorzüglich gelungen. Das nenne ich eine Narbe. Beim bloßen Anschauen spürt man den Schmerz, den die Wunde einmal verursacht hat, den langwierigen Heilungsprozess.»

Als Daniel in der Kunst des Schminkens bewandert war, führte Jean ihn in die Kostümkunde ein. Von Hüten der Amish People bis zu zebragestreiften Schlüpfern lernte Daniel Materialien, Schnitte, Formen und die sie bestimmenden Regeln kennen. Vor allem mit Damenbekleidung hatte er seine liebe Not.

«Ach du grüne Neune!», heulte Jean Bluer bei seinem ersten Versuch, «man würde dich auf der Stelle als Transvestiten verhaften lassen, und jede Drag-Queen, die was auf sich hält, würde der Polizei auch noch *helfen*. Die Nylons sind ausgebeult. Wenn deine Oberlippe noch etwas dünner wäre, könntest du Salami damit schneiden. Die Tasche war schon vor sieben Jahren out und du hältst sie wie ein totes Baby. Deine Brüste sind bis in Höhe der Schulterblätter hochgerutscht, weil du die Schultern nach hinten ziehst. Außerdem stehen deine Füße zu weit auseinander, und dein Gleichgewicht scheint eher in deinen Kniekehlen als zwischen den Hüften verankert zu sein. Übel, übel, Daniel. Davon wird mir ganz schlecht!»

Nach der Schule durfte Daniel, der in einer Pension ein paar Häuser weiter wohnte, tun und lassen, was er wollte, vorausgesetzt, er beobachtete Leute, ihre Art zu gehen, zu sprechen, zu denken. Daniel machte sich Notizen, und während seiner morgendlichen Tao-Do-Chaung-Stunde kritisierte Jean diese Aufzeichnungen.

«‹Hat gewunken.› Welche Hand? War dieser Mantel zugeknöpft, offen oder teilweise zugeknöpft? Da fällt dir ein blau gestreiftes Smokinghemd auf. Was hatte es für einen Kragen, was für Manschetten? ‹*Europäisches* Lachen›? ‹Südstaatenakzent›? Inhaltslose Angaben. Ein Franzose lacht ganz anders als ein Italiener. Es gibt weit über hundert Akzente im Süden. Präzision, Daniel. Detail. Nuance. Eine perfekte Geste, ein richtiger Tonfall können auch einer notdürftigen Verkleidung zum Erfolg verhelfen.»

Als Jean Bluer mit Daniels Fortschritten zufrieden war, führte er die zweite Stufe ein: den Tanz. Er ließ Daniel beim Zentrum beginnen: Muskel, Knochen, Körperhülle – was wie miteinander verbunden war und wie es funktionierte. Von diesem Zentrum aus, erklärte Jean, entwickelten sich Körperhaltung, Bewegung und Gestik auf ganz natürliche Weise.

«Der Körperbau ist die zur Materie gewordene Geschichte unserer Ahnen und daher ein Baustein unseres Charakters. Jede willkürliche Bewegung ist natürlich eine bewusste Geste – was sicher für uns das Wichtigste ist –, doch richte deine Aufmerksamkeit zunächst stets darauf, wie sich Muskeln, Knochen und Haut zueinander verhalten, denn sie bestimmen die eigentliche Form der Bewegung.»

Daniel lernte, dass es zehn grundsätzliche Arten zu gehen gab, jede mit eigenem Schwerpunkt und unterschiedlicher Balance. Er ging barfuß, um die präzise Verteilung von Gewicht und Beanspruchung zu spüren. Sie verbrachten die Mittagspause auf der Straße und beobachteten, wie die Leute ihren Körper bewegten – endlose Variationen über das beschränkte Thema des Knochenbaus. Jean wies auf die Hände hin – die Position der Finger, den Winkel der Handflächen, Geschwindigkeit und Kraft der Bewegung – und schärfte Daniel ein, auf das Bewegungs*muster* jeder Person zu achten, nicht nur auf einzelne Gesten. Und am Ende von achtzig zermürbenden Tagen verkündete Jean, erfreut über Daniels Fähigkeiten, sie würden nun die dritte Stufe der Verkleidung in Angriff nehmen, das Gedicht.

Daniel begann mit Atemübungen und musste zunächst eine gewöhnliche Atmung erlernen, die als Ausgangspunkt für die Erarbeitung unterschiedlicher Rhythmen diente. «Akzent, Tonhöhe, Tonfall» – Jean wischte sie mit einer Handbewegung beiseite –, «die können wir erst dann dazunehmen, wenn du die zugrunde liegende Atemmelodie erkannt hast. Achte darauf, wie Leute atmen, wenn sie reden, dann ergibt sich alles andere von selbst.» Wie üblich erwies sich sein Ratschlag als ungemein hilfreich.

Von der Atemmelodie ging Daniel zum Klang über, zur vibrierenden Luftsäule der Vokale und Konsonanten, von elementaren phonetischen Grundkenntnissen und der entsprechenden Platzierung von Zunge und Zähnen hin zu subtilen Varianten der Tonhöhe und Tondauer. Daniel übte mit Jeans umfangreicher Kassettensammlung, während Jean auf Fehler Daniels beim Nachsprechen achtete.

«Das muss viel nasaler klingen. Vokale verschlucken! Lass den Kiefer *rollen* – es ist eine breite Elision ... Die Gutturallaute mehr verschmieren und die Nasale mehr summen – du bist doch in New Mexico, Herrschaftszeiten! Pass auf die Zunge auf! Im Norden alles mehr nach vorne, im Süden rutscht sie ein bisschen nach hinten. Und Diktion, Daniel, *Diktion*! Du willst doch einen irischen Kohlenträger darstellen und keinen britischen Rechtsanwalt!»

Am besten fand Daniel die Anweisung: «Mehr nuscheln, bitte, mehr nuscheln.»

Als sie zur letzten Stufe der Verkleidung gelangten, hielt Jean eine kurze Ansprache, worum es ihm dabei ging. «Bislang war es unser Ziel, Erscheinungsbild, Bewegung und Redeweise nachzubilden. Verdoppelung erfordert handwerkliches Können. Jetzt aber gehen wir zur Kunst über, denn die vierte Stufe erfordert nicht nur die körperliche Imitation einer Identität, sondern völliges Aufgehen darin. *Wahrhaftige* Einbildung, wenn du zu dem wirst, was du erschaffst. Und eines möchte ich besonders hervorheben: Diese Identitäten sind bereits in dir vorhanden. Wir stellen uns Identität als etwas Einzigartiges, Eindeutiges vor. Dabei ist sie nur der Ausdruck einer Möglichkeit von vielen. Stell dir Identität als einen Strang aus vielen Identitäten vor, durch den die Kraft des Lebens fließt – wie ein Elektrokabel, das aus zahlreichen miteinander verflochtenen Einzeldrähten besteht, die durch eine Gummiisolierung geschützt sind. Du bist zugleich der Priester und der Hochzeitsgast, Braut und auch Bräutigam, König und Bettler. Jeder Mensch, ob tot oder lebendig oder noch gar nicht auf der Welt, steckt in dir drin. Schöpfe aus diesem Brunnen zahlloser Existenzen, zehre von deinem eigenen Vorrat an Metaphern.»

Die Übungen für die vierte Stufe der Verkleidung, die Person, fesselten Daniel so sehr, dass er fast völlig darin aufging. Jeden Morgen um sieben Uhr stellte ihm Jean eine Aufgabe, die er lösen musste. Daniel hatte bis zwölf Uhr Mittag Zeit, eine Lösung zu finden, die er Jean dann vorspielen musste. Wenn Jean mit dem Ergebnis zufrieden war, schickte er Daniel auf die Straße, um sich der Realität zu stellen. Die Aufgabe waren Menschen.

Die erste war leicht. «Daniel, verwandle dich in einen siebenunddreißigjährigen gewerkschaftlich organisierten Elektriker aus Chicago, verheiratet, zwei Kinder. Vor zwei Jahren bist du von einem Gerüst gefallen, und dabei ist deine linke Schulter zertrümmert worden. Seitdem beziehst du eine Erwerbsunfähigkeitsrente. Du warst gerade beim Arzt, und auf dem Heimweg gehst du in einer dir unbekannten Bar was trinken. Ich übernehme die Rolle des Barkeepers.»

Die Aufgaben wurden bald schwieriger. «Du bist eine zwanzig Jahre alte Studentin der Journalistik an der Columbia University. Du stammst aus Lubbock, Texas, und bist mit vierzehn nach Newark umgezogen. Dein Vater ist Abteilungsleiter bei Standard Oil, deine Mutter trinkt heimlich. Während der letzten Monate wurdest du immer depressiver und wendest dich daher jetzt an den psychologischen Beratungsdienst der Universität. Ich bin der Psychologe.»

«Du bist ein dreißigjähriger Kokaindealer aus Puerto Rico. Du hast mal drei Jahre im Gefängnis gesessen, weil du einen Schutzpolizisten tätlich angegriffen hast. Auf deiner rechten Wange ist eine Narbe. Ich bin dein neuer Kunde, den du verdächtigst, ein

Spitzel des Rauschgiftdezernats zu sein. Einerseits möchtest du vorsichtig sein, andererseits könntest du einen neuen Kunden gebrauchen.»

Obwohl Jean Daniel jedes Mal mit seinem Lösungsvorschlag auf die Straße schickte, vergingen fast vier Monate, bis Jeans ständige scharfe Kritik nachließ und er ihn zu loben begann. An dem Tag, als Daniel als fünfzigjährige kolumbianische Einwanderin mit vier Kindern und spärlichen Englischkenntnissen einen Termin beim Sozialamt erfolgreich hinter sich brachte, sagte Jean zu ihm: «Wie du weißt, bist du mein erster Student während meiner Zusammenarbeit mit Volta, und entweder bin ich ein wesentlich besserer Lehrer, als ich dachte, oder du bist ein Naturtalent. Mir sind in letzter Zeit nur sehr wenige Fehler aufgefallen, und es waren Fehler, die kein Unterricht, nur Erfahrung ausmerzen kann. Du bist gut genug, um jederzeit zu gehen. Ich werde Volta Bescheid geben.»

«Das freut mich», bedankte sich Daniel für die Auszeichnung, «aber ich möchte erst dann gehen, wenn es mir gelingt, dich hinters Licht zu führen, so wie du mich am Anfang.»

«Ach, Daniel, das war doch viel einfacher für mich, weil du mich ja noch nie gesehen und nicht damit gerechnet hattest, dass ich mich verkleiden könnte. Vergiss nicht, dass ich eine Verkleidung sehr schnell durchschaue, vor allem, wenn ich danach Ausschau halte. Deine Chancen, mich an der Nase herumzuführen, sind äußerst gering.»

«Bei allem Respekt, aber ich glaube, ich schaffe es trotzdem.»

«Na schön, wenn du darauf bestehst. Jeden Morgen, am Ende unserer Tao-Do-Chaung-Stunde, werde ich dir sagen, wo ich voraussichtlich zu Mittag esse und welchen Weg ich nehme, um dorthin zu gelangen. Such dir eine x-beliebige Verkleidung aus und lauer mir irgendwo auf. Wenn du mich auch nur dreißig Sekunden lang täuschen kannst, darfst du dir gratulieren.»

Am ersten Tag verkleidete sich Daniel als Fensterputzer, er mietete einen Lieferwagen und die entsprechende Ausrüstung. Als er anfing, die Scheiben des Restaurants zu putzen, kam Jean heraus, lachte schallend und erklärte, die meisten Profis würden ein Reinigungsmittel ins Wasser schütten, da die Fenster dadurch sauberer zu werden schienen.

Am zweiten Tag schloss er sich einer Gruppe Penner an, die in einem Torbogen kauerten. Als er vorbeikam, drückte Jean ihm einen Vierteldollar in die Hand und flüsterte: «Es wären zwanzig gewesen, wenn du mich hinters Licht geführt hättest.»

Am Abend hatte Daniel eine Erleuchtung. Er würde sich als die einzige Person verkleiden, mit der Jean wohl nicht rechnete, die er vermutlich nicht erkannte: Er würde sich als Jean Bluer verkleiden.

Am nächsten Morgen ging Daniel frühzeitig ins Studio, immer noch in Hochstimmung wegen seines Plans. Es waren nur wenige Leute auf der Straße. Ein alter Schwarzer, so betrunken, dass er in einer anderen Dimension versunken war, torkelte, wild mit den Augen rollend, an ihm vorbei. Eine stämmige Frau aus der Ukraine stand an der Bushaltestelle. Ein etwas zu kurz geratener, dickbäuchiger Army-Sergeant rauschte mit einem Seesack an ihm vorbei und brummelte vor sich hin: «Scheißwecksignal, keine Sekunde geschlafen! Scheiß auf die Scheißarmee.» Daniel hastete weiter.

Daniel ging durch die Küche in die große Garderobe, in der er normalerweise seine Jockstraps und Trainingshosen fürs Tao Do Chaung anzog. Volta stand vor einem der Schminktische und studierte in aller Seelenruhe eine Farbskala. In dem Augenblick, als Daniel ihn sah, wurde ihm bewusst, dass er gerade an Jean Bluer vorbeigelaufen war und dass er ihn höchstwahrscheinlich nie wieder sehen würde. Es war die passende Verabschiedung.

Volta sah auf. «Daniel, wie ist es dir so ergangen?»

Daniel: «War der fette Sergeant, dem ich gerade auf der Straße begegnet bin, Jean Bluer?»

«Allerdings. Jeans Talente werden anderswo gebraucht. Nicht direkt ein Notfall, aber doch von *beträchtlicher* Dringlichkeit, weißt du. Deine Arbeit hier ist erledigt.»

«Noch nicht ganz», sagte Daniel und verlagerte seinen Schwerpunkt in die Tao-Do-Chaung-Position, die als «Verwundeter Kranich» bekannt ist; zugleich vollführte er einen einwandfreien Do Rah Ran, einen kraftvollen seitlichen Tritt, durch den Volta den Boden unter den Füßen verlor.

Es gelang Volta jedoch, den Sturz einigermaßen abzubremsen, indem er sich im Fallen duckte und auf der Schulter abrollen ließ. Sofort war er wieder auf den Beinen und nahm die .38er-Colt-Position ein, indem er Daniel den Lauf auf den Nabel heftete. «Zwing mich nicht dazu, mich zu verteidigen», sagte er gelassen. «Für dich wäre ich zu alt. Ich müsste auf dich schießen.»

Mit Bestimmtheit sagte Daniel: «Du würdest mich nicht umbringen.»

«Ich habe nicht gesagt, ich müsste dich *umbringen*, ich sagte, ich müsste auf dich *schießen*. Da diese Waffe ohnehin nur mit ungefährlicher Munition geladen ist – Schrot statt Bleikugeln –, zweifle ich daran, ob ich dich überhaupt töten *könnte*, vermutlich wäre ich aber in der Lage, dir eine halbe Meile Dünndarm zu durchlöchern, was deine Reaktion immerhin so weit verlangsamen würde, dass es ein fairer Kampf wäre.»

«Nein», sagte Daniel mit derselben unerschütterlichen Gewissheit, «das würdest du auch nicht tun.»

Volta zuckte mit den Achseln. «Du hast Recht.» Er ließ den Hahn los und warf Daniel die Pistole zu.

Ungelenk fing Daniel, der sich erschrocken hatte, die Waffe auf.

Während er sie richtig zu packen versuchte, fing Volta zu reden an. «Wieso bist du eigentlich so furchtbar sauer? Weil ich dich vernachlässigt habe? Daniel, ich bin nicht dein Vater. Ich bin außer dir noch vielen anderen Leuten verpflichtet. Und dann habe ich ja schließlich mein eigenes Leben. Oder liegt es daran, dass ich weder Zeit noch Lust hatte, mir deinen Traum anzuhören? Ich habe Robert beauftragt, dir meine Glückwünsche zu übermitteln, was er sicher getan hat.» Daniel wollte etwas erwidern, doch Volta ließ sich nicht unterbrechen. «Oder war dieser bösartige Tritt das Ergebnis meiner selbstherrlichen Entscheidung, deine Arbeit mit Jean Bluer zu beenden und ihm eine andere Aufgabe zuzuweisen? Daniel, deine Arbeit mit Jean Bluer war seiner *eigenen* Auffassung nach bereits vor einer Woche beendet. Seitdem, und das ist wiederum seine eigene Auffassung, hast du versucht zu beweisen, dass du geschickt genug bist, um ihn hinters Licht zu führen, sprich: ihm ebenbürtig bist. Das bist du nicht. Obwohl ich das gesagt habe, beeile ich mich hinzuzufügen, dass du das Talent und den Eifer besitzt, ihn schließlich zu überflügeln. Möglich ist es. Ist dir übrigens aufgefallen, dass sich immer dann, wenn man glaubt, keine Möglichkeiten zu haben, neue auftun?»

«Und ob», sagte Daniel. «Deshalb werde ich die AMO verlassen.»

«Wie du willst», zischte Volta. «Wiederseh'n.»

Daniel klappte die Trommel der Pistole auf und klopfte die Patronen in seine Handfläche. Es waren Platzpatronen. Er blickte Volta an. «Vielleicht hättest du doch auf mich geschossen.» Er warf Volta die Waffe zu.

Volta fing sie am Griff auf, klappte die Trommel zur Seite und lud sie buchstäblich im selben Augenblick mit einem Magazin, das er mit der anderen Hand hervorgezaubert zu haben schien. Bevor Daniel wusste, wie ihm geschah, hatte er den Hahn bereits wieder gespannt. «Ich bin ein Mann der klaren Linien, Daniel. So erfahre ich, wo meine Grenzen sind. Eine dieser Linien ist die Weigerung, sich wegen trivialer Dinge, vor allem jugendlicher Bockigkeit, zu Brutalität verleiten zu lassen. Wenn du ein Zen-Meister wärst, würde ich mich vor dir verneigen. Aber du bist keiner. Wie du ohne Zweifel gemerkt hast.»

Daniel holte tief Luft und schien sich einen Moment lang für eine hitzige Entgegnung sammeln zu wollen. «Okay», sagte er dann. «Es tut mir Leid. Ich möchte mich entschuldigen.»

«Akzeptiert und schon vergessen», sagte Volta. Die Waffe verschwand in seinem Jackett.

Daniel sagte: «Das, was du vorhin gesagt hast, trifft alles zum Teil zu, aber vor allem war es die Arbeit mit Jean. Du glaubst, meine Arbeit hier sei erledigt, Jean glaubt es auch, aber *ich* glaube es nicht. Heute wollte ich etwas ausprobieren, das vielleicht funktioniert hätte – ich wollte mich als Jean Bluer verkleiden.»

Volta setzte sich an den Schminktisch vor der Spiegelreihe und drehte den Stuhl herum, damit er Daniel direkt ins Gesicht sehen konnte. «Das hätte sich vermutlich als schwierig erwiesen: Es gibt keinen Jean Bluer.»

«Und ich dachte, ich hätte einen erlebt.»

«Wer weiß.»

Sie schwiegen einen Moment, und dann sagte Daniel: «Ich brauche Ferien, ich muss mich richtig erholen. Ein Jahr lang mindestens, vielleicht zwei.»

«Du verlässt uns, erinnerst du dich? Ich nahm an, du wolltest uns verlassen, um ebendas zu tun, wonach dir der Sinn steht. Dann tu's doch!»

«‹Akzeptiert und schon vergessen›», rief ihm Daniel ins Gedächtnis. «Spielst du mich jetzt gegen meine Entschuldigung aus?»

«Deine Entschuldigung war für den Fußtritt, nicht für deine Kündigung – dafür bedarf es keiner Entschuldigung. Wir können die AMO ja nicht gut als Allianz von Freiwilligen bezeichnen, wenn man nicht das Recht zu gehen hätte.»

«Ich will bleiben. Das war nur so dahingesagt. Auf einmal war Jean weg, stattdessen stehst du hier und schreibst mir vor, was ich tun soll … Alles ein bisschen viel auf einmal.»

«Das zu hören freut mich außerordentlich, Daniel, denn gerade jetzt brauchen wir deine Hilfe.»

«*Meine* Hilfe?»

«Ich begreife nicht, warum dich das zu erschrecken scheint», sagte Volta mit noch mehr Sarkasmus als üblich. «Wir haben nicht für deine Ausbildung gesorgt, ohne eine gewisse Gegenleistung zu erwarten. Wir betrachten dich als das, was wir einen freien Agenten nennen. Wir gehen davon aus, dass du verschiedenen Bitten unsererseits Gehör schenkst, wobei du selbstverständlich von deinem Recht, dich zu weigern, Gebrauch machen oder Alternativen vorschlagen kannst. Keine neuen Lehrer mehr, es sei denn, du möchtest selbst weitere Studien betreiben. Und denke an einen von Wild Bills besseren Lehrsätzen: ‹Wenn das Lehren endet, beginnt das Lernen.›»

«Wofür braucht ihr mich denn? Soll ich Dope anpflanzen? Poker spielen? Einen Safe knacken? Mich als italienischer Kellner verkleiden und herausfinden, was der Minister mit seiner Geliebten bei den *scaloppine* bespricht?» Daniels Sarkasmus stand im Widerspruch zu seiner Begeisterung.

«Nichts derart Banales. Diese Sache kommt deinem romantischen Naturell viel eher entgegen: ein Juwelendiebstahl. Ein außergewöhnlich schwieriger Diebstahl, sei gewarnt, aber es ist auch ein außergewöhnliches Juwel. Um es zu entwenden, musst du Jean Bluer übertreffen.»

«Du hast doch gerade gesagt –», fing Daniel an, doch Volta schnitt ihm das Wort ab.

«Wann hat man die höchste Stufe der Verkleidung erreicht, Daniel?»

Daniel überlegte einen Moment. «Wenn man unsichtbar wird, nehme ich an.»

«Genau.»

«Das gelingt mir noch nicht so ganz.»

«Mir schon», sagte Volta. «Zumindest war ich früher dazu in der Lage.»

«Du hast dich *tatsächlich* unsichtbar gemacht? Hast dich in Luft aufgelöst? *Paff?*»

«Verschwinden ist der Terminus, den ich verwende. Und es gibt kein ‹*Paff*›. Es ist eher so, als würde man unter Wasser gleiten.»

«Du meinst, du hast dich einfach in Luft aufgelöst?»

«Sozusagen.»

«Sei nicht böse», sagte Daniel, «aber das will ich erst einmal sehen. Und selbst dann würde ich es wahrscheinlich auch glauben müssen.»

«Dir bleibt nichts anderes übrig, als meinen Worten zu trauen. Ich habe vor Jahren damit aufgehört, es wurde mir zu gefährlich. Und dir könnte es womöglich noch gefährlicher werden.»

«Weshalb?»

«Weil ich glaube, dass es dir gefallen wird.»

«Dazu muss ich es erst mal tun.»

«Glaub mir, Daniel, wenn ich nicht überzeugt wäre, dass du das kannst, hätte ich es gar nicht erwähnt. Meinst du denn, mir wäre nicht bewusst, was für eine sonderbare Forderung ich da stelle, vor allem, wenn ich sie selbst nicht einmal demonstrieren kann? Zudem ist zu sagen, dass ich noch keinem anderen Menschen begegnet bin, der die Kunst des Verschwindens beherrscht. Vor dir habe ich sechs Leute darin zu unterweisen versucht, ohne Erfolg.»

«Nicht mal einen Arm? Einen Finger?»

Volta ging nicht darauf ein. «Ich kam durch Zufall darauf. Als ich, dem Tode nahe, auf dem Ozean dahintrieb. Eine Frau auf dem Boot, das mich aufgriff, behauptete, ihre Mutter, eine Schamanin aus Jamaika, sei einmal während ihrer Trance verschwunden und habe dies als derart gefährlichen und heimtückischen Geisteszustand empfunden, dass sie es nie mehr versuchte. Wenn eine Frau, die es in den spirituellen Künsten zur Meisterschaft gebracht hat, behauptet, eine Übung sei gefährlich und heimtückisch, dann sollte man das nicht auf die leichte Schulter nehmen. Das ist kein Spiel, Daniel, jetzt wird's ernst. Die Schule ist vorbei.»

Daniel hob die Hand. «Moment mal. Hast du nicht gerade gesagt, du würdest mich unterrichten?»

«Ich könnte das nicht als Unterricht bezeichnen. Das wäre gegenüber Leuten wie Wild Bill eine Beleidigung. Alles, was ich tun werde, ist, meine Erfahrung mit dir zu teilen, obwohl du vielleicht gar nichts damit anfangen kannst. Eigentlich kann ich nur auf den Berg deuten und hoffen, dass du einen Weg dorthin findest.»

«Wie lange brauche ich, um es zu lernen?»

Volta schüttelte den Kopf. «Keine Ahnung. Absolut nicht. Die anderen, denen ich es beizubringen versuchte, haben innerhalb einer Woche aufgegeben.»

«Vermutlich ist es anstrengend und erfordert große Konzentration.»

«Natürlich. Ungeheure, messerscharfe Konzentration. Enorme Klarheit. Hier wird dir alles, was du zu geben hast, abverlangt.»

«Ist das Schmuckstück die Sache wert?»

Volta sagte: «Um ehrlich zu sein, musst du das selbst entscheiden.»

«Hast du es gesehen?»

Volta zögerte. «Nun ja, ich habe von ihm *geträumt.*»

Daniel schüttelte den Kopf. «Das begreife ich nicht. Willst du, dass ich in deine Träume verschwinde?»

«Großer Gott, *nein!*», rief Volta aus und wurde bleich. «Das sollst du ja gerade nicht!»

«Dann sag mir doch, was ich tun soll!»

«Den Diamanten stehlen.»

«Aha, es ist also ein Diamant.»

«Ja, obwohl das ein bisschen so ist, als würde man sagen, der Ozean ist Wasser. Der Diamant ist vollkommen rund, vollkommen klar – obwohl er zu leuchten scheint –, und er hat ungefähr zwei Drittel der Größe einer Bowlingkugel. Für mich ist es einfach *Der Diamant.*»

«Wem gehört er?»

«Niemandem. Im Augenblick hat ihn die Regierung der Vereinigten Staaten. Wir wollen ihn. Und um dir die Wahrheit zu sagen, Daniel: Vor allem *ich* will ihn, unbedingt. Ich will ihn ansehen, in ihn hineinsehen, ihn in meinen Händen halten. Ich hatte eine Vision, in der ein kugelförmiger Diamant vorkam, eine Vision, die mein Leben verändert hat, und ich möchte mich vergewissern, dass es die Vision von etwas *Realem* war, dass der Geist sich hier materialisiert, der Kreis sich geschlossen hat.»

Daniel musste lächeln. «Dann wirst du wahrscheinlich mit Freuden hören, dass in dem Traum, von dem ich dir erzählen wollte, meinem ersten seit der Explosion, ein Rabe vorkam, der einen kugelförmigen Diamanten im Schnabel hatte. Der war natürlich nicht so groß wie eine Bowlingkugel, und außerdem flackerte in seinem Innern eine dünne spiralförmige Flamme von einem Pol zum anderen, sodass er eher kalt strahlte als warm leuchtete, aber es scheint sich doch um ein und denselben Diamanten zu handeln.»

«Und wofür hältst du ihn?»

«Für etwas Wunderschönes.»

Volta deutete ein Lächeln an. «Wäre ich noch perverser, als ich es bedauerlicherweise ohnehin schon bin, würde ich sagen: Schönheit liegt im Auge des Betrachters. Ich weiß nämlich wirklich nicht, was der Diamant ist.»

«Ein Traum vielleicht», sagte Daniel.

«Durchaus denkbar», stimmte Volta zu, «und doch glaube ich nicht daran. Ich glaube – *fühle*, um genau zu sein –, dass der Diamant eine innere Kraft ist, der äußere Dichte verliehen wurde, die Transfiguration der *prima materia*, die Urmasse, der *Spiritus Mundi.*

Vermutlich bist du mit der weit verbreiteten These vertraut, der zufolge das gesamte Universum dadurch entstanden ist, dass eine winzige Kugel aus Materie von unendlich hoher Dichte explodiert ist; die einzelnen Bruchstücke sollen vom Zentrum aus ins All geschleudert worden sein. Der kugelförmige Diamant ist das Gedächtnis, das Echo, der Geist dieser schöpferischen Urkatastrophe, der emblematische Ausgangspunkt. Falls aber, wie einige Astrophysiker glauben, das Universum einmal einen Punkt der Entropie innerhalb seiner Ausdehnung erreicht hat und beginnt, in sich selbst zusammenzufallen, dann dürfte der Diamant ein Ziel sein, der Kristallisationskeim, auf den alles zurasen wird – und vielleicht durch ihn hindurch, in eine gänzlich andere Dimension. Oder es handelt sich um den sprichwörtlichen Stein des Weisen, von dem wir Alchimisten so voller Verehrung sprechen. Vielleicht täusche ich mich aber auch ganz und gar. Und deshalb möchte ich ihn sehen. Wenn ich ihm wirklich nahe käme, da bin ich mir sicher, dann wüsste ich, was er ist. Ich wage sogar zu behaupten, und sei dies nur wilde Spekulation, dass er gesehen und erkannt werden *möchte.*»

«Aber du weißt ja nicht einmal, ob es ihn überhaupt gibt», sagte Daniel. «Richtig? Mann, es ist ganz schön schwierig, etwas zu stehlen, das es nicht einmal *gibt*, selbst wenn man sich unsichtbar machen kann. Je mehr ich darüber nachdenke, desto unsinniger kommt mir das Ganze vor.»

«Dann denk mal über Folgendes nach: Vor zwei Tagen haben Taucher der Navy nach dem Wrack der *Moray* gesucht – du erinnerst dich vielleicht, das war das Atom-U-Boot, das 1972 spurlos verschwunden ist – und haben dabei einen seltsamen Gegenstand auf dem Meeresboden gefunden, genau auf dem Greenwich-Meridian. Wir haben in Erfahrung gebracht, dass dieser Gegenstand ein kugelförmiger Diamant zu sein scheint, der ‹leuchtet› – was auch immer das heißt. Er wurde zur Untersuchung und zur Beobachtung in ein regierungseigenes Labor gebracht. Wir wissen nicht genau, wo er sich im Augenblick befindet; Gerüchten zufolge wurde er an einen anderen Ort gebracht. Das war es, worauf wir Jean Bluer angesetzt haben, ebenso wie Smiling Jack und noch ein paar von unseren besten Leuten. Und hoffentlich fühlst du dich da auch angesprochen.»

«Glaubst du denn wirklich, ich könnte das? Verschwinden? Einfach so?»

«Ich halte dich für den geeignetsten Kandidaten, dem ich je begegnet bin.»

«Warum denn?»

«Es gibt eine Reihe von Gründen, hauptsächlich aber deshalb, weil du den *Wunsch* hast zu verschwinden.»

«Ach ja?»

«Doch, ich glaube schon. Aber Sorgen bereitet mir, dass du womöglich nicht mehr zurückkommen möchtest.»

«Nehmen wir mal an, es wäre so. Oder ich kann nicht. Was passiert dann mit mir?»

«Ich weiß nicht, aber ich nehme an, du erfährst dann den Sinn des Wortes ‹verloren› in seiner ganzen Bedeutung. Nicht ‹verwirrt›, ‹orientierungslos› oder ‹unauffindbar›. Verloren.»

«Ist das eine Herausforderung?»

«Für mich war es eine.»

«Hast du deshalb damit aufgehört?»

«Ja, das könnte man so sagen.»

«Was hast du gestohlen, als du unsichtbar warst?»

«Nichts. Ich habe diese Fähigkeit bei meinen Auftritten als Zauberkünstler eingesetzt.»

«Klingt ja auch nach Zauberei.»

«Ist es aber nicht», betonte Volta. «Das Verschwinden ist ein Werkzeug, eine Technik, eine andere Form der Erscheinung. Zauberei hingegen ist die Aufhebung des Realen.»

«Mann, lass uns endlich anfangen! Ich kann's kaum erwarten,

auszuprobieren, ob ich ins Nichts verschwinden und die Realität magisch aufheben kann, von der du geträumt hast.»

«Du hast *deinen* Traum vergessen; vielleicht musst du erst mit dem Raben um den Diamanten kämpfen.»

«Das werde ich vermutlich noch herausfinden. Fangen wir denn nicht bald an?»

«Morgen in aller Frühe. Wir treffen uns um zwölf Uhr nachts Ortszeit am Flughafen in Oakland. Du kannst deine Reiseunterlagen im Gilded Lily Pawn Shop oben an der President Street abholen. Du fliegst heute Nachmittag ab. Ich habe noch etwas zu erledigen und nehme daher einen späteren Flug. Wir treffen uns am Gate sieben und fliegen dann mit einer Privatmaschine nach Norden zum Eel River und von dort zu mir. Gleich nach dem Frühstück fangen wir an.»

«Das wird eine ganz schön kurze Nacht», bemerkte Daniel.

«Daniel, ich kann dir nur das sagen, was ich weiß. Zum Beispiel, dass Erschöpfung das Verschwinden erleichtert.»

Daniel und Volta nahmen den Shuttle-Bus zu den privaten Flugzeugschuppen. Auf dem Weg dorthin sagte Volta zu ihm: «Unser Pilot ist ein junger Mann namens Frederic Malatest. Wir nennen ihn Red Freddie. Fang keine Diskussionen über Politik mit ihm an. Er nimmt so was ernst.»

«Red Freddie und Low-Riding Eddie – das ist mir ja 'ne schöne Truppe!»

«*Das*», seufzte Volta, «sind unsere gesammelten Luftstreitkräfte an der Westküste. Und diese Vorstellung geht manchmal über meine Kräfte.»

Red Freddie war Mitte zwanzig. Sein schlaksiges Äußeres und die ungezwungenen Bewegungen passten überhaupt nicht zu seinen durchdringenden braunen Augen und der Aufforderung, die in schwarzen Lettern seinen Motorradhelm zierte: *Macht den Staat alle.* Volta saß mit geschlossenen Augen da, doch Daniel hatte Red Freddie in eine politische Diskussion verwickelt, bevor sie noch abgehoben hatten.

Über Ukiah verlieh Daniel seinen ernsthaften Bedenken Ausdruck, dass, wie Red Freddie behauptete, die radikalste denkbare Form der Revolution für die Mittelklasse in den achtziger Jahren darin bestünde, ihre Fernseher mitten auf der Straße aufzutürmen und mit ihren Eingangstüren in Brand zu setzen. Sie debattierten ein paar Minuten, bis Freddie schließlich warnte: «Du solltest deine Position nochmals überdenken.» Dann setzte er mit der zweimotorigen Beechcraft zum Sturzflug an. In den Sitz gedrückt sah Daniel zu, wie die Lichter der Stadt von unten auf sie zurasten. Er war zu verblüfft, um etwas zu sagen, bis Volta sich mit erkennbarem Widerwillen seinem Ohr zuneigte: «Ich habe dir doch gesagt, dass er Politik ernst nimmt.»

Daniel beugte sich sofort nach vorn und schrie in Red Freddies Helm: «Du hast *Recht*! Ein Freudenfeuer sollte man aus diesen Türen da machen. Und wenn die schon mal dabei sind, können sie auch gleich diese Computer reinwerfen!»

«Recht so!», brüllte Red Freddie, brachte die Schnauze wieder in die Horizontale und ließ die Maschine übermütige Schrauben fliegen, wozu er «Ja! Ja! Ja!» brüllte.

«Noch was!», brüllte Daniel. «Nach den Fernsehern und den Schreibmaschinendingern auch noch jedes Fitzelchen Papier im ganzen Land!»

«Genau, Kumpel! Wenn du glaubst, irgendwas wär wichtig genug, um es aufzuschreiben, damit andere es erfahren, dann schreib es auf irgendeine Wand! Stell dir mal vor, Mann, die Wände von Motelzimmern wären dann wie Lyrikzeitschriften.»

Volta öffnete schläfrig die Augen und sagte: «Ist euch beiden schon mal aufgefallen, dass Ukiah nichts anderes als Haiku rückwärts gelesen ist?»

Bevor Daniel zugeben konnte, dass er die Pointe nicht begriffen hatte, riss Red Freddie die Arme auseinander und deklamierte theatralisch:

Wenn der letzte Kapitalist erwürgt ist
Mit dem Gedärm des letzten Bürokraten,
Werden in unseren Köpfen Kirschbäume blühen.

Daniel fügte hinzu: «Und wenn das gesamte Papier brennt, sollten die Leute ihre Kleider ins Feuer werfen und in einer Polonaise nackt durch die Gegend tanzen, sich dann in einem großen Kreis ums Lagerfeuer setzen und Marshmallows rösten, Whiskey trinken, Dope rauchen und einander wahre, halb wahre und erfundene Geschichten erzählen.»

Red Freddie nickte heftig. «Und am Morgen danach gründen sie Gewerkschaften und rufen den Generalstreik aus.»

Während Daniel und Freddie sich immer mehr hineinsteigerten, lehnte sich Volta in seinem Sitz zurück. Er bewunderte die Jugend, ihren Ehrgeiz, die utopischen Gedankenspielereien und ihre bedingungslose Begeisterungsfähigkeit, doch in letzter Zeit ermüdete ihn das alles. Er versuchte, sich zu entspannen und loszulassen, sah jedoch ständig Daniel vor sich, wie er sein Bild in einem Spiegel betrachtete. Der Junge war sehr klug, vielleicht sogar genial, aber er war nicht weise.

Zum tausendsten Mal fragte sich Volta, ob er Daniel angeboten hätte, ihm die Kunst des Verschwindens beizubringen, wenn es nicht um den Diamantendiebstahl gegangen wäre. Er musste daran denken, wie Madge Hornbrook ihn – vor der Zeremonie, bei der er ihr Nachfolger als *Star*-Mitglied wurde – am Ärmel angefasst und ihm zugeflüstert hatte: «Vergiss niemals, dass die wirklich wichtigen Entscheidungen meistens keine Zeit zum Überlegen lassen.» Dass Daniel auch von dem Diamanten geträumt haben wollte, ermutigte ihn – ein gutes Zeichen. Trotzdem tröstete ihn das nur wenig. Er stellte fest, dass er alt wurde. Alt.

Zwanzig Minuten später setzte die Maschine auf einer schmalen, in Nebel gehüllten Landebahn am Eel River auf. Red Freddie ließ den Motor laufen, während Daniel und Volta rasch ihr Gepäck zusammenrafften. Gleich darauf hatte er die Maschine schon gewendet und brauste die Landebahn hinab.

Als Red Freddie wieder abhob, griff Daniel nach seinem Seesack. «So, und wie geht's jetzt weiter? Zu Fuß?»

«Genau», sagte Volta abwesend.

«In welche Richtung und wie weit?»

Volta bückte sich nach seinem eigenen Koffer. «Nordosten. Ungefähr hundert Meter. Bis zu meinem Truck.» Volta setzte sich in Bewegung, Daniel hatte ihn gleich darauf eingeholt.

«Dein *Truck*?», sagte Daniel leicht spöttisch. «Und das, obwohl du ein langjähriges Mitglied des *Star* bist? Da hätte ich aber schon eine Limousine erwartet!»

«Der Truck war eigentlich schon zu viel Luxus.»

«Was ist es denn für einer? So was wie der Kenworth von Smiling Jack?»

«Das wirst du gleich sehen», sagte Volta.

Daniel glaubte zunächst, er hätte einen alten Pickup vor sich, wie er an jeder Straßenecke herumstand, obwohl die Reifen neu zu sein schienen. Er sagte zu Volta: «Bad Bobby hätte acht zu fünf gewettet, dass deine Reifen den Wagen überleben werden!»

Volta nahm Daniels Seesack und bugsierte ihn schwungvoll auf seinen Koffer auf der Ladefläche. «Nein, das würde er nicht. Robert weiß genau, dass der Schein auch trügen kann.»

«Na ja», gestand Daniel zu, «das ist ja selbst mit Geld so.»

«Ich hatte eigentlich vor, dich fahren zu lassen, aber da du nicht aufhörst, ein Kunstwerk zu beleidigen, musst du auf dem Beifahrersitz Platz nehmen.»

Erst als Volta den Motor anließ und Daniel spürte, wie der ganze Truck in beinahe erotischer Spannung bebte, begriff er, dass hier tatsächlich ein Kunstwerk unter der Kühlerhaube schlummerte.

Volta lächelte, ein jungenhaftes Leuchten in den Augen. «Die Musik, die du da hörst, kommt von einem 427er Chrysler. Das hier ist ein authentischer Moonshiner Truck – sieht nicht groß nach was aus, zugegeben, aber auf der Straße zischt er ab wie eine Rakete: Da siehst du die Landschaft nur so vorbeiflitzen.» Volta ließ den Motor kurz aufheulen.

«Energie hat's dir angetan, was?», sagte Daniel.

«Wenn sie richtig eingesetzt wird.» Volta legte den ersten Gang ein und setzte ein wenig davon ein.

Es spielte keine Rolle, dass Daniel keine Antwort einfiel, denn sie wäre in dem Heulen des Motors ohnehin untergegangen.

Die schmale Straße verließ schon bald die Ebene am Fluss und wand sich an einem langen Bergrücken empor. Eine Stunde später ging's kurzzeitig bergab, als sie den nördlichen Arm des Eel River überquerten, dessen Wasser im Sternenlicht glitzerte. Wenige Meilen danach bogen sie in eine unbefestigte Straße ein, die ein solides Metalltor versperrte. Volta drückte auf einen Knopf unter dem Armaturenbrett, und das Tor schwang auf. Daniel dachte, sie wären nun angekommen, doch erst sieben holperige Meilen und drei Tore später senkte sich die Straße allmählich und schlängelte sich langsam nordwärts, während das Land immer flacher wurde, bis sie plötzlich an einem Bauernhaus mit angrenzender Scheune und einzelnen kleineren Gebäuden endete. Volta drückte auf einen anderen Knopf unter dem Armaturenbrett, und die Beleuchtung am und im Haus ging an.

Im gedehnten Südstaatenslang sagte Daniel – eine kleine Idee zu langsam, wie Jean Bluer moniert hätte: «Hab mir's doch gleich gedacht, dass dir die Elektronik kein alter Hobby-Elektriker installiert hat …»

«Nein, das war ein junges elektromagnetisches Genie, ein deutscher Anarchist, der Schwingungen liebt.»

«Wild Bill hat in meiner Gegenwart mehr als einmal behauptet, dass ein ‹deutscher Anarchist› einen Widerspruch in sich selbst darstellte. Ein frommer Hegelianer wäre schon das höchste der Gefühle.»

Volta lachte. «Bill ist bekannt für seine Vorurteile. Herzlich willkommen jedenfalls auf meinem Landsitz, hier in der Gegend als Laurel Creek Hollow bekannt. Ich kann dich nicht zwingen, den genauen Standort für dich zu behalten, doch möchte ich dich bitten, äußerste Diskretion zu wahren.»

«Keine Sorge, dein Geheimnis bleibt gewahrt», versprach Daniel und versuchte, Voltas formellen Tonfall zu imitieren.

«Sag mal», sagte Volta, «findest du, ich trage zu dick auf?»

«Manchmal», antwortete Daniel.

Volta beugte sich zu ihm und schaute ihn scharf an, sodass Daniel ganz überrascht war, als er, halb um Nachsicht bittend, halb enerviert, flüsterte: «Pure Show, Daniel. Nichts als Show.» Bevor Daniel etwas erwidern konnte, deutete Volta zum Fenster hinaus und setzte hinzu: «Und das ist das Haus. Jetzt ist es Viertel nach vier. Ich schlage vor, du lädst unsere Sachen aus, während ich schon mal Feuer mache und uns dann ein Frühstück zubereite. Es wird deine letzte Mahlzeit für geraume Zeit sein, und es soll etwas Besonderes sein.»

Was es auch war. Hauchdünne Pfannkuchen aus Buchweizen mit frischer Butter und Ahornsirup aus Vermont. Schinken aus den Blue Ridge Mountains, in feinen Scheiben, mit glasierten Pfirsichen. Obstsalat, aus Äpfeln, Trauben und Pecannuss-Stiften mit einem Schuss saurer Sahne und mit Currypulver überpudert. Als Getränke: Gravensteiner Apfelsaft und dann Wiener Espresso oder Voltas hauseigenen Tee, Letzteren mit einem Schuss Zitrone und einem Klacks Sanddornhonig.

Während Volta das Frühstück zubereitete, erzählte er Daniel, woher die einzelnen Zutaten stammten. Der Buchweizen wurde in Montana angepflanzt und gemahlen, von einer Frau namens Jane Durham. Sie schickte ihm jedes Jahr einen halben Zentner, weil Volta das Grab ihres Großvaters ausfindig gemacht und einen Grabstein dafür gekauft hatte. Tick Hathaway hatte für den Schinken gesorgt, es war der letzte von insgesamt zwanzig, die Volta zum Dank für die Honus-Wagner-Baseball-Karte von 1925 bekommen hatte, die Tick noch in seiner Sammlung fehlte. Die Äpfel stammten von einer feministischen Kommune an der Küste des Sonoma County und wurden in einer alten Presse verarbeitet. Smiling Jack hatte ihm zehn Gallonen Ahornsirup von der Hewlitt Jefferies' Farm bei Burlington mitgebracht. Der Honig war Teil der fünf Prozent Mitgliedsbeitrag einer anderen Kommune, die sich weigerte, Geld zu verwenden – Sammelbildchen mit toten Präsidenten drauf, wie sie sich ausdrückten.

Obwohl Daniel sowohl das Bedürfnis als auch die Verpflichtung spürte, jeden Bissen zu genießen, konnte er sich kaum zurückhalten und schlang das Essen hinunter. Seit dem Essen im Flugzeug – zäher Yankee-Schmorbraten und gekochtes Gemüse – waren fast zwölf Stunden vergangen. Daniel beäugte gerade die letzte Scheibe Schinken und lauschte halb Voltas Bericht über die geologische Entwicklung der Wasserscheide des Eel River, als sich Volta plötzlich selbst unterbrach und ihm dezent die Platte mit dem Schinken zuschob.

«Tut mir Leid», sagte Daniel. «Ich fürchte, ich weiß das hier gar nicht richtig zu schätzen, weil ich so hungrig bin. Aber ich weiß sehr wohl zu schätzen, dass du für mich gekocht hast, ehrlich.»

«Bestimmt weiß mein Frühstück deinen Hunger genauso zu schätzen wie meine Zubereitung. Hunger hat mich immer fasziniert. Ich habe Leute am Rand des Hungertods gesehen, die Schlange standen, um ihr Essen herzugeben. In Tibet war das, in einem kleinen Gebirgsdorf. In einer Höhle weiter oben in den Bergen lebte ein Heiliger. Immer bei Vollmond, solange dieser sichtbar war, empfing er Bittsteller am Eingang seiner Höhle. Jeder Bittsteller brachte ihm als Geschenk etwas zu essen mit. Zum Ausgleich beantwortete er ihnen eine Frage. Wenn der Heilige genügend Essen für einen ganzen Monat hatte, begann er, seine Geschenke an den jeweils Nächsten in der Schlange zu verteilen. Der Weg zur Höhle war beschwerlich und zu essen gab es nur wenig, doch die Menschen fingen schon lange vor Sonnenuntergang an, sich anzustellen. Oft standen da über tausend Bittsteller, und alle wussten sie, dass der Heilige sich zurückziehen würde, sobald der Mond unterging.

Bei meinem ersten Besuch fragte ich ihn: ‹Was ist die Wirklichkeit?› Ohne zu zögern, erwiderte er: ‹Eine Hand voll Reis.› Das ist wohl die Standardantwort eines Heiligen, nicht wahr? Beim zweiten Mal fragte ich: ‹Was ist das größte Hindernis für die Weisheit?› Er schloss kurz die Augen, und als er sie wieder öffnete, umspielte sie ein fröhliches Zwinkern. ‹Weisheit ist einfach›, sagte er, ‹der Verstand ist das Problem.›»

Daniel wischte sich den Mund. «Ob das mit der Weisheit so einfach ist, weiß ich nicht, aber dass der Verstand einem Probleme macht, da hat er ganz Recht.»

«Genau. Aber ich erwähne das, weil ich mit diesem Problem gerade selbst ein wenig zu kämpfen habe. Mir ist nicht wohl bei dem Gedanken, dass du die Kunst des Verschwindens erlernen möchtest. Es ist eher ein Gefühl, ich kann diese Bedenken nicht erklären – ich weiß nur, dass sie mit meiner Einstellung zu tun haben, nicht mit deiner.»

Überrascht von der plötzlichen Wendung, die ihr Gespräch nahm, sagte Daniel: «Ich *will* es versuchen. Das ist *meine* Einstellung, *meine* Aufgabe. Du brauchst keinerlei Verantwortung zu übernehmen, was diese Entscheidung betrifft.»

Volta sagte: «Ich nehme keine Verantwortung auf mich, die man einfach abschütteln kann. Da deine Zustimmung für den Versuch notwendig und meine Anleitung für deinen Erfolg und deine Sicherheit vermutlich von entscheidender Bedeutung ist, ist das hier ganz offensichtlich eine gemeinschaftliche Entscheidung. Ich bin für meinen Aufgabenbereich verantwortlich, du für deinen.»

«Genau das meinte ich ja: dass ich meinen Teil der Verantwortung übernehmen will.»

Volta lehnte sich auf seinem Stuhl zurück und sah Daniel eindringlich an. «Gut. Daniel, sprich nicht mehr mit mir, von diesem Augenblick an. Sprich überhaupt nicht mehr. Wenn du es tust oder wenn du dich an irgendeine der zukünftigen Anweisungen nicht hältst, endet unsere Arbeit auf der Stelle – und damit zugleich meine Verantwortung. Und jetzt trinke bitte deinen Tee aus.»

Nachdem sie abgewaschen hatten, nahm Volta eine Taschenlampe von einem Regal und wies Daniel an, ihm zu folgen. Er führte ihn zur Hintertür hinaus, einen breiten Weg entlang bis zu einem mit Holzschindeln verkleideten Schuppen. Zwar glitzerten noch Sterne über ihnen, doch im Osten wurde es bereits hell. Volta ging um den Schuppen herum und einen leichten Hang hinunter zu einer kleinen Hütte. Volta öffnete die Tür und trat ein, leuchtete dann für Daniel hinter sich. Als Daniel neben ihm stand, ließ Volta den Lichtkegel durch den Raum kreisen. An der gegenüberliegenden Wand stand ein schmales Bett. Drei dicke Quilts lagen zusammengefaltet am Fußende, obenauf war ein kleines weißes Kissen.

Volta leuchtete mit der Taschenlampe auf einen Holzstuhl und sagte zu Daniel: «Setz dich hin.»

Als Daniel saß, leuchtete Volta auf eine Tür in der Wand gegenüber von Daniel. «Hinter dieser Tür befindet sich ein Torfklo. Wenn du nach Benutzung eine Dose mit Asche verstreust und die Toilette wieder abdeckst, dürften sich keine Gerüche bilden.»

Der Lichtstrahl huschte zurück zum Bett. «Am Fußende des Betts stehen drei Krüge mit Quellwasser. Ich würde dir empfehlen, es sparsam zu benutzen.»

Volta knipste die Lampe aus. «Ich möchte, dass du deine Augen schließt, Daniel, und ich möchte, dass du mir gut zuhörst, so als hinge dein Leben davon ab. Hör, was ich dir zu sagen habe.»

Volta fing an, langsam um Daniel herumzulaufen. Daniel schloss die Augen, setzte sich ganz gerade hin und konzentrierte sich. Er spürte, wie Erschöpfung in ihm aufstieg, während seine Aufmerksamkeit wuchs. Doch während Volta seine schweigsamen Kreise zog, trat Daniel das Bild eines Schakals vor Augen, dann das eines Geiers. Sie umkreisten ihn, warteten auf sein Fleisch. Sein Herz fing so heftig zu pochen an, dass ihm der Atem wegblieb, so heftig, dass er glaubte, es würde explodieren, und er hatte das Gefühl, auf eine andere Ebene emporgehoben zu werden, eine Ebene aus gläserner Energie, glatt, durchsichtig, fest. Es war keine mystische Erfahrung. Dank seiner Begegnung mit Mott Stocker erkannte er gleich, dass sich hier ein Amphetaminrausch aufbaute. Er schüttelte den Kopf – nicht, um wieder klar denken zu können, sondern weil er es nicht glauben konnte: Volta hatte ihn mit Amphetamin traktiert! Das passte – Volta wollte, dass er schlapp wurde, dabei aber wachsam blieb. Aber Volta hätte ihn wenigstens fragen können.

Daniel geriet beinahe in heiligen Zorn, als Volta vor ihm stehen blieb und mit einer Ironie, für die Daniel durchaus empfänglich war, sagte: «Ich weiß, dass du mir vertraust, aber ich kann spüren, dass du mir nicht bis ins Innerste vertraust. Begreiflich. Du kennst mich nicht gut genug und denkst vielleicht, ich hätte Informationen über den Tod deiner Mutter zurückgehalten, oder ich hätte dich, während du im Koma lagst, einer Gehirnwäsche unterzogen oder dein Verhalten und deine Gefühle sonst wie beeinflusst. Du irrst, aber ich kann verstehen, dass du vorsichtig bist. *Bitte vertraue mir* jedoch in Folgendem: Was wir versuchen wollen, ist äußerst gefährlich, und die Gefahr ist im Falle eines Erfolgs größer als bei einem Misserfolg. Lass also Leichtfertigkeit, Selbstmitleid und Langeweile fahren. Sie verstärken diese Gefahr nur noch. Die Bewusstseinszustände, die du erfahren wirst, sind nicht zu beschreiben. Im Vergleich zu ihnen wirken Drogen lächerlich.»

Volta hielt inne, schritt dann wieder um den Stuhl, sprach aber diesmal im Gehen. «Daniel, ich möchte, dass du weißt, dass ich nicht in Metaphern rede, wenn ich sage, du kannst deinen Körper auflösen und buchstäblich *verschwinden*, ungehindert durch Betonwände und Stahltüren gehen. Ich habe nicht die geringste Ahnung, wie oder warum es möglich ist, spontan Masse in elektromagnetische Wellen umzuwandeln – oder sie vielleicht gegeneinander auszutauschen –, also weniger einen Frequenzbereich zu überspringen als vielmehr eine Dimension. Ich vergleiche es gerne mit einer Phasenverschiebung: gleiche Struktur, aber andere Form. Fest zu flüssig zu gasförmig; Eis zu Wasser zu Luft. Vielleicht ist das Unsichtbarsein einer unserer möglichen Seinszustände. Ehrlich, ich weiß es nicht. Ich habe jede metaphysische Deutung versucht, und doch begreife ich nicht, was da vorgeht.

Wie ich bereits erwähnte, habe ich mich in der Vergangenheit viele Male unsichtbar gemacht, für gewöhnlich im Rahmen meiner Auftritte als Zauberer. Ich bin der einzige Mensch, den ich kenne, der das vollbracht hat, obwohl ich von einem weiteren gehört habe – der jamaikanischen Schamanin. Habe also bitte, *bitte*, Verständnis, Daniel, dass alles, was ich weiß, auf meine eigenen Erfahrungen beschränkt ist. Kurz gesagt: Was ich dir mitteile, lässt sich möglicherweise nicht auf deine Lage übertragen. Du musst unbedingt deinen eigenen Instinkten und Intuitionen vertrauen, wenn du die Schwelle überschreitest. Allerdings ist diese Erfahrung nach *meiner* Intuition archetypisch, und daher erzähle ich dir, wie es sich anfühlte, in der Hoffnung, dass es bei dir ähnlich sein wird.

Lass uns zuvor noch ein paar Grundregeln festlegen. Wie du weißt, darfst du nicht sprechen. Du kannst zwar mit dir selbst reden – oder schreien oder singen –, wenn du allein bist, aber nicht, wenn jemand anders dabei ist. Du musst fasten – nur Wasser, sonst nichts. Du darfst diesen Raum nicht verlassen. Wenn du es tust, aus welchem Grund auch immer, ist damit alles vorbei. Und schließlich musst du meine Anweisungen befolgen, so gut du kannst, obwohl ich das vermutlich besser beurteilen kann. Jeden Tag werde ich dir eine Liste mit Anweisungen unter der Tür durchschieben.

Was meine Lehrmethode angeht, so behauptet Wild Bill, ich sei Anhänger der sokratischen Kamikaze-Schule, dabei aber deutlich vom Marquis de Sade beeinflusst, aber du weißt ja, dass William manchmal fürchterlich voreingenommen sein kann. Was er wohl meint, ist, dass ich gleich zum Kern einer Unterrichtsstunde komme und nicht davor zurückscheue, dich leiden zu lassen. Ich baue dir das Floß. Du fährst damit den Fluss entlang. Ich bestimme die Route. Du machst die Reise. Wenn du mir nicht vertraust, solltest du das gleich sagen, dann vergeuden wir weder unsere Zeit noch unseren Geist.»

Volta sagte nichts mehr, zog aber weiter seine Kreise. Nach drei Runden fuhr er fort zu reden. «Und jetzt erzähle ich dir, was ich bei der Verwandlung von Materie in elektromagnetische Energie erfahren habe. Zunächst spürst du gar nichts. Sendepause. Leere. Mir kam es genau so vor, als wäre die Zeit stehen geblieben. Und das passiert wohl auch, denn man entkommt ihrer Macht nicht, indem man sich über sie hinwegsetzt oder sie auslöscht, sondern indem man einen Punkt der Bewegungslosigkeit in ihr findet, so wie eine Forelle den Punkt des hydraulischen Gleichgewichts hinter einem Stein in der Strömung findet.

Die nächsten Empfindungen folgen unmittelbar darauf. Zunächst hat man das Gefühl, nass zu werden, dann spürt man Licht und Wärme auf der Haut und dann eine plötzliche und schreckliche Verwirrung sämtlicher sensorischer Informationen – ein synästhetisches Knäuel, ein elektrischer Sturm im Gehirn. Genau zu dem Zeitpunkt, glaube ich, beginnt das eigentliche Verschwinden, beginnt die neurale Umwandlung. Sie wird so plötzlich aufgehoben, wie sie anfing, was einem auf der Stelle Leid tut, denn nun beginnt man zu fallen und empfindet eine Furcht – zumindest war es bei mir so –, die unvorstellbar intensiv ist. Es ist ein paradoxes Fallen, man weiß, dass es nie endet, und zugleich weiß man, dass man unten aufschlagen wird. Bestimmt hast du gehört, was der Volksmund über das Fallen in Träumen sagt, dass man immer aufwacht, bevor man am Boden aufschlägt, denn wenn man dies *täte*, würde man sterben. Wie immer hat der Volksmund Recht.

Um zu verschwinden, musst du ganz bewusst dieser Furcht entgegentreten und den Fall aufhalten. Du trittst der Furcht entgegen, indem du sie erkennst, aber nicht darauf reagierst, sie wertfrei akzeptierst, ganz leicht wirst, während du immer weiter fällst. Und, ein neuerliches Paradox, durch das Fallen wird dir die Furcht vor dem Fallen genommen. Du hältst den Fall durch bewusst eingesetzte Vorstellungskraft auf. Ich habe mir immer ein Bild von mir selbst während des Fallens vorgestellt, und dann habe ich mich mit jeder Faser meines Körpers auf dieses Bild konzentriert, und zwar so intensiv, dass sich das Bild auflöste.

Wenn das Fallen aufgehört hat, bist du unsichtbar und alles wird wieder ‹normal›, zumindest das Gefühl eines räumlich-zeitlichen Kontinuums sowie die gewohnte Wahrnehmung und Empfindung – nur dass der Körper eben nicht sichtbar ist. Du kannst das elektrische Feld anheben, das du ‹Hand› nennst, und die durcheinander wirbelnde Energiekonstellation schütteln, die du ‹Kopf› nennst, aber du bist nicht Fleisch und Knochen, Asche oder Staub. Der Zwänge der Materie bist du enthoben, und während diese Erkenntnis immer tiefer in dein Bewusstsein dringt, steigt eine mächtige Gelassenheit in dir auf und durchflutet dich, und dieser Gelassenheit wohnt eine große Klarheit inne – du verstehst alles und weißt, was zu tun ist.

Und genau da wird es gefährlich. Nicht etwa, weil diese Klarheit eine Illusion wäre. Im Gegenteil, sie könnte nicht realer sein, nicht wahrhaftiger. Eines siehst du nämlich ganz deutlich: Alles muss notwendigerweise im Fluss sein, und daher steht dir eine schmerzliche Umkehrung bevor. Die mächtige Gelassenheit, die dich zu durchfluten schien, ist über dich hinausgeflossen; jene Klarheit ist gar nicht deine eigene, sondern gehört zu einem Zustand, an dem du nur vorübergehend teilhast. Du kannst ihn nicht festhalten. Und weil du es dennoch mit aller Gewalt versuchst, wird alles noch schlimmer. Es ist ein Gefühl der Ekstase, und das möchtest du für immer empfinden. Du hast keine Ziele, keine Schmerzen, Verpflichtungen, kennst keine Konsequenzen, Dialektik oder Dynamik, kein Leben, keinen Tod.

Diese Ekstase zehrt dich auf. Nichts wünschst du dir sehnlicher als die Vernichtung jenes letzten Funkens Konzentration, der das Bewusstsein zusammenhält. Wenn du der Ekstase nachgibst und dich dann nicht mehr auf deine Mitte konzentrieren kannst, wirst du – was ich natürlich nicht wissen kann, aber ganz stark vermute –, für immer verschwinden. Während man die Furcht als ein Fallen nach unten empfindet, kommt einem die Ekstase als ein Aufsteigen, ein Gleiten nach oben vor – wenn man sie jedoch nicht überwacht, ist sie dasselbe wie das Fallen. Achte daher gut auf den Moment, in dem die Klarheit in Ekstase umschlägt. Fasse dich und kehre so bald wie möglich zurück. Und das heißt: auf der Stelle. Je weiter du nach oben gleitest, desto tiefer fällst du.»

Volta hörte zu reden auf, blieb jedoch nicht stehen. Daniel, der gespannt jedem Wort gelauscht hatte, öffnete die Augen, als Volta hinter ihm vorbeiging. Der Raum schien jetzt viel heller zu sein. Er fragte sich, ob es wohl ein Oberlicht gab, und sah zur Decke. Ein Stück durchsichtiges gewelltes Plastik, auf dem Laub von den umstehenden Bäumen lag, ließ ein wenig natürliches Licht herein. Das Amphetamin hatte ihm Kieferschmerzen verursacht, und sein Verstand raste. Er wollte hundert Fragen auf einmal stellen. Es war schwierig, das Schweigegebot einzuhalten.

Volta blieb direkt vor ihm stehen, legte die Hände auf den Rücken und fuhr dann fort. «Es ist unmöglich, die Kraft und Verzückung dieses ekstatischen Sprungs hoch genug einzuschätzen, aber wenn du dich ihr hingibst, wirst du meiner Überzeugung nach vernichtet. Ich wiederhole: *Komm auf der Stelle zurück!*»

Volta setzte ein dünnes Lächeln auf. «Ich wiederhole diese Aussage nicht etwa nur deshalb, weil ich ihre Bedeutung unterstreichen will, sondern weil ich vermeiden will, dir zu erklären, wie man der Ekstase entkommt und wieder sichtbar wird. Ich werde dir erzählen, wie *ich* es getan habe, möchte dir aber nicht verschweigen, dass der Übergang zu bloßer Energie zwar für jeden so ziemlich derselbe ist, dass aber nach meinem Gefühl die Rückkehr bei jedem Einzelnen anders vonstatten geht. Ich habe keine Ahnung, warum ich das Gefühl habe, dass dies so ist, und sicherlich wirst du keine Rechenschaft über meine Intuition von mir verlangen.

Bevor ich dir also erzähle, wie ich wieder zurückgekommen bin, möchte ich dir das Prinzip – welches dir sicher bekannt ist – erneut ins Gedächtnis rufen. Das Prinzip ist Bestandteil eines alten alchimistischen Schmiedegesangs, den Wild Bill als ‹das olle babylonische Idioten-Mantra› bezeichnet:

Um du selbst zu sein,
Musst dich selbst du erkennen.
Um dich selbst zu erkennen,
musst dich selbst du befreien.
Um dich selbst zu befreien,
Sei einfach du.»

Daniel musste Wild Bills ästhetischem Urteil zustimmen und hätte beinahe verächtlich den Kopf geschüttelt.

«Wie befürchtet, scheinst du Williams Antipathie für zivilisierte Weisheit zu teilen, doch sicherlich begreifst du, dass sich Klischees halten können, weil sie wiederholt werden. Wiederholt werden sie deshalb, weil sie sich als zutreffend erwiesen haben. Aber ich will nicht weiter darauf eingehen.

Und jetzt hör zu, wie ich die Ekstase überwunden habe und wieder zurückgekommen bin. Ich habe mir einen Spiegel vorgestellt, und zwar so lange, bis ich mein Gesicht darin sah. Und dann habe ich den Spiegel zerschmettert. Die Rückkehr erfolgte sofort und war schmerzhaft, und je weiter ich mich nach oben treiben ließ, desto schlimmer war es – ein beinahe direkt proportionales Verhältnis.

Wenn du zurückkommst, fühlst du dich deinem Körper entfremdet, schwach, desorientiert, unfähig zu denken. Das geht rasch vorbei, aber man neigt dazu, Dinge falsch einzuschätzen, es besteht Verletzungsgefahr, und man tendiert generell zu Fehlentscheidungen. Sei also vorsichtig.

Im Grunde besteht das Verschwinden zunächst aus dem Gefühl des Entsetzens während des Fallens, gefolgt von einer kurzen, hellsichtigen Gelassenheit, die wiederum in ein Gefühl ekstatischen Schwebens übergeht. Alle drei Zustände haben ihre Tücken, und deine einzige Waffe sind Bewusstsein und Konzentration. Eigentlich ändert sich nichts, es wird nur Form zu Formlosigkeit und Fleisch zu Luft. Wenn du im sichtbaren Zustand durstig bist, wirst du es auch sein, wenn du verschwunden bist. Nochmals: Bewusstsein und Konzentration. Du musst von deiner Mitte ausgehen. Benutze sie, um dem Fall Einhalt zu gebieten. Dehne den Zustand geistiger Klarheit aus. Rette dich vor der Ekstase. Gib dich der Melancholie, die unweigerlich die Rückkehr begleitet, nicht allzu sehr hin.

Einmal habe ich es geschafft, ganze sechzehn Minuten unsichtbar zu bleiben, und da wäre mir die Rückkehr fast nicht mehr gelungen. Ekstase steigert die Konzentrationsfähigkeit nicht gerade. Ich habe keine Ahnung, ob es möglich ist, noch länger unsichtbar zu bleiben, aber ich würde es an deiner Stelle höchstens zehn Minuten ausprobieren.

Ich habe dir gesagt, was ich konnte, aber es gibt Dinge, die ich dir verschwiegen habe. Einige deshalb, weil du sie selbst entdecken musst. Andere habe ich dir vorenthalten, weil wir erst das Ergebnis abwarten müssen, obwohl es dir während des Experiments vielleicht grausam erscheint, dass ich sie unerwähnt ließ; Schein und Sein sind hier jedoch gleichermaßen trügerisch. Und dann gibt es Dinge, die ich dir nicht gesagt habe, weil ich sie nicht weiß.

Das ist nicht alles, was ich dir verschwiegen habe, aber ich sage dir noch eines, und darauf gebe ich dir mein Wort: Keine meiner Anweisungen ist gefährlich, bis zu dem Punkt des Verschwindens. Schwierig, anspruchsvoll, vielleicht schmerzhaft: das ja. Aber nicht gefährlich. Verschwinden *ist* gefährlich.»

Volta sah Daniel in die Augen, um sicherzugehen, dass er den letzten Punkt begriffen hatte. «Gut, dann fangen wir an. Deine Aufgaben für heute sind einfach, sie haben mit einer alten Übung zu tun, mit der du sicherlich vertraut bist. Ich möchte, dass du *ohne ein äußerliches Zeichen* auf jede sensorische Information, jeden Gedanken, jedes Bild, jede Empfindung reagierst. Aufnehmen und ablegen; ansehen und loslassen. Lass dich nicht in etwas verwickeln; verfolge nichts; halte dich nicht an etwas fest.

Vor Jahren habe ich in Tanger einen chinesischen Zauberer kennen gelernt. Er hieß Fang Chu und war der beste Feuerschlucker, den ich je gesehen habe. Er behauptete, die ‹Reaktion-ohne-Reaktion-Meditation› sei die einzige, die man brauchte, um Zauberei wirklich zu verstehen. Fang Chu hatte ein wundervolles Lächeln und sprach nur wenig Englisch, wenn auch mehr als ich Chinesisch. Immer, wenn er über Meditation sprach, grinste er von einem Ohr zum anderen und sagte: ‹O ja! Und so einfach!› Dann dehnte er sein Grinsen noch ein wenig mehr und breitete die Hände aus» – Volta setzte ein Grinsen auf, breitete die Hände aus und sagte dann, indem er Fang Chus hohe, nasale Stimme imitierte: «‹Nix leichtel als das, wie eule Cowboy sagt.›»

Volta verharrte einen Augenblick in dieser Pose, immer noch grinsend. «Also, Cowboy, nichts leichter als das. Reite einfach geradeaus weiter. Morgen früh gibt's weitere Instruktionen. Ach ja, das hätte ich beinahe vergessen: Niemand weiß, was wir hier ausprobieren, und ich glaube, das sollte auch so bleiben. Solange ich keine gegenteiligen Anweisungen erteile, ist das hier *unser* Geheimnis. Wenn es dir gelingt, dich unsichtbar zu machen, und du diese Kunst anderen beibringen möchtest, brauchst du meine Erlaubnis. Wenn ich sterbe, geht das Recht, die Erlaubnis zu erteilen, an dich über. Darauf musst du mir dein Wort geben, Daniel. Stimme dem zu, indem du stumm bleibst; wenn du nicht einverstanden bist, dann sage es einfach. Noch können wir aufhören: kein Schimpf, keine Schande.»

Volta wartete. Als Daniel fast eine Minute lang still geblieben war, drückte Volta ihn an der Schulter. «Ich wünsche dir die drei Dinge, die du ganz bestimmt brauchst: Stärke, Gewandtheit und Glück.» Er ging auf die Tür zu und schloss sie sanft hinter sich.

Daniel sprang auf. Der Raum war so kalt, dass er seinen Atemhauch sehen konnte. Einen Ofen oder Kamin schien es nicht zu geben, und eine Lampe konnte er auch nicht finden. Das trübe Oberlicht war die einzige Lichtquelle. Der helle rechteckige Fleck an der Wand nach Westen wurde immer länger. Doch das Licht minderte die Kälte keineswegs. Daniel schritt auf und ab, klopfte sich mit den Armen auf den Leib, damit ihm warm wurde, aber auch, damit die manische Energie des Amphetamins verbrannte, die mit Erschöpfung einherging. Er versuchte, nicht zu denken, sich von allen Empfindungen einfach nur durchströmen zu lassen, nach Hause zu fliegen. Er versuchte, sich sein Gehirn als Loch in einem Netz vorzustellen, doch Tausende mit Speed voll gepumpte Fischer reparierten es schneller, als er es zerreißen konnte.

«Dieser Wichser hat mir was *untergejubelt!*» Es tat so gut, die eigene Stimme zu hören, die vom Speed blockierten Kiefer zu bewegen, dass er loszubrabbeln anfing, um den brausenden und klingelnden Amphetaminrausch zu bremsen, der seine Nerven zum Glühen brachte.

«Verdammt, ich werde mir Mott schnappen! Der hat mir mal erzählt, dass ihm ein Typ Drogen verabreicht hat, irgendein hirnzerfressendes psychedelisches Gebräu, sodass ihm siebenundzwanzig Stunden lang Spinnen aus der Nase gekrochen sind und sein Urgroßvater – in Miniaturgröße, nur zwei Zentimeter groß – auf Motts Pimmel stand und seine Absätze hineingrub, während er die Kettensäge aufheulen ließ. Mott würde sich Volta vorknöpfen, weil er mir was untergejubelt hat, das würde er tun, bestimmt, Volta, dieses arrogante Arschloch, hat es nicht anders verdient, dieser aufgeblasene Machtmensch, schüttet mir einfach ein Pülverchen in meinen Tee und sagt mir dann, ich soll mein Hirn ausleeren, na klar, logo, ich bin so dicht, dass ich spüre, wie sich meine Poren öffnen und schließen, na klar, wäre doch gelacht, mach dir ’nen kleinen Spaß, erzähl der Mystery-Gemeinde noch ’n bisschen was von wegen Seelenheil und fessle dann – *abrakadabra!* – ihren Verstand an die Gleise.»

Daniel hörte sich selbst zu, empfand die gesichtslose Intimität zwischen Beichtendem und Priester, fühlte sowohl die mechanische Leere der Sünde als auch die träge Vergebung. Er lauschte, hörte, ein kaum von der Brise gekräuselter See, bis er sich plötzlich vor Schmerzen wand, die so schlimm waren, dass er zunächst nicht sagen konnte, woher sie kamen. Danach lief kalter Schweiß über seinen zitternden Körper. Gerade hatte er sich wieder aufgerichtet, als in seinem Dünndarm eine Granate losging. Wie ein Klappmesser fiel er auf den Boden, zuckte wie ein Fisch im Todeskampf.

Als eine Stunde später der GIEVI EXL-27 1 – 20 üKS-Virus seine volle Wirkung ausübte, sehnte sich Daniel nach diesen Zuckungen zurück. Der Gastro-Intestinale-Erkältungs-Virus (GIEVI), Experimentallabornummer 27 (EXL-27), hatte, wie aus seinem Code hervorging, eine einstündige Wirkungsverzögerung zwischen Einnahme und voller Symptomatik, eine zwanzigstündige Wirkungsdauer (1 – 20) und führte zu übelstem Kotzen und Scheißerei (üKS). Daniels Magen und Gedärme entluden ihre diversen Inhalte in das Torfklo, dass es ihn schüttelte. Als er sich schließlich aufs Bett gehievt, die Hose über die Knöchel gestreift und die Quilts über seinen zitternden Körper gelegt hatte, sah Daniel zu dem matt erleuchteten Oberlicht hinauf und stöhnte zum Himmel gewandt: «Nur ein Monster würde einem Menschen Gift ins Essen tun und dann auch noch Amphetamin geben. Um ganz sicher zu gehen, dass das Opfer auch alles mitkriegt. Nur ein Monster. Ein verdammtes *Scheusal*!»

Irgendwann nach Sonnenuntergang wichen die heftigen Brechdurchfälle einem tiefen, stetigen Schmerz in den Knochen, den wechselweises Aufblitzen von Fieber und Schüttelfrost begleitete. Gezwungenermaßen gelangte Daniel zu einem Zustand äußerster Passivität. Er spürte, wie er unter den Decken zitterte, sah sich selbst zittern und ließ das Bild dann wieder los, verbuchte es als ein Gefühl von vielen. Allmählich wurde er ruhiger, hatte er den Eindruck dahinzutreiben. Er bemühte sich verzweifelt zu schlafen, doch der Schmerz und die Nachwehen der Droge hinderten ihn daran.

Daniel versuchte seine Konzentration zu schärfen. Er sah sich selbst auf dem Stuhl mit der steilen Lehne sitzen, in der Mitte des Schuppens, und durch ein Loch im Fußboden angeln. Er konnte sich nicht erinnern, unter dem Schuppen einen Fluss gesehen zu haben, aber er hörte das Wasser und spürte, wie seine Leine von der Strömung abgetrieben wurde. Dann ließ sie nach, und die Rute zuckte. Instinktiv zog Daniel daran, und gleich darauf holte er einen goldenen Fisch aus dem Wasser. Das musste er Volta zeigen. Er hielt den Fisch mit der linken Hand und ging auf die Tür zu. Als er sie jedoch öffnete, um nach draußen zu treten, fand er sich in einem anderen Raum wieder, der dem glich, den er gerade verlassen hatte. Er ging durch den Raum hindurch und öffnete die Tür zu einem weiteren leeren Raum. Und noch einem, Raum um Raum. Er hielt den Fisch gut fest. Als er die nächste Tür öffnete, stand da ein Mann ohne Gesicht und schoss ihm mit einer kleinen Automatikpistole in den Kopf. Obwohl er genau wusste, dass er nicht überlebt haben konnte, fasste sich Daniel an die Schläfe, um zu sehen, wie schlimm es war. Stücke seines Schädels bewegten sich unter seinen Händen, als wären es Teile der Erdkruste. Seine schreckgeschwollene Zunge war außerstande, Worte zu bilden. Seine Ohren dröhnten, als sich seine Nebenhöhlen mit Blut füllten. Er sackte in die Knie und stürzte im selben Moment vornüber. Noch immer hielt er den goldenen Fisch umklammert; er versuchte ein einziges Mal, sich vom Boden aufzurappeln, doch sein Körper war zu schwer. Das Letzte, was er spürte, bevor er starb, war der in seiner Hand zappelnde Fisch.

Am nächsten Tag, eine Stunde vor Morgengrauen, ließ das Fieber endlich nach. Daniel schlief bis zum Nachmittag. Als er aufwachte, hatte er brennenden Durst. Er kam langsam zu sich und schlug die schweißnassen Decken zurück, musste dann jedoch feststellen, dass er außerstande war, die Beine aus dem Bett zu schwingen und auf dem Boden aufzusetzen. Also krabbelte er ans Fußende und stieß einen Laut der Erleichterung aus, als seine Hand einen der Wasserkrüge ertastete. Er musste beide Hände benutzen, um ihn anzuheben, und sich, mit gespreizten Knien, an der Wand anlehnen, um die Balance zu halten. Gierig schüttete er das Quellwasser in sich hinein.

Ein dumpfer Kopfschmerz wurde immer stechender, und seine Augen schienen auf Stielen zu sitzen. *Besser als gestern, aber immer noch mehr als beschissen*, fand er. Kurze Zeit später brach er in Gelächter aus und versprühte einen Mund voll Wasser über den schmalen hellen rechteckigen Streifen, den das Oberlicht an die Wand warf. Die Wassertröpfchen hingen einen Augenblick rund und feucht vor dem Lichtfleck in der Luft, dann verschwanden sie.

Daniel versuchte sich vorzustellen, er wäre selbst eines dieser in die Luft geschleuderten Wassertröpfchen, doch es gelang ihm ganz und gar nicht.

Er wischte sich etwas Spucke vom Kinn und hob den Krug nochmals an die Lippen. Richtig leicht war ihm zumute, wie er auf einmal feststellte, beinahe schwindelig – aber er fühlte sich nicht desorientiert. Er wusste genau, wo er sich befand, warum, was gestern geschehen und wer dafür verantwortlich war und wie er sich vermutlich rächen würde. Er überlegte, ob er Volta ein Mott-Stocker-Chili-Klistier verabreichen sollte, bevor er ihm mit einem stumpfen Teppichmesser die Haut bei lebendigem Leib abzog, oder ob er das Klistier als Gnadenstoß einsetzen sollte, wenn Volta bereits gehäutet war. Er hatte sich mehr oder weniger für Ersteres entschieden, als er auf einen fatalen Gedanken kam: Wenn Volta ihm eine Super-Mega-Giga-Dosis ins Frühstück gemischt hatte, standen die Chancen nicht schlecht, dass auch das Wasser hier nicht ganz koscher war ... Aber er hatte immer noch höllischen Durst und trank den Krug leer. Als er ihn absetzte, bemerkte er den unter der Tür durchgeschobenen Briefumschlag.

Es kam einer Reise durch die Sahara gleich, aus dem Bett zu steigen und den Brief aufzuheben. Er nahm ihn mit ins Bett, bevor er ihn öffnete. Die Handschrift war sehr sauber:

Hoffentlich geht es dir heute wieder besser, Daniel. Bestimmt bist du dir über die Notwendigkeit der eingesetzten Mittel im Klaren. Außergewöhnliche Unternehmungen erfordern außerordentliche Maßnahmen. Ich gebe dir jedoch mein Wort darauf, dass das Wasser unbedenklich ist.

Deine Anweisungen für heute sind einfach. Zähle gemächlich in Siebenerschritten bis 63 000 und dann auf die gleiche Weise wieder zurück. Wenn du die Übung beendet hast oder sie dir nicht gelingt, entspanne dich oder schlafe, ganz wie du möchtest. Lass deinen Verstand dahingleiten.

Während er sich fragte, wie lange es wohl dauerte, in Siebenerschritten bis dreiundsechzigtausend zu zählen, öffnete Daniel den zweiten Krug mit Wasser und genoss einen unbedenklichen halben Liter. Er stellte den Krug wieder auf den Boden, setzte sich ins Bett, schloss die Augen und begann zu zählen: «Sieben, vierzehn, einundzwanzig …» Schon bald gewann er eine gewisse Routine, und in wenigen Minuten hatte er die Tausend überschritten; vor jeder Zahl «tausend» sagen zu müssen verlangsamte das Tempo jedoch. Ohne aus dem Rhythmus zu kommen, sagte er still für sich die Zahlen auf. Das brachte eine vorübergehende Beschleunigung, war aber immer noch langsam. Bei 2401 hörte er auf, die Zahlen still vor sich hin zu sagen, sondern stellte sie sich nur noch vor, ein digitales Display, das in Siebenerschritten voranhuschte. Wie Eislaufen war das, und beinahe wäre er im Eiltempo an der Dreiundsechzigtausend vorbeigeschlittert.

Er hielt einen Moment inne, beschrieb einen mentalen Kreis um die Zahl und machte sich dann auf den Rückweg. Doch das Subtrahieren erwies sich als ungewohnt; er musste auf Zeitlupe zurückschalten, bevor er wieder regelmäßig zählen konnte, eine ruhige Abfolge erreichte und schließlich dermaßen beschleunigte, bis die Zahlen nur noch undeutlich vorbeischossen. Er kam sich vor, als würde er durch einen Tunnel ohne Wände sausen. Als er die Vierhundertneunzig erreicht hatte, verlangsamte er die Geschwindigkeit erneut, um den Endspurt zu genießen, und dann feierte er, indem er ausgiebig Wasser trank.

Daniel war mit sich zufrieden. Seiner Meinung nach hatte er die Übung ordentlich und beinahe fehlerlos ausgeführt. Am Vortag, als das Gift zu wirken begann, hatte es ein paar schwierige Augenblicke gegeben, das war nicht zu leugnen, ein paar *sehr* schwierige sogar, und der Versuch von vorhin, sich im Geiste in ein Wassertröpfchen im Licht zu verwandeln, hatte nicht richtig geklappt. Aber das war ja auch kein Wunder, eine ganz normale Reaktion nach einer Vergiftung des gesamten Organismus, und der Versuch mit dem Wassertröpfchen, das war zumindest ein Ausstrecken der Fühler, ein Fehler in der richtigen Richtung. Wachsam und von kühner Entschlossenheit, genügend diszipliniert, um auf einen plötzlich aufblitzenden Instinkt zu reagieren – das war die Einstellung, die Volta zufolge nötig war. Und er war schon nahe dran. Ganz nahe. Das spürte er.

Er legte sich wieder hin und starrte das immer dunkler werdende Oberlicht an. Als er die ersten matten Sterne am Nachthimmel schimmern sah, legte er die Hände über der Brust zusammen und schloss die Augen.

Er sah in einen kreisförmigen Brunnen. Ein goldener Fisch schwamm träge im seichten Wasser, das so klar, so unbeweglich war, dass er die Schuppen des Fisches sehen konnte. Daniel griff in den Brunnen und packte den zappelnden Fisch hinter den Kiemen. Er zog ihn aus dem Wasser und fing an zu rennen. Er wollte, dass Volta ihn sah, bevor er verendete. Er riss die Schuppentür auf, in dem Glauben, Volta auf dem Stuhl mit der steilen Lehne beim Meditieren anzutreffen. Stattdessen lag seine Mutter im Bett ganz wie er selbst, und er empfand ihre Nacktheit unter dem Quilt als seine eigene. Sie achtete nicht auf den Fisch in seiner Hand, sondern fragte ihn lächelnd: «Wie viele Seiten hat ein Kreis?» Das war ein Rätsel, das sie ihm einmal am ersten April auf der Four-Deuces-Ranch gestellt hatte. Er wusste die Antwort, sagte aber: «Weiß nicht.»

«Zwei», sagte Annalee, und ihre Augen glitzerten. «Eine *Innenseite* und eine *Außenseite.*»

Daniel kämpfte mit den Tränen. Er sagte: «Das ist ein großartiges Rätsel von einer großartigen Mom.»

Aber er konnte nicht auf ihr Lächeln warten, er musste ja Volta den Fisch zeigen. Dass er es so eilig hatte, brauchte er nicht zu erklären, sie verstand ihn auch so. Er winkte und stürzte dann zur Tür hinaus, in einen identisch aussehenden Raum, nur war seine Mutter mit einem Mann im Bett, den er nicht erkannte, sie saß rittlings auf ihm, berührte ihre Brüste und krümmte sich wollüstig. Daniel drehte sich um und rannte in einen anderen Raum, dieser war leer, und dann in noch einen leeren Raum und noch einen, bis er die Tür öffnete und ein Mann ohne Gesicht eine Pistole zückte und ihn in den Kopf schoss. Das Letzte, was Daniel spürte, war, wie der Fisch aus seiner Hand glitt.

Er las die Anweisungen für den neuen Tag, als er wieder im Bett war und sich mit den Quilts zugedeckt hatte. Die Anweisungen waren knapp: «Zähle deine Knochen, bis sie glühen.»

Das war vermutlich dieselbe Übung, die er von Wild Bill gelernt hatte. Doch hier war der Akzent verschoben: *«bis sie glühen»*. Er hatte keine Ahnung, was das bedeutete. Es war noch früh. Da konnte er noch ein bisschen schlummern.

Als das Rechteck aus Licht seine ausgestreckte Hand berührte, wachte Daniel auf. Abgesehen von brennendem Durst und nagendem Hunger fühlte er sich ausgesprochen erholt. Während seiner Lehrzeit bei Wild Bill hatte Daniel mehrere Methoden entwickelt, um die Knochen-Übung durchzuführen. Er fing mit der einfachsten an, von den Füßen aufwärts. Dabei zählte er aber die einzelnen

Knochen gar nicht richtig, sondern berührte sie nur und ging zum nächsten über. Als er bei seinem Schädel angelangt war, fühlte er sich angenehm erfrischt, doch von Glühen konnte keine Rede sein. In Anlehnung an die Siebenerübung versuchte er es andersherum, vom Schädel zu den Füßen, doch er war aus dem Rhythmus geraten. Vielleicht lag es an seinen Armen; daher zählte er an ihnen hinab und dann wieder aufwärts. Er konzentrierte sich auf seine Arme, in der Hoffnung, das Problem durch Geschwindigkeit verwischen zu können. Das war besser, aber es fehlte noch immer die Energie dahinter. Er bemühte sich, mit dem Verstand einen einzigen Punkt zu fokussieren, eine dichte Masse, und als er diesen Punkt festhielt, begann er vor Anstrengung zu zittern, bis er schließlich diese geballte Kraft über Hals und Schultern in jeden Arm entließ. Doch diese Kraft machte nicht wie erwartet an den Fingerspitzen kehrt, um wieder seine Arme hochzugleiten – vielmehr geschah etwas, womit Daniel nicht gerechnet hatte: Die Energie schoss über seine Fingerspitzen hinaus in den Raum und kehrte dann über seine Fußsohlen wieder zurück, lief die Beine hoch, durch das Becken hindurch, und zwar stärker als zu Beginn. Er befürchtete, sein Gehirn könne Schaden nehmen, und verlangsamte die Geschwindigkeit daher ein wenig, ballte die Kraft erneut, schoss sie zurück in den Kreislauf, dann noch einmal. Jedes Mal, wenn sie durch seine Knochen fuhr, nahm die Kraft zu. Als sein Schädel die Energie nicht mehr aushielt, ließ er sie über den Kopf hinausschießen; in einem Bogen sauste sie bei den Fingern wieder herein. Er unterteilte sie in zwei Kreisläufe, dann in vier, und jeder neue Kreislauf reinigte die Kraft. Mühelos fügte er noch weitere hinzu, bis er das Gefühl hatte, in seidig glänzendes Licht eingesponnen zu sein. Er spürte, wie seine Knochen zu glühen begannen. Das Licht presste ihn aus seinem Körper heraus. Er schwebte darüber und sah staunend zu, wie er sich zu einem kugelförmigen Diamanten wandelte, in dessen Mitte das seidige Licht nunmehr eine spiralförmige Flamme bildete. Aber sein Körper verwandelte sich so sehr, dass er in sich selbst zusammenfiel, sich in dröhnende Leere auflöste. Er spürte einen schrecklichen Sog, der ihn nach unten zog. Da drehte er sich um und rannte. Er musste Volta warnen. Doch was zuvor Licht war, bestand nun aus schwarzem Wasser, ein Strudel, der ihn unweigerlich in sein leeres Zentrum hinabzog.

Im dunklen Sog blitzte plötzlich ein goldener Fisch vor ihm auf. Er stürzte sich darauf. Sobald er die Hand um den Fisch gelegt hatte, rannte Daniel hügelan auf Voltas Haus zu. Das musste Volta unbedingt sehen. Als Daniel die Tür öffnete, sah er sich selbst auf der Schwelle stehen. Er bemerkte nicht, dass er in einen Spiegel sah, bis ein Mann ohne Gesicht von hinten herantrat, eine Pistole zückte und ihm in den Kopf schoss. Daniel ging in die Knie. Er spürte, wie ihm der Fisch aus der Hand glitschte. Obwohl er wusste, dass er tot war, konnte er noch sehen. Die Blutlache, die seine Wunde hinterließ, wirkte beinahe wie der Wasserspiegel eines Sees. Der goldene Fisch sprang ins Bild. Als er den Rand der Blutlache erreicht hatte, richtete er sich auf und schwamm auf ihn zu. Mit einem Mal verschwand er in der Tiefe. Daniel wollte sehen, ob er wieder an die Oberfläche kam. Das sich abkühlende Blut fing an zu gerinnen.

Daniel zog sich in dem kalten Raum rasch an. Das Wasser ging zur Neige. Was er aber wirklich brauchte, war etwas zu essen. Vier Tage lang hatte er nichts mehr zu sich genommen. Er musste an Buchweizenpfannkuchen mit Ahornsirup und Schinken aus Virginia denken und wäre beinahe ohnmächtig geworden.

Daniel schlich durch den Raum und kniete vor der Tür. Eine Minute darauf hörte er einen fröhlich vor sich hin summenden Volta den Pfad herunterkommen. Als er bei dem Schuppen angelangt war, hörte er zu summen auf. Daniel wartete regungslos. Als die Ecke des Briefumschlags unter der Tür durchgeschoben wurde, riss er ihn an sich. Er knurrte ein wenig, ließ den Laut in seinem Innern anschwellen und brach plötzlich in ein Brüllen aus, das ebenso plötzlich abbrach. Er lauschte. Er konnte Volta hören, der summend den Pfad wieder hinaufging. *Immerhin hat er jetzt etwas, worüber er sich Gedanken machen kann,* dachte Daniel. Und fügte dann laut hinzu: «Ja, darüber, wie blöd ich bin.»

Unter dem Bett ist ein Spiegel zwischen zwei Sperrholzplatten an den Rahmen geschraubt. Stelle ihn so auf, dass er nicht umfällt, und mache es dir davor bequem. Zähle deine Knochen, bis sie glühen, entspanne dich daraufhin etwa zehn Minuten, bis du ruhig und ausgeglichen atmest. Schließe die Augen und versuche, deinen Verstand zu leeren. Wenn du die Augen wieder aufmachst, betrachte dich selbst im Spiegel. Sieh dir tief in die Augen. Sieh dich selbst durch dich hindurch. Der Verschmelzungspunkt ist die Spiegelfläche. Wenn du dort auf dich selbst stößt, verschwindest du.

Dies sind deine letzten Anweisungen. Versuche es, sooft und solange du willst. Ich glaube nach wie vor fest an deinen Erfolg.

Als Daniel unters Bett glitt, hätte er zwanzig zu eins geschworen, dass der Spiegel rund war. Er hätte verloren. Als er die Flügelmuttern abgeschraubt und die Spanplatten abgenommen hatte, stellte er fest, dass der Spiegel rechteckig war, etwa dreißig mal sechzig Zentimeter maß und in einem schmalen Rahmen aus Ahornholz steckte. Er lehnte ihn gegen die Wand nach Westen, faltete einen der Quilts unter sich zusammen und setzte sich in etwa einem Meter Abstand auf den Boden.

Dann schloss er die Augen und stellte sich sein Skelett vor. Er fing an, die Knochen zu zählen, und beschleunigte den Rhythmus, bis der ganze Kreislauf verschwamm und ihm Energie durch Hände, Füße, Lenden, Rückgrat und Schädel schoss. Seine Knochen begannen zu glühen, als wäre das Rückgrat in Brand gesetzt worden.

Das Glühen mündete in eine leere Ruhe. Daniel öffnete die Augen und sah in seine Augen, die zurückblickten. Er sah sein Skelett auf dem Grund eines Sees ausgestreckt liegen, die Knochen hatten den matten Glanz von Ebenholz. Er hätte für immer da liegen mögen, doch ein vibrierendes Trommeln schien ihn an die Oberfläche zu rufen. Er fühlte sein Skelett nach oben gleiten. Doch es kam nicht ans Tageslicht: Die Oberfläche des Sees war gefroren, Daniels Knochen klirrten gegen das Eis. Das Getrommel war mittlerweile ohrenbetäubend. Leute klopften mit Schaufeln auf das Eis, weil sie hofften, durch die Vibrationen würde sein Körper nach oben treiben. Er hörte die lauten Rufe, mit denen sie sich verständigten, doch das Eis dämpfte ihre Worte. Er versuchte, ebenfalls zu rufen, wollte ihnen sagen, dass es in Ordnung war, dass er gerne unten am Grund blieb, doch das dicke Eis machte es unmöglich.

Er fing an zu sinken, als Volta ruhig und deutlich «Leben» sagte. Daniel hielt inne und trieb dahin, während er den Rest seiner Energie sammelte. Er stieß sich mit den Füßen ab und driftete nach oben; das kalte Wasser rann ihm durch Augenhöhlen, Brustkorb und Becken. Als er sich der gefrorenen Oberfläche näherte, ballte er die rechte Hand zu einer knochigen Faust und schlug damit gegen das Eis, das in einem Geysir aus Diamanten zersplitterte. Seine Knochen setzten wieder Fleisch an, als sie mit der Luft in Berührung kamen. Durch das Loch, das er geöffnet hatte, stemmte er sich aus dem See. Völlig desorientiert lief er im Kreis umher und hielt nach dem kürzesten Weg ans Ufer Ausschau, doch Nebel behinderte seine Sicht. Sein Fleisch fühlte sich nass an, aber ihm war nicht kalt. Er wandte sich um und blickte in die Richtung, die er für Westen hielt, dann begann er zu laufen. Keine drei Schritte später stürzte er in einen Abgrund.

Volta hatte gerade eine lange Nachricht von Jean Bluer dechiffriert, als er Daniel schreien hörte. Er stand im frühen Morgenlicht auf der rückwärtigen Veranda und lauschte angestrengt. Als Daniel keinen weiteren Laut von sich gab, warf Volta einen Blick auf die Uhr. Es war halb acht. Um zehn vor acht zerschnitt ein weiterer Schrei die Stille. Volta machte kehrt, ging wieder hinein und ließ Daniels verwirrten Schrei über Laurel Creek Hollow verhallen.

Daniels Entsetzen war selbstbezogen, mächtig, allumfassend «zellular», wie Volta es genannt hatte. Daniel ärgerte sich über sich selbst, weil es ihn überrascht hatte. Volta hatte ihm doch gesagt, dass das Gefühl der Nässe und der Wärme das Fallen ankündigte.

Bei seinem zweiten Versuch hatte Daniel keine Vorausahnungen von kommenden Reizen, kein Gefühl der Feuchtigkeit oder Wärme. Er traf mit sich selbst an der Spiegeloberfläche zusammen und fing sofort an zu fallen. Obwohl ihn das erschreckte, gelang es Daniel, ein Bild von sich selbst während des Fallens zu formen. Er konnte den Fall mit diesem Bild steuern, allerdings drohte es ihm immer wieder zu entgleiten. Der Klang des Windes, der über das Schuppendach strich, beeinträchtigte seine Konzentration.

Er fokussierte zu langsam, war in der Bewegung befangen, anstatt sie vorauszuahnen. Er musste den Moment der Verwandlung vorwegnehmen, musste den Fall abfangen, sobald er einsetzte. Doch zuerst musste er sich ausruhen. Er war so zuversichtlich, dass er das restliche Wasser austrank und sich dann ein Stündchen aufs Ohr legte.

Beim dritten Mal geschah das Wunder. In dem Augenblick, in dem er mit seinem Spiegelbild verschmolz, stellte Daniel sich vor, wie er fiel, mit einer derart mächtigen und zielgerichteten Konzentration, dass das Entsetzen nie richtig begann. Er öffnete die Augen.

Der Spiegel war leer. Das Kissen auf den Quilts war leer. Erstaunt stand Daniel auf und schritt durch den Spiegel, die Wand, den Lorbeerbaum draußen. Er ging den Pfad hinauf und dachte: *Wie kann ich ohne einen Körper laufen? Ohne Füße? Warum versinke ich nicht einfach im Boden oder treibe davon?* Diese Fragen beunruhigten ihn nicht, sondern machten ihn nur neugierig.

Volta saß auf der Veranda und versuchte, ein Bündel Briefe zu lesen, die in der starken Brise aus Osten flatterten. Er schien weniger Interesse an den Briefen als an dem Schuppen zu haben.

Pass mal auf, dachte Daniel, obwohl er gar nicht sicher war, was er tun würde. Nicht dass es eine Rolle gespielt hätte. Er fühlte sich ausgeglichen, stark, ungeheuer weise. Er fing an, sich in pures Vergnügen aufzulösen. Dies, so begriff er, war die Gefahr, vor der Volta ihn gewarnt hatte, aber er wollte diese Empfindung für immer behalten, wollte dort bleiben, wollte sich in Freude verwandeln. Beinahe wäre er zu weit gegangen. Mit ungeheurer Konzentration stellte er sich einen Spiegel vor, als Nächstes sein Spiegelbild und dann, als ihre Augen sich trafen, sich selbst.

Daniels Rückkehr war schmerzhaft. Als er auf den Rasen torkelte, genau vor Volta, spürte er einen stechenden Schmerz, dem ein Anfall melancholischer Erschöpfung unmittelbar folgte. Verwirrt sah er zu Volta auf.

Voltas Augen funkelten vor Freude. «Daniel!», rief er und erhob sich von seinem Stuhl, «du hast es tatsächlich geschafft. Exzellent! *Exzellent*! Endlich jemand, mit dem ich meine Erfahrungen austauschen kann. Komm rein, komm rein – du bist bestimmt hungrig!»

Drei: WASSER

Vernünftiges Chaos.
Novalis

In seinem ungebundenen Zustand ist es die Natur des Wassers, eine sphärische Form zu suchen. Aus diesem Grunde mäandern Flüsse.
Schwenk

Gurry Debritto hatte im Alter von zwölf Jahren bei der CIA angefangen. Sein Vater, ein Marineoffizier, diente der CIA als Verbindungsmann. Als ein kleiner Junge gesucht wurde, der einer Agentin zur Tarnung dienen sollte, schlug der Marineoffizier Gurry vor.

Den ganzen Winter hindurch übte Gurry mit Claudia Lord, der Agentin, die als vorgebliche verbitterte Kriegerwitwe und Sekretärin des Verteidigungsministeriums ein Kind aufzuziehen und Informationen preiszugeben hatte. Auf diese Weise hoffte die CIA, einen russischen Agenten auffliegen zu lassen.

In einem Hotel in Baltimore war es dann so weit. Claudia fingerte nach ihrem Revolver. Sie hatte ihn gerade entsichert, als der Russe auch schon auf sie schoss. Sie sackte zu Boden, der Russe trat rasch neben sie und gab noch einen Schuss ab, um ganz sicher zu gehen. Dann drehte er sich um und richtete die Waffe auf Gurry, doch der warf sich auf Claudias Körper, und die Kugel streifte seine Wade. Gurry griff nach Claudias Revolver und ließ sich über den Boden rollen, während drei weitere Kugeln Fetzen aus dem Teppich rissen. Als der Russe auf die Tür zustürzte, rappelte Gurry sich auf die Knie hoch. Er hielt die Waffe mit beiden Händen und schoss dem Russen ins Genick. Wenn er seinen Vater vom Krieg erzählen hörte, hatte er sich immer gefragt, wie es wohl war, einen Menschen zu erschießen. Jetzt wusste er es. Es war herrlich.

Mit dem Segen seines Vaters setzte die CIA ihn auf ihre Gehaltsliste. Er bekam eine gründliche Ausbildung, bei den besten Lehrern. Mit sechzehn führte er seinen ersten Spezialauftrag aus: ein

Reporter aus Dayton, der undurchsichtige Geldtransfers auf den Cayman Islands aufdecken wollte – nicht dass sich Gurry dafür interessierte, weshalb. Aber als er zwanzig war, stellte er sich doch die Frage, warum er Leute für eine Horde von Bürokraten umbrachte, die er wegen der erbärmlichen sechzehntausend Dollar monatlich zu verachten begonnen hatte.

Gurry beschloss, sich selbständig zu machen. Die CIA entließ ihn großzügigerweise aus ihren Diensten und setzte zwei Killer auf ihn an. Als ihre Körper, wie Mumien in scharlachrote Bänder gewickelt, vor einem Müllschlucker zwei Blocks vom Haus des Direktors gefunden wurden, wurde ein Waffenstillstand ausgehandelt: Gurry übernahm Spezialaufträge zu einem angemessenen Honorar für sie, durfte diese aber nach seinem Ermessen annehmen oder ablehnen.

Gurry Debrittos Karriere beschränkte sich nicht aufs Töten allein – er war auch für Sicherheitsrisiken sowie generelle Zerstörung zuständig –, doch mit dem Töten ließ sich, wie er oft sagte, «am schnellsten ein hübsches Sümmchen verdienen». Seine Honorare wuchsen proportional zu dem legendären Ruf, den er sich erwarb. Das meiste, was er je bekommen hatte, waren zwanzig Millionen Dollar dafür, dass er Jack Ruby vergiftete. Das niedrigste waren die zwanzigtausend für die Ermordung von Annalee Pearse. Er war deswegen sowieso noch stinksauer. War schließlich nicht seine Schuld, dass die Sache schief gegangen war.

«Wir sitzen betrunken in einem Motel 6 in Stockton, Kalifornien. Du hast Miss Rainbow Moonbeam Brigit Fifth Bardo, oder wie zum Teufel sie sonst heißt, nicht gefunden, aber wir wissen eh schon genug, was? Ein paar von den Leuten auf der Party haben gesagt, sie wäre irgendwann im Morgengrauen zurückgekommen und hätte verkündet – so was in der Art merken sich die Leute immer gern: ‹Ich bin nur mal eben um die Ecke zum Sternennebel gegangen und habe einem Jungen einen geblasen, bis ihm Hören und Sehen vergangen ist.› Der Junge, das musste Daniel sein, und wir wissen, dass er ihr was von wegen Livermore geflüstert hat – wahrscheinlich hat er sogar damit angegeben. Vielleicht hat sie ihm ja auch ein bisschen Stoff verabreicht. Oder sie hat was im Haus gefunden. Oder ihn überzeugt, dass es verkehrt war und er zur Polizei gehen soll. Vielleicht hat er aber auch Volta angerufen. Annalee sagte, sie hätten telefonisch Bescheid geben sollen, falls sie uns sehen. Aber wir brauchen gar nicht alle Teile, um das Puzzle zu vollenden. Wir *spüren* die Wahrheit. Wir *spüren* Daniels Furcht und Hass und Voltas kalte, neutrale Haltung. Du hattest Recht mit deinem Vorschlag, wir sollten selbst Nachforschungen anstellen, mit deinem Hinweis auf ihre Heuchelei. Volta ist ein Genie. Erst richtet er Daniel ab, und dann suggeriert er, dass es kein Unfall war. Die Wahrheit ist stets die beste Lüge. Er ist unser würdig.»

Shamus Malloy redete mit seiner schrecklich verbrannten Hand. Er nahm jetzt immer den weißen Handschuh ab, sobald sie allein waren. Wenn er den Daumen unter Mittel- und Zeigefinger klemmte, sah das aus wie ein Mund. Darüber, auf dem Knöchel zwischen Zeigefinger und Hand, hatten Spritzer von geschmolzenem Silber zwei löchrige Narben hinterlassen, die leeren Augenhöhlen glichen. Shamus blickte sie an. «Du musst mir helfen. Was sollen wir jetzt tun? Was sollen wir mit Daniel und Volta machen?»

Seine Hand sagte: «Vernichte sie.»

Transkription:

Dennis Joyner, AMO Mobilfunk

Zeit, mal was ganz Grundsätzliches mitzuteilen: Hier seid ihr mit dem DJ verbunden, der euch was Saftiges ins Ohr flüstern wird, und wenn ihr den DJ an der Strippe habt, dann wisst ihr, dass ihr bei KUSH, dem Fuckin' Rollin' Räi-di-jo gelandet seid, korrekt, oder? Also, einschalten und immer schön miträtseln, und wer ich selber bin, ist mir auch ein Rätsel.

Lasst uns das mal noch 'n bisschen weiterverfolgen, bis sich der Hase in den Schwanz beißt. Ich mein, also *ehrlich,* Leute! Warum schüttet ihr mich mit Karten und Briefen zu und fragt mich: ‹Hey, wer bist du und was soll das Ganze eigentlich, ist das echt, und Mann, ey, kriegst du eigentlich auch noch Geld dafür, dass du so 'nen Mist verzapfst, könnte ich mich vielleicht auch mal bei euch melden?› Und dann fragt ihr mich immer: ‹Wofür steht DJ in Wirklichkeit?› Und: ‹Was hat das alles zu bedeuten?›

Ich glaub, meine Marketingleute nehmen Drogen oder so. Die halten Demographie wohl für 'n visuelles Hilfsmittel. Wer ich bin? Hey, wer seid *ihr?* Und wer sind wir alle, wenn wir den Spieß mal zusammen umdrehen? Warum ist es klug, alle Antworten zu hinterfragen, und dumm, alle Fragen zu beantworten? Gebt's doch zu: Manchmal muss man um eine Antwort betteln. Sich auf die Knie werfen und eine Antwort erbetteln, erflehen.

Freunde und Ritter der rauschenden Nacht: Ihr braucht mich nicht anzuflehen. Antworten, die ich nicht weiß, sind meine Spezialität. Also, gehen wir eure Fragen mal der Reihe nach durch:

In Wirklichkeit heiße ich Doe John. In meinen Adern fließt Zigeunerblut, nie hält es mich an einem Ort. Ich bin die Stimme des Vorüberziehens, der Atem des Lieds. Bleib dran, Schätzchen – mit dem Bleifuß auf dem Gaspedal braus ich flott durchs Tal.

Alles zieht nach unten, außer es strebt nach oben oder hat 'ne vorübergehende Vereinbarung mit dem Gleichgewicht geschlossen.

Das ist 'ne wahre Geschichte, Leute, ganz bestimmt. 'ne verdammt wahre Geschichte, Freundchen. Darauf kannste deinen Arsch verwetten.

Wenn du die Wette verlierst, schickt die AMO einen Schutzmann vorbei, der dafür sorgen wird, dass ich auch weiterhin auf Sendung bleibe, als so 'ne Art alternatives öffentlich-rechtliches Radioprogramm für die schwer Gelangweilten und die ernsthaft Durchgeknallten. Auf lange Sicht komme ich aus eurer Tasche gekrabbelt, wenn ihr nachts am Schlafen seid, und erzähl euch, wie man am besten böse ist.

DJ steht für Disc Jockey, ich sitz hinterm Lenkrad genau wie ihr, aber vermutlich muss erst mal jeder für sich selbst sehen, wo wir da hinrollen. Wenn's überhaupt rollt. Oder wenn's überhaupt ins Rollen gekommen ist. Wenn Wünsche nämlich Flügel hätten, kämen wir alle hoch hinaus, und wenn Sahne Butter wäre, brauchten wir sie nicht zu schlagen.

Ohne Scheiß.

Schlagendes Argument.

Und nächstes Mal bitte ein bisschen was Kniffligeres.

Das war euer Devoter Jockey, der euch mit Süßholz voll geraspelt hat.

Drei Tage nachdem Daniel zum ersten Mal verschwunden war, kam er herein, setzte sich an den Frühstückstisch, straffte die Schultern und machte sich auf der Stelle unsichtbar.

Volta, der gerade Tomaten für die Salsa zu seinen berühmten *huevos rancheros* klein hackte, legte das Messer auf das Schneidebrett, applaudierte und murmelte: «Bravo.» Dann widmete er sich wieder seinen Tomaten.

Er spürte Daniels Anwesenheit, bemühte sich aber nach Kräften, ihn zu ignorieren. Er war froh, dass er ihn, wenn auch nur für ein paar Minuten, los war. Seitdem Daniel wieder aufgetaucht und auf die Veranda getorkelt war, hatte er Volta mit Fragen bombardiert. Die einzige, die Volta hinreichend beantworten konnte, war die erste gewesen.

«Wo war das Gift, in den Pfannkuchen oder im Schinken?»

«Daniel! Auf meine Pfannkuchen bilde ich mir was ein, und auf Tick Hathaways Schinken lasse ich auch nichts kommen!»

«Also, wo dann?»

Volta wusste nicht, ob Daniel die Antwort forderte oder flehentlich erbat. «Ich habe es in den Apfel in deiner Portion Obstsalat gespritzt. Ich war in christlicher Stimmung.»

«*Was?* In christlicher Stimmung?»

«Der Baum der Erkenntnis. Die verbotene Frucht. Versuchung, Sündenfall und so weiter. Manche verbotenen Früchte schmecken hinreißend, von anderen wird einem übel.»

«Übel finde ich», sagte Daniel atemlos, «wenn man jemandem heimlich was ins Essen gibt. Und am allerübelsten ist es, wenn man dann auch noch Speed dazumixt.»

«Ich habe als Entschuldigung die Notwendigkeit angeführt und kann dies nur nochmals unterstreichen. Und außerdem: Es war kein *Gift*. Es war ein Virus, das Charmaine wochenlang beschäftigt hat.»

«Sie hasst mich», sagte Daniel.

Die Niedergeschlagenheit in Daniels Tonfall überraschte Volta. «Nein, das stimmt nicht. Im Gegenteil, sie hält große Stücke auf dich; und wie du sicherlich bemerkt haben wirst, ist sie unglaublich aufmerksam und über die Maßen verständnisvoll.»

Beharrlich schüttelte Daniel den Kopf.

Nach dieser ersten Frage hatte Volta keine gesicherten Antworten mehr. Diese Unsicherheit schien Daniel zu wahren Fragensalven zu animieren, als warteten Antworten nur auf die richtige Fragestellung.

«Warum verschwinden die Kleider mit einem? Und die Plomben? Warum fallen sie nicht einfach auf den Boden?»

«Ich weiß es nicht», erwiderte Volta geduldig, eine Antwort, die er noch oft wiederholen musste. «Ich kann lediglich sagen – auf der

Basis meiner eigenen beschränkten Erfahrungen –, dass alles, was länger als dreißig bis vierzig Stunden in direktem Kontakt mit deinem Kraftfeld gestanden hat, mit dir verschwindet und auch wieder auftaucht – unter Berücksichtigung der Stärke des ihm eigenen Kraftfelds und der Harmonie mit dem deinen.»

«Was genau meinst du mit diesem *Kraftfeld*? Deinen Körper?»

«Daniel, ich kann nur spekulieren. Ich stelle es mir als die Summe des Lebens vor – Fleisch, Seele, Psyche oder sonst etwas, das du für eine unabdingbare Komponente des Seins hältst.»

«Moment mal. Gehen wir das Ganze doch einfach von der praktischen Seite an. Wenn mein Taschenmesser mit mir verschwindet, und ich gehe nach draußen und lege es auf einen Felsblock, gehe dann wieder hinein und werde wieder sichtbar – ist das Messer dann immer noch in meiner Tasche?»

«Nein, meiner Erfahrung nach nicht. Es würde auf dem Felsblock wieder erscheinen, genau dort, wo du es zurückgelassen hast.»

«Warum? Dann wäre es ja nicht mehr in meinem Kraftfeld.»

«Ich weiß es nicht. Vielleicht hat das ja mit der jeweiligen Dimension oder dem jeweiligen Feld zu tun. Oder wie Smiling Jack es formulieren würde: ‹Du kannst nicht an zwei Orten gleichzeitig sein, wenn du nirgendwo bist.›»

«Moment. Wieso kann man sehen? Man hat doch keine Augen. Und wieso kann man hören, wo die Ohren doch auch verschwunden sind? Das ergibt einfach keinen Sinn!»

«Das kommt daher, dass es unmöglich ist, Daniel. Wenn das Unmögliche einen Sinn ergäbe, wäre es nicht mehr unmöglich. Glaube mir, ich habe etliche Experten – von Ärzten bis hin zu Schamanen – eingehend befragt, ganz diskret natürlich. Die einzige Schlussfolgerung der wenigen, die diese Vorstellung überhaupt in Betracht zogen, lautete, dass sensorische Unversehrtheit nicht an eine körperlich fassbare Existenz gebunden ist. Stell es dir doch so vor: Für kurze Zeit wirst du zu deinem eigenen Geist.»

«Ich glaub aber nicht an Gespenster.»

«Erzähl das nicht mir, sondern deinem Geist.»

«Schon gut, schon gut. Das heißt also, dass das physische Selbst eine spirituelle Erscheinungsform annimmt.»

«Ich weiß es nicht. Ich will allenfalls andeuten, dass Wunder nun einmal Teil unseres Lebens sind.»

«Aber ich frage mich ...», und dann ließ Daniel wieder eine neue Staffel von Fragen los.

Volta gönnte sich selbst Schonzeiten, indem er Daniels täglichem weiterführendem Studienprogramm vier Stunden Einzelmeditation hinzufügte. Es half nichts: Daniel stellte genauso viele Fragen wie zuvor, er stellte sie nur schneller.

«Warum hast du die Ekstase als ein Zusammenziehen empfunden, während ich eine Ausdehnung gespürt habe?»

«Ich weiß es nicht. Vielleicht machen wir unterschiedliche Erfahrungen oder empfinden dieselben Dinge unterschiedlich.»

«Und deshalb habe ich wohl diese Phase unmittelbar beim Verschwinden nicht durchgemacht, in der die Zeit stillzustehen scheint?»

«Vermutlich, ja.»

«Aber einige unserer Erfahrungen decken sich doch. Warum teilen wir manche, während andere individuell sind?»

«Ich weiß es nicht. Um das Ganze abwechslungsreicher zu gestalten?»

Doch auf die Gegenfrage ließ Daniel sich nicht ein, er ignorierte sie einfach und löcherte Volta mit seinen Fragen, bis dieser schließlich in scharfem Tonfall sagte: «Daniel, frag dich selbst. Du weißt ebenso viel darüber wie ich, und ich zweifle nicht im Geringsten daran, dass du bald meine spärlichen Kenntnisse überflügelt haben wirst!»

Volta wischte das Schneidebrett ab. Daniel war nun wesentlich länger verschwunden, als es das Programm vorschrieb. Volta widerstand einem Impuls, auf die Uhr zu sehen. Daniel war ihm überlegen. Er schien sich einfach einen Spiegel vorgestellt zu haben, mit einer Leichtigkeit, die Volta nicht für möglich gehalten hatte. Es überraschte ihn jedoch nicht, denn er hatte von Anfang an gespürt, dass Daniel bereit war, Grenzen zu überschreiten. Bislang hatte Daniel Disziplin und Respekt aufgebracht, doch seine Begierde, etwas zu begreifen, das im Grunde ein Mysterium war, konnte leicht zur Obsession ausufern, und das machte Volta Sorgen. Während er Eier aufschlug, beschloss er, seine Position als Mitglied des *Star* aufzugeben. Er war die ständigen Entscheidungen leid, die Fragen, auf die er keine Antwort wusste oder die er schon allzu oft beantwortet hatte. Wenn sie den Diamanten raubten, hätte er ja endlich gefunden, wonach er suchte. Dann könnte er die ihm verbleibenden Jahre damit zubringen, dem Wind zu lauschen, Freunde zu besuchen, im Garten zu arbeiten, nachmittags eine Tasse Tee zu genießen, sich ins Zentrum des Diamanten zu stellen.

Volta warf einen Blick auf die Uhr. Die ruhigen Tage würden sich noch gedulden müssen. Daniel war vor fünfzehn Minuten verschwunden, eine deutliche Missachtung von Voltas Richtlinie, die Zeit des Unsichtbarseins auf höchstens zehn Minuten zu beschränken. Er versuchte, Daniels Anwesenheit im Raum zu erspüren. Er fühlte, allerdings nur schwach, dass Daniel noch in der Nähe des Tischs war. Gerade als Volta jegliche Zurückhaltung fahren lassen und Daniel zubrüllen wollte, er solle gefälligst zurückkommen, tauchte Daniel wieder auf. Er saß noch immer am Tisch und hatte ein beinahe unverschämtes, triumphierendes Lächeln aufgesetzt.

«Verzeih mir den theatralischen Auftritt», sagte Daniel. «Ich war zu lange mit dir zusammen.»

«In der Tat», sagte Volta mit zugeschnürter Kehle. Er spürte, wie sich seine Furcht zunächst in Erleichterung, dann in Ärger verwandelte. Ärger war sinnlos.

«Nicht schlecht für einen Anfänger, was?» Als Volta nichts erwiderte, setzte Daniel hinzu: «Das Geheimnis liegt in der Vorstellungskraft und in einer Million Spiegel.»

Volta tat einen Schritt auf Daniel zu. «Nein, da liegt es nicht», sagte er ruhig. Bevor Daniel reagieren konnte, hatte Volta ihm eine Ohrfeige gegeben. «Es ist ein Tanz, also sieh dich bloß vor, sonst fällst du durch einen dieser Spiegel und findest keinen Halt mehr.»

Daniel berührte seine kribbelnde Wange und sah zu Volta auf. «Fick dich», sagte er.

Volta holte aus, doch seine Hand berührte Daniels Wange nicht mehr. Er hatte sich unsichtbar gemacht.

Rasch, aber ohne offensichtliche Eile ging Volta in die Mitte der Küche. Er rollte die Ärmel seines ausgeblichenen Jeanshemds hoch und wartete. Er versuchte festzustellen, wo sich Daniel befand, doch ehe er seine Konzentration ausreichend fokussiert hatte, tauchte Daniel hinter ihm auf, faltete die Hände hinter Voltas Nacken und drückte seinen Kopf nach unten, klemmte ihn in einen Doppelnelson, bis er sich nicht mehr bewegen konnte. Er drückte noch ein wenig – gerade so viel, um seinen Worten genügend Gewicht zu verleihen – und stieß hervor: «Na so was! Wer hätte sich das je *vorstellen* können? Wer hätte so viel *Vorstellungskraft*, um sich *vorzustellen*, dass es einmal so weit kommen würde? Kannst du dir *vorstellen*, dass ich deine Entschuldigung annehme?»

Volta begann zu lachen. Daniel erhöhte den Druck, doch dann fing er auch zu lachen an und lockerte den Griff. In dem Augenblick, in dem der Druck nachließ, riss Volta die Arme nach oben, ließ gleichzeitig den Körper nach rückwärts schnellen, entwand sich der Umklammerung und brachte Daniel dabei beinahe aus dem Gleichgewicht. Bevor Daniel reagieren konnte, hatte Volta ein Set Spielkarten hervorgezaubert, die Daniel nun ins Gesicht flatterten. Instinktiv hob er schützend die Arme.

«Dharma-Kampf!», rief Volta voll wilder Freude. «Echte Zauberkunst!» Er kitzelte Daniel an den Rippen.

Daniel legte die Ellbogen an, um Voltas Hände festzuklemmen, und nahm gleichzeitig die Ausgangsposition für einen Tao-Do-Chaung-Schienbein-Kick ein. Volta machte sich los und streute Daniel ein graues, grobkörniges Pulver ins Gesicht, das ihm sofort die Sicht raubte und seine Nebenhöhlen in Aufruhr versetzte. Daniel rieb sich die Augen und stolperte hilflos auf das Spülbecken zu; Volta lief dicht hinter ihm her. «Na, ist es wirklich nichts als Vorstellungskraft? Komm schon, ist das auch nur Einbildung?» Er schrie beinahe und passte genau die Pausen zwischen Daniels Niesanfällen ab, doch recht freuen mochte er sich über Daniels missliche Lage nicht. Er legte seine Hand auf Daniels Schulter und führte ihn zum Spülbecken hinüber.

«Du hast gewonnen, Daniel.» Er schob Daniels Kopf sanft unter den Wasserhahn und drehte das kalte Wasser auf, damit Daniel sich die Augen ausspülen konnte.

«Du bist nur eifersüchtig», gurgelte Daniel.

«Stimmt nicht», sagte Volta leise, aber mit solcher Überzeugung, dass Daniel den Mund hielt und das lindernde Wasser wirken ließ.

Volta klopfte ihm auf den Rücken. «Komm schon, deswegen wirst du doch nicht schmollen. Ich bin stolz auf deine Fähigkeiten, aber das gibt dir noch lange nicht das Recht, mich zu verspotten oder zu erniedrigen. Wir haben wichtige gemeinsame Aufgaben vor uns. Zweifellos – und das ist allein dein Verdienst – hast du mich in der Kunst des Verschwindens überflügelt, hast du in einer Woche geschafft, wozu ich Jahre brauchte. Ich gebe bereitwillig zu, dass du eine einzigartige Begabung dafür hast. Allerdings war ich derjenige, der das Geheimnis mit dir geteilt hat, und ich hätte diese Verantwortung nicht auf mich genommen, wäre ich nicht davon überzeugt gewesen, du würdest mir in dieser Angelegenheit gewisse Rechte, eine gewisse Kontrolle und einen gewissen Respekt einräumen.»

Dann beugte er sich zu Daniel hinab und flüsterte ihm ins Ohr: «Ich spüre deinen Hunger ja, Daniel. Ich spüre ja, wie sehr du die Selbstauflösung suchst. Ich habe genau das Gleiche empfunden. Ausdehnung, Zusammenziehen – das spielt keine Rolle. Das Verschwinden ist kein Ausweg. Es *gibt keinen Ausweg*, Daniel, kein endgültiges, überraschendes Davonfliegen. Das ist die nüchterne Wahrheit hinter diesem Zauber.»

Daniel nickte kaum merklich.

«Gut», sagte Volta. Er hielt einen Augenblick inne, seine Hand lag noch immer auf Daniels Schulter. «Und stelle mir heute keine weiteren Fragen mehr. Mach von deinem Recht zu schweigen Gebrauch. Wenn der Diebstahl fehlschlägt, wirst du dankbar dafür sein.»

Während sie die *huevos rancheros* verspeisten, berichtete Volta Daniel wie gewöhnlich, was in der vergangenen Nacht im Radio über den Diamanten berichtet worden war.

«Die einzige Nachricht von gestern Nacht ist, dass wir heute Morgen etwas wirklich Wichtiges erfahren werden. Wir wissen, dass der Diamant in New Mexico ist, wahrscheinlich in White Sands, dem Versuchsgelände – zumindest vermute ich das.»

«Keine Fortschritte also», übersetzte Daniel.

«Wenn ich richtig zwischen den Zeilen lese, heißt das, jemand ist jetzt ganz nahe dran. Vermutlich Jean oder Ellison Deeds. Soweit ich weiß, hast du Ellison nicht kennen gelernt, aber er ist auf seinem Gebiet genauso versiert wie Jean. Jetzt kommt es auf den langen Atem an, Daniel. Du bist lange genug bei uns, um die Bedeutung richtig einzuschätzen, die aussagekräftige Informationen für uns haben. Da wir weder über viele Waffen noch über zahlreiche Mitglieder verfügen, ist die Nachrichtenübermittlung unsere wichtigste Waffe. Sicher begreifst du auch, dass die jeweilige Information umso verlässlicher wird, je dichter man an die Quelle herankommt. Wenn du das nicht begreifst, solltest du das rasch ändern – dein Leben könnte davon abhängen.»

«Ich habe nicht behauptet, dass keine Fortschritte etwas Unbefriedigendes darstellen», sagte Daniel in betont höflichem Tonfall, der nicht recht zu seiner äußeren Erscheinung passen wollte: Mit seinem feuchten Haar und den geröteten Augen sah er aus wie ein gut abgefüllter Pennbruder nach einem schlimmen Saufgelage.

Volta nickte, erfreut, dass Daniel, wenn er auch ein wenig gereizt war, ihrer Auseinandersetzung von vorhin doch eine befreiende Wirkung zuzumessen schien. «Wir sind auf einem von den Plateaus dort», sagte Volta. «Einstweilen wissen wir nur, wo ungefähr wir zu suchen haben – White Sands ist eine weitläufige Anlage. Doch die genaue Ortsangabe und die Hinweise zu den Sicherheitsvorkehrungen werden wohl gleichzeitig eintreffen; der Durchbruch kann also sehr rasch erfolgen.»

«Du hast mal gesagt, White Sands sei ein militärisches Versuchsgelände für Bomben und andere Waffen, stimmt's?»

«Korrekt.»

«Glaubst du, sie wollen den Diamanten mit einer Atombombe knacken?»

«Wer weiß? Jede Regierung ist etwas Schlimmes, aber unsere derzeitige ist die größte Ansammlung von Schurken und Idioten in der jüngeren Geschichte Amerikas, vielleicht die größte, die wir je hatten. Ich will mir nicht einmal ausmalen, wozu die fähig sind. Allerdings bin ich gar nicht so sicher, ob sie ihn vernichten könnten, selbst mit Atomwaffen.»

«Du glaubst also nach wie vor, dass es der Diamant aus deiner Vision ist.»

«Ich hoffe es», erwiderte Volta, dem nicht entgangen war, dass Daniels Fragen vorsichtigen Behauptungen gewichen waren.

«Hm, aber du willst ihn sehen, weil du eigene Ziele verfolgst. Du empfindest also dieselbe Gier.»

Volta lächelte. «Natürlich bin ich begierig danach, aber meine Gier ist rein: Ich will ihn sehen, nicht besitzen. Ich finde, das ist keine richtige Gier, wenn man der Meinung ist, niemand, nicht einmal man selbst, sollte ihn haben dürfen.»

«Du solltest als Präsident kandidieren.»

«Ich bin bereits so eine Art Präsident, und der Dienst für den *Star* scheint sowohl meinen Ehrgeiz als auch meine Kraft erschöpft zu haben.»

«Bleiben immer noch deine Weisheit und dein Charme übrig», sagte Daniel mit dem Anflug eines Lächelns, während er anerkennend die Gabel voll salsagetränkter *huevos rancheros* hochhob.

«Außerdem kann ich kochen!», sagte Volta.

Und genau in dem Moment fing eine Mundharmonika die ersten Klänge von *Amazing Grace zu* spielen an.

Ganz langsam ließ Daniel die Gabel auf seinen Teller zurücksinken. «Wie hast du denn das gemacht?»

«Das war nicht ich, das war der Zufall. Es ist ein Signal für eine WD-Botschaft – Wichtig und Dringend –, die in fünfzehn Minuten gesendet wird. Lass doch den Abwasch erst einmal stehen und komm mit mir zur Scheune hinunter. Du hast unser Telekommunikationszentrum noch gar nicht gesehen, und das ist vermutlich die Information, auf die wir die ganze Zeit gewartet haben.»

Eine monotone Stimme leierte Nummern und Zahlen in Dreierkombinationen herunter – «A-O-sieben; Neuner-Doppel-L Z-eins-vier» –, und Volta schrieb sie auf. Daniel bemerkte, dass Volta die Nachricht auf Band aufzeichnete oder zumindest den Aufnahmeknopf eines Kassettenrecorders gedrückt hielt, der an das Radio angeschlossen war. «B-acht-N; G-O-Neuner; I-zweinull ...» Der Code faszinierte Daniel. Es klang wie Bingo unter Meskalineinfluss.

Als die Stimme in ein Brummen überging, sah sich Daniel in der Scheune um, die fast zur Hälfte nur der Telekommunikation diente: Es gab Telefone, CB-Funkgeräte, Kurzwellenradios, Kassettendecks, zwei Computerstationen, eine Reihe verschlossener Aktenschränke und einen langen Arbeitstisch. Zahllose solarbetriebene Nickel-Cadmium-Batterien säumten die gegenüberliegende Wand.

Ganz plötzlich endete die Übertragung, und Volta sandte eine kurze Antwort, ebenfalls kodiert. Als er das Kurzwellenradio ausschaltete, stoppte der Kassettenrecorder.

«Ihr benutzt bestimmt eine geheime Frequenz», sagte Daniel und vermied so eine direkte Frage.

«Nein», sagte Volta, «wir senden im legalen Frequenzbereich: 21 000 bis 26 450 Megahertz tagsüber, 7000 bis 7300 nachts. Die CIA hat computergesteuerte Radargeräte, die unautorisierte Frequenzen überwachen. Wenn sie ein illegales Signal aufspüren, können sie ganz leicht den Ausgangspunkt triangulieren.»

«Aber wenn ihr auf einer legalen Frequenz sendet, kann jeder zuhören.»

Volta zuckte mit den Schultern. «Von mir aus. Alles, was sie hören, ist ein Code, und Codes sind nichts Ungewöhnliches im Äther – Schmuggler, Amateur-Kryptographen, paramilitärische Gruppierungen. Wir benutzen einen Wechselcode, der Code – insgesamt haben wir neun – wird also ständig durch einen anderen ausgetauscht, und zwar in unregelmäßigen Intervallen. Es ist äußerst schwierig, ihn mit Methoden zu knacken, die auf der häufigen Wiederkehr bestimmter Merkmale basieren. Dieses Neuner-Set verwenden wir ein Jahr lang, und soweit uns bekannt ist, hat es bislang noch niemand geschafft, unsere Codes zu knacken oder uns in Gefahr zu bringen. Abgesehen davon beinhaltet unser Frequenzbereich über tausend Frequenzen. Zuerst müsste man also unsere ausfindig machen, sie dann über einen längeren Zeitraum überprüfen und schließlich den Code knacken. Und ob sie die Nachricht dann auch verstehen, ist nicht gesagt. Hier, sieh mal.»

Daniel sah zu, wie Volta die Botschaft transkribierte: OB 30 K KKRI O LEU VEREX HI&JE XTR CBR 1BLT T AN CECIL.

«Ich verstehe nicht alles, aber das Wichtigste habe ich, glaube ich, begriffen.»

Volta las laut vor und erläuterte die Kurzschrift: «Das Objekt ist ein dreißigtausendkarätiger Diamant – KKRI bedeutet ‹Kohlenstoffkristalle›. Eine Null steht für einen Kreis oder, in unserem Fall, für eine Kugel. Diese hier leuchtet. Aber: VEREX ist unser Standardsatz für ‹Verteidigung exzellent›. Ich sollte also hingehen, damit wir beratschlagen können, ‹hier & jetzt›. XTR ist wieder ein Standardkürzel und bedeutet Extrainformation – normalerweise nur die Angabe des Treffpunkts –, welche durch die CBR-Station erhältlich ist. Das wird dich freuen, es ist nämlich die *City of Baton Rouge*. Und das ist im Grunde schon alles.»

«Und was ist mit dem ‹1BLT T an Cecil›?»

«Das ist Smiling Jacks Unterschrift. In dem unwahrscheinlichen Fall, dass der Code geknackt wird, macht eine Unterschrift es dem Eindringling wesentlich schwerer, eine Fehlinformation an uns zurückzusenden. Jeder hat eine bestimmte Phrase als Unterschrift; die Namen sind bedeutungslos, pure Phantombezeichnungen. Eine Übertragung mit Namen, aber ohne Unterschrift zeigt also an, dass der Code in irgendeiner Weise beeinträchtigt wurde. Trotzdem wäre es vermutlich weise gewesen, für dieses Projekt ein neues Set von Codes einzusetzen, das jetzige benutzen wir nämlich bereits seit elf Monaten. Aber es widerstrebt mir, an einem kritischen Punkt einen Wechsel durchzuführen, da es einige Zeit dauert, bis man das neue Set fließend beherrscht.»

«Das verstehe ich nicht», sagte Daniel. «Du hast gerade die Bestätigung erhalten, dass es sich tatsächlich um einen großen kugelförmigen Diamanten handelt, der leuchtet – genau wie in deiner Vision. Da solltest du doch Luftsprünge machen oder dankbar sein oder zumindest ein bisschen Freude zeigen.»

«Tu ich doch», sagte Volta. «Aber ich mache mir auch Sorgen.»

«Warum?»

«Weil es nicht nur darum geht, Visionen bestätigt zu bekommen, sondern auch darum, Entscheidungen zu treffen, und man nur hoffen kann, dass es die richtigen sind. Und wenn man zum Hoffen gezwungen ist, sollte man sich Sorgen machen.»

«Was gibt es denn so Dringendes zu entscheiden, dass du dich nicht wenigstens ein paar Minuten freuen kannst?»

«Ob ich dich zum Üben allein hier lassen oder nach New Mexico zu dem Treffen mitnehmen soll.»

«Nimm mich mit. Üben kann ich überall.»

«Im Augenblick weiß nur eine weitere Person, dass du beteiligt bist – nämlich Smiling Jack. Wenn du an dem Treffen teilnimmst, werden es sechs weitere sein.»

«Aber die sind doch vertrauenswürdig, oder?»

«Daniel, es geht nicht darum, ob sie vertrauenswürdig sind, sondern ob es für sie gefährlich sein könnte, wenn du mitkommst.» Volta machte eine Pause und fügte dann mit Nachdruck hinzu: «Du bist dir doch im Klaren darüber, dass das FBI ihn zurückhaben will?»

«Darüber habe ich mir noch keine Gedanken gemacht.»

«Du bleibst», entschied Volta. «Ich nehme den Truck; dir steht also kein Fahrzeug zur Verfügung. Es sei denn natürlich, du kannst eines durch pure Imagination herbeizaubern. Wenn du jetzt bitte so freundlich wärst und die Küche aufräumen könntest; ich muss ein paar Nachrichten wegen meiner Fahrtroute versenden und meine Sachen packen.»

Daniel hatte gerade den Abwasch beendet, als Volta ihn ins Wohnzimmer rief. Er stand neben der Tür und betrachtete sich selbst in dem Spiegel mit dem Eichenholzrahmen unter der Kuckucksuhr. Ein bulgarischer Anarchist hatte Volta die Uhr geschenkt, weil er ihm einmal während eines illegalen Aufenthalts in den USA beigestanden hatte. Die Uhr ging äußerst präzise, der Kuckuck ließ sich allerdings eher zufällig blicken.

Daniel dachte, es ginge um die Kuckucksuhr, als Volta sagte: «Davor hätte ich dich schon früher warnen sollen.» Dann aber nahm er den Spiegel ab, klopfte auf den hervorstehenden Nagel, als müsse er ein Morsesignal geben, zog ihn zu sich und dann nach oben, bis ein furniertes Brett nach vorne aus der Wand glitt. Das Brett war ungefähr halb so groß wie der Spiegel, der es verdeckt hatte. Hinter dem schmalen Brett befand sich ein schmaler Safe.

Noch nie hatte Daniel einen derart schlanken Safe gesehen: Er war etwa fünfzehn Zentimeter breit und sechzig Zentimeter hoch. Ein Schloss schien er nicht zu haben. «Wozu soll ein Safe ohne Schloss gut sein?», fragte er.

«Das Schloss befindet sich im Innern.»

«Na, das ist ja eine ungewöhnliche Sicherheitspolitik.»

Volta öffnete die Safetür und nahm ein kleines schwarzes Kästchen mit einer seitlich angebrachten Antenne heraus.

Volta hielt Daniel das Kästchen hin, damit er es genau ansehen konnte. «Das Schloss. Ein per Funk kontrollierbarer Kanister mit Nervengas. Du hast bemerkt, wie ich auf den Nagel geklopft habe. Ich habe eine kodierte Radiosequenz gesendet, um es zu deaktivieren, sonst geht das Ding automatisch hoch, sobald die Tür geöffnet wird. Lichtsensitiver Auslöser. Wird beim geringsten Lichteinfall aktiviert. Das Gas ist nicht tödlich, setzt einen aber auf der Stelle vollständig außer Gefecht; im Vergleich dazu war dein Grippeanfall von neulich eine Kreuzfahrt in der Karibik.»

«Noch so ein Gebräu aus Auntie Charmaines Experimentierbunker?», sagte Daniel geringschätzig.

Aha, dachte Volta, *Charmaine hat wirklich Eindruck auf ihn gemacht.* Das überraschte ihn nicht. Charmaine erweckte oft den Eindruck, einen besser zu kennen, als man sich selbst je kennen würde, ein Gefühl, das zugleich anziehend und abstoßend wirkte. Volta antwortete mit einem gedankenverlorenen Nicken und sagte: «Ja, Charmaine. Sicherlich aber bist du dir darüber im Klaren, dass Charmaines geniale synergistische Fähigkeiten nicht allein auf die Zubereitung von Zaubertränken beschränkt sind.»

«Das Pulver, das du mir heute Morgen ins Gesicht geschüttet hast, gehört aber wohl auch dazu.»

«Nein, dafür übernehme *ich* die Verantwortung. Das war die Innenrinde einer peruanischen Pfefferbuschart, die zunächst getrocknet, dann gemahlen wird.»

«Woher hattest du es, und woher kamen die Karten überhaupt? Ich habe gesehen, wie du deine Ärmel zurückgeschlagen hast.»

«Ich bin Zauberer, Daniel, hast du das vergessen? Wenn ein Zauberer die Ärmel hochkrempelt, sollte dich das misstrauisch machen, nicht beruhigen.»

«Ich werde in Zukunft darauf achten», sagte Daniel.

«Tu das.» Volta nahm drei flache schwarze Kästchen von einem Gestell im Safe.

Leicht übermütig sagte Daniel: «Hast du Bedenken, ich könnte mit dem Familienschmuck durchbrennen?»

«In zwei der Kästchen ist tatsächlich unser ‹Familienschmuck›: die Kristalle, die wir benutzen, um unsere CB-Funkgeräte zu modifizieren. In der anderen befindet sich der für Ellison gedachte Mitschnitt einer Übertragung einer kanadischen Gruppe.»

«Was für eine Übertragung ist das?»

«Vertraulich.»

«Für mich, aber nicht für Ellison.»

«Du wurdest nicht ins Vertrauen gezogen.»

«Verstehe.»

Volta schloss die Safetür und drehte sich zu Daniel um. «Ich respektiere vertrauliche Dinge. Manchmal scheint es lächerlich, wenn man sich den Wert der Information vor Augen hält. Manchmal wird das buchstäblich zur Folter – nicht körperlich, oder zumindest noch nicht, aber für Herz und Seele. Aber wir können nicht ohne Geheimnisse und das Vertrauen leben, das mit ihnen einhergeht. Du hast darum gebeten, dass deine Fähigkeit zu verschwinden unter uns bleibt. Und das wird sie auch. Unsere kanadischen Freunde haben darum gebeten, dass ihre Information geheim bleibt. Und das wird sie auch. Wie kannst du von mir erwarten, dein Geheimnis zu wahren und ihres zu lüften?»

«Tue ich eigentlich gar nicht. Aber seitdem ich mich in der Kunst des Verschwindens übe, bilde ich mir ein, alles wissen zu müssen, was so passiert, und immer das Gegenteil des Erwarteten zu tun. Auf eine verrückte Weise bin ich dadurch irgendwie spielerisch und impulsiv geworden.»

«So etwas Ähnliches habe ich mir schon gedacht», sagte Volta. «Aber du hast Glück. Deine Reaktionen – Neugier, Trotz und Tollpatschigkeit – sind viel liebenswerter als meine: Depression und nagender Zweifel.»

«Ein weiterer Unterschied.»

«Genau. Du bist unschuldig, ich bin erfahren.»

«Heute Morgen waren wir einander gleichgestellt.»

«Und das sind wir noch immer. Wie Unschuld und Erfahrung ja auch. Wie Raum und Zeit. Aber sosehr ich unser metaphysisches Geplauder schätze, muss ich mich nun doch an die Erforschung praktischer Anwendungsmöglichkeiten unter schwer zu kontrollierenden Bedingungen machen.»

«Und ich bleibe hier und arbeite daran, unsere Kontrolle und die Möglichkeiten imaginärer Anwendung zu verbessern. Irgendwelche Anweisungen?»

Volta sagte: «Geh jeden Morgen hinunter zum Fluss.»

Daniel wartete einen Augenblick, bevor er fragte: «Ist das alles?»

«Ja. Abgesehen davon darfst du tun, was dir weise erscheint oder worauf du Lust hast – oder jede beliebige Kombination dieser beiden Möglichkeiten. Du übernimmst jetzt selbst die Verantwortung. Es liegt bei dir, ob du Erfolg hast oder scheiterst. Halte deine Fähigkeiten jedoch nicht für die Wahrheit. Und mach dir keine Sorgen wegen eventuell eintreffender Nachrichten: Die werden wieder zurückgeschickt. In einer Woche bin ich wieder da. Lauf nicht Amok. Bleib schön auf dem Teppich. Wir brauchen dich.»

Langsam fuhr Volta den Berg hinab. Red Freddie, der von Big Sur her hochgeflogen kam, würde erst bei Einbruch der Dunkelheit eintreffen. Volta war so früh losgefahren, um Daniel, den gefunkten Nachrichten und seiner eigenen Erschöpfung zu entgehen. Er wollte unten am Fluss neben der Landebahn warten. Einfach nur in der Sonne sitzen und zusehen, wie das Wasser vorbeifloss. Die Einberufung des Treffens in New Mexico bedeutete, dass sich die Ereignisse zu überschlagen drohten. Er glaubte nicht, dass Daniel schon bereit war, und was ihn selbst anging, war er sich auch nicht sicher. Hoffentlich würde der tägliche Fußmarsch zum nördlichen Flussarm Daniels Energie ein wenig eindämmen. Daniel war zu sehr von der Macht des Verschwindens bezaubert. Ohne Zweifel hatte er ein Talent dafür, allerdings nicht immer das rechte Verständnis. Das war das Problem mit der Jugend: Sie wollte Macht, hatte aber kein Ziel. Und Daniel misstraute ihm noch immer. Volta lächelte hinter dem Steuerrad. Daniel würde ihm sogar noch mehr misstrauen, hätte er gewusst, dass der Kanister mit Nervengas in Wirklichkeit eine von Motts Kunstharzskulpturen aus seiner «Echter-Kubismus»-Periode war, ein Geburtstagsgeschenk von vor zehn Jahren. Aber das war das Gute an der Jugend: Sie glaubte einem alles.

Zwei Stunden dauerte der steile Abstieg hinunter zum nördlichen Arm des Eel River, und hinauf brauchte man geschlagene vier Stunden. Daniel hatte erwartet, den Fluss klar und ruhig in einer weiten Ebene dahingleiten zu sehen; stattdessen schoss er, vor Schmelzwasser überschäumend, durch eine schmale, mit Felsbrocken übersäte Klamm. Das Tosen des kaffeebraunen Wassers war so laut, dass er den Bären nicht hörte, der den Schutzwall aus kümmerlichen Weiden durchbrach und auf ihn zustapfte. Zum Glück sah er ihn. Er warf dem Bären einen am Ufer liegenden Ast entgegen und verschwand im selben Augenblick. Er huschte hinter die Weiden, wurde wieder sichtbar und beobachtete den Bären. Dieser stand reglos da, starrte den Ast an und schnüffelte von Zeit zu Zeit daran entlang. Dann berührte er ihn mit der Pfote. Als er ihn nicht ansprang, packte er ihn mit der Schnauze. Daniel sah zu seiner Überraschung, wie der Bär zum Flussufer trottete und den Ast beinahe vorsichtig in die rasche Strömung fallen ließ.

Der Marsch zum Fluss war Daniel der liebste Teil seines selbst gestalteten Tagesprogramms. Essen kam gleich danach. Die frische Luft und die körperliche Ertüchtigung, in Verbindung mit der vollständigen Genesung von Charmaines Grippe, lösten schrecklichen Hunger in ihm aus. Bevor er zum Fluss aufbrach, also noch bevor der Morgen dämmerte, verschlang er ein riesiges Frühstück. Wenn er gegen zwölf Uhr zurückkehrte, brauchte er mindestens zwei Stunden, um das Mittagessen zuzubereiten und zu verputzen. Von zwei bis fünf schmökerte er in Voltas kleiner, aber erlesener Bibliothek; daran schloss sich ein dreistündiges Abendessen an. Somit blieb ihm zwischen acht und neun eine Stunde, um das Verschwinden zu üben. Er war sich nicht sicher, ob es eine Laune oder Respekt war, aber er hielt sich an Voltas Programm und verschwand einmal täglich, jeweils eine Minute länger als am Vortag. Er tat dies mit einer Leichtigkeit, die rasch Langeweile aufkommen ließ. Obwohl Volta sich nicht übermäßig beeindruckt gezeigt hatte, glaubte Daniel, das Geheimnis herausgefunden zu haben: Man musste die Vorstellung von sich selbst heraufbeschwören, indem man seinen Gemütszustand neu zu erschaffen versuchte; der Spiegel, das Fallen und die Furcht: all dies ließ sich umgehen, wenn man über die Wand sprang anstatt durch sie hindurch. Somit musste er sich den Weg nicht erkämpfen und konnte die Energie für die Zeit der Unsichtbarkeit aufsparen. Daniel war überzeugt, ohne Probleme eine Stunde lang verschwinden zu können. Die zwanzig Minuten, mit denen er Volta beeindrucken wollte, hatten ihn nicht im Mindesten angestrengt.

Herausspringen.

Zurückspringen.

Wie einfach.

Als er von seiner siebten Wanderung zum Fluss zurückkehrte und sich fragte, wie lange Volta wohl noch ausblieb, erspähte er auf der anderen Seite eines Grabens einen riesigen Hirsch, der auf einer Lichtung graste. Es war der größte Hirsch, den er je gesehen hatte. Intuitiv hielt er das Tier für einen Hirsch und keine Hirschkuh, denn es hatte zwar kein Geweih, bewegte sich aber wie ein männliches Tier. Dann fiel ihm ein, dass es ja Ende März war und die Geweihstangen erst allmählich wieder zu wachsen begannen. Das wollte er sich genauer ansehen. In dem Graben zwischen ihnen wucherte Gestrüpp, doch das war kein Hindernis für jemanden mit magischen Kräften. Daniel verschwand, und anstatt den Graben zu durchschreiten, durchschritt der Graben ihn.

Offenbar war Daniels Geruch zugleich mit ihm verschwunden, denn der Hirsch graste unbekümmert weiter, während Daniel auf ihn zuging. Daniel bemerkte die geschwollenen, samtigen Höcker, aus denen sich das neue Geweih bildete, und beglückwünschte sich zu seiner Intuition. *Zumindest das erreichst du mit dem Unsichtbarsein,* dachte er, *du bekommst die Welt aus der Nähe zu sehen, ohne sie durch deine Anwesenheit zu stören.* Und doch stimmte etwas nicht mit dieser Nähe – das war die Intimität eines Voyeurs, wertlos, weil sie nicht erwidert wurde, steril, weil sie nicht gestattet war.

Daniel breitete die Arme weit aus und tauchte wieder auf. «Guten Morgen, Bruder Hirsch!», verkündete er fröhlich.

Zur Erwiderung machte das Tier einen Satz in die Luft und vollführte dabei eine Drehung um neunzig Grad. Es rannte schon, bevor es am Boden aufkam. Ein Hinterhuf traf Daniel an der Stirn und warf ihn zu Boden. Die Hände aufs Gesicht gepresst, mit den Fingerspitzen auf der Wunde, als müsse er den Schmerz zurückhalten, hörte er, wie der Hirsch geräuschvoll den Hügel hinab durchs Unterholz preschte.

Daniel stand vor dem Spiegel im Wohnzimmer und untersuchte seine Stirn, als Volta hereinkam. Daniel sprang so hoch wie der Hirsch.

«Verzeih mir», sagte Volta, «ich wusste nicht, dass du wieder da bist.»

«Ich auch nicht», maulte Daniel. «Dass *du* wieder da bist, meine ich.»

Volta kniff die Augen zusammen. «Was ist passiert?»

«Ich habe mir den Kopf angeschlagen.»

Volta trat näher, hielt Daniels Kopf mit beiden Händen fest und drehte ihn dem Licht entgegen. «Sieht aus, als wärst du von einem gespaltenen Huf getreten worden.»

Daniel wand seinen Kopf aus Voltas Griff und machte einen Satz außer Reichweite.

Volta streckte blitzschnell den rechten Arm aus und deutete mit zitterndem Finger auf die nur wenige Zentimeter entfernte Wunde. «Du trägst das Zeichen des Satans!», schrie er. «Ich lasse dich *eine Woche* allein, und schon wirst du zu den Schergen des Teufels einberufen, Fleisch für die Flammen der Hölle, Nahrung für seine krankhaften Begierden!»

«Okay, okay», zischte Daniel. «Ein Hirsch hat mich am Kopf getroffen.» Er wartete auf Voltas Gelächter.

Stattdessen sagte Volta müde: «Und, hast du dir ernsthaft wehgetan?»

«Nö, mir geht's gut», brummte Daniel. Er betrachtete Volta eingehender. Seine Augen waren gerötet und glänzten vor Erschöpfung, sein Gesicht wirkte eingefallen. «Mir geht's gut», wiederholte Daniel, «aber du siehst nicht so blendend aus.»

«Kein Wunder. Ich habe sieben lange Tage auf schlechte Nachrichten gewartet. Nach dem Essen erzähle ich dir die unerfreulichen Einzelheiten; dann können wir auch mögliche Vorgehensweisen diskutieren.»

«Ist es wirklich so übel?»

«Um es mal so auszudrücken, Daniel: Du bist die einzige Chance, die wir haben.»

Daniel wusste nicht genau, was das bedeuten sollte. Er überlegte noch immer, als Volta einwarf: «Wie geht's dem Hirsch und seinem Huf?»

«Er ist ganz entspannt davongehüpft, danke der Nachfrage.»

«Dieser Hirsch muss ja einen gehörigen Schrecken bekommen haben – als wärst du direkt vor ihm aufgetaucht, aus dem Nichts.»

Daniel wollte über erfolgreichere Anwendungsmöglichkeiten des Unsichtbarseins reden. «Die Kunst des Verschwindens hat mich vor einem Bären gerettet.»

«Ich wollte dich nicht kritisieren, Daniel. Ich freue mich, dass während meiner Abwesenheit auch das Spielerische zu seinem Recht gekommen ist.»

«Abgesehen von dem Bären – das war eine Notwendigkeit – und dem Hirsch – hier war es Unterhaltung und Neugier – habe ich mich ganz genau an dein Programm gehalten.»

«Danke. Geschah das aus einer Laune heraus oder aus Respekt?»

«Da bin ich mir nicht sicher. Wahrscheinlich eine Mischung aus beidem.»

«Ich weiß deine Offenheit zu schätzen. Und ich wüsste es ebenfalls zu schätzen, wenn du heute Abend das Essen zubereiten könntest und mich nicht störst, bevor es fertig ist. Ich war dreißig Stunden lang auf und habe die letzten drei damit zugebracht, per Funk

Tausende von winzigen, miteinander verzahnten Entscheidungen zu treffen, von denen sich etliche als entscheidend für unseren Erfolg erweisen dürften. In letzter Zeit kommt mir immer deutlicher zu Bewusstsein, dass ich alt werde. Worüber ich mich nicht beklage – ich fürchte mich nicht vor dem Alter –, aber zwei Tage ohne Schlaf setzen mir mittlerweile sehr zu. Ich bin müde, Daniel. Ich werde mich hinlegen.»

«Abendessen so gegen sechs?», fragte Daniel.

Volta nickte dankbar. «Wundervoll.»

Während er die Kartoffeln zerstampfte, überlegte Daniel, auf welche narrensichere Weise man den Diamanten stehlen könnte. Er konnte es kaum erwarten, Volta damit aufzuheitern. Doch als Daniel dann beim Essen verkündete, er habe eine Idee für den Diamantendiebstahl, sagte Volta barsch: «Das hat Zeit. Reden wir während des Essens lieber über ein der Jahreszeit gemäßes Thema, die erotischen Kräfte, die der Frühling freisetzt. Reden wir übers Blasen.»

Daniel hätte beinahe die Gabel fallen lassen. «Was?»

«Blasen. Schwanzlutschen. Fellatio. Reden wir vor allem über zwei bestimmte Gelegenheiten: als dir einer geblasen wurde, in der Nacht bevor deine Mutter starb, und als ich einmal zwangsweise beim Blasen zusehen musste, im Gefängnis.»

Verblüfft sagte Daniel: «Du hast das Mädchen zu mir geschickt, stimmt's?»

«Daniel, denk doch mal nach. Es entspricht weder meinem Vorstellungsvermögen noch meinem Stil, durch sexuelle Ablenkungsmanöver Informationen einzuholen, so nett das vielleicht auch gewesen wäre. Ich bin überzeugt, dass du dieser Miss Bardo nichts erzählt hast, das den Plutoniumdiebstahl hätte vereiteln oder deine Mutter in Gefahr bringen können, sonst hättest du mir nicht erzählt, dass der Tod deiner Mutter deiner Ansicht nach kein Unfall war. Aber das muss nicht heißen, dass Miss Bardo nicht womöglich etwas gefunden hat – eine Nachricht, ein Tagebuch – oder dass sie, als Agentin für andere, eine Wanze ins Haus eingeschleust oder ein elektronisches Meldegerät in der Hosentasche deiner heruntergelassenen Jeans versteckt hat.»

Daniel schüttelte den Kopf. «Woher weißt du, dass sie da war, wenn du sie nicht geschickt hast?»

«Das weiß ich erst, seitdem du es bestätigt hast. Shamus hat mit einem Nachbarn in der McKinley Street gesprochen, dem Gastgeber der Party, welcher deine kleine Freundin den Rücken gekehrt hat. Die gleiche junge Dame, die später wieder dort auftauchte und verkündete: ‹Ich war beim Sternennebel hier ganz in der Nähe und habe einem Jungen einen geblasen, bis ihm Hören und Sehen verging›, oder so etwas in der Art.»

«Wie hast du das herausgefunden?»

«Dolly Varden. Shamus rief an, weil er sie wieder als Vermittlerin haben wollte.»

«Zwischen wem?»

«Ich bin mir nicht sicher. Ich glaube, er will einfach, dass du weißt, dass er es weiß, um zu sehen, wie du reagierst.»

«Er glaubt also, ich hätte Brigit etwas gesagt oder dass sie eine Agentin war. Aber für wen denn?»

«Ich habe keine Ahnung, was er denkt, Daniel. Dolly sagt, er sei verrückt geworden – nicht dass man etwas bemerkte, aber sie hat ein untrügliches Gespür für Wahnsinn. Offensichtlich hat er sich während des letzten Jahres zum Trinker entwickelt, und der Whiskey, der Kummer und sein Schuldbewusstsein haben ihn überschnappen lassen. Es würde mich nicht überraschen, wenn er glaubte, *ich* wäre in die Sache verwickelt, indem ich dich zur AMO gebracht und zu meinem Lieblingsschüler gemacht habe – oder aus irgendeinem anderen schwachsinnigen Motiv heraus.»

«Ich kann nur sagen, dass ich ihr nichts erzählt habe», erwiderte Daniel. «Wir haben kaum miteinander geredet. Sie war high. Total high. Und wäre sie eine Agentin gewesen, warum hätte sie dann zurück zur Party gehen sollen, um alles auszuplaudern.»

«Nun, das scheint mir im Hinblick auf die Fakten eine weise und angemessene Antwort zu sein. Du kannst gerne persönlich mit Dolly sprechen, wenn du möchtest. Oder ich kann deine Antwort per Funk senden.»

«Ja, tu das. Ich muss mich auf andere Dinge konzentrieren.»

«Wie wahr. Zum Beispiel auf den Oralverkehr, den ich mit ansehen musste.» Und dann erzählte Volta von dem Sergeant, der den Jungen so brutal erniedrigt hatte, und wie er in Versuchung geriet, zu verschwinden und einzugreifen, warum er es nicht tat und wie dann der Diamant im Spiegel auftauchte.

Angeekelt hörte Daniel zu. Allmählich begriff er, wie wichtig der Diamant für Volta war. «Ich glaube, ich verstehe», sagte er, als Volta zu Ende erzählt hatte. «Wenn unser Diamant demjenigen ähnelt, den du im Spiegel gesehen hast, dann bestätigt er irgendwie deinen Entschluss, dich nicht unsichtbar zu machen und das Ganze zu stoppen …»

«Oder er ist die Belohnung dafür. So was in der Art, genau.»

«Ich glaube, ich hätte versucht einzuschreiten. Aber damit will ich mir kein Urteil über *dich* erlauben, oder nur insoweit, als ich auch eines über mich selbst fälle.»

«Du tust es aber trotzdem. Nicht dass es dir möglich wäre. Ich war in der Kunst des Verschwindens an einem Punkt angelangt – einem Punkt, den du noch nicht erreicht hast und vielleicht niemals erreichen wirst –, an dem ich mir ganz sicher war, dass ich beim nächsten Mal nicht mehr zurückkommen würde. Was bedeutete, dass ich nur unsichtbarer Zeuge der Erniedrigung des Jungen sein konnte, genauso hilflos, als wäre ich in meiner Zelle eingeschlossen. Solltest du je an diesen Punkt kommen, lass mich wissen, wie du mich dann beurteilen würdest.»

«Klingt so, als müsstest du dich verteidigen.»

«Vielleicht verwechselst du das mit meiner Gereiztheit wegen deines vorschnellen Urteils.»

«O nein, *den* Tonfall kenne ich nur zu gut. Außerdem wollte ich deinen Entschluss gar nicht kritisieren, sondern eher …» Daniel führte seine Überlegung nicht zu Ende, da ihm bewusst geworden war, dass Voltas defensiver Ton nichts mit der Entscheidung in der Zelle zu tun hatte.

Volta hielt den Kopf schräg. «Ja?»

«Der Sergeant. Was ist aus ihm geworden?»

Volta deutete ein Nicken an und lächelte Daniel gequält zu. «Ich bin nicht sicher, ob ich dir zu deiner Sensibilität gratulieren oder mich bemitleiden soll, weil ich so leicht zu durchschauen bin.»

Daniel wartete auf eine Antwort.

Volta schob seinen Teller zurück. «Der Sergeant kroch unter sein Bett, steckte sich den Dienstrevolver in den Mund und drückte ab. Das war vier Jahre später.»

«Warum?»

«Weil ich ihm das Leben zur Hölle gemacht habe.»

Daniel musste daran denken, was Wild Bill über die Raben gesagt hatte. «Wie hast du das getan?»

«Ganz langsam», sagte Volta. «Es dauerte fast hundert Tage, bis er durchdrehte, hundert Tage in dem Glauben, der Geist des Jungen hätte mich zu ihm geschickt, um Rache zu üben, hundert Tage nackter Angst, bis er davon überzeugt war, dass ihn die gerechte Strafe ereilen würde.»

«Gerechtigkeit hin oder her», meinte Daniel, «aber es ist immer noch Mord.»

«Nichts gegen dein Urteil – allerdings hat die AMO den moralischen Aspekt dieser Angelegenheit jahrhundertelang bis ins Kleinste diskutiert, ohne zu einem abschließenden Ergebnis zu kommen.»

Daniel schüttelte den Kopf. «Ich rede nicht von Details, nur von den Fakten: Du hast ihn dazu gebracht, es zu tun. Das verstehe ich. Aber warum musstest du ihn quälen? Das ist etwas anderes. Das ist grausam. Warum bist du nicht einfach hingegangen und hast ihn erschossen? Hundert Tage … genau das ist es, was ich nicht verstehe. Ich kann einfach nicht glauben, dass du so etwas getan hast.»

«Und wie sieht es mit dir aus, Daniel? Nehmen wir mal an, deine Mutter wäre vorsätzlich in der kleinen Seitenstraße getötet worden. Was würdest *du* denn da tun?»

«Herausfinden, wer es getan hat.»

«Einverstanden. Und wenn du es herausgefunden hättest?»

«Ich weiß nicht», seufzte Daniel. «Ehrlich, ich weiß es nicht.»

«Ich wusste es auch nicht», sagte Volta, «bis ich damit konfrontiert wurde. Ich kann dir sagen, was ich dabei empfunden habe. Es war kein schönes Gefühl. Ich bin nicht stolz darauf, schäme mich aber auch nicht deswegen. Ich habe es nie wieder getan. Und ich muss dir noch sagen, dass du der einzige Mensch bist, dem ich das je erzählt habe. Die Allianz hätte es wohl nicht sanktioniert, es war reine Privatsache. Kann ich mich darauf verlassen, dass du strikteste Geheimhaltung wahren wirst?»

Mit einem Anflug von Zorn sagte Daniel: «Klar kannst du dich darauf verlassen. Aber warum erzählst du mir das alles, das von Shamus und dem Mädchen, von dem armen Jungen und dem Sergeant, der sich umgebracht hat? Und vor allem: Warum ausgerechnet *jetzt*? Wo ich mich doch auf die Arbeit konzentrieren sollte?»

«Weil du außer mir der einzige Mensch bist, der sich schon einmal unsichtbar gemacht hat, und daher vermutlich nachvollziehen kannst, was mich zu dieser Entscheidung gebracht hat und wie mir dabei zumute war. Und all das erzähle ich dir ausgerechnet jetzt, weil du den Diamanten zu Gesicht bekommen wirst und möglicherweise äußerst schwierige Entscheidungen treffen musst, und da sollst du wissen, dass es nicht nur dir so geht. Die Fähigkeit zu verschwinden ändert nichts außer unserer Erscheinungsform. Sie gewährt uns seltene Einblicke, aber wir bleiben ganz normale Sterbliche, genauso klug, einflussreich oder sensibel wie zuvor. Das, was wir dank unserer Anstrengungen an Verständnis und Mitgefühl dazugewinnen, führt nur zu äußerst schmerzhaften Entscheidungsprozessen – obwohl wir sie möglicherweise dankbarer als sonst auf uns nehmen.»

«Worum geht es dann bei alldem? Um ein tiefer gehendes Bewusstsein für unausweichliches Leid?»

«Nein. Es geht um das Leben. Um Realität und Irrealität des Lebens.»

«Okay», sagte Daniel schnippisch, «dann klär mich mal auf!»

«Ich kann dir eine Zusammenfassung des ersten Prinzips aus der *Smaragdtafel* bieten, die dem frühen Alchimisten Hermes Trismegistos zugeschrieben wird: ‹Wie oben, so unten. Wie unten, so oben.› Aber lassen wir lieber diese metaphysischen Überlegungen und wenden wir unsere Aufmerksamkeit der weit irdischeren Aufgabe des Diamanten*diebstahls* zu.»

Nachdem der Abwasch erledigt war, breitete Volta eine große Landkarte auf dem Tisch aus. Als Zeigestab benutzte er einen Stift. «Wie wir wissen, wird der Diamant im Testgelände bei White Sands aufbewahrt. Und zwar genau hier, im Tularosa Valley, ungefähr zwischen den San Andres Mountains und den Capitan Mountains, im Stammland der Mescalero-Apachen. Die nächst gelegenen Städte sind Tularosa, Mescalero, High Rolls und Bent. Im Mescalero-Reservat haben wir jedoch Verbündete, sodass wir den Überfall von dieser Gegend aus vorbereiten werden; El Paso ist Hauptquartier. Bis dahin gibt's keine Probleme.»

Volta legte eine Luftaufnahme auf die Landkarte. Eine Art Vulkan war darauf zu erkennen, die einzige Erhebung weit und breit. «Bevor wir Zeit mit unnötigen Erklärungen vergeuden», unterbrach Daniel, «solltest du dir anhören, wie ich vorhabe, den Diamanten zu stehlen, und zwar ganz egal, wie das Gelände gesichert ist.»

«Ich halte es für rationeller, wenn ich dir erst einmal die bestehenden Sicherheitsvorkehrungen erläutere und du mir zuhörst und dir überlegst, wie dein Plan dazu passt. Du musst sowieso darüber Bescheid wissen. Sollte deine Planung beeinträchtigt werden, dann sag es bitte.» Er deutete auf den Vulkankegel. «Das ist der Sunrise Mountain, ein erloschener Vulkan, wie du ohne Zweifel erkennen kannst, und obwohl er größer wirkt, erhebt er sich lediglich 1635 Meter, was in unseren Breiten hier allenfalls eine Anhöhe wäre, aber wir befinden uns ja auch nicht in einer flachen Salzwüste.» Sein Stift wanderte zu einem dunklen rechteckigen Fleck am Fuß des Berges. «Und hier fangen die Probleme an. Der Fleck, den du da siehst, ist der Eingang zu einem horizontalen Schacht, der in die Mitte des Vulkans führt. Er ist etwa siebenhundert Meter lang und weist vom Eingang bis zum Zentrum ein Gefälle von fünf Prozent auf. Am Ende des Schachts liegt ein großer Tresorraum. Der Diamant befindet sich in dem Tresorraum.»

«Was für ein Schloss ist da dran?»

«Dazu kommen wir gleich. Erst einmal wollen wir uns den Tresorraum näher ansehen: Er hat vier separate Kontrollpunkte, die von einer Marine-Crew mit Maschinengewehren überwacht werden. Alle sechs Stunden findet die Wachablösung statt, aber die alte Schicht bleibt da, bis die neue sich eingerichtet hat; der Wechsel, der ja normalerweise die Achillesferse jeder Überwachung darstellt, ist also gut gesichert.»

«Ich fange an zu verstehen, was mit ‹lückenloser Überwachung› gemeint ist, aber für meinen Plan ist das völlig belanglos.»

«Hör lieber zu.» Volta legte eine Graphik des Schachts auf die Luftaufnahme. «Es gibt vier verschiedene Alarmsysteme im Tunnel, eines pro Kontrollpunkt. Jedes hat einen eigenen Stromkreis und wird per Monitor von der Holloman Air Force Base zwanzig Meilen weiter südlich überwacht. Bei jedem Alarm ist dort ein Geschwader von F-15ern und ein ganzer Trupp von Marineinfanteristen mit Helikoptern innerhalb von fünfzehn Minuten in der Luft – die Jets vielleicht noch früher.»

«Das gefällt mir überhaupt nicht», sagte Daniel, «nicht, dass es meinem Plan etwas anhaben könnte.»

«Das heißt, es missfällt dir eben aus Prinzip?»

«Genau. Vor allem das Prinzip, dass ein Fehler schlimme Konsequenzen nach sich ziehen könnte.»

Volta nickte. «Außerdem wird der Luftraum über Tularosa Valley routinemäßig per Radar überwacht, allerdings nur oberhalb von tausendfünfhundert Metern; ein kleines Flugzeug oder ein Helikopter könnte also darunter hinwegfliegen, obwohl auch hier wieder ein möglicher Irrtum weitgehend auszuschließen ist.

Widmen wir uns nochmals kurz dem Schacht. Es führen Schienen hindurch, für Elektrofahrzeuge, die Menschen und Materialien befördern können. In den letzten Tagen war da ein reges Kommen und Gehen, Techniker, die Ausrüstung hinein- und herausbrachten, und wir fürchten, unsere Informationen könnten womöglich bereits veraltet sein. Sicher wirst du einsehen, dass wir nicht allzu nah herangehen können, denn in der Ebene lässt es sich schlecht verstecken. Höre daher zum ersten Mal, was ich dir noch hundertmal mitteilen werde: Wenn du auf *irgendetwas* Unvorhergesehenes stößt, dann versuche nicht zu improvisieren. Zieh dich zurück und berichte. Wir werden dann unseren Plan entsprechend abändern.»

«Unter der Voraussetzung, dass meiner nicht hinhaut. Ich habe immer noch nichts gehört, das ihm widerspräche.»

«Nun, wir sind auch noch nicht beim Schlimmsten angekommen: dem Tresorraum – eine Spezialanfertigung für die CIA von der Firma Seabrook Security. Es handelt sich um einen Würfel von genau drei Meter neunzig Seitenlänge; jede Wand besteht aus einer sechzig Zentimeter dicken Stahlplatte.»

«Phantastisch», sagte Daniel. «Dann habe ich mehr Platz zur Verfügung.»

«Nicht so vorschnell», warnte Volta. «Mit Ausnahme der Tür und des Fußbodens ist dieser Würfel außen von einem Gitternetz mit elektronischen Sensoren bedeckt, die äußerst sensibel auf Druck- und Temperaturveränderungen reagieren. Tür und Boden reagieren noch empfindlicher als der Rest. Es ist also schier unmöglich, sich da mit Hilfe von Dynamit oder einem Bohrer Zutritt zu verschaffen ... Die Sensoren sind mit den internen Kontrollstellen, dem Luftwaffenstützpunkt und einer nahe gelegenen Einrichtung der CIA verbunden. Natürlich sind die ganzen Alarmvorrichtungen doppelt ausgelegt und können nur mit einem täglich sich ändernden Code außer Kraft gesetzt werden.» Volta lächelte Daniel zu. «Und wie sieht's jetzt mit deinem Plan aus?»

«Zappenduster», fauchte Daniel.

«Soll ich daraus schließen, dass du vorhattest, so lange bei dem Diamanten im Tresorraum zu bleiben, bis er mit dir zusammen verschwunden wäre?»

«Erraten. Ich dachte, ich könnte einfach in den Tresorraum spazieren und dreißig bis vierzig Stunden unsichtbar bleiben, denn so lange dauert es ja angeblich, bis ein Gegenstand in mein Kraftfeld gerät, oder wie du das genannt hast. Das hast du vermutlich schon einkalkuliert.»

«Nur vorübergehend. Ich habe den Plan fallen lassen, noch bevor ich von dem druckempfindlichen Boden erfuhr.»

«Warum?»

«Du würdest ein zu großes Risiko eingehen. Angenommen, du wärst in dem Tresorraum, wenn sie – was öfter geschieht – hereinkommen, um den Diamanten in das nahe gelegene CIA-Labor zu bringen?»

«Dann würde ich verschwinden.»

«Und wie lange kannst du unsichtbar bleiben?»

«Na ja, du hast ja gesehen, dass ich zwanzig Minuten schaffe, aber wahrscheinlich halte ich es auch noch länger aus.»

«Was wäre, wenn sie eine Stunde blieben? Dann müsstest du zwangsläufig wieder auftauchen.»

«Aber nicht unbedingt im Tresorraum», gab Daniel zu bedenken. «Ich könnte ja durch den Berg nach draußen verschwinden, dort wieder sichtbar werden, warten, bis sie verschwunden sind, und dann wieder in den Tresorraum schlüpfen.»

«Man könnte dich draußen sehen, denn es gibt dort so gut wie keine Möglichkeit, in Deckung zu gehen. Abgesehen davon, müsstest du dann die Verbindung zum Diamanten abbrechen und sie später erneut aufbauen. Es könnte Monate dauern, bis du vierzig Stunden lang ohne Unterbrechung mit dem Diamanten zusammen bist, und glaube mir, du wärst weit vor der Zeit vollkommen ausgelaugt. Dies alles natürlich unter der Voraussetzung, dass vierzig Stunden ausreichten, um den Diamanten in dein Kraftfeld zu bringen. Auf die Zahl komme ich aufgrund meiner beschränkten Erfahrungen mit gewöhnlichen Gegenständen. Ganz offensichtlich handelt es sich bei dem Diamanten *nicht* um einen gewöhnlichen Gegenstand. Gut möglich, dass du in *sein* magnetisches Feld hineingezogen wirst – ein leuchtender drei Kilogramm schwerer Diamant dürfte eine beträchtliche Anziehungskraft haben.»

«Drei Kilogramm!»

Volta zog die Augenbrauen hoch. «Du kannst gerne nachrechnen, aber dreißigtausend Karat bei zweihundert Milligramm pro Karat ergibt ungefähr drei Kilogramm oder in etwa die Größe einer Bowlingkugel.»

«Dieses Leuchten», fragte Daniel behutsam, «weißt du, woher es kommt?»

«Keiner unserer Leute hat es zu Gesicht bekommen; und die Informationen, die wir sammeln konnten, sind äußerst skizzenhaft. Alles, was wir wissen, ist, dass der Diamant selbst dieses Licht ausstrahlt. Bislang haben ihn jedoch nur wenige Leute gesehen, und die, so nehme ich an, dürften ihren Augen immer noch nicht ganz trauen. Anscheinend gibt es zwei Parteien: Die einen glauben, es handele sich um einen ausgefallenen Spionage-Trick des KGB. Die anderen Geheimdienstler glauben, der Diamant stamme aus dem Weltall und diene als Beobachtungsgerät, während wieder andere ihn für das Relikt einer untergegangenen Kultur halten, und da steht Atlantis natürlich ganz oben auf der Liste. Kurz und gut, sie wissen, woraus der Diamant besteht, aber sie wissen nicht, wozu er dient und wie es sein kann, dass es so etwas gibt.

Die Nachrichtendienste haben an diesem Brocken in den letzten Wochen ganz schön zu kauen gehabt. In der Chefetage ist niemand erpicht darauf, die Verantwortung zu übernehmen. Du weißt, wie das in bürokratisch organisierten Einrichtungen abläuft – die erste Frage lautet sofort: ‹Wer weiß sonst noch davon?›, gefolgt von ‹Wie retten wir unseren Arsch?› Was sich augenblicklich zu unserem Vorteil auswirkt, obwohl wir rasch handeln sollten.»

«Wie rasch?»

Volta lächelte. «Nun, ich halte die Stunde des Wolfes am ersten April für günstig und geeignet.»

«Meinst du nicht eher geistreich?»

«Geeignet», bekräftigte Volta. «Aber du darfst dir natürlich deine eigene Meinung bilden, wie unangebracht sie auch sein mag.»

«Ehrlich gesagt weiß ich gar nicht, was die Stunde des Wolfes ist, obwohl es sich toll anhört.»

«Das stammt aus der späten Altsteinzeit, aus der großen Geistertradition. Damit wird die Stunde vor dem Morgengrauen bezeichnet, ein für den Jäger besonders wichtiger Moment, ein erster Höhepunkt seiner psychischen Leistungsfähigkeit. Zugleich ist es die Stunde, in der andere Geschöpfe, sei es, weil sie schlafen, sei es, weil der nächtliche Beutezug sie erschöpft hat, am verwundbarsten sind.»

«Ich weiß gar nicht mehr genau, was für ein Datum wir haben, aber der erste April müsste etwa in einer Woche sein.»

«Morgen in einer Woche.»

«Aber», sagte Daniel ganz unschuldig, «wir haben ja keinen Plan.»

Volta setzte ein bestürztes Gesicht auf. «Daniel, glaubst du wirklich, *ich*, der Große Volta, hätte keinen Plan? Pläne sind meine Spezialität. Ich erkläre ihn dir. Du achtest auf Schwachstellen.

Von der Stelle, an der wir dich rauslassen – es sind vier Möglichkeiten im Gespräch –, legst du, mit allem Nötigen ausgestattet, zwischen sieben und neun Meilen zu Fuß zurück, über die Ebene bis zum Fuß des Sunrise Mountain.

Dann machst du dich unsichtbar und erkundest den Schacht, bis hin zum Tresorraum, wo du wieder sichtbar wirst, nachdem du dich an der Decke aufgehängt hast. Denk dran, dass sich die Druck- und Temperatur-Sensoren allesamt an der *Außenseite* des Tresorraums befinden, mit Ausnahme der Tür und des Fußbodens.»

«Das weiß ich», unterbrach Daniel, «aber was ich nicht mehr weiß, ist, wie ich mich an der Decke entlanghangele.»

«Ein Saugfuß von der Größe eines Esstellers hält ein Gewicht von bis zu vierhundert Kilo aus.»

Daniel zog die Nase kraus. «Wie so ein Toilettensauger, meinst du?»

«Was die Form angeht, schon, aber viel raffinierter und aus wesentlich besserem Material. Einige AMO-Mitglieder können auch ganz kurzfristig ungewöhnliche Objekte entwerfen. Ich habe ihn übrigens mitgebracht, damit du dich damit vertraut machen kannst.»

«Aha», sagte Daniel, «dann klebe ich also mit einem Saugfuß an der Decke.»

«Nicht direkt, der Saugfuß ist nämlich an einer Art Geschirr angebracht; du steckst in diesem Geschirr.»

«Wie eine Spinne, die an einem seidenen Faden herabbaumelt. Klasse! So, und was kommt dann?»

«Du befestigst *ganz vorsichtig* eine Ladung Sprengstoff an der *Innenseite* der Verriegelung – ein zweifaches Kombinationsschloss – und stellst den Timer ein, und zwar in Abhängigkeit von der Position und der Sicherung des Diamanten. Wenn er nicht ausreichend gesichert zu sein scheint – was das heißt, erläutere ich später –, greifst du ihn dir mit einem anderen, doppelseitigen Saugfuß und befestigst ihn an einer vorbestimmten Stelle an der Decke, dort, wo die Explosion den Berechnungen unserer Physiker zufolge die geringste Erschütterung hervorrufen wird.

Ist der Diamant gesichert, machst du dich erneut unsichtbar, gehst in den Tunnel, tauchst wieder auf, setzt eine Schutzmaske auf und schüttest zwei kleine Kanister mit Nervengas aus, und zwar in Richtung Eingang. Es handelt sich um Medusa Nummer sieben, eine von Charmaines brillantesten Neuentwicklungen.

Nach ungefähr dreißig Sekunden sollte das Gas alle Wachen außer Gefecht gesetzt haben. Sobald du die Kanister geleert hast, machst du dich unsichtbar. Die Ladung sollte innerhalb von vier Minuten detonieren und die Tür sprengen. Du betrittst den Tresorraum, machst dich von neuem sichtbar, schnappst dir den Diamanten, rennst durch den Tunnel und dann auf die Westseite des Bergs. Dort wird dich Low-Riding Eddie mit seinem Helikopter mitnehmen, zu einem an einer nahe gelegenen Landstraße wartenden Wagen bringen, und der wiederum fährt dich nach El Paso, wo wir beide ganz allein entscheiden, was wir mit dem Diamanten anstellen. Natürlich, nachdem wir ihn eingehend untersucht haben.»

«Die Sprengladung wird aber auf jeden Fall Alarm auslösen, stimmt's?»

«Es gibt keine Möglichkeit, den Diamanten zu holen, ohne in den Tresorraum einzudringen, und keine Möglichkeit, diesen zu öffnen, ohne Alarm auszulösen.»

«Und wenn Alarm ist, heften sich keine fünfzehn Minuten später Kampfjets und Marinetruppen an unsere Fersen. Du musst mit Straßensperren rechnen.»

«Wenn unser Zeitplan eingehalten wird, stehen die Chancen ausgezeichnet, dass du unentdeckt entkommen kannst.»

«Was ist, wenn sie feststellen, dass der Tresorraum von *innen* gesprengt wurde?»

Volta lächelte. «Das ist mein Lieblingsdetail, Daniel. Man sollte aus jeder Niederlage etwas lernen. Im vorliegenden Fall tragen wir vielleicht dazu bei, ihre reichlich beengte Wahrnehmung der Realität ein wenig zu erweitern.»

Shamus' narbige Hand war wütend. Der unter den Zeigefinger geklemmte Daumen-Mund brüllte in blindem Zorn in sein Ohr: «Annalee hat es ihm verraten, du Idiot – er war ihr Sohn, sie hat ihn geliebt und ihm vertraut! Damals an jenem Abend in Richmond wollte sie es nur nicht zugeben, als sie meinte, Daniel hätte Lunte gerochen! Da hatte sie es ihm schon längst gesagt. Hättest du dich nicht wie ein liebestoller Kater aufgeführt, hättest du es gleich gewusst. Aber ihr kannst du keine Schuld geben. Sie konnte nicht zwischen Liebe und Vertrauen unterscheiden. Daniel ist der Stachel in deinem Fleisch. Daniel und Volta. Hör schon auf, nach diesem zugekifften Mädchen zu suchen, das ihm einen geblasen hat. Wahrscheinlich stimmt es ja, wenn er behauptet, er hätte ihr nichts gesagt. Sobald er über deine Pläne Bescheid wusste, hat er Volta alles brühwarm erzählt. Und Volta? Volta, gelb vor Neid, hat dafür gesorgt, dass der Plan schief ging; vielleicht hat er Daniel sogar dazu überredet mitzumachen, damit kein Verdacht aufkam. Dann kam Daniel beinahe ums Leben, und Volta, mit seinem total verkorksten Ehrgefühl, hat den Kleinen unter seine Fittiche genommen. Daniel ist der Judas hier, aber Volta ist der Teufel. Da brauchst du doch gar keine *Beweise.* Ich riech's doch, ich schmeck's doch, ich spür's doch, wie ihre Verschlagenheit in meinen Knochen brennt! Ihren Verrat hör ich aus jedem Wort heraus, ich seh ihn durch meine Narben. Schnappst du Daniel, schnappst du auch Volta. Hast du das kapiert? Verdammt nochmal, nun hör schon zu weinen auf! Hast du kapiert? Schnapp sie dir! Und zwar *subito*!»

Jennifer Raines therapeutisches Tagebuch: 24. März

Mein Name ist Jennifer Raine, Judy Snow, Emily Dickinson, Amelia Empty, Wanda Zero, Clara Belle. Ich wohne auf Zimmer 28 im Apan Hospital, Valley of the Moon, Kalifornien. Das Apan Hospital ist eine psychiatrische Einrichtung. Ich werde von Dr. Putney hier betreut, der mir vorgeschlagen hat, dieses Tagebuch zu führen, damit ich mir über meine Gefühle klar werde. Aber abgesehen davon, dass ich mich zu Tode langweile, fühle ich mich eigentlich ausgezeichnet.

Das Gericht hat mich einweisen lassen, weil ich eine imaginäre Tochter namens Mia habe. Dr. Putney spricht immer von meiner unsichtbaren Tochter. Kein Wunder, dass sie unsichtbar ist: Ich stelle sie mir ja nur vor. Aber Doc Putney ist nicht so scharf auf das allzu Offensichtliche. Mit Ausnahme des logisch *Offensichtlichen, zum Beispiel, wie ich dreiundzwanzig sein und schon eine elfjährige Tochter haben kann und weshalb Mia lachen und weinen, aber nicht sprechen kann. Doc, ich hab sie mir eben so vorgestellt, wie ich sie brauche. Jemand, mit dem ich reden kann, ohne Worte zu benutzen. Eine Verbündete. Eine Zeugin.*

Ich versuche Dr. Putney begreiflich zu machen, dass ich, indem ich sie mir vorstelle, indem ich ihre Mutter bin, ihr gegenüber auch eine gewisse Verantwortung habe. Es war also mehr als gerechtfertigt, dass ich, nachdem sie mich erwischten, wie ich im Safeway Lebensmittel für sie klaute, drei Regalreihen mit Flaschen und Konserven zertrümmert habe, die angeblich Lebensmittel enthielten. Ich bin nicht verrückt, Dr. Putney, ich bin verletzt, und einer der Gründe dafür ist genau das: In den Lebensmittelläden gibt's keine Lebensmittel. Dass man so etwas weiß, bedeutet doch nicht automatisch, verrückt zu sein. Ich bin nicht verrückt. Meine Narben beweisen es. Man hat mich verletzt, und Mia hilft mir dabei, wieder gesund zu werden.

Das Mondlicht glitzerte auf der flachen Salzwüste, während die Stunde des Wolfes näher rückte. Daniel sah auf die Uhr und marschierte dann auf den Sunrise Mountain zu. Er empfand eine Mischung aus Sorge, Schwindel und Lachreiz, als wären derartig widersprüchliche Gefühle eben vonnöten, wenn man sich aufmachte, seiner Regierung einen drei Kilo schweren kugelförmigen Diamanten zu stehlen, ausgerüstet mit Nervengas, Sprengstoff und einem großen Saugfuß, dazu mit Geistesgegenwart und der Fähigkeit zu verschwinden als einzigen Waffen.

Das Training war ein Klacks gewesen. Volta hatte eine Stahlplatte in drei Meter Höhe angebracht. Daniel hatte gleich beim ersten Mal den Saugfuß an der gewünschten Stelle angebracht und sein Ziel auch bei weiteren fünfzig Versuchen nicht verfehlt. Daniel fand heraus, dass er sich bei der Vorstellung, eine Spinne an ihrem eigenen Seidenfaden zu sein, weniger blöd vorkam. Unter Trainer Voltas Anleitung hatte er das Verschwinden und das Wiederauftauchen in einminütigen Intervallen geübt. Er hatte sich auch mit seiner neuen Identität vertraut gemacht, die er von Jean Bluer übernehmen würde, der gerade als Isaiah Kharome durch Texas fuhr; Isaiah Kharome war freiberuflicher Prediger und Herausgeber der religiösen Zeitschrift *God Shots.* Jean hatte einige Fotos sowie eine Kassette mit seiner Stimme geschickt; das passende Make-up und die entsprechenden Materialien würde Daniel in einem als Fluchtwagen dienenden Truck finden, der zugleich als Reverend Kharomes ‹Mobiler Tempel› fungierte. Als Daniel einwandte, dass eine derartige Kostümierung nicht gerade zu seiner Seriosität beitrug, erwiderte Volta, das solle sie ja auch gar nicht.

Es hatte bei verschiedenen Objekten unterschiedlich lange gedauert, bis Daniels Kraftfeld mit ihrem harmonierte. Der Saugfuß verschwand in weniger als zwölf Stunden zusammen mit ihm; der Sprengstoff brauchte fast vierzig. Daniel beschloss, dies näher zu untersuchen, wenn er den Diamanten gestohlen hatte.

Aber erst einmal musste er ihn stehlen. Er sah zum Sunrise Mountain hinauf, der sich im Mondlicht abzeichnete, rückte seine mit der Ausrüstung beladene Weste zurecht, senkte den Kopf mit einem Kichern, das ihn selbst überraschte, und ging tapfer weiter.

Volta hatte sich gerade ein Gläschen Cognac zum Kaffee eingeschenkt, als das Telefon klingelte; es war halb drei Uhr nachts. Er nahm auf der Stelle ab: «Schmelzofen-Reparaturnotdienst, guten Morgen!»

«Mr. Deeds ist nicht nach Washington gefahren. Er war gerade in einer Bar in Bent, wo er schätzungsweise fünfzehn Drinks zu sich genommen hat, in Gesellschaft eines Technikers von Closed Circle Security Systems, einem Sicherheitsdienst aus Pennsylvania, der in der Gegend zu tun hat.»

Das war Ellison Deeds. Volta seufzte, dies verhieß nichts Gutes. «Änderungen?»

«Offenbar Erweiterungen. Mehr konnte ich nicht in Erfahrung bringen. Der Mann scheint so einiges zu vertragen. Er erzählte ein bisschen was über sein Spezialgebiet, Kameraüberwachung.»

«Verstehe», sagte Volta leise. Er überlegte kurz und fügte dann hinzu: «Unser Nachtdienst ist jedenfalls gerade unterwegs. Ich sage dir Bescheid, sobald er zurückkommt.»

«Ich bin dann zu Hause», sagte Ellison.

Volta hängte ein, lehnte sich in seinem Drehstuhl zurück, dachte eine Minute nach, beugte sich dann vor und schaltete das Radio ein. Er sandte die Nachricht verschlüsselt. *Sache droht schief zu laufen. Halte dich bereit für Aufbruch entweder ganz früh oder äußerst spät.*

Als die Nachricht bestätigt wurde, nippte Volta seinen Cognac und sah zu, wie der Dampf von der Kaffeetasse aufstieg. Hoffentlich war Daniel so klug, das Ganze abzublasen, wenn sie zusätzliche Kameras installiert hatten.

Daniel wurde unsichtbar. Er wartete einen Augenblick, ob irgendein Ausrüstungsgegenstand klappernd zu Boden fiel, weil er nicht mit ihm zusammen verschwunden war, dann schritt er in den Tunnel hinein. Etwa sieben Meter hinter der Öffnung lag der erste Kontrollbunker. Als er daran vorbeiging, flüsterte jemand: «Schau nach!»

Daniel blieb stehen. Als ihm bewusst wurde, dass damit unmöglich er gemeint sein konnte, warf er einen Blick in den Bunker. Eine der Wachen sah gerade fern. Die anderen beiden beugten sich über ein Spielbrett. Daniel trat näher, damit er sich das Ganze genauer ansehen konnte. Zwei Wachposten, einer mager und schlaksig, der andere klein und dicklich, spielten Schach. Dickie, der Weiß spielte, hatte nicht den Hauch einer Chance.

«Verdammte Kacke!», zischte er. «Aus und vorbei. Glaub mir, da ist das Scheißzeug dran schuld, das die uns hier geben – meine Konzentration ist voll im Eimer.»

«Ich hab auch eine genommen», sagte der Hagere. «Das is nur Atropin, und wenn du glaubst, dass es das is, was deine Konzentration stört, dann solltest du mal schauen, was passiert, wenn hier jemand Gas reinschüttet – dann is nich' nur deine Konzentration im Eimer.»

«Hey, Mann, hier kommt keiner rein und versprüht Gas. Ich bin seit Vietnam bei der Scheißarmy, und glaub mir, das hier, das ist bloß ödestes Rumgesitze und Eierschaukeln. Scheiße, wir wissen ja noch nicht mal, was wir hier eigentlich bewachen. Während der ganzen Dienstzeit haben wir nichts gesehen außer 'nem kleinen Kasten, der hier mal vorbeigeschleppt wurde. Das Scheißteil ist wahrscheinlich leer.»

«Na klar», sagte der Dünne geringschätzig, «deshalb wimmelt's hier nur so von FBI-Knilchen. Deshalb war Keyes, der Obermacker hier, ganze drei Wochen da. Wahrscheinlich ist es Plutonium.»

«Na, das sind ja großartige Neuigkeiten», brummte Dickie.

«Wenn die mich jetzt zusätzlich zu dem Agent Orange, das sie mir in Vietnam über die Rübe gekippt haben, fett bestrahlen und dann noch ihr verficktes Antropoin, oder wie dieses Zeugs gegen Nervengas heißt, hier versprühen, dann fallen mir wahrscheinlich beide Eier gleichzeitig ab!»

«Kack dich nicht ein. Was ich so gehört hab, kennt sich Keyes mit dem Scheiß aus.»

«Keyes is 'n Arschloch: Und 'n Arschloch kennt sich nun mal mit Scheiß aus.»

«Hey», fauchte der Wachposten vor dem Fernseher die beiden anderen an, «ihr sollt Wache schieben und nicht quasseln.»

«Ach, fick dich doch ins Knie, Orvis», sagte Dickie, hörte aber auf zu reden.

Daniel stellte fest, dass da irgendetwas in dem plötzlichen Schweigen fehlte. Nach einem kurzen Moment wurde ihm klar, dass der Fernseher stumm blieb, und nach einem noch kürzeren Augenblick, dass auf dem Schirm der Tresorraum von innen zu sehen war. Weder mit Kameras noch mit Atropin hatte er gerechnet. Die Mission war beendet.

Daniel zweifelte, dass das Atropin gegen Auntie Charmaines Medusa half, doch wenn er sich täuschte, war er tot oder im Gefängnis. Und die Kamera würde mindestens fünf Minuten seiner Flucht mitschneiden. Er machte kehrt und marschierte wieder auf den Tunneleingang zu, als er plötzlich so sehr lachen musste, dass er beinahe die Konzentration verloren hätte und wieder sichtbar geworden wäre. Gefängnis? Wie wollten die ihn denn einsperren? Wie wollten sie auf ihn schießen, wenn er unsichtbar war? Wenn alle Stricke zu reißen drohten, konnte er immer noch eine Leuchtkugel abfeuern, um Eddie zu warnen, und seine Unsichtbarkeit ausnutzen, um ihm einen großzügigen Vorsprung zu verschaffen. Aber Volta hatte ja Recht: Er sollte wohl besser abhauen und es nochmals versuchen. Vorher würde er jedoch nach weiteren Sicherheitsvorkehrungen Ausschau halten. Und den Diamanten anschauen. Er drehte sich wieder um und schritt den Tunnel hinab.

Ohne Zwischenfälle gelangte er zum Tresorraum. Sofort entdeckte er die Kamera, doch hatte er es so eilig, den Tresorraum zu betreten, dass er beinahe die Fotozellen übersehen hätte. Dafür hielt er sie, solange er sie sich nicht näher angesehen hatte.

Vielleicht handelte es sich auch um Laser. Spielte keine Rolle – auf jeden Fall handelte es sich um eine Art Gitter. Er spürte, dass seine Konzentration allmählich schwächer wurde.

Ungeduldig inspizierte er die Tür zum Tresorraum, dann durchschritt er sie und betrat einen von unvorstellbar strahlendem Licht erfüllten Raum. Goldbarren, die sich an jeder Wand stapelten, waren von dem strahlenden, makellosen Licht der spiralförmigen schlanken Flamme übergossen, die im Zentrum des Diamanten glühte. Daniel spürte, wie seine Konzentration immer mehr nachließ, weil ihre Kraft der größeren Geschlossenheit des Lichts unterlag. Er packte den Saugfuß, der an seiner Hüfte baumelte, und stieß ihn verzweifelt nach oben, während er sich wieder materialisierte. Nunmehr sichtbar, baumelte er über dem Diamanten. Benommen starrte er ins Zentrum. Die spiralförmige Flamme war verschwunden, doch das Licht leuchtete noch immer, weder erschreckend noch beruhigend, weder Teilchen noch Welle.

Er wollte ihn anfassen. Der Diamant thronte auf einem säulenförmigen Sockel in der Mitte des Raums, gerade außerhalb seiner Reichweite. Also musste er nochmals unsichtbar werden, um eine neue Position einzunehmen. Aber es war ihm egal. Er wollte ihn unbedingt berühren.

Er schloss die Augen, doch es hatte keinen Sinn. Er konnte sich der Lichtquelle nicht entziehen. Konnte sein Zentrum nicht von dem des Diamanten trennen. Wenn er die Augen geschlossen hielt und versuchte, sich den Diamanten vorzustellen, sah er ihn deutlich vor seinem geistigen Auge, nicht jedoch in seiner Hand, es war ihm nicht möglich, sich eine Berührung vorzustellen. Also öffnete er die Augen und sah direkt ins Zentrum des Diamanten, lieferte sich mit seiner Konzentration, seinem Willen und seiner Begierde völlig aus. Als er sich unsichtbar machte, verschwand der Diamant zusammen mit ihm, obwohl sein Licht weiterhin leuchtete. Vorsichtig nahm Daniel ihn in die Hand, ließ ihn in einen Samtbeutel gleiten, den er mitgebracht hatte, und schlüpfte dann rasch durch die Goldbarren an der westlichen Wand des Tresorraums, durch den Berg hindurch nach draußen. Selbst in dem Beutel, der mit einer dünnen Bleischicht ausgekleidet war, leuchtete das Licht in unverminderter Stärke. Er hob ihn hoch und hielt ihn vors Gesicht. In der Mitte des Lichts brannte wieder die Flamme, der Rabe hielt den Diamanten im Schnabel, da waren das offene Fenster, der Spiegel, der in Stücke brach, Annalee, die «Lauf, Daniel!» schrie. Und dann torkelte er auf die mondbeschienene Ebene, der Samtbeutel wog schwer in seiner Hand, das Licht war verschwunden. Er öffnete den Beutel und schaute hinein. Der Diamant leuchtete noch, aber die Flamme war nicht mehr zu sehen. Er hob die Hand ans Gesicht, ein Gesicht, das er nicht mehr als sein eigenes erkannte.

Daniel begann auf den untergehenden Mond loszurennen. Er hatte keine drei Schritte gemacht, als er ein Brummen über sich hörte; eine riesige Heuschrecke schien da herabzuschwirren, um ihm den Weg zu versperren. Zuerst wollte sich Daniel erneut unsichtbar machen, doch dann stellte er fest, dass es ja Low-Riding Eddie mit seiner Lucille war. Er zog den Kopf ein und hastete unter dem Rotor hinweg auf den Hubschrauber zu; den Samtbeutel hielt er an die Brust gepresst.

Low-Riding Eddie beugte sich hinüber und half ihm an Bord, dann ließ er den Helikopter blitzschnell aufsteigen, ging eine Sekunde vom Gas und vollführte eine abrupte Drehung um hundertachtzig Grad.

«He, Mann, alles okay?», brüllte Eddie zu ihm herüber.

«Ja», sagte Daniel schwach. Als ihm klar wurde, dass Eddie ihn wahrscheinlich wegen des Motorengeheuls nicht hören konnte, nickte er.

«Um ein Haar hätt ich dich erwischt, Mann – tauchst da einfach aus dem Nichts auf!»

Daniel brüllte: «Viel Platz hier! Kein Problem!»

«Und, alles bekommen?»

Daniel deutete auf den Beutel auf seinem Schoß und streckte dann den Daumen nach oben.

Tiefflieger-Eddie grinste anerkennend; seine Augen funkelten wie die Nieten auf seiner Lederjacke. «Gab's Probleme?»

Daniel schaute träumerisch über die draußen vorbeiziehende Ebene und schüttelte den Kopf.

«Phan-tasss-tisch!», brüllte Eddie und klopfte ihm auf die Schulter. Daniel lehnte sich zurück, seine Hände fühlten die Wärme des Diamanten durch das Samtfutteral hindurch. Da fiel ihm ein, dass er den Innenraum des Tresors gar nicht nach Kameras untersucht hatte. Aber die wären ihm doch sicher aufgefallen, und auf den Monitoren bei den Wachen hatte man nur die Außenseite des Tresorraums sehen können. «Alles in Butter», sagte er zu sich selbst, dann wandte er seine Aufmerksamkeit den verblassenden Sternen zu. Ein paar Minuten später war Low-Riding Eddie, kaum dass er Daniel an einer Landstraße abgesetzt hatte, schon wieder auf und davon.

Das Chevy-Pickup-Wohnmobil stand dort, wo es stehen sollte, die Schlüssel waren unters Armaturenbrett geklebt. Bei dem Anblick schwand Daniels Benommenheit. Es gab eine Welt, die man logisch durchschauen konnte, und es gab Arbeit zu erledigen.

Die weiße Flagge befand sich genau an der Stelle, die Volta auf dem Plan eingezeichnet hatte, vierzig Meter von einer Abwasserrinne auf der rechten Straßenseite entfernt. Die Abfalltonne war direkt daneben eingegraben. Die Tonne war zur Hälfte mit einer klaren, geruchlosen Flüssigkeit gefüllt. Daniel warf seine sämtlichen Kleider in den Bottich. Er zitterte in der kalten Morgenluft, als er die Harnisch-Weste aufhob, dem daran befestigten Saugfuß einen impulsiven Kuss gab und das Ganze über die Tonne hielt. Gerade wollte er loslassen, da fiel ihm ein, dass er Gas und Sprengstoff ja nicht benutzt hatte, die nun noch in der Weste waren. Er hatte große Bedenken, ob sie sich wohl mit den Chemikalien in der Tonne vertragen würden. Daher nahm er den Gaskanister und den Sprengstoff aus der Weste und ließ diese in die Tonne fallen. Kanister und Sprengstoff vergrub er etwas weiter weg. Vornübergebeugt verwischte er auf dem Weg zurück zum Camper seine Spuren, so gut es ging.

Wieder beim Truck angelangt, stieg er hinten ins Wohnmobil. Den meisten Platz nahmen darin Pappkartons mit den religiösen Traktaten ein. Der kleine Schminktisch stand gleich links neben der Tür in der Nähe des Betts, die Garderobenstange hing von einem Haken an der Decke, unter einer Bank stand der Schminkkoffer. Jean hatte Gnade walten lassen: Das Gesicht war größtenteils Daniels eigene Erfindung, nur sollte es fünf Jahre älter wirken und eine Narbe am Hals aufweisen. In zehn Minuten verwandelte sich Daniel in Isaiah Kharome.

Das Einzige, was ihm an Isaiah Kharome missfiel, war seine Art, sich zu kleiden. Vermutlich entsprach das Jeans Vorstellung von einem Aprilscherz. Das groß geblümte Hawaiihemd, ein Gewirr aus Scharlach und Zitronengelb, biss sich mit den blauweiß karierten Polyesterhosen, und der pflaumenfarbene Blazer passte weder zu dem einen noch zu dem anderen, obwohl man zugeben musste, dass die weißen Socken ja doch irgendwie auf den weißen Schriftzug – *Mighty Spirit Touchdown Club* – abgestimmt waren, der in handgeprägten Lettern den Gürtel mit dem großen Stern als Schnalle zierte. Isaiahs Brieftasche mit ihren zahllosen Kreditkarten und Massen von frischen Zwanzig-Dollar-Noten gefiel ihm hingegen durchaus. Er überprüfte den Inhalt des Notvorrats in der Zwischendecke des Campers. Er hatte nicht genügend Zeit, das Geld zu zählen, aber wenn es nicht die fünfundzwanzigtausend Dollar waren, die Volta in Aussicht gestellt hatte, so war diese Summe zumindest annähernd erreicht.

Die Sonne hatte sich schon vom Horizont gelöst, als Daniel zum Highway kam. Er hielt an und versuchte, sich in dem Schilderwald zurechtzufinden: Denver, Phoenix, Kansas City, El Paso. Ein frühmorgendlicher Wüstenwind trieb eine Staubwolke rechts an ihm vorbei. «Staub zu Staub», sagte Daniel mit Isaiahs Stimme, «Asche zu Asche.»

Also Phoenix. Klang irgendwie gut. Daniel fuhr langsam auf die Straße und lenkte den Wagen in Richtung Westen.

Volta hatte Schwierigkeiten auszurechnen, wie lange er schon auf den Beinen war. Er trank noch einen Schluck Kaffee, dann griff er nach dem blauen Telefon.

Smiling Jack meldete sich auf der Stelle.

«Und?», fragte Volta.

«Nichts, das du nicht schon viermal gehört hättest.»

«Kein Anzeichen für eine Verfolgung?»

«*Nada.* Die Wachablösung fand um sechs Uhr statt, wie an jedem anderen Tag auch. Entweder verliert man durch dieses Gas da sein Gedächtnis, oder er hat es nicht benutzt. Kein Alarm. Rein gar nichts. Willst du meine Meinung dazu hören?»

«Natürlich», sagte Volta.

«Daniel hat ihn nicht mitgenommen. Er hat gesehen, dass alles anders war als geplant, und ist abgehauen.»

«Und er hat nicht angerufen, weil er gedacht hat, wir würden ihn nur zum Besten halten, stimmt's?»

«Eigentlich sollte er das ja besser wissen, aber na ja, sieht ganz danach aus ...»

Volta sagte: «Also, *ich* kann mir das nicht vorstellen. Ich glaube, dass er ihn hat. Das hat er zumindest Eddie gesagt, und die Beule in dem Beutel, das war ja wohl der Diamant, zumindest muss es so ausgesehen haben.»

«Vielleicht war es Sand. Eddie hat erzählt, er hätte draufgedeutet, und Daniel hätte nur siegesgewiss den Daumen hochgehalten. Eddie ist wie ein Irrer geflogen. Er gibt zu, dass er nur einen Seitenblick auf den Beutel geworfen hat. Also ... vielleicht will Daniel ja nicht zugeben, dass er die Sache vermasselt hat, dass –» Smiling Jack machte eine kurze Pause. «Sekunde mal eben, Volta, da tut sich was auf der roten Leitung.»

Volta wartete; er wusste, was nun kommen würde.

Smiling Jack kam zurück. «Mann, zum Glück haben wir keine Wetten abgeschlossen. Um den Tunnel herum wuseln alle wie wild durcheinander, und am Luftwaffenstützpunkt sind gerade ein paar Jets losgeflogen!»

«Sie haben entdeckt, dass er weg ist», sagte Volta.

Nach langem Schweigen fragte Smiling Jack beinahe zornig: «Aber wie zum Teufel hat er es denn angestellt? Kein Gas, keine Sprengladung – verdammt nochmal, das Ding wird ja wohl nicht auf einem silbernen Teller am Tunneleingang herumgelegen haben, oder?»

«Keine Ahnung», sagte Volta. «Vielleicht hat er eine Möglichkeit gefunden, den Alarm zu umgehen. Bleiben noch das Schloss und die Wachen. Wer weiß, kann sein, sie sind alle eingeschlafen oder haben zusammen gepokert oder Drogen eingeworfen. Daniel ist clever und phantasievoll.»

«Damit wären wir wieder bei der Frage, warum er sich nicht gemeldet hat.»

«Stimmt.»

«Sag mal», Jack klang plötzlich ganz gefasst, «du stehst ihm doch viel näher als ich. Was meinst du? Ob er uns verarscht hat?»

«Also, ich meine, wir sollten erst mal warten, bis er anruft.»

«Was, wenn nicht? Außerdem habe ich noch 'n paar andere schlimme Vermutungen.»

«Dann wollen wir sie uns mal alle anhören», sagte Volta.

«Vielleicht haben sie ihn schon erwischt. Klammheimlich, meine ich.»

«Möglich. Aber entweder wissen sie nicht, was sie da haben, oder die plötzliche Aufregung am Tunneleingang ist nur eine Finte.»

«Oder Shamus hat ihn gefunden. Wenn wir richtig informiert sind, hält er nach ihm Ausschau.»

«Ich weiß, allerdings hätte Shamus dazu unheimliches Glück haben müssen – oder jemand, der eingeweiht war, hat Daniel verraten.»

Smiling Jack seufzte. «Das heißt also, du wartest weiterhin auf seinen Anruf. Und was ist mit dem Rest von uns?»

«Legt euch eine Weile aufs Ohr. Morgen früh holst du Jean in Alamogordo ab. Chisholm Smith und Davy sind bei ihm. Versuche herauszufinden, was im Tresorraum passiert ist und was die CIA jetzt vorhat. Was es auch sein mag, sie werden es wohl ganz unauffällig tun – es wird also keine Polizeiberichte oder groß angelegten Suchaktionen geben. Vielleicht setzen sie ein paar Hundert von ihren eigenen Agenten ein, die alle nicht wissen, was sie eigentlich suchen. Zumindest werden wir erfahren, wie sie mit einem derartigen Problem umgehen. Wenn du Hilfe brauchst, dann weißt du ja, an wen du dich wenden musst.»

«Und du wartest darauf, dass er sich meldet.»

«Er ruft bestimmt an. Möglicherweise hat er Unangenehmes zu berichten, aber anrufen wird er mit Sicherheit.»

Jennifer Raines therapeutisches Tagebuch: 1. April

Doc, Sie verstehen keinen Spaß, das sollten Sie ändern. Ich wollte Sie doch nur in den April schicken, als ich als Antwort auf Ihre Frage sagte, an meinem elften Geburtstag sei gar nichts besonders Schlimmes passiert, höchstens, dass ich vom North-Baj-Football-Team vergewaltigt wurde, gleich nachdem sich mein älterer Bruder eins von meinen Höschen angezogen und dann in der Garage erhängt hatte. Und ich dachte, Sie würden lachen, als ich «April, April!» rief. War mir nicht klar, dass Sie diese ganzen unterdrückten Ängste und Aggressionen haben. Glauben Sie, ich wüsste nicht, dass Sie mir nur dann helfen können, wenn ich mir selbst helfe? Warum sollte ich sonst diese Scherze mit Ihnen veranstalten? Obwohl ich Ihre Anstrengungen sehr zu schätzen weiß, brauche ich keine Hilfe. *Ich brauche* Zeit. *Zeit und Raum und ab und zu mal 'ne Pause, Doc, das ist es, was ich brauche.*

Aber jetzt haben Sie mich so weit, dass ich mich schuldig fühle. Deshalb erzähle ich Ihnen jetzt, was passiert ist, als ich elf war, aber ich muss mich beeilen, weil ich das nur am ersten April erzählen kann, und es ist fast schon Mitternacht.

Vor zwölf Jahren und einem Monat waren mein Vater und ich mit unserem kleinen Aluminiumboot beim Rudern auf dem Lake Pauline. Urplötzlich kam ein Unwetter auf, wie es im März oft der Fall ist, und Dad ruderte aufs Ufer zu, als wir von einem Blitz getroffen wurden. Er ruderte und ruderte (heftig und verbissen), und auf einmal war alles ganz weiß, und mein Rückgrat brannte wie Feuer. Kein Geräusch. Kein Donnern, Krachen, Dröhnen oder Knallen. Nur dieser stumme, reine, endlose Alabasterblitz und dann nichts mehr.

Als ich wieder zu mir kam, war es fast dunkel. Mein Vater lag gekrümmt im Bug, mit dem Gesicht nach unten, die linke Hand hing ins Wasser. Er war tot. Im Naturkundeunterricht auf der Junior High School hatte ich einen Film über Mund-zu-Mund-Beatmung gesehen, und das habe ich versucht, so fest atmete ich in ihn hinein, bis ich ganz erschöpft war.

2. April (vier Minuten nach Mitternacht)

Schluss mit den Scherzen. Meine Mutter stand dabei, als sie das Boot mit Dad und mir und Mia ans Ufer zogen. Beinahe einen Monat lang schrie sie die ganze Zeit, und daher wurde sie in eine Gummizelle gesteckt, bis das Schreien aufhörte und das Betteln begann. Sie bettelte darum, man möge ihr Wäsche bringen. Endlich hatten sie ein Einsehen und brachten ihr einen großen Korb mit sauberen Kleidungsstücken. Und in den vergangenen zwölf Jahren hat Mom – immer wenn sie wach war – nichts anderes getan, als Wäsche zu sortieren. Sie sortiert sie nach Farben, legt sie in den Korb und sortiert sie dann von neuem. Alle paar Minuten hält sie inne, blickt einen erwartungsvoll an und sagt: «Philip, bist du's?» Bei jedem meiner Besuche ist es das Gleiche. Dann lächelt sie mich zuckersüß an und sagt: «Nein, es tut mir Leid, du kannst unmöglich meine Tochter sein, weil du noch nicht geboren bist!»

Und ich flehe sie an: «Bitte stell dir vor, dass es mich gibt!» Aber das kann sie nicht.

Auf einem Flohmarkt am Straßenrand in der Nähe der Grenze zu New Mexico verteilte Daniel einen ganzen Karton mit frommen Heften. Einem Impuls folgend, kaufte er eine dunkelgrüne Tasche für eine Bowlingkugel, Bowlingschuhe und ein Bowling-T-Shirt. Das T-Shirt hatte denselben saftigen Grünton wie die Tasche. Auf der Rückseite stand in gelben Buchstaben «Thrice Construction». Der kleine Schriftzug über der Brusttasche lautete «Herman».

Ein paar Stunden später hielt er an, um eine Pause zu machen. Er fuhr in einen Feldweg, nahm den Diamanten aus dem Beutel und legte ihn in die Bowlingtasche. Er kletterte hinten in den Camper. Fast zehn Minuten starrte er ganz konzentriert ins Zentrum des Diamanten, doch er konnte den dünnen Spiralfaden der Flamme nicht sehen. Er machte sich unsichtbar. Der Diamant verschwand mit ihm. Sofort war die spiralförmige Flamme zu sehen. Als er selbst wieder sichtbar wurde, fühlte er sich wunderbar erfrischt. Erst als er den Diamanten wieder in die Bowlingtasche gelegt und diese mit nach vorn genommen hatte, stellte er fest, dass der Mond aufgegangen war. Er war also mindestens drei Stunden verschwunden gewesen. «Siehst du, es geht!», rief er dem Mond zu. «Warte, Schatz, ich komme!»

Volta pendelte zwischen Trance und Schlaf. Er konnte Daniel spüren, aber nicht stark genug, um herauszufinden, wo er war. Es gab nur eine Erklärung, auf welche Weise Daniel den Diamanten an sich genommen haben konnte: Er war zusammen mit ihm verschwunden, und das musste schnell geschehen sein. Vielleicht hatte er sich vorgestellt, der Diamant würde mit ihm verschwinden. Vielleicht war der Diamant zugänglich. Oder hungrig. Daniel hatte geheime Kräfte, kein Zweifel. Aber er war nicht so mächtig wie der Diamant.

Melvin Keyes, Leiter der CIA Southwest und selbst ein Mann mit scharfer Zunge, hätte die beißende Ironie in der Standpauke des Direktors sicherlich genossen, wäre er nicht gerade der Adressat gewesen. Endlich verebbte die Wut des Direktors, und jetzt, als sie in dem geplünderten Tresorraum standen, leierte der Direktor lediglich die Liste von Keyes' Verfehlungen herunter, weniger verärgert als vielmehr ungläubig. «Und dabei hatten Sie *sämtliche* Sicherheitskräfte von *jedem* Geheimdienst des *gesamten* Landes zur vollständigen Verfügung, bei *unbegrenztem* Budget, und die da, oder er, oder sie, oder von mir aus auch *es* – verzeihen Sie, wenn ich mich so verhasple – latscht da hinein, klaut den Diamanten und zieht seelenruhig von dannen. Entschuldigen Sie, Mr. Keyes, aber ich kann's einfach nicht fassen, verdammte Scheiße noch einmal!»

Keyes stand mit gesenktem Blick da und wartete ab, dass der Direktor auch wirklich zum Ende gekommen war. «Sir, ich teile Ihre Erschütterung, aber schenken Sie bitte den Fakten Aufmerksamkeit: Vier Kontrollpunkte, Kameras, Laserdetektorennetz, hochsensibles Druck-Warnsystem am Boden, doppelte Verriegelung *und* kodiertes Schloss unberührt – es ist einfach undenkbar, dass ein *Mensch* den Diamanten unbemerkt habe entwenden können. Daher drängt sich die Schlussfolgerung auf, dass wir es hier mit einer außerirdischen Spezies zu tun haben, und zwar einer, deren Technologie der unseren haushoch überlegen ist. Ziehen Sie bitte auch in Betracht, dass unsere Wissenschaftler noch *nie* so etwas wie diesen Diamanten gesehen haben. Geologen, Physiker, sie alle sind sich einig: Die Wahrscheinlichkeit, dass so etwas in der Natur vorkommt, ist gleich null. Ich halte es für eine Art Gerät zur Beschaffung von Informationen, und nun haben sie es einfach wieder abgeholt.»

«*Sie?*» Der Direktor kräuselte die Lippen.

Keyes brannte nicht darauf, es noch einmal zu wiederholen. Er sah auf den Boden des Tresorraums. «Ich fürchte, wir haben es hier mit Außerirdischen zu tun, Sir.»

Der Direktor sagte mit eisiger Stimme: «Ich glaube nicht an kleine grüne Männchen. Und der Präsident auch nicht!»

Keyes gab auf. «Nun, wenn er von menschlichen Wesen entwendet wurde», sagte er knapp, «dann werden wir sie finden. Bereits jetzt sind zweihundert Agenten für uns im Einsatz, es werden weitere fünfzig hinzukommen. Außerdem haben wir etliche Ermittlungsspezialisten hingeschickt, die die Wachen verhören.»

«Hervorragend!», rief der Direktor mit einem Sarkasmus in der Stimme, den auch ein Bulldozer nicht hätte niederwalzen können. «Fürs Erste bleiben die Agenten unter Ihrem fragwürdigen Kommando. Allerdings wurde nach meiner erniedrigenden Konferenz mit dem Präsidenten und der National Security heute Morgen Dredneau beordert, die Untersuchungen zu leiten.»

Keyes konnte es nicht glauben. «Paul-Paul Dredneau? Sir, der Diamant unterliegt alleroberster Geheimhaltung! Dredneau ist Kanadier, und dann auch noch *Franko*kanadier. Ganz abgesehen davon, dass er verrückt ist, ein Intrigant, ein Betrüger, ein notorischer …»

«Auf Anordnung des *Präsidenten*», schnitt der Direktor ihm eisig das Wort ab, «ist Dredneau mit der Untersuchung beauftragt worden. Wären Sie Ihren Pflichten nachgekommen, hätten der Präsident und die National Security jetzt nicht seine Dienste in Anspruch nehmen müssen.»

«Mit allem Respekt, Sir, aber meiner Ansicht nach ist dieser Mann ein eitler Clown, dem man nicht trauen kann und der absolut inkompetent ist!»

Dredneau selbst war es, der an der offenen Tür zum Tresorraum stand und murmelte: «Die bestürzende Beschränktheit *Ihrer* Ansichten, Mr. Keyes, haben Sie ja bereits eindrucksvoll unter Beweis gestellt.» Dredneau trug einen langen weinroten Mantel, ein makellos weißes Hemd mit Spitzenkragen, rehlederne Hosen, hohe Stiefel aus Spanischleder und Seidenhandschuhe – ebenfalls makellos weiß –, die er im Dutzend aus Paris bezog. Kaum mehr als einen Meter fünfzig groß und leicht o-beinig, wirkte er weniger wie ein Wegelagerer aus dem neunzehnten Jahrhundert als wie ein Dandy-Jockey.

Der Direktor, der kurzzeitig aus dem Konzept geraten war, streckte Dredneau die Hand zur Begrüßung hin. «Dredneau! Ich freue mich, Sie endlich kennen zu lernen.»

Dredneau ignorierte die ausgestreckte Hand des Direktors und verbeugte sich. «Paul-Paul Dredneau, zu Ihren Diensten, Sir. Soweit ich weiß» – er warf Keyes einen geringschätzigen Blick zu –, «hat Ihre Security versagt, was zum höchst bedauerlichen Verlust eines äußerst wertvollen Edelsteins geführt hat.»

«Er wurde irgendwann zwischen dem 31. März um zwölf Uhr mittags und dem 2. April um ein Uhr nachts gestohlen. Wie man Ihnen vielleicht schon mitgeteilt hat, wurde er offenbar aus einem verschlossenen Tresorraum entwendet und an fünf verschiedenen, ungemein ausgefeilten Alarmsystemen vorbeigeschmuggelt.»

«Kaum zu glauben», sagte Dredneau mit gekünsteltem Lächeln.

«Bevor ich meine Fähigkeiten ins Spiel bringe, möchte ich Ihnen meinen Assistenten Roshi Igor vorstellen, zugleich Bodyguard und Kammerdiener meiner Person.»

Obwohl er kaum zu übersehen war, hatten weder der Direktor noch Keyes Igor bemerkt, der vor der Tür zum Tresorraum stand. Als er seinen Namen hörte, kam er herein. Zweihundert Kilo Muskeln, mit Handgelenken wie Bettpfosten, die aus den ausgefransten Hemdsärmeln hervorragten, und einem Nacken, dick wie der Stamm eines Mammutbaums. Igors Augen waren allerdings noch beeindruckender als seine Masse. Sie saßen dicht unter seiner Neandertaler-Stirn und sahen aus wie die Mündung eines abgesägten doppelläufigen Zwölf-Kaliber-Gewehrs.

«Igor versteht nur seinen Namen und eine geringe Zahl von Befehlen», sagte Dredneau, «aber er ist äußerst empfindlich, wenn er spürt, dass man ihm mit Ablehnung oder Feindseligkeit begegnet, und – nein!», brüllte er, als der Direktor Igor die Hand hinhielt. «Ich erlaube ihm nicht, Hände zu schütteln. Er hat keine Vorstellung von seiner eigenen Kraft. Ich habe schon miterlebt, wie er einen Baseball in ein Frisbee verwandelt hat.»

Keyes lachte nervös. «Haben Sie den selbst fabriziert oder in Hollywood ausgeliehen?»

Der Direktor sagte hastig: «Junge, Junge, scheint mir ja wirklich ein aufgewecktes Kerlchen zu sein!»

Dredneau lächelte. «Sicherlich sind Sie sich im Klaren, wie relativ unser Konzept von Intelligenz ist.» Wieder warf er einen Blick in Richtung Keyes.

Dieser sagte: «Vielleicht sollten wir uns über die Gebrechen Ihres Freundes nachher unterhalten und unsere Aufmerksamkeit der Untersuchung zuwenden, die bereits auf vollen Touren läuft.»

Igor fing an, sich mit den tellergroßen Handflächen auf den Hintern zu schlagen.

«Nein!», befahl Dredneau.

Igor hörte sofort auf.

«Um Gottes willen, was hatte das denn zu bedeuten?», fragte der Direktor.

«Ich habe Igor beigebracht, mir seine Gefühle mit Hilfe von Gesten mitzuteilen. Er findet, Mr. Keyes ist ein … ein Gesäß.» Dredneau lächelte dem Direktor zu. «Wenn ich mich nicht täusche, haben Sie einer ähnlichen Anschauung Ausdruck verliehen, als wir hier ankamen.»

Keyes machte einen Schritt auf Dredneau zu, und Igor einen auf Keyes.

«Halt!», befahl Dredneau. Beide gehorchten. «Schluss jetzt mit dem spielerischen Geplänkel, auch wenn es dazu dient, eine ernste Situation zu entschärfen. An die Arbeit, Gentlemen, und meine Arbeit ist Information und logisches Denken. Zunächst ein wenig Information. Einmal abgesehen von dem offenkundigen Wert als Edelstein, worin besteht der Wert dieses Diamanten?»

«Ich muss zugeben», sagte der Direktor, «dass wir das nicht wissen. Wir haben ihn für eine Reihe von Tests hergebracht. Der Diamant ist vollkommen rund, scheint aber weder geschliffen noch sonst wie bearbeitet worden zu ein. Nach Ansicht unserer Wissenschaftler ist eine natürliche Entstehung so gut wie auszuschließen.»

Als würde er ins All blicken, richtete Dredneau den Blick zur Decke und fragte: «Haben Sie die Möglichkeit erwogen, es könne aus einem anderen Teil des Universums stammen?»

«Natürlich», erklärte Keyes spöttisch. «Nur eine nichtmenschliche intelligente Lebensform hätte die Sicherheitsvorkehrungen umgehen können.»

Dredneau, der immer noch nach oben blickte, sagte leise: «Sie irren sich mal wieder, Mr. Keyes.» Er deutete auf einen schwachen Kreis an der Decke des Tresorraums. «Ein Exemplar einer außerirdischen Spezies mit ausgefeilter Technologie hätte es wohl kaum für nötig befunden, sich von der Decke baumeln zu lassen, wie es scheint, an einer Art ganz gewöhnlichem Gummisauger, wie man ihn bei verstopften Toiletten anwendet.»

«Kompletter Blödsinn», sagte Keyes.

Dredneau ging nicht darauf ein. «An diesem Fall interessieren mich eigentlich nur zwei Details. Zunächst natürlich die simple Frage, wie es unser Dieb geschafft hat, die Tür zum Tresor zu öffnen, ohne Alarm auszulösen.»

«Na, da sind wir ja gespannt», warf Keyes ein.

Dredneau ignorierte ihn nach wie vor. «Die zweite Frage ist philosophischer Natur.» Mit einer weit ausholenden Armbewegung deutete er auf die Wände, an denen sich die Goldbarren stapelten. «Welcher Mensch würde beim Betreten eines Tresorraums voller Gold vermuten, dass sich da noch etwas anderes verbirgt?»

«Ganz recht», sagte Keyes übertrieben launig, «das ist wahrhaftig eine *faszinierende* Spekulation, aber wir zerbrechen uns hier den Kopf eher über andere Dinge, zum Beispiel, wer der Dieb ist.»

Gelangweilt sagte Dredneau: «*Das* weiß ich schon längst.»

«Großer Gott, Dredneau», rief der Direktor, «sagen Sie es uns!»

«Er will uns nur verarschen, Sir», sagte Keyes.

«Der Name des Diebs» – Dredneau machte eine Pause – «lautet Isaiah Kharome. Er war, und vielleicht ist er es noch, in einer Art Wohnmobil-Truck unterwegs und gibt sich als Wanderprediger und Herausgeber eines obskuren religiösen Blättchens aus, scheint aber tatsächlich etwas mit einem uralten magischen Kult zu tun zu haben.»

Keyes sagte: «Ach, das haben wir uns jetzt gerade einfach so zusammenkombiniert, oder wie?»

«Schicken Sie das raus!», befahl der Direktor.

«Sir», protestierte Keyes, «das kann doch nicht Ihr Ernst sein!»

«Auf der Stelle.»

Keyes wandte sich zu Dredneau: «Wie können Sie einen schwachen Abdruck an der Decke sehen und daran nicht nur erkennen, dass er von einem Gummisauger stammt, sondern auch davon ableiten, wer der Dieb ist und was er so tut?»

«Ich bin nun mal ein Genie», sagte Dredneau. «Und jetzt muss ich mich ausruhen. Wenn Sie ihn finden, geben Sie mir bitte augenblicklich Bescheid, ich bin im Turquoise Hilton in Albuquerque, der einzigen anständigen Unterkunft hier im Umkreis von *Meilen*. In der Zwischenzeit möchte ich Sie bitten, mir einen genauen Plan der Sicherheitsvorkehrungen zukommen zu lassen, und eine Skizze des Tresorraums. Ich stehe dann für weitere Ratschläge zur Verfügung. Guten Tag, die Herren.» Er machte auf dem Absatz kehrt und ging auf die Tür zu, wo er Igor ein Zeichen gab, ihm zu folgen.

Keyes sagte zum Direktor: «Sie wollen doch nicht wirklich, dass ich diesen Isaiah-Kharome-Wohnmobilscheiß da in den Äther hinausschicke? Damit jeder nach einem Phantom sucht, das Dredneaus überkandidelter Phantasie entsprungen ist?»

Der Direktor explodierte. «Herrschaftszeiten, ja doch! Schicken Sie das so raus! Ich will es mir nicht deswegen mit dem Präsidenten verscherzen. Wenn es Ihnen nicht passt, Mr. Keyes – tja, Sie haben uns die Suppe eingebrockt, jetzt löffeln Sie sie auch wieder aus, verstanden?»

Melvin Keyes führte drei Telefongespräche. Im ersten gab er die nur für die CIA bestimmte Meldung über Isaiah Kharome durch. Dann rief er seinen Assistenten an, damit dieser alles über Isaiah Kharome und Paul-Paul Dredneau in Erfahrung brachte; außerdem wies er ihn an, den Lageplan der Sicherungssysteme an Dredneau weiterzureichen und Dredneau auszurichten, dass ein Mitarbeiter der Firma Seabrooke im Verlauf des Tages eintreffen würde. Und zum Schluss rief er Gurry Debritto in Kalifornien an.

«Ja?», meldete sich Debritto.

«Keyes. Haben Sie Zeit? Es ist für mich persönlich.»

«Wenn's was Interessantes ist.»

«Es handelt sich um ein Verhör. Entweder weiß da jemand mehr, als er zugibt, oder ich werde vollkommen verarscht.»

«Das ist nichts Interessantes.»

«Eine Viertelmillion, möglicherweise mehr – sagen wir mal, zehn Millionen –, wenn Sie einen bestimmten Gegenstand wieder auftreiben, der mit dem Verhör zu tun hat.»

«Was für eine Art von Gegenstand?»

«Das kann ich Ihnen erst sagen, wenn Sie zugesagt haben.»

«Zweihundertfünfzig für ein Verhör? Muss ja ungeheuer widerspenstig, gut gesichert oder gefährlich sein, der Typ.»

«Wir können heute Abend um acht in Albuquerque darüber reden. Mama's Cafe.»

«Die Hälfte als Abschlag, wie üblich. Das Konto auf den Caymans. Die Nummer haben Sie ja.»

Keyes kicherte. «Freut mich immer wieder, wenn ich dabei zusehe, wie jemand seine Rente zusammenspart.»

«Ich spar überhaupt nichts», sagte Debritto. Er hängte ein.

Die Telefonzelle war bitterkalt, als über der Wüste die Sonne aufging. Nachdem Daniel die Nummer gewählt hatte, war die Scheibe von seinem Atem beschlagen.

Nach dreimaligem Klingeln nahm Volta ab.

«Schmelzofen-Reparatur-Notdienst, guten Morgen.»

«Hallo», sagte Daniel; beinahe klapperten ihm die Zähne.

Volta gab keine Antwort.

«Ich hab ihn», sagte Daniel.

«Ja, das haben wir gehört», sagte Volta leise. «Schön.»

«Es hat Komplikationen gegeben.»

«Damit muss man für gewöhnlich rechnen.»

«Es gibt immer noch welche», sagte Daniel. Seine Stimme klang gepresst, abgehackt.

«Das habe ich vermutet», sagte Volta. «Dass es noch so ist, nicht, was es genau ist. Worum geht es?» Leise. Geduldig.

«Wie habe ich das getan?», platzte Daniel heraus. «Du musst es doch wissen!»

«Ohne Zweifel hast du es dir vorgestellt.»

«Ohne Zweifel? *Gar keine?* Doch, ich *habe* Zweifel. Das sollte dich freuen.»

Volta gab keine Antwort.

Daniel sagte: «Ich weiß nicht, ob ich mir *ihn* vorgestellt habe oder er sich *mich*.»

«Komm doch hierher», sagte Volta sanft. «Lass dir Zeit. Sie haben gerade erst entdeckt, dass er nicht mehr da ist. Im Augenblick hast du offenbar nichts zu befürchten. Ansonsten kann ich auch zu dir kommen. Sag mir einfach, wann und wo.»

Daniel sagte hastig: «Ich kann jetzt nicht denken, mir ist furchtbar kalt. Ich ruf dich später wieder an.» Er hängte ein.

Volta legte den Hörer zurück auf die Gabel. Er schloss die Augen und atmete langsam ein. «Du hast ihn verloren», sagte er zu sich selbst.

Jennifer Raines therapeutisches Tagebuch 2. April (abends)

Doc Putney hat es heute Nachmittag mal auf die aggressivere Tour versucht. Kein Wunder. Männer reagieren auf zwei verschiedene Arten auf mich: Krampf oder Kampf. Ich erzählte ihm gerade von der Narbe, die ich bekommen habe, als der Blitz meinen Vater erschlug. Sie sitzt genau am Ende meines Rückgrats und sieht aus wie ein gezackter Blitz.

Jedenfalls versuchte Doc Putney mich wegen der Narbe zu provozieren, aber er ging die Sache ganz falsch an. Er sagte: «Du hast doch gar keine Narbe, Jennifer.»

Also stand ich auf, drehte mich um und zog mir den grauen Kittel über den Kopf. Sonst hatte ich nichts an. Ich mag es nicht, wenn mein Körper eingeengt wird. Die Nacktheit ist eines von meinen Zaubermitteln. Damit meine ich nicht diesen Hokuspokus, wenn sich irgend so ein Häschen langsam umdreht, die Arme über der

Brust kreuzt und dann mit einem Hüftwackeln das Kleid zu Boden gleiten lässt. Ich bin nicht besonders gut, wenn's drum geht, sexy zu wirken. Aber ich weiß, wie man seine Nacktheit präsentiert, eine Nacktheit, bei der man nicht einmal meinen Körper sieht.

Doc Putney schien beinahe seinen Stift verschluckt zu haben, auf dem er immer kaut, denn er krächzte ganz komisch: «Jennifer, zieh dich sofort wieder an!» Ich sagte: «Schauen Sie sich meine Narbe an!» Und dabei legte ich die rechte Hand auf meinen Rücken, damit er wusste, wo er suchen sollte.

*Der gute Doc begann sich zu echauffieren. «*Da ist keine Narbe!*», sagte er und sprach jedes Wort überdeutlich aus, so als würde er zu einem Kind sprechen. Nicht einmal mit Mia spreche ich so.*

Ich stand so nackt da, dass ich spüren konnte, wie die Narbe zu glühen anfing. Endlich kam er hinter seinem Schreibtisch hervor, hob meinen Kittel auf und reichte ihn mir. Er sah mir in die Augen – mit mehr Mumm, als ich ihm zugetraut hätte – und sagte ganz sanft: «Da ist keine Narbe. Zieh dich jetzt wieder an. Bitte.» Dieses «Bitte» gab mir zu verstehen, was ein Blick auf die Beule in seiner Hose bestätigte. Der Ständer war nicht zu übersehen.

«Ich habe Ihnen meine Narbe gezeigt», sagte ich. «Und jetzt darf ich Ihren Schwanz sehen. Kommen Sie, Doktor, machen wir ein Spielchen.»

Das konnte ich mir nicht verkneifen. Ihm machte es allerdings Angst – er wurde wieder daran erinnert, dass er ja Doktor war. Kompromittierende Situation mit weiblichem Patienten.

«Nein», sagte er. «Unser Gespräch ist für heute beendet.» Und damit ging er hinaus. Na ja, er bemühte sich, nicht hinauszustürmen. An der Tür drehte er sich um und sagte: «Du solltest über deine Gefühle in Bezug auf Männer schreiben.»

Die hängen vom Mann ab, Doc. Und von mir.

Volta brauchte nicht einmal die Augen aufzumachen: Er hörte bereits am Klingeln, dass es ein Gespräch auf der internen Leitung war. Vielleicht Smiling Jack oder Ellison. Ohne große Begeisterung nahm er den Hörer ab. «Schmelzofen-Reparatur-Notdienst, guten Tag.»

«Gut, dass du's aufgegeben und dich 'n bisschen hingelegt hast.» Es war Jack.

«Ich habe es nicht aufgegeben. Er hat angerufen.»

«Und?»

«Ich weiß nicht. Das heißt, *er* weiß nicht. Der Diamant scheint ihn überwältigt zu haben. Er will wieder anrufen.»

«Wo ist er?»

«Hat er nicht gesagt. Klang wie eine Telefonzelle, daher nehme ich an, dass er mit dem Camper unterwegs ist.»

Einen Augenblick lang schwieg Smiling Jack. «Da du nicht angerufen hast, vermute ich mal, dass du ihn an der langen Leine laufen lässt. Oder ganz laufen lässt.»

«Ich glaube, im Moment ist das schon richtig für ihn», sagte Volta. «Im Grunde haben wir keine andere Wahl.»

Jack seufzte. Er hasste es, schlechte Nachrichten zu überbringen. «Doch, wir haben eine. Sie haben sein Inkognito herausgefunden, alles, mit Ausnahme der Marke und des Kennzeichens von dem Truck.»

Volta richtete sich wie elektrisiert in seinem Sessel auf. «Wie das?»

«Der Präsident höchstpersönlich – obwohl man munkelt, es sei auf Drängen seiner Gattin geschehen, wegen ihres Astrologen – hat darauf bestanden, dass sie diesen Irren hinzuziehen, diesen Dredneau. Einer sicheren Quelle zufolge hat das Arschloch alles von dem Abdruck an der Decke abgeleitet!»

«Eine erstaunliche Schlussfolgerung!»

«Kann man wohl sagen», stimmte Jack ihm zu, «fand ich auch. Natürlich kenne ich den Knaben nicht besonders gut, ich weiß nur, dass er aussieht und sich benimmt, als wäre er geradewegs dem neunzehnten Jahrhundert entsprungen, aber er hat bestimmt was drauf. Könnte fast was für dich sein.»

Volta überlegte. «Das ist eine unmögliche Schlussfolgerung.

Ändere auf der Stelle den Code. Verdammt – das hätte ich schon vor einem Monat tun sollen! Die Frequenzrotation kannst du aber beibehalten.»

«Wenn man uns angezapft hat, dann könnte ich ihnen ja auch ein bisschen Kacke ins Ohr träufeln, oder?»

«Und außerdem sollten wir einen Mittler für Daniel bereithalten. Er hat es zwar nicht direkt gesagt, aber er misstraut mir.»

«Wild Bill.»

«Für den hätte ich mich auch entschieden, wenn er in den letzten fünf Monaten mal was von sich hätte hören lassen.»

«Dann mach ich es», sagte Jack. «Oder Dolly.»

«Danke, Jack, aber dich brauchen wir für Dredneau, und Dolly für Shamus, obwohl er den Kontakt abgebrochen zu haben scheint. Hm, mal sehen. Wie wär's mit Charmaine? Die scheint einen Stein bei ihm im Brett zu haben.»

«Suchst du jetzt einen Mittler oder eine Dampfwalze?»

«Ein Mittler kann verschiedene Aufgaben erfüllen. Da wir nicht wissen, welche sich als geeignet erweisen werden, warum sollten wir es da nicht mit mehreren versuchen?»

«Hey», sagte Jack, der Voltas Gereiztheit bemerkt hatte, «ich glaub dir's ja.»

«Jack, ich werde langsam zu alt für das Ganze hier. Und das freut mich irgendwie sogar.»

«Kann ich gut verstehen. Nimm mich mit.»

«Na klar, falls was von uns beiden übrig geblieben ist, wenn das hier vorbei ist. Bis dahin warte ich, dass Daniel wieder anruft, du und wen immer du brauchst, ihr könnt unseren kanadischen Kryptographen einkreisen, Jean überlassen wir eventuelle Sonderaufgaben, und Ellison soll den Rest erledigen. Ich vermute, der Code wurde geknackt, aber vielleicht gab's ja auch eine undichte Stelle bei Daniels Deckung. Geh das sicherheitshalber nochmal durch. Setz Ashley Bennington darauf an. Und Lyle.»

«Sonst noch was?»

«Momentan fällt mir nichts ein. Dir?»

«Nichts, was getan werden müsste», sagte Jack, «aber es gibt da etwas, das ich gern *wüsste*.»

Volta wusste, was es war. «Komm schon, Jack, zier dich nicht.»

«Hat dir Daniel zufällig erklärt, wie er ihn geklaut hat?»

«Ich habe ihn danach gefragt. Er sagte, ich zitiere wörtlich: ‹Ich habe meine Vorstellungskraft benutzt.›»

«Ehrlich, ich freu mich drauf, mit dir in Rente zu gehen. Sich einfach nur in einem Kahn auf einem See voller Forellen treiben lassen, und du kannst mir dann alles über Magie erzählen.»

«Ich werde dir alles erzählen, was ich weiß.»

«Aha», sagte Jack. «Und danach, da benutze ich dann eben meine Vorstellungskraft, oder wie?»

«Das werde ich Daniel fragen, wenn er anruft.»

Roshi Igor, der in Wirklichkeit Roger Kingman hieß, aß gerade eine Pizza – eine Navajo Jumbo, die Spezialität des Hotels: Salami, Peperoni, Sardellen und Würstchen, reichlich versehen mit gehobeltem Knoblauch und von einem halben Pfund Schimmelkäse bedeckt. Roshi Igor liebte dieses Gericht. Dredneau, auf der anderen Seite des Tischs, ganz und gar nicht. Er sah von seinen Diagrammen auf und sagte: «Also wirklich, Roger, mir schießen ja schon die Tränen in die Augen.»

«Sorry, Boss», grunzte Igor. Er ging hinüber zur Couch.

Dredneau nippte an seinem Bordeaux. Er wusste jetzt, wie sich Isaiah Kharome an den Wachen vorbeigeschmuggelt hatte. Offenbar führte dieses Nervengas nicht nur zu Lähmungserscheinungen, sondern auch zu totalem Gedächtnisschwund. Er wusste nicht, wie das Alarmsystem außer Gefecht gesetzt worden war, aber nach Auskunft seiner Spezialisten gab es kein Alarmsystem, das nicht irgendwie ausgeschaltet werden konnte. Blieb also nur noch der Tresorraum, und für den brauchte er weitere Informationen. Keyes hatte gesagt, der Mitarbeiter der Firma Seabroke würde sich um Mitternacht im Hotel melden. Jetzt war es schon neun Minuten nach Mitternacht. Außerdem schwiegen seine Radioüberwachungsgeräte. Sollte der Code oder die Frequenz geändert worden sein, brauchte er eine gute Entschuldigung für den plötzlichen Verlust seiner detektivischen Fähigkeiten. Keine angenehme Vorstellung. Gereizt klappte er seine Schnupftabaksdose aus Gold und Elfenbein auf und inhalierte eine winzige Prise. Das Telefon klingelte genau in dem Augenblick, als er in sein helles Seidentaschentuch nieste. Er ließ es noch einmal klingeln, bevor er abhob. «Paul-Paul Dredneau.»

Es war die Hotelrezeption. Der Mann von Seabrooke wartete unten.

«Sieh an», sagte Dredneau. «Nun, er möge heraufkommen.»

«Ist das der Typ mit dem Tresor?», fragte Igor, während er sich die letzten Tropfen der Tunke von den Fingern leckte.

«Er kommt gleich. Ach ja, Roger – vergiss bitte nicht, dass es keinerlei Veranlassung gibt, deine Rolle zu übertreiben.»

«Es ist aber langweilig, immer den Trottel zu spielen.»

«Das glaube ich gerne. Tu es bitte trotzdem.»

Es klopfte. Igor wies mit dem Kopf zur Tür. «Soll ich aufmachen?»

«Nein. Einschüchterung bringt uns hier nicht weiter. Setz dich hin und hör zu.»

«Paul-Paul Dredneau?» Gurry Debritto, hinter seiner Hornbrille blinzelnd, lächelte unsicher.

«Ganz recht», sagte Dredneau und verbeugte sich. «Und Sie müssen der lang ersehnte Mr. Sahlin sein.»

«Ja, Sir. Von der Firma Seabrooke.» Wie zum Beweis hob er seinen schwarzen Aktenkoffer ein wenig an.

Dredneau stellte Igor vor, bot etwas zu trinken an und schlug vor, die Angelegenheit am Tisch zu besprechen. Als er Platz nahm, sagte Dredneau: «Ich nehme an, Sie haben den Tresorraum untersucht?»

«Ja, Sir, vor ein paar Stunden.» Debritto hatte sich nicht gesetzt und öffnete nun das Kombinationsschloss seines Aktenkoffers, den er auf dem Tisch abgestellt hatte.

«Irgendwelche vorläufigen Ergebnisse?»

«Ich habe Notizen und ein paar Fotos, aber vielleicht wäre es besser, wenn wir uns zugleich die Lagepläne ansehen, die Sie haben wollten.»

«Selbstverständlich. Verzeihen Sie meine Ungeduld, aber der Präsident wünscht schnellstmögliche Aufklärung.»

Debritto klappte den Aktenkoffer auf, nahm eine dünne Aktenmappe heraus und reichte sie Dredneau. «Hier sind die baulichen Gegebenheiten eingezeichnet, und dies hier» – er griff in den Koffer – «sind die Pläne inklusive der Alarmanlagen.»

Dredneau schlug die Mappe auf. Bevor er etwas zu dem leeren Blatt Papier sagen konnte, schlug Debritto ihn mit einem gezielten Hieb in den Nacken bewusstlos.

Igor bemühte sich gerade, seinen Körper von der Couch zu hieven, als auch schon das Geschoss aus der schallgedämpften .357er seinen Schädel zerschmetterte. Er schwankte ein wenig, beinahe unschlüssig, ob er sich wieder hinsetzen sollte, dann aber sackte er auf die Couch; eine zweite Kugel hatte sich in seine Brust gebohrt. Er versuchte nochmals aufzustehen, doch Debritto kam rasch auf ihn zu und erledigte ihn endgültig.

Zehn Minuten später schlug Dredneau die Augen wieder auf. Das Erste, was er sah, war der geöffnete Aktenkoffer direkt vor ihm. Eine Reihe von glänzenden Instrumenten steckte in Halterungen auf der Innenseite des Deckels – Skalpelle, Zangen, Scheren und lange Akupunkturnadeln aus Edelstahl. Im Koffer selbst lag, neben diversen Phiolen und Spritzen, ein kleines kompaktes Messgerät mit einem Kabel daran. Noch ganz benommen, verfolgte er das Kabel bis zu der Elektrode, die innen an seinen Schenkel geklebt war. Er war nackt, stellte er fest, seine Hände waren an die Stuhllehne gefesselt, die Füße nach hinten gezogen und an die Querverstrebungen der Stuhlbeine gefesselt. «Roger ...», stöhnte er.

«Roger ist leider verhindert», flüsterte Debritto ihm ins Ohr. «Schön still jetzt, sonst setzt's was. Wir sind doch Profis, Dredneau, Sie und ich. Bestimmt sind Sie klug genug, um einzusehen, dass Sie verloren haben. Sie sind nämlich mit einem Polygraphen verbunden und werden jede meiner Fragen wahrheitsgetreu beantworten. Wenn Sie sich weigern oder lügen, werde ich Ihnen irgendeinen Körperteil entfernen, eine Kniescheibe zum Beispiel, oder ein Auge, einen Hoden, einen Finger. Glauben Sie mir, wenn ich Ihnen sage, ich weiß, wovon ich rede. Ich habe schon Menschen bis zu dreißig Stunden am Leben erhalten, während ich sie nach und nach zurechtgestutzt habe, bis nur noch Kopf und Rumpf übrig blieben. Wenn Sie sich trotzdem weigern, spielt das dennoch keine Rolle, denn dann verwende ich Pentothal – im Volksmund auch ‹Wahrheitsserum› genannt. Lieber wäre mir jedoch, ich müsste keine Injektion durchführen, denn man bekommt zwar die gewünschte Information, doch ist diese zuweilen entstellt. Noch eines: Sollten Sie Ihre Stimme auch nur ein einziges Mal über normale Gesprächslautstärke erheben – was in Anbetracht der akustischen Verhältnisse im Hilton ohnehin vergeblich wäre –, so schneide ich Ihnen die Zunge heraus, und wir müssten mit primitivem Kopfnicken oder -schütteln fortfahren. Benutzen Sie also *bitte* Ihre legendäre Intelligenz. Sie werden verstehen, dass Sie es hier nicht nur mit einer Entscheidung zwischen Wahrheit und Lüge zu tun haben, sondern mit einer zwischen Leben und Tod.»

Dredneau nickte.

«Also, erste Frage: Wer hat den Diamanten gestohlen?»

Zitternd presste Dredneau die Lippen aufeinander.

«Er hat mich wohl nicht gehört», sagte Debritto nachdenklich. «Ich überprüfe mal lieber sein Trommelfell.» Er griff über Dredneau hinweg nach einer langen silbernen Nadel im Aktenkoffer.

Dredneau sagte mit bebender Stimme: «Sie werden mich sowieso umbringen!»

«Sie haben nicht richtig zugehört, Sir. Ein *Profi*? Ein Profi tötet niemals, es sei denn, es lässt sich absolut nicht vermeiden. Alles, was ich will, ist Information, die für den Diamanten relevant ist, den ich wieder finden soll.»

Dredneau schüttelte den Kopf.

«Oh, natürlich», flüsterte Debritto. «Warum sollten Sie, in Anbetracht Ihrer Situation, meinen Worten Glauben schenken? Bitte achten Sie auf den Polygraphen.» Debritto tippte das Kästchen an, damit Dredneau es deutlich sehen konnte. «Dieser Apparat entspricht dem derzeitigen Stand der Technik. Sehen Sie hier diese Nadel? Der rote Bereich bedeutet ‹Lüge›. Heißen Sie Paul-Paul Dredneau?»

Dredneau leckte sich über die Lippen. «Ja.»

Die Nadel rührte sich nicht.

«Haben Sie jemals einen Menschen umgebracht?»

«Ja.»

Die Nadel machte einen Satz in den roten Bereich.

Debritto kicherte leise. «Dachte ich's mir doch. Nächste Frage: Sind Sie homosexuell?»

«Nein.»

Die Nadel pendelte in die Nähe des roten Bereichs.

«Sehen Sie, das ist interessant. Anscheinend ist Ihre sexuelle Orientierung etwas uneindeutig.» Er deutete mit der Nadel auf Dredneaus Leistengegend, als wäre dort der Grund dafür zu finden. «Lassen Sie mich die Frage anders formulieren: Haben Sie jemals Sex mit einem anderen Mann gehabt?»

«Nein.» Die Nadel schoss in den roten Bereich.

Debritto kicherte. «Aha! Wie oft?»

«Zweimal. Ich war noch jung.»

Das Gerät bestätigte es.

«Ich könnte Sie nach Ihren Erfahrungen mit Frauen befragen, aber ehrlich gesagt habe ich kein Interesse daran, Sie zu erniedrigen, und bestimmt haben Sie jetzt begriffen, dass dieses Gerät äußerst genau zwischen Lüge und Wahrheit unterscheiden kann. So, und nun passen Sie auf.» Debritto legte die Nadel auf dem Tisch ab und riss die Elektrode unsanft von Dredneaus Bein, um sie an sein eigenes Handgelenk zu halten. «Die Innenseite des Handgelenks ist eigentlich sensibler als der Oberschenkel, aber da ich Ihnen die Hände fesseln musste, hatte ich keine andere Wahl. Achten Sie auf die Nadel, während ich mein Statement abgebe.»

Er machte eine kleine Pause und sagte dann mit kühler Förmlichkeit: «Wenn Sie mir die Wahrheit sagen, werde ich Sie nicht töten und Ihnen auch sonst nicht in irgendeiner Form wehtun. Wenn Sie lügen, werden Sie einen qualvollen Tod sterben.»

Die Nadel rührte sich nicht.

«Sehen Sie? Die Wahrheit.» Er klebte die Elektrode wieder an Dredneaus Schenkel, nahm die Nadel in die Hand und tippte spielerisch mit der Spitze auf den eigenen Zeigefinger. «Also, nochmal: Wissen Sie, wer den Diamanten gestohlen hat?»

«Ja.»

«Sehr gut. Die Wahrheit ist immer gut, nicht wahr? Und, wer hat ihn gestohlen?»

«Er heißt Isaiah Kharome.»

Die Nadel vibrierte in der Nähe des roten Bereichs.

«Das scheint zum Teil wahr zu sein. Ich wollte aber die ganze Wahrheit wissen.»

Dredneau sagte gedehnt: «Ich glaube, der Name ist ein Pseudonym, eine konstruierte Identität.»

«Und weiter?»

«Ich kann nur raten ...»

«Okay.»

«In Wirklichkeit heißt der Mann Daniel Pearse, glaube ich.»

Debritto sagte: «Das Gerät bestätigt es, oder zumindest, dass Sie das ernsthaft annehmen. Wie kommen Sie zu dieser Annahme?»

Dredneau rann der Schweiß am Hals hinab. «Ich habe einen Code geknackt. Er war als Radiosendung getarnt. Fast acht Monate habe ich dazu gebraucht. Die Kryptographie ist ein nützliches Hilfsmittel für einen Detektiv. Ich bezahle Hörer auf der ganzen Welt, um codierte Radiosendungen für mich aufzuzeichnen. Die meisten Codes sind Kinderkram. Dieser hier war eine echte Herausforderung, ein so genannter Wechselcode. Ich musste erst eine riesige Materialsammlung anlegen, um eine Art Rotationsprinzip der Frequenzen auszumachen, ganz zu schweigen von den Prinzipien, nach denen die Code-Sets ausgetauscht wurden.»

«Sehr gut. Ein Kompliment von Profi zu Profi, ausgezeichnete Arbeit. Und was sind das für Code-Sets?»

«Partielle Panagramme – ein komplettes Set befindet sich in meiner Reisetasche im Schlafzimmer nebenan.»

«*Hervorragend.* Für wen arbeitet denn dieser Isaiah Kharome – Daniel Pearse?»

«Ich kann nur mutmaßen, aufgrund von stilistischen Merkmalen und seltsamen Textbezügen. Es scheint eine Gruppe von Alchimisten oder Magiern zu sein.»

«Ein Geheimbund?»

«Vielleicht.»

«Kein Bezug zu nationalistischen, rassistischen oder politischen Gruppierungen?»

«Möglicherweise sind es Anarchisten.»

«Von so einer Gruppe wurde immer wieder gemunkelt.»

«Wenn die Schwierigkeit ihres Codes ein Anhaltspunkt ist, dann sind sie sehr vorsichtig.»

«Das werden wir ja sehen. Aber was ist mit diesem Daniel Pearse – warum ist der Name nur eine Vermutung?»

«Weil in frühen Sendungen von ‹Danny Boy› die Rede war, und dann von ‹Kharome›. Eines Nachts kombinierte ich so zum Spaß ein bisschen, und als ich ‹Kharome› – immer noch codiert – umdrehte, kam DPearse dabei heraus. Im Zusammenhang mit dem früheren Hinweis auf ‹Danny Boy› lag der Schluss nahe, dass dieses D für Daniel stand. In allen mir zur Verfügung stehenden Listen und Datenbanken – von Interpol bis zum örtlichen Polizeibüro – fand sich ein Daniel Pearse, nicht jedoch ein Isaiah Kharome. Zumindest nicht sofort. Allmählich tauchte er in amtlichen Verzeichnissen und Kreditkartenformularen auf. Ganz offensichtlich versuchte hier jemand, eine Identität aufzubauen.»

«Erzählen Sie mir mehr von diesem Daniel Pearse.»

«Sein Dossier ist in meiner Reisetasche, zusammen mit den Code-Sets und den Frequenz-Tabellen. Das wenige, was wir an Information haben, ist hochinteressant. Als er vierzehn war, wurde seine Mutter, Annalee Pearse, beim Versuch, eine Bombe zu legen, getötet. Daniel wurde schwer verletzt. Plötzlich nahmen sich teure Rechtsanwälte seiner an, und er wurde in die Obhut fragwürdiger Verwandter gegeben. Von da an …»

«Halt!», sagte Debritto. «Ich hoffe, Sie irren sich da nicht, Sir. Um es klarzustellen: Ich habe seine Mutter getötet.»

«Meinen Berichten zufolge war es eine Fehlzündung», sagte Dredneau hastig. «Bitte sehen Sie dort nach.»

Debritto ging nicht auf ihn ein. «Es war ein Eilauftrag. Ich sollte sie nicht umbringen, nur aufhalten. Das Ganze vereiteln. Diese Idioten halten nichts von Bestrafung. Nicht einmal die Polizei sollte etwas davon erfahren. Natürlich sagten sie nicht, weshalb. Aber eine Bombe in einer verlassenen Straße in Livermore? Das *musste* ein Ablenkungsmanöver für einen Anschlag auf das Labor sein. Es durfte nichts davon an die Öffentlichkeit dringen, das wäre nuklearen Interessen zuwidergelaufen. Nicht einmal zu ihren eigenen Leuten hatten sie Vertrauen. Als ich den Auftrag bekam, war die Zeit so knapp, dass ich gerade noch rechtzeitig kam, aber an irgendwelche Vorbereitungen war nicht mehr zu denken. Gerade war ich auf das Dach der Lagerhalle geklettert, als sie auch schon angerannt kam, die Bombe in der Hand. Sie hat mitbekommen, wie ich meine Waffe entsicherte, drehte sich um und rannte davon, rief jemandem etwas zu. Ich zielte auf ihre Beine, doch gerade als ich abdrückte, rutschte sie auf dem nassen Pflaster aus, und die Kugel traf die Bombe. Sieben Prozent meines Hörvermögens auf der rechten Seite habe ich dabei eingebüßt.»

«Natürlich», sagte Dredneau matt, «die CIA. Hab ich das Ganze Keyes zu verdanken, oder ist es noch weiter oben angesiedelt?»

«Also bitte, Mr. Dredneau. *Niemand* gibt mir Befehle.» Dredneau nickte. «Das gefällt mir», fuhr Debritto fort. «Wissen Sie, als ich ausgezahlt wurde, sagte man mir, der Junge sei ins Koma gefallen und würde wahrscheinlich nicht durchkommen. Tja, und jetzt habe ich eine Chance, den Auftrag zu Ende zu bringen. Also: Wo steckt unser Daniel Pearse alias Kharome?»

«Ich weiß es nicht.»

«Wissen Sie, wohin er unterwegs sein könnte, ob er irgendwelche Pläne hat?»

«Nein.»

«Wissen Sie, wo der Diamant ist?»

«Nein.»

«Ihre Wahrheiten beginnen mich zu langweilen, Sir. Da Sie doch Zugang zu dem Code hatten, als der Diebstahl in die Wege geleitet wurde, müssten Sie zumindest eine Ahnung davon haben, wie Pearse ihn geklaut hat.»

«Nur so ungefähr. Was ich so mitbekommen habe, ist, dass er wohl die Wachen mit einem neuartigen Nervengas schachmatt setzen sollte, dann den Tresorraum sprengen, um anschließend von einem unterhalb des Radars fliegenden Helikopter mitgenommen zu werden.»

«Aber er hat das Gas oder den Sprengstoff doch nicht verwendet, stimmt's? Wie hat er es dann getan?»

«Ich weiß es nicht.»

«Aber Sie wussten, dass es passieren würde. Junge, Junge, Mr. Dredneau, da hätten Sie uns doch warnen müssen. Macht halt viel mehr Spaß, hereinzutänzeln und sich mit Ruhm zu bekleckern, indem man erstaunliche Schlussfolgerungen zieht – und dabei auch noch ein bisschen abzusahnen.»

Dredneau sagte nichts.

Debritto lächelte. «Glückwunsch, Mr. Dredneau. Sie sind ein weiser Mann. Keine einzige Lüge. Sie haben sich eine Menge unnötiger Qualen erspart. Lassen Sie mich nur eben meine Ausrüstung und Ihre Reisetasche zusammenpacken, dann bin ich wieder weg. Ich muss Sie leider knebeln – bestimmt haben Sie Sinn für leise Abschiede.»

Er knebelte ihn mit einem kleinen Gummiball, den er mit extrastarkem silbernem Klebeband befestigte. Dredneau begann hastig durch die Nase zu atmen. Vorsichtig nahm Debritto die Elektrode ab und legte sie zusammengerollt in den Aktenkoffer. Behutsam ging er dann den Inhalt der Reisetasche im Schlafzimmer durch.

Zufrieden kam er zurück ins Wohnzimmer und blieb hinter Dredneau stehen. «Um Himmels willen», sagte er. «Ich kann Ihr Herz ja bis hierher schlagen hören. Nur die Ruhe.» Sachte legte er seine linke Hand auf Dredneaus Kopf, beugte sich zu ihm hinab und flüsterte: «Ich möchte, dass Sie wissen, wie ich es gemacht habe. Können Sie sich noch daran erinnern, dass ich, als ich die Elektrode an mein Handgelenk hielt, zuerst die Nadel auf den Tisch gelegt habe? Ist Ihnen nicht aufgefallen, dass sie den Sensor berührt hat? Die Nadel ist stark magnetisch. Sie hat den elektrischen Impuls auf dem Weg zum Messgerät unterbrochen, und daher blieb meine Lüge unbemerkt. Sie sind mir ein sauberer Detektiv!» Dredneau warf wild den Kopf hin und her. Debritto grub den Daumen und den kleinen Finger in Dredneaus Hals. Dredneau geriet in Panik, zischend atmete er aus. Mit der freien Hand schüttelte Debritto eine lange Nadel mit hölzernem Griff aus dem Ärmel. Er drückte Dredneaus Kopf nach vorn und stieß Dredneau die Nadel unterhalb des Schädels ins Genick. Wie vom Blitz getroffen fuhr Dredneau zusammen, bäumte sich noch einmal auf und sackte dann zusammen.

Debritto tätschelte ihm beruhigend den Kopf. «Es wird ein Weilchen dauern. Je träger das Gehirn, desto länger dauert die Blutung.»

Er nahm seinen Aktenkoffer und Dredneaus Reisetasche und ging auf die Tür zu. Als er sie öffnete, blieb er kurz stehen und rief ins Zimmer: «Gute Nacht. Ich hoffe, ich konnte Ihnen behilflich sein.»

Debritto wandte sich nach rechts, in Richtung Treppe. Ein alter Mann schob einen schmalen Teppichkehrer über die oberste Stufe, er hatte sich ein Transistorradio ins Ohr gestöpselt. Als er Debritto bemerkte, machte er erschrocken einen kleinen Hüpfer zur Seite und brabbelte: «Sorry, Sir, hab Sie gar nicht gesehen.»

Debritto lächelte und wies mit dem Kinn auf das Radio. «Und, wer gewinnt das Spiel?»

Der alte Mann schaute verwirrt drein. «Keiner.» Er nahm den Stöpsel aus dem Ohr. «So spät gibt's keine Spiele mehr. Ich hör nur 'n bisschen Musik, damit's mit der Arbeit leichter geht. Das is meine ganze Arbeit, die Treppen. Erst von oben nach unten sauber machen und dann das Geländer putzen, von oben nach unten. Übrigens gibt's hier 'n Aufzug, da drüben.» Er deutete dorthin.

Debritto lächelte. «Treppensteigen ist gesund.» Er zeigte mit dem Finger auf den alten Mann. «Oper», sagte er. «Ich wette, Sie haben Oper gehört. Ich weiß immer ganz genau, was die Leute so hören. Und? Hab ich Recht?»

Der alte Mann hielt Debritto den Kopfhörer entgegen. «Nein, Sir, Oper, das ist nichts für mich. Wenn Sie mich fragen, gibt's eh bloß zwei Arten von Musik: Country und Western.»

Debritto stimmte Waylon und Willie an – «Mama, don't let your babies grow up to be cowboys ...» Dann grinste er den alten Mann an. «Sie sind ein Glückspilz, Mann!» Er schüttelte den Kopf und ging die Treppe hinab.

Smiling Jack steckte den Kopfhörer ins Ohr und widmete sich wieder dem Teppichkehrer. Nach drei Minuten hastete er zu Dredneaus Tür hinüber. Als er das hohe nasale Wimmern von drinnen hörte, zog er den Generalschlüssel aus der Tasche.

Debritto rief Keyes von einer Telefonzelle irgendwo in der Stadt an.

Keyes hob nach dem ersten Klingeln ab.

«Und, wissen Sie schon Bescheid, Keyes?», fragte Debritto.

«Was?»

«Er hat Sie voll verarscht, Keyes. Das mit diesem Kharome hat er von so 'ner Psycho-Tante namens Madame Woo. Meinem Gerät zufolge hatte er einen schweren Dachschaden. Den habe ich gerade behoben. Und den IQ von seinem Freund habe ich wieder auf null gebracht.»

«Und, sonst nichts?»

«Hab seine Papiere durchwühlt. Wenn was Interessantes dabei ist, rufe ich an.»

«Ach ja, tun Sie das? Soweit ich weiß, habe *ich* dafür bezahlt.»

«Schön. Mir ist das egal. Ich dachte nur, da ich ja das Interview geführt habe, könnte ich die Unterlagen vielleicht besser auswerten. Ich liefere sie wie vereinbart ab.»

«Heute Abend. Er mag ja ein Spinner gewesen sein, aber er hat zumindest so einiges rausgefunden.»

«Er hat Spitzel benutzt, genau wie alle anderen auch.»

«Meinen Sie, er wusste, dass *ich* Sie geschickt habe?»

«Klar. Aber ich hätte ihn sowieso erledigt. Scheißhomo.»

«Ging alles glatt? Keine Zeugen?»

«Nur so 'n Opi, der die Treppe gefegt hat. Hielt sich ein Radio ans Ohr. Wir haben kurz miteinander gequatscht. Er wird nie erfahren, dass ihm Musik das Leben gerettet hat.»

Volta hatte Smiling Jack gebeten, nach El Paso zu kommen und ihm persönlich Bericht zu erstatten, und hatte extra eine Chartermaschine für ihn organisiert. Diese Verdopplung der bisherigen Bemühungen sah Volta gar nicht ähnlich. Jack konnte ihm von Angesicht zu Angesicht auch nicht mehr sagen, als er am Telefon erzählt hatte. Vielleicht, so dachte Smiling Jack, misstraute er seinem eigenen Urteil. Jack, der seit zwanzig Jahren mit ihm zusammenarbeitete, sah darin nur eine Bestätigung von Voltas Urteilsfähigkeit, denn es bedurfte großer Einsicht, um zu begreifen, dass eine Verwirrung der Gefühle Entscheidungsprozesse zu beeinflussen drohte. Und man brauchte Mut, um es zuzugeben.

Beim Cognac berichtete Jack erneut, was er durch Dredneaus Tür gehört hatte, während der Detektiv gefoltert wurde, und von seiner Begegnung mit dem Killer auf der Treppe. Volta hörte aufmerksam zu, bis Jack seinen Bericht mit der Information schloss, dass Dredneau noch am Leben war, als er in den Krankenwagen geladen wurde.

«Er ist auf dem Weg zum Krankenhaus gestorben», sagte Volta.

Jack nickte. «Tja», sagte er abwesend, «das wundert mich gar nicht.»

Volta schenkte nach und erhob dann sein Glas. «Wir arbeiten jetzt seit einer halben Ewigkeit zusammen, Jack, und du überraschst mich immer noch mit deinem sicheren Urteilsvermögen. Und wo wir gerade beim Thema sind, würde ich dir gerne eine Frage stellen. Warst du versucht, diesen CIA-Agenten umzubringen, als du ihm auf der Treppe begegnet bist?»

«Nein, aber falls er beschlossen hätte, sich mein Transistorradio mal genauer anzusehen, wäre ich vielleicht gezwungenermaßen in Versuchung geraten. Ich bin alt, und er war offensichtlich gut. Hätte er mich umgebracht, hätten wir die Information verloren, für die ich Kopf und Kragen riskiert hatte – zum Beispiel die Bestätigung, dass der Code geknackt wurde, dass sie herausgefunden haben, wer Daniel wirklich ist, dass dieser Knabe Annalee getötet hat. Und noch etwas. Der Killer erzählte Dredneau, er – oder vielmehr die CIA – hätte einen Hinweis bekommen, dass Annalee die Bombe legen würde. Er könnte uns also bei der Suche nach dem Drahtzieher sicher ein gutes Stück weiterbringen. Ich habe dieses Mädchen sehr gern gemocht, schließlich hab ich sie für die AMO angeheuert. Der Anschlag hatte nichts mit uns zu tun, das weiß ich, er verstieß gegen unsere Regeln, und wir hatten kein Interesse daran, aber man hat Annalee verraten, und ich wüsste gern, wer da gequasselt hat.»

«Ich bezweifle, dass er das weiß», sagte Volta. «Er ist ja kaum mehr als ein freiberuflicher Killer, und deinem Bericht nach zu schließen, wären ihm die Hintergründe einer Tat bestimmt egal. Ich glaube, wir können davon ausgehen, dass er der geheimnisvolle Debritto ist, der uns gerüchteweise schon bekannt ist. Das dürfte so sein Stil sein, und angeblich arbeitet er ja von der Bay Area aus. Ist dir aufgefallen, dass er laut eigener Aussage nur verhindern sollte, dass die Bombe gelegt wird? Und trotzdem hat er, als Annalee ihn auf dem Dach sah und zu rennen begann – der Plan, die Bombe zu legen und auch das Plutonium zu stehlen, war also zweifelsohne vereitelt –, trotzdem hat er da versucht, auf sie zu schießen, obwohl er doch *wusste,* dass ihr Sohn im Auto wartete. Das wird er büßen.»

«Ach so», sagte Jack mit einem Nicken, «jetzt versteh ich, weshalb du mich herbestellt hast. Du hast da ein persönliches Problem.»

«Ich stelle mir lieber vor, ich hätte es getan, weil du ein hervorragender Ratgeber bist. Dass du hier bist, weiß ich umso mehr zu schätzen, seit ich erfahren habe, dass du heute Abend sehr nahe am Tod vorbeigegangen bist – und zwar deshalb, weil ich meinte, es stünde mir zu, den Diamanten zu sehen, wenn auch nur zu meinem Privatvergnügen. Als der *Star* die Sache mit dem Diamanten herausgefunden hatte, war ich derjenige, der dafür plädiert hat, unsere sämtlichen Ressourcen einzusetzen, um ihn der Kontrolle der Regierung zu entreißen und den Elementen zurückzugeben. Ihn zu besitzen, so argumentierte ich damals, könne sich als verhängnisvoll für die geistige Entwicklung erweisen, zumal dann, wenn ihn eine Regierung besitzt. Nun aber ist es Daniel offensichtlich gelungen, den Diamanten zu stehlen, die Mission ist also erfüllt. Dem *Star* gegenüber habe ich kein einziges Mal erwähnt, dass ich den Diamanten mit eigenen Augen sehen wollte. Aber ich habe es Daniel gegenüber erwähnt. Er wusste und verstand, dass *wir beide* zum Ausgleich für meine Hilfe bei seiner Ausbildung und die Mittel, welche die AMO zur Verfügung gestellt hatte, den Diamanten zurückgeben würden. Weißt du, ich …»

Smiling Jack hielt die Hände hoch. «Halt. Ich weiß. Ich soll dir sagen, ob es anständig ist, wenn du ihm den Killer seiner Mutter auslieferst und dafür den Diamanten bekommst.»

«Genau.» Volta seufzte. «Allerdings hätte ich nicht *anständig* gesagt, sondern das Wort fair benutzt. Ist es fair?»

«Ja», erwiderte Smiling Jack, ohne zu zögern. «Und noch mehr als das, wenn dieser Diamant ihn irgendwie überwältigt hat, dann könnte ihn das wieder auf den Boden der Tatsachen bringen.»

Mit Abscheu und Kummer in der Stimme sagte Volta: «Es gibt bessere Gründe als Rache.»

Jack zuckte mit den Achseln. «Ich hätte das Wort *Gerechtigkeit* verwendet.»

«Du hast ja Recht.»

«Vielleicht hilft es ihm ja, dass er eine Entscheidung treffen muss, und er kommt zurück.»

«Wollen wir's hoffen», pflichtete Volta bei.

«Lass uns zusammen hoffen. Aber wir sollten uns auch Gedanken machen, was zu tun ist, wenn er es vorzieht, sich mit dem Diamanten aus dem Staub zu machen.»

«Was bleibt uns anderes übrig, als ihn laufen zu lassen?»

«Ich meinte wegen Annalees Killer, diesem Debritto.»

«Wir werden ihm einen Raben schicken. Du hast ja selbst von Gerechtigkeit gesprochen, also kannst du alles Nötige veranlassen.»

«He, das ist unfair», sagte Jack, «*du* warst derjenige, der von Bestrafen gesprochen hat.»

«Genau das meine ich ja.»

Jack hatte plötzlich einen Einfall. «Volta, ich hab's. Wenn Daniel den Tod seiner Mutter nicht rächen will, dann fragen wir einfach Shamus. Er dreht bald durch vor Kummer, ist überzeugt, du und Daniel, ihr hättet euch verschworen, um sie zu töten. Wer weiß? Vielleicht hat Gerechtigkeit hier eine reinigende Wirkung.»

«Nein. Shamus verfügt nicht über die notwendige Einsicht, weder in moralischer noch in strategischer Hinsicht. Außerdem will Shamus, wie Daniel auch, den Verräter, nämlich denjenigen, der die CIA von der Sache unterrichtet hat.»

«Und dieser Debritto weiß das deiner Meinung nicht.»

«Kaum. Na ja, vielleicht kann Mr. Keyes das ja für uns herausfinden.»

«Soll *ich* ihn anrufen und fragen, oder möchtest du das tun?»

«Erledige du das. Nur von öffentlichen Telefonzellen aus, keine langen Gespräche, und du rufst immer ihn an.»

Smiling Jack runzelte die Stirn. «Öhm, also, ich verstehe ja die üblichen Sicherheitsvorkehrungen, aber soll ich ihm einfach sagen, nun erzählen Sie mir bitte, was Sie wissen, oder soll ich ein bisschen nachhelfen?»

«Ich würde erst dann ‹bitte› sagen, wenn ich meine Druckmittel vollkommen ausgeschöpft hätte.»

«Und genau das fehlt mir: ein Druckmittel. Wenn ich zugebe, an der Tür gelauscht zu haben, dann wissen die, dass wir wissen, dass der Code geknackt wurde, also können wir Ihnen auch keine irreführende Radiosendung über den Äther schicken. Ich finde, wir sollten sie in dem Glauben lassen, dass wir kein Wort von dem mitgekriegt haben, was da hinter der Tür vor sich ging; das ist unser größter Trumpf.»

«Stimmt», sagte Volta. «Aber du kannst dich ja als Berater Dredneaus ausgeben und behaupten, er hätte dich zu einer Besprechung ins Hotel bestellt, und du hättest gerade noch einen Mann mit Dredneaus Reisetasche verschwinden sehen. Dann wärst du ins Zimmer gerannt, und der sterbende Dredneau hätte gerade noch ‹Keyes› gemurmelt. Klebebandspuren auf Dredneaus Schenkel hätten zu der Vermutung geführt, man hätte ihn an einen Polygraphen angeschlossen. Aufgrund dieser Einzelheiten hätte dein Computer Gurry Debritto als möglichen Täter ermittelt. Sag ihm, du hättest Dredneau gehasst, weil für die eigentliche Denkarbeit ja du und deine Computerkünste verantwortlich waren, während Dredneau die Lorbeeren für sich einheimste. Du bietest Keyes an, Stillschweigen zu wahren, wenn er dir den Informanten bei dem versuchten Plutonium-Diebstahl in Livermore preisgibt. Sag ihm, du brauchst die Information, um eine große Summe zu kassieren. Damit testest du sein Vertrauen, das vielleicht die Grundlage für eine weitere fruchtbare Zusammenarbeit abgeben könnte. Weigert er sich, deutest du an, dass Mr. Debritto deine Vorschläge sicherlich wohlwollender beurteilen dürfte. Wir wollen irgendetwas Konkretes über diesen Informanten, etwas, das wir überprüfen können – einen Telefonmitschnitt, einen Brief oder zumindest den Namen der Person, die den Hinweis auf die Bombe erhielt. Gut möglich, dass sie nicht wissen, wer da geplaudert hat, aber wir kriegen das schon raus.»

«Und wenn sie einfach behaupten, sie wüssten nicht», sagte Jack, «dass es ein anonymer Anruf war?»

«Es ist immer wieder überraschend, wie viel sich mit ein bisschen Druck erreichen lässt. Und selbst wenn es ein anonymer Anruf war, lässt sich vielleicht herausfinden, ob es eine Männer- oder eine Frauenstimme war, oder die von einem Kind.»

«Ach so. Ich bin ein bisschen begriffsstutzig heute Morgen. Du hast Bedenken, es könnte Daniel gewesen sein. Denn wenn du ihm sagst, dass wir den Mörder seiner Mutter haben, könnte er glauben, damit hätten wir zugleich den Verräter: nämlich ihn. Und dann würde er erst recht die Flucht ergreifen. Und du würdest versuchen, ihn zu finden, selbst wenn es bis ans Ende deiner Tage dauern sollte.»

Volta sah Jack fest in die Augen. «Nein, das würde ich nicht. Vielleicht hätte ich das vor einem Jahr noch getan. Jetzt nicht mehr. Außerdem glaube ich nicht, dass er seine Mutter verraten hat, zumindest nicht absichtlich. Daniel ist in Gefahr. Ich möchte ihm mit all meinen Kräften helfen.»

«Und der Diamant? Willst du den gar nicht mehr sehen?»

«Jack», sagte Volta mit Nachdruck, «du ahnst ja nicht, wie sehr ich mich danach sehne, in seinem Licht zu stehen. Aber es liegt in der Natur dieser Dinge, dass man sie loslassen muss. Das habe ich zwar noch nicht getan, aber ich versuche es.»

Transkription:
Denis Joyner, AMO Mobilfunk
Wow, heute Abend habe ich mal die Sierras links liegen lassen und bin durch das liebliche Apan Valley gefahren. Ich weiß nicht, womit es zu tun hat – vielleicht mit dem buchstäblich *Stillen* Ozean da draußen, mit dem ich jetzt auf einer Wellenlänge liege –, aber jedes Mal, wenn ich an der Küste Kaliforniens entlangfahre, auf einer meiner Spiralfahrten, krieg ich dieses

total komische Feeling von kosmischer Gelassenheit. Total ausgeglichen fühl ich mich dann, anstatt wie sonst immer gleich auszuticken. Hab sogar schon mit dem Gedanken gespielt, den alten Schrottkarren hier auszumustern und 'nen Mercedes zu kaufen; vielleicht lass ich mir auch 'n Jacuzzi in den Weinkeller einbauen. *Viva est magnum,* Mama, vor allem, wenn du die Magnum in der Hand hältst, aber ich denke mal, wenn's einem ernst damit ist, die Hunde zu hetzen, dann möchte man auf einen gewissen Fahrkomfort nicht verzichten.

Dürfte ja wohl bekannt sein, mit wem ich rede, wenn nicht mit mir selbst, in dieser milden Aprilnacht. Yeah, Baby, du weißt es, ganz genau weißt du es, dass ich zu dir spreche, dir meine Vibes durch die Stille in die Windungen deiner Ohren schicke, aber du weißt nicht, *weshalb.* Ich sag's dir: Lieber zu zweit verrückt sein als alleine einen klaren Kopf bewahren.

Lass dir das mal 'n bisschen durch den Kopf gehn, während ich was von mir erzähle, obwohl ich nicht den blassesten Dunst einer Ahnung habe, wer ich eigentlich bin, Fräulein Naseweis. Jedenfalls ist das hier der Piratensender KAMO, irgendwo zwischen Schlangenaugen und Güterwaggons auf den dahinkullernden Würfeln, und ich kullere mit, fliege weit über euch, live im Äther, ganz fix, ganz fertig. Jaaah! Ich bin 's, euer DJ, und heute Abend gleich in doppelter Ausführung: als Dream-Joker und als Dauer-Jeck. Also, wenn ihr noch nicht wisst, was ihr glauben sollt, hey, dann bleibt dran! Und wenn's euch nicht gefällt, was ihr da hört, na, dann ruft den Sheriff. Trommelt von mir aus die ganzen Polizeiwichser zusammen. Gebt auch gleich der Kripo Bescheid, wenn ihr schon dabei seid. Ruft bei der National Guard an, und auch bei der Air Force, und alle, von denen ihr glaubt, sie könnten euch doch noch den Arsch retten. Was ihr auch tut: Lasst auf jeden Fall die Finger von der Wählscheibe, denn ich habe gerade die Uhr gestellt, und Mickey hält beide

Arme nach oben, er betet den Mond an, und das heißt nichts anderes, als dass es Zeit ist, euch in die Heia zu bringen und die Gutenachtgeschichte vorzulesen. Macht's euch schön bequem, während ich ein Pfeifchen Killer-Gras schmauche, um meine goldene Kehle blank zu putzen.

Aaaaah! Besser. Also, alle bereit? Okay. Die Geschichte heißt *Die Schlange.* Und bevor wir anfangen, möchte ich euch noch sagen, dass die Schlange in der Geschichte nicht symbolisch ist, kein Phallussymbol, auch nicht die verführerische Schlange aus der Bibel, der flügellose Drache des unaussprechlich Bösen, das Lasso des Teufels oder sonst eine emblematische Metapher. Nein, die Schlange in unserer Geschichte ist eine harmlose Kornnatter, eine kleine, hell geringelte Reptilienart der Gattung *Thamnophis.* Eine bescheidene Form des Seins. Ein Lebewesen.

Die Schlange

Ich war zu Besuch bei zwei Freundinnen an der nordkalifornischen Küste, Nell und Ivy, die ich seit High-School-Zeiten kannte. Es war ungefähr zur selben Jahreszeit wie jetzt.

Da ich mit Ausnahme von jungem Gemüse keinen Sinn für Grünzeug habe, musste ich die Kartoffeln schälen, während Nell und Ivy im Garten arbeiteten. Ich schrubbte gerade die Kartoffeln, als Nell und Ivy die Fliegengittertür zur Küche aufstießen und aufgeregt hereinstürmten, jede mit einer sich windenden halben Schlange in der Hand. Eine von den beiden hatte versehentlich die Schlange mit der Hacke zweigeteilt.

Sie legten die zappelnden Schlangenhälften auf den Tisch. Ivy sah zu Nell hinüber. «Und, was meinst du?» Ihre Stimme hatte jenen gepressten Tonfall, den Leute nach einem schlimmen Verkehrsunfall haben.

Nell sagte: «Ich glaube, die Eingeweide lassen sich nicht mehr zusammennähen.»

Stumm starrten sie auf die sich windenden Teile auf dem Tisch und warfen mir nur einen hastigen Blick zu, als ich näher kam, um mir das Ganze anzusehen. Es sah nicht gut aus.

«Wie wär's mit Klebeband?», schlug Ivy vor.

«Na ja», meinte Nell, «wir können es versuchen. Vielleicht wächst es wieder zusammen.»

Ich sagte: «Bei Schlangen klappt das nicht.» Ich bin Realist. Nell und Ivy sind es normalerweise auch.

«Vielleicht klappt es bei dieser hier», sagte Nell, wütend, trotzig, hoffnungsvoll und traurig zugleich.

Sie nahmen glänzendes schwarzes Isolierband. Ich half ihnen, indem ich die obere Hälfte festhielt, während Ivy vorsichtig das Band darum wickelte.

Wir legten die Schlange im Schatten in einen Pflanztrog aus Redwoodholz. Ich versprach, von Zeit zu Zeit nachzusehen, damit sie nicht ständig ihre Gartenarbeit unterbrechen mussten.

Als ich eine halbe Stunde später nach draußen ging, war die Schlange tot.

Tja, Leute, das ist 'ne wahre Geschichte. Ich widme sie allen Realisten unter euch, damit ihr nicht vergesst, dass einige Dinge, die wir tun, zum Scheitern verurteilt sind. Ich bestattete die Schlange im Komposthaufen, Dünger für die Blumen. Wenn ihr nämlich euren Atem hin zu seinem zerfetzten Zentrum lenkt und mit eurem Gespenst über den mondbeschienenen Gebirgspass tanzt, euer Herz in den Ofen schleudert und eure Seele in den Fluss, dann spürt ihr vielleicht, dass der Stein eine lebendige Quelle ist, die sich auflöst und gerinnt, sich teilt und wieder zusammenfließt; und dann seht ihr auch die Schlange vor euch, wie sie im Frühjahr durchs hohe Gras gleitet, wie eine Flamme vorbeihuscht, und ihr könnt dem Bild folgen, wenn ihr so tapfer seid, so verrückt, närrisch, verzweifelt, wagemutig, hungrig, sprachlos. Legt den Finger auf die Wunde. Werdet heil. Entflieht.

Und wenn ihr euch gelöst habt, dann stoßt zu mir. Ich warte an Jim Bridgers Grab auf euch, sobald ihr dort sein könnt. Wir werden Musik machen, die man nicht alleine hören kann, werden Schönheit preisen, die erst noch entstehen muss, werden den Teufel bei seinen verdammten Hörnern packen und ihn zu Boden zwingen. Dann zielen wir nach den Sternen, Sweetheart. Tanzen im Mondschein auf dem Friedhof Walzer, wie gefallene Götter, stehen enthüllt da, nackt wie die blanke Luft, und küssen einander die Narben.

Bis dann, unsichtbarer Schatz, das war der Dream-Joker, der da sein süßestes Holz für dich geraspelt hat. Träum weiter.

Jennifer Raines therapeutisches Tagebuch: 3. April

Woooooowwww! Mannomann, wer ist das denn? Ich bin verliebt! Ich kann's nicht ändern und will es auch gar nicht. Der DJ hat's mir angetan.

Ich konnte nicht schlafen, lag einfach da und lauschte Mias Atemzügen, bis ich das Gefühl bekam, unser Atem wäre im Zimmer gefangen, und dieses bloße Vor-sich-hin-Atmen machte mich dermaßen fertig, dass ich aufstehen musste. Also schaltete ich das Radio ein, auf der Suche nach Musik oder vielleicht einer anderen Stimme, damit mir die eigene nicht mehr im Kopf herumspukte – und da war seine, laut und deutlich. Mannomann, der Junge kann vielleicht reden! Die ganze Zeit kam es mir vor, als würde er mich direkt ansprechen. Großartige Dinge, die Flamme einer Schlange, deren Fleisch zwischen Blütenblättern verbrennt, der steinerne Fluss, der sich windet und vereint. Wie im Flug habe ich mich verliebt.

Allerdings war es ein kurzer Flug: fünf Minuten, und weg war er. Ich lauschte noch eine geschlagene Stunde dem Knistern und Rauschen im Radio, erst dann gab ich auf. Ich spüre nicht, ob ich ihm folgen oder auf ihn warten soll. Er ist kein Waisenknabe, das gefällt mir, und reden kann er wie kein Zweiter. Aber manchmal ist Wildheit nichts als Furcht vor Bindung, und Taten sind etwas ganz anderes als schöne Worte. Ich glaube, er weiß auch nicht, wie stark ein Blitz brennt. Vielleicht weiß er ja gar nichts über Geburt, Schönheit, Nacktsein oder Mondschein. Aber ich liebe ihn so oder so. Ich möchte von ihm träumen, mir ein Gesicht für ihn erträumen. Möchte spüren, wie er meine Narbe berührt.

Jennifer Raines therapeutisches Tagebuch: Viel zu spät in derselben Nacht

Zum Träumen sollte ich gar nicht erst kommen. Ich wachte auf, als Clyde auf mich zukam, und bevor ich mich rühren konnte, war er schon über mir, hielt mich fest und versuchte, mich zu küssen, nur küssen wollte er mich, aber das konnte ich ja nicht ahnen – Vergewaltigung, Mord, was weiß ich? Mein Gott, ich zittere immer noch.

Clyde Hibbard, der geistig Behinderte, den ich an meinem zweiten Tag hier kennen gelernt und seitdem nicht mehr gesehen habe. Erst heute Nacht, als er wie der Liebhaber aus einem Albtraum auf mir lag und versuchte, mein Gesicht mit seinen sabbernden Küssen zu bedecken. Das war alles, glaube ich, was er wollte, mich küssen, denn er war angezogen und würgte mich nicht oder so was, aber ich kam nicht gegen sein Gewicht an, ich hatte die Arme unter der Bettdecke liegen. Ich wusste ja nicht, was er wollte, und er machte mir schreckliche Angst, also schrie ich Mia an, sie solle unters Bett kriechen, damit sie das nicht mit ansehen musste, und dann versuchte ich, mich von ihm loszumachen, ich drehte den Kopf von seinem Mund weg, und als es mir endlich gelungen war, einen Arm hervorzuziehen, und ich mich auf die Seite rollte, stieß ich ihm den Ellbogen gegen die Nase. Der Schmerz schien ihn zu überraschen, dann zu erschrecken. Er glitt von mir herunter, auf den Boden, rollte sich zu einem Ball zusammen und schluchzte. Ich sprang nackt aus dem Bett, hielt Ausschau nach etwas, womit ich ihm eins überbraten konnte, wollte um Hilfe rufen oder wegrennen, doch stattdessen kniete ich mich neben ihn, streichelte seine Schulter und flüsterte: «Schon gut, alles vorbei.»

Ich versprach ihm, es nicht weiterzusagen.

Er versprach mir, bei meiner Flucht behilflich zu sein.

Daniel wurde wieder sichtbar, zusammen mit dem Diamanten. In einer windstillen, sternlosen Nacht saß er im Schneidersitz auf einer Hochebene irgendwo in Arizona, den Diamanten im Schoß.

Der Mond berührte fast den Horizont. Daniel weinte, aber weshalb, das wusste er nicht mehr.

Er blickte auf den Diamanten vor sich und sagte zu Volta: «Es ist keine Metapher. Es ist nicht die Saat des neuen Universums. Es ist kein Wegweiser. Ich glaube, der Diamant ist ein Eingang, eine Tür, ein Portal – wohin er führt, weiß ich nicht, aber das werde ich herausfinden. Sollte es mir gelingen, bringe ich ihn dir.»

Seitdem er Volta vor fast vierundzwanzig Stunden angerufen hatte, übte Daniel, was er ihm das nächste Mal sagen wollte. Beim ersten Telefongespräch war er ganz durcheinander gewesen; der Diebstahl hatte ihn verunsichert. Jetzt aber hatte er begriffen, dass der Diamant ihm erst dann freien Lauf lassen würde, wenn er das Versprechen einlöste, das er Volta gegeben hatte, oder wenn er erklären konnte, zu seiner eigenen wie auch zu Voltas Zufriedenheit, weshalb er ihm den Diamanten nicht bringen konnte. Dass er seinen Teil der Abmachung nicht einhalten konnte, erfüllte Daniel mit tiefem Unbehagen. Hatte er deshalb geweint, als er wieder sichtbar wurde, oder weil er zurückkehren musste? Er sah auf die Uhr: Fünf Stunden waren seit ihrem Verschwinden vergangen.

Wenn der Diamant mit ihm zusammen bei Tageslicht verschwand, so hatte er festgestellt, konnte er die spiralförmige Flamme im Innern nicht mehr sehen. Entweder erlosch die Flamme im Sonnenlicht, oder sie verschmolz damit. Nur wenn er sich in der Nacht unsichtbar machte, war sie sichtbar. Daniel war überzeugt, dass die Flamme der Schlüssel zu dem Geheimnis war.

Er wischte sich die Tränen ab. Als er aufstand, überraschte ihn die Vision zweier Monde am Horizont, der eine ging auf, der andere war im Sinken begriffen, beide trafen sich in der Mitte. Einen Schwindel erregenden Moment lang dachte er, der Mond ginge über dem Meer oder einem See auf, doch wenn sich die Wüste nicht verflüssigt hatte, war dies aus physikalischer Sicht unmöglich. Aber das galt ja auch für die Kunst des Verschwindens. Vielleicht waren seine Tränen an der optischen Täuschung schuld, und so wischte er sich nochmals die Augen, diesmal mit dem Ärmel. Als er wieder aufsah, waren die Monde fast deckungsgleich, als hätte sich ein Geisterzwilling aufgemacht, zum richtigen Mond aufzusteigen. Er sah zu, wie die beiden ineinander verschmolzen. Im Sinken schien die Helligkeit des Mondes zuzunehmen.

Daniel schüttelte den Kopf. «Na, was meinst du, Volta? War das eine Vision, eine optische Täuschung, eine Halluzination oder ein nächtliches Naturschauspiel, das mir nur noch nie aufgefallen ist?» Er wartete nicht auf eine Antwort. Statt dessen legte er den Diamanten zurück in die Bowlingtasche und ging auf seinen Camper zu. Fünf Minuten später, als er auf den Highway einfuhr, lachte er bereits.

Daniel war eine Stunde in westlicher Richtung gefahren und hatte die Berge im Licht der aufgehenden Sonne Gestalt annehmen sehen, als er im Augenwinkel ein paar Wörter wahrnahm, ein kurzes, beiläufiges Aufblitzen, und doch genug, um seine Träumereien abrupt zu beenden. Energisch trat er auf die Bremse und kam mit einem Schwenk zum Stehen, legte dann ruckartig den Rückwärtsgang ein und fuhr ein Stück zurück.

Das Schild, ein weiß gewaschenes Stück Sperrholz, war an einem Kaktus festgebunden. In sonnengebleichter roter Farbe stand darauf:

Motel Zu den zwei Monden
Zufahrt Feldweg rechts, in 1 Meile
Unterkunft Essen Pool TV

Daniel deutete die beiden Monde, die er vorher gesehen hatte, als Zeichen des Diamanten, eine Pause einzulegen. Zum letzten Mal hatte er vor dem Diebstahl geschlafen. Da hatte er auch zum letzten Mal etwas gegessen. Er hatte Energie aus dem Diamanten geschöpft, als er mit ihm zusammen verschwunden war, und jetzt wollte der vielleicht ein wenig zurückhaben. Langsam fuhr er weiter, bog dann rechts in einen Feldweg ein; dieser war durch einen Pfeil gekennzeichnet, der zwei Kreise durchschoss.

Eine staubige Meile weiter hielt er vor einem vom Wetter arg mitgenommenen Gebäude, auf dem in abblätternder weißer Farbe *Empfang* stand. Dahinter, in einer Art Halbrund, waren zwölf Hütten angeordnet, die schon seit Jahren keinen Pinsel mehr zu Gesicht bekommen hatten. Mit steifen Gliedern stieg Daniel aus dem Wagen und sah sich um. Hätte er nicht ein paar Reifenspuren neben dem Empfangsbüro entdeckt, wäre er überzeugt gewesen, das Motel Zu den zwei Monden sei aufgegeben worden. Er klopfte an die Tür zum Büro.

Auf der Stelle öffnete ein kleiner, breitschultriger Mann, der schwarze Stoffschuhe mit Gummisohlen, Jeans und ein kurzärmeliges rotgelb kariertes Hemd trug. Daniel hielt ihn für einen Indianer; es mochte auch ein Mongole sein: Von allen Gesichtern, die Daniel mit Jean Bluer studiert hatte, war dies das am schwierigsten nachzubildende gewesen. Er schätzte den Mann auf Anfang fünfzig, fand dann aber, dass er gut und gern auch zwanzig Jahre älter oder jünger hätte sein können.

Der Mann schaute an ihm vorbei. «Netter Camper», sagte er. «Der Drei-fünfziger ist 'ne gute Maschine.» Er wandte seine Aufmerksamkeit Daniel zu. «Möchten Sie hier übernachten?»

Daniel war im Begriff, Isaiah Kharomes Stimme nachzuahmen, überlegte es sich dann aber anders, als er in die schwarz blitzenden Augen des Mannes blickte. «Ja, gern. Ist 'n bisschen früh, um einzuchecken, ich weiß – wollte eigentlich noch nach Phoenix, bin aber zu müde, um weiterzufahren. Besser, ich halte jetzt schon an.»

Der Mann nickte. «Dachte mir schon, dass Sie 'n Gast sind. Die

Steuerfritzen fahren nicht mit Wohnmobilen herum. Die mögen lieber diese ausländischen Schlitten. Ich hole Ihnen einen Schlüssel.» Er drehte sich um und sagte über die Schulter hinweg: «Kommen Sie doch rein, wenn Sie möchten.»

«Danke, aber ich schnappe noch ein bisschen frische Luft.» Während er wartete, schaute Daniel sich um. Die Hütten machten keinen besonders komfortablen Eindruck, aber solange sie eine Badewanne mit heißem Wasser und ein Bett hatten, war ihm das egal. Einen Pool oder ein Restaurant konnte er nicht entdecken.

Lautlos war der Mann in seinen Stoffschuhen zurückgekommen, einen großen Lederbecher und eine Feder in der Hand.

Daniel deutete auf die Feder. «Ist die von einer Eule?»

«Ja, von einer Ohreule. Hab ich am Tag nachdem wir das hier gekauft haben, auf der Treppe gefunden.» Der Mann hockte sich auf die Veranda, bewegte die Eulenfeder langsam über die sonnengebleichten Planken, schüttelte dann den Becher und summte dabei leise vor sich hin. Ganz plötzlich kippte er den Inhalt des Bechers auf den Bretterboden: zwölf kleine Messingschlüssel, ein paar Knochen und Klauen, eine flache Silberscheibe, ein kleiner Goldklumpen, Obsidiansplitter von verschiedener Größe und Beschaffenheit, der Eckzahn eines Schweins und vier getrocknete Samenkapseln, jede anders, und Daniel erkannte keine davon.

Der Mann betrachtete das Arrangement einen Augenblick, dann nahm er voll Entschlossenheit einen Schlüssel und reichte ihn David. «Nummer fünf.» Er deutete auf die Hütte. «Die dort. Parken Sie dahinter.»

Daniel wog den Schlüssel in seiner Hand. Zögernd sagte er: «Sagen Sie, wo ist hier eigentlich das Restaurant?»

Verständnislos sah der Mann zu ihm auf. «Restaurant?»

«Na ja, ich dachte nur ... auf dem Schild an der Straße stand was von wegen Essen.»

Der Mann legte den Kopf zur Seite. «Hungrig?»

«Ein bisschen.»

«Ich hab noch 'n bisschen getrocknetes Rindfleisch und Pumpernickel im Haus. Ich bring's Ihnen gleich rüber, sobald ich die Schlüssel wieder aufgeräumt habe.»

«Ach, machen Sie sich keine Umstände – ich hab noch was im Wagen.»

«Ich mach mir keine Umstände. Bring's Ihnen gleich. Gehen Sie nur schon mal vor und ruhen sich aus.»

«Danke», sagte Daniel. Nun hätte er wohl gehen sollen, doch er blieb stehen und sah zu, wie der Mann den Becher wieder mit den verschiedenen Gegenständen füllte. «Man hat mir gesagt, meine Neugierde grenze oft an Unverschämtheit, aber ich muss Sie einfach fragen, woher Sie wissen, welchen Schlüssel Sie nehmen sollen.»

Der Mann ließ die letzte Samenkapsel in den Becher fallen und stand auf. «Ich weiß nicht, wie ich es mache. Hab's halt immer wieder probiert, und irgendwann hatte ich dann ein Gefühl dafür, nehme ich an.»

«Aha», sagte Daniel, «verstehe. Intuition, stimmt's? Sie haben also keine bestimmte Methode, meine ich.»

«Nein, keine bestimmte Methode. Aber es gibt Traditionen.»

Daniel fragte ihn rundheraus: «Und was genau *fühlen* Sie?»

Der Mann hielt den Kopf schräg, und das Sonnenlicht fiel auf seine hohen, kräftigen Wangenknochen. «Was ich fühle? Ich fühle, welcher Schlüssel zu welchem Gast passt.»

«Aha», sagte Daniel, dem bewusst wurde, dass kein Geheimnis vor der Tautologie des Offensichtlichen sicher war, «klar, jetzt verstehe ich das. Danke, dass Sie so bereitwillig Auskunft gegeben haben.»

Der Mann zuckte mit den Schultern. «Kein Problem.»

Daniel parkte hinter der Hütte und ging dann auf die Vorderseite – eine rückwärtige Tür schien es nicht zu geben. Und da sah er den Swimmingpool in der Mitte der ihn umgebenden Hütten. Er hatte eine Seitenlänge von schätzungsweise eins achtzig und ein dramatisches Gefälle von dreißig Zentimeter zu zwei Meter siebzig. Wasser war nicht im Pool. Unkraut blühte in den langen Rissen im Zement.

Die Hütte war unverschlossen. Das Innere wirkte trotz der spartanischen Möblierung noch winziger, als man von außen bereits vermutet hätte. Ein mit Holz zu heizender Ofen beherrschte die Mitte des Raums. Die eckigen Formen des eisernen Bettgestells wurden vom Glanz der darüber liegenden Polyesterdecke etwas gemildert. An der Wand war ein halber Klafter Holz aufgeschichtet, auf der gegenüberliegenden Seite stand ein Resopaltisch mit zwei Stühlen. Ein fettes Philco-Fernsehgerät aus den Sechzigern nahm den meisten Platz der Tischoberfläche ein, die zwei schräg nach oben weisenden Fühler der Antenne ließen ihn irgendwie wachsam aussehen. Die einzige Tür führte nicht, wie Daniel vermutete, zu einem Badezimmer, sondern nur zu einer Toilette mit einem Waschbecken darin. Er pinkelte, wusch sich dann die Hände und spritzte sich kaltes Wasser ins Gesicht. Bald hatte er auch festgestellt, dass es hier keine Handtücher gab.

Leicht gereizt stand Daniel – mit noch tropfendem Gesicht – vor dem Fernseher und wartete auf Bild und Ton, als der Motelbesitzer von der offenen Tür her sagte: «Der ist nicht angeschlossen.»

«Oh», machte Daniel.

Der Mann stellte das in Folie eingewickelte Trockenfleisch und die Brotscheiben auf das Fernsehgerät. «Im Grunde», sagte er und schaute auf den Bildschirm, «ist es egal, ob er angeschlossen ist oder nicht, wir haben nämlich gar keinen Strom hier. Und wenn wir welchen hätten, würden sie ihn uns nach ein paar Monaten wahrscheinlich abdrehen und ein paar rechtschaffene, brutale Männer schicken, um das Geld einzutreiben. Mit solchen Menschen hab ich nicht gern was zu tun. Ihre Herzen sind so winzig wie Mauseködel.»

«Übrigens, das Schild da draußen am Highway ist vielleicht ein wenig irreführend.»

«Kann sein. Wir bieten Unterkunft, was zu essen, es gibt einen Pool und Fernsehen, aber manchmal nicht gleichzeitig. Außerdem: Habe ich etwa Geld von Ihnen verlangt?»

«Nein», gab Daniel überrascht zu.

«Wir wollen auch keines. Das gehört sich nicht, von Gästen Geld zu verlangen.»

Daniel wusste nicht, was er mit dieser Information anfangen sollte. «Warum schreiben Sie nicht ‹Gratis› auf Ihr Schild?»

«Weil dann niemand überrascht wäre, wenn er hierher kommt.»

Daniel starrte ihn an, dann schüttelte er den Kopf. «Tut mir Leid, irgendwie scheine ich Verständigungsschwierigkeiten zu haben. Wie heißen Sie? Wenn ich schon Ihr Gast bin, sollte ich auch wissen, wem ich für die Gastfreundschaft zu danken habe.»

«Wally Moon.»

«Ich heiße Daniel Pearse», sagte Daniel ohne Rücksicht auf seinen Decknamen. «Wenn es nicht allzu indiskret ist, Wally, dürfte ich Sie nach Ihrer Nationalität fragen?»

«Meine Mutter, Lao-Shi, war Chinesin, mein Vater ein reinblütiger Apache namens Burning Moon.»

«Und darf ich Sie fragen, warum das hier ‹Zu den zwei Monden› heißt? Hatten Sie eine Vision?»

«Nein, das ist wegen meiner Frau. Sie ist halb Apache, halb Seminole, und ein bisschen Cajun ist auch dabei. Wir sind nicht verwandt, aber sie heißt auch Moon. Der Name kommt häufig vor.»

«Aha: zwei Monde.»

«Meiner Frau gefällt das. Sie heißt Annie. Im Moment ist sie nicht hier, weil sie gerade ihre Tage hat. Dann fährt sie immer in die Berge. Sie mag es nicht, wenn sie während ihrer Periode bei mir ist. Ich bringe den ganzen Betrieb durcheinander, sagt sie. Frauen sind schon seltsam, aber Annie ist was Besonderes. Ich liebe sie.»

Daniel spürte, wie sich sein Herz zusammenkrampfte, als er gegen die Tränen ankämpfte. Er versuchte, etwas zu sagen, doch seine Stimme versagte, und da hatte es keinen Sinn, sich noch länger zusammenzureißen.

Er spürte Wallys Hand ganz sanft auf seiner Schulter. «Sie brauchen einfach nur Ruhe, Daniel. Da draußen gibt's ein Dampfbad und eine kalte Dusche. Lampen und Petroleum finden Sie auf dem Regalbrett im Klo. Sagen Sie Bescheid, wenn Sie irgendwas brauchen. Sie können so lange bleiben, wie Sie wollen.»

Als Wally gegangen war, brachte Daniel die Bowlingtasche mit dem Diamanten herein. Er legte sich neben ihm aufs Bett und versuchte zu überlegen, was er da tat oder was er tun sollte, aber seine Gedanken entglitten ihm wie Wasser, das in ein Abflussrohr schießt, und in wenigen Augenblicken war er eingeschlafen.

Jennifer Raines therapeutisches Tagebuch: 5. April (?)

Ich habe dem Doc nichts von der Sache mit Clyde erzählt. Schließlich hatte ich Clyde versprochen, es nicht zu tun, und ich weiß jetzt, dass es mich stark macht, wenn ich meine Versprechen halte. Dass Clyde sich an anderen Frauen vergreift, glaube ich eigentlich nicht, aber man weiß nie, und dann werden ihre Qualen für immer auf meiner Seele lasten. Aber ich fühle mich nicht schuldig wegen meines Stillschweigens. Ich weiß, was Schuld ist. Sie ist eine schwärende Wunde infolge verweigerter Wahrheit. Und ich brauche jedes kleinste bisschen Wahrheit, wenn ich wieder gesund werden will. Ich muss unbedingt die Verantwortung für mein Schweigen übernehmen dürfen, und für das, was ich sage. Ich will die Konsequenzen meines Verhaltens tragen.

Vielleicht hätte ich Mia doch nicht verstecken sollen. Sie hat ja meine Angst unterm Bett gespürt, und bei ihrer lebhaften Phantasie war das vielleicht noch schlimmer für sie. Fast den ganzen Tag über hat sie geweint, aber jetzt schläft sie. Ich werde morgen mit ihr darüber sprechen.

Wie vereinbart, traf ich mich nach der Therapie mit Clyde, unter der großen Eiche. Es war schwierig, aus ihm herauszubekommen, wie er unbemerkt in den

Frauentrakt gelangt war. Die ganze Zeit zitterte er, murmelte vor sich hin, sah mich kein einziges Mal an. Ich schaute ihn an, voller Abscheu und Schmerz, voller Mitleid und Liebe und Hilflosigkeit, bis diese Gefühle ganz ineinander verschwammen und ich mir einen Ruck geben musste und ihm befahl, mir zu sagen, wie er da hineingekommen ist. Er gab mir zehn Dollar, zwei feuchte, zerknitterte Fünf-Dollar-Noten – mehr hätte er nicht, meinte er, aber er könnte vielleicht nachts die anderen Männer beklauen. Ganz gerührt, schon wieder den Tränen nahe, sagte ich ihm, das sei schon genug, mehr als genug sogar.

Dann verabschiedete ich mich von Clyde, doch im Gehen spürte ich, dass die Narbe an meinem Steißbein zu brennen begann wie Trockeneis. Ich fühle es immer noch, während ich das hier schreibe, aber jetzt ist es eher eine dumpfe Wärme. Ich habe das starke Bedürfnis, mich anderen gegenüber zu öffnen – wahrscheinlich ist das eine Reaktion, durch die ich die Sache mit Clyde auszugleichen versuche. Kein Wunder, dass ich in der geschlossenen Anstalt bin.

Aber Mia und ich werden nicht mehr lange hinter Schloss und Riegel bleiben. Ich habe ihr gesagt, was wir tun werden, bevor ich sie in den Schlaf sang, und habe ihr versprochen, sie zu wecken, wenn es so weit ist. Erst müssen wir noch Versprechen halten und viele Meilen zurücklegen, vor dem Schlafengehen, vor dem Stiftengehen. Alles ist schon gepackt, mit Ausnahme dieses Tagebuchs und meines Radios. Ich werde dieses Tagebuch gegen ein Notizheft eintauschen. Das Radio brauchen wir, um Kontakt zum DJ aufzunehmen. Ich habe die ganze Skala abgesucht, von links nach rechts, aber entweder sendet der DJ gerade nicht, oder ich empfange nicht. Ich brauche doch die Wegbeschreibung zum Grab.

Dem Doc werde ich einen Zettel auf dem Kopfkissen hinterlassen: «Bin mit dem DJ tanzen gegangen. Sie brauchen nicht aufzubleiben.»

Daniel bemühte sich verzweifelt, die Augen aufzumachen, aber er wurde in ein frisches, lehmverschmiertes Grab hinabgelassen; sein nackter Körper schimmerte im metallenen Licht des Mondes. Zwölf alte Frauen standen in einem Kreis um die Grube und gaben kummervoll beschwörende Klagelaute von sich. Ihre himmelwärts gerichteten Gesichter glänzten wie eingeöltes Leder, ihre Körper wiegten sich zu den Klängen der federbesetzten Tamburine, die sie schlugen. Die Musik, die Daniel hörte, war jedoch eine andere: der Klang von splitterndem Glas.

Als sein Rücken den Boden berührte, verstummte die Musik. Über ihm, im viereckigen Ausschnitt des Grabes, drehte sich der Mond spiralenförmig um sich selbst, bis er verschwand. Die Sterne folgten ihm, wie Schaumflöckchen. Menschen, deren Gesichter er nicht erkennen konnte, zogen an ihm vorüber, jeder ließ schweigend eine weiße Rose in sein Grab fallen, Blütenblätter, um die niederregnende Erde zu dämpfen, Blütenblätter, um seinen Verfall zu versüßen. Daniels Hände lagen über seiner blanken Brust gekreuzt. Er drückte mit der rechten Handfläche auf den Brustkorb, tastete nach einem Herzschlag. Drückte heftiger, als er nichts spürte. Noch heftiger, geriet in Panik, und da rief eine Stimme dröhnend: «He, Daniel!» Er fuhr im Bett hoch, sein Herz raste, während der Adrenalinstoß ihn wieder zur Besinnung brachte.

Wieder ein durchdringendes Rufen: «He, da drinnen, alles klar bei Ihnen?»

Es hörte sich wie Wally Moon an. Daniel versuchte, seine Stimme schlaftrunken klingen zu lassen. «Ja, Mann, wer ist denn da?«

«Wally.»

«Ach so, okay, Sekunde!» Er griff nach der Bowlingtasche und schob sie hastig unters Bett. Während er auf die Tür zuging, knöpfte er das Hemd zu und stopfte es in die Hose, bevor er öffnete.

So viel Etikette wäre gar nicht vonnöten gewesen. Wally Moon stand splitternackt auf der Veranda, der Schweiß lief ihm in Strömen über den Körper. «Das Dampfbad ist noch heiß, wenn Sie sich waschen wollen. Tut mir Leid, wenn ich Sie geweckt habe, aber ich hasse es, Energie zu verschwenden. Außerdem ist das bis zum nächsten Mal Ihre einzige Möglichkeit, an ein heißes Bad zu kommen.»

«Danke», sagte Daniel, «sehr aufmerksam. Jetzt eine Runde schwitzen, das wäre phantastisch. Und machen Sie sich keine Sorgen, weil Sie mich geweckt haben; ich bin froh, dass Sie's getan haben. Ich muss heute Nacht sowieso arbeiten, und –»

Wallys Blinzeln brachte ihn zum Verstummen. «Sie arbeiten nachts?»

«Ja, ich schreibe», sagte Daniel hastig. «Religiöse Sachen und so.»

«Oh, ein Dichter!»

«Nein, nicht ganz, eher ein Forscher, so eine Art religiöser Anthropologe – theologische Essays, Forschungsberichte, so was in der Art.»

«Dann bleiben Sie also heute Nacht hier, um zu arbeiten?»

«Wenn es Ihre Gastfreundschaft nicht über Gebühr strapaziert.»

«Nein, ich sagte Ihnen ja, Sie können bleiben, solange Sie wollen. Aber ich wollte nur sichergehen, dass Sie heute Nacht arbeiten, weil ich mir Ihren Camper bis morgen früh ausleihen müsste.»

«Oh, äh», fing Daniel an, «ich würde Ihnen den wirklich gern geben, aber ...»

Wally ging nicht darauf ein, sondern redete munter weiter: «Ich habe Ihnen ja gesagt, meine Frau hat ihre Tage und ist in die Berge gefahren. Na ja, sie hat unseren Laster genommen, und jetzt hat sie eine Panne – gerade bevor ich ins Dampfbad ging, hat sie mich über CB-Funk angerufen.»

Daniel sagte: «Das Getriebe von meinem Camper ist leider kaputt, ich habe also keinen Vierradantrieb.»

Wally wischte einen Wassertropfen von der Wange. «Ich brauch keinen Vierradantrieb. Sie steht ungefähr dreißig Meilen von hier am Highway, nicht oben in den Bergen. Man müsste den Wagen nur abschleppen und hierher bringen, falls ich den Schaden nicht vor Ort beheben kann, aber Annie meinte, der Motor gäbe so komische Geräusche von sich, vielleicht ist es doch was Größeres.» Wally schüttelte den Kopf. «Frauen, die ihre Tage haben, sollten sich nicht in der Nähe von Maschinen aufhalten. Sie bringen die Maschinen durcheinander. Aber machen Sie sich keine Sorgen wegen Ihrem Campingbus, Annie sagt, ihre Tage wären jetzt vorbei. Sie hat immer ziemlich viel Lust auf Sex, wenn sie wieder von den Bergen zurückkommt.» Wally grinste und sah Daniel dabei direkt in die Augen.

Es war eine allumfassende Bitte: Leih mir deinen Wagen, sonst kann ich's mit dem Sex vergessen. Diese Bitte erforderte eine Großzügigkeit, die das normale Maß überschritt. Daniel, der sich irgendwie übers Ohr gehauen fühlte, suchte in der Hosentasche nach den Autoschlüsseln.

Daniel war gerade im Dampfbad, als er seinen Camper in Richtung Highway vorbeirauschen hörte; das Letzte, was er noch mitbekam, war Musik aus seinem Autoradio. Ihm schwindelte ein wenig vor Hunger und vor der Hitze. In der Hocke beugte er sich nach vorn und legte den Kopf auf die Knie. Er atmete tief durch, dehnte die Lungen, doch der Versuch, gleichmäßig zu atmen, fiel in einem Seufzer zusammen. Er versuchte, sich Voltas Gesicht vorzustellen. Das Gesicht flackerte kurz auf, verschwand dann aber gleich wieder.

Dennoch murmelte Daniel: «Ich weiß, es war dumm von mir, Wally den Campingbus zu leihen. Wer weiß, womöglich werden er und seine Frau festgenommen, und dann verpfeifen sie mich, oder sie schnappen sich den Campingbus und das Geld. Es gibt x-tausend beschissene Möglichkeiten. Und trotzdem war es richtig, so zu handeln, zumindest habe ich es so empfunden. Ich verlasse mich ganz auf meine Intuition: Lass mich nicht daran zweifeln, Volta, lass mich nicht zögern. Zögern könnte fatale Folgen haben. Lass mich das alleine machen. Steh nicht zwischen mir und dem Diamanten. Dieser hier, das ist nicht deiner. Er hat eine spiralförmige Flamme in seinem Innern, wie derjenige, den ich in meiner

Vision gesehen habe. Er will, dass ich hineinschaue, will, dass ich alles weiß. Lass mich los.» Er bemerkte, dass er sich nicht mehr an Volta wandte, sondern an den Diamanten.

Daniel begann zu lachen, und gleich wurde ihm wieder schwindelig. Er tauchte die Hand in den Eimer mit kaltem Wasser an seiner Seite und kippte eine Hand voll auf die heißen Steine. Zischend verdampfte das Wasser. Der Dampf kräuselte sich in dem schmalen Streifen Mondlicht, der durch die beschlagene Fensterscheibe hinter ihm drang, wand sich um sich selbst, wirbelte umher, löste sich auf. Daniel bemühte sich, ein Muster auszumachen, einen Rhythmus. Er schüttete noch eine Hand voll Wasser auf die Steine. Ein Drachenschweif bewegte sich träge im Licht. Die plumpen Konturen eines Schweins. Ein großer bläulicher Reiher erhob sich schwerfällig von seinen Fischgründen und glitt flussabwärts. Die Pranke eines Löwen. Ein aus dem Wasser schießender und wieder eintauchender Wal. Ein verdrehtes Fragezeichen. Eine Rose, die erblühte. Tausend Möglichkeiten, aber kein Zusammenhang.

Zwanzig Minuten danach stapfte Daniel auf wackeligen Beinen vom Dampfbad zur Dusche. Als ihn der kalte Wasserstrahl traf und wieder zum Leben erweckte, sah er eine sich windende Flamme hinter seinen Lidern aufflackern.

Sein Körper dampfte in der kühlen Nachtluft, als er nackt zurück zu seiner Hütte ging, den Diamanten aus der Bowlingtasche holte und verschwand.

Ruhig, beständig und konzentriert sah Daniel die ganze Nacht den Diamanten an und wartete darauf, dass er sich öffnete. Eine Stunde vor Morgengrauen tauchte er zusammen mit dem Diamanten wieder auf, dermaßen erschöpft, dass er vergaß, ihn wieder einzupacken. Er rollte sich um das Licht und schlief auf der Stelle ein.

Smiling Jack drückte auf «Play» und sagte zu Volta, der ihnen gerade einen Schluck Cognac einschenkte: «Ich weiß nicht, ob das was Gescheites ist oder nur ein Haufen Müll. Das musst du entscheiden.» Er setzte sich Volta gegenüber an den Tisch in der «Schmelzofen-Reparatur»-Zentrale, schwenkte den Cognac im Glas und kippte ihn dann rasch hinunter.

Die Aufzeichnung begann mit einem Telefonklingeln. Smiling Jack sagte rasch zu Volta: «Er hat mir die Durchwahl gegeben, damit die Sekretärin nichts mitkriegt.»

Es hörte auf zu klingeln.

«Keyes.»

«Hallo, Melvin», Smiling Jacks Stimme ließ das lang gezogene, gutmütige Dröhnen eines texanischen Akzents hören, «hier ist Jacques-Jacques Lafayette, Dredneaus Kumpel und Berater. Und, sind Sie mit dem Deal einverstanden?»

«Ja. Allerdings bin ich über die Sache nicht sehr erfreut. Ich ...»

«Mensch, Mel, ist doch ganz einfach: Wenn Sie auspacken, werd ich's nicht tun; wenn Sie nicht auspacken, dann tu ich's.»

«Aber was ist, wenn ich auspacke und Sie dann trotzdem auch? Oder wenn Sie mich ohne Ende auspacken lassen, damit Sie's nicht tun müssen? Darüber müssten wir uns mal unterhalten.»

«Mel, Sie reden wie jemand, der keinen Mumm in den Knochen hat. Haben Sie denn noch nie was von *Ehre* gehört? Von zwischenmenschlichem *Vertrauen?* Gegenseitigem Nutzen?»

«O doch. Und ich habe auch schon von Erpressung gehört. Und von Zwang.»

«Ach, dann ficken Sie sich doch ins Knie. Dann halte ich mich lieber an diesen Knaben da, diesen Debritto. Vielleicht krieg ich dann nicht nur die Information, sondern auch 'n paar von den zwohundertfuffzigtausend Dollars, die, wie mir mein kleiner oller Computer mitteilt, kürzlich von Ihrem Privatunternehmen, der Whole Corn Distributing Company, auf ein Nummernkonto auf den Caymans transferiert wurden. Junge, Junge, das dürfte ja ein gefundenes Fressen für die *Washington Post* sein, finden Sie nicht?»

«Ich hätte gern wenigstens ein paar Garantien», antwortete Keyes mit gepresster Stimme, «das werden Sie doch verstehen.»

«Sie hamm doch eine Garantie, Mel! Ich habe Ihnen doch mein *Wort* gegeben. Und jetzt hören Sie auf, Zeit zu schinden, während Sie versuchen, meinen Anruf zurückzuverfolgen; der läuft nämlich über eine leere Wohnung in San Angelo. Kommen Sie zur Sache, Mel. Sie hamms hier nicht mit Anfängern zu tun.»

«Okay, ich verbinde Sie jetzt mit Shelby Bennett in unserem Büro in Denver. Er hat die Information nämlich direkt erhalten, ungefähr vier Stunden bevor die Bombe gelegt werden sollte. Sein Informant nennt sich Alex Three. Er hatte schon vorher mit Shelby telefoniert. Es gibt keine Aufzeichnungen, und Shelby hat es mit Alex Three und Al X Three probiert, aber wie erwartet: Fehlanzeige auf dem Bildschirm. Es ist ein Codename. Shelby sagt –»

«Tschuldigen Sie, Mel, aber warum lassen Sie Shelby nicht selbst zu Wort kommen.»

«Natürlich, ich stelle Sie jetzt durch. Ich werde das Gespräch mit anhören.»

«Sie hamm auch nicht einen Funken Ehre im Leib, was, Mann? Nicht einen einzigen. Vertrauen scheint ja ein echtes Fremdwort für Sie zu sein.»

Als Shelby Bennetts Telefon auf dem Band klingelte, sagte Volta zu Jack: «Du bist unverbesserlich.»

Jack lächelte, und dann lauschten er und Volta, wie Shelby Bennett die Information bestätigte, mit der Keyes bereits herausgerückt hatte. Man hörte, wie der texanische Jacques-Jacques sagte: «Shelby, ich wär Ihnen sehr verbunden, wenn Sie mir ein paar Fragen beantworten könnten.»

«Ich werde es versuchen, Mr. Lafayette», erwiderte Shelby.

«Wie oft hat dieser Alex der Dritte da bei Ihnen angerufen?»

«Neunmal, zuerst 1975 und zum letzten Mal ein paar Jahre später, das war der Hinweis auf die Sache mit dem Plutonium.»

«Warum, glauben Sie, war das sein letzter Anruf?»

«Weil seine Bedingungen nicht erfüllt wurden.»

«Was für *Bedingungen* meinen Sie denn da?»

«Eigentlich nur eine. Dass niemand dabei verletzt wird.»

«Wer hat es vermasselt?»

Bennett machte eine kleine Pause. «Eigentlich niemand. Ich konnte mich nicht persönlich darum kümmern, weil ich hier war, in Denver. Er sagte, das würde er schon verstehen, bestimmt würde ich das einer geeigneten Person anvertrauen, aber ich wäre dafür verantwortlich, falls die Sache schief gehen sollte. Daraufhin sagte ich ihm, dass alles, was mit dem Diebstahl von nuklearen Materialien zu tun hätte, auf direktem Weg zum Direktor ginge; mir bliebe da keine andere Wahl, es sei denn, ich wollte meinen Job an den Nagel hängen. Ich solle zusehen, dass ich auf jeden Fall die Kontrolle darüber behielte, meinte er dann. Aber als ich den Direktor anrief, nahm er die Sache selbst in die Hand.»

«Wie kam der gute alte Alex darauf, sich mit seinen netten Anrufen ausgerechnet an Sie zu wenden?»

«Als ich ihn das selbst fragte, sagte er: ‹Wie ich höre, sind Sie anständig und verlässlich.› Das war die einzige Begründung, die er je abgegeben hat.»

«Hat er jemals durchblicken lassen, wie er zu seinen Informationen kam oder weshalb er sie weitergab?»

«Beim ersten Anruf fragte ich ihn nach seiner Quelle, und da sagte er: ‹Die Quelle, das bin ich.› Ich habe nicht gewagt, nochmals danach zu fragen.»

«Hat er je eine Gegenleistung verlangt?»

«Nein, aber er sagte, möglicherweise würde er das irgendwann einmal tun. Ich könne ihm nichts versprechen, sagte ich, würde aber alles in meiner Macht Stehende für ihn tun.»

«Hamm Sie das mitgekriegt, Mel?», brüllte der texanische Jacques-Jacques in die Leitung. «Der Knabe hier weiß, wie man 'ne professionelle Arbeitsatmosphäre schafft. Hören Sie gut zu, dann lernen Sie auch mal was, capito?» Als Keyes keine Antwort gab, fragte er Bennett: «Shelby, Sie können mir doch bestimmt auch sagen, was dieser Alex Three sonst noch für Tipps gegeben hat.»

«Das würde ich nur ungern; außerdem glaube ich nicht, dass die von Bedeutung sind. Nichts, was sich auch nur annähernd mit dem Plutoniumdiebstahl vergleichen ließe. Soviel ich weiß, handelte es sich dabei meistens um kleinere südamerikanische Angelegenheiten und Fälle von Korruption in der Regierung.»

«Seine Informationen waren immer ziemlich genau, stimmt's?»

«Absolut.»

«Sie sind ihm nie persönlich begegnet, richtig?»

«Lief alles immer nur per Telefon.»

«Haben Sie je versucht, den Knaben ausfindig zu machen, rauszufinden, von wo er anruft oder so?»

«Er sagte mir, das solle ich lieber bleiben lassen. Und daran habe ich mich gehalten.»

«Okay, also alles, was Sie gehört haben, war seine Stimme. Man kann 'ne Menge erzählen über jemand, den man nur so reden hört. Was haben Sie denn da so gehört?»

«Männlich, Mitte dreißig oder ein bisschen älter, leicht deutscher Akzent – vielleicht schweizerisch –, drückte sich präzise und gewählt aus. Aber begreiflicherweise waren das nie sehr lange Unterhaltungen.»

«Mal was mitgeschnitten?»

«Nein. Er sagte, ich sollte es nicht tun. Es war eine Bitte, keine Bedingung.»

«Was meinen Sie, würden Sie seine Stimme wieder erkennen, wenn Sie die nochmals zu hören bekämen?»

«Ich weiß nicht. Seit Livermore hat er nicht mehr angerufen.»

«Na, ich danke Ihnen jedenfalls für Ihre Hilfe, Shelby. Ich weiß das wirklich zu schätzen, ehrlich. Mel auch, stimmt's, Mel?»

Keyes sagte: «Ja, danke, Shel; Sie haben was gut bei mir.» Er wartete, bis Bennett aufgelegt hatte, und sagte dann zu dem vermeintlichen Texaner: «Das ist alles, Cowboy. Und, zufrieden?»

«Ach, wissen Sie, mein Daddy, Gott hab ihn selig, den alten Streuner, mein Daddy hat immer gesagt, wenn einem jemand unbedingt was verkaufen will, dann sollte man das Ganze erst mal in aller Ruhe überschlafen. Ich hab gelernt, den Rat meines Dads zu beherzigen. Ich meld mich wieder bei Ihnen, sobald ich mir die Sache gut überlegt habe. Immer schön die Ohren steif halten, Mel!»

«He, halt, Moment mal, Sie –», sprudelte Keyes, als die Aufzeichnung endete.

Smiling Jack drückte auf Stopp und spulte dann zurück. Er schaute zu Volta hinüber, der sein unberührtes Cognacglas anstarrte. «Soll ich's dir nochmal vorspielen, Volt?»

«Vielleicht später.»

«Und? Glaubst du, es hat was gebracht?»

«Absolut. Ich glaube, du hast alles rausgeholt, was da rauszuholen war – und hattest auch noch Spaß dabei. Bitte überlege dir, ob du nicht meine Nachfolge im *Star* antreten willst, ich würde dich gern nominieren. Die Allianz verliert allmählich ihren Sinn für Humor, den könntest du ein bisschen auffrischen.»

«Menschenskinder, Volt, du wirst ja noch ganz gefühlsduselig auf deine alten Tage! Aber vielleicht ist es einfach auch nur anstrengender, als du dachtest, hier rumzusitzen und auf Daniels Anruf zu warten. Geh doch mal ein bisschen an die frische Luft. Mach 'n paar Liegestütze. Du solltest mal wieder rüber zu McDonald's joggen und ins normale Leben eintauchen.»

Volta lächelte nur matt. «Du hast Recht, das Warten ist anstrengender, als ich es mir vorgestellt habe. Das Schlimmste war, dass ich vier Tage am Stück nachdenken konnte, und was ich da an mir selbst entdeckt habe, gefällt mir ganz und gar nicht. Ich erreiche nicht mehr so viel wie früher, außerdem macht mir das Ganze keinen Spaß mehr. Ich bin es leid, unangenehme Entscheidungen treffen zu müssen, Aktionen aufeinander abzustimmen, bei allen Urteilen zunächst das Wohl der Allianz zu berücksichtigen und erst danach mein eigenes – obwohl sie zumeist ja doch deckungsgleich sind.»

«Herrje», sagte Jack, «du wirst so langsam vernünftig.»

«Ja, mittlerweile weiß ich diesen mir ziemlich fremden Zustand durchaus zu schätzen.»

«Hm, bevor dein Urteilsvermögen vollkommen den Bach runtergeht, wüsst ich gern, wie wir mit der Information von diesem Alex Three verfahren.»

«Ich finde, wir sollten den Rat von deinem Daddy, dem alten Streuner, befolgen und das Ganze erst einmal in Ruhe überschlafen.»

Jack schaute skeptisch drein. «So wie's aussieht, hast du ein bisschen allzu sehr die Ruhe weg!»

«Das täuscht», versicherte Volta. «Also, wirf einfach alles zu den anderen Informationen, und dann warten wir mal ab, ob sich irgendwo eine Verbindung ergibt. Wobei ich davon ausgehe, dass du unsere eigenen Leute schon auf die Fährte von diesem Alex Three gesetzt hast.»

«Logo, hab das sofort in Auftrag gegeben, aber die Jungs sind noch nicht fündig geworden.»

«Alex Three», grübelte Volta. «Versuch es auch unter Alexandra. Und Xan. Probier vielleicht auch Al Ex-Three oder vielleicht das ‹X› als Multiplikationszeichen. Tripel-Al? Dreimal Al? A.L.? American League? Dreimaliger Gewinner in der American League?»

«Ich hab Jimmy und J. J. gesagt, sie sollen alle möglichen Kombis ausprobieren, die ihnen so einfallen. Und die zwei sind wahre Computer-Asse, das kannst du mir glauben.»

Volta hob abwehrend die Hand. «Ich habe nur laut gedacht und wollte keineswegs ihr Können in Zweifel ziehen. Um ehrlich zu sein, wollte ich vor allem nicht über eine schwierigere Entscheidung nachdenken müssen.»

«Zum Beispiel, ob wir es Daniel sagen sollen, stimmt's?»

«Nein. Das teilen wir ihm mit, wenn er uns den Diamanten übergibt. Weitaus schwieriger zu entscheiden ist, ob wir es Shamus sagen sollen.»

«Da gibt's nicht viel zu entscheiden, oder? Erstens ist er mittlerweile vollkommen gaga, und zweitens hat er sich nicht gemeldet.»

«In letzter Zeit nicht, aber das kann sich ja ändern. Und Alex Three muss seine Information ziemlich in der Nähe der Quelle erhalten haben, daher ist Shamus der Beste, den wir fragen können. Vielleicht weiß er sogar, wer dieser Alex Three ist. Komm, wir machen Folgendes: Du rufst Dolly an und sagst ihr, wenn sich Shamus meldet, soll sie ihm lediglich erzählen, dass wir denjenigen erwischt haben, der da geplaudert hat, und dass ein schießwütiger Agent für die Sache in Livermore verantwortlich ist. Verrat jedoch nicht einmal Dolly, dass wir wissen, wer der Agent war, und schon gar nicht, wie er heißt. Nur du und ich kennen im Moment seinen Namen, und das reicht.»

«Hoffentlich sind es bald drei: wenn Daniel anruft, um den Diamanten zurückzugeben, zum Austausch für den Killer von seiner Mama und einen Hinweis auf den Verräter.»

Ohne rechte Überzeugung sagte Volta: «Kann sein.» Er schenkte Jack ein müdes Lächeln und erhob sein Cognacglas: «Auf die Hoffnung.» Nach einer Pause fügte er hinzu: «Und auf das Vertrauen.»

Als Volta das leere Glas absetzte, sagte Jack: «Ach, mach dir doch keine Sorgen. Läuft halt alles ein bisschen auf Sparflamme im Moment. Wart's nur ab, bald ergibt sich alles ganz von selbst, und dann weißt du ganz sicher, was du tun sollst, denn wenn's jemand gibt, der weiß, was er tun soll, dann bist du das! Glaub bloß nicht, du könntest mich da einwickeln, von wegen *Star* und so, und ungeschoren davonkommen!»

«Na, dann scher mich mal schön», sagte Volta. Er lächelte nicht.

«Du glaubst nicht, dass er den Diamanten zurückgeben wird, stimmt's? Du glaubst es wirklich nicht.»

«Jack, ich sitze hier seit Tagen herum und *fühle* förmlich, wie der Diamant Gewalt über ihn bekommt. Das war die einzige Unwägbarkeit: Wie würde er auf den Diamanten reagieren? Vielleicht war ich doch etwas blauäugig.»

«Volt, würdest du jetzt mal aufhören, auf dich selbst einzudreschen? Das konnte man doch nicht einkalkulieren!»

«Ich hätte ja meine Vorstellungskraft benutzen können», sagte Volta.

Mit einem grausamen irischen Akzent sang jemand «Oh Dannnny Boy, oh Dannnny Boy, the pipes are calling ...»

Daniel war mit einem Schlag wach. Irritiert blickte er um sich: nackt, Tageslicht, der Diamant neben ihm auf dem Bett. Er grabschte nach der Bowlingtasche, stopfte den Diamanten hinein und brüllte dem Sänger zu: «Was? Immer mit der Ruhe, verdammt nochmal!» Er verstaute die Tasche unterm Bett und schlüpfte in seine Hose. Beim ersten Schritt auf die Tür zu machte ihm ein heftiges Ziehen bewusst, dass er ein Büschel Schamhaare im Reißverschluss eingeklemmt hatte. «Aaau!», jaulte er und fummelte an seinem Hosenschlitz. Bei dem Jaulen hörte der Gesang auf.

«Daniel?», rief Wally Moon von der Veranda her. «Alles okay bei Ihnen da drinnen?»

Die Tür flog auf, und Daniel stand mit hochrotem Kopf da. «Ja, Wally, alles bestens. Bin gerade von einem Mongolen-Apachen aus dem Schlaf gerissen worden, der mir unbedingt ein Ständchen bringen musste, und vor lauter Hast beim Anziehen habe ich meine Schamhaare im Reißverschluss eingezwickt, wodurch der Schmerzensschrei hervorgerufen wurde, der soeben zu Ihrer Besorgnis geführt hat. Aber abgesehen davon geht's mir *blen-dend.*»

Wally zuckte zusammen. «Oh, das ist mir auch schon passiert. Das tut nicht nur saumäßig weh, sondern macht einem richtig Angst. Noch schlimmer ist es allerdings, wenn man sich den Schwanz einklemmt, ist Ihnen das schon mal passiert?»

«Nein, bis jetzt noch nicht, Wally.» Daniels Ärger verschwand zusammen mit dem Gefühl der Orientierungslosigkeit. Ihm fiel wieder ein, dass Wally sich ja seinen Camper ausgeliehen hatte. Er konnte keine Autoschlüssel in Wallys Hand entdecken.

Als müsse er die Abwesenheit der Schlüssel bezeugen, breitete Wally die Arme aus, die Handflächen gleichsam um Nachsicht bittend nach oben gerichtet. «Ich *musste* Sie einfach wecken, um Ihnen die Nachricht zu überbringen!»

«Was denn für eine Nachricht?»

«Eine gute!», frohlockte Wally.

«Ist mein Camper wieder hier?»

«Nein», sagte Wally mit einem Lächeln. «Das ist ja die gute Nachricht!»

«Für wen?»

«Für Sie! Schauen Sie, wir kamen mit unserem Laster so etwa bei Sonnenaufgang hier an – ein Ventil war schuld –, und nachdem wir ein bisschen was gefrühstückt hatten, ist Annie wegen der Ersatzteile nach Tucson gefahren. Wir haben zwar wenig Geld, dafür aber einen Haufen Verwandte, und der Schwager von Annies Cousine hat einen Schrottplatz in Tucson. Na ja, jedenfalls kamen vor circa einer Stunde zwei Männer in einem nagelneuen grauen Chevy Sedan hier vorbei. Beide waren recht groß und hatten schön glänzende Schuhe an. Sie sagten, sie kämen vom Finanzamt und wären auf der Suche nach einem gewissen Isaiah Kharome, um ihm einen Scheck über eine stattliche Steuerrückzahlung auszuhändigen. Aber um ganz ehrlich zu sein, sahen die nicht so aus wie Männer, die sich darüber freuen, jemandem Geld überbringen zu dürfen. Sie sahen eher aus wie Männer, die eine schreckliche Kindheit hatten.»

«Verstehe», sagte Daniel. «Was haben Sie ihnen gesagt?»

«Dass wir seit über einen Monat keinen Gast mehr gehabt hätten und ich mich nicht daran erinnern könnte, einen 72er Chevy-Camper mit Vierradantrieb und dem Kennzeichen New Mexico LXA 009 gesehen zu haben. All das hätte ich ihnen nicht besonders glaubhaft versichern können, wenn Ihr Wagen hier gestanden hätte.»

«Danke», sagte Daniel. «Die wollten mir ganz bestimmt kein Geld schenken, das können Sie mir glauben. Die Finanzbehörden sind mir nämlich auf den Fersen, weil ich der Ansicht bin, meine religiöse Arbeit ist steuerfrei, aber sie teilen diese Meinung nicht. Monate sind sie nun schon hinter mir her – Isaiah Kharome ist mein Pseudonym als Schriftsteller.»

«Aha», sagte Wally, als ginge ihm jetzt endlich ein Licht auf. «Hab ich mir gleich gedacht, dass die kein Geld für Sie haben, sondern Ihnen nur Scherereien machen. Aber sehen Sie jetzt, wie Großzügigkeit sich bezahlt macht? Da waren Sie so nett und leihen mir Ihren Wagen, und als die Leute da kommen, ist er weg. Und nicht nur das, ich finde, wenn man verfolgt wird, ist es immer am besten, hinter den Verfolgern zu bleiben.»

«Das heißt also, sie sind weitergefahren. Nach Tucson?»

«Den Reifenspuren nach zu schließen, ja. Ich lauf morgens immer ein paar Runden, und da habe ich die Straße zum Highway überprüft.»

«Ich bin etwas beunruhigt wegen Ihrer Frau. Möglicherweise sehen die den Camper auf dem Weg von Tucson hierher.»

«Bevor ich joggen ging, habe ich per Funk mit meinem Onkel in Dos Cabezas gesprochen, der ein Telefon hat. Und der hat beim Schrottplatz vom Schwager von Annies Cousine angerufen und ausrichten lassen, dass Annie heute lieber nicht die Interstate nehmen soll. Sie weiß, was das zu bedeuten hat. Annie ist seltsam, sogar für eine Frau, aber sie ist unglaublich intelligent. Außerdem fährt sie gern schnell, und ich denke, sie dürfte am frühen Nachmittag wieder hier sein. Sicher bringt sie auch ein paar Lebensmittel mit, denn wir möchten heute Abend ein bisschen feiern. Sie kommen doch sicher auch, oder?»

Daniel zog die Stirn kraus und sagte bedauernd: «Verflixt, nein, ich kann leider nicht. Heute Abend muss ich in Phoenix sein.»

Mit leisem Tadel in der Stimme sagte Wally: «Ich hatte mal einen Lehrer, einen Apachen. Das war ein heiliger Mann namens Two Snakes, und der hat mir beigebracht, dass der beste Platz, um sich zu verstecken, derjenige ist, an dem sie schon gesucht haben.»

«Scheint mir ein sehr weiser Mann zu sein», sagte Daniel, «aber ich habe Verpflichtungen, die über meinen Einfluss hinausgehen, und denen muss ich nachkommen.»

Wally nickte. «Religiöse Verpflichtungen und familiäre Verpflichtungen: Die muss man erfüllen, damit alles im Lot bleibt. Vielleicht sollten Sie die landschaftlich schönere Strecke nach Phoenix nehmen, von der 666er auf die 70er, dann auf die 60er und schließlich auf die 80er. Aber diese Steuerfritzen begegnen einem heutzutage natürlich überall.»

«Keine Sorge», versicherte Daniel, «mich erwischt man nicht so leicht!»

Als Daniel zwei Stunden später den Camper vorfahren hörte, saß er immer noch mit dem Hemd in Händen auf der Bettkante und überlegte, was er tun sollte, jetzt, wo er von der Verfolgung erfahren hatte. Er fühlte sich müde, ruhig und seltsam zufrieden, als würde etwas nun unweigerlich zum Abschluss kommen, weil der Weg versperrt war. Er selbst wollte ja diesen Abschluss, und zwar bald, denn allmählich war er mit seiner Kraft am Ende. Er beschloss, Volta bei der erstbesten Gelegenheit anzurufen. Ganz offensichtlich war seine Tarnung aufgeflogen, und er wollte wissen, weshalb. Eine rein praktische Angelegenheit also. Aber er schuldete Volta auch eine Erklärung, zumindest soweit er dazu in der Lage war. Vielleicht konnte Volta ihm auch einen Rat geben, wie er mit dem Diamanten verfahren sollte, wie er hineinblicken konnte. Daniel wollte ihn erst dann zurückgeben, wenn er das gesehen hatte, was der Diamant ihm zu zeigen hatte. Vielleicht sah Volta die Dinge ja aus einem anderen Blickwinkel. Er hatte das Gefühl, zu nahe dran zu sein, doch es war ihm unmöglich, Abstand zu halten.

Eine Stunde vor Einbruch der Dunkelheit fuhr Daniel vom Motel Zu den zwei Monden ab. Er hatte fünftausend Dollar auf den Fernseher gelegt, eher als Anerkennung für die Ruhe denn als Trinkgeld. Wally Moon lag unter einem verbeulten Pickup, als Daniel vorbeifuhr und zweimal hupte. Ohne unter dem Wagen hervorzukrabbeln, hob Wally einen Schraubenschlüssel zum Gruß, mit einer Geste, die zugleich ‹viel Glück› und ‹Auf Wiedersehen› bedeutete.

Jennifer Raines Notizbuch: April

Mein Name ist Jennifer Raine Aufunddavon alias Du kannst mich mal, denn ich bin weg. Mia und ich sind ebenso einfach ausgebüchst, wie Clyde hereingekommen ist. Rasch auf Zehenspitzen über den Flur zum Ende unseres Flügels, in die unverschlossene Abstellkammer des Hausmeisters und mit den Füßen voran über die Wäscherutsche in den Keller hinab, um auf einem stinkenden Haufen angstgetränkter, verschwitzter Laken zu landen, den Clyde für uns dort aufgetürmt hatte. An den Wänden des Kellers standen lauter riesige Waschmaschinen und Trockner aufgereiht, und darüber waren etliche ebenerdige Fensterschlitze. Das Schloss des fünften Fensters auf der Seite nach Osten hin war kaputt. Ich schlüpfte hinaus, auf den kühlen Rasen, dann streckte ich die Arme zu Mia hinein. Ich spürte, wie sich unsere Hände in der Dunkelheit berührten; der Schmerz und das Vertrauen zwischen uns gaben mir Kraft, und ich zog sie durch das Fenster. Wir huschten über das mondbeschienene Gelände hinüber zur Backsteinmauer, die nur etwa anderthalb Meter hoch war, mehr Sichtschutz als Absperrung, und von dort war es nur noch ein Katzensprung in die goldene Freiheit!

Unsere erste Verschnaufpause machten wir in einem dieser rund um die Uhr ge-

öffneten Durchschnitts-Drogen-Umschlagplätze am Stadtrand, einem Diner mit verkratzten Plastikbechern, mit Klebeband verarzteten Barhockern vor der Resopaltheke und einer Kellnerin in einem ausgefransten, eisblauen Reyonkleid, das die Träger von Büstenhalter und Unterrock nicht verdeckte; im Radio Country-Music, das Brutzeln vom Grill kaum zu unterscheiden von dem Rauschen des Senders; vier aschfahle Junkies, die zu dem langsamen Rhythmus mit den Köpfen nickten und Donuts in ihren kalten Kaffee tunkten.

Ich bestellte einen Schokoladen-Milchshake, den ich mir mit Mia teilte. Wir hatten gerade ausgetrunken, als zwei junge Typen reinkamen, richtig schäbig sahen die aus, schmierig, die Art von Jungs, die von dem leben, was sie den Junkies abknöpfen. Mir gefiel die Art nicht, wie sie mich ansahen. Ich wollte nur noch raus, und so ließ ich der Bedienung die ganzen fünf Dollar liegen und marschierte auf die Tür zu.

Der ekligste wartete, bis ich vorbei war, dann rief er mir hinterher: «He, Mädel, wohin rennste denn? Die Party geht doch jetzt erst richtig los!»

«Sorry, ich hab 'ne Verabredung mit dem DJ an Jim Bridgers Grab.» Ich lief weiter.

Im Morgengrauen nahm mich ein alter Rancher in einem verbeulten Flatbed mit. Er könnte mich nur ein kleines Stückchen mitnehmen, sagte er zu mir; das würde mir schon reichen, erwiderte ich. All seine Fragen beantwortete ich mit Lügen, und als er schimpfte, weil ich allein per Anhalter fuhr, sagte ich nichts. «Es sinn 'ne Menge schlechte Kerle unterwegs. Und Säufer sind's meistens auch noch.»

Er brachte mich fast bis Fairfield. Im Laden der Heilsarmee kaufte ich mit meinen letzten fünf Dollar ein Paar ausgeblichene Levis und ein Männer-Flanellhemd.

Danach kam ich per Anhalter – wieder ein Farmer – bis hierher, irgendwo mitten im Valley. Ich schreibe dies im Schein des Mondlichts, das durch das rissige Dach einer verlassenen Scheune dringt. Total heruntergekommen ist das hier und riecht nach alter Pisse, aber es reicht als Dach überm Kopf in dieser warmen Frühlingsnacht.

Seit wir hier sind (Mia schläft schon – es war ein anstrengender Tag für sie), versuche ich mich an den Hefegeruch zu erinnern, wenn Großmutter im Backofen

Brotteig gehen ließ, fünf oder sechs muss ich da gewesen sein, und gerade habe ich ihn gerochen, scharf und moschusartig, und mir fiel mein blauer Pyjama ein und das Glänzen des Mondlichts auf dem Quilt aus Gänsedaunen, so weich wie ein Gutenachtkuss. Und wenn ich mich gar nicht mehr rühre und mich treiben lasse, dann fühle ich Vaters Samen, der von Mutter aufgenommen wird, gleite körperlos zwischen ihnen, bis mein Gesicht aus dem Nichts auftaucht, mit meinem kleinen Mund, der sich schon nach einer Stimme sehnt. Und dann sehe ich auch meinen ersten Traum, der durch die Adern meiner fast durchscheinenden Augenlider zittert, aber ich kann mich nicht erinnern, was ich geträumt habe. Der erste Traum – an den möchte ich mich mal erinnern. An den ersten Traum meines Lebens. Dieses Wissen, das benutze ich dann, um meinen Geist von dem Blitzschlag zu erlösen.

Daniel rief Volta nicht bei der ersten Gelegenheit an, auch nicht bei der hundertsten. Er war nicht sicher, ob er tatsächlich leise Zweifel hatte oder ob es nur ein Vorwand war, weshalb er es sein ließ. Man hatte seine Tarnung offensichtlich durchschaut. Vielleicht – diese Möglichkeit musste Daniel in Betracht ziehen – war Volta zu der Überzeugung gekommen, dass der Diamant bei der Regierung sicherer war als bei ihm, und hatte die CIA auf ihn angesetzt, hatte ihn verpfiffen.

Das musste er in Betracht ziehen, aber er glaubte es nicht. Viel wahrscheinlicher gab es da eine undichte Stelle, oder vielleicht einen Spion innerhalb der Allianz. Eine undichte Stelle würde selbst einen Anruf riskant werden lassen, da vermutlich eine Fangschaltung eingerichtet war. Damit würde zumindest sein derzeitiger Standort bekannt. Dass man ihn schnappen könnte, befürchtete er nicht – er konnte mit dem Diamanten verschwinden und durch eine ganze Wand von Panzern laufen –, aber er wollte den Ärger vermeiden. Außerdem wollte er den Camper nicht mit Annies und Wallys Fingerabdrücken und den gefälschten Papieren zurücklassen, denn möglicherweise führte die Spur ja zu den Leuten der AMO, die ihm seine Tarnung verschafft hatten. Doch wenn er alle bequemen logischen Argumente einmal beiseite ließ, musste Daniel sich eingestehen, dass der Grund für sein Zögern die durch nichts zu beweisende Ahnung war, dass der Anruf ihn unheimlich traurig machen würde. Und Traurigkeit würde ihn in seinem Bemühen bremsen, das zu sehen, was der Diamant ihm zeigen wollte.

Er überlegte gerade, ob er einfach blind das Los entscheiden lassen sollte, als ihm ganz plötzlich bewusst wurde, dass er noch nie versucht hatte, mit *geschlossenen* Augen ins Zentrum des Diamanten zu schauen. Also steuerte er den nächsten Parkplatz an und verschwand mit dem Diamanten. Unablässig blickte er in dessen Zentrum und schloss dann die Augen. Er sah das verblassende Bild der Spiralflamme vor sich, konnte sich den Diamanten vorstellen und das Zentrum der Flamme, aber er konnte nicht hineinschauen. Nach einer Stunde zwang er sich, zusammen mit dem Diamanten wieder sichtbar zu werden und dann weiterzufahren.

Beinahe unmittelbar darauf erhielt er ein Zeichen, so überdeutlich, dass er sofort anhielt. Es war ein großes Schild, das an der Außenmauer einer ausgebrannten Tankstelle hing; durch die Hitze hatte die Farbe Blasen geworfen und war nun abgeblättert, und von einer ganzen Liste von Ersatzteilen und Dienstleistungen war lediglich das noch übrig:

REMS
PEKTION
VOL TA -
KEN

Die Telefonzelle auf der anderen Seite des Parkplatzes war unbeschädigt, sie roch nur nach feuchtem Rauch.

Volta antwortete beim ersten Klingeln: «Schmelzofen-Reparatur-Notdienst, guten Abend.»

Daniel sagte: «Ich stehe hier vor einem Schild, auf dem es heißt: ‹Rems, Pektion, Volta, Ken.› Da musste ich dich einfach anrufen.»

«Nun», erwiderte Volta sanft, «ich sehe mit Freuden, dass du allmählich einen Sinn für Humor entwickelst. Den wirst du auch brauchen. Zuerst einmal –»

«Ich bin nicht sicher, ob wir nicht abgehört werden», unterbrach Daniel und fügte dann, seine Unhöflichkeit abmildernd, hinzu: «Bevor wir anfangen.»

«Nein, die Leitung ist in Ordnung. Aber an deinem Zweifel erkenne ich, dass du bereits weißt, dass du enttarnt bist.»

«Ja, das nehme ich an.»

«Lass dir erklären, was passiert ist. Hör genau zu. Dir wird nämlich einiges klar werden.»

Daniel befolgte die Anweisung. Als Volta Dredneaus Folterung beschrieb, schloss Daniel die Augen und ließ sich gegen die Wand der Telefonzelle sinken. Er konnte spüren, was nun zu kommen hatte, fühlte es an dem leichten Zittern in Voltas Stimme am Ende jeder präzise formulierten Aussage, fühlte es an der Präzision selbst, und als Volta offenbarte, dass der Mann, der Dredneau gefoltert hatte, derselbe war, der auch seine Mutter ohne jeglichen Grund getötet hatte, rief er leise weinend: «Ohhh nein. Nein.»

Volta machte eine kleine Pause und fuhr dann fort: «Dank Smiling Jack und seinem couragierten Einsatz erfuhren wir den Codenamen der Person, die der CIA die Aktion in Livermore verraten hat.» Volta hielt inne und wartete.

Daniel, zu perplex, um nachzudenken, atmete tief durch. «Der Killer und der Spitzel – du hast ihre Namen gar nicht erwähnt.»

«Daniel», sagte Volta in ruhigem Tonfall, «ich werde dir ihre Namen sagen, wenn du mir den Diamanten bringst. Ich habe dir damals im Krankenhaus, bei unserer ersten Begegnung, versprochen, ich würde alles tun, um den Mörder deiner Mutter zu finden, und jetzt kennen wir ihn. Ich habe mein Versprechen gehalten. Du hingegen hast geschworen, dass du als Gegenleistung für meine Hilfe das Privileg mit mir teilen wirst, den Diamanten zu betrachten und ihn an einen sicheren Ort zu bringen, an dem wir alle keinen Zugriff auf ihn haben. Du hast dein Versprechen nicht gehalten, und selbst unter Berücksichtigung der schwierigen Situation beweist dies in meinen Augen tiefe Respektlosigkeit. Wenn du deine Mutter rächen willst, musst du dein Versprechen in Bezug auf den Diamanten einlösen. Das ist nur fair.»

«Verdammt nochmal», brüllte Daniel, «was soll ich denn tun? Ihn so lange terrorisieren, bis er sich selbst umbringt?» Daniel feuerte den Hörer gegen die Glasscheibe, doch die Schnur war zu kurz, und der Hörer traf ihn am Handgelenk. Er grabschte danach und knallte ihn auf die Gabel.

Dann stürzte er zu seinem Campingbus, ließ den Motor an, machte ihn wieder aus und ließ sich in den Sitz zurückplumpsen. «Es ist fair, ja, es ist *fair*, ich weiß es. Aber das wollte ich gar nicht wissen, ich brauche keine Entscheidungshilfen.» Entschlossen stapfte er wieder zur Telefonzelle und wählte erneut Voltas Nummer.

Und wieder nahm Volta gleich beim ersten Klingeln ab. Er schien nicht überrascht, als Daniel sagte: «Du hast Recht, es *ist* fair. Aber ich werde den Diamanten behalten, bis es mir gelingt, hineinzublicken oder durch ihn hindurch, oder was auch immer er mich mit ihm anstellen lässt. Ich will tausendmal lieber in diesen Diamanten hineinschauen als den Tod meiner Mutter rächen – und obwohl Wild Bill mir die blinde Wut zum größten Teil ausgetrieben hat, würde ich ihn noch immer rächen wollen. Verstehst du, was ich meine? Sosehr ich mir Gerechtigkeit für meine Mutter wünsche, bedeutet das doch nichts im Vergleich zu meinem sehnlichen Wunsch, den Diamanten zu öffnen. Du musst mich gewähren lassen. Bitte. Ich brauche deinen Segen.»

«Ich habe den Diamanten schon aufgegeben, Daniel, und ich

glaube, er wird sich dir nur dann jemals öffnen, wenn auch du ihn aufgibst. Du kannst tun und lassen, was du willst, kannst gehen, kannst zurückkommen. Ich erhebe keinen Anspruch auf deine Seele. Ich wünsche dir Glück und Erfolg. Meinen Segen kann ich dir jedoch nicht geben, denn ich bin überzeugt, der Diamant wird dich zerstören. Vielleicht auf eine wunderschöne Art und Weise, aber er wird dich zerstören, Daniel, und zu sinnloser Verschwendung werde ich meinen Segen ganz bestimmt nicht geben.»

«Er *will*, dass ich hineinschaue. Das *spüre* ich.»

«Es ist ein Spiegel, Daniel. Nichts als ein weiterer Spiegel.»

«Ich glaube, es ist ein Fenster. Eine Tür.»

«Erkenne dich selbst», sagte Volta, «und bleibe dir selbst treu. Ich bewundere dich viel zu sehr, als dass ich dir das Recht absprechen möchte, die Dinge zu erkunden, wie es dir richtig scheint. Aber ich bliebe mir selbst nicht treu – oder dir –, wenn ich dir verschweigen würde, dass du deinem Untergang entgegengehst, und sollte es so kommen, Daniel: Es würde mir das Herz brechen.»

«Aber du verstehst nicht –»

«Möglicherweise nicht», schnitt Volta ihm das Wort ab. «Das will ich gerne gestehen. Aber vielleicht bist *du* ja derjenige, der nicht versteht. Vielleicht bist du besessen, machtlos gegen den Diamanten, oder du weißt es einfach nicht besser, weil du zu jung bist.»

«Kann sein», sagte Daniel. «Aber genau das muss ich unbedingt herausfinden.»

«Mögest du finden, was du suchst.»

Daniel lächelte in der dunklen Telefonzelle. «Das klang ja fast wie ein Segen.»

«Dann eben: Mögest du finden, was dir gebührt.»

«Auch das verstehe ich als Segen. Ich habe mir dieses Recht *erworben*, Volta, und obwohl du mir zweifellos dabei geholfen hast – wofür ich dir ewig dankbar sein werde –, gehört er mir. Ganz tief in meinem Innern weiß ich, dass er mir nicht deshalb gehört, weil ich ihn mir verdient habe oder weil er im Moment in meinem Besitz ist; der Diamant gehört mir, weil es so *vorbestimmt* ist.»

Volta sagte: «Dann sei dreifach gesegnet. Ich gebe dir noch einen alten estnischen Segensspruch mit auf den Weg: ‹Möge deine Reise ihr Ziel finden.› Von nun an bist du voll und ganz für den Diamanten verantwortlich.»

«Etwas anderes würde ich auch gar nicht akzeptieren», erwiderte Daniel rasch. «Doch zum Beweis meines Verantwortungsbewusstseins schwöre ich hiermit, dir den Diamanten zu bringen, sobald meine Aufgabe beendet ist. Falls das aus irgendeinem Grund nicht möglich ist und ich gezwungen bin, ihn an einen geheimen Ort zu schaffen, würde ich ihn gern an die Stelle bringen, die du vorgesehen hattest.»

«Nein, Daniel. Ich will den Diamanten nicht mehr. Du ahnst nicht, wie rein ich mich fühlte, als ich ihn endlich losließ. Und für diese Lektion habe ich *dir zu* danken. Ich werde die ganze Operation jetzt abblasen und heimfahren, nach Laurel Creek Hollow. Du kennst ja die rotierende Zahlenfolge; die Durchwahl ist sieben multipliziert mit dem jeweiligen Datum. Ruf mich an, wenn du magst, oder komm mich besuchen. Dass du willkommen sein wirst, kann ich dir versichern, nicht jedoch, dass ich dir helfen werde – das hängt davon ab, wie vernünftig deine Bedürfnisse sind und ob ich willens und in der Lage bin, sie zu erfüllen. Komm, wir wollen uns als gute Freunde voneinander verabschieden.»

«Mehr wollte ich nicht», sagte Daniel, dem Tränen in den Augen brannten. «Ich danke dir.»

«Auf Wiedersehen, Daniel», sagte Volta.

«Danke», wiederholte Daniel. «Gute Nacht dann. Ich melde mich.»

Sie legten gleichzeitig auf.

Den Rest der Nacht hing Volta am Telefon und am Funkgerät, um die Operation völlig einzustellen sowie Leute und Materialien für andere Aufgaben einzuteilen. Ellison Deeds, Jean Bluer und Smiling Jack waren alle irgendwo draußen unterwegs, deshalb hinterließ er ihnen die Nachricht, sich so schnell wie möglich mit ihm in Verbindung zu setzen. Er packte bis weit nach Sonnenaufgang Ausrüstungsgegenstände ein, dann versuchte er ein paar Stunden zu schlafen. Er lag im Bett und versuchte sich vorzustellen, was Daniel wohl sah, wenn er in den Diamanten blickte. Daniel hatte gesagt, er könne nur dann in den Diamanten blicken, wenn er mit ihm zusammen verschwand. Er erinnerte sich an die Versuchung, die Schwelle zu überschreiten und einfach weiterzugehen, in einem unaussprechlichen Glückstaumel, einem ekstatischen Selbstmord. Dann aber wandte er eine Technik an, die er von Ravana Dremier gelernt hatte: Dazu musste man sich nach und nach auf einen einzigen Wesenszug reduzieren, um sich schließlich von seiner Psyche abzusondern, sich über sich selbst zu erheben, als objektiver Zeuge, dem dennoch das Verlangen zu wissen blieb.

Er konnte sich Daniel immer noch nicht vorstellen, wie er unsichtbar in den Diamanten blickte, doch als er es statt mit Rationalität mit Einfühlung versuchte, begriff er auf einmal, was er sonst erst nach langwierigen Überlegungen herausgefunden hätte: Daniel sah eine spiralförmige Flamme in dem Diamanten, genau wie in der Vision, von der er Volta berichtet hatte. Das erklärte, warum er von seinem Diamanten sprach und warum er glaubte, er sei für ihn allein bestimmt. Natürlich hatte ihn seine Vision dafür empfänglich gemacht, die Flamme zu sehen. Volta war der einzige Mensch auf der Welt, der beurteilen konnte, ob die spiralförmige Flamme tatsächlich nur für diejenigen sichtbar war, die verschwinden konnten. Und sie wussten beide, dass Volta die Kunst des Verschwindens nicht mehr ausüben würde. Möglicherweise hatte Daniel ihnen beiden eine schmerzliche Abfuhr ersparen wollen – ob aus Liebenswürdigkeit oder aus Mitleid, vermochte Volta nicht zu sagen.

Und Volta war sich auch nicht sicher, ob Daniel die Situation überleben würde, die er nun, gänzlich auf sich gestellt, durchstehen musste. Volta konnte ihm nicht helfen, ohne sich selbst untreu zu werden, und wahrscheinlich konnte er auch dann nichts für ihn tun, wenn er es wurde. Volta hatte den Diamanten aufgegeben – nicht so freudig und leichtherzig, wie er Daniel weismachen wollte –, aber Daniel, den konnte er nicht aus seinem Herzen verbannen. Volta sah ein, dass er, genau wie Daniel, Idealvorstellung und Realität miteinander verwechselt hatte; im Gegensatz zu Daniel war ihm jedoch sehr wohl bewusst, dass eine derartige Verwechslung selten ungestraft bleibt. Da er keine Kinder hatte, war Daniel, der tragisch Verwaiste, ein idealer Sohn. Und nun würde es wehtun.

Volta schloss die Augen und versuchte nochmals, sich den unsichtbaren Daniel und den Diamanten vorzustellen, versuchte, die spiralförmige Flamme durch Daniels Phantasie zu sehen. Er scheiterte so kläglich, dass er froh war, als er einen Schlüssel im Schloss hörte und Smiling Jack die Treppe herabdröhnte: «Erwachet, o ihr Träumer!»

Mit einem Schwung setzte Volta die Füße auf den Boden und murmelte: «Einer der Träumer scheint das nicht mehr auseinander halten zu können, glaube ich.»

Smiling Jack trat hinter der Trennwand hervor, schwenkte eine Zwei-Liter-Flasche Ten High und sagte: «Na, was meinst du, Volt? Sollen wir uns so richtig voll laufen lassen, bis wir ganz sentimental und depressiv werden, um dann zum Schluss doch zu finden, dass dieses beschissene Leben jeden einzelnen Atemzug wert ist?»

Volta versuchte zu lächeln. «Darauf würde ich gern trinken, aber du hast noch zu tun, und allein möchte ich mich nicht dumm und dämlich saufen.»

«Was hab ich denn zu tun? Das Ganze wird abgeblasen, hat es doch geheißen.»

«Wird es auch, aber ich beauftrage dich hiermit, die losen Enden zusammenzubinden. Deine Knoten sind einfach die besten.»

«Sind wir hier bei einer Allianz von Magiern und Outlaws oder bei der Scheißmarine?»

«Das ändert sich mit jedem Atemzug», erwiderte Volta.

«Kann sein», seufzte Jack, «aber ich werde nicht versuchen, dich aufzuheitern. Bleib ruhig mürrisch, maulfaul und miesepetrig.»

«Jack, deine alliterierenden Anlagen sind zwar ausnehmend armselig, aber trotzdem schönen Dank, dass du so rücksichtsvoll bist.»

Smiling Jack setzte sich auf das verschlissene beige Sofa. «Wie geht's Daniel? Was hatte er zu sagen?»

«Seine Gefühle sind durcheinander, sein Geist ist verwirrt – und zwar in beunruhigendem Maße. Er versucht etwas in dem Diamanten zu erblicken, das seiner Ansicht nach nur er sehen kann. Der Diamant, so glaubt er, *will*, dass er in ihn hineinblickt. Er hat vor, den Diamanten so lange zu behalten, bis er sich ihm öffnet und er es begreift. Er sagte, es sei ihm tausendmal wichtiger, den Diamanten zu enträtseln, als den Tod seiner Mutter zu rächen. Abgesehen davon ging es bei unserer Unterhaltung darum, einander von dummen Versprechungen zu entbinden.»

«Was hältst du davon?»

«Ich versuche, nicht mehr daran zu denken. Bitte übernimm daher du die Verantwortung für Folgendes: Versuche weiterhin die Identität dieses Alex Three herauszubekommen, und rechne ab mit Mr. Debritto. Leg ihn mit dem falschen Code herein, so wie wir es bereits besprochen haben. Wann, wo und welcher Rabe – das sei alles dir überlassen. Ich will es erst dann erfahren, wenn alles vorbei ist.»

«Okay», sagte Jack feierlich, «wir hätten da eventuell noch ein anderes loses Ende. Heute Morgen hat Shamus bei Dolly angerufen. Er behauptet, einige äußerst wichtige Informationen zu haben, die er dir und Daniel bei einem persönlichen Treffen übermitteln möchte. Von einem Alex Three hätte er noch nie gehört, meint er.»

«Was hatte Dolly für einen Eindruck?»

«Vollkommen durchgeknallt.»

«Einstweilen kein Treffen. Dolly soll ihm ausrichten, wir wären beide nicht zu sprechen.»

«Wo willst du denn hin?»

«Nach Hause», sagte Volta.

Daniel wachte auf dem Vordersitz auf, als die Sonne hoch genug stand, um durch die Windschutzscheibe zu scheinen. Das hatte er so geplant, als er den Camper nach Osten hin geparkt hatte, gut versteckt hinter der ausgebrannten Tankstelle.

Er fuhr direkt weiter nach Phoenix. An einer Shell-Tankstelle kaufte er einen Stadtplan und sah dann die Gelben Seiten durch. Gleich beim ersten Eintrag unter Autoverschrottung fand er, was er suchte: *Aura Wreckers ... wir machen alles platt.*

In der Seitenstraße vor Aura Wreckers hielt er an, zog hinten im Campingmobil sein Bowling-Outfit an, packte Wäsche zum Wechseln und Waschzeug in einen Rucksack und stopfte sich ein Tausend-Dollar-Bündel aus dem Aktenkoffer in die vordere Hosentasche. Dann nahm er Rucksack und Aktenkoffer mit nach vorn und stellte sie mit dem Diamanten in der Bowlingtasche auf den Boden. Er zerknüllte die gefälschten Wagenpapiere und verbrannte sie im Aschenbecher; Tränen schossen ihm in die vom Rauch gereizten Augen, noch bevor er das Fenster heruntergekurbelt hatte.

Langsam fuhr er auf den ölbefleckten Hof von Aura Wreckers und blieb neben einem Kran mit einem großen Magneten am Zugseil stehen. Der Kran pflückte ein zusammengepresstes Autowrack nach dem anderen aus einem Haufen weiterer Schrottautos und ließ sie in eine vierzig Tonnen schwere Maschine fallen, die sie zu kleinen Metallquadern presste. Ein Mann mit ausladendem Bierbauch, der die Maschine bediente, brüllte Daniel zu: «He, hier können Sie nicht parken! Das Büro ist da hinten!» Er deutete auf das Gebäude.

Daniel nahm Bowlingtasche, Aktenkoffer und Rucksack in die Hand und ging auf den Mann zu, der ein gequältes Gesicht machte, als er näher kam. Auf halbem Weg rief er ihm zu: «Kommen Sie schon, machen Sie, dass Sie aus der Schusslinie kommen; wir haben keine Versicherung für Volltrottel. Hier ist schwerstes Gerät im Einsatz, und ich bin der Chef.»

Daniel blieb vor ihm stehen und sah ihm in die Augen. «Mein Wagen muss zerstört werden!»

Der Schrottplatz-Chef sah den Camper an, dann wieder Daniel. «Weshalb?», fragte er misstrauisch. «Er ist doch noch gefahren, als Sie hier ankamen!»

«Er ist von *Dämonen* besessen!», brüllte Daniel. «Ich *weiß* es, denn ich bin ein Mann Gottes und ein professioneller Bowling-Spieler. Als Geistlicher der Gospel-Kirche der Unvergänglichen Glückseligkeit stehe ich unter dem Gelübde der Sparsamkeit und fahre im eigenen Wagen von Match zu Match; gleichzeitig bringe ich dabei ein wenig gottgefällige Literatur unters Volk. Und wenn ich durch diese gottlosen Staaten fahre, nehme ich jeden Anhalter mit, den ich sehe, darunter auch Frauen, und zwar ganz junge, manche noch keine siebzehn, die verloren diese Welt durchstreifen, aller Liebe und allen Trostes beraubt. Meine Absichten sind lauter, der Himmel kann es bezeugen! Ich will ihnen nur die Weisheit und die Tröstung von Gottes Wort vermitteln, wenn ich sie mitnehme, doch dieser Wagen ist *verhext*, im Kunststoff, im Chrom, da stecken Teufel, und sie entreißen mein Herz dem Strom des Lichts und schleudern es in den Tümpel niedersten Verlangens. Ich *weiß* einfach, dass der Wagen daran schuld ist, denn unzüchtige fleischliche

Begierde überkommt auch jene ansehnlichen jungen Frauen, und ehe wir uns versehen, schleifen uns die Dämonen hinten in den Camper, wo wir uns keuchend aneinander reiben wie brünstige Warzenschweine. Wenn ich ihren heißen strammen nackten Leib unter mir zucken spüre, will mein Herz nichts als eine ewige Wiederkehr dieser gemeinsamen Augenblicke der Entfesselung!»

Der Schrottplatz-Chef musterte den Wagen etwas wohlwollender. «Sieht mir nicht wie ein typischer Wagen zum Abschleppen aus.» Er schüttelte den Kopf. «Aber was soll's: Wenn Sie die Wagenpapiere dabeihaben, geht das in Ordnung; ich gebe Ihnen noch ein paar Hunderter dafür. Vielleicht fahr ich nochmal damit. Teufel, man weiß ja nie, vielleicht springt mir ein süßes Häschen in den Wagen.»

«Ich will, dass Sie ihn *zerstören!*», donnerte Daniel. «Er ist von Ausgeburten der Hölle besessen!» Daniel hob die Faust und ließ sie auf seine Handfläche niedersausen. «Die Ausgeburten der Hölle *müssen* vernichtet werden!»

Der Schrottplatz-Chef trat zurück und kreuzte die Arme über dem vorstehenden Bauch. Er legte den Kopf schräg und erkundigte sich leicht spöttisch: «Was Sind Sie, irgend so ein verdammter Irrer? Sie sind doch nicht ganz dicht. Klar, es gibt komplette Schwachköpfe, aber nicht so komplett wie Sie. Hm? Sagen Sie schon, sind Sie noch ganz bei Trost?»

Mit ausgestrecktem Zeigefinger tippte sich Daniel mitten auf die Stirn. «Scheint so», sagte er lächelnd.

Der Schrotthändler überlegte einen Augenblick. «Haben Sie die Wagenpapiere?»

«Die Dämonen haben sie mit ihrem Schleim überzogen, und nun sind sie unleserlich.»

«Raus hier», brummte der Mann und machte eine entsprechende Bewegung mit dem Kinn. «Ohne Papiere erledigen wir hier überhaupt nichts, und vor allem nicht für so Vollidioten wie Sie, bei denen eine Schraube locker ist und die trotzdem glauben, sie müssten anderen Sand ins Getriebe streuen. Ohne Papiere wird das nichts.»

Daniel griff in seine Hosentasche und förderte das zusammengerollte Bündel Geldscheine zutage. «Würden tausend Dollar Sie vielleicht umstimmen?»

«Voll und ganz», sagte der Mann und zählte rasch ab, bevor er die Scheine in seiner hinteren Hosentasche verschwinden ließ. «Lassen Sie nur alles da, wir machen das schon. Ich werde Jake, unserem Mann am Kran, Bescheid geben, dass Sie als Nächster dran sind. Ach, und Reverend ... Sollten Sie noch mehr Fahrzeuge haben, die von Dämonen besessen sind, dann bringen Sie uns die ruhig vorbei, dann werfen wir sie unserem Krümelmonster da zum Fraß vor. Gleiche Leistung, gleicher Preis.»

«Sei gesegnet, mein Sohn», sagte Daniel inbrünstig und breitete die Arme aus. «Mögest du vom Flusse des Lichts getragen werden.»

Lächelnd sah Daniel zu, wie der Magnet an dem Zugseil mit einem lauten metallenen Klang auf seinem Camper landete und die Federung zum Wippen brachte. Dann wurde der Wagen hochgehoben und wie ein Fisch an der Angel zur Presse hinübergehievt. Der Magnet wurde eingeschaltet und der Wagen fiel mit einem Krachen in die Maschine, sodass die Windschutzscheibe zerbarst. Unter hydraulischem Zischen und dem trockenen Kreischen sich verbiegenden Metalls reduzierte die Presse sodann den Camper und sein Innenleben zu einem schimmernden Würfel von einem Meter Kantenlänge.

Dieses Muster an Konzentration beeindruckte Daniel, und er musste gegen ein heftiges Verlangen ankämpfen, so eine Maschine auch an seinem Gehirn auszuprobieren. Er hob die Arme zum Himmel und rief freudig aus: «Befreit, befreit, o göttliches Licht! Endlich *frei*!»

Dann schwang er den Rucksack über die Schulter und bückte

sich, um Aktenkoffer und Bowlingtasche aufzuheben. Als er die Bowlingtasche in der Hand hielt, stellte er sich den leuchtenden Diamanten darin vor. «Na, wie wäre das?», sagte er leise zu dem Diamanten. «Endlich frei, klingt das gut? Du und ich, Baby, wir beide, nichts als intensives, wildes Diamantenlicht, felsenfest und doch flammenleicht? Heirate mich.» Er begann unkontrolliert loszukichern bei der Vorstellung, er würde dem Diamanten einen Diamantenring schenken. Das war so, als würde er Venus in der Hochzeitsnacht ein Aphrodisiakum geben.

Immer noch kichernd ging er durch das Tor, wandte sich nach Westen und streckte den Daumen heraus. Seine Prediger-Parodie hatte ihm zu Bewusstsein gebracht, dass er zum letzten Mal mit einer Frau geschlafen hatte, als er noch mit Bad Bobby unterwegs gewesen war. Vor über einem Jahr. Bei Jean Bluer hatten neue Identitäten im Mittelpunkt gestanden, und seither war seine gesamte Energie in die Kunst des Verschwindens geflossen. Bevor er sich zum ersten Mal unsichtbar machte, hatte er, wie ihm jetzt wieder einfiel, den Gedanken gehabt, nun könne er zweimal mit ein und derselben Frau schlafen, probiert hatte er es aber nicht. Doch sein Körper hatte nicht vergessen: ein heftiges Aufwallen in seinem Innern. Sein Gefühlsausbruch, als Wally ihm erzählte, wie sehr er seine Frau liebte. Die übertrieben detaillierte Schilderung der lüsternen Teenager. Ehe. Vereinigung. Er war geil, so geil, dass er die Wärme des Diamanten an seinem Bein spürte, oder so aufgeladen, dass er sich vorstellte, er spüre es. Er ließ den Arm seitlich herabfallen. Er rückte die Schultern gerade, nahm einen tiefen, langen Atemzug, schloss die Augen. Er versuchte, sich die Spirale als Frau vorzustellen, versuchte, ihr Gesicht zu sehen, ihre Körperformen anhand der spiralförmigen Flammenkurve zu erahnen, zu spüren, wie sie sich mit ihm zusammen öffnete, ihren Herzschlag tatsächlich auf seiner Handfläche zu fühlen, beide in Licht gebadet. Er verschwand mit dem Diamanten.

Jennifer Raines erstes Notizheft –
irgendwann im April (7.? 9.?) –

Eine weite Strecke seit gestern Nacht. Gerade bin ich in Reno angekommen, und alles ist okay, gut und schlecht zugleich, was wahrscheinlich ‹normal› ist, wenn man ‹geistig gesund› und ‹reif› ist, aber da ich keines von beidem bin, kriege ich voll den Blues. Keine Depression, Doc – Blues. Eine Spur postnataler Blues, der Adrenalinstoß, den unsere Flucht verursacht hat, lässt nach, der Entbindung von Zwängen folgt die Einbindung in eine schwierige Situation. Es ist hart, sich ständig verstecken oder davonlaufen zu müssen.

Ja, der Mama-Blues macht mir auch zu schaffen. Gestern Nacht in der Scheune ist Mia schreiend aufgewacht. Sie hatte einen schrecklichen Traum, Feuerschlangen, die in der Dunkelheit auf sie herabstürzten und sie mit ihrem zischenden Gift zu Stein werden ließen. Ich konnte sie nicht trösten. Stundenlang wiegte ich sie, sang leise Schlaflieder, aber sie schluchzte immer weiter, bis ich, von der Hilflosigkeit überwältigt, ihre Schreie ersticken wollte. Stattdessen ging ich nach draußen und schaute den Mond und die Sterne an, bis ich mich wieder ganz klein fühlte und hineingehen und sie in meinen Armen wiegen konnte. Ich spüre nicht mehr so wie bisher, was ihr wehtut, ihre Schmerzen sind zu komplex geworden. Ich kann sie nur lieben und hoffen, dass sie gesund wird. Frauen heilen unterschiedlich.

Dieser Blues, das hat natürlich auch mit dem Gefühl des Abgewiesenwerdens zu tun. Das einzig Gute am heutigen Tag war die Fahrt von der Scheune bis Reno, ein Fischer aus Alaska war so freundlich, Billy Krough hieß er. Ich verliebte mich ein bisschen in ihn, während wir so dahintuckerten. Billy, seufz!, war groß und kräftig, zwar nicht direkt gut aussehend, dafür aber hatte sein Gesicht Charakter, vor allem seine tief liegenden stahlblauen Augen. Klug war er auch. Intelligenz ist mir nämlich wichtig bei einem Mann. Billy-Schlaubär wusste, wo Jim Bridgers Grab ist – im Osten von Wyoming. Instinktiv war ich in die falsche Richtung gelaufen. Das Gehirn ist nicht das einzige Organ, das denken kann.

Billy war nach Las Vegas unterwegs, um dort im großen Stil Poker zu spielen, die letzte Gelegenheit, einen draufzumachen, bevor er nach Petersburg zurückkehren würde, zur Lachs- und Heilbuttsaison. Vier knochenharte Monate lang geht er fischen und verdient dabei genug, um die restlichen acht durch die Gegend zu rei-

sen. Seine beiden Langzeit-Beziehungen zerbrachen wegen seiner Ruhelosigkeit außerhalb der Saison und der Monate, die er zur See fuhr. Schienen aber verständnisvoll und waren auch immer noch mit ihm befreundet. Und da saßen wir nun vorne bei ihm im Wagen, Mia war fest auf dem Rücksitz eingeschlafen, und ich wollte, dass mich jemand ganz fest in den Arm nimmt, daher rutschte ich zu ihm hinüber, kuschelte mich an ihn und sagte: «Halt mich fest!»

Das tat er auch, zärtlich und total lieb, aber ohne die Spur dieses wilden fleischlichen Verlangens, das man braucht, um so eins zu werden, dass man den einen nicht mehr vom andern unterscheiden kann.

Ich ließ es drauf ankommen. «Ich möchte noch näher bei dir sein», sagte ich. «Ich möchte so, wie ich bin, von dir geliebt werden.» Die Liebe und die Logik haben nicht viel miteinander zu tun, aber da die Liebe auch nie danach gefragt hat, geht das schon in Ordnung.

Billy war sehr nett. Er drückte mich noch ein bisschen fester und erklärte mir dann, er hätte seiner Frau versprochen, keine Dummheiten zu machen, und dieses Versprechen wollte er auch dann halten, wenn ihm eine «süße kleine Versuchung» wie ich über den Weg lief. So süß war ich dann wohl doch nicht, dass er der Versuchung nicht hätte widerstehen können.

Shit. Warum sind die Traumprinzen immer diejenigen, die von einer anderen träumen?

Billy ließ uns in der Innenstadt von Reno raus. Nicht mal einen Zwischenstopp legte er ein, um Karten zu spielen, weil er weiter nach Vegas wollte. Er gab mir einen Fünfzig-Dollar-Schein und sagte, ich sollte mir mal ein langes Bad und eine geruhsame Nacht gönnen, obwohl ich das Geld selbstverständlich auch beim Zocken verprassen könnte. Ein echter Gentleman.

Ich habe mich noch nicht entschieden, was ich mit dem Fünfziger machen soll. Dies schreibe ich gerade in einem Witchell's Donut-Shop, während ich darüber nachdenke. Mia schläft noch. Armes Ding, eigentlich sollte sie das hier nicht durchmachen müssen. Sie ist erschöpft. Ich lasse sie schlafen, bis sie zu Ende geträumt hat und von selbst aufwacht. Eine imaginäre Tochter mit sich herumzutragen ist kein Problem. Die sind leicht, hihi.

Den Blues, den lache ich mir einfach weg!

Shamus saß an dem winzigen Schreibtisch in einem billigen Motel in Sacramento. Seine silbernarbige Hand hielt er ans Ohr gepresst, um sich Vorschläge diktieren zu lassen, die seine freie Hand auf einen Schreibblock kritzelte.

«Alex Three. Dreimal Al? Probier's mal damit. Alalal. Rührt sich da irgendwas in diesem grauen Batzen, den du dein Gehirn nennst? Denk nach, du Schwachkopf! Hilf mir doch! Allah? Nein, nein, falsche Richtung. Schweizer Akzent. Männlich, Mitte dreißig. Al dreimal X? Al, die dritte Kraft? Al mal drei? Al mal drei! *Ich hab's*! Kapierst du's, du Vollidiot?»

«Nein», lallte Shamus. Er war sehr betrunken.

«*Al* für Alchimie. Dreimal der Größte. Trismegistos. ‹Aus diesem Grunde werde ich Hermes Trismegistos genannt, denn ich besitze die drei Teile der Weisheit der ganzen Welt.› Komm schon, Shamus, hilf mir doch!»

«Volta. Dieser dreckige, schweinische Verräter!», sagte Shamus, den die Wut aus seiner Benommenheit wachrüttelte. «Sieht dem arroganten Hurensohn ähnlich, Hermes Trismegistos und Alchimie zu einem hübschen kleinen Code zu verwursten. Das ist sein Stil, und dieser Arsch ist so überheblich, dass er ihn uns sogar selbst übermittelt. Und dabei wussten wir es ja die ganze Zeit!» Shamus schrieb Voltas Namen so heftig erregt aufs Papier, dass beim Buchstaben t die Bleistiftspitze abbrach. «Volta der Allwissende. Glasklar. Ein Schweizer Akzent: kein Problem für Volta. Und dann stößt er uns mit der Nase darauf. Scheint wohl vergessen zu haben, dass wir bei Jacob Hind studiert haben. Wir sind fast so ein guter Alchimieschüler geworden wie er. Hat er allen Ernstes gedacht, wir könnten so einen lächerlichen Code nicht knacken?»

Shamus' vernarbte Hand krächzte in sein Ohr: «Vielleicht *wusste* er ja, dass er das nicht konnte! Ist dir der Gedanke vielleicht schon mal gekommen, du Volltrottel?»

Shamus war verdutzt. «Wovon redest du denn da?»

«Er *will*, dass wir glauben, er sei es gewesen – um uns von Daniel abzulenken. Streng dich doch mal an, du Hirnamputierter: Irgendjemand muss Volta doch erzählt haben, was los war!»

«Es waren alle beide, genau wie wir dachten. Aber wo stecken sie?»

Die narbige Hand bewegte sich von seinem Ohr weg und sah ihm direkt ins Gesicht. «Hör mir zu: Der eine wird dich zum anderen führen. Findest du den einen, hast du sie beide.»

Ohne Vorwarnung ließ Daniels Konzentration gegen Mitternacht schlagartig nach und brach zusammen. Er bemühte sich, erneut zu fokussieren, doch es war keine Energie mehr übrig. Beinahe ohnmächtig, brauchte er einen schreckerregenden Moment, um sich zu sammeln und das Bild seiner selbst zusammen mit dem Diamanten heraufzubeschwören. Der Rückweg war versperrt. Daniel hatte keine Ahnung, wo auf der Welt er gerade war. Auf den Knien starrte er den Diamanten an und wunderte sich, wohin die spiralförmige Flamme wohl verschwunden war. Zu seiner Rechten hörte er ein schwaches Dröhnen. Er wandte sich um, geblendet von einer Lichtkugel, die auf ihn zusauste. Er warf sich zur Seite, den Körper schützend um die Bowlingtasche gelegt, genau in dem Moment, als der Fahrer des schwarzen Trans-Am auf die Bremse stieg, sich um hundertachtzig Grad drehte und in hundertfünfzig Meter Entfernung zum Stehen kam. Während der Wagen zurückfuhr, zog Daniel den Reißverschluss der Bowlingtasche zu. Der Fahrer wendete und kam neben Daniel zum Stehen. Einen Augenblick lang glaubte er, das lange blonde Haar sei das einer Frau; umso enttäuschter war er, als ein stämmiger Mann Mitte dreißig, der Cowboystiefel, Levis und eine Army-Jacke trug, um den Wagen herumkam und sagte: «Was zum Teufel hatte *das* denn zu bedeuten?»

«Was?», erwiderte Daniel in ratloser Unschuld, während er sich aufrappelte.

«Hast du das denn nicht *gesehen*, Mann? Diesen riesigen zuckenden Lichtschein, und auf einmal, *peng!*, bist du aufgetaucht, mit so einem komischen Schimmer um dich herum. Das musst du doch mitgekriegt haben!»

«Ich war gerade in der Hocke, als ich dich kommen hörte, und da bin ich ganz schnell wieder aufgestanden – vielleicht waren es die Scheinwerfer, die auf dem Koffer hier reflektierten, da ist viel helles Metall dran, da hat sich das Licht wohl voll gespiegelt.»

Der Mann schüttelte langsam den Kopf, während er Daniel und seine Habe anstarrte. Er zuckte die Achseln. «Vielleicht war das so eine Art Napalm-Flashback. Obwohl es total echt aussah, finde ich. Na ja, ist ja eigentlich scheißegal, oder? Ich sage immer: Warum sich ins Hemd machen, wenn der Tod sowieso weiß, wo du wohnst?»

«Gutes Motto», sagte Daniel.

«Und du? Per Anhalter unterwegs oder was? Ich fahre bis zum Morgengrauen nach Westen, dann kehre ich wieder um.»

«Danke», sagte Daniel. Er nahm den Aktenkoffer und die Bowlingtasche.

Der blonde Mann sagte: «Was machst du denn mit den Sachen da? Bist du ein Bowlingspieler auf Wanderschaft oder was?»

«Ich bin Bowling-Profi und ein religiöser Eiferer», erklärte Daniel.

«Ja ja, was tut man nicht alles für die paar Piepen.» Er machte Daniel die Wagentür auf.

«Und du?», fragte Daniel beim Einsteigen. «Für jemanden mit geregelten Arbeitszeiten bist du ein bisschen zu spät dran.»

«Ich repariere Spielautomaten im Schamrock. Spätschicht, von zwei bis zehn. Da kann ich noch in den gefährlichen Stunden vor Mitternacht und in den frühen Morgenstunden Streife fahren.»

«Für wen fährst du denn Streife? Oder *gegen* wen, wenn das der Fall ist.»

«Meinen alten Arbeitgeber», sagte der Mann. «Den Tod. Ich war mal der Chauffeur vom Tod.»

«Im Ernst?», fragte Daniel. Er hatte keine große Lust, sich irgendeinen Mist anhören zu müssen.

«Voll und ganz, Kumpel; nackte Tatsache, das. Komm, jetzt zischen wir mal los, und dann erzähle ich dir, wie das war.» Er schloss die Autotür.

«Großartig.» Das sagte Daniel eher zu sich selbst, aber er war sich nicht sicher, ob er es ironisch meinte. «Warum sich ins Hemd machen», dachte er. «Augen zu und durch.»

Der blonde Mann hieß Kenny Copper. Kurz nach seinem achtzehnten Geburtstag hatte ihn ein Richter vor die Wahl gestellt, ob er zwei Jahre Arbeitsdienst auf einer Farm verrichten wollte, und zwar wegen Ruhestörung / Widerstand gegen Polizeigewahrsam / tätlichen Angriffs auf einen Polizisten – was das Gericht als Bündelung von Straftaten, nicht als logische Folge von Einzelschritten im Zuge der Selbstverteidigung ansah –, oder ob ihm der sofortige Eintritt in die Marine lieber war. Acht Monate später kam er als Schütze der Baker Company in Saigon an, weniger als eine Woche später wurden sie per Schiff nach Khe Sanh gebracht.

Während sie über die I-95 Richtung Nordwesten brausten, erzählte er Daniel: «Ich war mitten in der Höhle des Drachen gelandet. Scheiße, Mann, der Vietcong hat uns echt das Fürchten gelehrt. Wir schickten ein paar Patrouillen zur Aufklärung los, nur so als Übung – die Jungs haben wir nie wieder gesehen. Alles, was die Landebahn berührte, wurde in die Luft gejagt. Einen Krankentransport außer Landes gab's nicht. Ersatzleute auch nicht. Proviant und Munition wurden vom Helikopter abgeworfen, aber alles, was außerhalb unseres Gebiets herunterkam – und das war ungefähr die Hälfte von dem ganzen Zeugs –, fiel den Schlitzaugen in die Hände. Für uns war es die Hölle, für die Schlitzaugen war es wie Weihnachten und Ostern gleichzeitig. Aber jetzt kommt's, Herman, jetzt kommt die eigentliche Sauerei – wir waren der *Köder* für die Falle, totes, stinkendes Fleisch, die wollten, dass sich der Vietcong zu einer Belagerung zusammenrottet und sich schließlich auf uns stürzt, und dann hätten sie den Hammer niedersausen lassen. Nett von denen, was? Ich meine, die Schlitzaugen ließen sich nicht lange bitten, auf uns einzudreschen, das hätte sich ja jeder Dorftrottel ausrechnen können. Der Kong drückte immer schön feste zu, aber nie so sehr, dass einem die Luft völlig wegblieb. Und so ging's mit *uns* den Bach runter, aber der Hammer, der sauste nie herunter.

Zuerst war es gar nicht so schlimm. Ich hatte heimlich fünfhundert Gramm Buddha-Gras im Helikopter mitgenommen – fünfzig Yankee-Dollars an jeder Straßenecke in Saigon –, und das hat uns dabei geholfen, die Zeit zwischen den Angriffen zu überbrücken. Jeder von unserem Stützpunkt wusste, dass in unserem Bunker immer gute Stimmung war. Ein Kumpel von mir, ein Farbiger – er hieß Donnell Foxworth, aber wir nannten ihn den Brandstifter, weil er nach eigenen Angaben jede Fotze zum Brennen brachte –, hatte zwei Munitionskartons voller Schallplatten. Motown, Hendrix, die Doors, Dylan, Stones, alles, was dir so einfällt. Bei Buddha-Gras und der Musik konnte die Truppe sich 'n bisschen erholen.

Und das hatten wir auch bitter nötig, Mann, die Schlitzaugen hatten die Oberhand, wegen ihrer Minenwerfer und leichten Artillerie kamen wir gar nicht mehr raus, wie Frösche, die in einem Bottich gefangen sind. Wenn ihnen danach war, egal, ob am Tag oder in der Nacht, zwei Minuten lang oder zwanzig Stunden, veranstalteten sie einen wahren Feuerregen-Zauber. Du warst nie dort, Mann, du *kannst* einfach nicht wissen, wie das ist, wenn man dieses ständige Fliegergeräusch hört, immer wieder, bis das schrille Heulen des Todes dein Blut wie einen Hund aufjaulen lässt, dem die Eingeweide zerschossen wurden; deine Nerven liegen mehr als blank; dein Arschloch ist so verkrampft, dass du dir sofort in die

Hosen scheißt, wenn die Anspannung nachlässt; und dann hörst du Dylan, der dir ins Ohr brüllt: ‹Well HOW does it FEEL! to be on YOUR OWN!› – ich sag dir die Wahrheit, wenn dir keine Kugel den Garaus gemacht hat –, der Rest hat es mit Sicherheit erledigt. Da konntest du noch so viel Gras haben und eine Anlage, die dir den Schädel zum Bersten brachte – der *ganze* Junk von Vietnam, die *ganzen* Muschis auf der Welt hätten nichts genutzt. Es gab einfach keine Möglichkeit, sich drüber hinwegzutäuschen, dass dies hier blutigster Ernst war. Diese ständige Angst, die hat dich nur noch krank gemacht.

So etwa nach drei Wochen ließen sie dann richtig die Sau raus, und unser Gebiet wurde zu einem Tollhaus. Versuch mal zu schlafen, wenn ständig Minenwerfer über dich hinwegbrausen, wenn du weißt, da draußen ist jemand, der liebend gern deine Kehle aufschlitzen würde. Ich lag da, in einem schlammigen Graben, und hielt mich an mir selber fest, hatte die Arme um mich geschlungen, gegen den Wall gekrümmt lag ich da, geschüttelt von der Schlitzaugen-Ruhr, kotzübel war mir vom Geruch meiner eigenen Angst, der Leichen und der verschissenen Hosen, und dann passierte es, wenige Meter von mir entfernt. Die Explosion hätte mir beinahe das Hirn zu den Ohren hinausgefegt. Ich rappelte mich auf die Knie und schaute total baff in den Regen und in die Nacht, ganz angestrengt starrte ich nach oben, wo der Regen herkam, als plötzlich etwas Weißes, Viereckiges neben mir niederflatterte. In dem Moment, in dem ich es berührte, wusste ich, was es war. Obwohl ich alles darum gegeben hätte, nicht hinzuschauen, war dies etwas, das ich sehen sollte. Einer von uns, Billy Hines, aus Missouri, stiller Typ, eher schüchtern, mit einer Siebzehnjährigen namens Ginnilee verheiratet, die ihm in ihrem ersten Brief nach Vietnam mitteilte, dass sie seit seinem letzten Fronturlaub schwanger war. Sie hatte ihm ein Foto geschickt, das ihre Mutter aufgenommen hatte; sie stand auf dem Rasen vor dem kleinen Haus, das nur unscharf zu sehen war. Auf der Rückseite stand: ‹Frau und Mutter. Vergiss nie: Ich liebe dich. Ginnilee.› Und ihr Gesicht … o Mann, so jung, so hoffnungsvoll und tapfer, das süßeste rotblonde junge Ding, mit Sommersprossen, Mann, mit *Sommersprossen,* und du brauchtest nur den Schimmer um ihr Gesicht zu sehen und wusstest schon, dass sie schwanger war. Billy trug es auf seinem Helm. Einmal fragte ich ihn, warum er es nicht wegsteckte, damit so ein hübsches Wesen nicht ganz schlammig und vom Regen durchnässt würde, und er sagte» – Kennys Stimme begann zu zittern – «er sagte: ‹Sie ist mein Glücksstern. Sie wird mir auf dem Weg durch all diese Scheiße hindurch leuchten, nach Hause zu ihr und dem Baby.› Und Mann, als ich ihr Foto im Schlamm aufhob und sie *sah,* Mann, sie *sah,* bis in meine Seele hinein, da verschwand ich irgendwie in mir selbst. Weißt du, was ich meine, Mann? Machte mich vom Acker. Zog mich zurück.»

Im Scheinwerferlicht eines entgegenkommenden Sattelschleppers sah Daniel den Tränenstreifen auf Kennys Wangen. Er wischte sich über seine eigenen. Nichts, was er hätte sagen können, schien passend.

Kenny warf ihm einen Blick zu und schaute dann wieder auf die Straße. «Die Ärzte sagten zu mir, ich wäre ungefähr drei Wochen richtig weg gewesen, aber da hatten sie die eine nicht mitgezählt, die es dauerte, bis sie mich in einem Helikopter, der verrückt genug war reinzukommen, aus Khe Sanh rausflogen. ‹Kriegsneurose› nannten es die Ärzte, oder ‹katatonischen Schock›. Ich machte mir nicht die Mühe, ihnen zu erzählen, dass es mir gut ging, bis ich in ihr Gesicht geschaut hatte. Aber es ist mir scheißegal, wie die Ärzte das nennen, ich *weiß,* was es war. Es war eine Art Schwebezustand. Solange mein Verstand nicht in der Lage war, sich zu sammeln, gesund zu werden, war auch der Rest von mir nicht real, war ich in meiner eigenen Haut nicht sicher.

Und genau da kam der Tod und schnappte sich mich als seinen

Chauffeur, zog mir einen weißen Seidenanzug an und setzte mich ans Steuer seiner schwarzen ultraprotzigen Siebziger-Jahre-Limousine.» Kenny machte eine Pause und warf Daniel wieder einen Blick zu. «Verstehst du, was ich da quatsche?»

«Bis jetzt schon», erwiderte Daniel.

«Ich *sehe* den Tod nicht, weißt du? Er sitzt immer hinten, hinter dieser Trennwand aus Rauchglas mit dem kleinen Schlitz genau über meiner rechten Schulter. Er steigt ein, ich lasse die Limousine an, er steckt ein weißes Kärtchen mit einem Namen drauf durch den Schlitz – keine Adresse steht drauf, nur der Name – und ich mache mich auf die Suche der jeweiligen Person. Frag mich nicht, *wie,* denn ich hab selbst nicht den blassesten Schimmer. Ich *weiß* es einfach. Ich mache die Person ausfindig, parke, der Tod steigt aus und bleibt eine Minute weg, dann steigt er wieder ein und steckt einen anderen Namen durch den Schlitz. Nichts zu essen oder trinken, keine Pisspause – einen Namen nach dem anderen.

Am Anfang, als ich noch auf dem Stützpunkt war, kannte ich ein paar von den Namen, Jungs aus meinem Trupp. Es waren auch ein paar vietnamesische Namen darunter. Nach einer Weile kannte ich keinen der Namen mehr. Aber ich wusste immer, wo ich suchen musste.

Eines Nachts, wie wir so dahinfahren, blitzt auf einmal ein riesiger Lichtschein hinter uns auf, als wäre irgendwo ein Munitionslager in die Luft geflogen, und als ich mich umdrehe, scheint das Licht gerade so, dass ich durch die Trennwand auf den Rücksitz blicken kann. Und den Tod sehe. Ein Skelett, wie man sich das so vorstellt, schon klar, Mann, mit diesem irren, hungrigen, einsamen Grinsen, aber das von wegen grimmiger Sensenmann und so, das ist Quatsch. Er trägt einen Straßenanzug, eins von diesen engen Nadelstreifen-Modellen, und an jedem einzelnen seiner knochigen Finger trägt er Diamantringe.

Als die nächste Karte durch den Schlitz gesteckt wird, brauche ich nicht einmal hinzusehen und weiß schon, dass mein Name draufsteht. Wenn du den Tod ansiehst, blickt er zurück, und es gibt Millionen von kaputten Existenzen, die ihn durch die Gegend chauffieren können.

Ich fackelte nicht lange – wenn ich schon die Biege machte, dann wollte ich den Motherfucker aber mitnehmen. Ich stieg also aufs Gas, dass wir heulend in der Dunkelheit davonschossen, und dann schlug ich das Lenkrad ganz scharf nach rechts ein und wollte mich aus dem Wagen fallen lassen.

Doch ich kriegte ihn nicht dran. Er hat so eine Art Kontrollvorrichtung hinten auf dem Rücksitz, und ich höre, wie er die Bremse anzieht, bevor ich mich aus dem Wagen stürze. Und nun stell dir das vor, Mann: Ich treffe nicht auf der Straße auf, nicht auf den Büschen, gar nichts – ich falle einfach nur in den leeren Raum. Alles, worauf ich mich konzentrieren kann, ist Ginnilees Gesicht. Ich blicke hinein, in ihre Augen, ihr Lächeln, ihre Träume, und ich weiß nicht, ob ich mir das in meiner Phantasie vorstelle, mich daran erinnere oder sie tatsächlich sehe, denn als der Fall ein Ende hat und ich die Augen aufmache, schaue ich einer alten Krankenschwester ins Gesicht, die mich anraunzt: ‹Wurde aber auch Zeit, Kamerad. Da draußen tobt der Krieg.› Aber sie schickten mich nach Hause, zur Veteranenbetreuung.

Nur wenige wissen, wie der Tod aussieht, womit er durch die Gegend fährt. Die, die es wissen, tragen die Verantwortung, Patrouille zu fahren und den Motherfucker kaltzumachen, sobald sie ihn sehen. Keine Fragen. Keine Antworten. Ich hab die Knarre aus Vietnam unterm Sitz. Wenn ich ihn sehe, schieß ich ihm die Diamanten von den Fingern, zermalme ich ihn zu Staub.»

«Du glaubst also, du könntest den Tod töten?», fragte Daniel.

«Ich weiß nicht. Aber versuchen werde ich es, da kannst du Gift drauf nehmen!»

«Solltest du wohl auch», sagte Daniel leise. Er lehnte sich im Sitz zurück, schloss die Augen und versuchte sich Ginnilees Gesicht vorzustellen, war aber zu müde. Als er die Augen wieder aufmachte, wurde er von den Scheinwerfern eines entgegenkommenden Wagens geblendet. Daniel blinzelte, bis er wieder richtig sehen konnte, drehte sich um und schaute zum Rückfenster hinaus. «Die Scheinwerfer haben mich zwar geblendet, aber ich glaube, das war sie, die schwarze Limousine.»

«Mann, bist du auf Drogen oder was? Das war ein roter Toyota!»

Daniel sah den Rücklichtern nach, die sich immer näher aufeinander zubewegten, während sie zugleich schwächer wurden. Was er da gesehen hatte, war doch ein langer, tief liegender schwarzer Wagen. «Bist du sicher?»

«Ruhig Blut, Mann», sagte Kenny, «ist 'ne Wahnsinnsgeschichte, ich weiß. Aber vergiss nicht: Ich hab das verdammte Ding ja gefahren, die schwarze Limousine würde ich auch mit verbundenen Augen erkennen. Das hier, das war ein roter siebenundsiebziger Toyota – glaub's mir.»

Daniel drehte sich wieder um. «Schon gut. Es ist deine Aufgabe, deine Patrouille – wollte dir nur behilflich sein.»

«Versteh schon, Kumpel, und vielen Dank auch. Fuck, Mann, du hast doch auch geweint, als ich meine Kriegsstorys erzählt hab – glaubst du, ich weiß nicht, dass wir auf derselben Wellenlänge liegen? Ich nehme jeden Anhalter mit, den ich auf meiner Streife sehe, und ich erzähl jedem von Ginnilees Gesicht und dem einen Monat, in dem ich den Tod herumchauffiert hab. Einige sagen gar nichts, andere sagen, ich hätte wohl nichts als Scheiße im Hirn, ein paar behandeln mich wie jemanden, der seit dem Krieg einen an der Klatsche hat, und fast alle würden lieber allein an einem verlassenen Highway mitten in der Wüste rumstehen, als noch eine einzige Meile mit mir weiterzufahren. Vielleicht einer von hundert weint wenigstens eine klitzekleine Träne für mich. Und du bist einer von ihnen, Mann. Hast du je dem Tod ins Auge geschaut?»

Die Frage, so unvermittelt und verstörend, brachte Daniel durcheinander. «Wie kommst du darauf?»

Kenny zuckte mit den Schultern. «So 'n Gefühl. Ich wollte dich nicht ausquetschen. Du brauchst keine Details zu erzählen.»

«Einmal wäre ich fast gestorben», sagte Daniel. «Bei einer Bombenexplosion. Mein Herz war stehen geblieben, als sie mich in den Krankenwagen luden, ich musste wieder belebt werden. Erzählte mir jedenfalls der Arzt – ich selbst habe keine Erinnerung daran. Ein endloses Fallen, das ist das Letzte, woran ich mich erinnere, ich fiel und fiel, doch dann tauchte plötzlich ein Spiegel vor mir auf, und ich weiß noch, wie ich schützend die Hände vors Gesicht hielt, aber nicht, ob ich hindurchfiel oder er zerbrach. Wahrscheinlich war ich da, in dem Spiegel, dem Tod so nahe wie nie zuvor oder danach, aber ich weiß nicht mehr, was ich sah, wenn ich überhaupt etwas gesehen habe.»

«Das ist der Tod, keine Frage. Das ist so seine Art, dieses Spiegel-Gefuchtel, Spiegel und Fenster – zwei seiner Lieblingsspielsachen.»

«Entschuldige, wenn ich dich etwas Persönliches frage, aber etwas von dem, was du erzählt hast, hat mich neugierig gemacht.»

Kenny warf ihm einen Blick zu. «Kein Problem. Lass hören, Mann.»

«Ich weiß nicht, wie ich mich ausdrücken soll», erwiderte Daniel. «Du hast gesagt, du hättest Ginnilees Foto angeschaut und wärst dann irgendwie in dir selbst verschwunden. Meinst du damit, dein Körper ist tatsächlich verschwunden, hat sich in Luft aufgelöst?»

«Nein. Genau das Gegenteil. Mein Körper blieb, und mein Geist verschwand. Du warst aber auf dem richtigen Weg, hast nur den falschen Zug erwischt.»

Darüber dachte Daniel eine Weile nach. Das schien tatsächlich mehr Sinn zu ergeben als seine eigenen Erklärungsversuche. Er stellte sich vor, wie sein Geist verschwand, und lächelte dann, als er bemerkte, dass er sich selbst einen Schritt voraus war, denn zuerst musste er sich ja seinen Geist vorstellen. Der Gedanke faszinierte ihn.

Kenny schaute nervös zu ihm herüber. «Was ist denn los, Mann?»

«Ich habe versucht, mir meinen Geist vorzustellen.»

«Ja, ich kenn das – irres Gefühl, was? Wie ein Fernseher, der sich selbst zuschaut, ein Spielautomat, der mit sich selber spielt, so was Verrücktes in der Art.»

«So was Verrücktes in der Art», wiederholte Daniel, immer noch kichernd.

Kenny, die Augen wieder auf die Straße gerichtet, schien beinahe feierlich gestimmt. Er nickte einmal, als habe er gerade einen Entschluss gefasst, und wandte sich dann zu Daniel. «Ich mach dir 'nen Vorschlag, Herman, ein echt klasse Angebot. Warum schließt du dich nicht eine Weile an und gehst mit mir auf Streife. Ich kann dir einen anständigen Job im Casino verschaffen, wenn du 'n bisschen Spielgeld brauchst, aber wenn du lieber erst mal ausspannen möchtest, hätte ich auch 'n Gästebett zu bieten, und 'n Haufen Proviant. Ich bin kein Bocuse oder so, aber Kochen heißt für mich mehr als nur 'ne Dose aufmachen.»

Das Angebot holte Daniel wieder auf den Boden und er sagte: «Ich fühle mich geehrt, aber ich habe selbst eine Mission. Vielleicht komme ich auf dich zurück, wenn ich die erfüllt habe.»

«Was ist denn deine Mission, Mann. Hat das was mit diesem ‹religiösen-Eiferer›-Zeugs zu tun?»

«Ja, in gewisser Weise. Weißt du, ich habe den Gral gefunden ...»

«Was war das eben?» Kenny hielt die Hand ans Ohr. «Den Gral?»

«So was wie den Heiligen Gral», sagte Daniel.

«Du meinst, wie bei den Rittern da mit ihrer verdammten Tafelrunde? So 'ne Art Pokal von Gott? Ich fand die immer stark, wenn sie davongedonnert sind, um irgendeinen ausgeflippten Drachen zu besiegen. Foxworth hat mich immer damit aufgezogen. ‹Du und deine doofen Ritter›, hat er immer gesagt, ‹eine *Menge* Rumreiten für *verdammt wenig* Muschis.› Auf die Muschis kommt es nicht an, erklärte ich ihm dann. Es kommt auf die Suche an, darauf, sich durchzukämpfen. Er sagte: ‹Hab ich keine Probleme mit, Mann. Du suchst, und ich bumse.› Das war Foxworth: Muschis und Musik. Hat dann später bei Song Be ein Bajonett abgekriegt. Hab's von einem anderen Veteranen gehört, der in dem Bett daneben lag –» Kenny hielt inne, nahm die Hände in einer hilflosen Geste vom Steuer. «Sorry, Mann», entschuldigte er sich. «Ich laber dich einfach mit meinem Scheiß voll. Tick hier draußen voll aus, mitten in der Nacht. Geb geistigen Dünnschiss von mir.»

Daniel sagte: «Ich versteh das. Kein Problem.»

«Na ja, gerade eben, bevor ich so sentimental geworden bin, hast du jedenfalls gesagt, dass du hinter diesem Gral-Dingsda her bist, stimmt's?»

«Nicht ganz. Ich habe den Gral gefunden – nicht den Heiligen Gral, sondern etwas Ähnliches. Meine Mission ist es, herauszufinden, was ich damit machen soll.»

«*Fuck,* Mann! *Behalten!*»

«Dachte ich zunächst auch», sagte Daniel, «doch jetzt bin ich überzeugt, ihn zu behalten ist das Einzige, was ich *nicht* tun kann.»

«Ich kenne ein paar Leute in Vegas, die ihn dir für dreißig Prozent vom Hals schaffen, falls du meinst, das Ding wäre zu *heiß*, um es zu behalten. Keine weiteren Verpflichtungen, nur um einem Kumpel zu helfen.»

«Nicht nötig. Er kann nicht erworben, verkauft, gestohlen oder behalten werden. Aber vielleicht kann er geöffnet werden.»

«Ich hab 'nen Schneidbrenner, wenn du willst.»

«Nein, das würde auch nichts bringen, aber danke trotzdem. Ich finde bestimmt eine Möglichkeit.»

«Gut, gut, Kumpel. Egal wie, Hauptsache, die Mauern stürzen

ein. Die Seele, die gehört Jesus, aber dein Arsch, der gehört dem Corps. Wenn ich dir irgendwie helfen kann, ruf mich im Shamrock an und gib Bescheid. Dann komm ich angeritten wie die Kavallerie, mit gezogenem Schwert. Foxworth und ich, Mannomann, wir hatten so eine Geheimarmee, die ganzen Drogenheinis und armseligen Tröpfe, die Verzweifelten, die Steppenwölfe und die Einsamen, alle gehörten sie zu unserer Geheimarmee namens Bruderbund der Schrecklichen Wahrheit. Foxworth war der Oberbefehlshaber, und ich war sein General, General Chaos, wie er mich immer nannte. Bei unseren Treffen gab's nur eine einzige Regel: Sie durften erst beginnen, wenn jeder Einzelne zu stoned war, um vor der Flagge zu salutieren. Mannometer, das war vielleicht einer, dieser Foxworth!»

Daniel hörte zu und konnte sich Foxworth beinahe leibhaftig vorstellen, wie er zwischen ihnen saß, Bacardi trank und ihn dann mit Bier hinunterspülte, ständig grinsend, in dem Bewusstsein, dass über die Hälfte der fünf Milliarden Erdbewohner eine Muschi hatten – und obwohl das nicht unbedingt das Wichtigste auf der Welt war, machte es doch das Leben erst so richtig lebenswert.

Auf Daniels Drängen ließ Kenny ihn im Morgengrauen mitten in der Einöde aussteigen, nur Straße und Gestrüpp, so weit das Auge reichte.

«Melde dich, wann immer du willst, Mann; ich werde da sein», rief Kenny ihm ins Gedächtnis, als Daniel ausstieg.

«Halt die Ohren steif!», sagte Daniel.

Kenny hob die geballte Faust. «Jetzt hast du den richtigen Kampfgeist. *Semper fi*, Kumpel!» Daniel lächelte und wollte gerade die Tür zuschlagen. «He, halt, nicht so hitzig! Du hast deine Bowlingkugel vergessen. Lass dich nicht aus dem Konzept bringen, Kumpel. Da draußen tobt der Krieg.» Mit einem Zwinkern reichte er Daniel die Tasche nach draußen. «Wie willst du sie denn ohne deine verdammte Kugel über den Haufen ballern? Das wär ja so, als würdest du den Drachen ohne Lanze bezwingen wollen!»

«Da hast du Recht», sagte Daniel, als er den Diamanten an sich nahm. «Nochmals vielen Dank.»

Kenny machte mit seinem Trans-Am eine Kehrtwendung und fuhr zurück in Richtung Las Vegas. Dass Daniel nun nicht mehr bei ihm war, deprimierte ihn. In dem Monat als Chauffeur des Todes hatte er ein äußerst feines Gespür für den schwachen moschusartigen Geruch entwickelt, der dem Atem todgeweihter Menschen anhaftete. Traurig schüttelte Kenny den Kopf. «Du blöder Laberkopf, er war der beste Köder, der dir in fünfzehn Jahren je untergekommen ist, und du vermasselst das Ganze, wie du ja sonst auch alles vermasselst. Lass dich nicht aus dem Konzept bringen, Kumpel; da draußen tobt der Krieg!» Ihm fiel ein, dass er das auch zu Daniel gesagt hatte. Als er darüber nachdachte, stellte er fest, dass dies die letzten Worte waren, die Foxworth zu ihm gesagt hatte. Das war vielleicht einer, dieser Foxworth! Er fing wieder an zu weinen.

Gurry Debritto lächelte, als er die Sendung decodiert hatte. Er legte die Nachricht zu den anderen, die seine Hörer an der Westküste für ihn aufgenommen hatten. Wenn die Positionsangaben stimmten – seine Leute waren die Besten auf der Welt –, war der Diamant nach Seattle geflogen und von dort aus per LKW nach Coos Bay, Oregon, gebracht worden. Jetzt befand er sich auf einem namenlosen Schiff siebzig Meilen westlich von der Mündung des Smith River entfernt, mit Kurs küstenabwärts. Er las noch einmal die letzte Nachricht:

> SETZ DIE SEGEL. PROBLEMA. ERSTER NISTPLATZ ANGEFAULT. UNTERSTUETZUNG FRAGLICH. GLEICHE BUCHT, GLEICHER TAG, ABER LADUNGSTRANSFER OKIE TURF 107772400. BESCHEINE DEN MOND, HARVEY.

Gurry Debritto nickte. Sie waren gut, diese Leute, aber kleine Probleme und Änderungen erforderten dummerweise Korrekturen.

Wie es schien, war das ursprüngliche Ziel nicht mehr sicher und den Helfern im Hintergrund konnte man nicht mehr trauen, deshalb steuerten sie nun einen neuen Bestimmungsort an. Er konnte sich schon denken, wo das war. Das Schiff fuhr in südlicher Richtung an der Küste entlang, und zwar zur selben Bucht wie geplant – die Bucht von San Francisco bot sich als Zielpunkt geradezu an, vor allem im Hinblick auf OKIE TURF – Oakland, wenn ihn seine Ahnung nicht trog. Er setzte sich wieder vor den Bildschirm und durchsuchte das Branchen- und das Straßenverzeichnis von Oakland. Wahrscheinlich waren Zeitpunkt und Adresse in der Ziffernfolge 107772400 enthalten. Er studierte sie einen Moment lang und beschloss, mit dem Offensichtlichen zu beginnen: 24.00 als Zeitangabe. Er gab 107 77 Street ein, und da war es auch schon: CARDINAL LIGHT IMPORTS, eine 700 Quadratmeter große Lagerhalle, im Besitz der Tao-Hihe Chemical, im Januar an die Cardinal Light Imports verpachtet. Er tippte den Zugangscode zum Zentralen Strafregister ein und dann die Nummer seiner Sonderberechtigung, eine der speziellen Vergünstigungen, die er sich für seine Dienste ausbedungen hatte.

Nicht viel über Harvey Moon, aber doch genug. Vorsitzender der Cardinal Light Imports, Aufsichtsratsmitglied von Tao-Hihe Chemicals, Mitglied im Ältestenrat des Breaking Wave Temple, einer Vereinigung, die ihr religiöses Gedankengut dem Taoismus, ihre Einschätzung der gesellschaftlichen Vorgänge hingegen Karl Marx verdankte. Steht im Verdacht, Waffen für Mao geschmuggelt zu haben (nicht bestätigt) und Drogen für die dänischen Provos (nicht bestätigt; möglicherweise Fehlinformation). Lebt auf Yacht [*Susy-Q*: Reg.Nr. Cayman-I. LV967769]. Siebenmal verheiratet. Einunddreißig Kinder ...

Debritto traute seinen Augen nicht. *Einunddreißig* Kinder! Verdammt, würden diese Leute denn nie begreifen, dass sie aufhören mussten, sich wie die Karnickel zu vermehren?

Er rief nochmals das Straßenverzeichnis von Oakland auf und schrieb sich rasch die zur 77. Straße gehörige Aktennummer auf. Wenn sie den Diamanten auf Moons Yacht brachten, wäre es nett gewesen, ihn sich gleich dort zu schnappen. Doch das war zu riskant, die Yacht ließ sich nicht genügend sichern. In dem Fall hätte er Hilfe gebraucht, und er hatte bei solchen Aktionen immer allein gearbeitet.

Als er das Luftbild der 77. Straße aus der Mappe zog und sich die Lage der Cardinal-Light-Lagerhalle genauer ansah, verschwendete er keinen Gedanken mehr an die Yacht. Das Lagerhaus war perfekt. Ebenerdig, von einer offenen Fläche umgeben, ein großes Oberlicht auf dem Dach. Ein Oberlicht war immer gut, fand er. Er schaute nämlich gern hinunter. Vielleicht würde sich Mr. Moon ja höchstpersönlich zeigen. Bislang hatten sie es ihm äußerst bequem gemacht. Er war in Berkeley, ganz in der Nähe. Er konnte den Nimitz nehmen und in zwanzig Minuten dort sein.

Er ging in den Keller und öffnete die Tür zum Waffenschrank. Ihm blieb mindestens ein Tag, um die Aktion vorzubereiten. Es war kurz nach Mitternacht, der ideale Zeitpunkt, um sich das Ganze mal genauer anzusehen. Er beschloss, vier Granaten mitzunehmen, obwohl die sperrig waren und zusätzliches Gewicht darstellten. Sie ließen sich zwar schwer verbergen, aber es war doch nett, sie bei sich zu haben, falls sich auch nur die Hälfte der moonschen Brut zeigte. Irgendwie wünschte er sich das.

«Einunddreißig Kinder», murmelte er, während er die .38oer in das Holster am Knöchel steckte. «Ein Verbrechen gegen die Menschlichkeit. Das muss ein Ende haben. Wenn die Idioten sich ständig vermehren und die Intelligenten klugerweise davon Abstand nehmen, wird sich die menschliche Rasse zu Tieren zurückentwickeln. Zu Bestien. Verdammte Fotzen! Wenn die Scheißweiber nicht so nachgiebig wären, hätten wir vielleicht eine Chance.»

Sobald er den Diamanten an sich gerissen hatte, würde er seine

Unterwasser-Zerstörungstechniken mal wieder ein bisschen auffrischen und dann eine Mine auf Mr. Moons schwimmenden Vergnügungstempel werfen.

Debritto hangelte sich über die Regenrinne aufs Dach hinauf. Das Lagerhaus war genau wie auf dem Bild: ein flaches Teerdach, Oberlicht, drei schmale Rauchabzüge. Eine ganze Minute hockte er bewegungslos auf dem Dach, ließ die Augen umherwandern, lauschte. Immer noch in geduckter Haltung, bewegte er sich auf den Rand des Oberlichts zu. Er legte sich flach hin und lauschte. Von drinnen hörte er leise Musik, vielleicht aus dem Radio. Er zog die schallgedämpfte .357er aus dem Schulterholster und robbte vorwärts.

Was er sah, verwirrte ihn. Das Gesicht eines Mannes starrte in seines. In dem Augenblick, in dem er bemerkte, dass der Boden der Lagerhalle mit Spiegeln bedeckt war, traf ihn der Pfeil knapp unterhalb des linken Ohrs. Er versuchte, sich auf die Seite zu rollen und einen Schuss abzufeuern, fiel aber stattdessen auf den Rücken. Sein Körper wurde starr, er ließ die Waffe fallen, als seine Finger sich versteiften und spreizten, bis sie sich fast nach rückwärts bogen. Seine Lungen füllten sich mit Eis. Kurz bevor er das Bewusstsein verlor, sah er eine hoch gewachsene Person in einem schwarzen Cape und mit einer schwarzen Kopfbedeckung hinter dem Lüftungsschacht neben ihm hervortreten und ein Blasrohr an die Lippen setzen. Debritto spürte ein Stechen im rechten Handrücken.

Er hörte Schritte, das Rascheln von Kleidern, fühlte ein Brennen in einem Arm. Obwohl seine Augen offen waren, konnte er nichts sehen. Sein Körper hatte sich in gefrorenes Glas verwandelt. Er war eine Fliege im Bernstein, gelähmt, hilflos. Aber hören konnte er noch, stellte er fest; er hatte ja die Schritte und das Kleiderrascheln gehört.

Eine Frauenstimme flüsterte ihm ins Ohr: «Dimethyl-Tubokainchlorid, blockiert die neuromuskuläre Kommunikation. Um Sie so weit lahm zu legen, dass Sie gerade noch zuhören können. Am besten hören Sie so zu, als würde Ihr Leben davon abhängen. Der zweite Pfeil war eine Mischung aus Curare und Datura. Vor ein paar Sekunden habe ich Ihnen zwei Spritzen gegeben, beides synergetische Kombinationen. Belladonna. Tetraclorothan. Methyljodid. Natriumsulfatsäure. Und noch ein paar andere Substanzen aus Gefäßen ohne Aufkleber. Oh, und ein paar Halluzinogene für die Farben. Ich möchte Sie aber nicht mit den speziellen Eigenschaften jeder einzelnen Substanz langweilen. Die erfahren Sie noch früh genug. Und ich kann Ihnen nicht sagen, wie sie zusammen wirken, weil ich diese Kombinationen noch nie ausprobiert habe. Sie sind der Erste, der es erfahren wird. Vielleicht auch der Letzte. Und Sie haben doch ein Recht, es zu erfahren, nicht wahr, Mr. Debritto? Ich glaube schon. Information ist die Wurzel allen Verstehens, und Mitgefühl ist seine Blüte. Ich bin eine verständige, mitfühlende Frau, Mr. Debritto. Ich bin aber außerdem ein Rabe, des Quecksilbers Tochter, des Mondes Zeugin, ein Bote zwischen den Lebenden und den Toten, in beiden Reichen zu Hause. Ich weiß, Sie zweifeln an meinem Mitgefühl, wie Sie hier so jämmerlich daliegen, gefangen in Ihrem eigenen gefühllosen Körper. Der Zweifel ist ein Tribut an die Intelligenz, was Sie sicher bejahen würden, wenn Sie nur dazu in der Lage wären. Lassen Sie mich daher mein Mitgefühl unter Beweis stellen, Mr. Debritto, und zwar mit einem Versprechen und einem Geschenk. Mein Versprechen: Ich werde Ihnen innerhalb der nächsten zwanzig Minuten einen Krankenwagen rufen. Und mein Geschenk ist ein wichtiges Detail, das über Leben und Tod entscheiden könnte. Ich bin *nicht* sicher, ob ich Ihnen eine tödliche Dosis verabreicht habe oder nicht. Haben Sie ein Glück, Mann! Dafür gibt es jetzt aber einen Abenteuertrip auf dem Weg zum Selbst. Armer Kleiner. Armer, armer Kleiner!» Sie machte eine Pause und strich ihm, obwohl er das nicht fühlen konnte, über die Stirn. Als sie weiterredete, klang ihre Stimme härter: «Es ist ihm gelungen, den Diamanten zu stehlen, weil er an ihn glaubte. Nun wollen wir mal sehen, woran Sie glauben.»

Debritto hörte das Rascheln ihres Rocks, als sie sich entfernte. Er versuchte, die rechte Hand zu heben, um nach der Waffe zu greifen, doch er schaffte es nicht; sein Gehirn war in einem Eisblock gefangen. Er ließ in seinem Inneren die Wut auf sie gegen den Schock über die eigene Hilflosigkeit kämpfen. Er würde sich doch nicht von einer Frau besiegen lassen, einer schwachen, hirnlosen Fotze. Wahrscheinlich hatte sie ihm gar keine tödliche Dosis gegeben. Zu weich, um unwiderrufliche Entscheidungen zu fällen, zu gefühlsduselig, um bis zum Äußersten zu gehen. Er versuchte sich die Giftstoffe in Erinnerung zu rufen, die sie ihm genannt hatte. Wie idiotisch, sie ihm zu verraten. Wenn die Lähmung nachließ, würde er sie den Ärzten nennen; die wussten schon, welches Gegenmittel da half. Als er sich von neuem auf die Giftstoffe zu konzentrieren versuchte, hörte er wieder eine weibliche Stimme, die ihm ins Ohr flüsterte; diesmal war es aber eine andere Frau. Die Stimme seiner Mutter sagte zu ihm: «Du bist ein schlechter Mensch. Durch und durch verdorben. Krank, verrückt vor Schlechtigkeit. Das Böse in Person!»

Debrittos starrer Körper zuckte kaum, als er zu schreien versuchte. Das konnte nicht seine Mutter sein. Er hatte keine Erinnerung an sie. Als sie starb, war er erst fünf Monate alt. Das hatte ihm sein Vater erzählt. Warum sollte er seinem Vater nicht glauben? Er hatte ihm immer schonungslos die Wahrheit gesagt. Nein, bestimmt war das Gift dafür verantwortlich – eine Art akustische Halluzination.

«Du kamst bereits als schlechter Mensch zur Welt. Voller Verderbtheit und Fäulnis. Eine Schande für mein Fleisch. Eine Schande für mein Herz. Du kennst meine Stimme aus dem Mutterleib. Du träumtest meine Träume. Mir dankst du dein Leben. Mir dankst du dein Leben, und du hast es besudelt. Nun bin ich gekommen, um es zurückzuholen.»

Tonbandprotokoll (Auszug):
Befragung von Elwood und Emmett Tindell,
Brüder (ID Nr. LCR 86755)
Akte: Operation Nest-Ei
Tonopah Emergeney Field Office, Nevada
10. April 1987
Anwesend: Reg. Sup. Keyes; Agenten Stanley,
Dickerson, Peebe

PEEBE: Okay, Jungs, ich möchte, dass ihr das jetzt Supervisor Keyes erzählt. Er ist nach einem anstrengenden Tag hierher geflogen, also fasst euch kurz und bleibt bei der Sache.

ELWOOD: Gelten die Abmachungen noch? Keine Anklage gegen uns, rein gar nichts; die Hälfte von irgendwelchen Belohnungen oder geschäftlichen Deals geht an uns; ihr bringt meinen Bruder Emmett ins Krankenhaus und lasst ihm die Eier flicken; wir kriegen einen neuen Camaro und zweitausend Mäuse pro Nase? Bleibt's dabei?

EMMETT: El, du bist doch echt zu nichts zu gebrauchen. Erzähl denen doch keine Scheiße, Mann.

ELWOOD: Reg dich doch nicht gleich auf, Em! Dein großer Bruder weiß schon, was er tut. Das ist unser großer Auftritt hier. Wir haben's mit der CIA zu tun, nich mit irgend so 'nem Sheriff oder 'ner Highway-Patrouille. Das hier ist 'ne *landesweite* Geschichte. Die lassen mit sich reden. Also, Mr. Peebe, Mr. Keyes, wie sieht's aus?

KEYES: Klingt vernünftig, finde ich. Da wir allerdings schon so genug Bürokratie zu erledigen haben, würde es euch da was ausmachen, zwanzigtausend in bar zu nehmen? Das sollte für einen neuen Wagen und die Arztrechnungen reichen.

Außerdem bekommt ihr die Hälfte von einer etwaigen Belohnung und dürft hier als freie Männer raus.

ELWOOD: Haben Sie das Geld dabei? Ich würd's gerne mal sehen.

KEYES: Dickerson? Zeig's ihm. Du kannst es später nachzählen. Übrigens könnt ihr erst gehen, wenn ihr den Polygraphentest gemacht habt.

ELWOOD: Was soll'n *das* sein?

KEYES: Ein Lügendetektor. Wir bezahlen hier für die Wahrheit; Bullshit wird bestraft.

ELWOOD: Damit hab ich kein Problem. Und du, Em, wie ist das mit dir?

EMMETT: Hör'n Sie, Officer, der nimmt Drogen, seit er Mama sagen kann. Ein Haufen von den Sachen, die er für wahr hält, sind das nich mal im Traum.

ELWOOD: Warum erzählst du so 'n Blödsinn, Em? Da läuft uns 'n Außerirdischer über 'n Weg, und du willst kein Kapital draus schlagen. Deine Eier sind immer noch geschwollen, stimmt's? Ja, ja, wenn dir einer in die Eier getreten hat, da warst du schon immer so komisch danach. Weißt du noch, wie wir sieben waren und dir die kleine Rothaarige von den Simmons in die Eier gekickt hat, weil du ihr unbedingt deinen Pillermann zeigen musstest? Weißt du das noch? Richtig stinkig bist du da geworden, und –

KEYES: Bestimmt hattet ihr beide eine bezaubernde Kindheit, aber ich fände es weit interessanter, zu hören, was sich heute Morgen auf dem 95er Highway abgespielt hat.

ELWOOD: Ja, klar, Mann. Okay. Also, ich und Emmett, wir fahren so dahin, Richtung Reno, weil wir mal sehen wollen, ob wir nich 'nen Job für uns finden, und –

PEEBE (zu Keyes): Das Auto wurde gestern in Phoenix gestohlen. Wir haben den Fahrzeugtyp und das Kennzeichen unserer lokalen Dienststelle gemeldet, doch da war bereits eine landesweite Suchmeldung ausgegeben worden.

ELWOOD: Schwierig, wenn man Arbeit sucht und kein Auto hat.

KEYES: Vergessen wir das mit dem Wagen. Ist nie passiert. Erzähl weiter.

ELWOOD: Also, wir fahren so etwa eine Stunde nach Sonnenaufgang durch die Gegend, und da sehen wir diesen Typen da am Straßenrand sitzen. Hat den Kopf irgendwie auf die Brust und die Hände aufs Gesicht gelegt. Sah so aus, als wär's ihm vielleicht schlecht geworden oder was. Na ja, und da haben Em und ich eben angehalten, um zu sehen, ob er okay ist. Aber der Typ – Herman hieß er – war alles andere als okay, das haben wir sofort gesehen. Erstens mal hatte er *Bowlingschuhe* an, ich mein, wir sind ja mitten in der Wüste und so. Und ein Bowling-Shirt hatte er auch an. Hinten stand der Name von so 'ner Baufirma drauf – Rice Construction, Price, irgend so was. Er hatte seine Bowlingkugel dabei, einen Rucksack und ein hübsches Aktenköfferchen. Komisch. Als wüsste er selber nicht, ob er nun Bowlingspieler, Ranger oder Banker ist. Noch komischer war aber, dass er heulte. Nicht etwa ganz normal «Bu-huu» oder so was, nein, seine Augen waren ungefähr so rot wie Granddaddys lange Unterhosen, und auf seinen Wangen, da konnte man so Tränenspuren sehen. Na, und da hab ich ihn natürlich gefragt, was los ist. Und was sagt er? «Ich glaube, gerade habe ich mich an einen Traum erinnert, den meine Mutter hatte, als ich noch in ihrem Bauch war.» Können Sie sich das vorstellen? Ich und Emmett, wir war'n nich besonders lange auf der Schule, aber man braucht ja wohl kein Abschlusszeugnis, um zu kapieren, dass der Typ da voll bescheuert ist, vielleicht aus dem Irrenhaus ausgerissen oder so was. Er hatte auch so 'nen komischen Blick, irgendwie glasig und ganz weit weg, und er sah auch sonst recht abgerissen aus. So kaputt, dass ich und Em ihm beim Einsteigen helfen mussten.

Keyes: Helfen oder nachhelfen? Ich meine, ist er freiwillig in euren Wagen gestiegen?

Elwood: So ziemlich, doch. Wir haben gesagt, wir würden ihn nach Reno mitnehmen, und er hätte nich mal Benzingeld zahlen brauchen. Em und ich waren wirklich nett zu ihm.

Peebe: Komm zur Sache. Keine Anklage, okay? Also, was war dann?

Elwood: Na ja, wir fahren also weiter und unterhalten uns mit dem Typ – Em sitzt am Steuer, ich halte solange die Schrotflinte, und Herman auf dem Rücksitz –, freunden uns so langsam an, wissen Sie, und ich frag ihn so aus reiner Neugier, was er denn in seinen Taschen und dem Aktenkoffer hat. Meint er so total unbeteiligt, in dem Rucksack wären Kleider zum Wechseln und so weiter, in der Bowlingtasche wäre ein Grill, und in dem Aktenkoffer wären ungefähr zwanzigtausend Dollar, in bar. Tja, und –

Emmett: El, du alter Depp, er hat Gral gesagt. *Gral*, nicht Grill.

Elwood: Darüber haben wir jetzt den ganzen Nachmittag gestritten, ich und Em. Ich hab jedenfalls Grill gehört – so 'n Ding, um Fleisch zu braten. Fand ich ja auch komisch, dass er 'nen kleinen Grill in der Bowlingtasche mit sich rumträgt, wo die eher so aussah, als wäre 'ne Bowlingkugel drin. Na ja, und da hab ich ihn halt gefragt, ob wir den Grill mal sehen dürfen. Meint er, das müsste man sich verdienen. Frag ich ihn, ob wir dann vielleicht das Geld sehen dürften, und da meint er doch bloß: «Klar», und macht das Ding auf. Mir wären beinahe die Augen aus'm Kopf gefallen – so viel hab ich noch nie in meinem ganzen Leben gesehen gehabt –, und dann schau ich Em an, und Em schaut mich an. Ich und Em, wir waren arm, seit wir als Babys zu Waisenkindern wurden. Wir –

PEEBE: Lenk nicht ab, Elwood – erspar uns den Scheiß. Eure Vorstrafenregister sind länger als eure Schwänze.

ELWOOD: Okay, kein Thema. Also, wir biegen auf so 'ne kleine Seitenstraße ein, die zu irgend so einem Geschichtsdingens führt, und Em sagt zu Herman, er müsste bestimmt auch mal pinkeln, oder? Nimmt der Kerl doch tatsächlich seine Bowlingtasche mit. Na ja, so wie wir das immer machen, ist Em derjenige, der festhält, und ich bin derjenige, der vermöbelt. Ich benutze den abgesägten Stiel einer Axt, ungefähr so lang, das Ende ist aufgebohrt und mit Blei gefüllt. Ich also ganz vorsichtig auf ihn zu, wie er mit dem Rücken zu mir neben Em steht. Em nickt, dass er so weit ist, also gehe ich in Positur, und als Em ihn an den Schultern packt, hole ich aus und haue fest zu. Und dann – das ist die reine Wahrheit, da könnt ihr mich an den größten Lügendetektor anschließen, den ihr habt –, während ich schlage, ist dieser Satansbraten auf einmal *verschwunden!* Em steht da und grabscht ins Leere, und meine Keule trifft ihn genau auf die Eier. Tut mir Leid, Em. Mann, was soll ich denn sagen?

EMMETT: Nichts, du Hornochse!

ELWOOD: Das ist ein *Alien,* Em. Die Leute sind ganz wild auf Aliens. Jetzt machen wir den großen Reibach, einfach, indem wir die Leute vor ihm warnen. Vielleicht kommen wir sogar ins Fernsehen!

KEYES: Mal langsam, ihr zwei. Nun bleibt mal schön auf dem Teppich. Emmett, hast du den Knaben verschwinden sehen, so, wie dein Bruder behauptet?

EMMETT: So haben es meine Augen gesehen. Der Rest von mir kann's nicht glauben.

KEYES: Okay. Er ist also verschwunden. Und was ist dann passiert?

ELWOOD: Na ja, Emmett hat geschrien und ist zusammengeklappt. Ich hab versucht rauszufinden, was zum Teufel da los war – hab mich verwirrt umgeschaut, weil ich dachte, ich seh den Kerl irgendwo. Hab ich aber nich. Emmett liegt am Boden und gibt so ein komisches Gegurgel von sich, na, da hab ich mich halt hingekniet, weil ich dachte, ich müsste ihm helfen. Und in dem Moment fährt der Wagen an. Hat sich der Kerl doch zurück zum Auto geschlichen, um es zu *klauen.* Fährt direkt in Richtung Reno weiter und hupt dabei noch ein paar Mal. Eine Stunde hat es gedauert, bis eure Leute vorbeigekommen sind.

KEYES: Und nun denkt mal ganz scharf nach: Ihr habt gesagt, der Typ sei mit der Bowlingtasche ausgestiegen, stimmt's? Und als er dann verschwunden ist, was passierte damit?

EMMETT: Keine Ahnung.

ELWOOD: Ich auch nicht. Kann mich nich erinnern, dass die neben Em auf dem Boden gestanden hätte. Hab auch nicht gesehen, dass er zurückgekommen wäre, um sie abzuholen. Muss wohl mit ihm zusammen verschwunden sein.

PEEBE: Wir haben alles abgegrast. *Nada.*

ELWOOD: Wir haben es hier doch mit so 'ner Art Alien zu tun, oder? Mit so 'nem Monster aus'm All, das unsere Gestalt annehmen, aber auch wieder unsichtbar werden kann, wenn es will?

KEYES: Scheint so zu sein. Egal, was es ist, wir werden es finden.

EMMETT: He, Officer – hören Sie mir eigentlich zu? Der Knabe kann *verschwinden.* Kapiert? Puff! Wenn er verschwinden kann, dann kann er vielleicht auch noch 'n paar andere Sachen. Also, wenn Sie mich fragen, mit dem ist nicht gut Kirschen essen. Aber ab-so-lut nicht.

Daniel saß nervös am Steuer des türkis-pinkfarbenen Cutlass, der den Brüdern Tindell gehörte. Angeblich gehörte, denn er hatte klugerweise die Wagenpapiere überprüft, nur um zu festzustellen, dass sie auf den Namen Heidi Cohen lauteten. Daniel hatte so seine Zweifel, ob sie Emmett und Elwood persönlich kannte. Ihm fiel wieder ein, dass Mott immer sagte, wenn man etwas fahren wollte, das er «blinde Leihgaben» nannte – Autos, deren Eigentümer nicht wussten, dass sie gerade etwas verliehen –, sollte man zusehen, dass man sich alle zwölf Stunden ein neues borgte.

Als er, kurz nach dem Start, diese Unregelmäßigkeit in den Papieren bemerkt hatte, wollte er das Fahrzeug zunächst einfach stehen lassen. Er war bereits in eine kleine Nebenstraße eingebogen und hatte seine Sachen zusammengepackt, als ihm der Gedanke kam, er könnte ja nochmals versuchen, bei Tageslicht mit dem Diamanten zu verschwinden.

Drei vergebliche Stunden lang blieb er unsichtbar. Noch immer konnte er die spiralförmige Flamme im Innern des Diamanten bei Tageslicht nicht sehen, und ohne die Achse, die das Zentrum markierte, konnte er nicht fokussieren. Er versuchte, sich die Spiralflamme vorzustellen, doch das lenkte ihn ab. Entnervt gab er auf. Er musste einen Gang herunterschalten. Er benahm sich ja so, als müsse er irgendwelche Termine einhalten. Dabei konnte er doch den Rest seines Lebens mit der Erforschung des Diamanten zubringen.

Der Zeitdruck, den er empfand, war im Grunde der eingebildete Verfolgungsdruck, das Gefühl, in den Diamanten hineinschlüpfen zu müssen, bevor er gefasst wurde. Doch objektiv gesehen konnte man ihn gar nicht festnehmen oder ihm den Diamanten abnehmen, vorausgesetzt, er war auch weiterhin in der Lage, zu verschwinden und ihn mitzunehmen. Auf eine indirekte Art war seine Eile mangelndes Selbstvertrauen, ein Zweifel an den eigenen Fähigkeiten.

Daniel versuchte, darüber nachzudenken, eher aus Pflichtgefühl denn aus Interesse. Eines Abends am Namenlosen See hatte

Wild Bill gesagt, das Problem bei der Selbstanalyse sei die eingebaute menschliche Bereitwilligkeit, allen möglichen absurden Vermutungen Glauben zu schenken, und dazu zählten ja auch ganz besonders die Möglichkeit und der Wunsch nach Selbsterkenntnis. Bill hatte das mit dem Versuch verglichen, sein Spiegelbild mit Hilfe eines Korkenziehers von einem Spiegel ablösen zu wollen. Daniel lächelte. Mit gespielter Strenge ermahnte er sich: «Du hast da ein Problem mit deinem Selbstverständnis. Gib es zu! Ich gebe es zu.» Doch dann rechtfertigte er sich: «Wenn du in der Lage bist, dich unsichtbar zu machen, dann ist es doch ganz *normal*, dass du Probleme mit deinem Selbstverständnis hast. Sonst wärst du wohl nicht ganz richtig im Kopf.»

Daniel fing an zu lachen. Sich selbst zu erkennen war auch nicht unwahrscheinlicher als ein Frosch, der ihm einen Arm voll Rosen brachte, oder als fallende Blütenblätter, die sich in Frösche verwandelten.

Das Lachen erleichterte ihn, der manische Druck, alles auf der Stelle ins Reine zu bringen, war gewichen. Er war eine Motte, die freudig auf die Sonne zustürzte. Volta hatte Unrecht. Nicht der Diamant würde ihn zerstören; er war nur ein Mittel, damit Daniel sich selbst zerstörte.

Er beschloss, dass es wohl das Beste war, eine Weile aufzuhören. Immer wieder war er dem Diamanten entgegengekommen; bislang hatte ihn der stets verschmäht. Schön. Er würde nur noch bei Gefahr mit dem Diamanten verschwinden. Vielleicht würde der Diamant ja zu ihm kommen, wenn er sich in Geduld übte.

Außerdem beschloss er, den zweimal geklauten Cutlass zu behalten. Wenn man ihn nicht fangen konnte, dann gab es auch nichts, das seine Sicherheit hätte beeinträchtigen können. Das Einzige, was ihm passieren konnte, war, dass er die Fähigkeit zu verschwinden einbüßte. Seine Kräfte für Notfälle aufzusparen war ein weiterer Grund, nicht mehr mit dem Diamanten zu verschwinden.

Seine neue Vorgehensweise, so fand er, war abenteuerlich und zugleich äußerst vernünftig. Und doch saß er nervös am Steuer, weil er sich ununterbrochen vorstellte, wie er in den Diamanten blickte, sich in die spiralförmige Glut in seinem Innern stürzte, und das durfte er erst einmal nicht mehr tun. Um sich zu zerstreuen, schaltete er das Radio ein.

Eine halbe Stunde später, als die ersten Sterne am Himmel schimmerten und Reno nur noch ein blasser Streifen am Horizont war, ertönte ein Knistern im Lokalsender, und schon war Denis Joyner auf Sendung.

Transkription:
Denis Joyner, AMO Mobilfunk
Guten Abend, meine Damen und Herren, hier ist wieder David Janus, der Sie durch das heutige Abendprogramm begleiten wird, unser ontologisches Quiz «Stunde der Wahrheit», direkt aus dem mobilen Studio auf der Frequenz, die Sie ganz offensichtlich angepeilt haben.

Bestimmt sagt Ihnen unser heutiges Abendprogramm ebenso sehr zu wie mir, obwohl sich die Struktur dieser Sendung ein wenig von der üblichen unterscheidet. Ja, Santa, du hast Recht, Virginia fehlt. Und obwohl ich betrübt bin, diese Kinderträume platzen zu sehen, kann ich nur meinen alten Freund Ludwig Wittgenstein mit seiner umwälzenden Verzichterklärung zitieren, der zufolge die Welt alles ist, was der Fall ist. Tatsache ist aber, dass wir diese Welt – leider, leider, liebe Hörerinnen und Hörer – nur in Maßen genießen können.

Was mich zum kreativen Ursprung der heutigen Sendung bringt. Heute Nachmittag, als ich, an einem jungen anspruchsvollen Syrah nippend, meine Bibliothek durchstöberte, stellte ich fest, dass meine Erleuchtung zwar nach wie vor vollkommen ist, in letzter Zeit aber ein wenig fade wirkt. Daher beschloss ich, fürderhin komplexe Zusammenhänge zu erforschen, die meiner Ansprüche auch würdig wären. Und so stärkte ich mich mit einer winzigen Portion serbischen Kaviars, den ich mit einem gekühlten Liter Thunderbird *(sic itur ad astra!)* hinunterspülte, und begann, vergessene Schmöker aufzuspüren mit Informationen zu Themen, die weniger geniale Geister als mich für gewöhnlich verwirrt haben.

Nun aber rasch – *tempus fugit*, wie der gute alte Thot zu sagen pflegte –, heute Abend werden wir also das widerspenstigste Geheimnis jeglicher Existenz, das *sine qua non* des Bewusstseins höchstselbst untersuchen, das Urelement des Seins, das graue Gedankengelee, das wahre Brot des Wissens, das Feuer im geistigen Schmiedeofen. Ich beziehe mich natürlich auf den menschlichen Geist.

Der menschliche Geist ist ein gläserner Boden.

Der Geist ist die Träne des Gemüts.

Der Geist ist unser früheres und unser nachfolgendes Trugbild.

Der Geist ist der Gold-Express und das Blut auf den Gleisen.

Der Geist ist eine steinerne Tür.

Das Silber auf der Rückseite der Spiegel.

Die Welle, welche der Küste Kontur verleiht.

Das, was die betrunkenen Grabräuber nicht in ihre Taschen stopfen konnten.

Der Geist ist die Summe aller Dinge und mehr als das.

Die Kluft zwischen eins und null im Kalender der Schwarzen Löcher.

Der Vertrag zwischen Peitsche und Schandpfahl.

Ein Quilt aus Träumen, von Fakten zusammengehalten.

Ein nichtiger Streit unter Nutten.

Regen, der auch dann fällt, wenn der Himmel wieder klar ist.

Ein Maskenball, Gast und Gastgeber in einem.

Eine von Kerzen beleuchtete Wachstropfenlandschaft.

Der Geist ist das, was Gedanken ihren Sinn gibt.

Der Parkplatz an der Endstation Sehnsucht.

Der Grillrost für das Spanferkel.

Was die Seele hingab und nun nicht mehr zurücknehmen will.

Der Geist ist weder noch, sondern auch.

Das wahre Zentrum einer leeren Sphäre.

Sie hörten die «Stunde der Wahrheit». Sicherlich war Ihre Aufmerksamkeit meiner Intelligenz ebenbürtig, und bestimmt haben Sie beim Zuhören das ultimative destrukturalistische Lob von sich gegeben: «Junge, Junge, der ist ja wirklich kolossal!» Also dann, bis zum nächsten Mal – und nicht vergessen: *Jede Stunde ist die Stunde der Wahrheit.* Für jetzt aber erst mal ciao, Baby, und adieu.

Daniel schaltete das Radio aus und starrte auf die Straße. Volta hatte ihm einmal von einem Piratensender erzählt, den die AMO finanzierte, und er fragte sich, ob er den gerade gehört hatte. Denkbar war es. Das würde er Volta beim nächsten Anruf berichten, und er würde ihm auch sagen, dass ihm das Kraft gegeben hatte auf der Flucht mit dem Diamanten. Die Erinnerung daran, dass er Teil einer Allianz von Magiern und Outlaws war, heiterte ihn auf. Außerdem, und das war vielleicht noch wichtiger, hatte David Janus den besten Beweis erbracht, dass er, Daniel, doch noch relativ normal war. Beeindruckend, dass der DJ überhaupt noch senden konnte. Das stimmte ihn zuversichtlich. Und Zuversicht brauchte er. Zuversicht, Ruhe und Geduld. Und etwas zu essen. Er brauchte eine Menge Dinge.

Dankbar sah Volta Red Freddie nach, der mit seiner Maschine von der schmalen Landebahn am Eel River abhob und auf den in Dunst gehüllten Mond zuflog. Volta hatte den Flug nicht genossen. Seit dem Abflug in El Paso hatte Red Freddie keine Ruhe gegeben. Seiner Überzeugung nach sollte die AMO «viel härter gegen das Scheißregime vorgehen und endlich mit dieser arschkriecherischen Politik der vorsichtigen Unterminierung aufhören». Red Freddie wollte Dämme in die Luft jagen, Banken niederbrennen und den Maxxam-Präsidenten erst knebeln und dann fesseln, und zwar an einen uralten Redwoodbaum, den das Unternehmen zum Abholzen bestimmt hatte. *Direkte* Aktionen, das war es, was Red Freddie wollte.

Volta hingegen wollte die süße Melancholie auskosten, die ihn seit dem Augenblick umgab, als er begriffen hatte, dass der Diamant Daniel zerstören würde. Er war es leid, immer alles unter Kontrolle haben zu müssen. Aber Red Freddie war sowohl ein Mitglied der Allianz als auch ein Freund. Seine Vorschläge verdienten eine durchdachte Antwort. Volta hatte daher geduldig und diplomatisch zugehört.

Er war so froh, endlich allein zu sein, dass er bereits drei Meilen bergauf gefahren war, als ihm einfiel, dass er ja noch Lebensmittel brauchte. Im Geiste ging er die Vorräte in der Speisekammer in Laurel Creek durch. Sie reichten vermutlich für eine ganze Woche, doch er hatte vor, mindestens einen Monat zu Hause zu bleiben. Also beschloss er, zurück in die Stadt zu fahren und sie aufzustocken, damit er seinen Zufluchtsort später nicht mehr verlassen musste.

Volta hielt das für eine vernünftige und praktische Entscheidung. Überraschungen waren da nicht vorgesehen. Sich selbst hatte er ohnehin schon jahrelang nicht mehr überrascht. Der verlässliche, vernünftige, ehrbare Volta. Er fühlte sich in seiner eigenen Redlichkeit gefangen, einer Redlichkeit, die mittlerweile schal geworden war. Er hatte die Verantwortung auf sich genommen, die der *Star* mit sich brachte, und er war ihr immer gerecht geworden. Diese Verantwortung war derart schwerwiegend, dass sich Dummheiten förmlich von selbst verboten. Kein Problem. Doch jetzt wollte er ein wenig über die Stränge schlagen. Wollte er unbedingt eine kleine Dummheit begehen.

Als solle sein Vorsatz überprüft werden, bot sich ihm am Stadtrand eine wunderbare Gelegenheit für eine kleine Dummheit. Das hier war der kleinste Rummelplatz, den Volta in all den Jahren auf Wanderschaft gesehen hatte – vier Spielautomaten, ein Miniriesenrad, ein Geisterbähnchen und eine Bude von der Größe einer Baustellentoilette, in der Zuckerwatte, Sodawasser und karamellisierte Äpfel verkauft wurden. Dürftig zwar, aber doch ein Rummelplatz.

Volta war als Erstes von ihrer Konzentration bezaubert, nicht von ihrem herrlichen langen rotblonden Haar. Sie war zehn oder elf, in jenem merkwürdig wechselhaften Alter weiblicher Frühreife, das im Grunde von drei bis fünfunddreißig reicht. Sie war eifrig dabei, Pingpongbälle in eine Reihe von Goldfischgläsern zu werfen, die auf einem Sperrholzbrett standen. Behutsam trat Volta hinter sie. Wieder warf sie einen Ball, der sein Ziel verfehlte. Ärgerlich schüttelte sie den Kopf, und ihr hüftlanges Haar schimmerte im nackten Licht einer blanken Glühbirne.

Umständlich fischte sie aus der Hosentasche einen Vierteldollar. «Letzte Chance», sagte sie zu dem Mann hinter dem Brett.

Er reichte ihr drei Pingpongbälle aus seiner Schürze und blinzelte ihr durch den Rauch seiner Marlboro zu. «Deine letzte Chance, hm? Na, dann viel Glück!»

Volta beobachtete, wie sie sich konzentrierte. Sie war ein süßes Ding, mit Sommersprossen und so weiter. Törichterweise gestattete sich Volta eine Prise Bedauern, weil er keine Kinder hatte.

Als der letzte Wurf harmlos am Rand eines der Gläser abprallte und auf dem sandigen Boden landete, stampfte das Mädchen mit dem Fuß auf und sagte rasch «Scheiße!», als würde das Wort durch die Schnelligkeit salonfähig. Sie ließ die Schultern sinken und wandte sich zum Gehen. Nun griff Volta ein.

«Miss», sagte er und bückte sich, um etwas vom Boden aufzuheben. «Ich glaube, Sie haben hierauf gestanden.» Er hielt die Dollarnote hoch, die er zuvor in der Hand versteckt hatte.

Sie sah ihn verwirrt an. «Nein, ich habe meine zwei nämlich ausgegeben.»

Volta bewunderte ihre Anständigkeit, doch entging ihm das hoffnungsvolle Aufflackern in ihren Augen keineswegs. «Miss, Sie haben *ganz bestimmt* darauf gestanden. Es muss Ihr Geld sein. Und wenn das nicht der Fall ist, dann haben Sie es sich durch einen glücklichen Zufall erworben.»

Sie nahm den Geldschein mit einem Grinsen entgegen, der Volta auf törichte, unkomplizierte Weise glücklich machte. «Danke», sagte sie.

«Darf ich Ihnen ein paar Ratschläge geben, wie Sie den Pingpongball am besten in das Goldfischglas werfen?»

«Wie denn?» Ihr Tonfall schwankte zwischen Misstrauen und Begeisterung.

«Deine Wurfbahn ist zu flach. Obwohl die Goldfischgläser ziemlich nahe beisammen zu stehen scheinen, sind sie doch weit genug auseinander, dass ein Ball nur selten genau hineintrifft. Außerdem sind die Bälle auch nicht viel kleiner als die Öffnung der Gläser, deren geschwungener Rand sie größer wirken lässt, als sie sind. Eine perfekte optische Täuschung. Wir *wollen* unseren eigenen Augen trauen. Aber bestimmt hast du das Geheimnis mittlerweile schon entdeckt: Wirf den Ball in hohem Bogen anstatt in einer flachen Bahn – auf die Art und Weise fällt der Ball genau auf die Öffnung zu, und dir steht ihr ganzer Umfang als Zielscheibe zur Verfügung.»

Ihr siebter Ball traf so vollkommen hinein, dass er beinahe wieder zur Öffnung heraussprang.

Der blässliche junge Mann hinter dem Brett hob die Stimme um ein paar planlose Dezibel: «Uuuuund wieder haben wir einen Gewinner!»

Sie grinste zu Volta hoch. Die Fältchen um die Nase würden seine Melancholie auf Tage hinaus mit Stoff versorgen. «Ich heiße Gena Leland. Und Sie?»

«Der Große Volta», sagte er mit einer Verbeugung. Er hatte seinen Bühnennamen seit zwanzig Jahren nicht mehr verwendet.

«Echt? Treten Sie hier auf der Kirmes auf?»

«Nein. Ich bin ein Zauberer, der in Rente gegangen ist.»

Sie wollte ihn gerade etwas anderes fragen, als ein flachsblonder Junge, ganz offensichtlich ein Verwandter, auf sie zugestürmt kam und sie am Arm packte: «Komm jetzt, Gena! Mom ist bestimmt schon stinksauer!»

Der Mann hinter dem Brett tippte sie auf den anderen Arm. «Hier, Kleine, das hast du gewonnen.» Er reichte ihr ein Goldfischglas, aber in diesem hier war Wasser – und ein winziger Goldfisch.

«*Okay*, Tommy, sofort!», zischte Gena. Sie ließ sich den Goldfisch geben und reichte ihn Volta.

Überrascht nahm er ihn entgegen, wollte ihn dann aber sofort wieder zurückgeben. «Nein, du hast ihn gewonnen; es ist dein Preis.» Sie legte die Hände auf den Rücken. «Aber Sie haben mir beigebracht, wie ich das machen muss. Ich wollte den Goldfisch gar nicht. Ich wollte nur einen von den Bällen da reinkriegen.»

«Oh», sagte Volta. «Ich dachte, du wolltest den Goldfisch.»

«Nein. Meine Mom sagt, es sei eine ziemliche Verantwortung, für ein anderes Lebewesen zu sorgen. Ich muss jetzt los.»

Und schon rannten sie und ihr Bruder davon, dass die Funken nur so stoben.

Die Hände schützend um das Goldfischglas gelegt, sah Volta zu dem Goldfisch hinab. Mit plötzlicher erschreckender Klarheit fühlte Volta, wie Daniel eine Tür aufstieß. «Scheiße», entfuhr es ihm. Und dann, mit einer seinem Alter durchaus geziemenden Ungezwungenheit, schickte er ein qualvolles langes «Fuuuuuuuuck!», hinterher.

Daniel hielt vor einer Jackrabbit-Pizzeria in einem Mini-Einkaufszentrum am Stadtrand von Reno an. Der Cutlass ließ sich nicht abschließen, daher nahm er den Diamanten, das Geld und den Rucksack mit. Als er die Tür zur Pizzeria öffnete, war er überrascht, ein großes Kaninchen hinter der Theke zu sehen. Schließlich gewöhnten sich seine Augen an die Beleuchtung, und das Kaninchen wurde langsam zu einem großen, schlaksigen Teenager mit einem kleinen verkniffenen Gesicht und einem dünnen Oberlippenbart. Der Junge trug ein Paar steifer, schmaler Kaninchenohren und einen hellgrauen Kittel aus demselben glänzenden samtähnlichen Material, eher Teppich als Stoff. Auch die Angestellten in der Küche trugen Kaninchenohren und flauschige Kittel. Ganz eindeutig eine Uniform, dachte Daniel, es sei denn, alle drei hatten denselben Spleen in puncto Bekleidung.

Die Pizzeria war in zwei lange Gänge mit Tischen und Bänken aufgeteilt; auf der einen Seite gab es gepolsterte Nischen, auf der anderen ein paar Computerspiele, einen Flipperautomaten und ein mechanisches Pony, auf dem Kinder reiten konnten. Es war laut und warm, ein Duftgebräu aus Hefe, Knoblauch, Tomaten und Peperoni wehte aus der Küche herüber. Daniel trat auf die Theke zu.

«Guten Abend.» Der Kaninchen-Kellner griff nach einem Schreibblock. «Was darf's denn sein?»

Daniel fand, zu jemandem, der Kaninchenohren trug, konnte man sagen, was einem gerade so einfiel, daher sagte er: «Der Geist ist eine Pizza mit allem Drum und Dran.»

Die Nase des Kellners zuckte genau wie bei einem Kaninchen,

das Gefahr wittert. «Tut mir Leid, Sir», sagte er, «ich habe Sie nicht ganz verstanden.» Ängstlich warf er Daniel einen Blick zu, um auf der Stelle wieder auf seinen Block zu schauen.

«*Mir* tut es Leid», sagte Daniel, «wenn ich so lange allein unterwegs bin, fange ich immer an zu nuscheln. Ich sagte: ‹Wer weiß, jetzt 'ne Pizza mit allem Drum und Dran›!»

«Klein? Mittel?»

«Mittel.»

«Was zu trinken?»

Daniel sah zu der Tafel mit dem Angebot hoch. «Einen Krug Bier, bitte.»

Der Junge mit den Kaninchenohren sagte: «Das macht dann neun fünfundneunzig.»

Daniel stellte die Bowlingtasche ab und reichte dem Knilch eine Hundert-Dollar-Note. «Den Rest kannst du behalten.»

Der Junge starrte den Geldschein an, dann wieder Daniel. «Das ist ein Hundert-Dollar-Schein, Sir. Es macht nur neun fünfundneunzig.»

«Fein», sagte Daniel, «wenn ich richtig gerechnet habe, dann bleibt dir ein Trinkgeld von neunzig Dollars und fünf Cents. Korrekt?»

Der Junge schüttelte den Kopf, und seine Kaninchenohren schwangen leicht hin und her. «Mann, das ist mehr, als ich in einer *Woche* kriege!»

«Bitte», sagte Daniel mit einer lässig abwehrenden Handbewegung, «ich kann es mir leisten. Außerdem bewundere ich deinen Mut.»

«Meinen Mut?»

«Weil du diese sonderbare Uniform trägst.»

Der Junge schaute gequält. «Erinnern Sie mich nicht daran. Der Besitzer zwingt uns, die zu tragen. Wenn er einen ohne die Hasenmütze erwischt, feuert er einen auf der Stelle.»

Daniel erwiderte nichts. Er starrte die Kaninchenohren an.

Nervös plapperte der Junge weiter: «Manchmal ist das echt peinlich. Ab und zu kommen Mädchen aus meiner Schule rein und so. Ganz schön schwer, cool zu bleiben, wenn man bescheuert aussieht. Eines der Mädchen, Cindy, lacht sich heute noch krank, wenn ich ihr in der Schule auf dem Flur begegne.»

«Heirate sie», sagte Daniel, «sie wird dich in Ehren halten.»

«Na klar», sagte der Junge sarkastisch, «klar wird sie Mr. Hasenohr heiraten. Leider bin ich aber nicht gerade Paul Newman.»

Daniel riet ihm: «Sag ihr, du wärst ein Meister der Neun Tantrischen Zirkel intimer Geheimnisse.»

Der Junge schaute zu Boden. «Ich weiß nicht mal, was ein tantrischer Zirkel ist. Und das würde sie ja dann voll beeindrucken, was? ‹Was für neun tantrische Zirkel, Carl?› – ‹Öhm, also, äh, Cindy, na ja …› Irgendwas müsste ich ihr ja schließlich erzählen, oder?»

«Ich weiß einfach nicht», sagte Daniel, «ob du deinem Boss auf den Knien dafür danken solltest, dass er dich zu so einem Blödsinn zwingt, oder ob du einen Knoten in die Kaninchenohren da machen sollst und ihm sagst, die kann er sich sonst wo hinstecken. Wenn du schon einen Blödsinn machst, dann sei wenigstens so gescheit und genieße es. Wenn du dich aber erniedrigt fühlst, dann lass es. Die Bosse auf der ganzen Welt können dir nichts vorschreiben, was du ihnen nicht untersagen könntest. Wir sind alle Schmiede unseres eigenen Glücks.»

Carl schluckte schwer und wandte sich in Richtung Küche. «Jetzt muss ich aber wirklich Ihre Bestellung in Auftrag geben … Dauert so zehn, fünfzehn Minuten», murmelte er über die Schulter hinweg.

Daniel setzte sich an einen Tisch gegenüber den Spielautomaten. Einladend blitzten die Automaten auf, aber niemand wollte spielen. Weder der kaninchenohrige Junge am Tresen noch ein einziger von den Gästen. Daniel spürte, wie er auf eine Depression zuschlitterte, und bemühte sich darum, das Gleichgewicht zu halten.

Er hatte seine Pizza zur Hälfte aufgegessen, als ein kleiner Junge an ihm vorbeistürmte und direkt auf das dahingaloppierende goldene Kunststoffpony mit den anliegenden Ohren zusteuerte. Der Junge hatte noch ein wenig Babyspeck im Gesicht, und zwei seiner Schneidezähne fehlten. Seine braunen Augen schimmerten wie schmelzende Schokochips. Daniel spürte, dass der Kleine etwas Zartes an sich hatte, was in seinen Bewegungen gar nicht zum Ausdruck kam: Er schwang sich in den Sattel, wand sich die Plastikzügel um die Handgelenke und stopfte seine Münze in den Schlitz; nichts Zartes war an der Art, wie er dem Pony die Sporen gab oder seinen Revolver zog – mit dem gestreckten Zeigefinger imitierte er den Lauf, mit dem aufgerichteten Daumen den Hahn der Waffe. Seine begeisterten Rufe übertönten das Gemurmel der anderen Gäste.

«Dad!», schrie er. «Schau mal! Ich bringe die Banditen zur Strecke!»

Der Vater des Jungen redete gerade mit tiefer, angespannter Stimme auf eine Frau ein, die Daniel für die Mutter des Jungen hielt. Sie führten ihre erregte Debatte weiter, ohne aufzusehen.

«*Hey!*», brüllte Daniel sie an. Erschrocken sahen die beiden und die meisten anderen Gäste auf.

Das war Daniel egal. Er würde sich nicht verstellen. «Ihr Sohn bringt gerade die Banditen zur Strecke!»

Die Mutter drehte sich um, sah aber gar nicht richtig hin und sagte über ihre Schulter hinweg: «Fein gemacht, Billy!» Der Vater, ein stämmiger Typ mit Bürstenhaarschnitt, kaum älter als Daniel, warf diesem einen warnenden Blick zu.

Mit einem eleganten Schwung stieg der Junge ab. Sein Vater sagte gerade in kaltem, bösartigem Tonfall: «Hör mir gut zu, Mary:

Wir haben das Geld für deinen verdammten neuen Trockner einfach nicht!»

Als der Junge an ihm vorbeikam, sagte Daniel: «Sieht so aus, als hättest du die Welt gerade von ein paar üblen Schurken befreit!»

«Jawoll!», sagte der Kleine und wurde etwas langsamer, blieb aber nicht stehen. «Das ist aber auch ein gutes Pferd!»

«Und du bist auch ganz klasse darauf geritten.»

Der Junge lächelte ihn im Vorbeigehen von der Seite an, ein Lächeln tiefster Zufriedenheit und heimlichen Vergnügens. «Danke, Partner!»

«He, Sie da», rief der Vater des Jungen, «haben Sie ein *Problem* mit meinem Jungen, oder was?»

«Ganz und gar nicht», lächelte Daniel. «Ich habe ihm nur gesagt, was für eine großartige Phantasie er hat. Sie können stolz sein auf den Kleinen.»

Als Daniel die nächste Pizzaecke verspeist hatte, saß auf dem goldenen Pony ein neuer Reiter. Er war nicht so schießwütig wie der erste, hielt sich aber wacker.

Und dann drängelte sich eine ganze Kindergeburtstagsgesellschaft herein, in Begleitung von vier gestressten Müttern. Carl, das Tresenkarnickel hielt schon für jeden ein Stück Pizza mit einer Kerze darauf bereit, und eine der Mütter kramte eine Rolle Münzen für das Pony aus der Tasche.

Die Jungs ritten ohne Ausnahme schnell und ungestüm, legten den einen oder anderen Stunt ein, ließen sich seitlich herabhängen und schossen dann über den Sattel. Daniel war begeistert. Noch mehr begeisterten ihn aber die kleinen Mädchen. Sie ritten auf eine ruhige, majestätisch-selbstvergessene Art. Er fragte sich, wohin die Mädchen wohl ritten, ob ihr Ziel weit weg war. Er wollte sie alle um sich scharen, Jungen und Mädchen, wollte sie in die Arme nehmen und an einen sicheren Ort bringen, an dem ihnen die grausamen Veränderungen des Erwachsenseins erspart blieben.

Als die Geburtstagsgäste wieder draußen waren, fühlte Daniel seine Depression wieder näher schleichen. Er hatte Lust, sich in die Köpfe der Kinder hineinzuversetzen, in eine Zeit, an die er sich kaum erinnern konnte, als man sich noch keine Gedanken um selbst gesetzte oder von andern auferlegte Grenzen machen musste. Von der Pizza und dem Bier – seine erste Mahlzeit seit den Zwei Monden – war ihm ein wenig übel, er fühlte sich fast betrunken. Diese Kinder da, so unschuldig. Unschuld wusste man erst zu schätzen, wenn sie unwiederbringlich verloren war. Der Verstand ist ein goldenes Pony. Haltet euch gut fest, Kinder: Dieser Ritt, das ist euer Leben. Habt keine Angst. Bei mir seid ihr in Sicherheit, nur ich bin nicht sicher vor mir selbst, das ist unser Problem. Wir haben Zeit, ganz, ganz viel Zeit. Alle Zeit der Welt. Esst, wenn ihr hungrig seid, schlaft, wenn ihr müde seid.

Die Stimme von Carl, dem Tresenkarnickel ertönte über Lautsprecher: «Ladys und Gentlemen, es ist zehn Uhr, und die Jackrabbit-Pizzeria macht gleich zu.» Daniel, der nicht bemerkt hatte, dass er eingenickt war, sprang erschreckt auf und blickte sich verwirrt im Raum um. Carl war taktvoll. Daniel war der letzte Kunde.

Er ließ den Diamanten und das Geld unterm Tisch stehen und ging, den leeren Krug und das Glas in Händen, zum Tresen. Carl war in der Küche und wischte eine Arbeitsplatte ab. Er kam sofort heraus und schaute nervös um sich. «Tut mir Leid, dass ich Sie zur Eile antreiben muss, Sir, aber in etwa fünf Minuten kommt mein Chef wegen der Abrechnung, und er tickt voll aus, wenn ich den Laden dann nicht leer habe – wegen Dieben und so …»

Daniel sagte: «Ich wollte dich *gerade* fragen, ob dein Boss heute Abend noch vorbeikommt. Würdest du ihm bitte Bescheid geben, dass ich ihn einen Augenblick sprechen möchte. Mein Name ist Nova Rajneesh. Ich hätte ihm ein Geschäft vorzuschlagen.»

Carl wich zurück. «Ach, nein, bitte nicht, Sir. Ich hätte nichts sagen sollen.»

«Ich bin kein Dieb», beruhigte Daniel ihn. «Es geht um Geschäftliches.»

«Ähm, also, na ja, könnten Sie ihn vielleicht morgen früh mal anrufen?»

«Leider muss ich heute Abend noch abreisen. Und glaub mir, er wird sich so sehr für meinen Vorschlag begeistern und dir wahrscheinlich einen derart fetten Bonus spendieren, dass das Trinkgeld von vorhin geradezu lächerlich wirkt. Wenn du mir also bitte einen Stift und einen von den leeren Pizzakartons da leihen würdest, dann kannst du gleich mit deiner Arbeit weitermachen.»

Zögernd reichte Carl ihm zusammen mit einem Pizzakarton den Stift, den er an seinem Samtkostüm festgeklemmt hatte. «Sind Sie sicher, dass ich keinen Ärger bekomme?»

«Keine Sorge.»

Daniel begann hastig etwas auf den Pizzakarton zu kritzeln. Als er fertig war, machte er den Aktenkoffer auf und zählte das Geld: neunzehntausend Dollar. Viertausend Dollar legte er beiseite und steckte sie dann in den Rucksack. Als er aufsah, steuerte ein rotgesichtiger, kahler Mann mit zwanzig Kilo Übergewicht auf ihn zu. Daniel stand auf, um ihn zu begrüßen.

Bevor er das konnte, bullerte der Mann ihn an: «Ich heiße Max Robbins, bin der Besitzer von dem Laden hier und wüsste mal gern, was zum Teufel Sie hier noch zu suchen haben? Carl, einer von meinen bescheuerten Angestellten, sagte, es ginge um was Geschäftliches. Ich hab jetzt keinen Bock auf Geschäftliches. Ich will, dass Sie sich vom Acker machen.»

Daniel hob den Deckel des Aktenkoffers an und drehte ihn so, dass Mr. Robbins den vollen Effekt der ordentlich aufgereihten Geldbündel zu sehen bekam. Dann streckte er ihm die Hand hin. «Mr. Robbins, mein Name ist Nova Rajneesh. Die Medien bezeichnen mich gerne als ‹exzentrischen Millionär›. Ich bin zwar ein impulsiver Multimillionär, aber warum soll man sich um solche Lappalien streiten.» Sie schüttelten einander die Hand, dann fuhr Daniel fort: «Ich habe nicht viel Zeit, entschuldigen Sie daher, dass ich gleich zur Sache komme. Ich bin Vorsitzender des Nova-Rajneesh-Menschenfreunde-Fonds. Was ich Ihnen vorschlagen möchte, steht hier in diesem Vertrag.»

Daniel nahm den Karton in die Hand. «Sie werden feststellen, Max, es sind eigentlich zwei Verträge, die jedoch gleich lauten. Einen behalte ich. Gestatten Sie, dass ich ihn vorlese:

Der Besitzer der Jackrabbit-Pizzeria bestätigt hiermit den Erhalt von $ 15 000. Er verpflichtet sich, diese Summe dafür zu verwenden, Kinder auf deren Wunsch hin kostenlos auf dem Pony reiten zu lassen, und zwar so lange, bis die Summe (bei 25 Cent pro Ritt) aufgebraucht ist.

Des Weiteren erklärt er, dass kein Angestellter der Jackrabbit-Pizzeria gezwungen werden darf, als Bedingung für eine Einstellung irgendeine Art von Uniform oder Kostümierung tragen zu müssen.

Er verpflichtet sich zur Einrichtung eines separaten Kontos, dessen Bücher jederzeit überprüft werden können.

Datum, Unterschrift etc.»

Robbins sagte: «Scheint aber nicht viel für mich dabei rauszuspringen.»

«Dann sind Sie entweder dumm oder Sie können den Hals nicht voll genug kriegen. Denn Sie erhalten nicht nur eine Kundenattraktion, die sich ohne Zweifel auch auf Ihren Umsatz auswirken wird, sondern man wird von Ihnen auch als großzügigem Menschen sprechen.»

«Okay, Mann, ist gebongt.»

Daniel rief Carl als Zeugen herbei. Er riss den unterschriebenen Kartondeckel entzwei und reichte Robbins sein Exemplar sowie die

Aktentasche mit dem Geld. Robbins setzte sich hin und fing an zu zählen, Carl und Daniel sahen ihm dabei zu. Schließlich lächelte Robbins. «Alles klar», sagte er und wollte den Koffer zuklappen.

Daniel räusperte sich. «Mr. Robbins, ich glaube, Sie sollten Ihren Zeugen angemessen entlohnen. Zweihundert Dollar sind üblich.»

Robbins glotzte überrascht. «Den Zeugen entlohnen? Was soll der Scheiß? Glauben Sie etwa, Sie können mit mir machen, was Sie wollen?»

«Na schön», sagte Daniel, «dann teilen wir uns das eben.» Er gab Carl zwei Fünfzigernoten aus dem Rucksack.

Als Robbins Carl zögernd die restlichen hundert reichte, sagte Daniel: «Obwohl Ihnen dieser Pizzakarton vielleicht komisch vorkommt und obwohl es stimmt, dass sich meine Methoden nicht immer als orthodox bezeichnen lassen, bin ich doch nicht durch Zufall reich geworden. Ich bin ein ausgezeichneter Geschäftsmann. Die Mitarbeiter meiner Vertragsabteilung werden dafür sorgen, dass die Bedingungen dieses Vertrags peinlich genau befolgt werden. Auf den *Cent* genau.» Daniel verstaute sein Exemplar im Rucksack.

Robbins las gerade sein Exemplar nochmals durch und bewegte dabei lautlos die Lippen. «Davon war aber nicht die Rede, als wir den Vertrag unterzeichnet haben. Vergessen Sie das Ganze. Ich trete von dem Vertrag zurück. Das gibt bloß Ärger.»

«Zu spät», tschilpte Daniel. Er griff nach der Bowlingtasche.

Robbins stand langsam auf und brummte: «He, Moment mal, Sie verdamm-»

«Er hat Recht», fiel ihm Carl ins Wort. «Ich habe gesehen, wie Sie unterzeichnet haben. Sie wollten es.»

«He, Carl», Robbins wandte sich zu ihm um, «wer hat dir denn das Sprechen beigebracht? Geh und mach die Arbeit, für die ich dich bezahle. Und zieh dieses lächerliche Karnickelkostüm aus;

du schaust damit aus wie Bugs Bunny als Schwuchtel oder so was in der Art.»

«Mr. Robbins», sagte Carl mit zittriger Stimme, «ich *bin* eine Schwuchtel. Und deshalb ziehe ich mir jetzt die Karnickeluniform aus, roll sie ordentlich zusammen und stopf sie Ihnen in den Arsch.»

Robbins' Kopf schnellte zurück, als hätte ihn ein Kinnhaken getroffen. Er starrte Carl an; die Intensität seines Blicks konnte es mit der dunkelroten Hautfärbung aufnehmen, die allmählich von der Glatze zum bebenden Unterkiefer überging. Daniel wollte schon eingreifen, doch Robbins, der vielleicht Daniels Entschlossenheit gespürt hatte, lächelte, anstatt zu explodieren. Er legte die rechte Hand ans Ohr und winkte mit einem Wurstfinger. «Tschü-hüs, Carl», gurrte er, «du bist gefeuert.»

«He», sagte Daniel, «Sie *können* Carl gar nicht entlassen. Er ist doch unser *Augenzeuge.*»

«Ach, nun hören Sie doch auf! Was reden Sie denn da? Ich kann die Tucke nicht feuern? Nehmen wir mal an, er hängt seinen Pillermann übern Tresen? Kommt rein in BH und Spitzenhöschen und tanzt hier über die Tische? Ohne mich. Verklagen Sie mich ruhig!»

Daniel schüttelte den Kopf. «Sie sind ein hoffnungsloser Fall. Natürlich dürfen Sie ihn entlassen – wenn er ein Verbrechen begangen hat. Aber da das Geld weg wäre, wenn es endlich zum Prozess käme, ist dieser Punkt strittig. Ihre einzige andere Option ist eine Infragestellung des Zeugen mit anschließender Auszahlung. Wenn Sie mit Ihrem Augenzeugen nicht klarkommen, können Sie ihm zweitausend Dollar Abfindung zahlen und ihn durch einen von beiden Seiten gebilligten Nachfolger ersetzen.»

«Soll das heißen, ich soll diesem Entenarsch zwei Riesen zahlen, damit ich seine Fresse nicht mehr sehen muss?»

«Korrekt.»

«Verdammt!», sagte Robbins. «So langsam habe ich den Eindruck, Sie haben das alles inszeniert, aber bitte, es ist Ihr Geld. Klar.»

Robbins zählte zweitausend Dollar ab und warf sie Carl zu. «Tschüs, Arschgesicht!»

Carl grinste Daniel zu. «Oh, jetzt kann ich mir endlich ein neues Kleid kaufen. Aber dich, Mäxchen, dich werde ich immer lieben.» Er versuchte, seine Stimme leidenschaftlich klingen zu lassen. «Seit ich dich zum ersten Mal gesehen habe, wusste ich, dass du mich heimlich begehrst. Du bist eine dieser armen, armen Seelen, die es sich selbst nie eingestehen können.» Er machte eine halbe Pirouette und stürmte hysterisch lachend auf den Personalausgang zu, während er die Kaninchenohren von sich warf.

Da Robbins Carl nachstarrte, machte Daniel sich unsichtbar, nur so zum Spaß, und verschwand durch die Wand zur Straße.

Vier Autos standen um den Cutlass, die beiden, deren Blinklicht auf dem Dach eingeschaltet war, ließen die Bewegungen der um den Cutlass wuselnden Männer seltsam abgehackt wirken. Unsichtbar trat Daniel auf einen an der Seite stehenden Zivilwagen zu. Gerade wurde über Funk die Beschreibung seines Bowling-Shirts durchgegeben. Das waren keine guten Nachrichten, aber so tragisch war es nun auch wieder nicht.

Zwei Cops gingen direkt durch ihn hindurch, als sie auf die Pizzeria zusteuerten. *Das* war tragisch. Sie würden das Geld beschlagnahmen, den Aktenkoffer auf Fingerabdrücke hin untersuchen lassen. Er überlegte weiter. Kein kostenloses Ponyreiten für die Kinder. Er ging wieder durch die rückwärtige Wand hindurch, gerade als die Cops an die Tür klopften.

Als Daniel hereinkam, hätte er beinahe vor Lachen die Konzentration verloren. Max Robbins suchte fieberhaft nach dem Aktenkoffer – Daniel hatte vergessen, dass der ja zusammen mit ihm verschwinden würde. Der Koffer stand auf dem Tisch, genau dort, wo

Robbins ihn hingestellt hatte, nur konnte er ihn nicht sehen. Auf den Knien schaute er unter allen Tischen nach. Sein purpurnes Gesicht wurde weiß wie ein Fischbauch, als er das Klopfen an der Tür und das Wort «Polizei!» hörte.

Daniel klappte den Koffer zu, nahm den Vertrag vom Tisch und verschwand durch die rückseitige Wand nach draußen. Unsichtbar ging er etwa zwanzig Blocks in Richtung Stadt, dann bog er rechts in den Industrial Way ein. Er lief ein Stück in Richtung Norden, wandte sich dann wieder nach Osten und ging in eine stille, dunkle Sackgasse hinein. Ganz am Ende befand sich ein altes Lagerhaus mit hölzernen Seitenwänden, auf dem – zu schön, um wahr zu sein – *T. H. Hothman's Kostümverleih* stand. Daniel durchquerte die am nächsten liegende Wand, um sich drinnen umzusehen. Achtzig Prozent der Fläche nahm ein einziger Lagerraum ein, Reihe um Reihe mit Kostümen und Requisiten. Hinter einer Trennwand lag ein bescheidenes Büro, von dem ein Badezimmer mit Dusche und ein Schlafzimmer abgingen. Und obwohl das Schlafzimmer kaum größer als zwei geräumige Wandschränke war, standen darin ein stabiles Bett, ein schmales Schminktischchen und, auf dem Tischchen, ein tragbares Fernsehgerät. Daniel schaltete ihn ein; vielleicht war er ja schon in den Nachrichten.

Fast. Die Leichen der zwei bekannten international operierenden Drogendealer Elwood und Emmett Tindell waren ein paar Stunden zuvor von einem Rancher gefunden worden. Sie waren kurz nacheinander hingerichtet worden. Anonymen Quellen zufolge hatte möglicherweise das kolumbianische Piscato-Kokain-Kartell die Hinrichtung wegen unbezahlter Rechnungen angeordnet.

Jennifer Raines erstes Notizbuch
April? (habe den Anschluss verloren)

Ich habe die Wahrheit gefunden, und sie ist ganz einfach: Das Leben ist herrlich. Um Mitternacht, also vor sieben Stunden, haben Mia und ich den Donut-Shop verlassen, und nun bin ich reich, high und hab's mir gerade besorgen lassen. Einem netteren Mädchen wäre vielleicht was Besseres passiert, aber mir ist das schon recht so.

Und das alles verdanke ich dem DJ. (Nein, sagen wir lieber: Schlangenaugen und Güterwaggons. Sagen wir lieber: dem glücklichen Zufall und Drogen und einem Riesen von einem Country-and-Western-Outlaw-Glücksspieler namens Longshot, der jetzt friedlich im Nebenraum schläft, nachdem er, wie er es mit einem Seufzer ausdrückte, sich «dumm und dusselig gefickt» hat, um «bald noch eine Runde zu drehen». Nein, sagen wir lieber «bald wieder in den Ring zu steigen. Bald das Ruder an sich zu reißen».) Großartig, ständig tut sich etwas! Brause dahin, du Strom! Mit brausenden Schwingen.

Gegen Mitternacht verließ ich den Donut-Shop und zog Richtung Downtown weiter. Von dem Geld, das Billy mir gegeben hatte, wollte ich einen Busfahrschein kaufen, um zu Jim Bridgers Grab im Osten von Wyoming zu gelangen. Wenn die fünfzig Dollar nicht reichten, dann würde ich eben so nahe wie möglich dorthin fahren.

Ich schlug die Adresse von Greyhound im Telefonbuch im Donut-Shop nach, aber als ich dort ankam, stand anstelle des Bus-Terminals ein neues Casino. Komisch, an den Namen des Casinos kann ich mich gar nicht erinnern, aber ich weiß noch, dass die Neonreklame pulsierte, pulsierte wie ein knallbuntes Herz. Hypnotisiert von dem Rhythmus, verwirrt von den Farben, versuchte ich zu überlegen, was das zu bedeuten hatte. War es ein Zeichen, dass ich das Geld verspielen sollte, anstatt auf Nummer Sicher zu gehen, oder war es eine Versuchung, die mir meinen Irrsinn vor Augen führen würde, sobald ich ihr erlag?

Ich dachte immer noch darüber nach – Mann, das ist vielleicht eine schwere Entscheidung! –, als mich ein Mann in einem irrwitzigen burgunderfarbenen Wintermantel mit goldenen Kordeln und riesigen Epauletten unsanft am Arm packte und mir ins Ohr zischte: «Schwing deine Hüften irgendwo anders durch die

Gegend, Schätzchen! Hier gibt's keine Selbständigen, und dich kenne ich nicht. Du willst doch deine Muschi vermarkten, oder? Aber tu das nicht hier, bring sie rüber auf die andere Seite, und wenn du das nicht machst, scheint dir dein Gesicht nicht besonders zu gefallen. Denn eins kann ich dir flüstern: Wenn du hier bleibst, kommt bestimmt wer und poliert dir die Fresse dermaßen, dass dich keiner mehr anschauen mag!»

Er dachte, er würde mir einen Gefallen tun, indem er mir erklärte, wie es hier lief. Als er sah, dass ich ihm zuhörte, ließ er meinen Arm los.

Sobald er fertig war, geigte ich ihm gehörig die Meinung: «Hör zu, du überheblicher Fatzke, ich will keinen Fick, sondern such 'nen Kick: Ich überlege gerade, ob ich meine fünfzig Dollar verspielen soll oder lieber weiterziehe. Du kannst ja eine Hure nicht einmal von einer Hupe unterscheiden!» (Weiter so, Kleine!)

«Was soll das heißen?», raunzte er. «Hältst du mich etwa für bescheuert?»

Da wurde mir bewusst, dass dies kein Zuhälter war, der hier sein Revier abgrenzte, sondern der Türsteher des Casinos. «Sie sind nicht bescheuert», sagte ich, «sondern im Irrtum. Wir alle irren uns mal.»

Er wollte gerade etwas sagen, starrte dann aber über meine Schulter und klappte den Mund wieder zu. Als ich mich umdrehte, sah ich, weshalb: Da stand ein zwei Meter großer und gut und gern hundertzwanzig Kilo schwerer Mann, der genau wie Jesus aussah – vorausgesetzt, Jesus war ein Cowboy, der sich für die große Stadt herausgeputzt hatte. Er trug Stiefel aus Schlangenleder, die vermutlich eine exotische Spezies von einer seltenen zu einer gefährdeten Art befördert hatte, einen Staubmantel im Western-Stil mit Schultern aus Biberfell, einen weißen Cowboyhut mit auf goldenem Draht aufgereihten Klapperschlangenrasseln und eine massive silberne Gürtelschnalle in Form einer Krustenechse. Hat mich voll umgehauen.

Der Türsteher war auch beeindruckt, zumindest klang er jetzt nicht mehr so unverschämt. «'n Abend, Longshot. Na, lacht das Glück wieder mal dem Tüchtigen?»

«Hauptsache, ich komme auf meine Kosten», sagte Longshot mit einer Stimme wie poliertes Eichenholz. Er warf mir einen Blick zu – nur ganz kurz, aber intensiv – und schaute dann wieder den Türsteher an. «Ruhiger Abend, Lyle?», sagte er, sichtlich baff, dass Lyle nichts Besseres zu tun hatte, als eine sexy Lady zu belästigen, die zugegebenermaßen ein wenig zerzaust und schmuddelig wirkte.

«Ich erzähle der Kleinen nur grade, wie's halt so ist.» Lyle zuckte mit den Achseln. «Wollte ihr Kummer ersparen.»

Longshots Nicken besagte: «Verstehe, gut gemacht, bis später.» Er wandte sich zu mir und sagte: «Madam, verzeihen Sie, aber ich habe mitbekommen, vor was für einer schwierigen Entscheidung Sie stehen, ob Sie Ihr Geld verpulvern oder sich aus dem Staub machen sollen. Immer wieder eine haarige Sache, das weiß ich aus Erfahrung. Schließlich bin ich jetzt dreiundvierzig und musste diese Entscheidung selber ein paar Mal treffen. Übrigens – entschuldigen Sie meine schlechten Manieren –, mein Name ist Longshot.»

«Und ich bin Jennifer Raine», sagte ich. (So sicher fühlte ich mich bei ihm.)

Er tippte sich an den Hut!

Daher hob ich den Rocksaum meines imaginären Kleids an und knickste.

Er grinste, und da tanzte das Licht in seinen hellblauen Augen voller Prärieeinsamkeit. «Jenny Raine», wiederholte er leise, so wie man den Namen aussprechen sollte. «Jenny Raine. Das klingt nach sanftem Regen, aber ich wette, du kannst auch ganz schön stürmisch werden.»

Ich lächelte ihm direkt ins Gesicht. «Hurrikan», warnte ich ihn, allerdings mit einem Lächeln, das hoffentlich einladend wirkte.

«Hast du dich nun entschieden, oder bist du immer noch am Überlegen?»

«Immer noch am Überlegen», sagte ich und tat so, als müsse man dazu mit den Hüften kreisen. «Du hast gesagt, du hättest schon so einiges erlebt. Irgendwelche Ratschläge für die Jugend?»

«Ja, doch, die habe ich: Alles auf eine Karte setzen.»

«Immer?»

«Nö. Aber jeder in der Stadt wird dir bestätigen, dass das Beste, was ich bieten kann, meine Fähigkeit ist, vorauszusagen, wenn jemandem eine Mordsglückssträhne bevorsteht. Jennifer, du bist so reif für einen warmen Geldregen, dass ich dir zehn Riesen gebe, wenn du mir heute Abend die Hälfte von deinem Gewinn überlässt.»

«Nö», sagte ich und imitierte dabei seine ungekünstelte Sprechweise. «Aber wenn du auf meine fünfzig Dollar dasselbe drauflegst, können wir den Gewinn fifty-fifty teilen.»

Er bot mir den Arm an. Lyle, der sich wieder auf seinen Posten zurückgezogen hatte, hielt uns die Tür auf, als wir nach drinnen rauschten.

Ich habe keinen blassen Dunst vom Spielen, deshalb ließ ich Longshot das Spiel auswählen. Er führte mich geradewegs nach oben zu einem 10 000-Dollar-Limit-Würfelspiel, nahm das Geld von uns beiden und kaufte einen schwarzen Chip. Der Typ, der ihm den Chip verkaufte, schaute verwundert drein. «Das muss ja 'n fürchterlicher Albtraum gewesen sein, wenn du schon wieder hier bist.»

Longshot grinste sein unbeschwertes Präriehimmelgrinsen. «Keine schlechten Träume, Ed, eher so was wie gute Aussichten.» Er fragte mich, auf was ich setzen wollte – gerade oder ungerade Zahlen, bestimmte Zahlen zwischen zwei und zwölf, Schlangenaugen oder Güterwaggons – und da wusste ich, das ist es. «Güterwaggons», sagte ich und hörte dabei das Rumpeln und Rattern eines Güterzugs, der von einem Berg herunterfährt, sah in Zeitungspapier gewickelte Landstreicher, die den vorbeirasenden Sternen nachblickten.

Longshot sagte: «Die Chancen für zwei Sechsen sind 30 zu 1, aber sie stehen 36 zu 1 dagegen. Is 'n Riesending, kann aber auch schief gehen!»

Er erklärte mir, was ich getan hatte, kritisierte meine Entscheidung also nicht. Ich schlug meine hübschen blauen Äuglein auf und nieder und erwiderte: «Ich liebe Riesendinger, Longshot!» (Jenny, du bist echt unmöglich.)

Ein hagerer Kerl mit randloser Brille würfelte. Güterwaggons. Dreitausend Dollar.

Longshot lächelte mich an und sagte: «Wie viel und worauf?» Herrje, er hat aber wirklich Stil!

Ich hörte immer noch den Zug, der einsam durch die Nacht ratterte. «Alles», sagte ich. «Wieder auf die Güterwaggons.»

Der Knabe, der das Spiel leitete, zog eine Augenbraue in die Höhe und sah Longshot fragend an. «Auf los geht's los, meint die Lady.»

Als ich «Auf los geht's los» hörte, wusste ich: Nun waren wir reich. Tatsache. Güterwaggons. Dreiundneunzigtausend Dollar.

Longshot schenkte mir sein süßestes Lächeln. «Bei diesem Spiel gibt es ein

10 000-Dollar-Limit.» Das fand ich herrlich – mich nicht einmal zu fragen, ob ich aufhören wollte, nein, sondern sein Bedauern auszudrücken, weil wir nicht höher gehen konnten. Also, das hat mir wirklich Mut gemacht.

Was auch gut war, denn ich hörte den Zug nicht mehr. Er war weg. An seiner Stelle, als hätte sein verhallender Pfiff ihren Atem mit sich gerissen, wimmerte Mia leise im Schlaf. Einen Augenblick schienen ihre Träume vor mir auf, sie träumte wieder von Schlangen, die in der Dunkelheit auf sie herabfielen, mit Augen wie kleine Perlen aus Mondlicht.

«Schlangenaugen», sagte ich zu Longshot. «Letztes Spiel.» Und dann, weil ich wollte, dass er über mich Bescheid weiß, sagte ich: «Ich habe eine imaginäre Tochter, für die ich sorgen muss.»

Da sah mir dieser großartige Mann tief in die Augen und sagte: «Ich nehme dich ganz so, wie du bist.»

Wie sagen wir Mädels so schön? Ich war hin und weg.

Hallo, ihr Asse! Ihr Schlangenaugen! Jawohl. Dreihunderttausend Dollar. Dreihundertdreiundneunzigtausend Dollar insgesamt. Einhundertundsechsundneunzigtausendfünfhundert für jeden von uns. Abzüglich Trinkgeld. Ich gab Lyle 500 Dollar auf dem Weg nach draußen.

Longshot und ich (Mia war nach dem einen kurzen Wimmern wieder tief und fest eingeschlafen) feierten unsere Glückssträhne mit einem Angriff auf seine Drogenvorräte – Kokain, Killer-Gras und Disco-Biscuits (für mich war es das erste Mal, mit Ausnahme von dem Marihuana, aber das war überhaupt nicht mit diesen knusprigen runden Dingern zu vergleichen), und dann, indem wir uns vereint den süßen Zerstreuungen hingaben, welche das Leben so lebenswert machen.

Das Leben ist großartig!

Nina Pleshette, eine Krankenschwester am Kaiser Hospital in Oakland, wählte die Nummer, die man ihr von einer Telefonzelle vor dem Gebäude gegeben hatte. Ein Anrufbeantworter schaltete sich beim dritten Klingeln ein. Die Ansage lautete: «Danke für Ihren Anruf beim TNT. Bitte geben Sie nach dem Signalton Ihren Code ein, gefolgt von dem Code Ihres gewünschten Gesprächspartners.»

Der Signalton war ein Bügelhorn, das *Charge* blies, und gleich darauf hörte man Red Freddie «Haut den Staat zu Brei!» brüllen.

Nina gab RN43 ein, dann R77. Man hörte ein zweimaliges Klicken, dann das Geräusch einer Selbstwählvorrichtung.

Das Telefon klingelte zweimal in einem Betonbunker dreihundert Meilen nordöstlich. Charmaine ließ den Forschungsbericht sinken, den sie gerade las, und antwortete mit einem sanften «Hallo».

«Hier ist RN43. Der Patient ist heute Vormittag um 11 Uhr 45 gestorben, ohne das Bewusstsein wiedererlangt zu haben.»

«Wie schade», sagte Charmaine. «Hat ihn jemand besucht?»

«Nein.»

«Wurde die Todesursache festgestellt?»

«Nein. Es gab auch keine offizielle Diagnose. Die Ärzte nehmen immer noch an, dass es sich um eine seltene allergische Reaktion auf einen unbekannten Erreger handelt. Sein Immunsystem schien einfach zusammengebrochen zu sein.»

«Danke, dass Sie angerufen haben», sagte Charmaine und legte den Hörer auf.

Sie wandte sich wieder dem Bericht über Rizin zu. Fast zwei Wochen lang arbeitete sie nun schon daran, ein Gegenmittel für dieses Gift zu entwickeln. Sie studierte das Molekulardiagramm und versuchte herauszufinden, wie das Gift mit den verschiedenen Koenzymen reagierte, doch nach ein paar Minuten legte sie das Blatt beiseite und dachte über Debritto nach. Es überraschte sie, dass er so rasch aufgegeben hatte. Sie musste eine schreckliche Kraft in ihm entfesselt haben, eine Art Spiegelbild seines mörderischen Tuns. Dass nicht die Drogen daran schuld waren, wusste sie. Die beiden Pfeile hatten eine ungefährliche Dosis Neuronenblocker enthalten. Die beiden Spritzen waren harmlos. Dank ihrer Kombination aus Vitaminen und Mineralien hätten sie ihn eigentlich sogar bei der Auseinandersetzung mit sich selbst stärken sollen.

Von den Nachrichten im Fernsehen war Daniel richtig übel geworden. Wenn Elwood und Emmett internationale Drogendealer waren, dann war er der Geist von Elvis Presley. Bei ihren Mördern handelte es sich um Profis, das war klar, und bei den «ungenannten Quellen» wohl auch. Aber es war absolut nicht einzusehen, warum die CIA die Fahndung publik gemacht hatte. Volta war doch völlig überzeugt gewesen – und Daniel hatte die Logik seiner Überlegungen durchaus nachvollziehen können –, dass die CIA die Aufdeckung ihrer Inkompetenz und Geheimnisse weit mehr fürchten würde als den Verlust des Diamanten.

Er versuchte sich nochmals an die Szenerie rund um den Cutlass zu erinnern. Vier Autos. Zwei Wagen der City Police mit ihren Blinklichtern, einer vom Sheriff, dann noch ein Zivilwagen – ein grauer Ford, ein wenig abseits, in dessen Funkgerät er die Beschreibung seines Bowling-Shirts gehört hatte. Die zwei Männer darin, in Mänteln, mit langen Hosen. Schnüffler. Er stellte eine Vermutung an, die ihm zusagte: Die Cops fahndeten nach dem Cutlass wegen des ursprünglichen Diebstahls durch die Tindells, doch die CIA, der die beiden Brüder irgendwie ins Netz gegangen waren, wusste, dass der Wagen erneut gestohlen worden war – und von wem. Also wussten sie auch, dass er über den Traum seiner Mutter geweint hatte, dass der Diamant höchstwahrscheinlich in der Bowlingtasche war und dass er die Kunst des Verschwindens beherrschte – sofern sie den Tindell-Brüdern Glauben schenkten, was unter Umständen schwierig sein mochte.

Daniel empfand Abscheu vor sich selbst. Er hatte sich für gerissen gehalten, indem er verschwunden war, wo er die Tindells ebenso gut mit Tao Do Chaung hätte erledigen können. Aber er musste ihnen ja unbedingt demonstrieren, was *wirkliche* Stärke war. Wenn er sie lediglich bewusstlos geschlagen hätte, wären sie jetzt womöglich noch am Leben. Die «anonymen Quellen» wollten anonym bleiben, und es war ihnen vermutlich gar nicht recht, wenn jemand wie Elwood und Emmett in den landesweiten Medien lauthals verkündeten, dass sie einen Bowlingspieler gesehen hatten, der sich unsichtbar machen konnte und angeblich den Gral besaß, und dass sie sogar von der CIA verhört worden waren. Doch wer hätte ihrer Story von einem per Anhalter reisenden Bowlingspieler geglaubt, der sich in Luft auflöste? Sie hatten ja keine Beweise. Ihr Tod war unnötig.

Er war so müde, dass er die Message beinahe nicht mitbekommen hätte: *Wir wissen, wer du bist, und wir lassen nicht mit uns spaßen.* Deshalb hatten sie die Leichen an Ort und Stelle liegen lassen – damit sie sofort entdeckt wurden. Druck. *Jedes Mal, wenn du dich zu erkennen gibst, muss irgendjemand dafür bezahlen.*

Er durfte sich nicht mehr zu Albernheiten hinreißen lassen. Schluss mit lustig. Leichtsinn war fatal. Er wand sich innerlich, als er sich seine Selbstgerechtigkeit gegenüber Volta ins Gedächtnis rief: *Nun bin ich für den Diamanten verantwortlich.* Blödsinn. Wenn er hier für etwas verantwortlich war, dann für seinen gefährlichen Hang zu gedankenlosen Manövern. Er hatte sich so verhalten, als ginge es bei allem um Abenteuer im Märchenland. Das hier war jedoch die reale Welt, selbst wenn er nicht in ihr war. Die Tindells hatten wirkliche Angst gehabt. Ob sie sich wohl etwas zuriefen, als sie am Straßenrand knieten? Er begann zu weinen. Er kniff die Augen zu, um gegen die Tränen anzukämpfen, doch plötzlich fühlten sich seine Hände wie von Blut benetzt an, und er öffnete die Augen, um nachzusehen. Seine Hände waren trocken. Er presste sie aufs Gesicht und drückte den Kopf tief ins Kissen.

«Schon richtig», sagte er laut, «wenn du deinen kleinen Launen nicht nachgeben kannst, dann gib dich wenigstens deinen Schuldgefühlen hin.»

Und was war mit Carl, dem Kaninchen-Kellner, und seinem Boss, Max Robbins? Daniel versuchte sich zu konzentrieren. Das Bierglas und den Krug hatte Carl vermutlich gespült, vorsichtshalber würde er aber noch einmal nachsehen. Carl war schon fort, als er sich unsichtbar gemacht hatte und mit Geld und Vertrag verschwunden war – gut, hier also keine Fingerabdrücke –, doch er würde wahrscheinlich verhört werden. Nicht so intensiv wie Max, vor allem, wenn der was von einem Koffer voller Geld und einem Kerl faselte, der einfach so zu verschwinden schien. Daniel erkannte, dass es ein Fehler gewesen war, nicht noch länger unsichtbar herumzulungern und das Gespräch zwischen Max und den Cops zu belauschen. Doch das Schlimmste, was Max ihnen erzählen konnte, war die irrwitzige Wahrheit, und Max schien ihm kein Mensch zu sein, der sich gerne lächerlich machte. Egal, was für eine Geschichte Max verbreitet hatte, er konnte nichts daran ändern.

Blieben noch die Fingerabdrücke im Auto. Und vielleicht der Bierkrug und das Glas in der Pizzeria. Daniel sank in sich zusammen, doch er musste es tun. Er zog das Bowling-Shirt aus und suchte sich unter den an Bügeln aufgehängten Kostümen eines aus, das ihm passte. Es war weiß und hatte vorne einen leichten Rüschenbesatz, das Hemd eines Glücksspielers auf einem Riverboat. Dazu gehörte ein schwarzer Cutaway. Kein Hut. Hm ... Gerade wollte er den Diamanten mitnehmen, da stellte er fest, dass ein Riverboat-Glücksspieler, der um zwei Uhr morgens Bowling spielen geht, vielleicht doch etwas zu verrückt wirkte. Er versteckte alles in einem Karton mit der Aufschrift *Schweizer Kuhmagd Größe 12*.

Er ging zurück zur Jackrabbit-Pizzeria, blieb aber sichtbar, bis er zu dem leeren Parkplatz gelangte. Dann wandelte er durch die Wand der Pizzeria. Der Krug und das Glas waren entweder gespült worden, oder die Cops hatten die Sachen mitgenommen. Er bestellte sich ein Taxi an die Straßenecke. Dem Fahrer erzählte er, seine Freundin wäre von der Polizei mitgenommen worden, weil sie betrunken am Steuer gesessen hätte, und nun hätten sie das Auto beschlagnahmt. Der Fahrer wusste, wohin er fahren musste.

Daniel trieb sich vor dem Parkplatz der Abschleppfirma herum, bis das Taxi außer Sicht war, dann verschwand er. Er stieg ins Auto und duckte sich, wurde dann wieder sichtbar und wischte rasch über das Wageninnere. Gerade war er erneut verschwunden, als das Spezialistenteam für Fingerabdrücke auftauchte.

In einer Telefonzelle ein Stück weiter unten im selben Häuserblock wurde Daniel wieder sichtbar, rief ein Taxi, das ihn eine halbe Meile von Hothman's Kostümverleih aussteigen ließ, und ging dann den Rest zu Fuß. Vor dem Karton machte er sich wieder sichtbar, er hielt den Diamanten in Händen und nahm ihn mit hinüber in das winzige Schlafzimmer, legte sich hin, dachte: *Verantwortung kann ganz schön schwer sein,* und schlief ohne einen Gedanken ans Verschwinden ein.

Am späten Nachmittag wachte er wieder auf. Nachdem er sich zunächst vergewissert hatte, dass niemand am Wochenende in dem Lagerhaus arbeitete, duschte er in dem kleinen Badezimmer. Erfrischt kehrte er ins Schlafzimmer zurück, ließ das Handtuch auf den Boden fallen und streckte sich nackt auf dem Bett aus, um zu überlegen, was er nun als Nächstes tun sollte. Er fand die Möglichkeiten geradezu überwältigend. Als er tief Luft holte, sah er das schwache Abbild einer jungen blonden Frau vor sich, die ihm eine Kugel mit einem goldenen Mittelpunkt hinhielt und etwas sagte. Er war nicht sicher, ob dies eine Erinnerung oder eine Halluzination aus Verzweiflung war, doch ihr Gesicht nahm immer stärkere Konturen an, wie ein Foto in der Dunkelkammer. Angestrengt lauschte er dem, was sie sagte, doch sie war zu weit entfernt, die Stimme trug nicht. Er konzentrierte sich auf ihre Lippen, während ihr Bild verblasste, versuchte, die Formen ihrer Klänge zu begreifen, während sie sich auflöste. Er bildete sich ein, sie hätte «es ist eine Perlenkette» gesagt.

Der menschliche Geist ist der Schatten des Lichts, das er sucht.

Der menschliche Geist ist ein einziges Durcheinander.

Daniel hatte das Gefühl, verstanden zu haben. Eine Perle. Ja, ja, ja. Der Diamant war eine Perle am himmlischen Halsband, an der goldenen Spiralflamme durch sein Inneres aufgereiht. Die Vorstellung eines Halsbands aus Licht, eines Kreises aus kugelförmigen Diamanten, die alles goldene Licht reflektierten, bündelten und wieder in die unendliche blendende Helle zurückwarfen, begeisterte Daniel. Er langte hinab und tätschelte die Bowlingtasche. «Allmählich kommen wir dem Ziel ja näher.»

Wo das Ziel lag, wusste er nicht so recht, aber er beschloss, die Reise ganz vorsichtig anzugehen. Zunächst einmal musste er verstehen, ob der Diamant eine Perle war, die den ihr gemäßen Platz verlassen hatte, ob er also zurückgebracht werden musste.

Daniel beschloss, in die Rockies zu fahren. Er würde sich auf lange Ausflüge einstellen und durch die Wildnis wandern, bis er wusste, was er als Nächstes unternehmen sollte.

Plötzlich hatte er eine Eingebung, die wie eine Belohnung für seine vernünftige Haltung kam: Er war in Richtung Westen unterwegs gewesen, weil das die Richtung zum Namenlosen See war. Daniel zuckte zusammen. Wild Bill, dessen war er sich ganz sicher, würde es ahnen und dort auf ihn warten, vielleicht zusammen mit Volta. Er spürte ein tiefes Gefühl der Bewunderung in sich aufsteigen für die Klarheit und Stärke, die Volta dem Begriff Verantwortung beimaß, und auf einmal wusste er, was Volta für diese Hingabe opferte. Sollte sich sein Aufenthalt in den Bergen als sinnlos erweisen, beschloss Daniel, so würde er Volta den Diamanten bringen, seine Kräfte mit ihm vereinigen, und mit jedem, der ihrer Meinung nach daran teilhaben sollte. Vermutlich würde er sich dann so klein vorkommen, dass ihm jegliche Hilfestellung recht war.

Er musste sich eine neue Verkleidung für den Trip zulegen.

Und er musste nach Osten fahren. Dass er genau die Gegenrichtung einschlug, würden sie nicht erwarten.

Er musste sich überlegen, wie er reisen wollte. Dieses Mal würde er niemanden in Gefahr bringen, indem er ihn zum Zeugen seines

Verschwindens machte oder indem er irgendetwas über den Diamanten preisgab. Er beschloss, per Anhalter zu fahren. Dann hatte er wenigstens anregende Gesellschaft. Allein mit dem Cutlass unterwegs zu sein war auf die Dauer doch recht einsam.

Die Einfachheit seines Plans beeindruckte und beglückte ihn. Er schwang sich aus dem Bett und tappte nackt zwischen die Gänge des Lagerhauses mit ihren hohen Regalen voller Kostüme und den fünf langen Kleiderstangen.

Seine Verkleidung sollte bequem und warm sein und eine unauffällige Möglichkeit bieten, den Diamanten zu tragen. Ein italienischer Herzog mit einer Bowlingtasche? Übertrieben. Er brauchte etwas, das eine gewisse symbolische Übereinstimmung mit seiner Reise hatte. Die Vorstellung eines spanischen Eroberers gefiel ihm – Cabeza de Vaca hoch oben in den Rocky Mountains –, doch dazu hätte er den blöden Kragen abschneiden müssen. Der Riverboat-Glücksspieler, den er schon fast vollständig zusammengestellt hatte, war eine gute Wahl, falls er den Zylinder aus Biberfell fand, um das Ganze zu krönen, und eine Möglichkeit, den Diamanten zu verstecken. Er brachte zwanzig Minuten damit zu, Hutschachteln zu durchwühlen, aber das Passende war nicht dabei.

Der Geist ist die Summe der Verwandlungen, die er durchmacht.

Frustriert überlegte Daniel, ob er einfach wahllos etwas aus den Regalen und Kartons zusammenstellen sollte. Er schlenderte den Gang mit dem Schild «Verschiedenes» entlang. Als er einen ganzen Arm voll zusammengesammelt hatte, kam er wieder hervor und ließ alles auf den Boden fallen. Er wollte sehen, was er da erwischt hatte und wie die Teile zueinander passten.

Es gab ein paar faszinierende Möglichkeiten: eine koptische Tunika aus naturbelassenem Leinen, in die kleine Ornamente aus vielfarbiger Wolle eingearbeitet waren; ein ägäischer Helm mit Eberhauern zu beiden Seiten (ziemlich gewagt mit dem Riverboat-

Spieler); zwei quastenbesetzte Umhänge, der eine in leuchtendem Scharlachrot, der andere lapislazuliblau; noch ein Umhang, diesmal pelzgefüttert und mit Pelzbesatz an den Ärmeln; eine babylonische *kaunake*; ein weißer Turban.

Daniel hockte am Boden und versuchte sich vorzustellen, ob er den Diamanten unter dem Turban verstecken könnte, als er, in dem Gang gegenüber, in Augenhöhe, genau das erblickte, wonach er suchte. Die aufgelisteten Bestandteile verwiesen auf ein komplettes Kostüm:

Mountain Man / Trapper
Amerika, ca. 1840–60
Größe 46 (ca.)
Hemd / Hose aus Rehleder
Mokassins & Gamaschen aus Elchleder
Kopfbedeckung mit Fuchskopf (7 1/4 - 1/2)
Cheyenne-Gürtel aus gefärbten Stacheltierstacheln mit Gürteltasche aus Antilopenleder
Große Umhängetasche aus Büffelhaut
Geflochtenes Armband aus Otterleder
Pulverhorn an Rehlederriemen

Die beiden ersten Worte – MOUNTAIN MAN – überzeugten ihn, die Einzelteile bestätigten es. Perfekt. Vor allem die Umhängetasche, die, wenn ihn die Erinnerung an seine Jugendlektüre nicht trog, ein großer Beutel für die Arbeitsutensilien eines Trappers, aber auch für seine persönlichen Gegenstände, für Totems und Medizin, war. Johnny Seven Moons hatte ihm erzählt, ein Mountain Man sei die Lebensform unter den Weißen, die der indianischen noch am nächsten käme.

Daniel musste ganz intensiv an den Spaziergang im Frühlingsregen denken, damals, als er, seine Mutter und Seven Moons nackt nebeneinander hergingen, Hand in Hand, während ihnen der warme Regen über den Körper lief. Seven Moons und seine Mutter waren beide tot, doch er wusste, dass die Erinnerung blieb, auch wenn niemand mehr da war, um sich zu erinnern, dass sie wie der Schimmer von einem toten Stern durchs All kreisen würde, zurück zu ihrem Ursprung im ewigen gleißenden Licht.

Daniel zog sich sorgfältig an, er genoss es, ein anderes Selbst anzunehmen. Als er die Lederhose überstreifte, roch er den Duft von Kiefernharz, von Rauch und dem Fett, das von Büffelsteaks tropfte. Die Mokassins und die Fuchsmütze passten, als wären sie speziell für ihn gefertigt worden, und die Gürteltasche mit dem Gurt aus den Stacheln eines Stachelschweins war ein echtes Kunstwerk. Die wettergegerbte lederne Umhängetasche sah jedoch beunruhigend klein aus.

Er nahm das Pulverhorn und ging zurück ins Schlafzimmer. Dort holte er den Diamanten aus der Bowlingtasche. Zu seiner großen Zufriedenheit glitt der Diamant wie von selbst in den Lederbeutel. Er schlang den Riemen durch die Schnalle aus Elchhorn und zog ihn gut fest. Seine wenigen Toilettenartikel verstaute er in den Gürteltaschen, dann stopfte er das Pulverhorn mit ein wenig Geld aus dem Aktenkoffer – an die achttausend Dollar.

Seine alten Kleider versteckte er in verschiedenen Kostümschachteln, den Rucksack und die viertausend Dollar darin stopfte er in den SCHWEIZER-KUHMAGD-Karton. Den Aktenkoffer – etwa fünftausend Dollar waren noch darin – schob er in ein Regal mit anderen Koffern und kleineren Reisetaschen. Die Kostüme, die er überall verstreut hatte, legte er zurück in ihre Kartons.

Er glättete das Bett und hängte das feuchte Handtuch hinter den Schminktisch, nachdem er damit die Fingerabdrücke beseitigt hatte. Ein paar Minuten stand er da und überlegte, was er wohl vergessen haben könnte. Zugegeben, die Kostümierung als Mountain Man würde Aufsehen erregen, aber wie Jean Bluer ihm beigebracht hatte, war eine befremdliche Aufmachung oft die beste Tarnung. Und außerdem konnte man trotzdem noch ernst genommen werden.

Daniel liebte den Sitz der Lederhosen, das Gefühl der Erdverbundenheit in seinen Mokassins, das Gewicht des Diamanten unter seinem linken Arm, die Vorstellung, ein Fuchs habe sich auf seinem Kopf zusammengerollt. Ohne Aktenkoffer und Bowlingtasche fühlte er sich unbeschwerter. Auch unbekümmerter, aber nicht übermütig.

Er machte sich unsichtbar und verschwand durch eine Mauer in Richtung Norden. Eine halbe Meile später tauchte er wieder auf und schlug den Weg nach Westen, auf die Stadt zu, ein. Er ignorierte die neugierigen Blicke, winkte zurück, wenn ihm jemand aus einem vorbeifahrenden Auto etwas zurief. Er versuchte sich an das zu erinnern, was er über Mountain-Männer gelesen hatte, an ihre Geschichten, ihre Namen. Die Geschichte von Hugh Glass fiel ihm ein, der zweihundertfünfzig Meilen zum nächsten Fort gekrochen war, nachdem ihn ein Grizzly mit der Pranke verwundet hatte. Stärke. Entschlossenheit. Hartnäckigkeit. Er würde Hugh Glass sein.

Ein verstaubter alter Pickup stand vor der Zapfsäule einer Shell-Tankstelle an der Straßenecke, während ein gebeugter grauhaariger Mann zusah, wie das Benzin einlief. Einem Impuls folgend, fragte Daniel ihn, ob er in Richtung Osten fuhr. So war es. Doch er war mit Frau und Enkelin unterwegs, die sich gerade auf der Toilette ein wenig frisch machten, und fuhr nur noch 30 Meilen weit auf dem Highway 50, den er als «einsamste Straße auf der Welt» bezeichnete. Sie müssten Daniel dann in der Dunkelheit, mitten in der Wildnis rauslassen. Aber wenn ihm das nichts ausmachte, na dann, einsteigen bitte sehr.

Daniel fühlte sich immer unbeschwerter.

Jennifer Raines erstes Notizbuch
April / bei der Abfahrt aus Reno

Das Leben ist immer noch großartig.

Mein Name ist Susanna Rapp. So heißt es hier in meinem Führerschein, meinem Ausweis und auf meiner Geburtsurkunde. Rapp ist ein altes germanisches Wort und kann «junger Rabe», aber auch «hervorragender Ratgeber» bedeuten, je nach Herleitung. Ich finde, das passt zu mir – und es klingt tough. «Susanna» heiße ich, weil ich das Lied immer so mochte, «Oh Susanna, don't you cry for me ...» He, Sweetheart, ich weine, wann's mir passt. Selbst wenn ich nicht gerade die Art von Mädchen bin, dem Männer ein Ständchen bringen.

Als Longshot heute Morgen aufstand, sagte ich zu ihm, so gern ich ihn auch hätte – nämlich sehr! –, müsste ich doch weiterziehen. Ich erzählte ihm von dem Treffen mit dem DJ an Jim Bridgers Grab. Longshot hatte Verständnis. Und weil er Verständnis hatte, echtes, tiefes Verständnis, erzählte ich ihm die Kurzversion meines Lebens. Als ich zu Ende erzählt hatte, sagte er: «Ich halte dich nicht für verrückt. Du erlebst eben alles ziemlich intensiv und deine Phantasie ist 'n bisschen überspannt. Ich kenn das, ging mir selber auch 'n paar Mal so, hab aber immer wieder die Kurve gekriegt.»

«Wie?» Man kann sich meine gespannte Erwartung vorstellen.

«Na ja, ich hab da 'ne ziemlich ungewöhnliche *Methode. Bei mir haut es hin, aber es ist ein bisschen so, wie wenn man Feuer mit Feuer bekämpft. Ich besorg mir was zum Schnupfen und einen Wagen, und dann ras ich direkt nach Kansas City und dreh ohne anzuhalten wieder um. Das pustet deinen Kopf so richtig durch.»*

Also ehrlich, der Mann ist klasse. Und da ich hoffte, er würde mich bitten zu bleiben, war ich ein bisschen deprimiert. Aber, glaubt mir, eine kleine Depression ist kein Problem *für eine Frau mit fast zweihunderttausend Dollar im Portemonnaie.*

Als Erstes verhalf mir Longshot (er scheint jeden zu kennen) für fünftausend Dollar zu einer neuen Identität. Also hab ich mein Bild knipsen und meinen Daumen rollen lassen, und eine Stunde später war ich Susanna Rapp.

Ich kaufte einen nagelneuen feuerroten Porsche. Siebzigtausend. Langsam ging's mir besser.

Ich war schon wieder so weit hergestellt, dass ich in der richtigen Stimmung für einen Kleidereinkauf war. Zehntausend Dollar – allerdings inklusive Gepäck und Schuhe.

Longshot kaufte ich eine große silberne Gürtelschnalle mit zwei glasierten Augäpfeln darin. Drum herum steht: «Die Augen von ganz Texas ruhen auf dir.»

Longshot sagte: «Das Beste am Verrücktsein ist doch, dass man verrückte Sachen machen darf.»

Ich kaufte Longshot dreißig Gramm Kokain ab, dreißig Gramm Gras und zwanzig Quaaludes – alles für nur einen Riesen. Da die Drogen therapeutischen Zwecken dienten, nicht der Erholung, so sagte er, war es Ehrensache, dass er sie mir zum Einkaufspreis verkaufte. Als ich ihn ganz direkt fragte, ob er Drogendealer sei, sagte er mit diesem unbekümmerten Grinsen: «Nicht direkt. Wenn ich was Anständiges bekomme, horte ich den Stoff, für schwere Zeiten.»

Sein Abschiedskuss war voll aufrichtiger Zuneigung. Er würde mich immer mit offenen Armen empfangen, sagte er. Wie sagten wir immer auf der Junior-High? «Ist das jetzt cool, oder was?» Als er mir zum Abschied nachwinkte, trug er den Gürtel mit den Texas-Augen.

Ich konnte schlecht tausend Dollar für Drogen ausgeben, fand ich, ohne nicht wenigstens auch Mia etwas gekauft zu haben. Seit ihrem Albtraum in der Scheune hatte sie ständig geschlafen. Ich versuchte, sie für einen kleinen Mutter-Tochter-Einkaufsbummel aufzuwecken. Als es mir nicht gelang, wäre ich beinahe in Panik geraten. Doch ich konnte ihren Herzschlag hören, langsam, aber kräftig.

Ich versuchte mir vorzustellen, was sie wohl träumte, was sie gerade tat, fand aber keinen Zugang zu ihr. Ich glaube, sie ist in einer Art Trance, versucht vielleicht gerade selbst, sich etwas vorzustellen. Wir können nur dann Kontakt aufnehmen, wenn wir uns einander vorstellen, und vielleicht fühle ich mich deshalb im Moment ausgeschlossen. Ist schon okay. Ich muss ihr einfach vertrauen, sicher weiß sie, was für sie selbst am besten ist.

Aber einen Augenblick lang dachte ich, sie sei tot, und vor lauter Schreck wollte ich sie gleich ins Krankenhaus bringen. Und genau da muss ich aufpassen: Ich darf mich nicht so verhalten, als gäbe es sie wirklich. Immer dann komme ich nämlich in Schwierigkeiten. Entsetzen lässt mich vergessen. Schmerz lässt mich vergessen.

Ich kaufte Mia eine wunderbar flauschige hellblaue Seidendecke, groß genug für ein Doppelbett. Ich wickelte sie auf dem Rücksitz darin ein und schüttelte die beiden dazu passenden Plüschkissen auf, damit sie den Kopf darauf legen konnte.

Jetzt sitze ich in meinem Porsche vor Uncle Bill's Bugle Burger Drive-In und habe gerade einen halben Bugle Burger gegessen und eine große und eine mittlere Pepsi geleert. Longshot hatte Recht, Kokain macht einen nur gierig auf noch mehr Kokain, aber es macht einen auch ganz schön durstig. Ich kaufe wohl besser einen Kasten Mineralwasser, bevor ich weiterfahre.

Zu Ostern habe ich mir was Neues zum Anziehen gekauft: ein eng anliegendes Oberteil mit Reißverschluss am Rücken und einen geschlitzten Rock aus Rohseide, eierschalenfarben, mit geraden, klaren Linien. Dazu einen Strohhut mit breiter Krempe, luftig und leicht, umflochten von einem Regenbogen aus Seidenbändern, deren Enden über meine Schultern herabflattern wie ein bunter Wasserfall. Ich trage diese verrückten Plateauschuhe mit einem vierblättrigen Kleeblatt in jedem der durchsichtigen, sieben Zentimeter hohen Absätze. So läuft mir das Glück nie davon. Außerdem habe ich einen schwarzen Hosenanzug mit schwarzem Hut und Schleier gekauft, für das Treffen mit dem DJ an Jim Bridgers Grab.

Na dann, auf nach Wyoming mit einer Nase voll Koks. Für den DJ bleiben noch jede Menge Drogen übrig. Ich habe sie eigentlich schon satt. So war das immer mit mir – am Anfang bin ich Feuer und Flamme, aber nach einer Weile langweilt mich die ewig gleiche Perspektive.

Meiner Straßenkarte nach zu urteilen, dürfte die I-80 die kürzeste Verbindung in den Osten von Wyoming sein. Mich macht aber eher der Highway 50 neugierig, nichts als Ödland weit und breit, sodass ganz viel Platz ist für die Beschreibung: «Highway 50, der einsamste Highway auf der Welt». Klingt wie eine Touristenattraktion für alle, die sich der Erforschung der Psyche – auch so eine Art einsamer Highway – verschrieben haben. Vom 50er kann ich nach Norden in Richtung Wyoming abzweigen. Macht nur ein paar Stunden Unterschied. Wenn es dem DJ ernst ist, wird er auf mich warten. Und wenn er nicht da ist, dann werde ich dermaßen down sein, dass ich's mit Longshots Rosskur versuche und Feuer mit Feuer bekämpfe, nach Kansas City und zurück brause. Ich komme wieder. Aber jetzt muss ich erst mal los.

VIER: FEUER

Spart am Werk nicht Fleiß noch Mühe,
Feuer sprühe, Kessel glühe!

SHAKESPEARE, *Macbeth*, IV. AKT, 1. SZENE

Der menschliche Geist ist ein Vollmond, der im warmen Frühlingsregen aufgeht.

Daniel fühlte sich immer unbeschwerter, obwohl der Regen seine Lederhose durchnässte und der Diamant in der Ledertasche ständig an Gewicht zuzunehmen schien, immer unbeschwerter war ihm zumute, bis er das Gefühl hatte, zusammen mit dem Mond aufzusteigen. Er stand dort, wo ihn der alte Mann hatte aussteigen lassen, der ihn an der Shell-Tankstelle in Reno mitgenommen hatte. Er hatte sehr bedauert, ihm kein Quartier für die Nacht anbieten zu können, aber es war recht eng bei ihnen, weil ja die Enkelin da war, und außerdem hatte Ma es nicht so mit Fremden.

Daniel hatte es auch Leid getan. Die Enkelin war nämlich kein Kleinkind, sondern eine rothaarige Schönheit von etwa neunzehn Jahren, die er durchaus nicht von der Bettkante gestoßen hätte. Während sie darauf warteten, dass die Frauen von der Toilette zurückkamen, hatte der Alte angedeutet, dass man sie zu ihnen auf die einsame Farm schickte, weil sie in Santa Rosa hinter allen Jungs her war. Auf der Fahrt hatte Daniel zweimal die Hand gegen die regenverwischte Heckscheibe gepresst, in einem unschuldigen Versuch, das Haar des Mädchens zu berühren. Er war ernsthaft in Versuchung geraten, zu verschwinden und sich aufs Armaturenbrett zu setzen, um sie einfach nur anzuschauen. Er war stark geblieben, und jetzt ärgerte er sich darüber.

Während er den aufgehenden Mond betrachtete, versuchte er sich vorzustellen, was sie – meilenweit weg – wohl empfand, und er spürte einen fremden Kitzel, die Reibung zwischen zusammengepressten Schenkeln, als der alte Pickup über den Feldweg holperte. Dieses Gefühl ließ ihn noch unbeschwerter werden.

Gegen den Regen blinzelnd, sah er den verschwommenen Mond auf eine so erotische majestätisch-unbeirrte Weise aufgehen, dass er verschwinden wollte. Er spürte allmählich eine mächtige, gegenseitige Empfänglichkeit im warmen, mondbeschienenen Regen, einem für Nevada derart warmen Aprilregen, dass der Alte es kaum glauben konnte. Daniel glaubte es. Daniel glaubte, er brauche nur zu verschwinden, und schon könne er sich erheben wie der Mond, könne er durch die Schädeldecke schweben zum lichten, leuchtenden Mond. Er sammelte sich gerade, um unsichtbar zu werden, als ihn ein tiefes sexuelles Brummen ablenkte.

Der feuerrote Porsche schoss vorbei, doch er erhaschte trotzdem einen flüchtigen Blick auf die Frau am Steuer. *Stopp*, dachte er, als die Rücklichter im Regenschleier langsam erloschen.

Als der Wagen beinahe außer Sicht war, sah er das plötzliche Aufleuchten von Bremslichtern. Daniel rannte auf das Auto zu; hoffentlich war er nicht Opfer einer Luftspiegelung im regenverwaschenen Mondschein geworden.

Der Geist ist eine Fata Morgana mit echtem Wasser.

Als er an der Beifahrertür angekommen war und sich hinabbeugte, raubte ihm ihre Schönheit den Atem. Die Tür war verschlossen.

Sie streckte den Arm aus – um ihm aufzumachen, wie er hoffte –, doch sie kurbelte nur das Fenster ein wenig herunter.

Sie musterte ihn einen Augenblick und sagte dann: «Sind Sie Jim Bridger?»

Ebenso gut hätte sie sagen können: *Jetzt bist du in mich verliebt.*

«Nein, Ma'am, das bin ich nicht», sagte Daniel in der gedehnten Sprechweise eines alten Trappers, «aber ich kannte den Bridger-Jungen schon, als er noch grüner als eine Bergwiese war. Tatsache ist, dass er und dieser Dreckskerl von John Fitzpatrick mich in den Bergen allein zurückgelassen haben. Ich war in die Fänge einer Grizzlybärin geraten Nach dem Gesetz der Berge muss man so lange warten, bis man sicher ist, dass der andere tot ist, aber Bridger und dieser Trottel von Fitzpatrick bekamen Schiss, weil sie was von plündernden Indianern in der Gegend gehört hatten. Also ließen sie mich liegen. Das wäre nicht so schlimm gewesen, aber sie nahmen mein Gewehr und meinen Proviant mit. Ich war auf das angewiesen, was die Wölfe von den Büffelkadavern übrig ließen, und das musste ich auch noch gegen die Bussarde verteidigen. Ich hatte ein gebrochenes Bein, und mein Rücken war blutig gerissen, deshalb musste ich auf Händen und Knien kriechen. Aus getrockneter Büffelhaut machte ich mir Knieschoner. Zweihundertfünfzig Meilen bis Fort Kiowa, und das Einzige, was mich vorantrieb, war der Gedanke an Rache. Sie hätten das Gesicht von dem kleinen Bridger sehen sollen, als er mich da durchs Tor krabbeln sah, der hat gedacht, ich wär mein eigenes Gespenst und würde ihn holen kommen.»

Die Frau rückte näher an den Spalt zwischen Türrahmen und Fenster heran. «Haben Sie ihn umgebracht?»

Daniel, der sich ganz dicht zu ihr herunterbeugte, um die Frage verstehen zu können, roch den zarten Zimthauch in ihrem Atem. «Nein, Ma'am, das habe ich nicht. Rache ist eine mächtige Verlockung, bis es Zeit ist, abzudrücken. Dann ist sie nur noch dürftige Gerechtigkeit, armseliger Mord. Aber verstehen Sie mich nicht falsch. Ich hab die zwei nicht umgebracht, aber verziehen hab ich ihnen auch nicht. Na ja, also, dem kleinen Bridger habe ich zumindest ein bisschen verziehen. War ja noch so unerfahren, der kannte das Gesetz der Berge noch nicht richtig. Er wurde dann auch noch ein echter Mountain-Man. Ol' Gabe, so wurde er dann genannt. Fitzpatrick aber, dieser Schuft, dem hab ich nie verziehen.»

«Wann war das?», fragte die Frau.

Daniel blinzelte zum Mond hinauf. «Muss wohl so um achtzehnhundertfünfundvierzig gewesen sein – so was um den Dreh.»

«Das war vor hundertvierzig Jahren.»

Daniel lächelte ihr zu. «Nur, wenn Sie's ganz eng sehen.»

«Aber Sie können doch damals nicht schon gelebt haben.»

Daniel ging in die Hocke, damit sie auf gleicher Höhe waren. Mit unbekümmerter Überzeugung sagte er: «Ma'am, ich kann sein, wer ich will – Hauptsache, ich *weiß*, wer ich bin.»

«Steigen Sie ein», sagte Jenny und öffnete die Türverriegelung. Daniel gehorchte.

Jenny beobachtete ihn, als er sich auf den Sitz gleiten ließ, und fragte dann: «Kennen Sie den DJ? Den Typ aus dem Radio?»

«Ich hab's nicht so mit dem modernen Zeugs, aber ich hab da neulich einen David Janus mit einer Sendung namens ‹Stunde der Wahrheit› gehört, ging die ganze Zeit um den Verstand, und dieser David Janus hört sich so an, als wäre ihm das Ruder so 'n bisschen entglitten, wenn Sie verstehen, was ich meine.»

«Was hat er über den menschlichen Geist gesagt?»

Überrascht zögerte Daniel einen Augenblick mit der Antwort. «Einen Haufen Sachen, aber der Kern vom Ganzen war wohl so was wie der Geist ist alles, was man darüber denken kann.»

Jenny nickte. «Der DJ. Wann haben Sie ihn gehört?»

«Mal überlegen. Vor zwei Tagen, nachts, als ich nach Reno kam.»

«Ich wusste, dass er in der Gegend ist», sagte Jenny mit einem Lächeln, «ich bin nämlich mit ihm an Jim Bridgers Grab im Osten von Wyoming verabredet.»

«Sie finden da vielleicht ein *Fort Bridger*, in der Nähe vom Green River, aber sie haben Ol' Gabe nicht dort beerdigt, wo er hingehörte. Haben seinen Leichnam mit dem Schiff nach Hause gebracht, nach Saint Louis. Ich weiß nicht so recht, aber es ist bestimmt verdammt schwer, in einer Stadt seine letzte Ruhe zu finden. Der ganze Lärm und Verkehr und das Gequassel.» Das hatte ihn besonders bewegt, als er in seiner Jugend darüber gelesen hatte.»

Jenny sah ihn kritisch an. «Wer sind Sie?»

«Gestatten, Ma'am, Hugh Glass.»

«Nein, das stimmt nicht», sagte Jenny. «Nehmen Sie diese Fuchsmütze ab.»

Daniel nahm sie ab und wandte Jenny das Gesicht zu.

Sie sahen sich an und fürchteten beide, womöglich gleich zittern zu müssen.

«Du bist noch so jung wie ich, kaum zwanzig.»

«Mein Name ist Daniel Pearse.» Ihm war schwindelig, als er seinen Namen aussprach.

«Ich bin Jennifer Raine», sagte Jenny. «Susanna Rapp, wenn jemand nach mir fragen sollte.»

«Gehe ich recht in der Annahme, dass wir beide im weitesten Sinne Outlaws sind?»

Jenny legte den Kopf schräg und lächelte; die Regenbogenbänder auf ihrem Hut glitten über ihre linke Schulter. «Und gehe *ich* recht in der Annahme, dass dieser plötzliche Umschwung in Diktion und Tonfall ein Anzeichen für Ehrlichkeit ist?»

«Ja, absolut», sagte Daniel.

Jenny erwiderte: «Ich weiß nicht so genau, *was* ich bin. Ich bin aus einer psychiatrischen Klinik in Kalifornien ausgebüchst und habe gestern Abend mit dreimal Würfeln ungefähr zweihunderttausend Dollar gewonnen, jetzt bin ich hier und weiß nicht mehr, wohin ich mich wenden soll. Aber ist das nicht seltsam? Gerade, als ich dich zum Mond hinaufstarren sah, überlegte ich, *was* ich wohl bin. Nicht *wer* – das wird mich vermutlich noch einige Zeit beschäftigen –, sondern was. Was ich *bin.* Im Augenblick bin ich ein Dichterlehrling, und ich bin verliebt in das Glück. Bin ihm aber nicht hörig. Nur verliebt. Vermutlich bin ich etwas ziemlich Ähnliches wie ein Outlaw.»

«Du hast etwas vergessen.»

Vorsichtig fragte Jenny: «Was bin ich denn noch?»

«Eine Mutter. Es sei denn, du hast das Kind gekidnappt, das da in Decken eingewickelt auf dem Rücksitz ist.»

Jenny starrte ihn an, wortlos vor Schreck und Erleichterung.

Daniel fürchtete schon, sie beleidigt zu haben, und setzte rasch hinzu: «Wenn du mich mitnimmst – und ich *möchte,* dass du das tust –, können wir ja ausmachen, Geheimnisse gegenseitig zu respektieren.»

Jenny streckte die Hand aus, nahm seine Linke und drückte sie sanft zwischen ihren Handflächen. «Sie ist meine Tochter», sagte Jenny mit heiserer Stimme, «aber Daniel – ich stelle sie mir nur vor. Sie ist meine *imaginäre* Tochter. Wie kannst du sie sehen?»

«Ich weiß nicht», sagte Daniel. Er hatte das Gefühl, gleich in Ohnmacht zu fallen. Sie drückte seine Hand immer fester. «Ich sah sie da in die hübsche Decke gehüllt, als ich einstieg, und ich sehe sie immer noch. Natürlich habe ich eine starke Phantasie, aber so etwas wie das hier habe ich noch nie erlebt.» Dann fiel ihm ein, dass er eine spiralförmige Flamme im Innern des Diamanten sehen konnte, wenn er unsichtbar war, und fügte hinzu: «Na ja, vielleicht doch.»

«Du kannst dir meine imaginäre Tochter vorstellen? Ist es das, was du meinst?»

«Ja. Aber wahrscheinlich nur, weil du mich lässt.»

Jenny ließ seine Hand los und tastete nach dem Türgriff. Als sie die Tür öffnete, warf sie Daniel von der Seite einen Blick zu und sagte: «Komm mal mit, Junge.»

Er folgte ihr etwa zwanzig Meter vom Wagen fort in die von Gestrüpp bestandene Wüste. Sie befahl ihm stehen zu bleiben. Er blieb stehen. Sie ging noch zehn Meter weiter und drehte sich dann zu ihm um. Sie stieg aus ihren Kleeblattschuhen. Nahm den Hut ab und schüttelte das karamellblonde Haar. «Erzähl mir, was du siehst», sagte sie zu ihm, drehte sich wieder um und zog langsam den Reißverschluss auf der Rückseite ihres Oberteils nach unten, streifte es ab und stieg dann mit einem anmutigen Hin- und Herwackeln der Hüften aus dem Rock.

Über ihre Schulter hinweg drängte Jenny: «Daniel, was *siehst* du da?»

«Ich sehe», sagte Daniel mit einem Zittern in der Stimme, «ich sehe eine Narbe unten an deinem Rückgrat, die wie ein Blitz geformt ist, und ich sehe eine wunderschöne Frau, deren Schultern vom Regen nass sind und die ich so gerne in meinen Armen halten möchte, dass ich meine Stimme nicht mehr unter Kontrolle habe!»

Jenny wandte sich zu ihm um.

Wäre er nicht vom Gewicht des Diamanten, der nun alle fünf Minuten ein paar Gramm schwerer zu werden schien, davon abgehalten worden – Daniel wäre abgehoben. Er sah, wie sie sich sanft berührte, sah die mondbeschienene Weiße an der Innenseite ihrer Schenkel, den Regen, der von ihren harten Brustwarzen herabperlte. Er sah die Nacktheit unter ihrem Fleisch. Ihre Augen versprachen das, was sie vielleicht zusammen erfahren würden: furchtlose Gier, furchtloses Vertrauen. Er wollte ihrer Aufforderung mit seinem ganzen Selbst nachkommen, Herzschlag an Herzschlag, Mund an Mund. Obwohl er seine Zustimmung mit heiterer Klarheit spürte, wie Licht ohne Schatten, war er sprachlos.

Im Unterschied zu Jenny. Sie wies mit dem Kinn auf den Porsche und sagte zu ihm: «Hol Mias Decke.»

Als Volta nach Hause zurückkehrte, räumte er jedes einzelne Möbelstück aus dem Wohnzimmer, mit Ausnahme eines langen, niedrigen Ahorntischs und eines Kissens, das er als Sitzunterlage bei der Arbeit brauchte. Das Goldfischglas stellte er so auf die entgegengesetzte Seite des Tischs, dass er es sehen konnte. Er hörte diverse Mitteilungen ab – nichts Dringendes – und schaltete das Gerät aus. Dann holte er Federhalter und Schreibblock und begann die Kündigung als *Star*-Mitglied aufzusetzen. Der winzige Goldfisch schoss wie wild durchs Glas.

Einem Impuls folgend, sprang Volta auf und lief rasch ins Schlafzimmer. Wenige Minuten später kam er wieder herein, mit nichts als seinem Zaubergewand bekleidet, dunkelblaue Seide mit einem unregelmäßigen Sternenmuster und den Mondphasen auf dem Rücken und auf jedem Ärmel. Er setzte sich im Schneidersitz auf das Kissen und nahm das Goldfischglas in die Hände. Der Goldfisch kreiste noch immer am Glasrand entlang, nun aber wesentlich ruhiger. Während Volta ihn beobachtete, wurde der Fisch immer langsamer. Er schnellte mit der Schwanzflosse und schwamm in die Mitte des kugelförmigen Glases, blieb dort stehen, schwebend, mit kaum merklich schimmernden Flossen. Volta spürte, wie der Diamant in Daniels Vorstellung an Intensität zunahm.

Der Geist ist das Licht des Schattens, den er sucht.

Nachdem sie auf der blauen Decke miteinander geschlafen hatten, rollten sich Daniel und Jenny auf den Rücken, um den leichten warmen Regen auf der Haut zu spüren. Daniel hatte sich noch nie so sauber gefühlt.

Eine halbe Stunde später begannen sie wortlos ihre Kleider aufzusammeln. Jenny schüttelte das Regenwasser von ihrem Strohhut. Die losen Bänder waren zu einem formlosen Strang verklebt. Sie nahm die tropfnasse Seide zwischen Daumen und Zeigefinger und strich sie glatt, bis sie nur noch feucht war. Die Art, wie sie dabei zufrieden lächelte, bezauberte Daniel.

Er lächelte jedoch nicht, als er die Umhängetasche aufhob. Da stimmte etwas nicht. Entweder hatte sich das Gewicht des Diamanten verdoppelt – oder die Tasche aus Büffelleder hatte sich literweise mit Wasser vollgesogen. Am liebsten hätte er den Diamanten herausgenommen, um ihn zu untersuchen, doch es war zu riskant,

Jenny in die Sache mit hineinzuziehen. Vielleicht konnte er sie ja fragen, ob es ihr etwas ausmachte, im Auto zu warten, während er etwas verständlicherweise höchst Privates erledigte. In diesem Moment verschwand der Mond und es hörte auf zu regnen.

Jenny hatte sie beide mit der nassen Decke zugedeckt. Sie legte ihm die Hand auf die Brust, berührte mit einer Fingerspitze ganz leicht seine Brustwarze und flüsterte: «Komm, wir spielen, wir wären ein doppeltes Gespenst, zwei Geister, die jeweils der andere geworden sind – nicht zu *einem,* verstehst du, sondern zwei, die einen gemeinsamen Punkt geschaffen haben, an dem sich ihre Kräfte vereinigen.»

Daniel schob den Arm unter ihre Hüfte und zog sie näher an sich. Leise fragte er: «Sollen wir nur so tun, als ob, oder ist es ein ernst gemeintes Spiel?»

Jenny murmelte: «Du ahnst ja nicht, wie glücklich mich das macht, wenn du so etwas sagst. Aber überleg doch mal, Daniel, was wir sind: nackte Liebende, die einander im Wüstengestrüpp unter einer vollgesogenen Seidendecke süße Dinge zuflüstern, und kennen gelernt haben wir uns erst vor einer Stunde, unter falschem Namen, aber mit echten Gefühlen. Narren sind wir, Daniel, Narren, die versuchen, ihre Narrheit zu vervollkommnen. Wir würden uns selbst untreu werden, wenn wir uns nicht etwas ausdächten, was unser doppeltes Gespenst tun soll.»

«Lass uns so tun», sagte Daniel, «als wären unsere zwei Gespenster vorübergehend vor lauter Lust erblindet. Ohne zu sehen, müssen sie einen roten Porsche mit Jennys und Daniels imaginärer Tochter finden, die auf dem Rücksitz schläft. Der Doppelgeist darf nur die übrigen vier Sinne benutzen, seinen Instinkt und die gemeinsame Vorstellungskraft.»

«Und wenn sie das Auto und die Tochter gefunden haben, teilt sich ihr Geist auf zwei verschiedene Sitze auf, aber sie bleiben nackt und fahren als Liebhaber des Glücks die einsame Straße entlang, bis der Mond untergeht. Nur wenn es nötig ist, sprechen sie miteinander, damit die Verbindung bestehen bleibt. Ansonsten sind sie stumm und versuchen lediglich, sich einander vorzustellen, und das, was der Morgen bringen mag.»

«Alles dürfen sie sich vorstellen», fügte Daniel hinzu.

«Ja», sagte Jenny, «alles.»

«Du bist ja selbst das Glück!», sagte Daniel.

Jenny sagte: «Mein Name ist Jennifer Raine, Susanna Rapp, Goldie Hart, Emily Dickinson, Malinche, Cabeza de Vaca, Cinderella, Lao-Tse, Mia, Longshot, Daniel Pearse.»

Daniels Lachen klang gedämpft, weil er sich die Decke über den Kopf gezogen hatte. «Habt ihr jetzt eure Kleider aufgesammelt, damit dieser Geist hier endlich zu suchen beginnen kann?»

«Meinen Hut und meine Schuhe habe ich. Mein Kleid lasse ich dort, wo es auf den Boden gefallen ist.»

Ihr gemeinsamer Geist schwebte schweigend zurück auf den Highway. Ohne zu reden, faltete Jenny die Decke zusammen, während Daniel seine Lederhosen auswrang und sie zusammen mit dem Pulverhorn unter dem Vordersitz des Porsche verstaute. Die Umhängetasche mit dem Diamanten behielt er im Fußraum bei sich. Jenny glitt hinters Lenkrad und ließ den Wagen an. Sie waren beide nackt und glänzten vom Regen. Daniel drehte sich zu Mia um. Ihre Augen waren offen, visierten aber einen weit entfernten Punkt in ihrem Innern an.

«Jenny», sagte Daniel, «Mia ist in Trance.»

Ohne von der Straße aufzusehen, nickte Jenny nur. «Ich weiß. Ich glaube, sie ist auf der Suche nach etwas, etwas, das ich nicht begreife. Selbst imaginäre Töchter haben ein Eigenleben.»

Daniel sagte nichts.

Jenny sah zu ihm hinüber. «Weißt *du*, was Mia da sucht?»

«Nein, keine Ahnung. Aber ich kann versuchen, Kontakt mit ihr aufzunehmen, wenn du möchtest.»

Jenny überlegte einen Moment. «Nur wenn *du* möchtest.»

Daniel versuchte, sich vorzustellen, wie er in Mias Geist hineinschaute. Sofort befiel ihn ein Gefühl drohender Gefahr. Die Gefahr war formlos, und doch konnte er eine Kontur ausmachen, die vagen Umrisse eines Gesichts. Daniel konzentrierte sich, und allmählich wurden die Umrisse des Gesichts deutlicher. Volta. Daniel war verblüfft.

«Und?», fragte Jenny. «Ich will es wissen.»

Daniel sagte: «Ich habe das Gesicht eines Mannes namens Volta gesehen. Kennst du ihn?»

«Nein.»

«Aber ich, und zwar sehr gut. Er hat mich vor langer Zeit aus dem Koma geholt, indem er in meine Psyche eingetreten ist. Vielleicht versucht er es nun wieder, und Mia wirkt dabei wie ein Vergrößerungsglas, weil wir unsere Vorstellungskraft verbunden haben. Oder es war pure Projektion meinerseits, eine Reflexion von der Spiegelwand, die Mias Trance schützt. Mein Eindruck von Voltas Gesicht war jedoch Gefahr, echte Gefahr. Siehst oder spürst du irgendetwas in der Art?»

«Nein», sagte Jenny, «aber ich spüre sie in dir.»

«Wahrscheinlich nicht zu Unrecht», stimmte Daniel zu.

Ganz ruhig sagte Jenny: «Ich habe das Gefühl, es ist ein Geheimnis, aber ich möchte gern wissen, was in deiner Umhängetasche ist.»

«Das kann ich dir nicht sagen. Wenn ich es täte, würde ich dich unnötigerweise in Gefahr bringen.»

«Ich weiß deine Rücksicht zu schätzen», sagte Jenny, «aber wir leben nun mal ständig in höchster Gefahr. Sonst wäre das Leben verdammt langweilig.»

Mit der ganzen Aufrichtigkeit, deren er fähig war, sagte Daniel: «Jenny, ich liebe dich.»

«Ohhh …», erwiderte Jenny, halb kichernd, halb stöhnend, «wie schön, dass du das sagst, Süßer! Aber du musst auch *uns* lieben, Daniel, das, was wir zusammen sind.»

Siebzig Meilen lang blieben sie still, bis Jenny auf einmal bremste, lächelte und ihn viel sagend ansah. «Nochmal?»

Daniel seufzte. «Jenny, ich muss dir was sagen. Bislang sah mein Sexualleben – das nicht sehr bewegt war – so aus, dass ich mit ein und derselben Frau nie mehr als einen einzigen Orgasmus hatte.»

Jenny, die an den Straßenrand fuhr, sagte: «Du kannst nicht zweimal in denselben Fluss steigen.»

«Ich bin nicht sicher, ob ich das verstehe», sagte Daniel.

«Ich ändere mich. Du änderst dich. Alles ändert sich. Warum sollten wir Angst haben, dass etwas nicht so bleibt, wie es ist? Soll es ja gar nicht! Allerdings muss man verrückt sein, um das schätzen zu können.»

«Eine Frau namens Charmaine hat mir mal gesagt, ich würde mich selbst mehr lieben als die Frauen, mit denen ich schlafe.»

Jenny öffnete die Wagentür und stieg nackt aus. Der warme Regen hatte sich in ein dunstiges Nieseln verwandelt. Sie griff nach der zusammengefalteten Decke auf dem Rücksitz. «Na komm schon, Junge!», sagte sie zu Daniel, eine gespielte Laszivität in der Stimme. «Lass uns in den Fluss steigen. Ich setze die Liebe gegen fünfzigtausend Dollar, dass du ein zweites Mal in dieses mächtige Wasser steigen kannst, du und ich, wir zwei zusammen.»

Die Liebe gewann um Längen. Um Längen.

So sehr, dass Daniel klar wurde: Er befand sich in Gefahr. Als sie zurück zum Porsche schwebten, wog Daniel den Diamanten in der Tasche. Der Diamant hatte sein Gewicht beinahe vervierfacht, ohne an Größe zuzunehmen.

Die nächsten vierzig Meilen legten sie schweigend zurück. Daniel lehnte sich zurück, versuchte sich vorzustellen, was mit dem Diamanten los war. Er hatte Angst davor, nachzusehen oder Jenny zu bitten, am Straßenrand anzuhalten, damit er ihn herausnehmen und heimlich anschauen konnte. Er ahnte, was er zu sehen bekommen würde: den Diamanten, der sich ihm bald öffnete. Schmerzlich wurde Daniel auf einmal bewusst, dass seine Entscheidung eine Entscheidung zwischen Jenny und dem Diamanten war.

Der Geist, fiel Daniel wieder ein, ist weder noch, sondern auch.

Der Geist ist ein schmaler Canyon.

Daniel drückte Jennys nackte Schulter. Fragend lächelte sie ihn an. Daniel deutete auf den Straßenrand.

«Nochmal?», sagte sie, und ihr Entzücken war deutlicher zu hören als die gespielte Entrüstung.

«Ich möchte dich heiraten», sagte Daniel. «Hier und jetzt.»

Jenny steuerte bereits den Straßenrand an. Als der Wagen stand, sagte Daniel: «Bring du das Brautkleid, ich sorge für den Ring.»

Nackt gingen sie über die mit Gestrüpp bewachsene Ebene nebeneinanderher, Jenny trug die Decke unterm Arm, Daniel hatte die Ledertasche über die Schulter geschwungen, und mit dem freien Arm hielt jeder die Hüfte des anderen umschlungen, bis sie eine Lichtung im Gestrüpp fanden. Jetzt, wo die Regenwolken sich verzogen hatten, leuchtete der Nebel hell im Mondlicht. Jenny breitete die feuchte Decke aus und strich sie mit den Händen glatt. Die gezackte Narbe unten am Rückgrat leuchtete im Mondschein. Daniel kniete hinter ihr nieder und küsste die Narbe, erschrocken und erregt von ihrer Hitze auf seinen Lippen.

Jenny drehte sich zu ihm um; Tränen glitzerten in ihren Augen. *«Es ist mir egal»,* sagte sie voller Leidenschaft, *«es ist mir egal,* ob du echt bist.»

«Ist dir auch egal, ob es so gefährlich ist, dass es uns beide töten könnte?»

«Das Leben ist großartig.»

«Nun denn, meine Allerliebste», intonierte Daniel feierlich und zog den Diamanten aus der Ledertasche, «mit diesem Ring nehme ich dich zur Frau. Darf ich jetzt die Braut küssen?»

Jenny starrte auf den Diamanten und murmelte: «Sofort.»

Beide blickten den Diamanten an. Daniel fiel auf der Stelle auf, dass das Leuchten noch strahlender geworden war – nicht unbedingt heller, aber klarer. Er musste sich unsichtbar machen, wenn er hineinschauen wollte.

Jenny legte die Hand auf sein Bein. «Erzähl es mir.»

Daniel sah sie an und sagte so einfach und direkt er konnte: «Ich liebe dich.»

Jenny warf den Kopf zurück und lachte den Mond an.

Verwirrt fragte Daniel: «War es das nicht, was du hören wolltest?»

Jenny hörte auf zu lachen, musste aber immer noch lächeln, als sie den Kopf schüttelte. Sie nahm den Diamanten aus seinen Armen und legte ihn sanft ans Kopfende der Decke; das Licht des Diamanten und das Licht des Mondes schimmerten auf der hellblauen Seide, als wäre sie ein Teich auf einer Bergwiese.

Jenny drehte sich wieder zu Daniel um, der vor ihr kniete und sie ansah. Sie legte die Arme um ihn und zog ihn an sich. «Ja! Ja, ich will! In guten wie in schlechten Tagen. Auf Leben und Tod. Im Wahnsinn und in der Verrücktheit. Bis wir voneinander scheiden, und danach, und gleich hier und gleich jetzt. Ja, ich will!»

«Ich muss dir ein paar Sachen erklären ...»

«Nein, das musst du nicht», bekräftigte Jenny.

«Ich kann verschwinden», sagte er zu ihr und hoffte, sie würde verstehen, dass er ihr das sagen musste, weil sie es ihm wert war.

«Verschwinde nicht», murmelte sie an seiner Schulter, als sie mit der Zunge an seinem Schlüsselbein entlangfuhr. «Wenn du verschwindest, kann ich dich ja nicht mehr in mir fühlen, kann ich die Dinge nicht mehr fühlen, die wir zusammen empfinden.»

Daniel sagte: «Es gibt da etwas, das ich unbedingt wissen muss, etwas, das ich begreifen soll.»

Jenny lockerte ihre Umarmung und glitt auf die Decke zurück.

In ihren Augen flackerte eine spielerische Herausforderung. «Daniel, ich will, dass du suchst, was du glaubst, finden zu müssen, dass du siehst, was du meinst, ansehen zu müssen. Darum geht es doch, wenn man heiratet. Aber zuerst, Daniel, bevor du auf deinem Schimmel davonreitest, um den Drachen zu töten, um holde Jungfrauen zu retten und den Gral zu finden, zuerst möchte ich, dass du ein paar grundsätzliche Dinge begreifst.»

Sie drehte sich auf die Seite und klopfte auf die Decke. Als Daniel sich neben sie gelegt hatte, berührte sie seine Wange. Stockend fragte Jenny: «Verstehst du das?»

«Ja», stöhnte Daniel und schloss die Augen.

«Schau mich an, Daniel», befahl Jenny. «Schau mir in die Augen. Siehst du mich?»

«Ich weiß nicht», sagte Daniel. «Ich weiß nicht mehr, wen ich sehe.»

«Wenn du mich nicht sehen kannst, wirst du dich niemals selbst sehen.» Jenny schlang die Arme um ihn. «Komm schon, wir machen uns jetzt auf die Suche nach uns selbst.»

Daniel hielt sie fest umklammert. Er lächelte sie an und plötzlich, endlich, entspannte er sich. «Mrs. Pearse, ich werde gleich mit dem allergrößten Vergnügen die Ehe vollziehen, doch zuerst muss ich dich bitten, mir noch etwas zu geloben: Sollte mir etwas zustoßen, etwa wenn ich verschwinde und nicht mehr zurückfinde, dann möchte ich, dass du den Diamanten nimmst – den Ehering – und ihn in irgendeinen großen See wirfst. Oder an einen anderen Ort bringst, wo er nicht gefunden werden kann. Er ist nämlich gestohlen. Die bringen dich um, wenn sie ihn nur wiederbekommen. Zeig ihn niemandem.»

Voller Überzeugung flüsterte Jenny: «Versprochen. Und jetzt wollen wir uns etwas vorstellen – uns selbst.»

Zunächst langsam, in das Licht des Diamanten und des Mondes gebadet, umgeben von den Nebelfetzen, die unter ihrem Stöhnen dahintrieben, stellten sie sich einander vor, Arme eines Flusses, die sich auf dem Weg zum Meer vereinen.

Als sie zu lachen, zu zittern, weinen und küssen aufgehört hatten, sagte Jenny: «Für mich ist der Fall erledigt.» Mit dem Kopf auf seiner Brust kuschelte sie sich an ihn.

Daniel drückte sie an sich, doch er war nicht da. Sogar mit geschlossenen Augen spürte er, dass das Licht des Diamanten zunahm. Er musste darauf vertrauen, dass sie ihn verstand, musste sich selbst vertrauen. Er blickte über seine Schulter hinweg auf den Diamanten, konzentrierte sich auf dessen Zentrum und verschwand.

Der Diamant nicht.

Trotzdem glaubte Daniel einen Augenblick lang, der Diamant sei mit ihm verschwunden. Er konnte die Flamme in seinem Innern sehen, aber es war nicht die spiralförmige Flamme, die er bislang immer gesehen hatte. Als würde sie von der wachsenden Dichte des Diamanten zusammengepresst, schien die Flamme niedriger zu züngeln, schien zu einem einzigen wirbelnden Punkt kondensiert, die sichtbare Spitze eines Bündels aus Sonnenstrahlen, so heiß, dass sie Knochen verdampfen ließ. Aber Daniel hatte keinen Körper, der verdampfen konnte.

Er stürzte auf die um sich selbst rotierende Mitte zu. Und als er über die Schwelle gefegt wurde, durchs Zentrum des Wirbels hinaus in den Sonnenofen, in die Diamantenschmiede geschwemmt wurde, da erfuhr Daniel, was ihm vorbestimmt war.

Er war ein Gott. Er war Hermes, Thot, Merkur; der Prophet Hermes Trismegistos. Er hatte in die Geburt eingewilligt, um sein Mitgefühl für die menschliche Seele zu erneuern.

Er fühlte sich freudig erleichtert. Er hatte zurückgefunden! Der Diamant war seine Tür nach draußen, Liebe der Schlüssel, der das Schloss öffnete. Wie oben, so unten. Der Stein des Weisen. Er dankte seiner Mutter, dass sie ihm ihre Gebärmutter überlassen hatte, damit er sich selbst zum Vater werden konnte. Er hörte, wie sie in ihm «Lauf, Daniel!» schrie, aber da gab es keinen Ort mehr, an den er hätte gehen können, keine Fluchtmöglichkeit. Er dankte seinen Lehrern, seinen Freunden, seinen Geliebten – Jenny vor allem, Jenny, seiner Frau. Tief in seinem Innern hörte er Volta intonieren «*Lebe, lebe, lebe, lebe*». Er dankte Volta für seine weise Hilfe, obwohl er wusste, dass Volta es nicht verstehen würde. Während er in dem Sonnenwirbel aufwärts geschleudert wurde, begann Daniel zu lachen. Alles war ja das Leben. Es gab keine Ebenen, keine Dimensionen. Nicht einmal die Götter konnten entfliehen: Er kreuzte die Arme über der Brust, schloss die Augen und gab sich hin, verschwand für immer im Diamantenlicht.

Volta saß im Schneidersitz auf dem Boden, das Goldfischglas in den schützenden Händen, seine Vorstellungskraft ganz auf Daniel gerichtet. Er spürte, wie Daniel in den Diamanten eintrat, spürte Daniels hingebungsvolle Freude. Leise rief Volta aus: «Nein, Daniel! O nein, armer Daniel!» Ein weiterer herrlicher, irregeleiteter Geist, von Kräften verzehrt, die er fälschlicherweise für die eigenen hielt. Vorsichtig setzte Volta das Glas auf den Tisch. Träge fing der Goldfisch an, am Glasrand entlangzuschwimmen.

«Ahhhhhhh», seufzte Volta, «geh!» Daniel hatte seine Entscheidung getroffen, wenn man das eine Entscheidung nennen konnte, wenn ein Regentropfen selbst entschied, wohin er fiel, ein Fluss, wohin er floss. Respektiere Daniels Entscheidung, beweine ihn, der nun verloren ist. Lebe für die Lebenden und gedenke der Toten. Volta stand auf und ging rasch auf die Tür zu. Er brauchte frische Nachtluft, den echten Mond und die Sterne.

Als Volta die Tür öffnete, zielte Shamus mit einer Pistole direkt zwischen Voltas Augen. Beide erstarrten. Shamus hielt die Pistole in seiner gesunden Hand. Einen kleinen Automatic-Colt. Mit gespanntem Hahn. Shamus' narbige Hand war in Höhe seines Ohrs, der untergeschobene Daumen formte einen hässlich verzerrten Mund.

In ruhigem, gefasstem Tonfall sagte Shamus: «Geh langsam rückwärts ins Haus zurück, strecke die Arme in Schulterhöhe vor dir aus, spreize die Finger und dreh mir die Handflächen zu.»

Vorsichtig trat Volta zurück in die Mitte des Raums. Shamus folgte ihm in gleichmäßigem Abstand, die Pistole hielt er unverwandt auf Voltas Stirn gerichtet. Er stieß die Tür hinter sich mit dem Fuß zu.

Volta zuckte zusammen, als die vernarbte Hand gellend in Shamus' Ohr schrie, mit einer Stimme, die sich gänzlich von Shamus' eigener unterschied: «Sag ihm, er soll sich nackt ausziehen! *Nackt*!»

«Zieh deinen Mantel aus!», befahl Shamus.

«Nein!», sagte Volta.

«Bring ihn um!», drängte die Hand. «Jetzt gleich! Kein Wort mehr!»

«Ja, tu's doch», stimmte Volta zu. «Dann wirst du nie erfahren, wer dich verraten hat. Ich habe damit gerechnet, dass du herausbekommst, wer hinter Alex Three steckt – schließlich hast du bei Jacob Hind studiert. Du warst schneller, als ich dachte.»

«*Pass auf*!», warnte Shamus' Hand.

«Du gibst also zu, dass du die CIA eingeschaltet hast?», fragte Shamus mit schneidender Stimme.

«Ja. Nur ungern, aber man hatte mich darum gebeten.»

Shamus zischte: «Daniel, dieser Scheißkerl!»

«Ich habe mein Ehrenwort gegeben, dass ich meine Informationsquelle nicht verraten würde.»

«Sieh an», höhnte Shamus, «und du erzählst mir was von wegen Ehrenwort, wo du uns doch an die CIA verpfiffen hast!»

«Ich war gezwungen, äußerst rasch zu handeln. Die CIA schien mir die beste Wahl zu sein.»

«Wer hat es dir gesagt?» Die Pistole zitterte in Shamus' Hand.

«Raus damit, oder ich ballere so lange kleine Fetzen aus dir heraus, bis du es mir sagst. Ich will nichts weiter von dir, Volta, als das, was mir zusteht: die Wahrheit.»

Volta sah an der Pistolenmündung vorbei in Shamus' Augen. «Annalee hat dich verraten.»

Shamus wurde bleich. Seine versehrte Hand schrie ihm ins Ohr: «Mach ihn kalt, mach ihn kalt, *mach ihn kalt* – er will dich austricksen!»

Volta sprach direkt zu Shamus, der ihn entgeistert anstarrte. «Es tut mir Leid, Shamus. Jeder verdient es wohl, die Wahrheit zu erfahren, aber ich habe Annalee versprochen, es niemals irgendjemandem zu erzählen, *niemals*, es sei denn, ich wäre in Lebensgefahr. Ich habe ihr gesagt, ich würde nicht sterben, um ihren Verrat zu decken.»

Shamus starrte Volta an, er achtete nicht auf die narbige Hand, die ständig auf ihn einredete. Ruhig hielt Volta Shamus' Blick stand. Shamus blinzelte heftig, seine Lippen verbreiterten sich zu einem hämischen Grinsen. Ein Muskel zuckte in seiner Wange, dann nochmals. Als hätte die Bewegung sein Nervensystem in Bewegung gesetzt, begann sein gesamter Körper zu zittern. Shamus wusste, dass er ihm die Wahrheit gesagt hatte, das spürte Volta. Obwohl Volta überzeugt war, dass Shamus ein Recht hatte, die Wahrheit zu erfahren, sah er auch, dass Shamus diese Wahrheit nicht überleben würde. Und es war ihm vollkommen klar, dass dies zugleich bedeutete, dass auch er sie nicht überleben würde, es sei denn, es gelänge ihm, Shamus zu lähmen oder zur Vernunft zu bringen. Aber es gab ganz offensichtlich zwei Shamus, die Hand, die den Colt hielt, und die andere Hand, so grässlich entstellt durch geschmolzenes Silber.

Shamus' Gesicht verzerrte sich. «*Niemals!*», schrie er. «*Nein!*»

Leise sagte Volta: «Es ist die Wahrheit.»

«Das ist ein Trick, ein Trick, ein Trick, ein Trick!», kreischte die Hand in Shamus' Ohr.

«Das weiß ich selber, verdammt nochmal!», brüllte Shamus seine Hand an. Dann begann er auf engstem Raum auf und ab zu laufen, die Waffe hielt er immer noch auf Voltas Stirn gerichtet. Shamus und seine Hand murmelten vor sich hin, allerdings so leise und undeutlich, dass Volta kein einziges Wort verstehen konnte. Er lauerte auf ein Nachlassen von Shamus' Aufmerksamkeit, eine Fluchtmöglichkeit, einen Ausweg. Wenn das misslang, konnte er immer noch Shamus' Psyche einen vernichtenden Schlag versetzen, sodass er die Wahrheit schließlich akzeptierte. Je länger Shamus auf und ab schritt und je weniger er auf die Waffe in seiner Hand achtete, umso mehr durfte Volta sich Hoffnungen machen.

Seine Hoffnungen schwanden jedoch rapide, als Shamus plötzlich stehen blieb und langsam den Lauf der Waffe anhob, bis die Spitze fest auf Voltas Stirn lag. «Du *eiskalter* Dreckskerl», höhnte Shamus, «du *herzloses* Ekel. Hältst du mich für bescheuert? Ich *weiß*, dass Daniel der Verräter war. Er hat dir den Hinweis gegeben, du hast die CIA informiert – auf die Art hast du dir nicht mal die Hände schmutzig gemacht –, und jetzt, getrieben von deinem legendären Ehrgefühl, jetzt deckst du Daniel. Großartiges Manöver, ehrlich. Du gibst zu, uns verpfiffen zu haben, behauptest aber, es sei auf Wunsch einer tapferen jungen Frau geschehen, die – ein Glück für dich, eine Tragödie für mich – tot ist. Gestorben an der Heimtücke ihres eigenen Sohnes und des bestechlichen Komplizen und künftigen Mentors, der für eine derart vergiftete Seele große Möglichkeiten voraussah. Wenn ich die Gerüchte richtig deute, die ich ansatzweise vernommen habe, hat dein Musterschüler nun dich verraten. Ich hatte bei Daniel immer dieses Gefühl: dass er Vergebung nur im Vergessen finden würde.»

«Das hat er», sagte Volta. «Doch Vergebung war nicht sein Ziel. Er suchte etwas, das jenseits von Sünde und Vergebung liegt, und kehrte nicht mehr von dort zurück.»

«Ach du liebe Güte», spöttelte Shamus, «wie praktisch! Die beiden einzigen Personen, die Bescheid wussten, sind nun –»

Volta schnitt ihm das Wort ab. «Shamus, denk doch mal scharf nach. Daniel ist tot. Warum sollte ich nicht zugeben, dass es tatsächlich Daniel war, der dich verraten hat? Warum?»

Shamus' Hand schnarrte wie besessen in sein Ohr: «Fall nicht drauf rein, er versucht dich reinzulegen, der ist mit allen Wassern gewaschen, sieh dich bloß vor, lass ihn nicht ...»

Shamus starrte Volta verwirrt an und fragte: «Warum?»

Volta sagte: «Weil es nur einen Weg gibt, damit du wieder mit dir selbst ins Reine kommst: die Wahrheit. Und weil ich dich respektiere und dir jetzt unvoreingenommen helfen kann. Annalee hat dich verraten. Das ist die Wahrheit.»

Shamus drückte die Mündung der Waffe wieder auf Voltas Stirn. «Du grausamer Hurensohn! Du weißt, dass du sterben wirst, und obwohl das jetzt keinen Unterschied mehr macht, wirst du ihr Andenken nicht im Nachhinein besudeln!»

«Ich kann es beweisen», sagte Volta.

«Schieß das Schwein in tausend Stücke!», kreischte die Hand. *«Und zwar jetzt gleich! Hör nicht auf ihn. Glaub mir doch!»*

Mit gefasster Stimme fuhr Volta fort: «Am Tag des geplanten Bombenanschlags rief mich Annalee eine Stunde nachdem sie deine Wohnung verlassen hatte, an. Sie rief auf einer besonderen Leitung an, und alle Anrufe auf dieser Leitung mit einem bestimmten Zugangscode werden mitgeschnitten. Die Kassette ist hier im Raum, in einem Safe hinter dem Spiegel rechts von dir. Auf dem Tisch hinter mir steht ein Kassettenrecorder.» Er machte eine Pause, dann fügte er hinzu: «Wenn du die Wahrheit wissen willst. Wenn du sie ertragen kannst, wie ich es jahrelang getan habe.»

«Okay», lenkte Shamus ein, «ich lasse es drauf ankommen.» Er schien den hysterischen Singsang seiner Hand gar nicht zu bemerken: *«Neinnichttusnichtneinnichttusnichtneinnichtusnicht ...»*

«Gratuliere», sagte Volta, «eine kluge Wahl. Shamus, deine einzige Hoffnung ist es, die Wahrheit zu akzeptieren.»

«He», fauchte Shamus, «ich hab gesagt, ich lasse es drauf ankommen! Und wenn du mir was vormachst, bist du erledigt. Also, wo ist diese Kassette?»

«In einem Safe hinter dem Spiegel. Schieb den Spiegel beiseite und drück auf den Nagel, an dem er hängt – dreimal lang, viermal kurz, dann springt die Tür zum Safe auf. Auf der Kassette steht AGAPE. Ich hole sie selber, wenn dir das lieber ist.»

«Aber ganz langsam», murmelte Shamus und wies mit einer leichten Bewegung des Colts auf den Spiegel.

Volta atmete tief durch, während er den Safe öffnete. Shamus hielt in drei Meter Entfernung die Waffe auf ihn gerichtet; seine entstellte Hand zuckte noch immer dicht an seinem Ohr, schwieg nun aber, als würde sie ebenfalls zusehen. Gleich als die Safetür aufgesprungen war, befahl Shamus: «Und jetzt trittst du zurück, gehst an der Wand entlang drei Meter nach rechts und lehnst dich gegen die Wand. Wenn du dich bewegst, bist du ein toter Mann.»

Ruhig spreizte Volta die Beine und verlagerte das Gewicht seines Körpers auf die über dem Kopf ausgestreckten Arme.

Er hörte, wie Volta mit dem Lauf der Waffe über die zahllosen Kassetten strich und dabei die Kennwörter überflog. Als er sie gefunden hatte, blieb es einen Augenblick still.

«Ich lege sie gern für dich in den Recorder ein», bot Volta an. Er fühlte sich hilflos, wie er da an der Wand lehnte.

«Keine Bewegung», warnte Shamus. «Wehe, du rührst dich!»

Volta lauschte, als Shamus zum Schreibtisch hinüberging und die Kassette einlegte.

«Tu das nicht, du hirnverbrannter sentimentaler Idiot! Du Weichei, du Schwächling! Du erbärmlicher Prügelknabe mit deinen hochfliegenden Idealen! Gib mir die Knarre! Du fällst die Entscheidung, ich führe sie dann aus!»

Shamus reichte seiner versehrten Hand die Waffe, dann drückte er auf den Start-Knopf des Recorders. Er blieb drei Schritte von Volta entfernt stehen, ganz dicht vor dem offenen Safe.

Auf der Kassette hörte man ein Telefon sechsmal klingeln, bevor Volta abhob: «Ja?»

ANNALEE: *Eine Frau wird heute Abend im Industriegebiet von Livermore eine Bombe legen, in einer Seitenstraße, die von der Las Postas Avenue abzweigt. Man muss sie aufhalten. Sie hat ein Kind bei sich. Dem Kind darf keinesfalls etwas zustoßen. Wenn die Frau festgenommen wird, muss sich jemand um das Kind kümmern. Niemand –*

VOLTA *(unterbricht sie): Annalee, ich kann nicht so tun, als wäre das hier ein anonymer Anruf.*

ANNALEE: *Dann versprich mir bitte, schwöre, dass du niemandem davon erzählen wirst, niemals. Selbst wenn du deshalb dein Leben lassen musst.*

VOLTA: *Annalee, ich bewundere ja, was du da vorhast, selbst wenn es zu spät für Sicherheitsmaßnahmen ist; ich bewundere deine Liebe zu ihm, dessentwegen du dein Leben riskierst, damit sie fortbestehen kann. Dennoch verletzt du damit sein Vertrauen, und hättest du mich beizeiten angerufen, gleich nach eurem Wiedersehen, wäre es nicht so weit gekommen. Ich werde dein Geheimnis wahren, so gut ich kann, aber ich werde nicht mein Leben dafür aufs Spiel setzen.*

ANNALEE: *Gut, in Ordnung, so gut du kannst. Aber halte mich davon ab, diese Bombe zu legen!*

VOLTA: *Es handelt sich vermutlich um ein Ablenkungsmanöver. Livermore? Plutonium?*

ANNALEE: *Halte mich einfach davon ab! Und sollte irgendetwas passieren, sorge für Daniel.*

VOLTA: *Ich werde es versuchen, Annalee. Mehr kann ich nicht tun.*

ANNALEE: *Bitte tu es!*

Das Tonband schaltete sich ab.

Volta, der die Wand anblickte, konnte Shamus' Reaktion nicht sehen, deshalb sagte er, was er fühlte: «Es tut mir Leid, dass du dir das anhören musstest, Shamus. Ich weiß, wie weh das tut.»

«Wie *weh* das tut?» Shamus lachte wild auf. «Diese *Fälschung*? Diese schreckliche, armselige *Fälschung*? Wer war es, einer von den berühmten Verwandlungskünstlern der AMO? Vielleicht sogar der berühmte Jean Bluer, von dem ich schon so viel gehört habe? Mann, die Schnittstellen sind doch nicht zu überhören! Das ähnelt ihrer Stimme nicht *im Geringsten*. Ich kann mich an ihre Stimme erinnern. Ein Beweis soll das sein? *Bullshit*! Die Wahrheit? Hier, Volta, dreh dich um, ich zeig dir die Wahrheit!»

Volta drehte sich um und sah Shamus ins Gesicht. Als er die Waffe in Shamus' entstellter Hand sah, wusste er, dass er gleich sterben würde.

Shamus kreischte: «Du willst die Wahrheit, hm? Die *ganze Wahrheit* und *sonst gar nichts*? Keine von deinen phantasielosen Lügengeschichten?» Er packte den Spiegel, der an der Wand lehnte, und hielt ihn Volta vors Gesicht. «Da! Das ist *deine* Wahrheit. Schau sie dir an! Schau hin! Schau dir selbst ins Gesicht! *Schau dir an, was du wirklich bist!*»

Auf der Spiegeloberfläche begegnete Volta sich selbst. Er schaute in seine eigenen Augen. Konnte ihnen nicht entkommen. Als er aufsah, kreuzte er Shamus' Blick. «Ich weiß, wer ich bin», sagte Volta.

Die Kugel traf Volta oberhalb des linken Auges und zerfetzte ihm den Hinterkopf; durch ihre Wucht wurde sein Kopf nach hinten geschleudert. Er torkelte, machte einen schwankenden Schritt vorwärts, taumelte, als er seinen letzten Atemzug tat, und dann, gerade als Shamus den Spiegel schützend vor sich hielt, hieb er mit der Faust hindurch, dass das Glas zersplitterte. Eine Glasscherbe zerschnitt Shamus die Halsschlagader dicht unter dem linken Ohr, eine andere durchtrennte beinahe die vernarbte Hand in Höhe des Handgelenks.

Volta wollte sich auf den Beinen halten, wollte hinausgehen und im Sterben den Mond und die Sterne sehen, doch Shamus, geblendet von Glassplittern, heulte auf und stieß ihn zurück. Volta brach auf dem Tisch zusammen, das Goldfischglas fiel auf den Boden und zerbarst.

Shamus hatte das blutbespritzte Handgelenk aufs Hemd, die andere Hand auf den Hals gepresst und taumelte an der Wand entlang, bis er die Tür fand; schließlich gelang es ihm, mit seiner glitschigen Hand die Klinke herunterzudrücken und sich ins Freie zu schleppen.

Mit dem Gesicht nach unten, die Hände ein wenig über dem Kopf zur Seite gestreckt, lag Volta tot neben dem Tisch; die sich ausbreitende Blutlache berührte seine Fingerspitzen.

Der in die Freiheit gespülte winzige Goldfisch wand sich auf den Eichenholzdielen, vergeblich suchte er den Weg zurück in den See, den sphärischen Fluss. Ein letzter wilder Sprung trug ihn zum Rand der Blutlache. Er richtete sich auf, und wie ein Lachs, der stromaufwärts zu den Laichgründen schwimmt, kämpfte er sich in dem flachen Blutteich vorwärts; sein schimmernder Rücken und die Bewegung wurden von den sich kräuselnden Wellen in seinem Kielwasser gespiegelt, und zuletzt landete er zuckend auf dem sternengesprenkelten, mondglitzernden Ärmel von Voltas Zaubergewand.

Jenny war immer noch nackt, in die Seidendecke gemummelt starrte sie in den Diamanten hinein. Sie hatte nicht gesehen, wie Daniel hineingeschlüpft war – sie war nämlich eingenickt, als er sich unsichtbar machte –, aber sie wusste, dass er dort hinein verschwunden sein musste. Dass sie ihn selbst auf den Weg gebracht hatte, machte sie nicht traurig. Es gab keinen Unterschied zwischen einem geträumten Liebhaber und einem echten wie Longshot. Zuerst liebte man sich, und dann konnte man weitersehen. In der Hochzeitsnacht verlassen. Nach vollzogener Eheschließung verwitwet. Sie blickte in das nunmehr diffuse Licht des Diamanten und beschloss, bis zum Morgengrauen auf Daniel zu warten. Falls er lieber verschwinden wollte, anstatt an der Seite einer verrückten Ehefrau und einer imaginären Tochter zu leben – fein, damit konnte sie leben. Geliebt hatten sie sich jedenfalls, das war echt, selbst wenn er das nicht war. Jeder Mann, der ihre Narbe küsste, durfte kommen und gehen, wie es ihm beliebte. Und das galt auch für sie.

Als das erste Sonnenlicht den Diamanten berührte, ließ Jenny ihn vorsichtig wieder in die lederne Umhängetasche gleiten, schlang die Decke um sich und ging zurück zum Porsche. Sie beschloss, Daniels Auskunft Glauben zu schenken: Jim Bridgers Grab war in Saint Louis. Hervorragend. Sie hätte Longshots Reinigungs-Rosskur ausprobieren und bis Saint Lou weiterfahren können, um sich dort in den faszinierenden DJ zu verlieben, der ja hoffentlich echt und sicherlich treu war, und dann, wenn Daniel nicht auf der Bildfläche erschien, würde sie versuchen, den Diamanten loszuwerden. Fast die ganze Nacht hindurch hatte sie ihn angeschaut, und nun war sie zu dem Entschluss gekommen, dass sie ihn nicht mochte. Zu vollkommen. Leblos. Als sie die Wagentür öffnete, kam Jenny auf einmal der Verdacht, der Diamant wäre vielleicht gar nicht echt, eine weitere Illusion, ein Spiegel, hinter dem man sich verstecken konnte.

Als sie die Tür des Porsche öffnete, ahnte sie sofort, was ihre Augen dann bestätigten: Mia war weg. «Dieser verfluchte Hundesohn!», rief sie aus. «Verpiss dich doch und sieh zu, wo du bleibst, da draußen im All!» Daniel hatte Mia mitgenommen, wo auch immer er hin verschwunden war.

Nachdem ihre Wut verraucht war, zog Jenny die beiden anderen Möglichkeiten in Betracht: Vielleicht war Mia ihm freiwillig gefolgt, oder sie hatte ihm sogar den Weg gezeigt. Mia hatte sich Daniel möglicherweise in ihrer Trance vorgestellt. Hatte ihn veranlasst, den Diamanten hervorzuholen. Bringt ihre Mutter in Verzückung und malt sich dann ein ganz neues Leben aus. *Ihre eigene imaginäre Tochter brannte mit ihrem geträumten Liebhaber durch!*

Sie lachte. Sie wünschte ihnen alles Gute und viel Glück.

Als Smiling Jack auch beim dritten Versuch Volta nicht per direkter Durchwahl erreichte, nahm er einen Flug zur Küste. Er hätte eine Reihe von Mitgliedern der Allianz in der Nähe von Laurel Creek bitten können, sich nach Volta umzusehen, aber er hatte das Gefühl, es besser selbst zu tun. Volta hatte unter dieser Rufnummer stets sofort zurückgerufen. Sollte Volta tot sein, dann wüsste Jack, welche Geheimnisse es zu wahren galt.

Als Smiling Jack in Laurel Creek Hollow aus dem geliehenen Ford ausstieg, nahm er neben dem leichten Duft blühender Apfel- und Pflaumenbäume im Obstgarten auch den Gestank verwesenden Fleischs durch die offene Haustür wahr. Jack bemühte sich, ruhig zu bleiben und seine Gedanken zu sammeln, damit er sehen konnte, was passiert war und was geschehen musste.

Trotz der Blutspritzer auf der Veranda schaute er sich erst im Haus um. Er bemühte sich, gefasst zu bleiben, war aber dennoch entsetzt, als er Voltas Körper bäuchlings in der geronnenen Blutlache liegen sah; eine sirrende Fliegenschar umschwärmte den von der Kugel zerfetzten Hinterkopf. Er wollte Volta aus dem verkrusteten Blutsee herausziehen, damit ihn kein anderer in dieser unwürdigen Situation zu sehen bekam. Doch Smiling Jack ließ ihn liegen und begann systematisch den Raum abzusuchen. Der offene Safe. Der zerschmetterte Spiegel. Die Kassettenhülle neben dem Recorder. Die breite Blutspur, die zur Tür hinausführte.

Jack wollte die Kassette anhören, folgte aber stattdessen der Blutspur hinaus auf die Veranda, über den Vorplatz, dann den Hügel hinab zum Fluss. Smiling Jack hätte seinen heiß geliebten Kenworth gegen ein Blatt einlagiges Toilettenpapier gewettet, dass er Shamus Malloy im Umkreis einer Viertelmeile tot auffinden würde. Nach hundert Metern hätte er schon gewonnen. Shamus' Leiche lag in gekrümmter Haltung am Fuß einer Douglasfichte. Das aufgeschlitzte Handgelenk unterhalb seiner entstellten Hand lag auf seinem aufgeschlitzten Hals, als könne das Blut zwischen den Wunden fließen. Jack trug Shamus' toten Körper den Hügel hinauf und legte ihn unter den Bäumen ab.

Jack hörte sich die Kassette dreimal an, bevor er die Aufnahme löschte, dann sah er zu Voltas Leiche hinüber. Jack fand, dass Volta, indem er ihr zugesichert hatte, den Diebstahl zu vereiteln, eine kluge Grenze gezogen hatte: Er versprach, ihr Geheimnis zu wahren, wollte aber nicht für ihren Verrat sterben, egal, wie edel die Beweggründe waren. Volta hatte eine deutliche Grenzlinie gezogen, sein Versprechen gehalten und sich sogar zur Zielscheibe gemacht, war sich aber treu geblieben, indem er Shamus unter Todesgefahr die Wahrheit berichtete. Für die er dann gestorben war. Gegen eine unerträgliche Wahrheit hilft keine noch so deutliche Grenze.

Smiling Jack trug Voltas Leiche in die Küche und deckte sie mit einem Laken zu. Dann ging er in die Scheune, um zu telefonieren.

Als Erstes rief er Dolly Varden an. Er wollte, dass sie so schnell wie möglich herkam, um ihm bei der Bestattung zu helfen. Er erledigte noch ein paar Anrufe, dann nahm er einen Spaten von der Wand und begann ein Grab für Shamus auszuheben.

Im Morgengrauen kam Dolly aus Portland an, ganz erschöpft von der Nachtfahrt. Sie schnitten Voltas blutverkrusteten Zaubermantel auf und hatten schweigend begonnen, ihn zu baden, als Dolly sagte: «Heilige Scheiße! Das glaub ich einfach nicht!»

Jack verstand sie nicht. «Was denn?»

«Da.» Sie hob Voltas Arm ein wenig an und deutete auf sein Handgelenk. «Wenn ich nicht schon völlig senil geworden bin, dann sieht das hier aus wie ein winziger Goldfisch, den er sich ans Handgelenk geklebt hat.»

Jack kam auf ihre Seite, um sich das Ganze genauer anzuschauen. «Stimmt, ein junger Goldfisch. Ob er da hingeklebt wurde, weiß ich aber nicht so genau. Vielleicht sind das seine Körpersäfte, oder es ist Blut, das klebt ja auch.»

Dolly sah Jack an. «Also, was meinst du? Sollen wir ihn abmachen oder da kleben lassen?»

«Lass ihn dran, würde ich sagen. Volta sagte immer: ‹Nimm hin, was du siehst.›»

«Gut, werd ich mich dran halten.»

Als sie Volta gebadet hatten, hievte Smiling Jack ihn über die Schulter. Dolly ging voran, über eine schattige Ebene mit Erlen am Laurel Creek entlang, bis zu der Stelle, wo das Tal sich steil zum Fluss hinab senkte. Sie betteten ihn auf eine Lichtung, die Arme über der Brust gekreuzt, so wie sie es schon Jahre zuvor mit Volta vereinbart hatten.

Smiling Jack und Dolly gingen noch ein Stück weiter, bis sie zu einem ruhigen, tiefen Teich kamen. Sie legten die Kleider ab und stürzten sich mit einem die Lungen reinigenden Aufschrei der Erleichterung ins Wasser hinein.

Jennifer Raines zweites Notizbuch
Maifeiertag

Mein Name ist Jennifer Raine.

Ich bin am Ende angekommen und begreife doch noch gar nichts. Heute Abend bin ich aus Saint Louis ohne neues Ziel abgefahren. Während der letzten zwei Wochen habe ich wie verabredet an Jim Bridgers Grab gewartet und mir die Zeit mit Hoffen, Träumen, Wünschen, Phantasien, Sehnsüchten und dem Rest der Drogen vertrieben, die ich aus Reno mitgebracht habe. Ich bin froh, dass sie jetzt alle sind.

Der DJ hat sich nicht blicken lassen. Daniel ist nicht zurückgekommen. Ich kann mir Mia nicht mehr vorstellen.

Vielleicht war ja Daniel der DJ. Ich weiß, dass er meine Narbe geküsst hat. Ich weiß, was zwischen uns ablief, das waren wir, ein Mondwalzer im warmen Regen, vollkommen vereint, Beute der Sterne. Ich weiß, Mia habe ich mir nur vorgestellt, aber Daniel war echt, echt genug, damit er sich mich vorstellen konnte.

Bis heute habe ich den Diamanten behalten. Ich war überzeugt, dass Daniel echt war und ist, der Diamant aber nicht. Kein einziges Mal habe ich ihn angeschaut. Aber ich habe ihn in seiner Ledertasche hochgehoben und gestreichelt – runde Formen verführen ja immer zum Streicheln. Tag um Tag schien der Diamant an Gewicht zu verlieren, schien leichter, nicht jedoch kleiner zu werden, und da bekam ich es mit der Angst zu tun, er könnte sich womöglich ganz erschöpfen, wenn ich ihn behalte, könnte ins Nichts zusammenfallen, und dann würde Daniel niemals den Weg zurück finden.

Auf eine komische Art war der Diamant alles, was mir von uns geblieben war, und trotzdem wollte ich nicht an seine Echtheit glauben. Heute Abend, bei Sonnenuntergang, habe ich ihn daher zu einer Brücke über den Mississippi gebracht. Ich habe Daniel geheiratet. Ich bleibe meinen Schwüren treu, halte meine Versprechen.

Also holte ich den Diamanten aus der Ledertasche und schaute so tief wie es ging hinein. Ich wollte ein Zeichen, eine Vision in der Kristallkugel, ein Andenken. Ich sah nichts, fühlte nichts.

Da spreizte ich die Finger und ließ ihn los. Ich sah ihm beim Fallen zu, absolut sicher, dass er auf den Grund gleiten und dabei keinerlei Wellen verursachen würde, so wie ein Atemstoß sich mit der Luft verbindet.

Der Diamant traf wie ein Komet auf dem Fluss auf, der halbe Mississippi zischte wie ein Geysir empor, eine wunderbare Fontäne, von der untergehenden Sonne golden gefärbt.

Ich kapier überhaupt nichts mehr. Das bedeutet wahrscheinlich, dass ich gesund bin. Und das ist eine verdammt gute Ausgangsposition, um wieder verrückt zu werden.